BASTEI LÜBBE

Taschenbücher von JON LAND
im BASTEI LÜBBE Programm:

13 135	Das Omega-Kommando
13 148	Der Rat der Zehn
13 164	Im Labyrinth des Todes
13 169	Das Votex-Fiasko
13 186	Die Lucifer-Direktive
13 199	Der Alabaster-Agent
13 223	Der Alpha-Verrat
13 252	Die achte Fanfare
13 303	Die Gamma-Option
13 344	Das Walhalla-Testament
13 377	Die Omicron-Legion
13 410	Die neunte Gewalt

JON LAND

DER TAG DELPHI

Katastrophen-Thriller

Ins Deutsche übertragen
von Uwe Anton

BASTEI LÜBBE

BASTEI-LÜBBE-TASCHENBUCH
Band 13 573

Erste Auflage:
September 1994

Deutsche Lizenzausgabe 1994
Bastei-Verlag Gustav H. Lübbe
GmbH & Co., Bergisch Gladbach
Originaltitel: Day of the Delphi
Lektorat: Reinhard Rohn
Titelbild: Hasan Koçbay
Satz: KCS GmbH,
Buchholz/Hamburg
Druck und Verarbeitung:
Brodard & Taupin, La Flèche,
Frankreich
Printed in France

ISBN 3-404-13573-3

Für die Männer und Frauen
der U.S. Special Forces

DE OPPRESSO LIBER

Wir werden uns
von der Unterdrückung befreien

PROLOG

»Test eins, zwei, drei . . .«

Das winzige Aufnahmegerät spie seine Stimme zu ihm zurück, und David Kurcell drückte auf die Stopptaste. Zufrieden mit dem Test, ließ er das Band zurücklaufen und hielt sich den Sony wieder an die Lippen.

»Zwei Uhr morgens«, sagte er leise und sah über den Berghang hinab. »Ich habe den Konvoi vor neunzig Minuten auf der Route sechzehn in der Nähe von Hoocher's Gap aufgespürt. Bin ihm nach einer halben Stunde Fahrt auf Straßen ohne Kennzeichnung gefolgt. Die Lastwagen haben keine Nummernschilder oder andere Kennzeichnungen. Eine große Anzahl Wachsoldaten innerhalb der Basis.«

David legte den Sony neben sich auf den Boden und sah durch das Fernglas. Eine neue Gestalt war in der Basis unter ihm aufgetaucht, die erste, die David entdeckt hatte, die keine übliche Armeeuniform trug. Der Mann war mit einfachen schwarzen Hosen und einem schwarzen Rollkragenpullover bekleidet. Er war so breit, daß es fast aussah, als wären seine Schultern ausgepolstert. Er ragte einen vollen Kopf über die Soldaten hinaus, an denen vorbei er sich in Richtung auf die Laster bewegte. Selbst im Dunkeln konnte David erkennen, daß etwas an seinen strohfarbenen Haaren seltsam war, einfach nicht stimmte. Das Haar hörte kurz vor den Ohren des großgewachsenen Mannes auf und umrahmte seinen Schädel, als hätten nur die von einem Topf geschützten Haarsträhnen den letzten Schnitt überlebt. Diese Vorstellung veranlaßte David, nach seinen langen braunen Locken zu greifen und eine Hand durch sie gleiten zu lassen.

Er hörte ein entferntes Rumpeln und richtete das Fernglas von dem Stützpunkt weg in Richtung auf die ungekennzeichnete Straße, die an ihm vorbeiführte. Er hielt es mit einer Hand fest, nahm den Sony wieder auf und drückte auf AUFNAHME. »Drei weitere Lastwagen nähern sich. Ebenfalls ohne Kennzeichen. In jeder Hinsicht identisch mit den anderen, die ich hierher verfolgt habe.«

Bei den Lastern handelte es sich um die gleichen Modelle, moderne und windschlüpfrige Schwertransporter. Modernste Fahrzeuge des Raumzeitalters aus glänzendem, hartem, grünem Stahl. Vermutlich gepanzert. David verfolgte sie mit dem Fernglas, während sie sich langsam in Richtung auf den Luftwaffenstützpunkt Miravo schoben, einen früheren Sitz des Strategischen Luftwaffenkommandos – des Strategic Air Command, auch als SAC bekannt –, der vor zwei Jahren aufgegeben worden war.

Sein Herz pochte noch immer vor Aufregung. Diesmal durfte er nicht wieder Mist bauen. Er hatte seine Lektion gelernt, als er vor Monaten Artikel für die College-Zeitung schrieb. Ein Freund aus dem Wohnheim, der im Krankenzimmer mithalf, hatte darauf bestanden, daß drei Studenten sich den Aids-Virus nach kurzen Aufenthalten dort zugezogen hatten. Nachdem die Geschichte veröffentlicht worden war, hatte seine Quelle jedoch alles abgestritten und David mit nur ein paar hingekritzelten Notizen zur Erhärtung seines Berichts zurückgelassen. Er war aus der Redaktion geworfen worden, und sein Traum, ein Enthüllungsreporter zu werden, hatte einen herben Rückschlag erlitten. Es war ihm peinlich, er sonderte sich von den anderen ab und hatte es nur mit Mühe und Not geschafft, den Rest des Semesters hinter sich zu bringen, bevor er das College verließ und seinen Jeep Wrangler in Richtung Westen steuerte.

Mitte April hatte er ein paar Freunde getroffen, die in den Colorado Rockies kampierten. Er hatte an diesem ersten Abend schon ein paar Dosen Bier in sich hineingeschüttet, als vier Schwertransporter über die kaum erkennbare Straße unter ihnen rollten.

»O Mann«, sagte einer seiner Freunde nachdenklich. »Das hört ja gar nicht mehr auf.«

»Was?« stieß David hervor und versuchte bereits, das Bier aus seinem Kreislauf zu vertreiben.

»Der dritte Abend, der dritte Konvoi. Na und?«

Seine Neugier war geweckt, und am nächsten Tag begleitete David seine Freunde nur bis zur nächsten Ortschaft, um dem örtlichen Elektronikladen einen Besuch abzustatten. Von dort kehrte er in die Berge zurück und begann seine nächtliche Wache, das Diktiergerät und den Camcorder stets einsatzbereit. Diesmal würde er die Sache nicht vermasseln. Diesmal würde er nicht ohne klare Beweise dastehen. Sein Traum war ihm zurückgegeben worden, und diese Chance würde er nicht vertun.

Dennoch war er nach drei ereignislosen Nächten innerlich schon zum Aufgeben bereit gewesen, als er in dieser Nacht in der tödlichen Stille und Dunkelheit von Colorado die Lastwagen in einer Entfernung von fast einem Kilometer heranrollen hörte.

David saß bereits am Steuer des Jeep Wrangler, als die Lastwagenkolonne vorbeifuhr. Da ihm klar war, daß er die Wagen problemlos verfolgen konnte, hielt er reichlich Abstand und fuhr langsam im Mondlicht dahin, so daß er das entfernte Rumpeln des Konvois gerade noch hören konnte. Da er die Scheinwerfer nicht eingeschaltet hatte, verwandelten sich die leichten Biegungen der Straße in hinterhältige Kurven, die dem Jeep Wrangler schwer zu schaffen machten.

Die längste Stunde seines Lebens ging vorbei, bevor die Scheinwerfer der Kolonne den Umriß des dichtgemachten Luftwaffenstützpunktes erhellten. Fünf Minuten später hatte David den Jeep Wrangler versteckt und diesen Aussichtspunkt in den Bergen gefunden, von dem aus sich der Stützpunkt gut einsehen ließ. Das war vor einer halben Stunde gewesen, und inzwischen war ein zweiter Konvoi angekommen. Er verfolgte die großen Laster mit seinem Fernglas bis zum Eingang der Basis. Sie rollten langsam aus und warteten darauf, daß das Tor geöffnet wurde.

Hastig holte David den Camcorder aus seiner Tragetasche und tauschte ihn gegen das Fernglas aus. Er war sich nicht sicher, ob die Nacht viel hergeben würde, insbesondere aus dieser Entfernung, doch es sollte genügen, um zu zeigen, wie die soeben angekommenen Lastwagen in die Basis fuhren. Er hatte keine Ahnung, worauf er da eigentlich gestoßen war. Doch was immer es war, wenn er es nicht dokumentierte, war es so gut wie nichts.

Er versuchte, das Bild schärfer zu stellen, als in der Luft das Tosen einer Düsenmaschine erklang. Ein Flugzeug ging im langsamen Anflug auf die Basis nieder. David folgte ihm mit den Blicken und bemerkte, daß eine Reihe von Lichtern jenseits der Gebäudelinie am Rande des Stützpunktes aufleuchteten. Die Lampen einer Landebahn. Er hielt den Camcorder wieder vor sein Auge.

Die Kamera fing das Flugzeug ein, wie es neben den Gebäuden aufsetzte. Die großen Laster ließen augenblicklich wieder ihre Motoren anlaufen und bewegten sich als Kolonne auf die Lichter der Landebahn zu.

»Verdammt«, murmelte David und ließ den Camcorder wieder sinken. »Verdammt!«

Die Gebäude in der Basis nahmen ihm die Sicht auf alles, was nun passieren würde. Entweder würde die Fracht der sechs Lastwagen in das Flugzeug umgeladen werden, oder umgekehrt. Und von dieser Position aus ließ sich in keiner Weise ausmachen, woraus die Fracht bestehen mochte. Er hatte nur eine Wahl: in den Stützpunkt einzudringen und die Männer während der Umladearbeiten zu filmen. Sein Mund war wie ausgetrocknet, doch er ließ die Feldflasche eingepackt. Er verstaute den Camcorder im Rucksack und zog die Gurte über seine Arme. Dann lief er den Hang hinab auf den stählernen Zaun zu, der den Stützpunkt umschloß.

Er erreichte ihn kaum vier Minuten später, nachdem er der flüchtigen Aufmerksamkeit der patrouillierenden Soldaten entgangen war. Die Höhe von rund drei Metern zu überwinden, schien ihm möglich zu sein, und David schob sich auf eine dunkle Ecke zu, die von den Wachen nicht einsehbar war. Mit Zufriedenheit bemerkte er zudem, daß an dieser Stelle der Stacheldraht fehlte.

David nahm Anlauf und kam auf Anhieb bis auf einen knappen Meter unterhalb des oberen Zaunrands. Der Rest war einfach. Er kletterte über den Rand und sprang auf die andere Seite hinab. Er sah sich rasch um und rannte dann los, überwand eine weitläufige Strecke zu einem Gebäude nahe der Landebahn und hielt sich dabei weitgehend in den dunkleren Bereichen. Er holte ein paarmal tief Luft, drückte sich gegen die Wand und bewegte sich auf die nach oben gerichteten Lichtkegel der Landebahnlichter zu.

Mehrere Flutlichter, die auf nahe gelegenen Gebäuden befestigt waren, erhellten deutlich die Szene vor ihm. Das schwere Transportflugzeug befand sich knapp zweihundert Meter entfernt auf der Landebahn. Der große Mann mit dem strohfarbenen Haar, das nicht zu seinem Kopf zu passen schien, stand unmittelbar davor, die Hände in die Seiten gestemmt. Während David zusah, bedeutete er dem ersten der ordentlich in einer Reihe geparkten Laster, sich nun zu nähern. Augenblicklich bewegte sich das vorderste Gefährt rückwärts auf den offenen Frachtraum des Flugzeugs zu. David nahm es mit freudiger Erregung zur Kenntnis, doch zu seiner großen Enttäuschung glitt der Laster so weit die Rampe hinauf, daß ihm der Umladevorgang verborgen bleiben mußte. Der Mann in Schwarz verschwand im Frachtraum. Er konnte nun keine Aufnahmen davon machen, was immer auf die Lastwagen oder von ihnen herab befördert wurde. David hatte keine Möglichkeit, so nahe heranzukommen, daß er den Camcorder benutzen konnte.

Während er die Szene beobachtete, kam ihm plötzlich eine Idee. Knapp hundert Meter entfernt war einer der zuletzt angekommenen Laster etwas abseits von den anderen auf der Landebahn zum Stehen gekommen, und seine Rückseite war ihm fast direkt zugewandt. Keine Wachen waren in der Nähe; alle, die er sehen konnte, hielten sich rund um das wartende Flugzeug auf.

David traf seine Entscheidung zwischen zwei Herzschlägen. Die Nacht hielt während einer kurzen Strecke noch immer ihren schützenden Mantel über ihn, aber dann war er im Freien, die Luft tief in die Lungen gepreßt. Daß die Insassen des Lasters seine raschen Schritte auf dem Asphalt nicht gehört hatten, führte er auf den vor sich laufenden Motor zurück. David erreichte die Rückseite des Lasters und lehnte sich dagegen. Seine Schultern fanden keinen Widerstand, und er begriff, daß die Laderaumklappe bereits hochgezogen war und nur noch eine Plane herabhing. David griff danach und zog sie zur Seite, um ins Innere zu spähen.

Der Anblick verwirrte ihn zunächst, bis er genauer hinsah. Er vergaß fast zu atmen. Sein Blut schien sich zu verdicken und langsamer zu fließen.

»Mein Gott . . .«

David war sich nicht sicher, ob er die Worte von sich gab oder nur dachte. Zitternd ging er in die Hocke und zog den Rucksack von seinen Schultern. Er holte den Camcorder heraus und setzte ihn ans Auge. Ein Schwenk von ein paar Sekunden, näher heran und dann nichts wie weg von hier. Seine Hand machte nicht mit, während er sich verzweifelt bemühte, die Kamera ruhig zu halten. Er schwenkte noch einmal über den Inhalt des Lasters und machte eine scharfe Nahaufnahme.

»He!«

Der Schrei ging ihm durch Mark und Bein. Er wirbelte herum und erspähte zwei Soldaten, die von der Landebahn her auf ihn zuliefen. Er drehte sich um und raste in Richtung auf die Vorderseite der Basis.

»Stehenbleiben!«

Als er ihrer Aufforderung nicht folgte, zerrissen Gewehrschüsse die Nacht. Er hörte hinter sich die Einschläge in rascher Folge, während er zwei Gebäude passierte, die sich in der Dunkelheit hinter ihm verloren.

Was ging hier vor? Was, in Gottes Namen, wurde hier gespielt?

Er mußt hier wieder rauskommen, mußte das *Band* herausbringen. Als der Zaun in Sicht kam, steckte er den Camcorder in seine Jacke.

Er sprang an ihm hoch, ohne auch nur einen Augenblick langsamer zu werden. Diesmal konnte er sich nur eine Armlänge unterhalb des oberen Randes am Draht festkrallen. Doch hier war der Stacheldraht noch intakt, und seine rechte Hand explodierte vor Schmerz, als er sich nach oben und über den

Rand zog. Als er sich auf der anderen Seite vom Zaun abstieß, spürte er, daß der Stacheldraht sich tiefer in sein Fleisch bohrte. Er kam hart auf dem Boden auf, fiel und kämpfte sich wieder auf die Füße. Die Luft brannte in seinem Hals. Er konnte nicht einmal richtig Atem holen, wagte es jedoch nicht, langsamer zu werden.

Er überquerte die Straße und rannte den Berghang hinauf auf den Jeep Wrangler zu. Er erreichte ihn, während er schwer nach Luft rang. Ein kurzer Seitenblick auf seine rechte Hand zeigte ihm einen tiefen, blutigen Riß, der sich über den ganzen Handballen zog. David hielt sie gegen seine Brust, während er mit der linken Hand die Schlüssel aus der Tasche nestelte und die Tür aufriß. Er kämpfte gegen aufkommende Schwindelgefühle an, kletterte in die Fahrerkabine des Jeeps und verstaute die Kamera auf dem Beifahrersitz. Seine linke Hand führte den Schlüssel ein und drehte ihn.

Der Jeep Wrangler machte einen Satz.

David schaltete die Frontscheinwerfer nicht ein. Er raste auf der unmarkierten Straße hinab und drückte das Gaspedal des Jeeps gefährlich tief durch. Er balancierte das Lenkrad mit dem Ballen der verletzten rechten Hand, während er mit der linken einen schweißdurchnäßten Streifen aus seinem Hemd riß. Indem er seine Zähne zu Hilfe nahm, gelang es ihm, den Streifen in einen behelfsmäßigen Verband zu verwandeln und ihn so fest wie möglich um die rechte Handfläche zu wickeln. Er kannte ein paar Nebenstraßen, die ihm helfen mochten, möglichen Verfolgern zu entkommen, aber er mußte sie mit Höchstgeschwindigkeit nehmen und hatte dabei nur eine Hand zur Verfügung.

Er schoß an der ersten Straße vorbei und warf den Rückwärtsgang ein, daß es nur so kreischte. Ein besorgter Blick in den Rückspiegel ließ keine Anzeichen von Verfolgern ausmachen. Er nahm die Abbiegung und schaltete die Scheinwerfer an.

»Komm schon! Komm schon!«

David versuchte, dem Jeep noch mehr Geschwindigkeit abzuringen. Er schloß die rechte Hand fester um das Lenkrad, doch ein bohrender Schmerz durchzuckte sie. Er löste die Hand und spürte, wie noch mehr Blut durch den behelfsmäßigen Verband drang. Der Jeep sprang über eine Unebenheit, und die Videokamera rutschte vom Beifahrersitz. David streckte die verletzte Hand aus, um sie festzuhalten. Blut tropfte auf das Stahlgehäuse des Camcorders, doch das Band war sicher in ihm eingeschlossen und blieb unberührt.

Seine Augen zog es immer wieder unruhig zum Rückspiegel. Noch immer strahlten keine verfolgenden Scheinwerfer zu ihm zurück.

Seine Eingeweide revoltierten, als eine weitere Unebenheit den Stoßdämpfern des Jeeps mehr zu tun gab, als sie aushielten. David sah erneut in den Rückspiegel, als ihn eine Welle von Übelkeit überkam. Er konnte den Wrangler gerade noch anhalten, dann mußte er sich übergeben.

»Mein Gott«, murmelte er, nachdem er sich erleichtert hatte und kaum mehr Luft bekam. »Mein Gott!«

David fuhr weiter.

Sein Plan hatte darin bestanden, der Sonne entgegen zu fahren, auf das Licht zu und den ersten Hinweis auf Sicherheit. Eine Polizeistation oder eine Kaserne der Highway-Patrouille – egal was. Aber jetzt war ihm klar, daß er nicht so weit kommen würde. Die Schmerzen in seiner blutenden Hand machten ihn benommen. Er biß unentwegt in seine Unterlippe, um sich bei Bewußtsein zu halten.

Plötzlich geriet ein Schild am Straßenrand in den Bereich seiner Scheinwerfer. David verlangsamte den Jeep und sah genauer hin. Das Schild klappte im Wind hin und her, so daß es kaum zu erkennen war. David schaltete die Dachscheinwerfer zu, um die Worte lesen zu können: GRAND MESA.

Die Jahre hatten genug vom Holz des Schildes verschont, so daß die Schrift noch lesbar war, zusammen mit einem Pfeil, der nach rechts wies.

Eine Stadt! Es mußte eine Stadt sein!

David bog bei der nächsten Gelegenheit rechts ab und trieb den Jeep weiter voran.

Am Stadtrand flackerte das ZIMMER-FREI-Schild eines Motels, dessen Glühbirnen nur noch zur Hälfte intakt waren. Ungefähr ein Dutzend Wohneinheiten waren L-förmig angelegt, und nur drei Autos standen auf dem Parkplatz.

David war noch geistesgegenwärtig genug, um an dem Motel vorbeizufahren und den Wrangler drei Blocks weiter auf dem Parkplatz hinter einer Tankstelle mit Werkstatt abzustellen. Während er zu dem blinkenden Schild zurückging, hielt er seine verletzte Hand gegen die Tasche gedrückt, in die er die Kamera gesteckt hatte, um sich zu vergewissern, daß sie noch vorhanden war.

Er wollte sich im Hotel anmelden und seine Schwester anrufen. In Washington war es fünf Uhr morgens. In einer Stunde würde sie aufstehen, um einen weiteren langen Tag als Bürovorsteherin der Senatorin Jordan aus Florida zu beginnen. David hatte sie deswegen oft verspottet und der Speichelleckerei bezichtigt. Jetzt war ihre Position vielleicht das einzige, was sein Leben zu retten vermochte.

Die Tür zur Rezeption des Motels war verschlossen, und David drückte ein halbes Dutzend Mal die Klingel, bevor eine Lampe aufleuchtete. Seine Augen suchten unentwegt die Straße ab, ob Verfolger aus dem Stützpunkt auftauchten.

»Morgen«, begrüßte in ein Mann in einem roten Bademantel schläfrig.

»Ich brauche ein Zimmer«, sagte David so ruhig, wie er es vermochte, und hielt seine gefühllose, bluttropfende Hand verborgen.

»Das habe ich mir schon gedacht. Kommen Sie rein.«

Während er in das Büro taumelte, gelang es David, zwei Zwanzig-Dollar-Scheine in die unverletzte Hand zu nehmen und sie dem Portier mit der Bemerkung zu geben, den Rest solle er behalten. Er wollte die verletzte Hand in dem Zimmer reinigen und verbinden, so gut er es konnte. Vielleicht würde er sogar den Portier rufen und einen weiteren Zwanziger gegen etwas Alkohol und Verbandzeug tauschen. Aber zuerst mußte er ans Telefon. Zuerst mußte er seine Schwester Kristen erreichen, dann konnte er etwas gegen die Schmerzen unternehmen.

David verschloß die Tür von Zimmer sieben hinter sich und legte die Kette vor. Der Raum war mit einem Brett, einem Tisch, einem Stuhl, einem Fernsehgerät und einer Spiegelkommode eingerichtet. Das war alles, abgesehen vom Badezimmer. Ach Gott, wie dringend wollte er duschen. Was von seinem Hemd übrig war, war völlig verschwitzt. Seine langen Haare waren feucht und verfilzt.

Aber die Dusche mußte warten. Das Telefon stand auf dem Tisch, und er knipste die kleine Lampe darüber an, bevor er Kristens Nummer wählte. Die Augen auf die heruntergelassene Jalousie gerichtet, immer in Erwartung von durchschimmernden Scheinwerfern, wartete er sehnsüchtig darauf, daß seine Schwester den Hörer abnahm. Er ließ die verletzte Hand hinabhängen, und das Blut tropfte ungehindert auf den Teppich.

Ein Freizeichen. Noch eines.

»Komm schon«, drängte er. »Komm schon.«

Das dritte Freizeichen. Dann ein Klicken.

Gott sei Dank!

»Kristen«, begann David.

»Hallo, hier spricht Kristen Kurcell. Ich bin jetzt nicht zu Hause, aber nach dem Signalton können Sie eine Nachricht . . .«

»Verdammt!«

Fünf Uhr an diesem verfluchten Morgen, und sie war nicht zu Hause. Oder vielleicht war sie zu Hause und hatte nur den Anrufbeantworter angestellt, damit das Telefon sie nicht wecken konnte. Die Ansage war zu Ende. Der Pfeifton kam.

»Kristen, bist du da? Kristen, hier ist David. Wenn du da bist, nimm bitte ab. Nimm ab!«

Am Ende schrie er fast. Er begriff, daß sie entweder nicht zu Hause war oder ihn nicht hören konnte.

»Na schön«, fuhr er fort, wieder etwas gefaßter. »Ich habe Probleme, Kris, große Probleme. Du wirst es nicht glauben, aber vor einer Stunde habe ich gesehen . . .«

Die Tür des Motelzimmers wurde eingeschlagen. Die Kette rasselte. Splitter und Holzbruchstücke flogen in alle Richtungen.

»Nein«, murmelte David, und dann schrie er: *»Nein!«*

Der große Mann in Schwarz mit dem unpassenden strohfarbenen Haar auf dem Stützpunkt tauchte zwischen den Überresten der Tür auf. David hatte den Mund aufgerissen, um zu schreien, als das Gewehr in der Hand des Mannes zweimal dröhnte. Er spürte die Kugeln wie Tritte gegen seine Brust, seine Schultern wurden gegen die Wand geworfen. Das Telefon entglitt ihm. Seine Füße gehorchten ihm nicht mehr. Er fühlte, wie er zu Boden stürzte. Seine Augen sahen zuletzt nur noch den Telefonhörer, der über der Blutlache baumelte, die seine verletzte Hand verursacht hatte.

Dann stand der große Mann bedrohlich über ihm, und etwas Glänzendes senkte sich auf Davids Kopf. Bevor es in ihn eindrang, verdrängte die Dunkelheit alles andere.

ERSTER TEIL

COCOWALK

DAS CIA-HAUPTQUARTIER:
Donnerstag, 14. April 1994, 22 Uhr

Erstes Kapitel

Clifton Jardine, Direktor der Central Intelligence Agency, sah von der letzten Seite des vor ihm liegenden Berichts hoch.

»Wie viele Kopien gibt es davon, Mr. Daniels?«

»Nur das Original, das sie lesen«, gab Tom Daniels mit hoher und etwas angespannter Stimme zurück. »Ich habe es selbst getippt.«

»Auf Diskette?«

»Mit einer Olivetti. Tut mir leid wegen der Tippfehler.«

Daniels war vierzig Jahre alt und vom College zur Company gegangen. Seit damals hatte er in einer ganzen Reihe von ausländischen Niederlassungen zufriedenstellende Arbeit geleistet, bevor er zurückgerufen worden war, um die bescheidene Stellung des Assistenten eines stellvertretenden Direktors des Geheimdienstes zu übernehmen. Es war eine nominelle Beförderung jener Art, die der Firma es ermöglichte, ihn in der Bürokratie zu begraben, für die er am besten geeignet schien. Er war groß und schlaksig, seine einfachen Anzüge saßen alle gleichermaßen schlecht. Er hatte das Haar gegen die natürlichen Wellen gestriegelt; er trug eine Brille mit Gläsern, deren Tönung sich je nach Helligkeit veränderte, doch sie schienen sich auch in geschlossenen Räumen nie aufzuhellen, verbargen jeden Ausdruck, den seine Augen hätten mitteilen können. Seine Stimme war hoch und piepsig. Clifton Jardine konnte sich nicht erinnern, jemals einem Mann mit weniger Charisma begegnet zu sein. Daniels ließ nicht das geringste Maß an Vertrauen aufkommen, doch der Bericht, den der Direktor nun wieder durchblätterte, sprach für sich selbst.

»Sie werden bemerken, daß der Anhang die genauen Reiserouten der Subjekte enthält, Sir.«

Jardine sah von den Seiten hoch. »Subjekte oder Verdächtige, Mr. Daniels?«

»Ich gehe von letzterem aus.«

Jardine fand die entsprechende Seite des Anhangs und antwortete, während er noch las. »Für solche Männer sind ausgedehnte Reisen nicht ungewöhnlich.«

»Dabei sollte Ihnen auffallen, Sir, daß ein jeder von ihnen im Zeitraum von sechs Monaten die *gleichen* acht Länder besucht hat. Und die Leute, mit denen sie sich dort trafen . . .«

»Wie Sie selbst zugeben, sind Sie sich dessen nicht sicher. Keine eindeutigen Beweise.«

»Das wäre auch kaum zu erwarten. Entscheidend ist, daß sie sich ohne jeden Zweifel *in diesem Land* in den letzten sechs Monaten fünfmal getroffen haben.« Daniels hielt inne. »Mein Bericht enthält die Hintergründe, ihre Dossiers, die Posten, die sie gehabt haben.«

»Die Betonung liegt auf *gehabt haben*, Mr. Daniels. Die Zeitform wird hier entscheidend.«

»Es hat nie aufgehört, Sir. Es wurde neu definiert, und die Ziele wurden im Untergrund weiter verfolgt.«

»Und plötzlich wird es wieder sichtbar. Warum jetzt, Mr. Daniels?«

»Dodd, Sir. Er war das fehlende Glied in der Gleichung, und das wichtigste.«

»Eine Behauptung, für die es überhaupt keine klaren Beweise gibt.«

»Nein, nur Indizien. Aber sie sind stark, unabweisbar.« Daniels atmete tief ein. »Dodd ist derjenige, der es ihnen letztlich ermöglichen wird, die Sache in Gang zu setzen.«

»Was *genau* in Gang zu setzen?« hielt ihm der Direktor vor, ohne ihm eine Möglichkeit zur Antwort zu geben. »Ihr Bericht scheint diese Frage zu vermeiden.«

Daniels nahm einen tiefen Atemzug. »Den Umsturz der Regierung der Vereinigten Staaten.«

Ein lähmendes Schweigen legte sich über den Raum. Clifton Jardines Augen glühten über seinen Schreibtisch hinweg, er wirkte plötzlich unsicher.

»Und wozu diese Treffen in anderen Ländern . . .«

»Es spricht alles dafür, daß die gleichen Ziele rund um den

Globus verfolgt werden. Vielleicht reichen ihnen die Vereinigten Staaten nicht mehr aus. Vielleicht haben sie die dramatischen Entwicklungen in anderen Ländern beobachtet und sind daraufhin zurückgekehrt.« Daniels legte eine Pause ein und nahm die Brille ab, um dem Direktor in die Augen zu sehen. »Vielleicht haben sie diese Entwicklungen verursacht.«

»Und Sie sind sicher, daß die von Ihnen aufgestellte Zeittafel zutrifft?«

»Ja, Sir, das bin ich.«

Jardine verdaute diese Information und erhob sich dann, ein klares Signal für Daniels, daß er zu gehen hatte. »Sie haben richtig gehandelt, indem Sie damit zu mir gekommen sind, Mr. Daniels. Wenn die Einsatzgruppe zusammengestellt ist, werde ich dafür sorgen, daß sie in Verbindung mit Ihnen arbeitet.«

Daniels stand auf, ging aber nicht zur Tür.

»Sir, wenn ich noch auf etwas hinweisen dürfte . . .«

»Bitte.«

»Tatsache ist, daß die in meinem Bericht erwähnten Personen schon länger aktiv sind, länger als jedes Mitglied der Regierung. Wir haben keine Vorstellung davon, wie weit oder tief ihr Einflußbereich sich ausgedehnt hat.«

Jardine zog eine wütende Grimasse. Daß ein Untergebener mit einem nominellen Titel so etwas andeuten konnte, war so gut wie unvorstellbar. »Mr. Daniels, wollen Sie allen Ernstes sagen, daß ich meinen eigenen Leuten nicht vertrauen kann?«

»Ich meine nur, daß eine Operation dieses Umfangs zu viele Leute einbezieht, um sich eines jeden einzelnen sicher sein zu können, und unter diesen Umständen bin ich überzeugt, daß sie mir zustimmen werden, daß wir absolut sicher sein müssen.«

»Sie haben einen Alternativvorschlag, nehme ich an«, gab Jardine mürrisch zurück.

»Je begrenzter wir den Einsatz gestalten, desto eher können wir herausfinden, wie die in meinem Bericht erwähnten Subjekte ihr Ziel zu erreichen versuchen.«

»Wie begrenzt, Mr. Daniels?«

»Ein Mann.« Jardine ließ die Seiten des Berichts durch seine

Finger gleiten. »Ich habe hier keine Namen möglicher Kandidaten gesehen.«

»Weil es nur einen einzigen gibt, der geeignet ist, und ich wollte nicht unbedingt derjenige sein, der ihn anfordert.«

»Von wem reden wir eigentlich, Mr. Daniels?«

»Von Blaine McCracken, Sir.«

Jardines Reaktion bestand darin, daß er sich in seinen Sessel zurückfallen ließ und an den Seitenlehnen festhielt. »Eine seltsame Wahl, wenn man Ihre bisherigen Erfahrungen mit ihm bedenkt.«

»Nicht, wenn man berücksichtigt, daß McCracken entbehrlich, gebrandmarkt und besonders flexibel ist.«

»Flexibel?«

»Sie kennen seinen Hintergrund. Niemand hat härter für sein Land gekämpft wie McCracken. Niemand hat sich öfter in Situationen behauptet, die vergleichbar mit derjenigen sind, der wir uns jetzt ausgesetzt sehen.«

»Ihre Analyse, Mr. Daniels, scheint darauf hinauszulaufen, daß es *nichts* Vergleichbares gibt.«

»Zugegeben, Sir. McCracken hat seinen Anteil an Verrückten und Psychopathen gehabt, aber niemals so etwas. Es könnte um das Ende der Regierung gehen, wie wir sie in den Vereinigten Staaten kennen. Und es hat bereits begonnen. Die Anzeichen sind da.«

»Sie glauben wirklich, daß sie das in Gang bringen können?«

»*Sie* glauben, daß sie es können.«

»Das habe ich Sie nicht gefragt.«

»Aber das ist die Antwort, auf die es ankommt. Denn nach allem, was wir wissen, ist ihr Plan völlig aussichtslos. Die Mechanismen, die Ebenen, die eingebauten Schutzfunktionen unserer Regierung – sie wissen darüber ebensoviel wie wir, eher mehr. Das kann nur bedeuten, daß sie einen Weg gefunden haben, das alles zu überwinden.«

»Sie müßten reichlich viel überwinden.«

»Sie haben etwas vor, das all das ermöglichen wird, Sir. Etwas, das wir nicht in Betracht ziehen, weil wir es nicht können. Und wenn wir nicht herausfinden, was das ist und wie sie es durchziehen wollen, werden wir sie niemals aufhalten können.«

»Aber McCracken kann es...«

»Es fällt genau in seinen Bereich, Sir.«

»... weil er besonders flexibel ist.«

»Es könnte schon genügen, wenn er das Wie herausfindet.«

Jardine klopfte mit den Fingern auf das Original von Daniels Bericht. »Wenn man von Ihren bisherigen Beziehungen zu ihm ausgeht... Wie kommen Sie darauf, daß er Ihnen überhaupt zuhören wird!«

»Aus genau diesem Grund, Sir, wird er ein Treffen mit mir nicht ausschlagen können.«

»Sie möchten ihn also selbst führen.«

»Niemand führt Blaine McCracken, Sir. Aber ich möchte als sein Verbindungsmann tätig sein. Wie ich schon sagte, je weniger Leute mit der Sache zu tun haben, desto besser.«

»Er wird Ihnen nicht vertrauen, Mr. Daniels.«

»Darauf zähle ich, Sir. Ich möchte nicht, daß er mir oder einem anderen völlig vertraut. Es wird ausreichen, wenn er von der Sache überzeugt ist.«

Jardine hob den Bericht mit sichtlichem Unbehagen vom Tisch, als könne er sich daran verbrennen. »Ich möchte über jeden Schritt informiert werden«, sagte er schließlich.

»Natürlich, Sir.«

»Sobald Sie McCracken erreichen, möchte ich davon erfahren.«

»Ich verstehe, Sir.«

»Und noch eins, Tom. Hören Sie mit dem Sir auf! Von jetzt an heiße ich für Sie Cliff.« Jardine versuchte ein Lächeln, aber es gelang ihm nicht so recht. »Mit diesem Geheimnis, das wir beide teilen, sollten wir uns wenigstens mit dem Vornamen ansprechen.«

Zweites Kapitel

»Werft das Arschgesicht aus dem Fenster!« befahl Vincente Ventanna.

Der frettchengesichtige Mann mit dem sackartigen, buntblumigen Hemd sank flehend auf die Knie. »Bitte, Mr. Ventanna, es wird nicht wieder passieren. Ich verspreche es!«

Ventanna schniefte eine Linie Koks direkt von seiner Fingerspitze. »Du hast recht, Hector. Es wird nicht mehr passieren, weil du acht Stockwerke tiefer auf den Boden klatschen wirst.« Seine glasigen Augen kletterten an den Umrissen der Muskelberge hoch, die hinter dem Drogenhändler aufragten, der versucht hatte, ihn zu betrügen. »Luis, Jesús.«

»Bitte«, jammerte Hector, der einen intensiven Gestank nach Schweiß und altem Parfüm ausstrahlte. »Bitte!«

Doch Jesús und Luis hatten ihn bereits auf den Balkon gezogen, von dem aus man über das Meer sehen konnte. Das Schlimmste an diesem Abend war eigentlich, überlegte Ventanna, daß er nie wieder hierher zurückkehren konnte, zu seinem bevorzugten Aufenthaltsort. Key Colony lag in der Nähe des Rickenbacker Causeway im Herzen von Key Biscayne und war eine der gepflegtesten Wohnanlagen von Miami. Ventanna besaß dieses Penthouse im Tidemark-Gebäude nun schon seit ein paar Jahren. Er hatte hier eine Menge netter Parties gefeiert und eine Menge guten Stoff genossen. Der Ort hatte ihm Glück gebracht. Aber alles hat einmal ein Ende, und scheiß drauf, das Key war nicht mehr wie früher, seit der Hurrikan Andrew alle Bäume verschlungen hatte.

Er erreichte den Balkon, als es Jesús gerade gelungen war, Hectors rechte Hand vom Geländer zu reißen. »Angenehmen Flug, *amigo.*«

Ventanna blies die Überreste des weißen Puders von seiner Fingerspitze. Der Wind fing es auf und wirbelte es herum.

Jesús und Luis wirbelten Hector hinaus in die frische Nachtluft.

»Ahhhhhh!«

Hectors Schrei verlor sich, während er fiel. Ventanna erreichte das Geländer, nachdem er mit einem dumpfen Schlag auf dem Zementboden zwischen dem Gebäude und dem Schwimmbecken gelandet war.

Ventanna begann hysterisch zu lachen. »Werft das Arschgesicht aus dem Fenster«, stieß er zwischen schallendem Gelächter hervor, wobei er jeweils einen Arm um die Schultern seiner Henker legte. »Werft das Arschgesicht aus dem Fenster!«

Seine Augen tränten vor Lachen, und er wischte sie mit einem Ärmel trocken, während er zurück in den Wohnraum taumelte. »Okay, Marco, wen haben wir als nächstes?«

Ein Mann in einem pfirsichfarbenen Anzug löste sich von der Tür, die in eins der Schlafzimmer führte. »Diesen Vogel, der in der Gegend von South Beach nach dir gefragt hat. Wir haben ihn im Strumpet's aufgegriffen.«

Das Lächeln verschwand von Ventannas Gesicht. »In einem Schwulentreff?«

Marco zuckte mit den Schultern.

»Du willst mir sagen, daß dieser Vogel in einem Schwulentreff nach *Vincente Ventanna* gesucht hat?«

Marco nickte.

Ventanna begann wieder zu lachen. »Ich werde das Arschgesicht ebenfalls aus dem Fenster werfen.«

Fast hysterisch ließ sich Ventanna in seinen Sessel fallen und bedeutete durch eine Bewegung, daß der Mann in den Wohnraum gebracht werden sollte. Er tauchte zwischen zwei Muskelbergen auf, die Zwillingsbrüder von Jesús und Luis hätten sein können. Maschinenpistolen hingen an ihren Schultern. Der Kerl selbst war ziemlich groß, sein Oberkörper formte ein muskulöses V. Er hatte einen schmuddeligen, kurzgeschnittenen Bart, lockige Haare und die dunkelsten Augen, die Ventanna jemals gesehen hatte. Seine Arme waren vor ihm zusammengebunden, und die hochgerollten Ärmel enthüllten kräftige, sehnige Unterarme. Der Kerl hatte ein hartes Gesicht, das keinen unnötigen Ausdruck verschenkte. Es war schmal und knochig, dünne Linien zerfurchten seine Stirn, und zahllose Schatten verbargen seine Geheimnisse. Für Ventanna war der Mann so gut wie tot, doch wenn er ihn ansah, hatte er den Eindruck, als habe der andere ihn in der Hand.

Ventanna machte es sich in seinem Sessel bequem und nippte von seinem riesigen Wodkaglas mit Eiswürfeln. »He, *amigo*, warum suchst du mich in einem Schwulentreff?«

Die schwarzen Augen blinzelten nicht einmal. »Schien mir der beste Ort zu sein, um das größte Arschloch in Miami zu finden.«

Ventanna spie den Wodka wieder aus, den er noch im Mund gehabt hatte. »He, du hast echt Humor. Du bist ein komischer Vogel.« Er schob sich wieder auf die Füße und bemerkte eine unregelmäßige Narbe, die sich über die linke Augenbraue des großen Mannes zog. »Ich mag das. Du weißt also auch, was ich tun werde.«

»Ich kann kaum erwarten, es zu hören.«

»Ich werde dich Arschgesicht aus dem Fenster werfen.«

Ventanna hatte den Satz kaum beendet, als ihn auch schon wieder ein Lachanfall schüttelte. Er sah hoch und bemerkte zu seiner Überraschung, daß der bärtige Mann mit ihm lachte.

»Du findest das lustig, *amigo*?«

»Nein, ich finde dich lustig.«

Jesús und Luis berührten die Neun-Millimeter-Pistolen der Marke Glock, die in ihren Gürteln festgeklemmt waren. Ventanna winkte ab.

»Du hast Mut, wie? Du bist ein ääächt harter Kerl.«

»Nur ein paar Fragen, dann gehe ich.« Die dunklen Augen des Mannes sahen ohne jeden sichtbaren Ausdruck zum Balkon hinüber. Vielleicht spannten sich die Muskeln in seinen Unterarmen ein wenig. Die Schatten in seinem Gesicht schienen sich auszudehnen, drohten, es zu verschlingen. »Ich werde sogar den unplanmäßigen Flieger namens Hector vergessen.«

Ventanna trat torkelnd einen Schritt vor. »He, ich bin dir ja so dankbar, Mann. Ich glaube, das werde ich dir nie vergessen.«

»Du hast die Wahl, Ventanna. Die sanfte oder die harte Tour.«

Ventanna trommelte mit einem Finger gegen eine unsichtbare

Wand. »Weißt du, ich hätte dich vielleicht gehen lassen, wenn du nicht ausgerechnet in einem Schwulentreff nach mir gefragt hättest. Ich könnte über alles hinwegsehen, aber darüber nicht. Du weißt also, was ich jetzt tun werde?«

»Mich Arschgesicht aus dem Fenster werfen?«

»Du kapierst schnell, *amigo.*« Er schaffte es nicht, seine drogenvernebelten Augen auf die schwarzen Augen des großen Mannes gerichtet zu halten. »Jesús, Luis!«

Die beiden Monster traten vor und ergriffen den Gefangenen von beiden Seiten. Die beiden, die ihn bisher gehalten hatten, traten unterwürfig zurück.

»Werft das Arschgesicht aus dem Fenster!«

Jesús schlug dem großen Kerl in den Magen, brachte ihn zum Taumeln. Luis tat es ihm mit einem Schlag des Ellbogens gegen den Hinterkopf gleich, der ihn auf den Marmorboden schickte.

»Die haaarte Tour«, höhnte Ventanna. »Ich habe die harte Tour gewählt.«

Sie zogen den großen Mann auf den Balkon. Ventanna kam bis zur gläsernen Schiebetür, als sie ihn gerade wieder auf die Füße hievten. Sein Kopf hing über das Geländer.

»Tschüß denn.«

Ventanna wedelte wie ein unbeholfenes Kind mit der Hand und lachte, während seine Kolosse den großen Kerl über das Geländer zu schieben begannen.

Und dann geschah etwas.

Da sein Bewußtsein eingelullt war von den Drogen, die er den ganzen Abend über eingeworfen hatte, nahm Ventanna die Vorgänge wie langsame, surreale Bewegungen wahr. Zuerst kamen die Arme des großen Kerls, die plötzlich nicht mehr gefesselt waren, hinter den Köpfen der Kolosse hoch. Dann war sein ganzer Umriß hinter ihnen, riß die Muskelberge an ihren Kragen kraftvoll zurück und stieß sie mit gleicher Kraft nach vorn.

Die beiden Kolosse flogen schreiend über den Balkon. Die durch ihre Gürtel gesteckten Glock-Pistolen fanden sich in den Händen des großen Mannes wieder. Sie kamen hoch, während Ventanna nur dastand und seine Füße in den Marmorboden flossen.

Die beiden anderen Kolosse im Hintergrund des Wohnraums versuchten vergeblich, ihre Maschinenpistolen von den Schultern zu bekommen. Blaine McCracken schoß sie beide nieder, bevor auch nur einer den Abzug berühren konnte. Der Mann im pfirsichfarbenen Anzug hatte seine Pistole freibekommen und zielte mit ihr. Doch McCracken duckte sich hinter der Deckung, die der erstarrte Ventanna ihm bot. Als der Mann zögerte, schoß McCracken ihm zwei Neun-Millimeter-Kugeln in die Brust. Sein pfirsichfarbener Anzug verfärbte sich rot.

Blain griff nach dem noch immer wie gelähmt dastehenden Ventanna und schlug ihn gegen den Balkon. »Du hättest die sanfte Tour wählen sollen.«

»W-w-wer sind Sie?«

»Der Mann, der dich Arschgesicht aus dem Fenster werfen wird.«

»Nein! Bitte! Biiitte! Sagen Sie, was Sie von mir wollen.«

»Könnte schon zu spät dafür sein«, sagte Blaine und schob Ventannas Kopf weiter über das Geländer.

»Bitte, *amigo*!«

Blaine zog ihn zurück. »Eine Chance, Ventanna.«

»Ja! Egal was! *Egal was!*«

»Das ist gut.«

Cassas stand an der Ecke Florida Avenue und Mayfair Boulevard im Stadtteil Coconut Grove in Miami. Er haßte, was er um sich herum sah, und er freute sich auf das, was daraus werden sollte. In diesem Viertel drängen sich Abend für Abend jede Menge Leute bis in die frühen Morgenstunden. Der Platz auf den Bürgersteigen und in den Bars war fest zugeordnet, und keiner war bereit zu weichen. Man kam nirgendwo hin, ohne jemanden anzurempeln oder angerempelt zu werden. Salsa und Rockmusik drangen aus überfüllten Bars in die Straßen, widerstreitende Songfetzen vermengten sich zu einem sinnlosen Kreischen. Teenager schoben sich um die Eingänge und sahen den meist im College-Alter befindlichen Stammgästen neidisch nach, warteten auf den geeigneten Augenblick, um sich mit ihnen einzuschleusen. Mit nüchternen Augen betrachtet, war es ein einziges Chaos.

Niemand im Grove achtete auf Cassas. Er hatte einen Großteil seines Lebens damit verbracht, sich unauffällig unter Leuten zu bewegen. Es war besonders einfach, sich hier unauffällig unter all den Passanten zu bewegen, die sich für niemanden interessierten, den sie nicht kannten. Was auch immer er tat oder vorhatte, er war unsichtbar. Das Funktelefon in der Innentasche seines Jacketts war als deutliche Ausbeulung zu erkennen, und Cassas hielt den Blick auf das Cocowalk-Zentrum auf der anderen Straßenseite gerichtet. Stampfende Akkorde von Rockmusik klangen daraus hervor; dort hatte um Mitternacht ein Live-Konzert begonnen. Ein neuer Titel setzte gerade ein: ›Sympathy for the Devil‹ von den Rolling Stones. Cassas nickte. Wie passend.

Aus dem Himmel über ihm stieß ein Hubschrauber hinab, um seinen Suchscheinwerfer genauer auf diese zusammengepferchte Masse dekadenter Menschheit zu richten. Auf Cassas wirkte es wie in einem dieser alten Kriegsfilme, in dem das Suchlicht über dem Gefangenenlager hin und her schwenkt, um in einer langen Nacht mögliche Flüchtlinge zu entdecken. Nun, auch das war ein Gefängnis, nur, daß hier niemand entkommen würde.

Cassas sah wieder nach oben. Der Hubschrauber kreiste weiter und schnitt klar umrissene Muster aus dem Himmel.

Es wird nicht mehr lange dauern, überlegte er, als er fast mit einem großen, bärtigen Mann in einem weißen Anzug zusammenstieß. Nicht mehr lange.

McCracken hatte den Mann zuerst für betrunken gehalten, doch dann hatte er bemerkt, daß er nur nach oben zu dem Hubschrauber sah, der die Dunkelheit mit seinem Suchlicht zerschnitt. Blaine schwenkte von der Florida Avenue auf den Mayfair Boulevard und näherte sich dem Mittelpunkt von Coconut Grove: Cocowalk, ein offener Gebäudekomplex mit vier Etagen, der aus Läden und Boutiquen bestand, die zwischen zahllosen Nachtclubs eingezwängt waren. Er hatte Vincente Ventanna vor nur zwei Stunden gefesselt und geknebelt in einem Lagerraum in der Tiefgarage des Tidemark in der Key Colony zurückgelassen. Es ging jetzt auf ein Uhr morgens zu, und die Nacht im Grove heizte sich noch immer auf. Heiße Gitarrengriffe kämpften mit einem Möchtegern-Mick-Jagger um die Lufthoheit, während noch immer ›Sympathy for the Devil‹ spielte.

»Ich suche nach einem Waffenschmuggler«, hatte McCracken auf dem Balkon der Penthouse-Wohnung zu Ventanna gesagt, während das Geheul sich nähernder Sirenen durch die Nacht zu ihnen klang. »Nennt sich Manuel Alvarez. Ich glaube, du kennst ihn.«

»Ja, aber er ist eigentlich nur wie ein Fremder . . .«

McCracken drückte Ventannas Oberkörper über das Geländer. »Du hast dich entschieden, in das Waffengeschäft einzusteigen, Ventanna, und Alvarez hat sich bereit erklärt, dein Lieferant zu sein. Er beliefert im übrigen halb Florida. Wie ich mitbekommen habe, sollen die Schulen jetzt ein großer Markt sein. Ich will den Kerl haben.«

Ventanna sah ängstlich in Blaines Augen. »Ich weiß nicht, wer Sie sind, *amigo*, aber Sie werden niemals auch nur in die Nähe von Alvarez kommen.«

»Nein, Vincente. Aber du. Du hast für heute abend ein Treffen mit ihm vereinbart. Und du wirst mir jetzt sagen, wo.« McCracken lockerte seinen Griff und strich Ventannas Revers gerade. »Und du wirst mir einen Anzug borgen.«

Da Ventanna seine Kleider lang und übergroß trug, saßen sie ganz annehmbar. Akzeptabel war auch die Bestätigung des Drogenhändlers, daß er heute abend den geheimnisvollen Alvarez tatsächlich zum erstenmal treffen wollte. Er sollte den Baja Beach Club in Cocowalk durch den Eingang in der zweiten Etage betreten und einen weißen Anzug mit einer Rose am rechten Revers tragen. Leute von Alvarez würden dort auf ihn warten.

Als McCracken in den palmengesäumten Innenhof des Cocowalk trat, wurde er sich augenblicklich bewußt, wie sehr er aus der Menge hervorstach. Es waren kaum Erwachsene hier, mit Sicherheit keine seines Alters, und seine Kleidung paßte überhaupt nicht. Niemand in Sichtweite trug einen Anzug, wodurch die Leute von Alvarez um so leichter den Mann ausmachen konnten, den sie für Ventanna hielten, sobald er den Baja Beach Club betrat. Das Suchlicht des Hubschraubers drang von oben durch die dachlose Gebäudekonstruktion und erwischte ihn kurz. Die Menge klatschte Beifall und johlte. ›Sympathy for the Devil!‹ war zu Ende, und der Sänger der Band kündigte als nächstes einen Song von Led Zeppelin an.

Das Konzert fand auf einer behelfsmäßigen Bühne statt, die auf einem Zwischengeschoß unterhalb der zweiten Etage errichtet worden war. Die Spitze des Cocowalk-Zentrums war mit goldenen Intarsien verziert, doch in den unteren Ebenen herrschten elegante Pastelltöne vor. Händler, die sich keine gläserne Schaufensterfront leisten konnten wie Gap, The Limited, Victoria's Secret oder B. Dalton, boten ihre T-Shirts oder ihren Modeschmuck von Handkarren oder Kiosken feil, die überall aufgebaut waren, wo sie sich dazwischenquetschen ließen.

McCracken stieg zur Balkonebene der zweiten Etage hinauf. Er ging an einer Bar namens Fat Tuesday vorbei und näherte sich dem Eingang des Baja Beach Club unmittelbar rechts neben einem Restaurant, das sich Big City Fish nannte. Vor dem Eingang hatte sich eine Schlange gebildet, doch Blain zückte Ventannas graue persönliche Mitgliedskarte und ging einfach durch. Seine Ohren wurden augenblicklich beleidigt durch das krächzende Jaulen einer Stimme, die einen Songtext zur Begleitung einer Karaoke-Maschine von sich gab. Der Text rollte auf einer Leinwand eines größeren Innenraums ab, während ein fast kahlköpfiger Stammgast um Annäherung an Bob Dylans Klassiker ›Tangled Up in Blue‹ kämpfte. Nur wenige der jüngeren Stammgäste des Baja Beach Club schienen zu kennen, was er sang. Mit Bikinis bekleidete Kellnerinnen trugen Tabletts mit vielfarbigen Drinks.

»Body Shots!« rief eine über das Getöse hinweg. »Body Shots!«

»Mr. Ventanna?«

Blaine wandte sich nach rechts und sah einen jungen Mann, der einen weiten olivfarbenen Anzug trug.

»Mr. Alvarez wartet oben. Wenn Sie mir bitte folgen wollen . . .«

Sie gingen auf einen Durchgang zu, über dem ein Pfeil nach oben wies. Die Tür führte ein Stück hinaus und zu einer schmalen Steintreppe. In der zweiten Etage des Baja Beach Club, der dritten des Cocowalk, drängten sich noch mehr Leute auf engstem Raum. McCracken folgte dem jungen Mann durch eine Menge, die laut genug war, um den Titel von Led Zeppelin zu übertönen, der auf der ersten Ebene herausgehämmert wurde. Blaine sah einen überdachten Balkon direkt über sich, der seltsam verlassen wirkte, wenn man den hervorragenden Überblick bedachte, den er auf das ganze Geschehen bot. Drei Gestalten lehnten an dem zur anderen Seite gewandten Geländer. Zwei weitere, die Wache am Zugang zum Balkon hielten, ließen McCrackens Begleiter durch, ihn selbst aber nicht. Der Begleiter ging zu dem Geländer hinüber und sprach kurz mit der kleinsten der drei Gestalten. Sie wandte sich um und sah zu McCracken herüber.

Es war ein Junge; er war sechzehn, vielleicht siebzehn und trug weite Jeans mit Aufschlägen sowie ein Seidenhemd mit Blumenaufdruck. Seine dunklen, lockigen Haare wirkten feucht wie durch ein Gel oder Frisierschaum. In seinem stark gebräunten Gesicht saßen die strahlendsten blauen Augen, die Blaine jemals gesehen hatte.

»Ich bin Carlos Alvarez«, sagte der Junge, als er sich McCracken näherte.

Er streckte nicht die Hand aus. Auch Blaine tat es nicht.

»Ich sollte hier Manuel treffen.«

»Nun ja, mein Vater trifft sich nicht mit jedem.« Der Junge hielt inne. »Bist du bewaffnet?«

»Eure Anweisungen besagen, daß ich unbewaffnet kommen soll, *amigo.*« McCracken folgte ihm und mußte sich anstrengen, um sein Entsetzen über die Tatsache zu verbergen, daß die größte Waffenschmuggelorganisation Südfloridas von einem Gespann aus Vater und Sohn geleitet wurde.

»Ich bin nicht dein *amigo*«, erklärte ihm der Junge in bestem Englisch. »Du willst Geschäfte machen. Fangen wir damit an.«

Ein Klapptisch war auf dem Balkon aufgestellt worden, und zwei der Handlanger des Jungen führten Blaine darauf zu. Von hier aus ließ sich das ganze Cocowalk-Zentrum übersehen. Zum erstenmal hatte McCracken direkte Sicht auf das Cineplex, das die vierte Etage ausmachte, und auf die orientalisch wirkenden Ausläufer des U-förmigen, offenen Dachs, das sich um den Innenhof zog.

»Bist du sicher, daß du keine Waffen trägst?« fragte Alvarez und nahm den Sitz ihm gegenüber ein. Der Junge hatte sowohl ein Bier als auch ein schäumendes, pinkfarbenes Gebräu in seiner Reichweite, doch schien es ihm mehr zu bedeuten, geräuschvoll einen Kaugummi in seinem Mund zu bearbeiten. »Ich meine, ich möchte nicht, daß wir gleich mit einem Mißverständnis beginnen.«

»Was soll denn das?« entgegnete Blaine und riß seine Jacke auf, damit die Handlanger ihn filzen konnten.

»Ich wollte dir nur eine Chance geben, die Sache wieder auszubügeln, falls du Mist gemacht hast.«

»Vincente Ventanna hat sein Wort gegeben«, sagte Blaine mit nicht mehr als der notwendigen Härte, während einer der Laufburschen des Jungen ihn abtastete.

Der Junge lehnte sich ein wenig nach vorn. Ein Lächeln mit einer breiten Reihe weißer Zähne zog sich über sein Gesicht. »Das Problem ist, *amigo*, du bist nicht Ventanna.«

Drittes Kapitel

Unten auf der Florida Avenue sah Cassas auf seine Uhr. Auf der Straße um ihn herum sammelten sich weitere Menschenmassen. Er nahm an, daß am South Beach nichts mehr los war, so daß die dortigen Szenegänger für den Rest der Nacht hierher gewechselt waren. Rote Ampeln bedeuteten nichts für Fahrer, die nach einem Parkplatz oder einem bekannten Gesicht suchten. Niemand ging irgendwohin, und wenn doch, dann nur langsam.

Perfekt.

Cassas zog das drahtlose Telefon aus seiner Tasche. Das war nicht ungewöhnlich im Grove, daher gab es keinen Grund für ihn, es zu verbergen. Er tippte die Ziffern ein und wartete.

»Hier«, grüßte eine Stimme.

»Es ist Zeit«, signalisierte Cassas.

Bevor McCracken sich bewegen konnte, waren fünf Gewehre auf ihn in Anschlag gebracht worden. Reflexe vom Suchscheinwerfer des Hubschraubers huschten über das Gesicht des jungen Alvarez, während er fortfuhr: »Du hältst mich wohl für ganz blöd, Mann? Du glaubst, ich passe nicht auf, wer sich mit mir treffen will?« Er fletschte seine weißen Zähne. »Das ist Miami. Mir *gehört* diese Stadt.«

»Dann solltest du dich besser um sie kümmern. Bleib zu Hause und mache deine Schulaufgaben, statt Waffen zu verschieben.«

»Echt lustig, Mann.«

»Du könntest dich zum Beispiel auf die Zwischenprüfung vorbereiten.«

»Du bist ein verdammter Komiker.«

»Ich hoffe, du bist kein vorzeitiger Schulabgänger.«

»Ich habe einen Einser-Durchschnitt, weil ich echt was drauf habe«, prahlte der Junge. »Im Ransom.«

»Das muß wohl eine Jugendstrafanstalt sein.«

»Mach nur so weiter, du Arschloch, und ich werde dich vielleicht ganz langsam umbringen lassen.«

»Du spielst außerhalb deiner Liga, Junge.«

Alvarez lehnte sich zurück, verschränkte die Hände hinter dem Kopf und sah zwischen den fünf Bewaffneten hin und her, die sich über den Balkon verteilt hatten. »Das macht Spaß. Ich bin froh, daß ich dich nach hier oben gelassen habe.«

»Ist das nun deine Unternehmung oder die deines Vaters?«

»Sowohl als auch.«

»So bleibt alles in der Familie.«

»He, Mann, das ist der amerikanische Traum!« Alvarez schüttelte geringschätzig den Kopf. »Und du tauchst hier auf und hoffst, ihn zerstören zu können.«

»Kinder bringen sich mit deinen Waffen gegenseitig um.«

»Ich vertreibe jetzt im ganzen Land. Wir expandieren.«

»Aus diesem Grund bin ich hier.«

Der Junge kicherte. »Du willst mich aufhalten, was?«

Blaine schüttelte den Kopf. »Typen wie du halten sich am Ende immer selber auf. Ich könnte die Entwicklung aber etwas beschleunigen.«

Die Augen des Jungen weiteten sich mit einem Ausdruck des Unglaubens. »Sieh dich doch einmal um, Mann. *Ich* habe die Waffen. Ich brauche nur mit den Fingern schnippen, und du bist auf der Stelle tot.«

»Deinem Vater würde das nicht gefallen.«

»Dann eben woanders. Macht mich auch nichts aus.«

»Macht *mir* auch nichts aus«, korrigierte Blaine. »Ich hab' doch schon gesagt, du solltest dich mehr um die Schule kümmern.«

Der Junge fletschte erneut die Zähne. »Das wird dir noch leid tun, Mann, das wird dir noch soooooooo leid tun.«

Ein zweiter Hubschrauber tauchte über ihnen auf und senkte sich direkt auf sie hinab. Zwei der Wachen des jungen Alvarez, die nahe dem Balkongeländer standen, sahen verunsichert zu ihm hoch.

»He«, schoß Alvarez auf Blaine zu, als er bemerkte, daß auch dessen Augen darauf gerichtet waren. »Ich rede mit dir.«

Blaine beobachtete, wie der zweite Hubschrauber sich bis in die unmittelbare Höhe des Balkons des Baja Beach Clubs hinabsenkte. Er warf sich zu Boden.

Rat-tat-tat . . . rat-tat-tat . . .

Das Feuer aus den Maschinenpistolen zerfetzte zuerst die Männer am Geländer. Blaine wollte Alvarez zu Boden reißen, doch der Junge schwang zu dem Hubschrauber herum und wurde mit einer Gewehrsalve begrüßt. Die Wucht der Kugeln warf ihn über den Tisch, Blut schoß durch sein Seidenhemd. Einer seiner Leibwächter ging zu Boden, von Kugeln getroffen. Zwei weitere wurden niedergemäht, als sie zu fliehen versuchten.

McCracken kroch zu dem, der ihm am nächsten lag, holte die Neun-Millimeter-Beretta aus seinem Halfter und dazu drei Magazine mit Munition aus seiner Jackentasche. Er kam mit einem Satz auf die Beine und prallte mit den Schultern gegen die Außenwand. Gleichzeitig führte der Hubschrauberpilot seine beste Version einer Blitzlandung in einer gefährlichen Landezone vor und setzte ein halbes Dutzend schwarzgekleideter Bewaffneter auf dem Dach des Big City Fish in der zweiten Etage ab. Der Helikopter ging sofort wieder hoch, während die Bewaffneten sich verteilten und ihre M16-Gewehre auf die Menge in der ersten Etage richteten.

McCracken eröffnete das Feuer. Zwei seiner Kugeln schlugen einen von ihnen zurück. Die Art und Weise, in der er zu Boden ging, ließ eindeutig erkennen, daß er eine kugelsichere Weste trug. Mit Schüssen in die Körpermitte konnte er keinen von ihnen töten.

Die anderen fünf Bewaffneten bewegten sich in Richtung auf den Balkon, und Blaine schaffte es, eine Kugel genau in die Stirn des einen zu plazieren. Er tauchte wieder ab, bevor eine Salve von 7,62-mm-Kugeln über ihn hinwegfegte, und kroch zu dem Durchgang, der zurück in den Baja Beach Club führte.

Im gesamten Cocowalk hatte sich die anfängliche Verwirrung mittlerweile zum Chaos gesteigert. Die Band, die das Konzert gegeben hatte, hörte mitten in einem weiteren Stones-Tiel auf zu spielen, und ihre Mitglieder rannten auseinander, um Deckung zu suchen. Der erste Kugelhagel, der nach dem ursprünglichen Plan in die Menge hätte gefeuert werden sollen, hatte sie alle aufgescheucht. Die Vorderfront des Komplexes bot die naheliegendste Möglichkeit, ihn zu verlassen, und Tausende von Eingeschlossenen drängten wie in einer Stampede in diese Richtung, bis der angreifende Helikopter niederging, um ihren Fluchtweg abzuschneiden. Maschinenpistolenfeuer regnete aus dem Innern des Hubschraubers hinab und brachte die Menge im Cocowalk zum Stillstand. Kugeln schlugen in Leiber ein, die auf der Stelle zu Boden gingen.

McCracken erreichte durch das Durcheinander des Baja Beach Club die zweite Etage des Cocowalk, als der feindliche Hubschrauber eben wieder zu einem Aufstieg ansetzte. Das Blutbad, das der Hubschrauber zurückließ, machte ihn krank. Schreie übertönten die letzten Gewehrschüsse aus dem Hubschrauber.

»O Gott«, murmelte er. »Gottverdammt!«

McCracken hielt die Beretta nach oben und versuchte, sich in der Menge so zu drehen, daß er einen Schuß auf einen anderen Gewehrschützen abgeben konnte. Alle fünf waren vom Dach gesprungen und mußten sich jetzt durch das Cocowalk bewegen. Sie waren zweifellos durch die Gegenwart eines Mannes abgelenkt worden, der ihre Pläne in drastischer Weise gestört hatte.

Währenddessen bemühte sich das Dutzend Polizeibeamte, das im Cocowalk Dienst tat, verzweifelt darum, den Anschein von Ordnung aufrechtzuhalten, oder wenigstens die Spur der Bewaffneten durch das Cocowalk zu verfolgen. Da die Beamten mit Funksprechgeräten ausgerüstet waren, würde bald alles an Einsatzkräften auf dem Weg sein, was die Polizei von Miami aufzubringen hatte. Doch Blaine mußte annehmen, daß sie zu weit entfernt waren, um viel zu bewirken, und sie würden es in jedem Fall schwer haben, durch die Menschenmassen zu kommen.

Die Menge, in der McCracken eingeschlossen war, wurde plötzlich in ihrem Drängen zu den Treppen hin aufgehalten. Einer der Schützen war auf der gegenüberliegenden Seite aufgetaucht. Der Polizist, der nahe dem Eingang des Baja Beach Club auf der zweiten Etage seine Position bezogen hatte, drängte verzweifelte Gäste zur Seite, um eine freie Schußlinie zu bekommen. Der Gewehrschütze wartete nicht. Er feuerte einfach in die Menge. Der Polizist ging zu Boden. Die Überlebenden um ihn warfen sich ebenfalls nieder, so daß der sich wieder bewegende Schütze jetzt nicht mehr durch ihre Körper gedeckt wurde.

»Auf den Boden!« schrie Blaine den Leuten um ihn herum zu und feuerte drei Kugeln ab. Die erste schlug gegen die kugelsichere Weste des Schützen und warf ihn rückwärts. Die zweite erwischte ihn direkt unter dem Schlüsselbein, während die dritte ihren Weg in seinen Schädel fand. Der Mann kippte um.

McCracken lief weiter. Er hatte kurze Zeit freie Bahn, als er sich dem Zwischengeschoß näherte, von dem aus man die behelfsmäßige Bühne und den Eingang des Cocowalk übersehen konnte. Gewehrfeuer wurde aus der dritten Etage auf ihn gerichtet, und er hatte keine andere Wahl, als sich über das Geländer und hinab auf die Konzertbühne zu schwingen.

Er traf mit bis zur Brust angezogenen Knien auf der Bühne auf, landete in einem Durcheinander von Drähten und Kabeln. Einer der großen Verstärker kippte um, während ihn der Suchscheinwerfer des zivilen Hubschraubers zufällig traf.

»Verdammt!« krächzte McCracken. Er rollte sich blitzschnell ab, was ihn vor einer Gewehrsalve rettete, die von der B. Dalton-Filiale in der zweiten Etage kam.

Blain kam hoch und feuerte die Beretta in diese Richtung. Einen tödlichen Treffer konnte er diesmal auf keinen Fall erwarten. Doch vier Schüsse in die Beine des Schützen rissen ihm die Füße weg. Seine Maschinenpistole feuerte noch immer, als er zu Boden ging, und die Kugeln zerschlugen die Schaufenster von B. Dalton und der Läden links und rechts davon.

Sirenen heulten in der Ferne. Doch wegen des dichten Verkehrs, den Blaine auf den Straßen der Umgebung beobachtet hatte, war nicht zu erwarten, daß sie sich rasch näherten. Zusätzlich zu den Autos waren die Straßen überfüllt mit den Leuten, die sich zu ihrem Glück nicht im Cocowalk aufgehalten hatten, und mit jenen, die das noch größere Glück gehabt hatten, aus ihm entkommen zu können. Der Asphaltboden schien nachzugeben unter der Last von so vielen Leuten, die sich gleichzeitig auf ihm drängten. Die Panik verbreitete sich rasch.

McCracken wurde klar, daß der feindliche Hubschrauber seine mörderische Wache über dem Haupteingang vorübergehend aufgegeben hatte, um in seine Richtung zu kurven. Er warf sich hinter einer massiven Pflanzenschale aus Marmor in

Deckung. Auftreffende Kugeln rissen Gesteinssplitter aus der Schale. Er hörte weiteres Gewehrfeuer, das keine Marmorsplitter mehr herausriß. Das verriet ihm, daß der Hubschrauber sich wieder den jungen Leuten zugewandt hatte, die jetzt nicht mehr gewaltsam zurückgehalten wurden und sich wieder massiv in Richtung auf die Vorderseite des Cocowalk drängten. Blaine verließ seine Deckung und feuerte auf den Helikopter. Er entleerte den Rest des Magazins und schaffte es, den Hubschrauber wieder in seine Richtung zu locken. Die verbleibenden drei Gewehrschützen konnte er erst einmal vernachlässigen. Der Hubschrauber war jetzt das entscheidende Problem. Er mußte ausgeschaltet werden. Aber nicht mit einer einfachen Neun-Millimeter-Pistole, nicht einmal mit einer Maschinenpistole. Filmszenen, in denen Helikopter mit ein paar gezielten Schüssen aus der Luft geholt werden, sind kaum realistisch. Es gab aber noch andere Möglichkeiten.

Blaines Blicke huschten über die Ausrüstung der Rockmusiker auf der kleinen Bühne, folgten den dicken Koaxialkabeln bis zu dem mutmaßlichen Stromanschluß auf der vierten Etage. Er hatte seine Antwort.

McCracken legte ein neues Magazin in die Beretta und lief zur Treppe. Ihm pfiffen Kugeln von zwei der verbleibenden Gewehrschützen entgegen, die ihm aufgelauert hatten. Er erwiderte das Feuer und zwang sie, in Deckung zu gehen. Einer tauchte wieder auf, als Blaine die zweite Etage erreichte, doch McCrackens blitzschnelle Reflexe bewährten sich wieder einmal. Er feuerte drei gezielte Schüsse ab, während der Gewehrschütze nur wild in die Gegend ballerte. Die ersten Schüsse erwischten den Mann in der rechten Schulter und am Arm. Der dritte zerfetzte seine Kehle.

Blaine rutschte über den glatten Bodenbelag, um einem Feuerstoß auszuweichen, den einer der verbliebenen beiden Gewehrschützen von seiner Position in der dritten Etage abgab. Ohne innezuhalten, entleerte McCracken den Rest seines zweiten Magazins, und der Gewehrschütze fiel tot über das Geländer.

Der Helikopter näherte sich, um ihn erneut anzugreifen. Blaine ging hinter einer Ansammlung von leeren Transportkarren in Deckung, die nahe einer Wand auf der zweiten Etage abgestellt waren. Er hielt seinen Kopf bedeckt, um sich vor umhergeschleuderten Holzsplittern zu schützen, und wartete ab, bis der Hubschrauber wieder zum Eingang des Cocowalk abdrehte, bevor er seine Deckung verließ.

Nur einer der Gewehrschützen befand sich jetzt noch zwischen ihm und dem Punkt auf der vierten Etage, wo die anderen Enden der Stromkabel für das Konzert eingesteckt waren. McCracken überwand rasch die Treppe zur dritten Etage und hatte schon fast die vierte erreicht, als eine Kugel seine Seite streifte. Ein heißer Schmerz durchzuckte ihn, und er schwang herum, um nach dem letzten Gewehrschützen zu sehen. Doch es war derjenige, dem er in die Beine geschossen hatte; er lag knapp fünfzehn Meter von ihm entfernt. Eine Blutspur kennzeichnete die Strecke, über die er sich in seine Richtung gezogen hatte. Der Schütze versuchte, erneut abzudrücken, doch McCracken hatte ihm bereits mit der ersten Kugel des letzten Magazins, das er von Alvarez' toter Leibwache entwendet hatte, einen Kopfschuß verpaßt.

Nachdem er alle seine Gegenspieler bis auf einen außer Gefecht gesetzt hatte, sprintete McCracken auf die vierte Etage, um das Gewirr von Koaxialkabeln zu ihrem Ursprung zu verfolgen. Von diesem Punkt aus hatte er einen klaren Blick auf die Straße. Vier Polizeiwagen hatten es durch das Verkehrschaos geschafft und näherten sich.

Der Helikopter, der zunächst wieder in seine Richtung geschwenkt war, kümmerte sich jetzt um die Streifenwagen. Er nahm das erste Fahrzeug unter so starken Beschuß, daß es den Mayfair Boulevard hinabschlitterte. Der Fahrer hatte jede Kontrolle verloren, und der Wagen knallte durch die Eingangsfront von Johnny Rocket's, einem altmodischen Fünfziger-Jahre-Schuppen, der bis heute damit geprahlt hatte, die besten Hamburger von Miami zu haben. Eine Granate, die von einem Werfer aus dem Hubschrauber abgefeuert wurde, verwandelte das zweite Polizeifahrzeug in eine herumschleudernde Masse aus glühendem Metall, während das dritte auf eine Reihe parkender Autos prallte.

McCracken glaubte, das alles wie Tritte gegen seinen Magen zu verspüren. Er erreichte eine große Anschlußdose, in die die Koaxialkabel eingesteckt waren, und riß eines davon heraus. Er nahm das restliche Stück Kabel auf und zerrte dann ruckartig mit aller Kraft das andere Kabelende aus der ersten Etage hoch. Auf der behelfsmäßigen Bühne flog ein Verstärker um und nahm mit einem typischen Domino-Effekt eine ganze Reihe von Ausrüstungsgegenständen mit. Aus dem ganzen Durcheinander tauchte ein Kabel auf.

Direkt gegenüber von McCracken folgte der feindliche Helikopter einer horizontalen Bahn durch die Luft und nahm zahlreiche Gebäudeteile unter Beschuß. Glas splitterte und fiel auf diejenigen Gäste herab, die noch immer in dem Komplex gefangen waren. Weitere Sirenen heulten auf. McCracken machte einen Polizeihelikopter aus, der mit Höchstgeschwindigkeit auf den Grove zuhielt.

Schepper!

Eine Kugel traf das stählerne Geländer zu seiner Rechten, und McCracken warf sich auf den Boden, wobei er das Kabel unter sich festhielt. Der letzte Schütze rannte auf die Treppe zu und feuerte dabei ohne Unterbrechung mit der M16. Blaine jagte vier Kugeln gegen seine geschützte Körpermitte, und die Wucht reichte aus, den Mann von seiner Maschinenpistole zu trennen und ihn die Treppe hinabsegeln zu lassen, deren Stufen er eben bewältigt hatte. Er schlug gegen die Tür und kroch hinter die nächste Deckung.

McCracken kam wieder auf die Füße und zog den Rest des Kabels hoch. Nachdem er es wie einen Gartenschlauch aufgerollt hatte, wandte er seine Aufmerksamkeit dem feindlichen Hubschrauber zu.

Doch bevor Blaine sich weiter damit beschäftigen konnte, schwang der Polizeihubschrauber sich direkt über die Rückseite des Cocowalk, keine fünfzehn Meter über seinem Kopf. Aus seinem Inneren wurden Schüsse auf den feindlichen Hubschrauber abgegeben, der unschlüssig hin und her schwenkte, bevor er auf seinen Gegenspieler Kurs nahm und beschleunigte. Der Polizeihubschrauber gewann ein wenig an Höhe, der Feind folgte unmittelbar und erwiderte das Feuer aus einer offenen Seitentür.

Die beiden Helikopter stürzten sich wie riesige Raubvögel aufeinander, tauchten ab und wichen aus. Blaine beobachtete, wie der zivile Hubschrauber über den beiden anderen in die Höhe stieg, in der Luft verhielt und den Suchscheinwerfer nach unten schwenkte. Es verwirrte McCracken zunächst, doch dann begriff er schnell, daß der Pilot des zivilen Hubschraubers seinen Kollegen in dem angreifenden Helikopter durch den Strahl zu blenden versuchte. Der Trick zwang den Piloten, der die Gewehrschützen eingeflogen hatte, nach unten abzutauchen und in Richtung auf McCracken zurückzuweichen.

Besser konnte es nicht kommen!

Während Blaine das zusammengerollte Kabel bereitmachte, flog eine weitere Granate aus dem feindlichen Hubschrauber. Sie traf den Polizeihubschrauber direkt in die Seite. Er wirbelte ohne jede Kontrolle dahin und zog eine Spur von schwarzem Rauch hinter sich her. Der Pilot schaffte es, daraus einen unsicheren Abstieg zu entwickeln, der ihm hoffentlich die Zeit ließ, einen Parkplatz oder ein Gebäudedach zu finden, um eine Landung zu versuchen.

Während des Kampfverlaufs hatte Blaine aus den Augenwinkeln wahrgenommen, daß die verbleibenden Gefangenen des Cocowalk die Gelegenheit zur Flucht genutzt hatten. Nun jedoch, da ihn nichts mehr aufhalten konnte, war klar, daß der feindliche Hubschrauber seinen Angriff einfach auf die Straßen fortsetzen würde, die mit ihrem endlosen Meer von Körpern gleichermaßen einladende Ziele boten.

McCracken zog die aufgerollte Kabelmasse hinter sich, um Schwung zu holen. Als er das Kabel warf, drehte der Helikopter sich wieder in seine Richtung. McCracken beobachtete, wie es sich abwickelte, während es sich seinem Ziel näherte. Dann hechtete er unter dem Kugelhagel aus dem Hubschrauber hinweg auf den Boden. Aus dem Augenwinkel sah er, wie ein Teil des Kabels auf dem Hauptdrehflügel aufkam. Im nächsten Augenblick wurde auch der Rest der Kabelschlingen in den Rotor gezogen und wie hinter einem Schleier verborgen. Da die

Kontrolle beeinträchtigt war, begann der Hubschrauber zu schwanken und geriet in eine ernsthafte Schräglage nach links. Der Pilot überkompensierte, und der Helikopter kippte fast ganz nach rechts. Er begann sich wild zu drehen, gewann leicht an Höhe, nur um wieder hinabgezogen zu werden, als sich das Koaxialkabel noch enger um den Drehflügel schlang.

Der Pilot kämpfte verzweifelt darum, die Kontrolle zurückzugewinnen. Er versuchte, den Hubschrauber nach oben zu bringen, doch das kippte ihn wieder zur Seite. Der Rotor stotterte, seine Drehung wurde durch die Kabelschlingen abgewürgt. McCracken sah, daß der Hubschrauber auf ein Parkhaus hinter dem Cocowalk zu stürzen drohte, und bedeckte schützend seinen Kopf, bevor er den Aufschlag hörte.

Der Helikopter schlug auf dem Parkhausdach auf und fing Feuer, explodierte aber nicht. Blaines Blicke verweilten nur kurz auf ihm, bevor sie sich wieder auf das zertrümmerte Innere des Einkaufszentrum richteten. Nicht ein Laden oder eine Schaufensterfront waren noch intakt. Glasscherben und Trümmer lagen überall herum, oft auf den Leichen, die die Killer zurückgelassen hatten. Einsatzgruppen der Polizei von Miami drangen gleich einer schwarzen Welle in den Gebäudekomplex ein. McCracken hob seine Hände, um sie in seine Richtung zu dirigieren.

Der letzte Gewehrschütze, mit dem er sich duelliert hatte, tauchte in seinem Sichtfeld auf, als er zu der M16 hechtete, die McCrackens Schüsse ihm entrissen hatten. Die Gestalt hatte ihre schwarze Skimaske verloren, und eine Fülle blonden Haars glitt auf ihre Schultern herab. Eine Frau!

»Nicht!« schrie Blaine hinab, die Beretta wieder in der Hand und auf sie gerichtet.

Die Hand der Frau griff nach der M16, richtete sie aber nicht auf ihn. Durch den Tumult alarmiert, eilten Polizisten mit gezückten Waffen zur vierten Etage.

»Stopp!« schrie eine Stimme.

»Hände in die Luft!« folgte eine andere. »Geben Sie auf«, rief Blaine der Frau zu. »Es ist vorbei.«

»Nein!« erwiderte sie. »Das ist erst der Anfang. Eine Revolution in den Straßen, die in dieser Nacht anfängt. Wir werden uns dieses Land zurückholen!«

»Wer? Wer seid ihr?«

»Ihr könnt uns nicht aufhalten! Niemand kann uns aufhalten! Ihr werdet sehen, alle werden es sehen!«

»Lassen Sie die Waffe fallen!« schrie einer der Polizisten McCracken an. »Keine Bewegung!«

Drei Polizisten näherten sich der Frau aus verschiedenen Richtungen.

Blaine ließ die Pistole fallen und hob die Hände. »Erschießt sie nicht!« rief er den Beamten zu. »Wir brauchen sie und . . .«

Die Augen der Frau loderten. Sie brachte die M16 in Anschlag.

»Nein!« schrie Blaine.

Die Kugeln der Polizisten drangen in sie ein, wirbelten die Gestalt der Frau herum und warfen sie zu Boden. Ihre Beine zuckten einmal, dann lag sie reglos da.

McCracken lehnte über dem Geländer. »Verdammt«, murmelte er.

Das Suchlicht des zivilen Hubschraubers erfaßte McCracken mitten in einem ganzen Dutzend von Gewehrläufen, die auf ihn gerichtet waren. Zwei Beamte liefen die Treppenstufen zu ihm hoch.

»Auf den Boden!« befahl einer von ihnen. *»Sofort!«*

Blaine sah noch einmal zu der Leiche der jungen Frau, dann ging er in die Knie und legte sich flach auf den Bauch. Ein Fuß traf hart gegen seinen Hals. Seine Hände wurden hinter seinem Rücken zusammengedrückt, und Handschellen schnappten zu.

»Falls ihr es noch nicht gemerkt habt«, preßte er aus dem Mundwinkel hervor, der nicht auf die Fliesen gedrückt war, »ich bin auf eurer Seite.«

»Sie sind verhaftet«, sagte die Stimme eines Polizisten.

Viertes Kapitel

»Danke, daß du dir Zeit für mich nimmst«, lautete Kristen Kurcells Begrüßung, als Paul Gathers aus seinem Büro im J.-Edgar-Hoover-Gebäude kam.

»Kein Problem. Du wirst mir dafür bestimmt einen Gefallen tun, wenn meine Abteilung das nächstemal wegen der Geldmittel beim Bewilligungskomitee deiner Senatorin vorstellig wird.«

Er umfaßte mit beiden Händen ihre ausgestreckte Hand, und sie reagierte nervös auf den Händedruck.

»Du zitterst ja«, sagte er und berührte ihre Schulter.

Sie zuckte mit den Schultern. Mit einem Meter siebzig war Gathers nur ein paar Zentimeter größer als sie. Sie hatten sich zum ersten Mal getroffen, nachdem ein Bildbericht über ›Frauen auf dem Hügel‹ im *Washington Magazine* erschienen war und er sie daraufhin angerufen hatte. Kristen war eine der Frauen gewesen, die darin herausgestellt wurden, und viele, die die Unterschriften nicht lasen, hatten sie für ein professionelles Modell gehalten. Das war kein Wunder. Sie war groß und schlank und hatte sich sowohl ihre jugendliche Vitalität als auch ihre athletische Figur erhalten. Ein gewinnendes Lächeln ergänzte ihre blühende Wangenfarbe, die sie ständig aussehen ließ, als wäre sie gerade aus dem Urlaub zurückgekehrt. Ihre Haare waren eine kastanienfarbige Komposition von Locken und Wellen, die adrett auf ihre Schultern herabfielen und die sie sich manchmal anmutig aus dem Gesicht wischte. Eine der Aufnahmen in dem Bildbericht zeigte diese Geste. Sie benötigte wenig Make-up. Sie trug gerade genug Lidschatten auf, damit ihre großen braunen Augen nicht zu sehr auffielen.

Gathers hatte sie vor sechs Monaten im Büro von Senatorin Jordan unter dem Vorwand angerufen, er brauche Informationen über die Bewilligung von Mitteln. Er eröffnete sich ihr unbeholfen, noch während sie sich in dem Restaurant die Hände schüttelten. Obwohl diese erste Begegnung fast als Katastrophe geendet hätte und sie seine ständigen Annäherungsversuche unentwegt zurückwies, waren Kristen und Paul Freunde geworden, die ab und an zusammen essen gingen oder einen Drink nahmen. In jedem Fall war er der einzige FBI-Agent, den sie gut genug kannte, um direkt mit ihm Kontakt aufnehmen zu können. Gathers war als Spezialagent in der Terrorismusabwehr tätig. Er war oft auf Reisen, doch zum Glück hatte er sich an diesem Freitag morgen in seinem Büro befunden. Gathers wirkte stämmiger als bei ihrem letzten Treffen. Er war ein Mann, der dazu verdammt war, ständig auf sein Gewicht zu achten. Er trug sein krauses, schwarzes Haar kurz geschnitten.

»Du hast das Band dabei?« fragte Gathers und löste seine Hand von ihrer Schulter.

Kristen tippte gegen ihre abgenutzte Aktentasche aus weichem Leder.

Paul Gathers führte sie in sein Büro. »Keine Anrufe«, wies er seine Sekretärin an, bevor sie die Tür hinter ihm schloß.

»Mein Bruder ist der einzige, der von meiner Familie übrig ist, Paul. Es gibt niemanden außer ihm. Wenn ihm etwas passiert ist . . .«

»Ein Schritt nach dem anderen, Kris. Setz dich.«

Kristen legte ihre Aktentasche auf einen Stuhl vor Pauls Schreibtisch. Sie zog das Band heraus und hielt es kurz in der Hand, bevor sie es dem Agenten überreichte.

Kristen hatte die Nachricht vor neunzig Minuten zum erstenmal abgehört, nachdem sie vom Büro aus gegen zehn Uhr vormittags zu Hause angerufen hatte, um sich die auf Band gesprochenen Nachrichten anzuhören. Zuvor hatte sie schon drei hektische Stunden damit verbracht, Notizen zu überprüfen und Anrufe zu erwidern. Dieser Freitag hatte als ein besonders geschäftiger Tag begonnen. Die einzigen wirklich dringenden Anrufe hätten von der Senatorin sein können, und da sie über Nacht bei ihr geblieben war, hätte sie den Anrufbeantworter eigentlich den ganzen Tag nicht abhören müssen.

Die einzige Nachricht auf der Maschine war von ihrem Bruder gewesen.

Der Telefonhörer fiel ihr fast aus der Hand, als sie von ihrem Büro aus die Nachricht abhörte. Sie fühlte sich schwach, einen kurzen Augenblick war ihr kalt, dann ganz heiß. Sie stand zitternd auf, hielt sich am Rand ihres Schreibtisches fest. Benommen ging sie in den Vorraum und hielt am Tisch der Empfangsdame an. Die Senatorin war in einer wichtigen Besprechung und durfte nicht gestört werden. Sie hatten vereinbart, sich unmittelbar danach zu treffen. Das mußte jetzt warten.

»Sally.« Die Empfangsdame drehte sich überrascht zu ihr um. Kristen hatte gar nicht bemerkt, wie laut sie gesprochen hatte.

»Könnten Sie der Senatorin bitte sagen, daß ich kurz weg muß. Es ist eine persönliche Angelegenheit. Eine Art Notfall.«

»Natürlich«, sagte Sally mit ehrlicher Anteilnahme. »Es ist doch hoffentlich niemandem etwas passiert?«

»Nein. Ich hoffe jedenfalls nicht. Es ist nur, daß . . .«

Der letzte Satz blieb unvollendet, da Kristen bereits die Tür erreicht hatte.

In ihrer Wohnung, die nur zwei Blocks vom Senatsgebäude entfernt lag, hörte sie die Nachricht ihres Bruders drei weitere Male ab, bevor sie Paul Gathers anrief. Paul würde ihr helfen. Paul war ein Freund. Wie sie ihn jetzt vor sich sah, während er sich anschickte, die Kassette in das Abspielgerät auf seinem Tisch zu stecken, kehrte etwas von ihrer inneren Ruhe zurück. Vielleicht war wirklich alles in Ordnung. Vielleicht reagierte sie nur zu nervös.

Gathers ließ die Abdeckung des Kassettengeräts aufspringen und steckte das Band hinein. Dann drückte er WIEDERGABE. Kristen setzte sich nicht, ebensowenig wie Gathers. Einen Augenblick später erfüllte die Stimme ihres Bruders den Raum.

»Kristen, bist du da? Kristen, hier ist David. Wenn du da bist, nimm bitte ab. Nimm ab!«

Seine Stimme war fast schon in ein Schreien übergegangen. Es folgte ein Geräusch, das ihr wie ein tiefes Atemholen vorkam, während er seine Fassung wiedergewann.

»Na schön, ich habe Probleme, Kris, große Probleme. Du wirst es nicht glauben, aber vor einer Stunde habe ich gesehen . . .«

Geräusche, als würde etwas zerbrochen oder eingeschlagen, schnitten seine Stimme ab.

»Nein!«

Ein Murmeln.

»*Nein!*« Ein Schrei.

Dann nichts mehr, nur noch ein wiederholtes leises Pochen, als klopfe jemand gegen ein Fenster. Ein paar Sekunden vergingen, bevor der Hörer am anderen Ende aufgelegt wurde. Es klickte, und die Aufnahme war zu Ende.

»Fünf Uhr dreizehn morgens«, leierte die synthetische Stimme herunter, die sich am Ende einer jeden Nachricht meldete.

Kristen sah von dem Kassettenspieler zu Paul hoch. »Ich glaube, diese Geräusche am Schluß waren Schüsse«, sagte sie, nachdem er auf die Stopptaste gedrückt hatte. »Das waren doch Schüsse, oder nicht?«

»Kris, setz dich bitte.«

»Sag mir, daß ich mich täusche, Paul. Bitte, sag mir, daß es nicht stimmt.«

Er ließ sich in seinem Sessel nieder, und sie hockte sich steif auf den vorderen Rand des Besucherstuhls vor seinem Schreibtisch. Ihr Körper berührte den Stuhl kaum.

Gathers beugte sich vor. »Wir haben die nötige Ausrüstung, um alle Geräusche zu verstärken, und Computer, die sie identifizieren können. Ich bringe es den Jungs im Labor. Sollen sie es versuchen.«

»Du brauchst sie nicht, um herauszufinden, von wo der Anruf gekommen ist. Du hast die genaue Zeit und die Vermittlungsstelle, über die der Anruf kam.«

»Ein Schritt nach dem anderen.«

Kristen sprang auf und strich sich mit einer Hand über das Kinn. »Tu mir das nicht an, Paul, nicht du.«

Gathers stand auf und ging um den Tisch zu ihr. Er legte ihr die Hände auf die Schultern und spürte, daß sie erneut zitterte.

»Du warst nicht zu Hause, als der Anruf kam.«

»Was spielt das für eine Rolle?«

»Glaubst du, daß es eine Rolle gespielt hätte, wenn du zu Hause gewesen wärst?«

Sie wich seinem Blick aus. »Zumindest hätte ich gewußt, wo er war. Vielleicht hätte er genug Zeit gehabt, um mir zu sagen, was er gesehen hat. Ich hätte etwas tun können.«

»Du *tust* etwas. Du bist zu mir gekommen, oder nicht?« Als Kristen keine Antwort gab, drückte er ihren Arm etwas fester. »Oder nicht?«

Sie nickte willenlos. Dann wanderten ihre Blicke wieder zu dem Kassettenrecorder. »Du hast seine Stimme gehört, Paul. Er klang so verängstigt. Ich habe David noch nie so gehört.«

»Wir reden über deinen Bruder, nicht wahr?«

»Was zum . . .«

»Antworte mir.«

»Ja.«

»Der vorzeitig vom College abgegangen ist, der seine Unabhängigkeit viel höher schätzt als seine Schwester, die ihre Karriere sicher im Griff hat. Vor zwei Monaten hast du mir erzählt, daß er mit einem Jeep quer durch das Land fährt. Es hat dich unheimlich genervt.«

»So?«

»Vielleicht nervt es dich noch immer. Oder vielleicht vergißt du auch all die Scherze, die er sich von Kindesbeinen an mit dir erlaubt hat.«

»Du glaubst, daß das ein *Witz* ist? Mein Gott, Paul, seine *Stimme.*« Sie deutete mit einem Finger auf den Kassettenrecorder. »Hör dir seine Stimme an!«

»Das werde ich, Kris, und das werden auch die Experten. Aber beantworte mir eine Frage: Hält dein Anrufbeantworter die Anzahl der Anrufer fest, die aufhängen, bevor der Pfeifton kommt?«

»Nein, er speichert nur diejenigen, die eine Nachricht hinterlassen.«

»Dann ist es möglich, daß David wiederholt angerufen hat, vielleicht sogar ein paarmal, und dir nur keine weiteren Nachrichten hinterlassen wollte.«

»Nein, das würde er mir nicht antun.«

Er zog eine Grimasse. »Wir reden doch von *David,* nicht wahr?«

»Ja, zugegeben.«

»Ich erinnere mich daran, wie du mir erzählt hast, daß er sich einbildet, ein Journalist zu sein.«

»Ich hatte ihm angeboten, ihm hier oben eine Praktikantenstelle zu besorgen, als er mir sagte, daß er die Schule wieder verlassen will.«

»Aber er war natürlich zu sehr der einsame Kämpfer, um es anzunehmen.«

»So hat er sich selbst gesehen.«

»Vielleicht hat er dann die falschen Leute geärgert. Das passiert. Er wird sich wieder melden, wenn er es nicht bereits getan hat.« Gathers zögerte, bevor er fortfuhr, als wolle er seine Worte besonders sorgfältig wählen. »Hätte er wissen können, wo er dich letzte Nacht erreichen konnte?«

»Nein«, sagte Kristen leise.

»Na also.«

»Deshalb ist es um so wichtiger, daß du mir sagst, von wo aus er angerufen hat. Ich muß herausfinden, wo er ist.«

Gathers nickte. Er hielt ihren Arm, als wolle er ihr zeigen, daß sie sich auf ihn verlassen konnte. »Bist du heute nachmittag in deinem Büro zu erreichen?«

»Ja.«

Gathers wirkte ein wenig verlegen. »Ich brauche eine Nummer, unter der ich dich nach der Arbeit erreichen kann.«

»Ich werde zu Hause sein.«

»Vielleicht kannst du mir für alle Fälle eine andere Nummer geben? Ich habe gehört . . . nun, was über dich und die Senatorin so erzählt wird.«

»Glaubst du alles, was du hörst, Paul?«

»Sollte ich, Kris?«

»Ich werde zu Hause sein. Belassen wir es dabei.«

»Ich werde dich anrufen, sobald ich mehr weiß.« Er legte einen Arm um ihre Schulter. »Komm schon. Ich bringe dich nach unten.«

»Sobald du *irgend etwas* weißt.«

»Wir werden David finden, Kris. Ich verspreche es dir.«

Das Taxi, mit dem sie zum Senatsgebäude zurückfuhr, blieb in einer dieser Protestdemonstrationen stecken. Kristen hatte es schon vor Monaten aufgegeben, sie zu zählen, aber in letzter Zeit liefen sie mehr und mehr auf ein einziges Thema hinaus. Sie kurbelte ihr Fenster herab, um den rhythmischen Sprechchor der Teilnehmer besser verstehen zu können:

»Wen brauchen wir?«

»Sam Jack Dodd!«

»Wann brauchen wir ihn?«

»Jetzt!«

Bis auf den letzten Marschierer trugen sie alle Plakate von Samuel Jackson Dodd, dem charismatischen Milliardär, auf den sich die Hoffnungen der Nation nach den katastrophalen ersten achtzehn Monaten des neuen Präsidenten konzentrierten. Kongreß und Senat hatten ihm immer weniger Spielraum gelassen, und eine Menge gebrochener Versprechen hatten die Zustimmung in der Bevölkerung auf einen Prozentsatz von unter dreißig Punkten abstürzen lassen. Nach einer kurzen Erholung kam die wirtschaftliche Entwicklung wieder ins Trudeln, und alle Maßnahmen der Regierung konnten den Abschwung nicht aufhalten. In der internationalen Politik stolperte und stotterte der Präsident sich durch die Lage, die sich nach verläßlichen Geheimdienstberichten ergeben hatte, denen zufolge der Iran jetzt im Besitz strategischer Nuklearwaffen war. Die Waffen waren offenbar von früheren Sowjetrepubliken geliefert worden, die sich gemeinsam geweigert hatten, die START-II-Vereinbarungen zu unterzeichnen.

Diesen Stürmen hätte die Regierung trotzen und sie überleben können. Nicht jedoch den beiden Ereignissen, die in einer einzigen Woche vor drei Monaten passiert waren und die praktisch zur Auflösung der Regierung geführt hatten. Der Präsident hatte ein großes Kontingent amerikanischer Bodentruppen zur Friedensmission nach Bosnien befohlen, gegen eine öffentliche Protestwelle, die zur Flut anschwoll, als eine Kompanie von dreihundert US-Soldaten in ein Blutbad außerhalb der Stadt Vitez geriet. Nur Tage später gerieten die Männer der Nationalgarde, die bei einer riesigen Kundgebung in Houston zur Aufrechterhaltung der Ordnung eingesetzt wurden, in Panik und schossen in eine Menschenmenge, die sich plötzlich in ihre Richtung geschoben hatte. Elf Menschen wurden getötet, darunter drei College-Studenten und zwei Schüler.

Ein zweites Blutbad, diesmal zu Hause.

Es spielte keine Rolle, daß sich Vitez nur ereignet hatte, weil der amerikanische Truppentransport die falsche Abzweigung genommen hatte. Es interessierte auch nicht, daß zwei der Toten in Houston Pistolen bei sich getragen hatten. Das Land brauchte jemanden, auf den es die Schuld schieben konnte. Der Präsident nahm die Verantwortung auf sich, und seine ungeschickte Entschuldigung ließ ihn zur Zielscheibe von nie dagewesenem Ärger und Zorn werden. Eine politische Karikatur nannte ihn ›Halbzeit-Harry‹ und zeigte ihn, wie er sich mit gepackten Koffern durch die Hintertür aus dem Weißen Haus (oder dem ›Roten‹ Haus, wie es inzwischen oft genannt wurde) verdrückte. Eine andere, vielleicht prophetischere Karikatur zeigte eine Gestalt in einem Superman-Kostüm, die die Treppe des Weißen Hauses nach oben eilte, eine jubelnde Menge hinter sich.

Diese Gestalt war Samuel Jackson Dodd.

Die lächelnde Menge auf den Plakaten strahlte Vertrauen aus. Das Gesicht war gleichmäßig und angenehm wie das eines Filmstars. Die adrett frisierten braunen Haare wirkten zu füllig für einen Mann in seinen Mittvierzigern, und sie waren gesprenkelt mit aristokratischem Grau. Es war ein Bild der Stärke, der Hoffnung.

»Wen brauchen wir?«

»Sam Jack Dodd!«

»Wann brauchen wir ihn?«

»Jetzt!«

Die Sprechchöre waren weiterhin zu hören, während die Demonstranten in die Constitution Avenue drängten. Kristen bemerkte, daß ein paar Plakate unterhalb des Bildes mit dem Wahljahr versehen waren. Nur war es diesmal nicht 1996; da stand 1994.

Die aufbrodelnde Unzufriedenheit hatte sich zu einem kochenden Kessel des militanten Protestes gesteigert. Jeder, der sein eigenes Süppchen kochen wollte, meldete sich lautstark zu

Wort. Und es sah so aus, als wollte *jeder* sein eigenes Süppchen kochen. Da sie jemanden brauchten, um den sie sich scharen konnten, wandten sie sich Sam Jack Dodd zu, der nichts tat, um ihre Anstrengungen abzuleiten oder zu entmutigen. Er verhöhnte öffentlich jene Politiker, die es zugelassen hatten, daß die Nation in die gegenwärtigen Tiefen abgesunken war. Er sprach von einer Maschine, die einfach nicht mehr gut genug arbeitete und gründlich überholt werden mußte, bevor sie völlig zusammenbrach. Das Land nahm diese Botschaft bereitwillig auf, war bereit, die drastischen Veränderungen zu akzeptieren, die er in groben Umrissen skizzierte, *alle* Veränderungen.

»Wen brauchen wir?«

»Sam Jack Dodd!«

»Wann brauchen wir ihn?«

Kristen kurbelte das Fenster hoch, schnitt damit den Sprechchor ab und sah nachdenklich auf die Gesichter derjenigen, die Dodd-Plakate hochhielten, während sie langsam an dem Taxi vorbeizogen. Durch mehr als ein Jahrzehnt in Washington, ihre Jahre in Georgetown eingeschlossen, hatte Kristen die Fähigkeit erworben, das Anliegen einer Gruppe schon an ihrer Zusammensetzung zu erkennen. Das klappte nicht mehr. Diese Gruppe war überhaupt nicht homogen, ließ sich nicht bestimmen. Alles war vertreten, als wäre es der zufällige Durchschnitt aus dem ganzen Land, wie er von Meinungsforschern benötigt wird. Das war einfach nicht fair – oder vielleicht doch. Seit Generationen hatte Washington die Gesetze für die Leute geändert. Jetzt wollten die Leute die Gesetze für Washington ändern.

Der Verkehr kam wieder in Bewegung, doch die ständigen Stopps waren zum Verrücktwerden. Der Anruf ihres Bruders hatte all die Befürchtungen, die sie in der letzten Zeit belastet hatten, weiter gesteigert. Es galt jetzt mehr denn je, daß nichts mehr einen Sinn ergab. Und es würde nicht wieder besser werden, das wußte sie, bevor sie ihren Bruder gefunden hatte.

Ihre Eltern waren vor zwei Jahren bei einem Autounfall ums Leben gekommen, kurz vor Davids erstem Jahr im College. Kristen sah in dieser Tragödie die Ursache für den ziellosen Verlauf, den Davids Leben seither genommen hatte. Er verließ die Schule für ein Semester, war dann auf eine andere gegangen und nahm jetzt wieder ein Semester frei. Um seinen Kopf frei zu bekommen, hatte er ihr gesagt. Es hatte sie rasend gemacht, daß er keine vernünftigen Ratschläge annehmen wollte. David war schlau, sogar wirklich gut. Senatorin Jordan hatte angeboten, ihm den Weg nach Georgetown zu ebnen; dann wäre er wenigstens in ihrer Nähe gewesen. Doch David hatte das nicht gewollt. Sie waren immer völlig entgegengesetzte Persönlichkeiten gewesen, und der Tod ihrer Eltern hatte das noch verstärkt. David, immer der unabhängige Geist, suchte seine Freiheit. Kristen, immer diszipliniert, suchte Sicherheit in einem reglementierten Leben.

Für Senatorin Jordan zu arbeiten war ihre einzige Bestimmung geworden. Sie hatte eine Aushilfstätigkeit mit soviel Schwung und Ausdauer hinter sich gebracht, daß sie in nur drei Jahren zur Bürochefin des Senators aufgestiegen war, eine Position, die sie seit der Wahl von 1992 einnahm. Der Sechzehn-Stunden-Tag, die ununterbrochene Kette von Anrufen, die Reiseroute der Senatorin so auszuknobeln, daß alles paßte – Kristen genoß das alles. Sie wäre nie auf den Gedanken gekommen, daß sie ebenso wie David nur davonlief – nur eben in eine andere Richtung.

Der Rest des Nachmittags verging wie im Flug. Es gab zwei Konferenzschaltungen und drei Presseerklärungen zu verschiedenen Themen für unterschiedliche Medienbereiche. Kristen brachte alles ohne viel Anteilnahme hinter sich, die Augen immer wieder auf das Telefon gerichtet.

»Ein Mr. Gathers auf 410«, verkündete schließlich die Stimme der Empfangsdame über die Sprechanlage.

Kristen schnappte sich den Hörer. »Paul?«

»Ja, ich bin es tatsächlich, Kris.«

»Was sind das für Geräusche? Du klingst wie von weit weg.«

»Ich bin nicht im Büro. Hör mal, kannst du weg, vielleicht in etwa einer Stunde?«

»Natürlich.« Ihr Herz raste. Ein Kloß steckte in ihrem Hals, und sie hatte Mühe, die Worte herauszubringen. »Was ist los? Was hast du herausgefunden?«

»Ich muß noch einige Dinge nachprüfen. Davids Anruf kam aus Colorado. Aus einer Ortschaft namens Grand Mesa.«

»Colorado?«

»Du hattest keine Ahnung, wo er war?«

»Er hat mir nicht von jeder Zwischenstation Postkarten geschickt. Was noch, Paul?«

»Ich werde es dir sagen, wenn wir uns treffen, wenn ich mir sicher bin. In einer Stunde, wie ich schon sagte. Kennst du das L'Escargot?«

»Ein Restaurant in der Connecticut Street.«

»Ich werde um fünf dort sein. Nein, sagen wir besser fünf Uhr dreißig. Ich muß noch woanders vorbei, und dort werde ich vielleicht etwas länger brauchen.«

»Was ist los, Paul?«

Er hatte bereits aufgelegt.

Kristen kam eine Viertelstunde früher im L'Escargot an, da sie unbedingt vermeiden wollte, zu spät zu kommen. Es war nicht überraschend, daß Gathers noch nicht angekommen war. Daher wählte sie einen kleinen Tisch rechts vom Eingang und versuchte sich die Zeit mit einer Morgenausgabe der *Post* zu vertreiben, die sie von der Bar mitgenommen hatte. Die Artikel glitten wie der ganze vergangene Tag an ihr vorbei, wie hinter einem Schleier und ohne jede Bedeutung. Kristen starrte auf die Überschriften, vermochte sich nicht auf die Geschichten darunter konzentrieren. Sie blätterte Seiten um und nippte Ingwerlimonade, nur um nicht untätig zu sein.

Grand Mesa, Colorado ...

In einer gewissen Weise beruhigte sie, was Gathers herausgefunden hatte. Grand Mesa hörte sich nicht nach einem Ort an, an dem es zu heißen Auseinandersetzungen kommen konnte. Eine große Stadt, jede Stadt, hätte Kristen sehr viel mehr beunruhigt. Sie sah auf ihre Uhr.

5 Uhr 31. Sie hatte jedesmal zum Eingang geblickt, wenn die Tür aufging. Jetzt starrte sie ununterbrochen in diese Richtung. Ein paarmal schlug ihr Herz schneller, wenn ein Mann auf-

tauchte, den sie zunächst für Gathers hielt. Aber sie wurde jedesmal enttäuscht. Es hatte zu regnen begonnen, und die meisten Stammgäste des L'Escargot kamen direkt von ihrer Arbeit, waren in Mäntel gehüllt und ließen in der Vorhalle ihre Regenschirme abtropfen. Kristen dachte daran, daß sie keinen mitgebracht hatte.

5 Uhr 47.

Sie versuchte, ruhig zu bleiben. Gathers hatte gesagt, daß er noch ein paar Dinge zu überprüfen hatte und woanders vielleicht aufgehalten werden konnte. Wahrscheinlich hatte er einfach länger gebraucht, als er angenommen hatte.

Warum hatte er sie nicht aus seinem Büro angerufen?

Kristen versuchte sich den Klang seiner Stimme ins Gedächtnis zu rufen. War sie angespannt, angsterfüllt gewesen? Sie dachte über die Hintergrundgeräusche nach. Von wo aus hatte er angerufen?

Hör auf! *Hör auf damit!*

Sie machte sich selbst verrückt. Aber es ging auf sechs Uhr zu, und von Paul Gathers war noch immer nichts zu sehen. Er hätte sie wenigstens angerufen, wenn es für ihn so spät geworden wäre. Es sei denn, er konnte nicht anrufen.

Die Tür wurde erneut aufgestoßen, und Kristens Herz beschleunigte sich wieder. Ein weiterer Mann trat ein, vor Nässe tropfend, die Krempe seines Hutes völlig durchgeweicht.

Es war nicht Gathers.

Kristen ging zum Münztelefon hinüber. Ein Mann telefonierte gerade. Er warf ihr einen kurzen Blick zu und wandte sich dann ab, verschloß sein freies Ohr mit einem Finger. Kristen war wütend. Es sah danach aus, daß er das Telefon nur besetzt hielt, um sie gegen sich aufzubringen. Sie war so verzweifelt, daß sie ernsthaft überlegte, ob sie ihm nicht einfach den Hörer entreißen sollte, als er endlich auflegte. Der Hörer hatte kaum die Gabel berührt, als Kristen ihn schon ergriffen und an ihr Ohr gedrückt hatte. Sie wählte Gathers Durchwahl und umging damit die Zentrale. »Mr. Gathers Büro«, begrüßte sie eine weibliche Stimme.

»Ja. Könnten Sie mir bitte sagen, ob Mr. Gathers bei Ihnen angerufen hat?«

»Verzeihung?«

»Wir hatten eine Verabredung, und er ist reichlich verspätet.«

»Wer spricht dort, bitte?«

»Kristen Kurcell. Ich war heute morgen bei ihm im Büro. Wir haben vereinbart, uns später zu treffen, und ich habe mir Gedanken gemacht, ob er es vielleicht vergessen hat.«

Die Frau am anderen Ende hielt einen Augenblick inne. »Es tut mir leid, aber Mr. Gathers ist unterwegs. Er hat einen überraschenden Auftrag bekommen.«

»Sie wissen nicht, wie Sie ihn erreichen können?«

»Er wird hier anrufen und nachfragen, ob jemand etwas für ihn hinterlassen hat. Soll ich eine Nachricht für ihn notieren?«

Es fiel Kristen schwer, den Hörer ruhig in der Hand zu halten. »Nein, ich denke nicht. Wann mußte er eigentlich weg?«

»Am frühen Nachmittag, glaube ich. Er hatte es plötzlich sehr eilig.« Noch eine kurze Pause. »Sind Sie sicher, daß ich Ihnen nicht . . .«

Kristen legte den Hörer benommen auf die Gabel. Soweit seine Sekretärin Bescheid wußte, hatte Paul Gathers wegen eines Auftrags das Büro verlassen, *bevor* er Kristens Büro um vier Uhr von außerhalb des Hoover-Gebäudes angerufen hatte!

»Ich muß noch ein paar Dinge nachprüfen . . . Ich werde es dir sagen, wenn wir uns treffen, wenn ich mir sicher bin.«

Und jetzt war er verschwunden. Nicht unterwegs, nicht mit einem Auftrag beschäftigt. Einfach verschwunden.

Wie ihr Bruder.

Aber Gathers hatte ihr etwas hinterlassen: den Ort, von dem aus David in der Nacht zuvor angerufen hatte.

Grand Mesa.

Colorado.

Fünftes Kapitel

»Ich möchte die Anzahl der Todesopfer wissen«, beharrte McCracken.

Seine Seite schmerzte, wo die Kugel ihn gestreift hatte, und der enge Verband verschlimmerte den pochenden Schmerz noch. Seit fast zwölf Stunden warteten schmerzstillende Mittel in seiner Tasche darauf, von ihm eingenommen zu werden, doch er hatte nicht die geringste Absicht, sie zu schlucken.

»Ich möchte wissen, wie viele Menschen verwundet wurden.«

Captain Roy Martinez stand an der gläsernen Vorderfront seines Büros, als er sprach. »Ich dachte, wir hätten Ihnen genug Höflichkeit entgegengebracht, McCracken, indem wir Sie nicht in eine Zelle gesperrt haben.«

»Wie viele, Captain?«

»Warum ist das so wichtig, daß Sie das wissen?«

»Weil ich dort war.«

»Und vielleicht fühlen Sie sich schuldig. Vielleicht sind Sie zumindest für ein paar verantwortlich.«

»Glauben Sie das wirklich, Captain?«

»Glauben Sie es?«

McCrackens Antwort war ein wissender Blick. Obwohl noch vieles von dem unklar war, was in den frühen Stunden dieses Freitagmorgens im Coconut Grove passiert war, war klar, daß McCrackens Auftauchen die ursprünglichen Absichten der Angreifer ernsthaft gestört hatte. Indem er die Aufmerksamkeit der Schützen auf sich zog und von den Gästen des Cocowalk ablenkte, hatte er zahllose Menschenleben gerettet. Aber es war nicht genug gewesen . . .

Die Polizei hatte Blaine verhaftet und ihn unter schwerer Bewachung zum Mount-Sinai-Krankenhaus gebracht. Kaum hatte ein Arzt den Verband auf seiner Wunde angebracht, beförderten ihn seine Begleiter rasch zum Polizeihauptquartier, wo eine freie Zelle auf ihn wartete. Er weigerte sich, mit jemand anderem als dem befehlshabenden Beamten zu sprechen, der zu diesem Zeitpunkt vor Ort im Coconut Grove war.

»Siebenunddreißig Tote«, sagte Captain Martinez schließlich. Sie hatten am Vormittag zweimal miteinander gesprochen, aber dies war das erste Mal, daß Martinez ihm eine Information zukommen ließ. »Mehr als dreihundert wurden verwundet. Beide Zahlen werden sich wahrscheinlich erhöhen.«

»Das tun sie immer.«

»Sie haben so etwas also schon erlebt.«

»Was steht in meiner Akte?«

»Da Sie selbst die Freigabe erteilen mußten, bevor sie uns von Washington zugänglich gemacht wurde, bin ich sicher, daß Sie es wissen.«

McCracken erhob sich und stellte sich neben Martinez vor die Glaswand. »Die besten Sachen wurden überwiegend ausgelassen. Glauben Sie mir.«

»Wenn die Hälfte von dem stimmt, was in der Akte steht, möchte ich wissen, was zum Teufel Sie hier in Miami gesucht haben.«

»Darauf kommen wir noch zurück.«

»Und wir werden noch oft darauf zurückkommen.«

»Gewehre waren es, die mich hierher geführt haben, Captain. Dreißig Prozent des illegalen Waffenhandels in diesem Land geht von Südflorida aus, und ich hatte eine Verbindung mit dem größten Verteiler.«

»Alvarez . . .«

»Vater und Sohn, wie ich gestern nacht erfahren mußte.«

»Der Sohn ist . . . ich meine, war Carlos. Der Name des Vaters ist Manuel.« Martinez trat zwei Schritte von der Glaswand zurück. »Sehen Sie, es ist nicht so, daß wir hier unten gar keine Ahnung haben, Mr. McCracken. Wir halten nur an dieser kleinen Sache fest, die sich das Prinzip der Verhältnismäßigkeit nennt – und das ist etwas, womit Sie sich meinem Gefühl nach schon lange nicht mehr abgeben.«

»Captain, das mit der Verhältnismäßigkeit war für mich schon vorbei, bevor diese leeren Stellen in meiner Akte auftauchten.«

»Kamen Sie her, um Alvarez umzubringen, Mr. McCracken?«

»Vater oder Sohn?«

»Spielt das eine Rolle?«

»Nun, der Vater verkauft an Erwachsene, der Sohn hat sich auf Jungs in seinem Alter spezialisiert. Nein, ich schätze, es spielt keine Rolle. Aber ich bin nicht hierhergekommen, um einen von ihnen zu töten. Große Ladungen von schweren Feuerwaffen sind durch das Alvarez-Gespann in den letzten Monaten durch Miami bewegt worden. Ich bin hierhergekommen, um herauszufinden, wo das alles gelandet ist und wer es jetzt hat.«

Martinez nickte, als seien seine eigenen Annahmen bestätigt worden. »Dann könnte es vielleicht sein, daß die Männer in diesem Hubschrauber Sie davon abhalten wollten, diese Waffen zu finden.«

»Es ging nicht um mich.«

»Wie können Sie sich da so sicher sein?«

»Wenn das der Fall wäre, hätten sie einfach nicht genug Zeit gehabt, alles für einen so komplizierten Schlag vorzubereiten. Sie müssen die Alvarez-Familie schon eine ganze Weile beobachtet haben. Sie waren hinter dem Jungen her.«

»Und wenn Sie sich doch täuschen, sind Sie vielleicht verantwortlich für diese siebenunddreißig Toten.«

»Und wenn ich mich nicht täusche, wird Manuel Alvarez vielleicht die Nummer achtunddreißig sein, es sei denn, Sie finden ihn zuerst.«

»Sie glauben, daß er das eigentliche Ziel war?«

»Da er und sein Sohn so eng zusammengearbeitet haben, dürften sie beide auf der Liste gestanden haben.«

»Wessen Liste?«

»Einer der Parteien, an die sie verkauft haben. Einer Partei, der es so wichtig ist, ihre weiteren Absichten zu verbergen, daß sie diese schreckliche Geschichte gestern nacht durchgezogen hat.«

»Ich nehme nicht an, daß Sie das beweisen können«, beharrte Martinez.

»Ich glaube, ich kann es, Captain. Waren Sie bis jetzt in der Lage, einen der Attentäter zu identifizieren?«

»Nein, aber es wird uns noch gelingen.«

»Sie haben also Fingerabdrücke von ihnen genommen.«

»Wir warten darauf, daß wir Nachricht aus Washington bekommen.«

»Es wird nichts kommen, Captain. Ihre Fingerabdrücke werden in keiner Datei gespeichert sein, die Ihnen zugänglich ist.«

»Sie sind Experte in diesen Dingen, was?«

»Sie könnten mich unter ähnlichen Umständen ebenfalls nicht identifizieren.«

»Was bedeutet . . .«

»Was bedeutet, daß die Gruppe, die in der letzten Nacht das Cocowalk angegriffen hat, Teil einer sehr viel größeren Operation ist. Das Alvarez-Gespann mußte beseitigt werden, bevor das eigentliche Geschäft dieser Gruppe beginnen kann.«

»Manuel lebt noch immer.«

»Noch.«

Einige der letzten Worte der Attentäterin schossen ihm durch den Kopf.

»Ihr könnt uns nicht aufhalten! Niemand kann uns aufhalten! Ihr werdet es sehen, alle werden es sehen!«

»Geben Sie mir Abzüge der Fingerabdrücke«, bot Blaine an. »Ich werde sie an jemanden faxen, der an die richtigen Unterlagen herankommt.«

»Und dann werden Sie Ihr Wissen mit mir teilen, nicht wahr?«

»Es gäbe nichts, was Sie mit diesen Informationen anfangen könnten, Captain. Aber ich werde es Ihnen gern sagen, wenn Sie wollen.«

Martinez' angespanntes Gesicht verriet seinen Ärger. Er wollte etwas sagen, als das Telefon auf seinem Schreibtisch klingelte. Er ging hin und griff unwillig nach dem Hörer. »Ich dachte, ich hätte Ihnen gesagt, mich nicht . . . Oh . . . Ja, stellen Sie durch.« Martinez drückte den Knopf für eine andere Leitung. »Hier ist Captain Martinez . . . Ja, ich verstehe . . . Natürlich . . . Nein, das ist überhaupt kein Problem . . . Er ist hier bei mir.«

McCracken trat vor den Schreibtisch und ließ sich von Martinez den Hörer geben.

»Ja?«

»Hier ist Tom Daniels, McCracken«, begrüßte ihn eine hohe Stimme.

»Tut mir leid, ich glaube, Sie haben sich verwählt.«

»Geben Sie auf. Ich habe Sie in der Falle.«

»Sie können also bestimmt veranlassen, daß meine Akte wieder einmal mit einem roten Aufkleber verziert wird.«

»Hören Sie mich erst einmal an.«

»Ich bin ganz Ohr, Daniels.«

»Nicht jetzt. In Washington. Persönlich. Ich habe bei National einen Flug für zwei Uhr nachmittags für Sie unter dem Namen Lord gebucht. Im Four Seasons wartet ein Zimmer auf Sie unter dem Namen Troy.«

Ein Kriminalbeamter kam zu Martinez' Büro und klopfte vorsichtig gegen das Glas. Der Captain ging durch den Raum und öffnete die Tür.

»Das ist eben hereingekommen, Captain«, vernahm Blaine, während der Beamte Martinez ein Blatt Papier überreichte.

»Warum dieser ganze Aufwand?« fragte Blaine in das Telefon.

»Ich möchte, daß niemand mitbekommt, daß Sie in Washington sind«, gab Daniels zurück, »und ich möchte vor allem nicht, daß jemand davon erfährt, daß Sie sich mit mir treffen.«

»Ich weiß noch gar nicht, ob ich einverstanden bin.«

Daniels hielt lange genug inne, um Blaine annehmen zu lassen, daß er aufgegeben hatte. Dann meldete sich seine Stimme wieder, ganz ruhig und überlegt. »Der Angriff in der letzten Nacht war nur der Anfang. Sie wissen das.«

Blaine versuchte zu verbergen, wie sehr sein Interesse geweckt war. »Und Sie wissen, wer dahinter steckt?«

»Ich glaube ja.« Er hielt inne. »Und ich weiß, daß sie aufgehalten werden müssen.«

»Fahren Sie fort, Daniels.«

»Tut mir leid, McCracken. Persönlich. In Washington. Captain Martinez wird Sie zum Flughafen bringen lassen. Melden Sie sich im Four Seasons an und warten Sie auf meinen Anruf.«

McCracken vernahm nur noch ein Klicken im Hörer. Er legte ebenfalls auf.

»In Ihrer Akte stand nicht, daß Sie für die CIA arbeiten«, sagte Martinez, und in seiner Stimme klang plötzlich Zurückhaltung und Respekt mit.

»Weil es nicht der Fall ist. Es ist nur so, daß wir manchmal auf der gleichen Spur sind.«

Martinez zeigte Blaine das Blatt mit der Nachricht, die er erhalten hatte. »Nun, die Spur nach hier unten ist inzwischen eiskalt. Die Küstenwache berichtet soeben, daß sie die Reste einer Yacht gefunden haben, die Manuel Alvarez gehörte. Sie ist mitten auf dem Meer explodiert.« Er schluckte hart. »Ich werde Ihnen Abdrücke dieser Fingerabdrücke besorgen.«

Daniels hatte den Rock Creek Park für ihr Treffen ausgewählt, und McCracken kam genau um zehn Uhr abends, wie sie vereinbart hatten.

Sie wollten sich bei den Picknickplätzen zwischen dichtem Gebüsch treffen, die sich nicht weit vom Carter-Barron-Amphitheater nahe dem Ufer des Flüßchens befanden. McCracken näherte sich aus südlicher Richtung und ging auf einer Brücke über den schmalen Fluß, während Enten durch das ruhige Gewässer planschten. Die Stelle, an der sie sich treffen wollten, lag etwa fünfzehn Meter zu seiner Linken. Eine kleine gelbe Kühlbox sollte auf einer der Sitzbänke stehen. Ihre Abwesenheit hingegen wäre ein Signal dafür, daß das Treffen nicht stattfand.

Die Kühlbox war da. Daniels jedoch nicht. Daniels war nicht der einzige gewesen, mit dem Blaine gesprochen hatte, bevor er Miami verlassen hatte. Er hatte vom Polizeihauptquartier in Miami aus Sal Belamo angerufen.

»Sals Süßwarenladen«, sagte eine Stimme ganz ernsthaft. »Sie haben die Kirsche, ich habe die Sahne.«

»Deine Sahne ist schon ein bißchen abgestanden, Sal.«

»McCrackensack! Ich hatte mich schon gefragt, ob all meine Freunde meine Privatnummer vergessen haben.«

»Verbringst du deine Tage jetzt zu Hause?«

»He, diese Talkshows am Morgen und die Seifenopern am Nachmittag sind bei weitem nicht so beschissen wie das wirkliche Leben. Wenn du mich fragst, Typen wie du und ich können von diesem Scheiß eine ganze Menge lernen.«

Sal Belamo hatte McCracken das Leben gerettet, als sie sich vor acht Jahren zum ersten Mal begegnet waren, und sie hatten seither immer wieder einmal zusammengearbeitet. Belamo war ein Ex-Boxer, der vor allem dadurch berühmt geworden war, daß er zweimal gegen Carlos Monzon verloren hatte. Und er war McCrackens wichtigste Kontaktperson in der Geheimdienst-Szene. Doch seine Mithilfe bei einer Unternehmung McCrackens hatten ihm unbefristete Beurlaubung und ständige Ächtung eingetragen. Belamo hatte jedoch noch immer eine Menge Freunde im Apparat, und er war immer bereit, ihm zu helfen.

»Ich müßte dich um einen Gefallen bitten, Sal.«

»Was ist es? Laß mir nur genug Zeit, um den Videorekorder abzuschalten mit der gestrigen Folge von ›Die Jungen und die Geilen‹ ... Also, schieß los.«

»Ich faxe dir gleich sechs Paare von Fingerabdrücken, mit denen die lokale Polizei hier in Miami nichts anfangen konnte.«

»Du tankst ein bißchen Sonne, MacSack?«

»Ich habe noch kein bißchen Sonne gesehen, Sal. Sieh mal zu, was du herausfinden kannst.«

»He, wenn du Unterstützung brauchst, zähl auf mich. ›Die Teuren und die Titten‹ könnten warten.«

»Im Augenblick noch nicht, Sal, aber halte dich bereit.«

»Ich warte auf deinen Anruf, Boß.«

Und jetzt, zehn Stunden später, fand McCracken sich zwischen Büschen und Bäumen wieder, während er auf Tom Daniels' Erscheinen wartete. Sie hatten in der Vergangenheit schon mehrmals miteinander zu tun gehabt, doch angenehm war es nie gewesen. Es hatte ein paarmal dazu geführt, daß Daniels bei den Vorgesetzten in der Company Blaines ›Entfernung‹ verlangte, wobei der Bürokrat jedesmal eine Abfuhr erhalten hatte, was seine Feindseligkeit nur noch verstärkt hatte. Das Ergebnis war, daß er nicht den geringsten Grund hatte, Daniels zu vertrauen, aber er hatte die Angst in Daniels' Stimme an diesem Morgen gehört, und dann noch einmal später, als sie das Treffen vereinbarten. Angst war stärker als Feindseligkeit und ließ selbst aus tödlichen Widersachern Verbündete werden.

Blaine öffnete den Reißverschluß seiner Jacke, um leichter an die Neun-Millimeter-SIG-Sauer zu kommen, die er im Halfter darunter trug. Er blieb stehen, aber er war unruhig. Daniels war ein Mann, der alles andere als unpünktlich war.

Es raschelte im Blattwerk hinter ihm. McCracken schwang herum, die Pistole in der Hand.

Nichts.

»Daniels«, rief er leise. »Daniels.«

Er wandte sich erst in die eine Richtung, dann in die andere. Er lehnte sich mit dem Rücken gegen ein dichtes, schulterhohes Gebüsch und bedauerte es, Sal Belamos Angebot nicht angenommen zu haben, der ihm Unterstützung hatte geben wollen.

Er hörte entfernte Geräusche. Waren es Schritte oder Streiche, die ihm der Wind spielte? McCracken wartete ab; seine Schultern drängten das Blattwerk zurück.

Ein knackendes Geräusch und ein tiefes Stöhnen kamen aus dem Gebüsch hinter ihm. McCracken sprang zur Seite, die Pistole im Anschlag.

»Helfen Sie ... mir.« Und Tom Daniels fiel ihm entgegen, hauchte sein Leben aus.

»Mein Gott«, stöhnte Daniels und brach zusammen.

Blaine legte ihn vorsichtig auf den Boden und hockte sich neben ihn. Daniels' Bauch war voller Blut. Es mußte aus unmittelbarer Nähe geschehen sein, vermutlich mit einem Messer. Seine Augen brannten vor Schmerz. Aus seinem Mund quoll bereits Blut.

»Mit mir ist es vorbei«, stöhnte Daniels.

McCracken hielt die SIG fest umschlossen und suchte mit den Blicken die Umgebung ab.

»Wer hat Ihnen das angetan, Daniels?«

Daniels versuchte, ihm in die Augen zu sehen, doch sein Blick verlor sich. »Sie müssen sie aufhalten. Sie sind nicht mehr weit ...« Er holte Atem. »Es gehört ihnen.«

»*Was* gehört ihnen?«

»Das Land ... Sie ... übernehmen es.«

»Wie, Daniels? *Wer?*«

»Anzeichen, Signale«, sagte Daniels, dessen Gedanken offenbar abschweiften. »Ich brauche Sie, um daraus ein klares Bild zu gewinnen. Das war der Plan.«

»Wie ein klares Bild gewinnen?«

»Operation Gelbe Rose«, keuchte Daniels. »Damit hat es angefangen. Und alles führt dahin zurück.«

»Führt *wohin* zurück?«

Mit dem nahenden Tod ließen Daniels' Schmerzen etwas nach. Er begann zu zittern.

»Sie machen die Zukunft.« Sein Blick verlor sich erneut. Aus seinem Mund tropfte Blut. »Nicht hier. Niemals hier . . . Prometheus! Sie können es nicht schaffen ohne Prometheus!«

»Was ist Prometheus?«

»Zehn Tage! Sie haben nur noch zehn Tage!«

McCracken umfaßte Daniels' Oberkörper und zog ihn zu sich hoch. »Sprechen Sie mit mir, Daniels! Sagen Sie es mir!«

Ein Blutschwall schoß aus Daniels' Mund. Seine Augen brachen. Blaine ließ ihn in das Gras zurückgleiten.

Seine Nackenhaare sträubten sich. Die Geräusche von Schritten drangen in sein Bewußtsein; sie näherten sich über die Parkwiese. Daniels' Mörder kamen aus verschiedenen Richtungen. Er konnte nicht sicher sein, wie viele es waren. Aber es reichte.

Und er saß in der Falle.

Die Schützen traten gleichzeitig aus fünf verschiedenen Richtungen in die Lichtung. Sie führten Ingram-Maschinenpistolen mit sich, und zwei von ihnen waren mit M16-Gewehren mit Zielfernrohren bewaffnet, die offenbar dazu hatten dienen sollen, denjenigen auszuschalten, mit dem sich Daniels treffen wollte. Daniels lag mit dem Gesicht nach unten, sonst war weit und breit niemand zu sehen. »Scheiße«, knurrte der Anführer.

Er trat näher zu dem reglos daliegenden, blutverschmierten Körper, wartete mißtrauisch auf die geringste Bewegung, suchte aber auch gleichzeitig die umgebenden Büsche und Bäume ab. Das Telefunken-Lauschgerät für größere Entfernungen, das jetzt von seinem Hals baumelte, hatte es ihm nicht nur erlaubt, Daniels zu finden, sondern auch eine andere Stimme an seine

Ohren getragen, die nur von dem Mann stammen konnte, mit dem Daniels sich hier hatte treffen wollen. Wo war dieser jetzt? Der Anführer erreichte Daniels, warf gleichzeitig lauernde Blicke um sich. Er beugte sich über ihn.

Eine Pistole kam hoch und explodierte vor seinen Augen.

McCracken hatte sich Daniels' blutgetränkte Anzugjacke übergezogen, nachdem er den Toten in die Büsche gezogen hatte. Er hatte kaum Zeit, sich selbst wieder in das Gras zu werfen, dann hatten die Killer die Lichtung schon erreicht.

Die Männer hatten genauso reagiert, wie er es erwartet hatte. Blaine hatte die Augen auf den Boden gerichtet, bis ihr Anführer anhielt und ein Luftzug ihm verriet, daß er sich über ihn beugte. Dann wirbelte McCracken herum und drückte ab.

Die ersten drei waren leicht gewesen, sie erholten sich nicht rechtzeitig von ihrer Überraschung. Der vierte erreichte seinen Abzug, bevor Blaine ihm eine Kugel in das Gesicht jagte, und der fünfte feuerte tatsächlich eine ungezielte Salve ab, bevor ein paar Kugeln aus der SIG in seine Brust trafen.

McCracken sprang wieder auf die Füße und lief auf den nächsten Ausgang zu, da er nicht wußte, ob noch weitere Killer im Park lauerten und vielleicht durch die Schüsse angelockt worden waren. Durch den vollen Mond war er für Profikiller eine genauso leichte Zielscheibe wie am hellichten Tag.

Nachdem er den Park verlassen hatte, ging er noch ein paar Blocks weiter, um sich zu vergewissern, daß er nicht verfolgt wurde, bevor er ein unauffälliges Auto am Straßenrand kurzschloß. Sein unmittelbares Ziel war es einfach, die Gegend zu verlassen. Darüber hinaus war ihm das Wissen um eine Verschwörung in den Schoß gefallen, für deren Aufdeckung Daniels den Tod gefunden hatte.

»Das Land... Sie... übernehmen es.«

Operation Gelbe Rose.

Prometheus.

Das waren Ausgangspunkte.

»Zehn Tage! Sie haben nur noch zehn Tage!«

McCracken ließ den Motor des gestohlenen Wagens an und fuhr davon.

Clifton Jardine, Direktor der CIA, legte den Hörer auf und rieb sich die Augen. Die Nachricht, daß Tom Daniels' Leiche im Rock Creek Park gefunden worden war, hatte ihn ziemlich mitgenommen, weil der Mord Daniels' unglaubliche Schlußfolgerungen zu bestätigen schien. Aber die Verschwörung, die er aufgedeckt hatte, konnte noch immer aufgehalten werde, wenn die richtigen Leute von der Tatsache dieser Verschwörung überzeugt werden konnten. Das Telefon auf dem Schreibtisch im Arbeitszimmer des unteren Stockwerks läutete, und er hob den Hörer ans Ohr.

»Ja... Nein, ich möchte nicht, daß Sie den Präsidenten *wecken*. Ich möchte ihn nur als allererstes morgen früh sprechen, wenn möglich vor dem Frühstück... Ja, ich weiß, wie spät es ist... Ja, ich weiß, daß sein Terminplan feststeht. Es ist unerläßlich, daß Sie ihn ändern... Das ist richtig, nur er und ich... Nein, ich kann es Ihnen nicht sagen... Das kann ich Ihnen ebenfalls nicht sagen... Gut. Ich werde pünktlich sein.«

Jardine legte auf und hörte das leise Geräusch, mit dem die Flügeltüren geöffnet wurden, die von der Terrasse ins Haus führten. Er schwang mit seinem Ledersessel herum, um von einem Schwall kühler Luft begrüßt zu werden.

»Ach, Sie sind es. Wurde auch Zeit.«

Die Türen schlossen sich wieder. Der Luftzug ließ nach. Der Mann, der eingetreten war, kam auf ihn zu.

Jardine wies auf das Telefon. »Das war der diensthabende Offizier im Weißen Haus. Morgen früh um sieben Uhr, Gott möge uns beistehen. Wissen Sie, ich habe ihm nicht geglaubt. Jedenfalls nicht, bis...«

Der Mann war stehen geblieben. Jardine sah die Waffe in seiner Hand. »Mein Gott...«

Der Mann ließ ihm nicht die Zeit, mehr zu sagen. Zwei schallgedämpfte Schüsse ließen Clifton Jardine zu Boden gleiten.

Die Flügeltüren öffneten sich erneut, und der Mann verschwand in der Dunkelheit.

ZWEITER TEIL
OPERATION GELBE ROSE

Die Wälder von Maine:

Samstag, 16. April 1994, 7 Uhr

Sechstes Kapitel

»Er hat wieder getötet. Deshalb bin ich zu dir gekommen, *Wanblee-Isnala.*«

Häuptling Silver Cloud führte den Teebecher mit zitternder Hand an die Lippen. Ihm gegenüber in der Blockhütte saß Johnny Wareagle, der die Hütte mit seinen eigenen Händen und Werkzeugen gebaut hatte, sah ihn aufmerksam an und hörte ihm zu.

»Die Geister haben mich den Mord in einem Traum sehen lassen«, fuhr der Häuptling mit brüchiger Stimme fort.

Die Reise von der Reservation in Oklahoma, der er als Ältester vorstand, nach Maine hatte offensichtlich ihren Preis gefordert. Silver Cloud ging auf die achtzig zu, und Wareagle sah ihm sein Alter nun auch an. Seine ledrige Haut wirkte schlaff, der Bronzeton war in ein stumpfes Oliv übergegangen. Seine Augen wirkten zum erstenmal alt.

»Du mußt Traggeo aufhalten, *Wanblee-Isnala*. Du mußt ihn aufspüren, bevor er unserem Volk weiteren Schaden zufügen kann. Er ist keiner von uns, und doch bringt jeder Mord mehr Schande über unser Volk.«

Wareagle streckte eine seiner großen Hände aus und half Häuptling Silver Cloud dabei, den schweren Becher wieder auf den Tisch zwischen ihnen zu stellen. Auch der Becher war seine eigene Handarbeit, und wie alles, das Johnny herstellte, war er im Hinblick auf seine eigenen Proportionen von zwei Meter zehn und gut hundertzwanzig Kilo geschaffen worden. Seine Haare waren zu einem Pferdeschwanz nach hinten gebunden, das kohlenschwarze Haar wies einzelne graue Strähnen auf. Seine massive Brust kleidete eine Lederweste, die er selbst genäht hatte. Seine Hände ruhten auf den Knien, und die Schultern dehnten sich zu einem solchen Umfang, daß selbst die Augen des alten Häuptlings sich weiteten.

»Du kennst ihn bereits, nicht wahr, *Wanblee-Isnala*?«

»Nur so gut, wie man einen anderen Fremden im Höllenfeuer kennen kann.«

»Aus der Zeit, als es begonnen hat«, erinnerte sich der Häuptling.

Traggeo war ein riesiges Ungeheuer von Mann, der in Vietnam angekommen war und sich als Halbindianer bezeichnet hatte, obwohl keins seiner Elternteile eine direkte Abstammung aufweisen konnte. Er ging mit geflochtenem schwarzem Haar und Kriegsbemalung auf Patrouille. Er wurde in ein Militärgefängnis geworfen, nachdem er drei vietnamesische Dorfbewohner umgebracht und skalpiert hatte, die der Zusammenarbeit mit den Vietcong verdächtig waren. Doch damit war der Krieg für ihn nicht zu Ende, dank des Obersten eines Sondereinsatzkommandos namens Tyson Gash.

Gash war auch ein Außenseiter; seine Methoden und Angewohnheiten waren selbst für den gewissenlosen Haufen nicht akzeptabel, der den einzigen Teil des Krieges organisierte, den Amerika tatsächlich gewann. Es führte dazu, daß er das Sondereinsatzkommando verließ, um seine eigene Splittergruppe zu bilden – für Aufträge, die nicht einmal das Projekt Phoenix von Johnny und Blaine McCracken bewältigen konnte. Gash holte sich Männer wie Traggeo sowie unehrenhaft Entlassene aus Militärgefängnissen. Er suchte sich aus den Verbrecheralben diejenigen aus, die am unmoralischsten, brutalsten und grausamsten waren. Er überzeugte seine Vorgesetzten, die sein Vorgehen billigten, daß er sie kontrollieren konnte und sie ohnehin entbehrlich waren. Damit stellten sie die idealen Kandidaten für Aufträge dar, bei denen ein Überleben unmöglich erschien.

Und in einem gewissen Maße hatte er recht. Die Salvage Company, also die ›Rettungsgruppe‹ von Gash, wie sie allgemein genannt wurde, erwies sich bei verschiedenen Gelegenheiten als ganz erfolgreich. Das Problem bestand darin, daß sie erst kurz vor dem Ende des Kriegs gegründet wurde. Nachdem sie aufgestellt war und arbeitete, wurde das Waffenstillstandsabkommen unterzeichnet, und Nixon rief den ehrenvollen Frieden aus. Doch die Mitglieder der Rettungsgruppe wußten wenig über Frieden und noch weniger über Ehre. Diejenigen unter ihnen, die Auseinandersetzungen in Laos und Kambodscha überlebt hatten, wurden amnestiert und wieder auf die reale Welt losgelassen.

Traggeo war einer von ihnen. Die Kriegsbemalung und das geflochtene Haar wurden sein Markenzeichen. Die Legende von dem großen indianischen Krieger, der in seiner Seele wiedergeboren worden war, kehrte mit ihm aus dem Krieg zurück, obwohl er gar keine indianische Herkunft aufweisen konnte. Nach Vietnam trieb er sich bei verschiedenen Söldnergruppen herum und ging dann in die Staaten zurück. Vor fünf Jahren hatte er vier Männer bei einer Auseinandersetzung zu Tode geprügelt und sie alle skalpiert, anschließend war er noch vor seiner Verurteilung aus dem Gefängnis entflohen. Es gab eine Anzahl weiterer Morde, die alle nach dem gleichen Muster abliefen.

Drei Krankenschwestern in einer einzigen Nacht in Chicago.

Eine ganze Familie in Idaho.

Zwei Polizisten, außerhalb ihres Dienstes unweit von Los Angeles.

Die Liste ging noch weiter. Alle Opfer waren skalpiert worden. Und jedesmal brachte dieses Markenzeichen Traggeo mit einem Mord in Zusammenhang, und seine erfundene indianische Herkunft fiel auf das Volk zurück, von dem er ein Teil zu sein behauptete. Das Problem war für den Stamm der Sioux, dem Häuptling Silver Cloud vorstand, zu einer Frage der Ehre geworden. Traggeo mußte gefunden und aufgehalten werden. Aber er war vor über einem Jahr untergetaucht, wie der alte Mann erklärt hatte.

»Einer aus unserem Stamm dachte schon, er habe ihn endlich gefunden. Will Shortfeather.« Häuptling Silver Cloud zeigte ein abgegriffenes Farbfoto von einem großen Mann mit strähnigem, strohfarbenem Haar, das in einer glatten Linie rund um seinen Schädel abgeschnitten war. »Er verschwand wieder. Wir haben nie wieder von ihm gehört. Das war vor zwei Wochen.«

Wareagle nickte. »Und dieser andere Mord?«

»In der vorletzten Nacht. Ich habe am Morgen nach diesem Traum den Bus hierher genommen. Ich wußte, daß es wieder begonnen hatte. Aber schlimmer. Irgendwie noch schlimmer.«

Die Augen von Silver Cloud sahen ihn flehend an, und Wareagle empfand eine schmerzliche Zuneigung für den Mann, der einer seiner spirituellen Führer gewesen war. Der Gedanke daran, daß dieser Krieger mehr als vierundzwanzig Stunden in einem Bus auf der Fahrt nach Osten verbracht hatte, um ihn um seine Hilfe zu bitten, ließ ihn demütig werden. Und wenn Johnny seine Bitte zurückwies, würde Häuptling Silver Cloud ohne einen Vorwurf oder weitere Fragen in den nächsten Bus steigen, und er würde Johnny genauso achten wie zuvor.

Aber Johnny würde nicht ablehnen. Und er würde den alten Mann wenigstens in einem Flugzeug in den Westen zurückkehren lassen.

»Wirst du uns helfen, *Wanblee-Isnala*?«

Wareagle hielt das Bild des Indianers mit dem strohfarbenen Haar eine Armlänge von sich weg. »Wo war Shortfeather, als du zuletzt von ihm gehört hast?« Die Falten im greisenhaften Gesicht von Silver Cloud wirkten gelöster. Seine Schultern richteten sich auf, als wäre ein großes Gewicht von ihnen genommen.

»In Gainesville«, antwortete er. »Gainesville, Texas.«

Siebtes Kapitel

Der Präsident zog seine Runden im Schwimmbecken des Weißen Hauses, während sein engster Berater, Charlie Byrne, am Beckenrand neben ihm auf und ab ging.

»Ich will nichts über die Meinungsumfragen hören, Charlie. Von Meinungsumfragen wird mir nur übel.«

»Es gibt Pillen gegen Übelkeit, Mr. Präsident.« Obwohl sie alte Schulfreunde waren, bestand Byrne darauf, ihn stets formell anzusprechen. »Ich habe aber noch nichts von einer Pille gehört, die gegen unsere Probleme mit den Meinungsumfragen wirkt.«

Der Präsident ging in die Brustlage über. »Die gute Nachricht besteht darin, daß ich noch immer zweieinhalb Jahre habe, um die Dinge in Ordnung zu bringen.«

Byrne ging weiter am Beckenrand neben ihm her. »Und die schlechte Nachricht besagt, daß eineinhalb Jahre ausgereicht haben, damit die Dinge sich so schlecht entwickeln konnten.«

Der Präsident tauchte mit dem Kopf unter Wasser und kam dann wieder hoch, kniff die Augen wegen des Chlors zusammen und schwamm auf die Leiter zu. »Hättest du irgend etwas anders gemacht, Charlie? Ich meine, wenn wir noch einmal von vorn anfangen könnten... was würdest du anders anpacken?« Nachdem Byrne keine Anstalten zu einer Antwort machte, fuhr der Präsident fort: »Es liegt nicht an mir, es liegt nicht an uns. Es ist das verdammte System. Wir sind dafür bestraft worden, daß wir versucht haben, wirkliche Veränderungen herbeizuführen, daß wir uns Problemen zugewandt haben, die so lange ignoriert worden sind, daß niemand mehr etwas von ihnen wissen will. Vielleicht würden wir jetzt besser dastehen, wenn wir gar nichts gemacht hätten.«

»Oder die Dinge langsamer angegangen wären.«

Der Präsident zog sich langsam die Leiter hoch. »Wir hätten es uns nicht leisten können, die Dinge langsamer anzugehen.«

»Die Prozentzahlen der Zustimmung für Sie...«

»Geht es darum? Läuft alles nur darauf hinaus?« Der Präsident hatte den Beckenrand erreicht und stand jetzt tropfnaß da. »Keine politische Handlung mehr, die uns nicht unmittelbare Zustimmung einbringt? Popularität durch Rhetorik gewinnen? Noch mehr Politik, die gar nichts erreichen will?«

»Sir...«

»Oder vielleicht brauchen wir einen Krieg. Wir bombardieren den Iran oder Nordkorea, wenn sie nicht auf Nuklearwaffen verzichten. Das würde die Prozentzahlen der Zustimmung in wunderbare Höhen schnellen lassen, nicht wahr? Und die Leute würden aufhören, von Halbzeit-Harry zu reden. Verdammt, vielleicht würden sie das hier sogar wieder das *Weiße* Haus nennen.«

»Das habe ich nicht vorgeschlagen.«

»Aber es gibt keine andere Richtung, die wir einschlagen können. Achtzehn Monate, und man hat mich schon ausgezählt. Und weißt du, was das schlimmste ist, Charlie? Ich weiß nicht einmal, ob mir das noch etwas ausmacht. Vielleicht verbringe ich die nächsten zweieinhalb Jahre damit, dieses Land zu zwingen, die Wahrheit zu schlucken, und werde dann bereitwillig die Koffer packen.«

Mit verschränkten Armen ging der Präsident ein paar Schritte vom Schwimmbecken weg und ließ sich von Charlie Byrne ein Handtuch geben. Die paar Runden, die er hinter sich gebracht hatte, hatten ihn ermüdet, statt ihn zu erfrischen. Er ließ sich in den Stuhl nahe der Wand fallen, um sich abzutrocknen. Er ließ das Handtuch eine Zeitlang auf seinem Gesicht liegen, als hoffte er, daß seine Gesichtszüge danach wieder die gleichen sein würden wie damals, als er das Amt angetreten hatte. Er hielt sich damals für ausgesprochen robust und kerngesund. Jetzt raubten ihm manchmal bereits ein paar Treppenstufen den Atem. Sein Haar war dünner und silbriger geworden. Die leichten Falten hatten sich tief in sein Gesicht eingegraben und weiteten sich ständig aus. Die Muskeln, an denen er so hart gearbeitet hatte, waren schlaff geworden. Das Amt war daran schuld oder vielleicht die damit verbundenen Enttäuschungen. Die furchtbare Lage, die ihm hinterlassen worden war, hatte zu Erwartungen geführt, die unmöglich erfüllt werden konnten. Als die Dinge nicht besser, sondern schlimmer wurden, was mit einer Folge von gebrochenen Wahlversprechen einherging, wandte sich augenblicklich das ganze Land gegen ihn. Die Leute verhielten sich wie ertrinkende Schwimmer, die bereit waren, nach einer Rettungsleine von einem jeden zu greifen, der sie in ihre Richtung warf.

»Ich glaube, du hattest von den Umfragen gesprochen, Charlie.«

»Sie sind nicht der einzige, der heute morgen in ihnen vorkommt.«

»Wieder Sam Dodd?«

»Er ist Ihnen mit fünfundfünfzig gegen siebzehn Prozent voraus, wobei zwanzig Prozent unentschieden sind und die anderen möglichen Kandidaten unter ferner liefen einzuordnen sind.«

»Nun, wenigstens bin ich noch immer zweiter«, sagte der Präsident und versuchte, jovial zu klingen. Er legte sich das Handtuch um die Schultern. »Glaubst du, daß ich das bleiben werde?«

»Dodd ist kein Ross Perot. Er wird sich nicht selbst zerstören, und als unabhängiger Kandidat wird er auch nicht so genau überprüft. Abgesehen davon hat er bereits seinen Schrank aufgemacht und seine Skelette gezeigt, und es hat niemanden besonders interessiert. Der Mann kann es sich leisten, geradeheraus zu sein. Die Leute mögen ihn. Mein Gott, *ich* mag ihn.«

»Vielleicht sollte ich ihm den Posten des Vizepräsidenten anbieten?«

»Das könnte er mit dem gleichen Recht zu Ihnen sagen.«

Der Präsident lehnte sich nach vorn. »Nun, vielleicht sollte ich ihn eine Zeitlang meine Arbeit machen lassen und mal sehen, ob er es besser hinbekommt. Soll er mal versuchen, den Kongreß davon abzuhalten, all die Vorlagen zu torpedieren, die *er* durchbringen will. Und dann sehen wir uns sechs Monate später *seine* Zahlen an, während ich bis dahin ausführlich Urlaub mache.«

Byrnes Augen wirkten so leer und reglos wie die Wasseroberfläche im Schwimmbecken.

»Mein Gott, Charlie, tut mir leid.«

»Nein, Sie sind entmutigt. Ich kann Ihnen daraus keinen Vorwurf machen.« Byrne hielt inne. »Ich würde Ihnen einen Vorwurf machen, wenn Sie einfach aufgeben würden.«

»Glaubst du, daß ich das bereits getan habe?«

»Ich bin nicht so sicher.«

»Danke für deine Ehrlichkeit.«

Das Leben kehrte in Charlie Byrnes Augen zurück. »Wir können es noch immer schaffen, Sir.«

»Sicher«, seufzte der Präsident, »indem wir all die Gesetzesvorlagen verwässern, von denen wir wissen, wie wichtig sie für dieses Land sind. Indem wir uns auf einen Kuhhandel mit den Interessen all derer einlassen, denen es völlig egal ist, wohin sich dieses Land entwickelt. Indem wir Pragmatismus und Meinungsumfragen über Prinzipien erheben.«

»Sie können die Dinge nicht über Nacht ändern.«

»Wir haben achtzehn Monate gehabt, und weißt du was? Ich habe nicht das Gefühl, überhaupt etwas getan zu haben. Ich gehe abends ins Bett und versuche herauszubekommen, was ich während des Tages erreicht habe, und gewöhnlich fällt mir überhaupt nichts ein.«

»Ihre Erwartungen sind zu hoch.«

»Und jetzt sind sie zu niedrig. Ich möchte es anders machen, Charlie«, seufzte der Präsident. »Es wird nur immer schwieriger, darauf zu kommen, was anders sein könnte.«

Die Tür, die zum Schwimmbecken führte, ging auf, und FBI-Direktor Ben Samuelson kam herein, begleitet vom diensthabenden Offizier des Geheimdienstes, der sich augenblicklich wieder zurückzog.

»Ich wußte gar nicht, daß wir für heute morgen ein Treffen vereinbart haben, Ben«, sagte der Präsident und erhob sich aus seinem Stuhl.

»Das haben wir nicht. Entschuldigen Sie mein Eindringen, aber ich wußte, daß Sie das lieber direkt von mir hören wollen.«

Der Präsident sah den niedergeschlagenen Ausdruck in Samuelsons Augen, die sonst in einem hellen Nußbraun strahlten. Der FBI-Direktor war ein schmaler, fast dürrer Mann, der unlängst seine Brillengläser gegen Kontaktlinsen ausgetauscht hatte, was Teil einer Umgestaltung war, die auch das Amt betraf. Samuelson war eine der erfolgreichsten Berufungen des Präsidenten, denn unter seiner Amtsführung hatten sich die Moral und die Leistung des FBI erheblich verbessert.

Er holte tief Atem. »Clifton Jardine wurde vor einer Stunde ermordet in seinem Arbeitsraum aufgefunden.«

Der Präsident ließ sich wieder nieder. »Mein Gott, wie?«

»Er wurde erschossen. Nach allem, was wir bisher wissen,

zwischen Mitternacht und drei Uhr morgens.« Der Präsident hörte sich diese Neuigkeit stumm an. Jardine war noch eine der wenigen Federn gewesen, mit denen er sich schmücken konnte. Mit der gewaltigen Aufgabe betraut, die Ziele der CIA in der Zeit nach dem Kalten Krieg neu zu definieren, hatte er wirklich gute Arbeit geleistet.

»Ben, wir reden hier über den Mann in dieser Regierung, der den zweitbesten Schutz genossen hat. Seine eigenen Leute haben ihn rund um die Uhr bewacht, und Sie erzählen mir, daß er in seinem *Arbeitszimmer* erschossen wurde?«

Samuelson sagte einen Augenblick gar nichts. »Wir befragen die Wachen, die zu dieser Zeit Dienst hatten, Sir.«

»Ich bin sicher, Sie wissen schon etwas.«

»Sie behaupten alle, nichts gesehen zu haben.«

»Was bedeutet . . .«

»Entweder war der Mörder ein Elitekiller . . .«

»Oder?«

Diesmal sagte Samuelson überhaupt nichts.

»Jardine hat eine Verabredung getroffen, um mich als erstes heute morgen zu treffen«, fuhr der Präsident sichtlich angespannt fort. »Es wurde letzte Nacht in meinen Terminkalender eingetragen. Das bedeutet, daß er überraschend auf etwas gestoßen sein muß, und kurze Zeit danach ist er tot.« Der Präsident sah Byrne an. »Charlie, stelle bitte fest, wann genau der Anruf eingetragen wurde.« Er wandte sich wieder an Samuelson, während Byrne sich auf den Weg machte. »Ein unübersehbarer Zusammenhang, nicht wahr, Ben?«

»Es könnte noch einen anderen Zusammenhang geben, Sir. Einer von Jardines Männern wurde letzte Nacht im Rock Creek Park ermordet. Ich habe es eben von der örtlichen Polizei erfahren, bevor ich mich auf den Weg nach hier gemacht habe. Offenbar ein Raubüberfall.«

Der Präsident schlug sich das Handtuch über die Schultern. Ihm war plötzlich kalt. Sein Bademantel hing an einem Haken neben der Tür, aber er dachte nicht daran, ihn jetzt zu holen.

»Offenbar«, wiederholte er. »Dieser Agent, der umgebracht wurde . . .«

»Er hieß Daniels und hat in der Company Karriere gemacht. Ohne jeden bemerkenswerten Hintergrund. Er trug Materialien zusammen und wertete aus, mehr nicht. Ein Bürokrat, kompetent, aber er hat sich in seiner Karriere nie hervorgetan.«

»Mit anderen Worten, nicht gerade der Mann, den Cliff Jardine ins Vertrauen gezogen hätte.«

»Richtig, Sir. »Aber es fällt trotzdem schwer, das Zusammentreffen der beiden Ereignisse als zufällig anzusehen.«

Charlie Byrne kam zurück. Die Tür schloß sich hinter ihm mit einem leisen Rattern.

»Jardines Anruf wurde vom diensthabenden Offizier kurz nach zwei Uhr morgens eingetragen«, sagte er, nachdem er das Schwimmbecken erreicht hatte. »Der diensthabende Offizier hat um genau elf Minuten nach zwei zurückgerufen. Ich habe den Offizier jetzt zu Hause erreicht, und er behauptet, daß Jardine sich gehetzt, sogar fassungslos angehört hat. Er bestand darauf, Sie am frühen Morgen zu treffen, doch er verzichtete darauf, Sie wecken zu lassen. Er wollte nicht sagen, worum es bei dem Treffen gehen und warum niemand außer ihm und Ihnen daran teilnehmen sollte.«

Der Präsident sah wieder zu Samuelson. »Um welche Zeit wurde Daniels im Rock Creek Park umgebracht?«

»Es kann zwischen neun Uhr abends und Mitternacht gewesen sein, aber wir warten noch auf die Autopsie, Sir.«

»Weitere Fragen: Hat Daniels an etwas gearbeitet, über das er aus irgendwelchen Gründen direkt an Jardine berichtet hat? Hat es in den letzten Tagen Kontakte zwischen ihnen gegeben?«

»Wir warten auf diese Antworten. Wir werden sie spätestens heute nachmittag haben.«

»Und vielleicht werden sie uns helfen, das herauszufinden, was wir in erster Linie wissen müssen.« Der Präsident hielt inne. Das Chlor hatte seine hellen Augen gerötet. »Nämlich, warum Cliff Jardine mich heute morgen sehen wollte.«

Wie es ihre Gewohnheit war, trafen sich die beiden Männer in der Metro unter dem Herzen von Washington. Es ließ das

Gefühl in ihnen entstehen, in der Unterwelt zu leben, nur die Höhe eines Treppenhauses davon entfernt, das in Besitz zu nehmen, was sich über ihnen befand. Diese Symbolik sagte ihnen ausgesprochen zu.

Die Decknamen und Vorsichtsmaßnahmen waren kompliziert, doch nicht allzu lästig. Zwei Stunden nach der Kontaktaufnahme fand in jedem Fall ein Treffen statt. Keine Verkleidungen oder aufwendige Umstände. Nur zwei Männer, die eine alltägliche Fahrt in der U-Bahn der Hauptstadt unternahmen.

Der größere der beiden war erstaunlich groß, von seinem ausladenen Schädel über die grotesk breiten Kiefer bis zu seinem weiten Körperumfang und den Beinen, die wie Baumstämme wirkten. Der zweite war groß und geschmeidig, mit wild herumfliegenden Haaren und einer Hornbrille mit runden Gläsern, die ihn wie einen Akademiker aussehen ließen. Der bullig aussehende Mann hatte um das Treffen gebeten und wartete, als der Akademiker den Wagen betrat. Er setzte sich auf den Sitz neben ihn und schlug seine Zeitung auf.

»Daß wir uns treffen, bedeutet sicher, daß die Dinge sich nicht ganz so entwickelt haben, wie wir geplant hatten«, begann der Akademiker.

Das Gesicht des größeren Mannes blieb ausdruckslos. »Die ganze Gruppe, die wir letzte Nacht losgeschickt haben, wurde getötet.«

Mehr Verärgerung als Überraschung flackerte in den Augen des Akademikers auf. »Durch einen *Bürokraten*?«

»Nein, nicht Daniels. Jemand anders.«

»Der Mann, mit dem er sich treffen wollte?«

»Alles spricht dafür. Die Gruppe nahm fälschlicherweise an, daß Daniels tot war. Er konnte sich wegschleppen und schaffte es, seinen vereinbarten Treffpunkt zu erreichen.«

»Mit wem wollte er sich treffen?« überlegte der Akademiker. »Ich nehme an, Sie wissen das inzwischen.«

Der große Mann nickte, ohne etwas von seinen Gefühlen zu verraten. »Die Kugeln hatten eine Ummantelung aus echtem Platin. Das ist nicht ungewöhnlich unter Professionellen, aber ein Mann ist ganz besonders dafür bekannt, sie zu benutzen: Blaine McCracken.«

Der Akademiker konnte nicht vermeiden, daß sein sonst emotionsloses Gesicht wie eine Grimasse wirkte. Die Bahn hielt im nächsten Bahnhof. Er wartete auf die vertrauten Signaltöne, mit denen der Zug sich wieder in Bewegung setzte, war froh über die Pause, die ihm Gelegenheit zum Nachdenken bot, und sprach erst dann weiter.

»Konnte der Schaden begrenzt werden?«

»Wir haben es geschafft, die Leichen zu beseitigen und die Gegend zu säubern, damit die lokalen Behörden sich kein klares Bild von der Situation machen können«, berichtete der bullige Mann. »Nichts davon wäre notwendig geworden, wenn wir die Dinge so durchgeführt hätten, wie ich vorgeschlagen hatte«, fügte er hinzu.

»Dann sind wir beide für diesen Fehlschlag verantwortlich, nicht wahr?«

»Zugegeben.«

»Und wir sollten uns um alles weitere kümmern, da wir den Schaden begrenzt haben.«

»Ich stimme zu.«

»Gut«, sagte der Akademiker in versöhnlicher Tonart. »Haben wir Grund zu der Annahme, daß Daniels an McCracken weitergeben konnte, was er wußte?«

»Was im Prinzip sehr wenig war, so gut wie nichts.«

»Für Daniels vielleicht, aber nicht für McCracken. Ein paar Worte, halbe Sätze, vielleicht Andeutungen – das ist alles, was er braucht. Bitte antworten Sie.«

Der bullige Mann nickte zögernd. »Wir müssen zu diesem Zeitpunkt annehmen, daß Daniels Zeit hatte, um Informationen an McCracken weiterzugeben, bevor ...«

»... bevor Ihre Einsatzgruppe exekutiert wurde«, ergänzte der Akademiker.

»Sie hatten ihn nicht erwartet.«

»Er wurde auch in Miami nicht erwartet, nicht wahr?«

Jetzt setzte der bullige Mann nach. »Könnte es sein, daß er bereits wußte ...«

»Nicht zu diesem Zeitpunkt. Nun, es war wahrscheinlich ein zufälliges Zusammentreffen mit möglicherweise weitreichenden Konsequenzen, wenn McCracken die Dinge in Zusammenhang bringt.«

»Es sei denn, wir finden ihn, bevor ihm dies gelingt.«

Dem Akademiker war seine angespannte Konzentration anzusehen. »Oder wir verwenden die Ergebnisse, die sein Eingreifen unvermeidlich mit sich bringen wird, gegen ihn.«

»Wie das?« wunderte sich der bullige Mann.

Der Akademiker erklärte es ihm.

Für Wasili Konschenko, den russischen Botschafter in den Vereinigten Staaten, war das Essen im Hotel Mayflower ein tägliches Ritual, selbst am Sonnabend. Das Hotel war nur ein paar Ecken von der russischen Botschaft entfernt, und Konschenko genoß den Spaziergang, insbesondere im Frühling. Tatsächlich genoß er alles in Amerika, und das mehr denn je, seit die früheren Gegensätze der Vergangenheit angehörten. Er konnte sich frei in den Straßen bewegen, ohne sich darum kümmern zu müssen, ob er verfolgt oder beobachtet wurde. Seine Bewegungen wurden nicht mehr überwacht, weil es keinen Grund mehr gab, sie zu überwachen. Er hatte ein ausgelassenes Gefühl der Freiheit.

Er bestellte die Putenkeule à la Mayflower, ohne sich die Mühe zu machen, in die Speisekarte zu sehen, und schlug dann die Samstagmorgenausgabe der *New York Times* auf, die er der *Washington Post* bei weitem vorzog. Er konnte sich kaum durch den ersten Artikel lesen, als ein Schatten neben ihm auftauchte. Da er annahm, daß der Kellner mit seinem Mineralwasser kam, sah er freundlich hoch.

»Guten Tag, Genosse Konschenko«, begrüßte ihn Sergej Amorow.

Amorow war der letzte Leiter der KGB-Niederlassung in Washington gewesen. Das Auseinanderbrechen der Sowjetunion hatte ihm nichts gelassen, zu dem er zurückkehren konnte. Daher war er in der Hauptstadt der Vereinigten Staaten geblieben, die auch er zu lieben gelernt hatte. Wenn man von seiner Garderobe ausging, mußte Amorow in seinen Jahren als Leiter der KGB-Niederlassung ein ganz schönes Vermögen angehäuft haben. Heute trug er einen olivgrünen, maßgeschneiderten Anzug von Armani, der ihm vorzüglich paßte. Konschenko hatte ihn noch nie zweimal im gleichen Anzug gesehen.

»Wir haben uns nichts zu sagen, Sergej Iwanowitsch«, fauchte der Botschafter ihn an und sah sich vorsichtig in dem Restaurant um, ob jemand ihr Zusammentreffen bemerkte. Zum Glück war Samstag, und das Restaurant war so gut wie verlassen.

»Oh, ich glaube doch. Ich habe einen Cocktail bestellt. Er wird gleich gebracht.«

»Lassen Sie ihn an einen anderen Tisch bringen.«

Amorow runzelte die Stirn. »Wie soll ich Ihnen einen großen Gefallen tun, den ich Ihnen so gern tun möchte, Genosse?«

»Nennen Sie mich bitte nicht so.«

»Gewohnheit. Entschuldigen Sie bitte.«

Konschenko fühlte sich unbehaglich, als Amorow sich neben ihm niederließ, nachdem er die Jacke seines dreiteiligen Anzugs aufgeknöpft hatte. Wieder suchten seine Blicke die anderen Tische ab. Er tat sein Mißfallen kund, indem er mit seinem Stuhl etwas von dem früheren KGB-Leiter abrückte.

»So sollten Sie doch nicht einen Mann behandeln, der Sie zu einem Helden machen wird, Genosse – entschuldigen Sie bitte – Wasili Feodorow.«

»Oder mich eher zum Ausgestoßenen machen könnte.«

»Sie müssen lernen, nicht so hart zu urteilen.«

Damit zog Amorow eine kleine Jiffytasche hervor und legte sie in Konschenkos Reichweite. Der Botschafter machte keine Anstalten, danach zu greifen.

»Was ist das?« verlangte er zu wissen.

»Noch eine von diesen alten Gewohnheiten, fürchte ich. Nur um die Zeit zu vertreiben, Sie verstehen.«

»Nein, das tue ich nicht.«

»Der größte Coup in meiner ganzen Karriere. Obwohl die Union aufgelöst ist, konnte ich es einfach nicht aufgeben.«

»*Was* aufgeben?«

Amorow rutschte mit seinem Stuhl näher, und diesmal machte Konschenko keinen weiteren Versuch, sich von ihm zu entfernen. »Ich habe es geschafft, eine Wanze ins Büro des Direktors der Central Intelligence Agency einzuschmuggeln.«

»*Was?* Wie?« Konschenko hatte Mühe, seine Begeisterung zu unterdrücken. Alte Gewohnheiten weichen nicht so schnell, und das war etwas, was noch vor wenigen Jahren große Aufregung verursacht hätte.

»Das Siegel der CIA hängt hinter seinem Schreibtisch. Als es vor ein paar Jahren zur Überholung herausgegeben wurde, ist es uns gelungen, eine Wanze einzubauen. Die Farbe, die wir verwendet haben, schützt sie davor, aufgespürt zu werden.«

Konschenko schob sich unruhig hin und her. »Kommen Sie zur Sache!«

»Nach meiner ... Versetzung habe ich ... nun ja, ich habe es übersehen, sie entfernen zu lassen. Ich höre noch immer die Aufnahmen ab, aber nur aus Gewohnheit, schätze ich, und aus Langeweile. Es ist manchmal sehr unterhaltsam.« Amorow schlug gegen den Versandumschlag. »Die Aufnahme vom Donnerstag abend ist eine wunderbares Beispiel.«

»Das ist eine *Kassette*?«

»Ja, Genosse, das ist es.«

Verwirrung spiegelte sich in den Gesichtszügen des Botschafters, dann Mißtrauen. »Sie haben natürlich davon gehört, daß der CIA-Direktor heute früh ermordet worden ist.«

Amorow schob den Umschlag näher zu ihm hin. »Ich glaube, Sie sollten sich die Aufnahme anhören, Wasili Feodorow, und vielleicht werden Sie dann verstehen, warum.«

Achtes Kapitel

»Ich sehe keine Aktenmappen in der Nähe, Hank«, sagte McCracken zu der Gestalt, die auf den Stufen des Lincoln-Denkmals saß.

»Und du wirst auch keine sehen«, gab Belgrade zurück und hielt eine Hand schützend vor die Augen, um nicht von der Sonne geblendet zu werden. »Setz dich, MacSack. Ich gebe dir drei Minuten.«

»Klingt seltsam.«

»Zwei Minuten und fünfundfünfzig Sekunden. Ich weiß nicht, in welche Sache du in der letzten Nacht geraten bist, aber Washington spielt heute morgen völlig verrückt. Langley, um es genauer zu sagen.«

Blaine hatte Sal Belamo von einem Zimmer im Hotel Jefferson angerufen, nachdem er in der Nacht zuvor aus dem Rock Creek Park geflohen war. Er hatte den Raum verlassen, nachdem er den Anruf getätigt hatte, und sich in einem anderen Hotel in Crystal City in Alexandria ein Zimmer genommen.

»Mannomann«, kommentierte Belamo, nachdem McCracken ihm alles erzählt hatte. »Sieht so aus, als müßte ich die morgige Episode von ›Wenn die Kacke am Dampfen ist‹ auslassen.«

»Finde heraus, was Operation Gelbe Rose und Prometheus bedeuten, und ich werde dir einen Fernseher mit Großbildschirm spendieren. Sorge dafür, daß Johnny Wareagle hier auftaucht«, fügte Blaine hinzu, auf den großen Indianer bezogen, den er in solchen Situationen um seine Unterstützung bat, »und ich lege noch eine Stereoanlage drauf.«

Das kam gewöhnlich nicht vor, aber heute morgen hatten sich alle Anstrengungen Belamos als sinnlos erwiesen. Er konnte keine Erwähnung von Operation Gelbe Rose oder Prometheus in irgendeiner Datenbank finden, ob sie nun allgemein zugänglich war oder nicht. Und Johnny Wareagle war nirgends aufzutreiben.

»Das ist nicht alles«, hatte Sal grimmig ergänzt. »Die Polizei hat keine Spur von den fünf Typen gefunden, die du aus dem Weg geräumt hast. Das kann nur bedeuten, daß jemand gekommen ist und sie geholt hat, Boß, und sie müssen das sehr schnell erledigt haben.« Das beste, was Sal für Blaine tun konnte, war es schließlich, ein Treffen mit jemandem zu vereinbaren, der vielleicht die fehlenden Antworten hatte: Hank Belgrade.

Hank war ein großer, kräftiger Mann, der wie nur ganz wenige in Washington ein Gehalt bezog, ohne eine klar definierte Beschäftigung zu haben. Sowohl das Innen- als auch das Verteidigungsministerium führten ihn in ihren Mitarbeiterlisten, doch tatsächlich arbeitete er für keins von beiden. Statt dessen fungierte er als Verbindung zwischen den beiden und kümmerte sich um ihre schmutzige Wäsche. Er hatte Zugang zu Datenbanken, von denen nur wenige in Washington überhaupt wußten, daß sie existierten.

»Clifton Jardine wurde ermordet«, nahm Belgrade das Gespräch schließlich wieder auf.

McCracken setzte sich neben ihm auf die Stufen ganz links vom Denkmal. Die Nachricht überraschte ihn nicht. Ein Mann wie Daniels hätte niemals eine Büroklammer bestellt, ohne sich das genehmigen zu lassen. Es paßte, daß er den Direktor mit in die Sache eingeweiht hatte. Wenn Daniels wegen seines Wissens umgebracht wurde, war es durchaus wahrscheinlich, daß Jardine das gleiche Schicksal ereilte.

»Läuft meine Uhr noch, Hank?«

»Das hängt davon ab, ob der Grund für dieses Treffen mit Jardines Tod zu tun hat.«

»Willst du das wirklich wissen?«

»Habe ich das vielleicht aufgebracht, MacSack?«

»Schön. Wie du willst. Jardine war nicht der einzige Mann aus Langley, der gestern nacht umgebracht wurde. Wenn du wieder in deinem Büro bist, sieh mal nach, ob etwas über Tom Daniels hereingekommen ist.«

»Warst du zu dieser Zeit in der Gegend?«

»Eigentlich eher, nachdem es passiert ist.«

»Das heißt?«

»Daniels hatte noch Zeit, mit mir zu reden. Jemand greift nach dem ganzen Land. Jemand will es übernehmen.«

Belgrade starrte Blaine an. »Wir reden davon, daß es hier einen Regierungsumsturz geben soll?«

»Daniels sagte mir, ich hätte zehn Tage, um es aufzuhalten. Mehr konnte er nicht mehr ausführen, bevor er starb.«

»Zehn Tage ...«

»Jetzt sind es vielleicht nur noch neun. Ich habe die fünf Männer umgebracht, die Daniels getötet haben. Aber mach dir nicht die Mühe, das zu überprüfen, denn die Spuren sind verwischt worden.«

Belgrades Hand strich nervös über sein Doppelkinn. »Großer Gott, das erklärt es.«

»Erklärt was?«

»Es war Daniels, der dir gegenüber die Operation Gelbe Rose erwähnt hat, nicht wahr?«

»Sie und Prometheus.«

»Nun, ich habe gar nichts über Prometheus und fast nichts über Gelbe Rose herausfinden können.«

»Fast nichts?«

»Die Daten sind gelöscht worden, MacSack.«

»So, daß du nichts mehr davon herausbekommen kannst?«

»Du hättest mich gestern anrufen sollen.«

»Was meinst du damit?«

»Daß die Löschung *heute morgen* um zwei Uhr dreißig vorgenommen wurde. Klingelt da etwas?«

»Die Morde an Jardine und Daniels ...«

Belgrade nickte. »Jemand muß befürchtet haben, daß du oder jemand anders danach suchen wird.«

Blaine sah ihn an. »Und du wärest nicht hier, wenn sie nicht etwas übersehen hätten.«

»Ich habe ein paar Nachforschungen betrieben. Dazu mußte ich mich anmelden, was bedeutet, daß mein Zugangscode aufgezeichnet wurde. Und das wiederum heißt, daß derjenige, der die Daten verschwinden ließ, auch herausfinden kann, daß ich danach gesucht habe. Unter den gegebenen Umständen macht mich das nicht sehr glücklich.«

»Sag mir, was du herausgefunden hast, bevor meine Zeit abläuft.«

»Zwei merkwürdige Hinweise, MacSack. Zuerst einmal der Ausdruck ›Delphi‹. Sagt dir das etwas?«

»Nein.«

»Geht mir genauso. Auch die Datenbanken gaben nichts her, als ich danach gesucht habe.«

»Und der zweite Hinweis?«

»Ein Name: H. William Carlisle.«

»Nie gehört von ihm.«

Belgrade rückte ein wenig näher. »Jemals von der Trilateralen Kommission gehört?«

»Sie war der absolute Traum von Verschwörungstheoretikern, nicht wahr?«

»Und ist es bis heute geblieben«, verriet ihm Belgrade. »Die Gründung der Kommission geht in die frühen siebziger Jahre zurück. Ihr erklärtes Ziel war es, eine dauerhafte Partnerschaft zwischen den herrschenden Klassen der Vereinigten Staaten, Westeuropas und Japans zu fördern – daher der Begriff ›trilateral‹.«

»Die Welt sicherer zu machen für westliche Geschäftsinteressen, nicht wahr?«

»Das wollten sie ganz groß angehen.«

Belgrade gab eine gedrängte Zusammenfassung von der Geschichte der Trilat, beginnend mit ihrer Begründung im Jahr 1973 durch David Rockefeller und Zbigniew Brzezinski. Eine Reihe von nationalen und internationalen Schocksituationen in den späten Sechzigern und frühen Siebzigern, die ihren Höhepunkt im arabischen Ölembargo und Nixons neuer Wirtschaftspolitik fanden, ließen die westliche Geschäftswelt um ihr Überleben, zumindest um ihre Vorherrschaft fürchten. Die Trilaterale Kommission wurde zum Mittel, mit dem die internationale Elite zurückschlug. Die multinationalen Firmen, die durch ihre Mitglieder repräsentiert wurden, glaubten, daß *sie* durch die Anwendung sorgfältig entwickelter Grundsätze die Weltpolitik kontrollieren oder zumindest beeinflussen konnten. Diese Mitglieder sahen sich eher als Hüter denn als Manipulatoren, doch der Unterschied war in Theorie und Praxis nur ein semantischer. Für Männer wie George Ball, Henry Kissinger und Jimmy Carter bestand die ideale Antwort darin, eine gemeinsame Behandlung der weltwirtschaftlichen Angelegenheiten anzustreben. So dünn war die Linie zwischen Politik und Wirtschaft geworden, daß ihre Ziele durch einen breit angelegten, globalen, korporativen Kapitalismus in Reichweite kommen konnten. Das wichtigste dieser Ziele bestand darin, sich vor künftigen internationalen Ereignissen zu schützen, die der Gemeinschaft zu schaden vermochten. Unilateral war keines der internationalen Beine der Trilat mächtig genug, um dies bewerkstelligen zu können. Doch wenn sie sich zusammenschlossen, hatten sie ein unbegrenztes Potential.

»Sie haben es aber doch nie umgesetzt«, unterbrach ihn Blaine.

»He«, widersprach Belgrade, »sie versuchen es noch immer. Du findest die Kommission im Telefonbuch in Manhattan, wenn du sie anrufen und nachfragen willst, wie die Dinge so stehen.«

»Organisationen, die die Welt beherrschen wollen, haben meist Geheimnummern.«

»Nur, wenn sie ihre Methoden zu verbergen versuchen.«

»Was uns zur Operation Gelbe Rose zurückbringt.«

»Und zu H. William Carlisle . . .«

»Zweifellos ein wichtiger Mann der Trilateralen Kommission.«

Belgrade nickte leicht. »Und zuvor das junge Genie der Wall Street, auch Billy the Kid genannt, der in die Politik gewechselt und noch vor seinem dreißigsten Geburtstag zum Königsmacher geworden war. Er war die treibende Kraft hinter den beiden Amtsperioden von Eisenhower und hielt Nixons knappe Niederlage im Jahre 1960 für seinen einzigen Fehlschlag. Er hat es wiedergutgemacht, aber er hat sich von Nixon abgewandt, als dieser 1971 die Wirtschaft neu erfinden wollte. Er wurde schließlich eins der Gründungsmitglieder der Trilat. 1978 verschwand er plötzlich. Ging eines Morgens aus dem Haus und kam nie wieder. Es wurde ernsthaft ein Selbstmord vermutet oder sogar ein Gewaltverbrechen.«

»Und die Operation Gelbe Rose?«

»Wie ich schon sagte, MacSack, ich habe nur die Querverweise auf Carlisle und Delphi, was immer das bedeutet. Keine Daten, kein Hintergrund, nichts weiter.«

»Sieht nicht so aus, daß ich unter diesen Umständen viel von ihm erfahren kann«, erwiderte McCracken.

Belgrade beugte sich etwas näher zu ihm und sagte leise: »Carlisle lebt noch, MacSack. Er hat nicht einmal die Stadt verlassen; er ist nur umgezogen. Auf die Straße.«

»Er ist ein Penner geworden?«

»Er ist ausgestiegen. Ich habe Überwachungsberichte gesehen, die ab 1978 datieren, aber 1990 aufhören. Sie müssen sich irgendwann gesagt haben, warum das Geld verschwenden, und damit aufgehört haben. Aber wenn er noch immer lebt, ist er irgendwo da draußen. Das Problem liegt nur darin, ihn zu finden.«

McCracken war bereits aufgestanden. »Ich glaube, ich habe eine gute Idee, wo ich beginnen könnte.«

Der Lafayette-Park verläuft vor dem Weißen Haus auf der Seite der Pennsylvania Avenue und ist deswegen oft eine Anlaufstelle für Demonstranten. An diesem Tag drängte sich in dem Park eine verhältnismäßig ruhige Menge von Protestierenden, die sich darauf beschränkten, ihre hastig beschrifteten Schilder dem Weißen Haus zu präsentieren. DODD stand auf fast allen Schildern, viele von ihnen hatten FOR PRESIDENT hinzugefügt, und einige JETZT. Die Botschaft konnte der Präsident jedesmal sehen, wenn er aus dem Fenster schaute.

McCracken trat hinter die Demonstranten, die durch die ausschließliche Hingabe, mit der sie ihr Anliegen verfolgten, fast gespenstisch wirkten. Sie schienen völlig emotionslos einer Verpflichtung nachzukommen. Ein paar Umstehende sahen zu, machten Schnappschüsse aus der Nähe oder sahen sich alles von einem Sitzplatz am Springbrunnen des Parks aus an. Einige der Obdachlosen Washingtons vertrödelten währenddessen den Tag an einer von ihnen geschätzten schattigen Stelle auf ausgebreiteten Decken, die Tüten, in denen ihr gesamter Besitz verstaut war, niemals außerhalb der Reichweite einer ausgestreckten Hand.

Die zahlreichen Bänke waren überwiegend unbesetzt. Auf einer Bank in der Sonne saß ein Mann, der seine Arme bequem nach beiden Seiten ausgestreckt und die Beine übereinandergeschlagen hatte. Er trug einen schwarzen Mantel, der an vielen Stellen ausgebessert sowie an Schultern und Ellbogen reichlich verschlissen war. Seine weißen Haare und der Bart waren dicht und ungekämmt. Ein paar Stofftragetaschen lagen unter der Bank, bewacht von seinen Füßen, die sich nie weit von ihnen entfernten. Während Blaine zusah, begann sich der Mann die langen Strähnen seines Barts zu zwirbeln. McCracken zog das Bild von H. William Carlisle heraus, das Hank Belgrade ihm besorgt hatte, und verglich das Gesicht mit dem des Mannes. Die Ähnlichkeit war nur gering, aber wie konnte es nach so vielen Jahren auch anders sein?

Blaine näherte sich von der Seite, um ihn nicht zu verschrecken. Der Mann sah nicht in seine Richtung, nicht einmal, als sich McCracken am anderen Ende der Bank niederließ. Doch Blaine bemerkte, wie er seine Beine ein wenig enger um seine gebündelte Habe schloß.

»Schöne Aussicht, Mr. Carlisle?« sagte McCracken aufs Geratewohl. »Auf das Weiße Haus, meine ich.«

»Meine Bank«, kam die krächzende Antwort. Seine Stimme verriet die schweren Jahre, die er hinter sich hatte.

»Sie kommen jeden Tag hierher?«

»Und niemand belästigt mich.« Er hatte sich noch immer nicht in Blaines Richtung gewandt. »Hast du gehört, Süßer. Nun geh wieder nach Hause. Husch-husch.«

McCracken rutschte ein wenig näher. Eine Kruste von Schmutz und Ruß überzog den Mann. Der Geruch war umwerfend. Blaine richtete seinen Blick auf das Weiße Haus.

»Sie sind nicht weit von zu Hause entfernt, nicht wahr?«

»Es gehört dem Volk, oder etwa nicht?«

»So heißt es. Manchmal glauben einige, daß es ihnen mehr gehört als anderen.«

»Und haben sie damit recht?« schnappte der Mann.

»Schätze, das kommt darauf an. Oder vielleicht auch nicht.«

Ein Paar rotgeränderter, träger Augen musterte Blaine zum erstenmal. »Sie haben verdammt recht, es gehört nicht dem Volk. Sondern denen, die clever genug sind, es sich zu nehmen.«

»Erklären Sie das denen da«, sagte McCracken, der auf die stoischen Anhänger von Samuel Jackson Dodd starrte.

Die Augen betrachteten ihn jetzt noch genauer. »Wer, zum Teufel, sind Sie?«

»Mein Name ist McCracken.«

»Haben Sie Grund zur Annahme, daß Sie mich kennen?«

Blaine zögerte nicht. »Operation Gelbe Rose.«

McCracken musterte den lumpenumhüllten Mann, der neben ihm saß, und erst jetzt war er sich tatsächlich sicher, daß es sich um H. William Carlisle handelte, um den wahrhaftigen Billy the Kid. Die aufgesprungenen und rissigen Lippen zuckten. Seine Augen verengten sich zu mißtrauischen Schlitzen.

»Fahren Sie zur Hölle«, sagte er kraftlos.

»Dort sind Sie nun schon seit fast zwanzig Jahren, Mr. Carlisle.«

Carlisle grinste. »Ich habe die Hölle verlassen, Mr. Unbekannt.«

»Warum erzählen Sie mir nicht davon?«

»Warum wollen Sie es hören?«

Blaines Blick wies über die Pennsylvania Avenue auf das Weiße Haus. »Sehen Sie es sich noch einmal genau an, Mr. Carlisle, weil es wahrscheinlich bald einen unangekündigten Mieterwechsel geben wird.«

»Was sagen Sie da?«

»Jemand hat die Operation Gelbe Rose ausgegraben. Wenn ich mich nicht sehr täusche, hat es mit einer Verschwörung zu tun, die den Umsturz der Regierung zum Ziel hat.«

Furcht verdunkelte Carlisles schmutziges Gesicht. Er drehte sich plötzlich zu Blaine um und griff nach seinem Revers. Blaine ließ ihn gewähren und vermied es wegen des stechenden Geruchs so lange wie möglich, Atem zu holen.

»Wer sind Sie? *Was* sind Sie?«

»Erzählen Sie mir von der Gelben Rose.«

Carlisle ließ Blaines Jacke los und rutschte zurück. Er sprach wie aus weiter Entfernung, die Augen vor sich auf den Boden gerichtet. »Es begann so großartig. Was wir Trilateralisten in der Welt und für die Welt erreichen wollten.«

»Und natürlich für sich selbst.«

Carlisle schwang zu McCracken zurück. »Das ist dasselbe, verdammt. Wir haben angeboten, für Stabilität und Beständigkeit zu sorgen. Für einen angemessenen Preis.«

»Was für einen Preis?«

Nur die Andeutung eines Lächelns huschte über das Gesicht des alten Mannes. Sein Blick schwenkte in Richtung auf das Weiße Haus. »Demokratie ist eine wunderbare Sache. Aber es ist größtenteils nur eine Illusion, der gleiche Mist wie fast alles andere auch. Die einzige regierbare Demokratie ist eine begrenzte Demokratie. Gebt dem Volk genug davon, damit sie glauben, alles zu haben, was es will. Aber in den Siebzigern waren nicht alle bereit, diesen Preis zu bezahlen. Wir wurden angegriffen.«

»Wir.«

»Trilateralisten, die Elite, die Oberklasse – nennen Sie uns, wie Sie wollen. Militante Proteste schlugen uns von allen Seiten entgegen, gefährdeten unsere Versuche, für Stabilität zu sorgen, bedrohten das Fundament, das zu errichten wir bemüht waren. Frauen, Indianer, die Armen, Umweltschützer, die Militanten – besonders die Militanten. Rivalen! Egal, wohin wir sahen. Es mußte etwas getan werden. Wir mußten das Haus der Nation in Ordnung bringen. Ich wurde ausgewählt, um einen Unterausschuß der Trilat zu bilden.«

»Zweifellos, um diese Rivalen zu beseitigen.«

»Um das Land vor sich selbst zu retten, vor der Anarchie, du Idiot! Unsere Feinde, die Feinde des Landes, wurden isoliert. Die Operation Gelbe Rose hätte die Nation ihrer Bedrohung entzogen.« Carlisles Lippen bebten. »Gott im Himmel . . . *Gott im Himmel!«* Er rutschte wieder auf Blaine zu, griff jedoch nicht mehr nach ihm. »Was Sie vorher über den Umsturz der Regierung gesagt haben, wir haben davon gewußt! Wir wußten es, gottverdammt, aber wir haben nichts dagegen unternommen! Der Feind tauchte unter, um sich auf seine Zeit vorzubereiten, um stark genug zu werden für seine Erhebung. Wir hätten verhindern können, was jetzt geschehen wird, aber die anderen waren zu schwach.«

»Welche anderen?«

»Die Mehrzahl der Trilateralisten, die nicht den Mut aufbrachten, wirklich nach der Macht zu greifen. Sie vergruben sich in Theorien, Postulaten und Positionspapieren, waren aber nicht bereit, den Preis zu bezahlen, den es gekostet hätte, die Empfehlungen in den Papieren auszuführen. Zum Teufel, Carter war ein Trilateralist, Bush ebenfalls. Doch nicht einmal sie wollten zuhören. Zum Teufel, sie wollten einfach nicht zuhören. Und jetzt, *jetzt . . .!«*

Carlisles gelbe Augen wandten sich den Demonstranten zu. »Sehen Sie sich das an. Der Feind ist noch immer da. Ich komme jeden Tag hierher und sehe ihnen zu. Ich weiß heute nicht einmal mehr, was für Gruppen das sind. Aber es wird immer schlimmer, es eskaliert. Die Leute sind wütend, sie sind bereit, alles zu akzeptieren, was ihnen eine Veränderung verspricht.« Seine Augen waren jetzt wieder auf Blaine gerichtet, und ihr Ausdruck war eher traurig als wütend. »Und wir hätten es verhindern können. Wir hatten sie alle ausgewählt. Wir hätten die Wurzeln der Unzufriedenheit herausreißen können, so daß es niemals so weit hätte kommen können.«

»Darum sind Sie gegangen, haben Sie sich zurückgezogen.«

»Ich habe mich von den Trilateralisten und dem Rest der Welt abgewandt.«

»Und was ist mit den Delphi?«

Carlisles Augen loderten bei Blaines plötzlicher Erwähnung des Wortes auf, dann schien es langsam in sein Bewußtsein einzudringen. Seine Lippen zitterten.

»Wer sind sie, Mr. Carlisle?«

Der alte Mann streckte plötzlich wieder die Hand aus und griff nach McCrackens Revers. Doch diesmal war es keine Wut, die ihn zu dieser Bewegung veranlaßte, sondern Verzweiflung.

»Halten Sie sie auf«, drängte er ihn flehentlich. »Sie müssen sie aufhalten.«

»Ich habe nur zehn Tage. Nicht genug Zeit, um es allein zu schaffen.« Blaine senkte die Stimme. »Ich brauche Ihre Hilfe, Mr. Carlisle.«

Carlisle wich wieder zurück und steckte eine zitternde Hand in die Westentasche von dem, was von seinem dreiteiligen Anzug übriggeblieben war. Sie tauchte mit einem Schlüssel wieder auf, den er Blaine in die Hand drückte.

»Der Bushahnhof von Greyhound und Trailways«, sagte Carlisle leise, die Augen auf den Schlüssel gerichtet.

McCracken konnte den Überzug aus Rost über der einst glatten Metallfläche spüren. »Ein Schließfach?«

»Ein Grab.«

McCracken öffnete das Schließfach nicht sofort. Er schlenderte eine Stunde in dem Busbahnhof herum, von dem aus Busse in andere Städte abfuhren, bevor er sich dem Fach überhaupt näherte. Er beobachtete alle, die im Wartebereich mit Sicht auf die Schließfächer saßen. Er suchte nach jemandem, der nur wenig auf die Anzeigetafeln achtete, auf denen die Ankunfts- und Abfahrtszeiten sichtbar wurden. Nachdem die Stunde vergangen war, war er überzeugt, daß niemand den Bahnhof überwachte. Was für Geheimnisse das Schließfach 33 auch immer barg, sie waren bis jetzt geheim geblieben.

Er war noch immer auf der Hut, als er den Schlüssel in das Schloß einführte. Es klemmte, und er achtete darauf, daß er den Schlüssel nicht verbog. Endlich ließ er sich nach rechts drehen, und Blaine riß die Schließfachtür auf.

Zuerst sah er im Inneren Stapel von Geldscheinen, teilweise noch von Banderolen zusammengehalten, andere nur zusammengerollt oder gefaltet. Es waren überwiegend große Scheine, viele von ihnen sahen neu aus, waren offenbar Teil von zur Seite gelegtem Geld, mit dem William Carlisle nicht mehr viel anfangen konnte.

Eine alte Aktentasche aus Leder war teilweise von den verstreuten Geldscheinen verborgen. Das Leder war im Schließfach ausgetrocknet und rissig geworden. Ein Reißverschluß war so weit offen, daß etwas vom Inhalt nach außen drängte.

Schlaufen, die Schlaufen von Jiffyumschlägen.

Blaine versuchte, die Aktentasche so unauffällig wie möglich aus dem Schließfach zu nehmen. Der Griff war auf der einen Seite abgerissen, daher nahm er sie unter den Arm. Er schob das Schließfach zu und verschloß es wieder. Dann ging er zurück in die warme Luft eines sonnigen Nachmittags.

McCracken hatte in einem nahegelegenen Parkhaus einen geeigneten Stellplatz für den Wagen gefunden, den Sal Belamo ihm besorgt hatte. Hier in der Dunkelheit, nur durchbrochen von gedämpfter Helligkeit aus dem Oberlicht, machte er die Aktentasche ganz auf und nahm einen großen Teil des Inhalts heraus.

Die ersten fünf Jiffytüten, die Blaine öffnete, enthielten umfangreiche Personenakten einschließlich Fotos. Drei von den Namen sagten ihm etwas. Zwei sagten ihm nichts. Alle fünf hatten eines gemeinsam:

Oben auf der ersten Seite war jeweils ein Aufkleber mit einer gelben Rose angebracht.

Eine der Personen war ein College-Lehrer. Dann kam ein Gewerkschaftsführer. Zwei weitere waren Anführer der Antikriegsbewegung, die den Protestmarsch zum Parteitag der Demokraten im Jahr 1968 organisiert hatten. Der fünfte war ein Indianerführer, der 1972 den Protest am Wounded Knee angeführt hatte.

Sie alle waren Kämpfer der linksgerichteten Protestbewegungen und erklärte Feinde der Trilateralen Kommission gewesen.

In diesem Zusammenhang ergaben die Akten einen klaren Sinn. Die großen Pläne der Trilateralen Kommission sahen keinen Spielraum für zivilen Ungehorsam vor. Die Proteste gegen den Vietnamkrieg hatten klar aufgezeigt, wie die Regierungspolitik durch linksgerichtete Militanz ins Wanken gebracht werden konnte. Carlisle und die anderen Trilateralisten hatten ihre Lektion daraus gelernt, und sie wollten eine Präventivstrategie in Form der Operation Gelbe Rose durchführen: die Aktivisten und Anführer aus der Szene entfernen, bevor sie die Möglichkeit bekamen, die Pläne der Kommission zu beeinträchtigen.

Blaine rieb sich die Lider und sah die weiteren Personenakten durch. Irgendwo dazwischen mußte das sein, was Daniels gesucht hatte. Hier mochte die Identität jener verborgen sein, die hinter dem kommenden Versuch steckten, die Regierung zu stürzen.

Etwas in der jetzt vor ihm liegenden Akte zog seine Blicke magisch auf sich. »Ich will verdammt sein«, sagte er laut. »Gottverdammt!«

Neuntes Kapitel

»Verzeihung«, sagte Kristen Kurcell zu dem alten Mann, der vor dem Gebäude mit der Aufschrift ›Gemeindeverwaltung Grand Mesa‹ kehrte. »Entschuldigung, ich suche das Büro des Polizeichefs.«

Der alte Mann kehrte weiter und sah gar nicht hoch. »So etwas haben wir nicht.«

»Wie?«

»Nun, wenn Sie nach dem Sheriff suchen, könnte ich Ihnen vielleicht helfen.«

»Also gut, der Sheriff.«

Der alte Mann sah auf. Seine weißen Haare waren dünn, doch sie bedeckten den gesamten Kopf. Er hatte einen zerzausten Bart von derselben Farbe. Sein Gesicht war braungebrannt und zerknittert. Er trug eine buntkarierte Jacke über einem roten Flanellhemd und Khakihosen.

»Sie haben einen Termin?«

»Brauche ich einen?«

»Ich habe gefragt, ob Sie einen haben.«

»Nein.«

Der alte Mann lehnte sich auf seinen Besen. »Kommen Sie mit. Ich werde sehen, was ich tun kann.«

Kristen folgte ihm durch die Tür ins Innere des Rathauses. Sie war am frühen Samstagmorgen hierhergefahren, nachdem sie die Nacht von Freitag auf Samstag in Denver verbracht hatte. Sie hatte sich überlegt, ob sie gleich weiterfahren sollte, nachdem sie mit dem Flugzeug aus Washington gekommen war, doch es war schon nach Mitternacht gewesen, und sie hätte ohnehin nichts mehr erreichen können. Davon abgesehen war sie erschöpft und brauchte wenigstens ein paar Stunden Schlaf, um wieder sie selbst zu sein. Doch jedesmal, wenn sie im Flughafenhotel die Augen zu schließen versuchte, sah sie Bilder von ihrem Bruder und Paul Gathers vom FBI vor sich.

Beide waren verschwunden.

Kristen hatte niemandem gesagt, wohin sie wollte. Sie ließ eine Nachricht für die Senatorin zurück, daß sie eine persönliche Angelegenheit erledigen mußte und zurückrufen würde, sobald sich Gelegenheit dazu ergab. Bis sie eine entfernte Ahnung davon hatte, was eigentlich los war, konnte sie niemand anders in diese Sache hineinziehen. Paul Gathers hatte etwas entdeckt und war danach verschwunden. Was immer es war, es mußte etwas mit dem verzweifelten Anruf ihres Bruders zu tun haben, den er nicht hatte zu Ende führen können.

Die Spur begann in Grand Mesa. Grand Mesa mochte die Antworten für sie bereithalten.

Sie hatte sich vorher nicht angekündigt, in der Hoffnung, daß die Überraschung sich als ihr bester Verbündeter erweisen würde. Da sie jetzt die tatsächliche Größenordnung der Ortschaft vor sich sah, kam ihr das allerdings unsinnig vor. Die Ortsmitte von Grand Mesa bestand aus einer Hauptstraße, ein paar Querstraßen und einer kleinen Ansammlung von Läden für die zweitausend Einwohner. Die einzige Tankstelle bot gleichzeitig auch die einzige Möglichkeit für Autoreparaturen. Es gab zwei Restaurants und ein kleines L-förmig angelegtes Motel. Was von drei weiteren Motels übriggeblieben war, lag nicht weit von der Ortsmitte entfernt. Aber es waren eigentlich nur noch Gerippe, mit Brettern zugenagelte Überbleibsel aus der Vergangenheit, die dem äußeren Anschein nach ihre letzten Gäste vor mehr als einem Jahrzehnt gesehen hatten.

»Wir sind da«, sagte der alte Mann und schloß die Tür hinter ihnen.

Die Gemeindeverwaltung war klar und übersichtlich aufgeteilt. Die Lettern über einer der Türen besagten: GERICHT. Getrennte Schalter waren entsprechend gekennzeichnet mit: GEMEINDEKASSE, FINANZAMT und KRAFTVERKEHRSAMT. Zwei von ihnen waren überhaupt nicht gekennzeichnet. Nicht, daß es eine Rolle gespielt hätte: nicht eine einzige Person war hinter einem der Schalter zu sehen. Sie suchte vergeblich die Lettern SHERIFF, doch schließlich entdeckte Kristen auf einem Namensschild in der entfernten linken Ecke des Raums die Beschriftung SHERIFF DUNCAN FARLOWE.

Der alte Mann ging durch den Mittelgang auf eine offene Tür zu, wobei er den Besen noch nicht aus der Hand gelegt hatte. »Ich werde den Sheriff holen«, rief er Kristen zu.

Sie hatte kaum Zeit, sich die Einrichtung der Gemeindeverwaltung anzusehen, als er wieder herauskam. Der Besen war weg. Ein stumpfes Sheriffabzeichen steckte am Revers seiner Jacke.

»Sheriff Duncan Farlowe, Miss«, sagte er und streckte die Hand aus. »Was kann ich für Sie tun?«

Während sie sprach, spielte er mit Gummiringen und sah sie kaum an. Er machte sich Notizen, obwohl Kristen nicht sicher feststellen konnte, ob er ihr wirklich zuhörte, während sie ihre Geschichte erzählte.

»Sie haben diese Kassette nicht dabei?« fragte Farlowe sie anschließend, wobei er noch immer mit den Gummiringen spielte.

»Nein.«

»Das ist ungünstig. Wir hätten sie brauchen können.« Farlowes Blick hob sich von seinen Fingern. Einer der Gummiringe flog durch den Raum. »Sind Sie sicher, daß Ihr Freund vom FBI Grand Mesa gesagt hat?«

»Ja. Warum?«

»Weil es vielleicht hundert Ortschaften in Colorado gibt, die *Soundso* Mesa heißen. Vielleicht haben Sie das falsche Soundso erwischt.«

»Nein, ich bin ganz sicher, daß er Grand Mesa gesagt hat.«

»Ihr Bruder klang sehr verängstigt auf diesem Band?«

»Sehr.«

Farlowe nickte daraufhin. Noch ein Gummiring schnellte von seinen Fingern. »Es gibt hier nicht viel, was Leute verängstigen könnte. Er kam vermutlich von woanders, kam hier nur durch.«

»Daran habe ich auch gedacht.«

»Aber dann dürfte er nicht von weit weg gekommen sein. So, wie Sie es wiedergeben, wollte er Sie vom ersten Telefon aus anrufen, das er erreichen konnte.«

Kristen nickte.

»Um diese Zeit in der Nacht ist nur noch das Motel offen, es sei denn, Harley hat den Fernseher angelassen, oder er ist eingeschlummert und hat die Klingel nicht gehört.« Der Sheriff öffnete die unterste Schublade seines Schreibtisches und griff mit der Hand hinein. »Was halten Sie davon, wenn wir zusammen hinübergehen und ein bißchen mit ihm reden?«

Duncan Farlowe erhob sich und hielt ein altmodisches Halfter in der Hand, das er um seine Hüfte legte. Er zog einen schwarzen Revolver mit langem Lauf heraus, der noch älter aussah, und drehte die Trommel.

»Colt Peacemaker«, sagte Farlowe stolz. »Seit Generationen in der Familie.«

»Glauben Sie wirklich, daß Sie ihn brauchen werden?«

Farlowe zuckte die Schultern. »Es erinnert die Leute daran, daß sie einen Sheriff haben.«

»O ja, ich erinnere mich an ihn«, sagte Harley Epps, Besitzer des Grand Mesa Motel, als er vom neuesten Foto aufsah, das Kristen von David hatte. »Er hat sich vor zwei oder drei Nächten ein Zimmer genommen. Ich bin fast sicher, daß es vor zwei Nächten war.«

»Das wäre also der Donnerstag gewesen«, schlußfolgerte Farlowe.

»Ja«, nickte Epps. »Donnerstag. Hat im voraus bezahlt und war am nächsten Morgen weg.«

»Hat er das Telefon benutzt?« Epps suchte nach Eintragungen für diesen Tag. »Nein, hier steht nichts davon, aber er kann natürlich eine Kreditkarte benutzt haben. Dann könnte ich gar nichts davon wissen.«

Farlowe sah fragend zu Kristen.

»Ich bin nicht sicher«, sagte sie. »Der FBI-Mann hat mir nicht gesagt, wie er den Anruf getätigt hat.«

»Welches Zimmer hatte er?« fragte Farlowe den Motelbesitzer.

»Sieben.«

»Waren noch andere Gäste da in dieser Nacht?«

»Ich habe sie nur hereingelassen, wie üblich.«

»Ja oder nein, Harley.«

»Ja, zwei, soweit ich mich erinnere. Nicht viel los in letzter Zeit, wie überhaupt in den letzten zehn Jahren.«

Duncan Farlowe drehte sich zu Kristen um. »Das war die Zeit, als die Silberminen erschöpft waren.« Er sah zu Epps zurück. »Ich würde mich gern mit diesen beiden anderen unterhalten, Harley.«

»Sie haben sich auch ziemlich spät angemeldet. Ich habe sie nicht nach ihren Adressen gefragt.«

»Dann wird es schwierig sein, Ihnen Weihnachtskarten zu schicken.«

»Mir paßt es, wenn mir Scheine in die Hand gedrückt werden.«

Farlowe streckte seine Hand über den Schalter. »Gib mir den Schlüssel, Harley.«

Zimmer sieben wirkte ziemlich dunkel für diese Tageszeit. Farlowe betätigte den Lichtschalter neben der Tür und öffnete dann die Rolläden und die Vorhänge. Kristen folgte ihm zögernd, fürchtete sich vielleicht vor dem, was der Raum ihr eröffnen würde. Doch ihr schlugen nur der modrige, schale Geruch eines selten benutzten Raums und der schwache Duft von Desinfektionsmitteln entgegen.

Während Kristen hinter ihm wartete, überprüfte Farlowe alle Schubläden. Er inspizierte kurz das Badezimmer und untersuchte das Bett. Zuletzt wandte er sich dem kleinen Tisch zu, auf dem sich das Telefon befand. Er beugte sich darüber und roch an dem Telefonhörer.

»Ist er kürzlich gereinigt worden?« fragte Kristen.

»Nein, kleine Lady – erneuert. Dieses Telefon ist brandneu.«

»Neu?«

»Nach dem, wie Sie mir die Aufnahme beschrieben haben, klingt es danach, daß Ihr Bruder in diesem Raum angegriffen wurde. Vielleicht hat er versucht, das alte Telefon als Waffe zu benutzen. Vielleicht zerbrach es, als er es fallen ließ. Auf jeden Fall mußte es ersetzt werden.«

»Das bedeutet, daß jemand zurückkommen mußte, um es zu ersetzen, nachdem sie David weggebracht haben.«

Sheriff Farlowe ging in die Hocke. Der lange Lauf seines Peacemakers baumelte unter seinen Beinen und berührte den Teppich. »Das ist nicht der einzige Grund, warum sie zurückgekommen sind. Sehen Sie sich diesen Teppich an. Fällt Ihnen auf, daß der Flor nur in eine Richtung geht?«

»Nein. Warten Sie mal, doch, ich glaube, Sie haben recht.«

»Nun, Harley Epps hat hier nicht mehr staubgesaugt, seit Sie in den Windeln lagen, und selbst wenn er es getan hätte, hätte es den Flor nicht so klar ausgerichtet. Nein, ich sage, jemand hat diesen Teppich gereinigt, und das ist noch nicht lange her.«

Kristen spürte einen Druck in der Magengegend. »Mein Bruder *war* hier.«

»Sieht so aus.«

»Aber nichts kann uns hier verraten, wohin sie ihn gebracht haben, wo er sich jetzt befindet.«

»Nein, kleine Lady, aber ich habe jetzt eine Ahnung, wie er überhaupt nach Grand Mesa gekommen ist.«

»Er hat einen Jeep gefahren, einen von diesen kleinen Japanern?«

»Woher wissen Sie das?«

»Ich habe es mir zusammengereimt.«

Farlowe hatte es nicht weiter erklärt. Sie kletterten zurück in seinen Pritschenwagen mit Vierradantrieb und fuhren drei Blocks weiter bis zu der örtlichen Werkstatt und Tankstelle. In einer vollgestopften Reparaturbucht stand ein Berg von einem Mann mit roten Haaren und einem entsprechenden Bart, der einen Blaumann trug und seinen Kopf unter die Haube eines alten Ford gesteckt hatte.

»Jimbo«, sprach ihn Farlowe an.

»Ich bin ein bißchen beschäftigt, Sheriff.«

Farlowe knipste die Arbeitslampe aus, die von der offenen Motorhaube baumelte. »Das gilt auch für mich.«

Der Berg von Mann richtete sich auf und ragte über Farlowe hinaus, der sich zurücklehnte, die Daumen seitlich in die Taschen gesteckt. Kristen bemerkte, daß der Griff des Peacemakers aus der Jacke gedrückt wurde.

»Ich müßte mal mit dir über den Jeep reden, den du gefunden hast.«

»Er ist auf meinem Grund und Boden abgestellt worden. Niemand beansprucht ihn, daher gehört er mir.«

»Seltsam, daß überhaupt keine Papiere in ihm zu finden waren.«

»Ich nehme an, er wurde gestohlen«, sagte der Berg. »Und hier zurückgelassen.«

»Könnte sein. Macht es dir etwas aus, wenn ich ihn mir näher ansehe.«

»Solange du ihn dort läßt, wo er jetzt steht, wenn du damit fertig bist.«

»In der hinteren Bucht?«

»Wo er auch bleiben wird, Sheriff.«

Farlowe tippte gegen seinen breitkrempigen Hut und führte Kristen auf einem Hindernislauf durch Schmiermittel und Öl, das den Boden mit dunklen Flecken überzog. Die rückwärtige Bucht war durch eine fehlende Tür zu erreichen, und dort wartete der Jeep auf sie.

»Gehört der Ihrem Bruder, kleine Lady?«

Kristen sah ihn sich von allen Seiten an. »Ich weiß es nicht. Ich habe ihn nicht gesehen. Aber ich glaube, es ist das gleiche Modell. Ich kann es nur nicht genau sagen.« Sie sah hinab. »Die Nummernschilder sind weg.«

»Big Jimbo hat sie inzwischen vermutlich in den Fluß geworfen. Damit niemand anders einen Besitzanspruch anmelden kann.«

»Ich nehme an, das Handschuhfach wird ebenfalls leer sein.«

»Bestimmt.« Farlowe schlug gegen die Motorhaube des Wrangler. »Ihr Bruder war ein schlauer Junge, kleine Lady. Er muß den Jeep außer Sichtweite geparkt haben, damit niemand, der eventuell hinter ihm her war, mitbekommen konnte, daß er in der Stadt war. Vielleicht hätte ich Sie zuerst angerufen, wenn Big Jimbo die Kiste nicht vor mir gesehen hätte. Macht aber keinen großen Unterschied, nehme ich an.«

»Warum?«

»Weil es darauf ankommt, daß wir herausfinden, von wo aus Ihr Bruder hierhergefahren ist. Ich meine, was immer ihn so aufgescheucht hat, muß ziemlich außerhalb des Ortes passiert sein. Wenn wir herausfinden, wo, dann finden wir vielleicht auch heraus, wer.«

Kristen wischte über den frischpolierten Kotflügel. »Sieht aus, als hätte Ihr Freund Jimbo alles weggewischt, was uns einen Hinweis hätte geben können.«

»Nicht alles, kleine Lady«, entgegneten Farlowe und kniete neben einem der Vorderräder nieder. »Sieht so aus, als wäre er noch nicht bei denen hier angekommen.«

Farlowe zog einen Stift aus seiner Tasche und steckte ihn in eine Profilrille. Lehmfarbener Schmutz überzog die Spitze, als er den Stift wieder herauszog. Er brachte den Stift an seine Nase und roch daran.

»Sieht so aus, als wäre Ihr Bruder oben bei den Silberminen gewesen.«

»Wie?«

»Dieser Teil von Colorado war wegen seiner Silberminen bekannt. Die Leute kamen hierher, um ihren Claim abzustecken«, erklärte Farlowe. »Viele wurden reich. Viele wurden es nicht. Der Stadt ging es in jedem Fall gut.«

»Sie glauben, daß mein Bruder nach *Silber* suchen wollte?«

»Das wäre sehr dumm von ihm gewesen, kleine Lady. Sehen Sie, hier ist schon lange kein Silber mehr gefunden worden. Deshalb ist Grand Mesa heute nur noch wenig mehr als eine Geisterstadt. Jedenfalls wollte ich damit nur sagen, daß sein Jeep oben in den Bergen war, wo die Silberminen waren und zu denen die Old Canyon Road führt. Ziemlich gefährliche Gegend. Man kann leicht in einen der verlassenen Schächte fallen, wenn man einen Augenblick lang nicht auf den Boden sieht.«

»Was ist sonst noch dort draußen?«

»Nicht viel. Die Luftwaffenbasis Miravo, aber die wurde schon vor ein paar Jahren geschlossen. Nachdem das SAC gegangen war, wurde sie eingemottet. Das hat den Rest der Wirtschaft von Grand Mesa vernichtet. Niemand benutzt heute noch diese alte Straße. Wir werden uns aber dort umsehen. Vielleicht stoßen wir auf etwas, das uns weiterbringt.«

Sie gingen wieder von der hinteren Bucht in den vorderen Teil der Werkstatt, wo Big Jimbo noch immer völlig unbeeindruckt unter der Motorhaube des Ford hantierte.

»Gefunden, was du gesucht hast, Sheriff?« fragte er, ohne sich die Mühe zu machen, auch nur einmal mit seinem Kopf aufzutauchen.

»Komische Sache, Jimbo«, sagte Farlowe zu ihm. »Das Handschuhfach hat sich von selbst geleert.«

Farlowe blieb unmittelbar rechts von Big Jimbo stehen. Während Kristen zusah, langte der alte Mann nach oben und schlug die Motorhaube hart auf Jimbos Kopf und Schultern herab. Der Koloß schrie vor Schmerzen auf. Farlowe ließ die Motorhaube wieder nach oben schnellen und griff sich eine Handvoll rotes Haar. Bevor Big Jimbo reagieren konnte, war der Colt Peacemaker des Sheriffs direkt auf seine Stirn gerichtet.

»Dieser Jeep da hinten gehört dem Bruder von dieser Lady, Jimbo«, sagte er ganz ruhig. »Jetzt gibt es zwei Dinge, die du tun wirst. Erstens wirst du mir alles geben, was du im Handschuhfach gefunden hast, weil vielleicht etwas Wichtiges dabei war. Und zweitens wirst du den Jeep innerhalb der nächsten zehn Minuten vor meinem Büro abstellen. Habe ich mich deutlich ausgedrückt?«

Big Jimbo nickte.

»Ich glaube, ich will hören, wie du das sagst.«

»Ja, Sheriff.«

Farlowe ließ den Hahn des Peacemakers los und nahm die Waffe von der Stirn des rothaarigen Mannes. »Ich bin dir sehr verbunden.«

Sie warteten nahe dem Eingang der Werkstatt darauf, daß Big Jimbo den Inhalt von Davids Handschuhfach holte. Nachdem der Koloß ihnen die Sachen übergeben hatte, führte Farlowe Kristen hinaus und behielt dabei den Berg von Mann im Auge, bis sie seinen Pritschenwagen erreicht hatten.

»Und jetzt, kleine Lady«, begann er, während er nun erst den treuen Peacemaker in sein Halfter zurücksteckte, »wollen wir mal sehen, ob wir herausfinden können, was Ihr Bruder gefunden hat und Ihnen unbedingt sagen wollte.«

Farlowe überreichte Kristen den Inhalt des Handschuhfachs und sah ihr zu, wie sie ihn rasch untersuchte. Sie war zur Hälfte durch den Stapel durch, als sie innehielt. Der Wind fing sich in den Papieren, die sie in der Hand hielt. Sie sah von ihnen hoch zu Farlowe.

»Ich glaube, ich habe da etwas, Sheriff.«

Zehntes Kapitel

»Das ist eine Quittung für einen Camcorder, den mein Bruder drei Tage vor seinem Verschwinden gekauft hat«, erklärte Kristen und gab sie Farlowe.

»Sie glauben, er hat vielleicht gefilmt, was er gesehen hat und Ihnen unbedingt erzählen wollte?«

Sie nickte. »Und vielleicht hat er die Kassette irgendwo versteckt. Vielleicht hat Big Jimbo sie noch.«

Farlowe lächelte schwach. »Ich glaub' nicht, daß er die unter diesen Umständen seiner Videosammlung zugefügt hat.«

»Hätten Sie ihn wirklich erschossen?« fragte Kristen ihn.

»Big Jimbo riskiert immer 'ne große Lippe, kleine Lady, aber er hätte mich wohl nicht dazu gezwungen.«

»Aber hätten Sie ihn erschossen?«

»Mein Großonkel mütterlicherseits hätt's getan, das kann ich Ihnen versichern. War ein Mann namens Wyatt Earp.«

Kristen sah Farlowe überrascht an. »Wyatt Earp war Ihr Großonkel?«

»Es war zwar keine enge Beziehung, aber meine Mama hat mir immer gesagt, ich hätte dasselbe Blut wie er in den Adern. Sie hat mir diesen Peacemaker gegeben, als ich sechzehn war, und mir gesagt, Wyatt hätte schon mal damit geschossen. So im nachhinein glaub' ich, das hat mich dazu bewogen, Gesetzeshüter zu werden. Bin während der letzten guten Jahre dort im Panhandle aufgewachsen. Hab' meine Lehrjahre als Texas Ranger verbracht. Mann, ich könnte Ihnen ein paar Geschichten erzählen . . . Später vielleicht. Jetzt fahren wir erst mal dahin, wo Ihr Bruder diese Kamera, die er gekauft hat, auch benutzt hat. Zumindest bin ich mir ziemlich sicher, daß es dort gewesen sein muß.«

Kristen sah sich während der Fahrt den Inhalt des Handschuhfachs ihres Bruders genauer an. Abgesehen von der Quittung schien es nur das Übliche zu enthalten: die Zulassung, die Versicherungskarte und ein paar Durchschläge von Kreditkartenbelegen, die ihr vielleicht herauszufinden helfen würden, welche Strecke er durch das Land genommen hatte. Vielleicht war das, was zu dem verzweifelten Anruf vom Donnerstag abend geführt hatte, gar nicht in der Nähe von Grand Mesa geschehen. Vielleicht war es mehrere hundert Kilometer entfernt passiert, und erst, als er sich Grand Mesa näherte, war David klargeworden, daß er sich in Gefahr befand. Sollte dies der Fall sein, würden sich diese Belege vielleicht noch als sehr nützlich erweisen.

Sie hörte, wie Farlowe »Hmm!« machte, und sah von den Durchschlägen auf. Vor ihnen wirbelten große Wolken kreidiger, brauner Erde in der Luft und nahmen ihnen jede Sicht, als wären sie in einen Schneesturm geraten.

»In dieser Gegend nennen wir das eine Verdunkelung«, erklärte der Sheriff. »Es ist wie bei den Schneestürmen in anderen Gegenden. Gibt jede Menge Theorien darüber, was sie verursacht und wieso sie hauptsächlich im Frühling auftreten. Ich kann sie riechen, bevor sie auftreten. Aber sie kommen und gehen ziemlich schnell.«

Farlowe nahm die Geschwindigkeit zurück. Das reduzierte Motorgeräusch ermöglichte es dem trommelnden Wind, sich nun deutlich Gehör zu verschaffen. Der Pritschenwagen erzitterte unter seinem Druck. Kristen fühlte sich an einen Nordostwind in Neuengland erinnert, der keinen Schnee oder Regen, sondern Erde aufwirbelte. Gut fünf Minuten später war es vorbei. Der Himmel klarte so schnell auf, wie er sich verdüstert hatte. Farlowe gab wieder Gas, aber der Allradantrieb tat sich ein wenig schwer, als müsse er erst die Staubschichten loswerden, die sich auf den Wagen gelegt hatten. Kurz darauf hielt Farlowe an, griff hinter sich und holte eine Spraydose Glasrein und einen Lappen hervor.

Nachdem er die Fenster gesäubert hatte, setzten sie ihren Weg über die Old Canyon Road fort. Farlowe fuhr die nächsten fünfzehn oder zwanzig Kilometer so langsam, daß er auf alles achten konnte, was ihm ungewöhnlich erschien. Plötzlich fuhr er an den Straßenrand und stieg aus, ließ den Motor aber laufen. Kristen folgte ihm auf die Straße und beobachtete, wie der Sheriff vorsichtig niederkniete. Noch immer in der Luft treibender Staub bildete einen Film auf seinen Brillengläsern und sprenkelte seinen Bart und das Haar. Nach ein paar Sekunden erhob er sich wieder mit knackenden Gelenken und ging ein Stück weiter, nur um dann erneut niederzuknien.

Als er zum drittenmal stehenblieb, ging Kristen ebenfalls in die Hocke. »Was ist los?«

»Reifenspuren. Lastwagen, ziemlich große. Sieht so aus, als

hätte vor nicht allzu langer Zeit ein ganzer Konvoi plötzlich hier gehalten.«

Kristen sah sich um. »Aber hier in der Gegend gibt es doch nichts.«

»Vielleicht hat etwas den vordersten Laster zum Anhalten gezwungen. Ein Tier, das über die Straße lief. Hat eine Kettenreaktion ausgelöst. Hier sind jedenfalls mehrere Lastwagen hergefahren. Da die Old Canyon Road eigentlich nirgendwo hinführt, kann ich Ihnen auch nicht sagen, wohin sie wollten.«

Sie folgte Farlowe zurück zum Pritschenwagen. Er fuhr noch langsamer weiter und suchte nach weiteren Spuren, die der Konvoi hinterlassen haben konnte. Die Minuten und Kilometer verstrichen in Stille. Nachdem Farlowe die verlassene Basis der Air-Force passiert hatte, die er erwähnt hatte, wurde er noch langsamer, hielt dann an und stieg aus.

»Komisch. Bis hierher sind die Laster nicht gekommen«, erklärte er, nachdem er die Straße genau untersucht hatte. »Ihre Spur endet bei der Basis.«

Kristen sah zu dem kettenverhangenen Tor von Miravo hinüber. »Aber sie ist doch verlassen. Was hatten sie da zu suchen?«

»Warum gehen wir nicht mal rein und sehen nach?«

»Dürfen Sie das denn?« fragte Kristen, während Farlowe den Peacemaker auf das Schloß richtete, das die Kette an Ort und Stelle hielt.

»Ich bin das Gesetz, kleine Lady. Ich darf alles, was mein kleines Herz begehrt. Und jetzt halten Sie sich die Ohren zu.«

Sie tat wie geheißen, hörte den Widerhall aber trotzdem. Das Schloß zersplitterte. Farlowe zog die Kette hinab und das Tor auf.

Vor ihnen strahlte die Air-Force-Basis Miravo die ganze Unheimlichkeit einer Geisterstadt aus. Die Fenster zahlreicher Gebäude waren mit Brettern zugenagelt worden. Hinter den Gebäuden und Hangars sammelte sich auf den Start- und Landebahnen und Asphaltstraßen Staub. Früher hatten Tausende von Menschen in dieser SAC-Basis gearbeitet und gewohnt, doch jetzt war hier niemand mehr. Um die stählernen Hangars und Hütten pfiff der Wind. Das Sonnenlicht schimmerte schwach auf den verrosteten Wänden.

Duncan Farlowe überprüfte den weichen Boden hinter dem Tor, wühlte mit dem Stiefel Erde auf und trat sie dann wieder glatt. Er ging steifbeinig umher; das Niederknien war ihm offensichtlich zu mühselig geworden.

»Die Lastwagen sind hier reingefahren«, sagte er zu Kristen. »Und zwar viel mehr als nur der Konvoi, dessen Spuren wir auf der Straße gesehen haben.« Er bückte sich schwerfällig. »Sie sind durch das Tor gefahren, und dann . . .« Er hielt inne, um den Boden genauer zu untersuchen, und hob dann die Hand. »Da lang.«

Farlowe deutete auf die Start- und Landebahn, die sich hinter der letzten Häuserreihe befand. Er ging mit Kristen hinüber und inspizierte den Belag, zeigte sich aber nicht besonders zufrieden.

»Auf so festem Beton bleiben nicht so viele Spuren zurück wie auf der guten alten Straße, über die wir gekommen sind«, sagte er und fuhr mit dem Fuß durch die Staubschicht, die sich darauf gesammelt hatte. »Hier könnten ein paar Flugzeuge gelandet sein. Vielleicht aber auch nicht.« Der Sheriff drehte sich plötzlich zu Kristen um. »Sie sagen, der Anruf sei in der Nacht gekommen?«

»Eigentlich war es schon früher Morgen. Gegen drei Uhr Ihrer Zeit.«

»Das hier ist interessant.« Er ging zum Rand der Landebahn, folgte der Linie der Lampen und blieb vor jeder stehen. »Die Glühbirnen sind noch da. Ist doch komisch, daß man eine Militärbasis aufgibt und die Glühbirnen zurückläßt . . .«

»Vielleicht haben sie sie einfach vergessen.«

»Sie haben mich nicht ausreden lassen, kleine Lady. Auf den Birnen liegt kaum Staub, und ihre Glühfäden sind noch so gut wie neu. Ich würde sagen, man hat sie erst irgendwann im letzten Monat eingeschraubt.«

»Lastwagen und Flugzeuge«, murmelte Kristen. »Dann hat man vielleicht irgend etwas von hier weggeflogen!«

»Oder hereingeflogen. Man hat es auf die Lastwagen geladen, oder von ihnen abgeladen. So oder so, ich vermute, Ihr Bruder ist vielleicht nahe genug herangekommen, um zu sehen, was hier vor sich ging.«

Farlowe drehte sich um und sah zu den Hügeln hinüber, die die dichtstehenden Gebäude hinter der Landebahn fast verbargen.

»Aber wenn er da oben in den Hügeln war, hat er nichts sehen können. Die Lastwagen, ja, aber nicht die Flugzeuge. Das heißt, er muß heruntergekommen sein und die Basis betreten haben. Vielleicht hat er mit seiner brandneuen Kamera gefilmt, was hier verfrachtet wurde.«

»Aber wir wissen nicht, ob er überhaupt hier war«, erinnerte Kristen ihn. Plötzlich fürchtete sie sich davor, was es zu bedeuten haben mochte, falls David wirklich hier gewesen war. »Ohne die Kassette können wir nichts beweisen.«

»Vielleicht brauchen wir gar keine Kassette, um es zu beweisen, kleine Lady.«

»Ihr Bruder war etwa in dem Alter, in dem ich war, als ich bei den Rangers anfing«, fuhr Farlowe fort, als sie über die Old Canyon Road zum Fluß der Hügel gingen, in denen man früher Silber abgebaut hatte. »Ich hätte damals meinen Jeep außer Sichtweite geparkt, aber so nah, daß ich ihn schnell erreichen kann. Damit ich einen schnellen Abgang machen könnte, wenn es sein müßte. Aber jetzt mache ich gar nichts mehr schnell. Na ja, Onkel Wyatts alten Peacemaker kann ich noch einigermaßen schnell ziehen. So etwas verlernt man nicht so schnell.«

Sie stapften die Hügel entlang und suchten alle Wege ab, die breit genug waren, um einem Jeep Wrangler Platz zu bieten. Jedesmal, wenn Farlowe eine Stelle entdeckte, die ihm interessant erschien, blieb er stehen und trat den Boden auf. Ein paarmal bückte er sich und fuhr mit der Hand darüber, doch meistens ließ er die Hände in den Taschen stecken.

»Hier«, sagte er plötzlich und deutete mit dem Finger zum Boden, noch bevor er die Stelle genau untersucht hatte. »Genau hier stand der Jeep Ihres Bruders oder zumindest einer, der ihm verdammt ähnlich war.« Er ging in die Hocke und zeigte Kristen, was er entdeckt hatte. »Tiefliegende Reifenspuren. Und hier, diese Spuren, dahin hat Ihr Bruder seinen Arsch geschafft.« Er hob den Finger und deutete auf die Old Canyon Road. »Da entlang.«

»Nach Grand Mesa.«

Farlowe nickte und nahm eine Handvoll Erde auf. »Sehen Sie das hier? Paßt zu der Erde, die ich im Reifenprofil seines Jeeps gefunden habe.«

»Er ist bis zum Hotel in der Stadt gekommen und hat mich von dort aus angerufen.«

»Scheint so gewesen zu sein«, bestätigte Farlowe ernst.

»Er wollte mir sagen, was er in der Basis gesehen hat.«

»Ja«, sagte Farlowe, während er schon einen gewundenen Pfad hinunterstieg, der zwischen zwei Hügeln hindurchführte.

Oben verbreiterte sich die Spalte zu einer Furche, von der aus man einen deutlichen Blick auf die Air-Force-Basis Miravo hatte. Wie Farlowe vermutet hatte, verbargen die Gebäude die Sicht auf die Landebahn. Kristen beobachtete, wie der alte Sheriff den Boden mit den Blicken und dann mit den Händen absuchte.

»Nichts weist darauf hin, daß Ihr Bruder hier oben gehockt hat«, sagte er, »aber das ist ein ideales Versteck. Ich gehe jede Wette ein, er war hier. Jetzt wissen wir aber noch immer nicht . . .«

Kristen sah, wie der Ausdruck auf Farlowes mürrischem Gesicht sich veränderte, als wäre ein Schatten darauf gefallen. Mit einer fließenden Bewegung, die sogar einem jungen Mann schwergefallen wäre, hatte er den Peacemaker aus dem Halfter gerissen und zwei Schüsse abgegeben, die ganz nah an Kristen vorbeipfiffen. Sie hörte einen Aufschrei, drehte sich um und sah einen Mann, der ein Gewehr fallen ließ und sich an den Bauch faßte. Im nächsten Augenblick warf Farlowe sich auf sie. Der Aufprall riß beide zu Boden.

Krach!

Eine Kugel riß einen Splitter aus dem Hügel, genau dort, wo

gerade noch Kristens Brust gewesen war. Es folgte eine Reihe gedämpfter Echos, und Erde und Staub regneten auf sie hinab.

»Ja«, murmelte Farlowe, den Peacemaker noch in der Hand, »allerdings, das ist die Stelle.«

Weitere Schüsse erklangen rechts und links von ihnen, und dann wieder welche von vorn, von dort, wo der Mann gestanden hatte, den der Sheriff erschossen hatte.

»Ich würde sagen, sie haben uns umzingelt, kleine Lady«, sagte Farlowe, nachdem Kristen sich im Schutz einer kleinen Erhebung neben ihm aufgesetzt hatte.

Er hielt den Peacemaker an seine Brust. »Und ich habe nur noch drei Schuß Munition. Der Rest ist im Wagen, neben meinem Funkgerät.«

Kristen stellte fest, daß sie nicht nur eine wahnsinnige Angst, sondern auch eine tiefe Trauer verspürte. Die Tatsache, daß diese Männer ihnen mit der Absicht aufgelauert hatten, sie zu töten, verhieß für Davids Schicksal nichts Gutes. Bislang hatte sie sich an die Hoffnung geklammert, daß er seine Nase einfach in eine Sache gesteckt hatte, die ihn nichts anging, und nun irgendwo gefangengehalten wurde oder auch auf der Flucht war. Doch nun war ihr klar, daß diejenigen, die hinter der Sache steckten, der David auf die Spur gekommen war, vor nichts zurückschreckten, um ihr Geheimnis zu schützen. Wenn sie versuchten, sie und Farlowe zu töten, dann ...

Der Sheriff ersparte ihr die Mühe, den Gedanken zu vollenden. »Jetzt rücken sie heran«, sagte er, als die Schüsse verhallt waren. »Sie wissen, daß sie uns in der Falle haben, und können sich Zeit lassen.«

»Was können wir tun?«

»Ich könnte versuchen, zu meinem Wagen zu laufen, oder ...«

Farlowe schien es sich mitten im Satz anders zu überlegen. Er sog die Luft ein, und ein verkniffenes Lächeln legte sich auf seine Lippen.

»... wir warten.«

»Wir warten? Worauf?«

Und dann spürte sie es auch. Zuerst war es nur ein leichtes

Auffrischen des Windes, aber ein paar Atemzüge später schon ein kräftiger Windstoß gegen ihr Gesicht.

Eine Verdunkelung! Duncan Farlowe hatte sie gerochen und gewußt, was nun passieren würde!

»Bedecken Sie die Augen und den Mund, so gut Sie können«, wies er sie an, während vielleicht ein Dutzend Mini-Tornados Staub aufwirbelten. Die Luft verdunkelte sich zusehends, und die Sonne war schon nicht mehr auszumachen. »Ergreifen Sie meine Hand und folgen Sie mir, wenn ich losgehe.«

Kristen hielt den Ärmel vor ihre Augen. »Ihnen folgen?«

»Ja. Ich kenne diese Hügel so gut wie mein Gesicht. Ich vermute, unsere schießwütigen Freunde haben diesen Vorteil nicht.«

Die aufgewirbelte Erde drang in seinen Mund und verwandelte die letzten Worte in ein kaum noch verständliches Gurgeln. Er spuckte den Dreck wieder aus und band dann sein rotes Halstuch vor den unteren Teil seines Gesichts.

»Kommen Sie!« krächzte Farlowe hinter dem Halstuch und zog den breitkrempigen Hut hinab, um seine Augen zu schützen.

Er erklomm den Hügel blindlings, aber sicheren Schrittes. Kristen glaubte, bei ihrem Aufbruch jede Orientierung verloren zu haben, stellte dann aber fest, daß sie keineswegs umgekehrt waren und den Pfad zum Wagen zurückgingen; statt dessen arbeiteten sie sich in südliche Richtung tiefer in die Hügel zu den erschöpften Silberminen vor.

Kristen hörte, daß ungezielte Schüsse in die braune Luft abgegeben wurden. In der Ferne erklangen laute Rufe, dann einer aus anscheinend nicht mehr als fünfzehn Metern Entfernung. Sie spürte, daß Farlowe sich anspannte, und blieb einen Schritt hinter ihm stehen. Es gelang ihr, die Augen so weit zu öffnen, daß sie eine Gestalt ausmachen konnte, die sich rechts vor ihnen blind den Weg ertastete. Farlowes Peacemaker knallte einmal auf. Die Gestalt war verschwunden, und ihr Schrei verlor sich in dem heulenden Wind, der den Staub zu einer schweren, braunen Decke verwandelte, die sich über ihre gesamte Umgebung legte.

Dem Sheriff blieben jetzt nur noch zwei Kugeln. Er zog Kristen wieder etwas schneller voran; ihm war klar, daß das deutlich zu vernehmende Geräusch des Schusses die verbliebenen Feinde in diese Richtung locken würde. Seinen Schritten merkte sie jedoch an, daß ihn dies nicht zu stören schien. Ganz im Gegenteil, sie spürte, daß er genau dies wollte. Sie konnten die Verdunklung nur nutzen, solange sie anhielt. Kristen erinnerte sich, daß sie während der Hinfahrt fünf, vielleicht sechs Minuten gedauert hatte. Also blieben ihnen noch ein paar Minuten.

Farlowe steuerte Kristen um ein schmales Loch im Boden, das in eine der zahlreichen aufgegebenen Silberminen führte, die das Land wie Pockennarben überzogen. Er bog nach rechts ab und blieb direkt vor dem Rand eines größeren Einstiegs stehen.

»Wir gehen runter!« versuchte er, den Wind zu übertönen.

»Was?«

»Folgen Sie mir!«

Er zog sie mit sich hinab und schob sie zum Ende des Schachteingangs, bevor dieser sich zu einem Gang erweiterte. Zuerst dachte sie, sie würden sich hier verstecken oder vielleicht sogar den Gang als Fluchtweg benutzen. Doch Farlowe löste sich von ihr, ging direkt unter der Schachtöffnung in die Hocke und lauschte auf alle Geräusche, die durch den starken Wind zu vernehmen waren.

Plötzlich straffte Farlowe sich. Er spannte den Hammer des Peacemakers, richtete sich auf die Zehenspitzen auf und wartete. Ein paar Sekunden später sprang er hoch.

Das Knacken seiner Knie war selbst durch das Tosen des Windes zu hören. Das galt auch für den Peacemaker, der zweimal aufbellte.

Farlowe drehte sich zu Kristen um und zog das Halstuch von seinem Mund hinab. »Einer weniger. Gehen wir.«

Kristen sah, wie schwer er atmete; die Anstrengung sog die Farbe aus seinen Augen. Sie trat zu ihm, und er schloß erneut die Hand um ihre Jacke. Den leeren Peacemaker hatte er ins Halfter geschoben.

»Jetzt wird es etwas schwierig, kleine Lady. Achten Sie genau auf meine Füße und treten Sie dorthin, wohin ich auch trete. Sehen Sie *zum Boden!«*

Und dann zog er das Halstuch wieder hoch, und sie kletterten aus dem Mineneingang.

Farlowe wandte sich diesmal in südöstliche Richtung. Die Welt vor ihnen war ein brauner Vorhang. Kristen schmeckte die Erde in ihrem Mund. Sie hatte ein Gefühl im Hals, als hätte sie Kreide gegessen. Sie konnte nicht schlucken. Es war, als hätte sie ein Stück der Wüste abgebissen.

Farlowe verstärkte den Druck seiner Hand, um sie auf zerklüftete Hügelausläufer aufmerksam zu machen, die von Mineneingängen durchsetzt waren. Lediglich schmale Grasnarben trennten einen Schachteingang vom anderen. Dieser Teil der Hügel war bar jeden Silbers und Lebens. Das Land war abgestorben. Die tiefen und bedrohlichen Löcher waren Wunden auf seinem Leichnam.

Farlowe führte Kristen hinter eine leichte Erhebung. Er drückte ihre Schultern hinab, um ihr zu bedeuten, sich dort zu ducken.

»Warten Sie hier«, befahl er, wobei er das Halstuch wieder hinabschob, damit sie ihn verstehen konnte.

Sie wollte ihn fragen, was er vorhatte, doch Erde drang ihr in den Mund und nahm ihr die Stimme. Farlowe verschwand in der braunen Wolke, und Kristen spähte über die Erhebung, um zu sehen, was er machte.

Obwohl die erdgetränkte Luft in ihren Augen brannte, widerstand sie dem Drang, mehrmals zu blinzeln. Farlowe kehrte auf dem Weg zurück, den sie kommen waren, näherte sich also dem Feind. Die Verdunkelung hatte etwas nachgelassen, und an einigen Stellen klarte die Luft schon wieder auf. Kristen bemerkte die sich nähernden Gestalten, als sie diese Bereiche durchquerten; drei, dachte sie, aber es konnten auch vier sein. Sie sah zu Farlowe zurück, doch er war verschwunden.

Dann konnte sie ihn plötzlich wieder ausmachen, in fünfzehn, zwanzig Metern Entfernung. Er lief, eine dunkle, verschwommene Gestalt inmitten des Sturms. Kristen hörte Schreie, dann peitschte ein Schuß auf. Die sich in ihre Richtung nähernden Gestalten wandten sich um und rannten auf Farlowe zu.

Ein Schrei erklang, als eine von ihnen einfach verschwand, als hätte der Erdboden sie verschluckt.

Ihr Häscher war in einen Minenschacht gestürzt.

Farlowe tauchte wieder aus dem Sturm auf, und weitere Schüsse erklangen. Ein anderer Feind verfolgte ihn, und auch er stürzte mit einem gellenden Schrei in einen der Schächte. Es war, als befänden sie sich in einem trügerischen Minenfeld, und Farlowe spielte den Köder, um die Feinde ins Verderben zu locken. Kristen ging wieder in Deckung, rieb sich die Augen und hob dann den Kopf über die Anhöhe, um das Geschehen zu verfolgen.

Einer der Häscher kam direkt auf sie zu. Doch plötzlich drehte der Mann sich um und zielte mit dem Gewehr in den Sturm.

Zweifellos hatte er Farlowe im Visier!

Kristen sprang auf und rannte in die staubdurchsetzte Luft. Sie prallte gegen den Mann, als er gerade auf den Abzug drückte, und die Kugel flog harmlos in den Himmel. Der Mann schwankte zwar, stürzte aber nicht, Kristen klammerte sich an ihn, und er holte mit dem Gewehr aus und schlug den Kolben gegen ihre Schulter.

Vor Kristens Augen explodierten Sterne. Sie griff jedoch nach seiner Hand und versuchte zu verhindern, daß sie sich um den Abzug des Gewehrs legte. Der Mann versetzte ihr einen Schlag gegen das Kinn und dann einen weiteren auf das Brustbein. Kristen mußte seine Hand loslassen. Sie brach auf die Knie zusammen und rang nach Luft, doch da drang der Staub in ihre Lungen und drohte, sie zu ersticken.

Der Mann senkte das Gewehr und zielte auf sie. Sein Finger legte sich um den Abzug, als Duncan Farlowe aus einer Staubböe hervorsprang und sich auf ihn warf. Kristen sah, daß Farlowe den Peacemaker am Lauf hielt. Die Waffe senkte sich und prallte gegen den Hinterkopf des Schützen. Der Kopf des Mannes ruckte vor. Taumelnd versuchte der Killer, sich zu Farlowe umzudrehen.

Der Sheriff schlug erneut mit dem Knauf des Revolvers nach ihm und traf ihn diesmal mitten auf die Nase. Kristen hörte, wie der Knochen brach, und der Mann schlug wie ein gefällter Baum zu Boden; sein Gesicht war nur noch eine blutige Masse. Farlowe ging kein Risiko ein, entwand den Händen des Häschers das Gewehr und hielt es auf ihn gerichtet, während er zu Kristen ging.

»Gut gemacht, kleine Lady«, sagte er durch das Halstuch, während er ihr auf die Füße half.

Kristen betastete ihr angeschwollenes Kinn. Der Schmerz verstärkte sich allmählich von einem dumpfen Pochen zu einem heißen Brennen, das ihr das Bewußtsein zu rauben drohte. Auch wenn der Sturm abgeklungen wäre, hätte sie nicht sprechen können.

Sie blieben über dem Mann stehen, den Farlowe mit dem Pistolenknauf niedergeschlagen hatte. Seine Augen starrten blicklos ins Leere. Der Sheriff bückte sich und durchsuchte seine Taschen nach einem Ausweis, fand jedoch keinerlei Papiere. Sein Blick glitt durch die klarer werdende Luft über das pockennarbige Land. Die beiden Männer, die in die Minenschächte gestürzt waren, blieben verschwunden, doch Farlowe hielt das Gewehr für den Fall bereit, daß sie wieder auftauchen sollten.

»Ich glaube, hier haben wir genug gesehen«, sagte er zu Kristen und führte sie davon.

Als sie wieder in der Stadt waren, beharrte Kristen darauf, vor dem Motel zu halten. Erst, als auch bei einer weiteren Durchsuchung von Davids Zimmer der Camcorder nicht auftauchte, begleitete sie Farlowe zum Rathaus, damit er dort ihre Verletzungen versorgen konnte.

»Ich war im Zweiten Weltkrieg Sanitäter«, erklärte er dann. »Und später auch in Korea. Einige Dinge vergißt man nicht.« Er tupfte den Riß in ihrer Wange mit Alkohol ab. »Wenn Sie wollen, rufe ich einen Arzt an, aber gebrochen ist nichts, und die Wunde muß auch nicht genäht werden.«

»Nein«, brachte sie unter Schmerzen über die Lippen »Je weniger Leute wissen, daß ich hier bin, um so besser.«

»Ganz meine Meinung, kleine Lady.«

»Ich mache mir über etwas anderes viel größere Sorgen, Sheriff. Vielleicht haben die Männer Sie erkannt.«

»Wenn einer von ihnen überlebt hat, meinen Sie.«

»Sie wissen genau, was ich meine.«

Farlowe blinzelte ihr zu. »Ich kann durchaus auf mich aufpassen. Hab' genug Earp-Blut in den Adern. Und wo das Blut nicht mehr ausreicht«, fuhr er fort und klopfte auf den Griff des Colt Peacemaker, den er wieder geladen hatte, als sie seinen Wagen draußen vor Miravo erreicht hatten, »gibt es noch immer den hier.«

Er drückte vorsichtig eine Mullbinde auf die Wunde und befestigte sie mit Klebestreifen. Dann schob er den Eisbeutel auf Kristens Kopf wieder zurecht.

Sie sah ihn mit grimmiger Entschlossenheit an. »Wir müssen herausfinden, was mit meinem Bruder passiert ist, nachdem er mich aus dem Motel angerufen hat. Jetzt wissen wir, wo er zuvor war.« Sie schluckte schwer. »Vielleicht haben diese Leute in den Hügeln auch ihn . . .«

Farlowe beugte sich vor und legte die Hände auf ihre Schultern. »In dieser Hinsicht können Sie nichts tun. Überlassen Sie das mir.«

»Ich habe immerhin schon einiges herausgefunden.«

»Sie wollen mir also unbedingt helfen.«

»Mehr als das.«

»Dann betrachten Sie die Angelegenheit mal aus einer anderen Perspektive. Könnte doch sein, daß die Spur, die Ihr Bruder zurückgelassen hat, nur bis hierher und nicht weiter führt. Dann bleibt uns nur übrig herauszufinden, wer hinter den Vorgängen in Miravo steckt, die er beobachtet hat.« Er hielt kurz inne. »Und ich habe Grund zu der Annahme, daß Sie Freunde haben, die uns dabei helfen können.«

»Wieso?«

»Liegt einerseits an Ihrem Benehmen. Und andererseits an dem Flugzeugticket, das in Ihrer Tasche steckte. Sie kommen aus Washington. Und dort hat jeder Freunde.«

Kristen zuckte mit den Achseln. »Zugegeben«, sagte sie und dachte an Senatorin Jordan.

»Benutzen Sie Ihre Freunde, kleine Lady. Vielleicht sind ein paar davon Ihnen noch einen Gefallen schuldig. Fordern Sie sie ein. Das wäre jetzt die beste Gelegenheit.«

Das Telefon klingelte, und Farlowe ging zu seinem Schreibtisch und nahm den Hörer ab. Kristen kümmerte sich mehr um ihre Verletzungen, als daß sie auf das Gespräch achtete. Das Sprechen tat noch immer weh, und ihr Schädel hämmerte mit jedem Atemzug. Darüber hinaus verspürte sie bei jedem Einatmen einen scharfen Schmerz in ihrem geprellten Brustkorb. Kurz gesagt – sie war fix und fertig. Mit Schrecken dachte sie an den langen Flug nach Hause, vor allem, da sie Grand Mesa noch beunruhigter verlassen würde, als sie hier eingetroffen war.

Sie schaute auf und stellte fest, daß Duncan Farlowe unmittelbar vor ihr stand. Er hatte den breitkrempigen Hut wieder aufgesetzt, und der Ausdruck auf seinem Gesicht war mehr als nur grimmig.

»Wir müssen noch mal weg, kleine Lady.«

Kristen erhob sich langsam von ihrem Stuhl. »Was ist los?«

»Ich weiß noch nichts Genaues, aber es ist nichts Gutes.«

»Vielleicht sollten Sie mir das überlassen«, sagte Sheriff Farlowe, als sie den Fluß erreichen. »Wenn es David ist, werd' ich ihn anhand des Fotos erkennen, das Sie mir gezeigt haben.«

Zwei Kinder hatten die Leiche entdeckt, als sie am Flußufer gespielt hatten. Als Farlowe den Pritschenwagen so nah am Ufer parkte, wie es ihm möglich war, hatte die Autobahnpolizei sie bereits aus dem Wasser gezogen. Kristen sprang aus dem Wagen und lief zum Ufer hinab. Farlowe mußte sich sputen, um sie einzuholen und festzuhalten.

»Ich muß mich selbst überzeugen.«

Farlowe nickte zögernd, legte einen Arm um Kristens Schulter und führte sie weiter. Am Flußufer stand ein Krankenwagen. Die hintere Tür war geöffnet, und zwei Sanitäter schoben eine fahrbare Trage zu dem felsigen Ufer, auf dem ein schwarzer Leichensack lag. Vier Polizisten der Highway Patrol beobachteten das Geschehen ratlos.

»Tag, Duncan«, grüßte einer, als sie zu der Gruppe traten.

Farlowe legte zwei Finger an die Hutkrempe. Die Sanitäter hoben den Leichensack auf die Trage.

»Darf ich ihn mir mal ansehen?«

Einer der Autobahnpolizisten nickte. Die anderen sahen Kristen an.

»Könnte eine Verwandte sein«, erklärte Farlowe.

Kristen glitt an Farlowe vorbei, als einer der Sanitäter den Reißverschluß des Leichensacks aufzog. Sie stöhnte auf und sank dann auf den nassen Felsen auf die Knie. Farlowe hielt sie von hinten fest. Sie keuchte. Ihre Brust hämmerte, während sie um Atem rang.

»David«, rief sie. »O Gott, David!«

Farlowe nickte den Polizisten zu, und sie traten ein paar Schritte zurück. Einer der Sanitäter wollte den Leichensack wieder zuziehen, doch Kristen legte eine Hand auf seinen Arm und hielt ihn fest.

»Nein!« schrie sie und kämpfte sich auf die Füße. Sie bückte sich zu der Leiche hinab und verzog das Gesicht. Diesmal betrachtete sie sie etwas länger. Ein heftiges Zittern erschütterte ihren gesamten Körper. Davids Gesicht war leer und milchig weiß. Die Augen waren aus den Höhlen gequollen. Der Mund hing auf groteske Art und Weise offen und schien seitlich verzerrt zu sein.

Aber am schlimmsten war die Oberfläche des Kopfes. Der Schädel war dunkel und blutig, und es waren nur noch ein paar Haarfetzen auszumachen. »Seht ihn euch an!« hörte sie sich schreien. *»Seht ihn euch an!«*

Das war das letzte, woran sie sich deutlich erinnerte, bis sie wieder im Rathaus von Grand Mesa war. Eine Decke, die Farlowe ihr um die Schultern gelegt hatte, trug nichts dazu bei, ihr heftiges Zittern zu lindern. Das konnte auch weder die heiße Suppe noch der Kaffee, den er ihr brachte. Sie hatte niemals so eine Kälte verspürt und befürchtete, ihre Zähne würden zerbrechen, weil sie so hart aufeinanderschlugen.

»Sie haben die Leiche gesehen«, sagte sie, als sie an der zweiten Tasse Kaffee nippte.

»Lassen Sie es eine Weile auf sich beruhen, kleine Lady.«

Aber das konnte sie nicht. »Sie haben die Leiche gesehen.«

Er nickte.

»W-wie ... wie wurde er getötet?«

»Ich bin kein Experte.«

»Wie?«

Farlowe seufzte und zog den Stuhl näher zu dem ihren heran. »Sieht so aus, als wäre er erschossen worden.«

»Was ist mit ... seinem Kopf passiert?«

Farlowe wandte sich etwas ab. »Könnte passiert sein, nachdem sie ihn in den Fluß geworfen haben. Könnten die Fische gewesen sein.«

»Nein.«

Er sah sie wieder an. »Kleine Lady, ich ...«

»Machen Sie mir nichts vor. Halten Sie nichts zurück. Ich muß es wissen. Haben Sie verstanden? *Ich muß es wissen!*«

Farlowe seufzte laut. »Ich glaube, er wurde skalpiert.«

Kristen glaubte, ohnmächtig zu werden. »O mein Gott ...«

Die Tasse fiel ihr aus der Hand und zerbrach auf dem Boden. Kaffee spritzte hinauf. Farlowe hielt Kristen fest und umarmte sie.

»Ruhig, ganz ruhig.«

Aber der Schmerz hatte sie ergriffen und wollte nicht weichen. Alles stürmte auf einmal auf sie ein. Ihr Bruder war tot. Sie würde ihn nie wiedersehen. Er war ermordet worden; nein, mehr als das – verstümmelt. Wie konnte jemand ihm so etwas angetan haben? *Wie?*

»Ich hätte nichts sagen sollen«, murmelte Farlowe leise. »Es war falsch von mir.«

Kristen löste sich aus seinem Griff. Auf ihrem Gesicht kämpften Wut und Entschlossenheit gegen das Leid an. »Nein, es war richtig so.«

In Farlowes Blick schwang Besorgnis mit. »Lassen Sie es auf sich beruhen, kleine Lady. Die Profis sollen die Sache aufklären.«

»Ich bin auch ein Profi, Sheriff«, erwiderte Kristen, »jedenfalls nach Washingtoner Standard. Mein Bruder hat in Miravo etwas gesehen und wurde deshalb umgebracht. Miravo fällt in den Zuständigkeitsbereich von Washington.« Sie hielt inne und erwiderte seinen Blick. »Und der Mord an meinem Bruder in den meinen.«

Elftes Kapitel

Die Limousine setzte Samuel Jackson Dodd am Samstag nachmittag zu seiner eilends einberufenen Pressekonferenz vor dem Grand Hyatt an der H Street ab. Die Medien hatten sich schon an diese überraschend angesagten, aber stets präzise durchgeführten Spektakel gewöhnt; wann immer Dodd sich mitteilsam fühlte, rief er sie zusammen. Ursprünglich waren jeweils nur ein paar Reporter erschienen und so gut wie keine Vertreter vom Fernsehen. Nun reichte eine kurzfristige Ankündigung von mitunter nicht einmal einer Stunde, um einen Presseraum zu füllen, und alle großen Fernsehsender waren vertreten.

Dodd hatte die Limousinentür geöffnet, bevor der Wagen richtig angehalten hatte. Er sprang hinaus und näherte sich dem Hoteleingang, während seine privaten Leibwächter hinter ihm herhetzten. Er öffnete die Tür und betrat das Hyatt, eine große, elegante Gestalt in einem mittelgrauen Anzug. Er glitt wie ein erfahrener Politiker durch die Halle, begrüßte ein paar gaffende Zuschauer per Handschlag und war so schnell weitergegangen, daß sie sich fragten, ob er sie tatsächlich berührt hatte. Sein Gesicht hatte eine erstaunliche Ähnlichkeit mit dem, das im ganzen Land auf Broschüren und Schildern von Demonstranten abgebildet war. Das ständig gegenwärtige Lächeln strahlte Wärme und Zuversicht aus. Diesem Mann würde *alles* gelingen, und jeder wußte, daß er schon sehr viel zustande gebracht hatte.

Seine Leibwächter holten ihn vor den Rolltreppen ein und

nahmen ihn in die Mitte. Die Gruppe fuhr auf der ersten von drei Treppen hinab und ging an einem riesigen Springbrunnen vorbei; in der Mitte des Wasserspiels befand sich eine Insel, auf der ein Pianist auf seinem Klavier eine leise, gefällige Melodie spielte. Dodd fuhr mit den nächsten beiden Rolltreppen zur untersten Etage des Hyatt hinab, in der die Presse sich in den Franklin Square Room gezwängt hatte. Einige Mitarbeiter von Fernsehsendern hatten ihre Vorbereitungen noch nicht ganz abgeschlossen und machten hektisch weiter, als Dodd eintrat. Scheinwerfer flammten auf, Videokameras surrten. Samuel Jackson Dodd ging zur Rückwand des Konferenzraums, wo ein Videorecorder und ein Fernsehgerät mit riesigem Bildschirm aufgebaut worden waren.

»Ich möchte Ihnen etwas zeigen«, sagte er anstelle einer Begrüßung.

Ohne weitere Erklärungen schaltete Dodd den Fernseher und den Videorecorder ein und bedeutete seinen Mitarbeitern, das Licht zu dämpfen. Augenblicklich erschienen schreiende Demonstranten auf dem Bildschirm. Sie reckten Schilder in die Luft, während sie auf ein geschlossenes Tor zustürmten, hinter dem Polizisten Stellung bezogen hatten. Die Kamera zeigte ein Schild in Großaufnahme. Darauf stand einfach: LEBEN!

Dodd hielt das Bild an und ergriff das Wort. Sein Körper zeichnete sich vor dem hellen Bildschirm als unheimlich wirkende Silhouette ab. »Wissen Sie, wo diese Bilder aufgenommen wurden, meine Damen und Herren? Vor dem Gefängnis San Quentin, in dem Billy Ray Polk morgen bei Sonnenaufgang hingerichtet werden soll. Die Menschenmenge, die Sie hier sehen, will nicht, daß Billy Ray Polk stirbt. Diese Leute behaupten, eine Hinrichtung durch eine tödliche Injektion sei eine grausame und unwürdige Strafe.«

Dodds große Gestalt trat ein paar Schritte zur Seite.

»Eine grausame und unwürdige Strafe? Ist Ihnen aufgefallen, daß niemand dagegen protestiert hat, was er mit diesen beiden Kindern gemacht hat? Wie er sie gefoltert hat, bevor er sie umbrachte, und wie sie zuerst um ihr Leben und dann um den Tod bettelten? Und trotzdem gibt es Menschen in den USA, die nicht wollen, daß er stirbt. Es gibt Menschen in den USA, denen es gleichgültig ist, ob jemand für diese beiden Kinder und deren Rechte eintritt.«

Dodd schlug mit der Faust auf sein Rednerpult, um seine Worte zu unterstreichen. »Aber *ich* spreche für sie, und ich spreche für alle anderen Opfer von Verbrechen, die ungesühnt bleiben, weil unser Justizsystem zu überfordert ist, um mit den Fällen nachzukommen, und weil die Polizei sich an zu viele Vorschriften halten muß, um manche Fälle überhaupt zur Anklage bringen zu können. Das System ist außer Kontrolle geraten. Das System stinkt.«

Ein leises Murmeln hob sich unter den Reportern.

»Wir haben die höchste Verbrechensrate in der Welt. Wissen Sie, warum? Weil irgendwo und irgendwann die Dinge in diesem Land auf den Kopf gestellt worden sind. Wir scheren uns mittlerweile mehr um die Rechte der Verbrecher als um die der Opfer. Wir verlieren den Kampf, weil wir auf der falschen Seite spielen. Wir müssen die Dinge ändern. Wir müssen dafür sorgen, daß ein Verbrechen wieder bestraft wird. Wir müssen dafür sorgen, daß unsere Bürger wieder ohne Angst ihre Häuser verlassen können. Die Polizei schafft es allein nicht mehr. Wir brauchen eine nationale Miliz, die mit ihr zusammenarbeitet, eine vom Bund autorisierte und finanzierte Truppe, die die Crackhäuser aushebt und die Gangs zerschlägt.«

»Mr. Dodd?« rief eine Stimme aus dem Halbdunkel der Presseempore.

»Ja. Sie da drüben.«

»Es hat den Anschein, Sir, daß Sie zu einem Vorgehen raten, das gegen mehrere Verfassungszusätze verstößt.«

»Ist das eine Frage, mein Sohn?«

»Nur, wenn Sie darauf zu antworten wünschen.«

»Das wünsche ich«, sagte Dodd und näherte sich dem Fragesteller. »Ich weiß genau, was die Verfassung besagt und garantiert. Ich weiß alles über die Freiheit, auf der dieses Land aufgebaut wurde. Zum Beispiel die Freiheit, des nachts ohne Angst auf die Straße gehen zu können. Die Freiheit, ein Kind auf eine Schule schicken zu können, ohne daß an jeder Straßenecke ein

Drogenhändler mit seiner Ware in einem Rucksack steht. Über neunzig Prozent der Gesetze, nach denen wir leben, sind über hundert Jahre alt. Es sind Gesetze für eine andere Zeit, eine andere Epoche. Wir brauchen Gesetze für diese Zeit, für diese Epoche, für das Heute.«

»Könnten Sie uns ein Beispiel nennen?« fragte eine Reporterin.

Dodd drehte sich zu ihr um. »Wir haben Schulen in diesem Land, in denen die Kinder mehr Handfeuerwaffen als Pausenbrote bei sich haben. Ich schlage vor, daß jedes Kind, das mit einer solchen Waffe erwischt wird, für ein Jahr in ein Erziehungsheim eingewiesen wird. Keine Ermahnungen. Keine zweite Chance.«

»Was ist mit den Rechten der Kinder?«

»Was ist mit den Rechten der anderen Kinder auf dieser Schule?« stellte Dodd die Gegenfrage.

»Glauben Sie, daß dieses Land über eine ausreichende Anzahl von Heimen verfügt, um all diese jugendlichen Straftäter aufzunehmen?«

»Ich glaube, mein Sohn, wenn diese Kinder wüßten, welche Strafe sie erwartet, würden sie gar nicht erst straffällig *werden.«*

»Trotzdem«, fuhr der Reporter fort, »scheinen Sie in vielen Reden zu einem großangelegten Wandel zu raten.«

»Ich rate zu Veränderungen, wo sie nötig sind. Ich rate zu Veränderungen, bevor es zu spät ist.«

»Zu spät wofür?« warf eine neue Stimme ein.

»Zu spät für uns, die wir nicht wollen, daß unsere Gesellschaft von den Billy Ray Polks beherrscht wird. Wann werden wir lernen? Wann werden wir aufhören, uns selbst etwas vorzumachen? Diese Nation nähert sich dem freien Fall, und keiner der Leute hier in Washington scheint sich auch nur einen Dreck darum zu scheren und etwas dagegen zu unternehmen.«

»Warum sind Sie hier?« rief eine junge Reporterin.

»Madam?«

»In Washington, meine ich, Mr. Dodd. Was führt Sie in die Hauptstadt?«

»Ich versuche noch immer, irgend jemanden auf der Pennsylvania Avenue zu finden, der bereit ist, mich anzuhören.«

Die Reporterin stand noch immer. »Bereiten Sie Ihre Präsidentschaftskandidatur vor?«

»Die nächste Wahl findet erst in über zwei Jahren statt. Ich bin mir nicht sicher, ob das Land noch so lange warten kann.«

»Welche Alternative gibt es?« fragte der Korrespondent eines Washingtoner Fernsehsenders.

»Warum sagen Sie mir das nicht?« erwiderte Dodd und ging mit geballten Fäusten auf und ab. »Oder noch besser, warum klären wir das nicht gemeinsam?« Er trat wieder vor den Fernsehschirm, auf dem das Schild der Demonstranten abgebildet war. »Es kommt mir vor, als wäre alles in diesem Land auf den Kopf gestellt worden. Für jede Person, die so ein Schild hält, gibt es Hunderttausende, die einfach umschalten, wenn Billy Ray Polk im Fernsehen auftritt. Aber wo sind sie? Warum hören wir nie von ihnen? Viele Leute wählen schon gar nicht mehr, weil sie glauben, damit sowieso nichts mehr bewirken zu können. Die Leute sind frustriert. Die Leute werden wütend.«

»Was unterscheidet die Demonstranten vor San Quentin von denen, die gestern zum Kapitol gezogen sind, um Sie zu unterstützen?« fiel die Stimme eines Reporters ein.

Dodd drehte sich um und blieb stehen. Abgesehen vom Surren der Kameras wurde es totenstill im Raum.

»Sehr viel. Die Leute, die mich unterstützen, wollen, daß dieses Land wieder aufgebaut wird. Diese da«, sagte er und deutete mit der Hand wütend auf das erstarrte Bild auf dem Schirm, »wollen, daß es noch weiter zerfällt, als es sowieso schon der Fall ist. Und da draußen gibt es noch mehr von diesen Leuten, viel mehr, als wir ahnen. Ich spreche von Leuten, denen jede Entschuldigung recht ist, dieses Land zugrunde zu richten, mein Sohn. Ich habe sie gesehen und mit ihnen zu tun gehabt. Ein zerfurchter Untergrund, der alles haßt, was Amerika ist und wofür es steht. Sie warten nur auf ihre Chance, endlich das tun zu können, was sie schon immer tun wollten. Und wenn wir die Sache nicht schnell in den Griff bekommen, werden sie es auch schaffen.«

Ein kollektives Murmeln drang durch die Menge, und die Reporter fragten sich, ob es ihnen endlich gelungen war, den unzugänglichen Sam Jack Dodd bei einem Perotismus zu erwischen.

»Sprechen Sie von einer *Revolution,* Sir?«

»Nein, ich spreche von willkürlicher Gewalt«, sagte Dodd und wetzte die Scharte damit wieder aus. »Ich spreche von den Unruhen in Los Angeles im Jahre 1992, aber in einem nationalen Maßstab. Glauben Sie, daß unser Land imstande ist, darauf zu reagieren? Natürlich nicht. Welche andere Wahl haben wir also, wenn nicht die, Schritte zu ergreifen, um so etwas zu vermeiden?«

»Mit Schritten meinen Sie . . .«

»Meine ich, die Dinge wieder in Ordnung zu bringen, und zwar sofort. Wir brauchen ein funktionsfähiges System. Schluß mit den Ausflüchten. Schluß mit den Kompromissen, die unsere Politik lähmen.«

»Sie sprechen wie ein Präsidentschaftskandidat, Mr. Dodd.«

Sam Jack Dodd ließ das berühmte knabenhafte Grinsen aufblitzen, das zu seinem Markenzeichen geworden war. »Zu schade, daß wir kein Wahljahr haben, nicht wahr, mein Sohn?«

Zwölftes Kapitel

»Ja, ich erinnere mich an ihn«, sagte der Hilfssheriff von Gainesville, Texas, am späten Samstagnachmittag zu Johnny Wareagle.

Johnny nahm das Foto von Will Shortfeather in dessen ausgestreckter Hand wieder an sich.

»Er war vor etwa zwei Wochen hier und hat jede Menge unangenehmer Erinnerungen aufgerührt«, fuhr der Deputy fort, und sein Tonfall verriet, daß er nicht die Absicht hatte, diese Erinnerungen noch einmal aufzuwärmen. »Aber ein Kollege hat mit ihm gesprochen.«

»Er hat sich nach einem Mann namens Traggeo erkundigt.«

Der Hilfssheriff nickte.

»Was ist in Ihrer Stadt passiert? Was hat Traggeo hier angestellt?«

»Es war vor gut einem Jahr. Er hat sich in einer Bar mit vier Einheimischen geprügelt«, erklärte der Deputy. »Der Kampf hat nicht lange gedauert. Einer von ihnen ist tot. Zwei sind noch immer im Krankenhaus. Einer von ihnen kann von Glück reden, wenn eines seiner Augen gerettet werden kann. Der andere kann nicht mehr sprechen, weil etwas mit seinen Kehlkopf passiert ist. Und das Verrückte daran ist, daß es harte Burschen waren, jedenfalls die härtesten, die diese Stadt zu bieten hat. Man könnte fast den Eindruck haben, Ihr Freund hätte dies gewußt, hätte geradezu nach ihnen Ausschau gehalten.«

»Er ist nicht mein Freund.«

»Aber Sie kennen ihn.«

»Ich . . . habe ihn einmal gekannt.«

»Und was er getan hat, überrascht sie nicht.«

»Nein.«

Der Deputy schaute wütend drein. »Ihr Freund hat es darauf angelegt, sich zu prügeln. Vier gegen einen, und er hat angefangen. Die Zeugen haben ausgesagt, er wäre betrunken gewesen.«

»Wahrscheinlich hat nur das ihn abgehalten, sie alle zu töten.«

Der Hilfssheriff musterte Johnny kurz, bevor er fortfuhr. »Irgend jemand hat ihm eine Flasche über den Kopf geschlagen. Ich und zwei andere Deputies treffen dort ein, und er tobt noch immer wie ein Wahnsinniger. Die Bar mußte wegen der Reparaturen über eine Woche lang geschlossen werden. Wir gehen rein, und er hat die Hände auf dem Kopf des Burschen, den er fast geblendet hätte, und zerrt an seinem Haar, als wolle er es ihm ausreißen. Dabei stößt er die ganze Zeit über ein komisches Heulen aus. Ich glaube, er lächelte.« Der Blick des Hilfssheriffs wurde argwöhnisch. »Er ist einer von Ihnen, nicht wahr, ein Indianer?«

»Nein, ist er nicht.«

»Er sah aber so aus.«

»Was ist dann passiert?«

»Wir zogen unsere Waffen und befahlen ihm, die Hände zu heben. Als er nicht gehorchte, schoß ich ihm in die Schulter. Das behinderte ihn immerhin soweit, daß wir ihm Handschellen anlegen konnten. Der Bastard handelte die Anklage auf Totschlag zweiten Grades herunter und berief sich auf Selbstverteidigung. Akzeptierte das Urteil von fünf Jahren. Er lächelte sogar, als es verkündet wurde.«

»Das heißt, er ist im Gefängnis?«

»Im Staatsgefängnis von Huntsville, soweit ich weiß. Vier Jahre muß er dort noch absitzen.«

McCracken verlagerte sein Gewicht unbehaglich auf dem Sitz. Gut ein Tag war verstrichen, seit er Miami verlassen hatte, und aufgrund der Akten, die er in Bill Carlisles Schließfach gefunden hatte, und der Informationen, die Sal Belamo zusammengestellt hatte, war er nun wieder auf dem Rückweg.

»Hast du Johnny gefunden?« hatte Blaine Sal zu Beginn ihres Gesprächs gefragt.

»Nein, Boß. Scheint sich rar gemacht zu haben, und das ist für einen so großen Burschen gar nicht so einfach. Wenn du mich fragst, Boß, bei der Sache, der du auf der Spur bist, wäre es keine schlechte Idee, wenn ich dich an seiner statt begleiten würde.«

»Hätte dich gern dabei, Sal, aber du mußt für mich noch einmal H. William Carlisle aufspüren, und ich habe so ein Gefühl, als wäre er diesmal nicht so leicht ausfindig zu machen.«

»Warum ist es so wichtig, daß wir ihn finden?«

»Weil ein paar der Akten, die mit gelben Rosen gekennzeichnet sind, bis ins Jahr 1980 gehen, obwohl Carlisle angeblich 1978 ausgestiegen ist. Es wäre möglich, daß er sich entschlossen hat, noch eine Weile dabei zu bleiben, zumindest an der Peripherie. Das heißt, Carlisle könnte viel mehr darüber wissen, wer es auf die Regierung abgesehen hat, als er mir verraten hat.«

»Ich habe hier etwas, das dir in dieser Hinsicht helfen könnte«, sagte Belamo. »Ich habe die Fingerabdrücke von zwei der Sets identifizieren können, die du mir von Miami rübergefaxt hast, du weißt schon die von den Leuten, die am Cocowalk rumgeballert haben. Sie gehörten zu ein paar gewaltig bösen Buben, die in den Sechzigern eine Gruppe namens Midnight Riders gebildet haben. Hast du schon mal von ihnen gehört?«

»Ich war in den sechziger Jahren nicht gerade oft zu Hause, Sal.«

»Na ja, du hast nicht viel verpaßt. Auf jeden Fall bestanden die Midnight Riders aus ein paar Irren, die nicht mal der Weather-Untergrund und die Studenten für eine demokratische Gesellschaft kontrollieren konnten. Sie wurden unter dem Begriff ›verrückte Randszene‹ bekannt. Die Riders progagierten die totale Revolution. Sie fanden genug Zulauf, um immer genug Benzin in ihren Motoren zu haben. Ihr Anführer war ein überaus gemeines Arschloch namens Arlo Cleese.«

»Cleese . . . Seine Akte war in dem Schließfach, Sal, komplett mit einer gelben Rose und allem.«

»Er war einer jener Typen, die Carlisles Komitee und das Trilat liebend gern aus dem Weg geräumt hätten.«

»Aber sie konnten die Operation Gelbe Rose nicht durchziehen, und jetzt ist Cleese vielleicht wieder da und hegt Rachegedanken. Das würde genau zu Daniels' Andeutungen und Bill Carlisles Anspielungen passen.«

»Angenommen, Cleese hat seine Waffen von den Alvarez gekauft, Boß«, fuhr Belamo fort. »Und du bist just in dem Augenblick in Coconut Grove aufgetaucht, als er seine Spuren verwischen wollte.«

»Aber er hat eine Spur hinterlassen, der ich folgen kann, nicht wahr? Wenn ich mich an Alvarez hänge, kann ich vielleicht die Waffenlieferung aufspüren, die Cleese bekommen hat. Und über die Waffen komme ich vielleicht an Cleese selbst heran.«

Doch dazu mußte Blaine nach Miami zurückkehren, um die Schritte zurückzuverfolgen, die ihn zuerst zu Vincente Ventanna und dann zu Carlos Alvarez und damit zu der Schießerei geführt hatten, die das Einkaufszentrum praktisch in Schutt und Asche gelegt hatte.

»Darf ich Ihnen etwas zu trinken bringen, Sir?«

»Ein Mineralwasser«, sagte McCracken zu der Stewardeß im Erste-Klasse-Abteil des Airbus A-300. »Medium, bitte.«

Sie lächelte und kehrte zur Kombüse zurück.

Blaine hatte keinen Schluck Alkohol mehr getrunken, seit er vor über zwanzig Jahren aus Vietnam zurückgekehrt war. Es hatte Zeiten gegeben, da lediglich der Alkohol ihm die Kraft gegeben hatte, alles durchzustehen, und deshalb hatte er ihm nach Beendigung seiner Dienstzeit völlig abgeschworen. Vielleicht hatte er Angst, daß der Alkohol Erinnerungen an den Krieg zurückbringen würde. Vielleicht befürchtete er auch, sich wieder in die Abhängigkeit zu begeben, die er entwickelt und dann überwunden hatte.

Endlich löste die große Maschine sich vom Flugsteig und rollte zur Startbahn. Der Flug hatte sich um fast eine Stunde verzögert. Zuerst hatte das routinemäßige Durchzählen ergeben, daß ein Passagier zwar gebucht hatte, sich aber nicht an Bord befand. Danach war ein neuer Küchenwagen an Bord gebracht worden, da auf den Tabletts des Karrens, der ursprünglich angeliefert worden war, bei allen Gerichten eine falsche Vorspeise enthalten war. McCracken versuchte, sich zu entspannen, doch seine Gedanken ließen es nicht zu.

Er schaute hinab und sah, daß sein Mineralwasser in der Vertiefung der Armlehne stand. Er hatte nicht einmal bemerkt, daß die Stewardeß es gebracht hatte. Der Sitz neben ihm war leer, wie die meisten im Erste-Klasse-Abteil. Der Captain meldete über die Lautsprecheranlage, daß sie ihre Flughöhe von fünfunddreißigtausend Fuß eingenommen hatten. Dann gab die Stimme einer Stewardeß bekannt, daß man gleich eine Mahlzeit servieren würde.

Eine unbehagliche Gänsehaut glitt über McCrackens Rücken. Ein Passagier hatte gebucht, war aber nicht an Bord gekommen. Die neuen Mahlzeiten waren angeliefert worden, *nachdem* es zu dieser Anomalie gekommen war.

Plötzlich fröstelte er.

Blaines Gedanken rasten. Es war möglich, sogar wahrscheinlich, daß diejenigen, die er verfolgte, mittlerweile wußten, daß er sich vergangene Nacht mit Tom Daniels im Rock Creek Park getroffen hatte. Und da sie vermutlich ebenfalls wußten, daß Daniels der Operation Gelbe Rose und damit auch Arlo Cleese auf der Spur gewesen war, war die Miami-Verbindung mittlerweile offensichtlich. Doch falls sie Blaine lediglich beobachteten, müßte sein Beschatter an Bord dieser Maschine sein. Daß dieser Beschatter nicht an Bord gekommen war – der fehlende Passagier –, deutete darauf hin, daß sie sich zu einem anderen Vorgehen entschieden hatten. Statt der Mahlzeiten, die angeblich ausgetauscht worden waren, konnte durchaus etwas anderes an Bord gebracht worden sein.

Blaine erhob sich von seinem Sitz und trat durch den Vorhang, der das Abteil der Zweiten Klasse von dem der Ersten abtrennte. Stewardessen schoben je einen Karren mit Getränken und einen mit Mahlzeiten durch die beiden Gänge und erkundigten sich höflich bei den Passagieren nach deren Getränke- und Speisewünschen. McCracken schritt den linken Gang entlang, bis er den Wagen mit den Mahlzeiten erreicht hatte. Er tat so, als würde er geduldig warten, bis er an ihm vorbeigehen konnte, musterte den Karren jedoch insgeheim, obwohl ihm klar war, daß eine so oberflächliche Untersuchung wohl zu keinen Ergebnissen führen würde.

Er hätte mit seiner Vermutung recht behalten, hätte er nicht die Stimme der Stewardeß auf dem anderen Gang gehört: »Das Tablett klemmt, Sir. Wenn Sie bitte einen Augenblick warten, werde ich . . .«

McCracken glitt durch die nächste mittlere Sitzreihe. Er schob die gesenkten Serviertischchen hoch, kippte dabei zwei Plastikbecher mit Mineralwasser um und rempelte die bestürzten Passagiere an.

Im rechten Gang versuchte die Stewardeß noch immer, das klemmende Tablett aus dem Karren zu ziehen. Sie machte Anstalten, zu einem kräftigen Ruck anzusetzen, als Blaine die Hand um ihren Unterarm schloß.

»Sir?«

»Nehmen Sie die Hand von dem Tablett und ziehen Sie sie langsam zurück.«

»Gibt es hier ein Problem?« fragte eine andere Stewardeß.

McCracken ignorierte sie. Sein Blick blieb auf die blau gekleidete junge Frau gerichtet, deren Hand noch immer das klemmende Tablett umschloß.

»Tun Sie, was ich Ihnen sage.« Und er drückte so fest zu, daß sie ihm unwillkürlich gehorchte. Die Stewardeß zog die Hand langsam zurück. Eine etwas ältere Stewardeß, bei der es sich um die Chefin der Bordbetreuung zu handeln schien, näherte sich vom anderen Ende des Abteils.

»Ich muß Sie bitten, auf Ihren Platz zurückzukehren, Sir.«

McCracken trat ganz dicht an die Stewardeß heran und beugte sich zu ihr. »Ich glaube, in dem Wagen ist eine Bombe«, sagte er leise.

In den Augen der Chefstewardeß vermischten sich Furcht und Unsicherheit. Sie sah von Blaine zu dem Küchenwagen und wieder zu Blaine zurück.

»Sie müssen wirklich auf Ihren Platz zurückkehren«, wiederholte sie. »Bitte, Sir.«

»Gut, aber den Wagen nehme ich mit.«

McCracken schob den Küchenwagen vor. Die Chefstewardeß spielte mit dem Gedanken, ihn daran zu hindern, half dann aber einfach beim Schieben, um Aufsehen zu vermeiden.

Als Blaine den Karren durch den Vorhang ins Erste-Klasse-Abteil schob, wartete dort der Captain auf ihn. »Ich muß darauf bestehen, daß Sie wieder Platz nehmen, Sir. Ansonsten werde ich ...«

»Er sagt, er glaubt, in dem Küchenwagen sei eine Bombe«, flüsterte die Chefstewardeß.

»Was?«

»Ich glaube es nicht«, korrigierte Blaine, der die Hand um das vermeintliche Tablett geschlossen hatte, das die jüngere Stewardeß nicht hatte herausziehen können. »Hier ist eine Bombe.« Er verzog das Gesicht und tastete tiefer in den Wagen. »Und ... ich ... glaube ... ich ... habe ... sie ... gefunden.«

Mehrere Passagiere der Ersten Klasse hatten sich zu ihnen

umgedreht. Der Captain trat näher an den Karren heran, um zu verdecken, was McCracken dort tat.

»Wer *sind* Sie?« fragte der Captain.

»Derjenige, den diese Bombe töten soll. Und derjenige, der sie entschärfen könnte.«

»Entschärfen? Wenn Sie recht haben, werde ich Mayday rufen und sofort umkehren.«

»Das wäre wahrscheinlich keine gute Idee.«

»Nehmen Sie die Hand da raus!«

McCracken hatte die erste oberflächliche Untersuchung abgeschlossen und tat wie geheißen. »Hören Sie, Captain, wenn ich mich nicht ganz irre, wurde die Bombe aktiviert, als wir eine bestimmte Höhe erreichten, und wird explodieren, wenn wir beim Landeanflug auf dieselbe Höhe hinabgehen.«

Der Gesichtsausdruck des Captains wurde unsicher. »Wie können wir uns vergewissern?«

»Ich hole sie heraus und untersuche sie.«

McCracken krempelte die enge Kombüse der Ersten Klasse zur behelfsmäßigen Werkstatt um. Ihm standen lediglich ein paar Werkzeuge aus einem Kasten zur Verfügung, der sich für Notfälle an Bord befand, und darüber hinaus Steakmesser und andere Küchenutensilien aus der Kombüse. Mit Hilfe der Chefstewardeß, deren Name Judy lautete, und von Captain Hollis holte er alle Tabletts aus dem Küchenwagen bis auf diejenigen heraus, die sich in unmittelbarer Nähe der Bombe befanden. Dann ging er in die Hocke und sah mit Hilfe einer Taschenlampe hinein.

Die Bombe befand sich dort, ein hochmodernes und kompliziertes Modell, wie er es schon oft gesehen hatte. Die Verdrahtung befand sich unter dem Gehäuse; die Mikrostromkreisläufe verbanden vier Schichten Plastiksprengstoff C-4 miteinander. Zwei Computerchips stellten das Gehirn der Bombe dar und überwachten ihre empfindlichen Sensoren. Sie klemmte an der Rückwand des Küchenwagens, ähnelte einem eingeschobenen Tablett und war mit denen über und unter ihr verbunden. Die

Bombe verfügte über keinen Zeitzünder. Sie explodierte, wenn eins der mit ihr verbundenen Tabletts entfernt wurde oder, für den Fall, daß man die Tabletts nicht herausnahm, aufgrund der Druckveränderung, zu der es kam, wenn das Flugzeug beim Landeanflug auf eine gewisse Höhe hinabging.

»Und?« fragte der Captain, als McCracken sich wieder aufrichtete.

»Geben Sie mir ein Steakmesser und einen Schraubenzieher«, sagte Blaine zu Judy. Erst dann drehte er sich zu Hollis um. »In fünf Minuten wissen wir mehr.«

Aber es wurden fast zehn daraus. Das komplizierte Innenleben der Bombe befand sich in einem schwarzen Stahlgehäuse, in das man einige Löcher gebohrt hatte, durch die Drähte führten. Diese Drähte waren mit einem einfachen Klebeband an der Rückseite des Küchenwagens befestigt, das Blaine problemlos durchtrennen konnte. Doch damit handelte er etwas vorschnell; er hatte die Bombe noch gar nicht herausholen wollen.

»Captain!« rief er.

»Hier.«

»Greifen Sie in den Küchenwagen und ziehen Sie die beiden anderen Tabletts heraus, sobald ich es Ihnen sage. Ich muß mir die Drähte, die sie mit der Bombe verbinden, erst einmal genauer ansehen, bevor ich das Risiko eingehen kann, sie zu durchtrennen.«

Schweiß tropfte in McCrackens Augen, und er mußte blinzeln.

»Also, Captain. Greifen Sie hinein und sagen Sie mir Bescheid, wenn Sie die Tabletts haben.«

Blaine spürte, wie Hollis' Arme die seinen streiften, als er nach den Tabletts griff.

»Ich habe sie.«

»Beide?«

»Ja.«

»Ziehen Sie sie langsam heraus. Ich halte die Bombe fest, und sie ist noch mit den Tabletts verbunden. Wir müssen genau gleichzeitig ziehen ... Ja, gut so ... langsam ... langsam ...«

McCracken zog vorsichtig an der Bombe und versuchte, sich

der Geschwindigkeit anzupassen, mit der Captain Hollis die Tabletts herauszog. Als er sie zu einem Drittel hervorgezogen hatte, ergriff Judy das obere, so daß der Captain sich auf das untere konzentrieren konnte.

Endlich war die Bombe in Blaines Händen zu sehen und auch die Drähte, die sie mit den Tabletts verbanden. Sie war dreißig mal fünfundzwanzig Zentimeter breit und sieben Zentimeter hoch. An dem schwarzen Gehäuse befanden sich keine weiteren Knöpfe oder Schalter.

McCracken richtete sich zwischen Judy und Captain Hollis auf. Gemeinsam gingen sie zu der Küchenzeile, die völlig leergeräumt worden war. Der Inhalt der Tabletts schepperte leise, als sie sie auf die Theke legten. Blaine setzte die Bombe behutsam zwischen den Tabletts ab.

Er beugte sich vor und untersuchte das Stahlgehäuse, während er die Taschenlampe darauf richtete. Er kratzte zuerst mit dem Steakmesser und dann mit dem Schraubenzieher an den Bohrlöchern. Anscheinend beruhigt, ließ er sich eine Schere geben und trennte die Drähte durch, die die Bombe mit den Tabletts verbanden.

Captain Hollis seufzte hörbar auf. »Das war es also?«

»Nicht auf lange Sicht. Ich habe nur den Sensormechanismus deaktiviert. Sie wird trotzdem beim Abstieg hochgehen, sobald der richtige Druck den Innenzünder aktiviert.«

»Können Sie sie entschärfen?«

Blaine sah hoch und schüttelte den Kopf. »Das Gehäuse ist gesichert. Wenn wir es entfernen, geht die Bombe hoch.«

»Sie behaupten also, Sie können sie nicht entschärfen, und wenn ich uns runterbringe, wird sie explodieren«, faßte Captain Hollis zusammen.

»Ja.«

»Mit anderen Worten, wir sitzen hier oben fest, bis uns der Treibstoff ausgeht.«

»Nicht unbedingt.«

»Nein?«

»Es gibt eine Alternative.« Blaine sah dem Captain in die Augen. »Wir können die Bombe vom Flugzeug schaffen.«

Dreizehntes Kapitel

Captain Hollis brauchte eine Weile, um zu begreifen, daß McCracken keine Witze machte.

»Für den Fall, daß Sie es noch nicht bemerkt haben, diese Bombe ist zu groß, um durch ein Fenster zu passen, und es wäre keine gute Idee, auf fünfundzwanzigtausend Fuß Höhe eine Tür zu öffnen.«

Blaine dachte kurz nach. »Gibt es von hier einen Zugang zum Gepäckabteil?«

»Sie stehen darauf«, sagte Judy, die Chefstewardeß.

»Im Boden ist ein Paneel eingelassen, das wir entfernen können«, erklärte Hollis. »Aber wenn Sie mit dem Gedanken spielen, eine der Frachtluken zu öffnen . . .«

»Keineswegs.«

»Dann . . .«

»Ich brauche ein Seil oder etwas, das ich als Seil benutzen kann«, fuhr McCracken fort und sah von Hollis zu Judy. »Und allen Wodka, den Sie an Bord haben.«

»Hoffentlich ist Ihnen die Marke Absolut recht«, erwiderte sie.

»Wenn das Zeug hochprozentig ist, komme ich damit klar.«

Blaine erläuterte seinen Plan, während er zusammengebundene Nylon-Sicherheitsgurte von insgesamt zweieinhalb Metern Länge in einer Spüle der Kombüse in drei Litern Wodka einweichte. Er hatte bereits die Maske von einem kleinen Sauerstoffbehälter abgeschnitten, so daß der Sauerstoff wie durch eine geöffnete Düse aus dem Schlauch strömen würde, wenn er den Hahn aufdrehte.

»Augenblick mal«, sagte Hollis, bevor McCracken seine Erklärung beendet hatte, »selbst wenn es funktionieren sollte, werden Sie trotzdem aus dem Flugzeug gesogen und bringen uns zum Absturz.«

»Nicht, wenn ich mich irgendwie an der Außenhülle festbinden kann. Und wenn ich die Öffnung irgendwie wieder versiegeln kann, bevor es zu einem totalen Druckabfall kommt, werden Sie die Maschine unter Kontrolle halten können.«

»Versiegeln? Wie wollen Sie denn ein Loch von sechzig mal sechzig Zentimetern im Flugzeugboden versiegeln?«

Blaine dachte schnell nach. »Es wird natürlich eine Menge Gepäck herumfliegen.«

»Allerdings.« »Und alle Gepäckstücke werden zu dem Loch gesogen.«

»Und jede Menge auch hindurch.«

»Aber nicht alle.«

Das Gesicht des Captains hellte sich zum erstenmal auf. »Ja! Ja, gottverdammt, das könnte funktionieren!« Dann wurde er wieder ernst. »Aber das hilft Ihnen da unten nicht viel.«

»Durch die gesamte Länge des Gepäckraums führt eine Eisenstange«, warf Judy ein. »Ich habe gesehen, daß die Arbeiter die Koffer daran hinablassen. Sie ist mit der Außenhülle verbunden. Wenn Sie sich daran festbinden, werden sie nicht hinausgesogen.«

McCracken nickte.

»Lassen Sie mir nur etwas Zeit, dieses Ding zu wenden und nach Washington zurückzufliegen«, sagte Hollis. »Auch im besten aller Fälle wird es zu einer Notlandung kommen.«

»Damit kann ich leben, Captain.«

»Ich brauche ein paar Minuten, um alles herzurichten«, sagte McCracken, nachdem sie in den Großraum Washington zurückgekehrt waren.

Unten auf dem Flughafen Nation wurden alle Vorbereitungen für den Notfall getroffen. Im Flugzeug war der dünne Teppich vom Boden der Kombüse abgezogen und das Paneel entfernt worden, das den Einstieg zum Frachtraum bedeckt hatte.

»Es wird Zeit. Ich muß die Passagiere vorbereiten«, nickte Hollis.

Blaine ließ sich durch die Luke hinab. »Eine gute Landung.«

»Wir sehen uns dann unten, auf dem Erdboden.«

Die Bombe war vorsichtig in einen Rucksack verstaut worden, den Blaine auf dem Rücken trug; zuvor hatte man sie in Handtücher gehüllt, um Erschütterungen zu vermeiden. In dem Rucksack befanden sich ebenfalls die zusammengebundenen und in Wodka getränkten Sicherheitsgürtel sowie der umgebaute Sauerstoffbehälter. Ein größerer, tragbarer Sauerstoffbehälter baumelte vor seiner Brust. Die daran befestigte Maske hatte er um seinen Hals gelegt. Um die Hüfte hatte er ein sechs Meter langes Nylonseil geschlungen, das er in einem Notfall-Behälter gefunden hatte. Er wollte sich mit dem Seil an der Stange im Frachtraum festbinden, um nicht aus dem Flugzeug gezerrt zu werden.

Als McCracken sich in den Laderaum hinabließ, umfing ihn kalte Dunkelheit. Die Deckenbeleuchtung spendete nur eine spärliche Helligkeit und warf einen dumpfen Glanz auf das ordentlich verstaute Gepäck. Die Maschine war fast ausgebucht, und daher war das Gepäckabteil ziemlich voll. Als Blaine den Boden erreichte, wurde die Luke über ihm wieder geschlossen.

Er folgte der Stange zum vorderen Teil des Flugzeugs und machte eine freie Stelle auf dem Boden aus. Das Loch, das er in die Alumniumhülle des Flugzeugs brennen mußte, mußte groß genug sein, um die Bombe hindurchzuschaffen, aber nicht so groß, daß man es nicht mehr mit Gepäckstücken verstopfen konnte. Mit dieser Vorgabe im Sinn holte er die alkoholgetränkten Sicherheitsgurte aus dem Rucksack und legte sie vorsichtig zu einem sechzig mal sechzig Zentimeter großen Viereck auf dem Boden des Frachtraums aus, wo sich nur ein Zoll Aluminium zwischen ihm und der Luft befand. Dann erhob er sich wieder und befestigte das Seil, das um seine Hüfte geschlungen war, an der Metallstange.

Das war der schwierigste Teil überhaupt, denn er mußte die Seillänge so bemessen, daß er einerseits nicht hinausgesogen wurde, andererseits aber genug Bewegungsspielraum hatte, um die vor ihm liegende Aufgabe bewältigen zu können. Blaine erzielte den besten Kompromiß, den er erreichen konnte, und holte eine Signalpistole aus seiner Tasche. Er öffnete die Düse, und die hellgelbe Flamme flackerte auf. McCracken richtete sie auf das Viereck der Sicherheitsgurte, und der Alkohol fing augenblicklich Feuer. Flammen züngelten an dem rechteckigen Umriß entlang und schwärzten den Boden.

Diese Flammen allein hätten es kaum geschafft, sich durch die Außenhülle des Airbus zu brennen. Doch er verschaffte ihnen Nahrung mit dem Sauerstoff aus dem tragbaren Tank, den er mitgebracht hatte, und die Hitze der Flammen stieg exponential und fraß sich durch das Aluminium, als wäre es Papier. Jetzt würde alles ganz schnell gehen, und Blaine mußte die Bombe durch die Öffnung werfen, bevor es zum Druckabfall kam. Daher holte er sie aus dem Rucksack und drückte sie mit der linken Hand an seine Brust, während er mit der rechten den Sauerstofftank festhielt. Man hätte den Notbehälter für eine große Dose Haarspray halten können, und da er die Maske abgerissen und die Düse freigelegt hatte, funktionierte der Tank auch so ähnlich.

Während seine Schultern, die Hüften und die Beine an die Stange gebunden waren, beugte Blaine sich vor, um den Sauerstoff so nah wie möglich an die alkoholgespeiste Flamme zu bringen. Dann vergewisserte er sich, daß die Maske, die mit dem größeren Tank vor seiner Brust verbunden war, fest auf seinem Gesicht saß. Er verstärkte den Griff um die Bombe und drückte auf die Düse des kleineren Sauerstofftanks in seiner Hand.

Ein deutlich vernehmbares *Puff!* erklang, als die Flammen anschwollen und dann weiß aufleuchteten. Sie schnitten sich blitzschnell durch die Außenhaut des Flugzeugs, und vor seinen Augen entstand ein sechzig mal sechzig Zentimeter großes Loch. Der erste Schwall der Außenluft drückte die Flammen zu ihm zurück, und er warf die Bombe auf die Öffnung zu. McCracken befürchtete schon, daß der plötzliche Sog ihm die nötige Zielsicherheit genommen hatte, doch die Bombe glitt genau durch das Loch, das er geschaffen hatte, um zu explodieren, wenn sie die Höhe erreicht hatte, auf die der Zünder eingestellt worden war.

Im nächsten Moment hatte es den Anschein, daß alle Luft

aus dem Frachtraum gesogen wurde. Selbst mit dem Sauerstoff, der über die Maske in seine Nase gepumpt wurde, hatte Blaine den Eindruck, etwas hätte in ihn gegriffen und auch ihm den Atem genommen. In seinen Ohren rauschte es, und sein Kopf pochte. Er spürte, daß das Flugzeug schwankte und in der Luft erzitterte, als es mit der Nase zuerst zum Sturzflug ansetzte. Sein Körper schien umgekrempelt zu werden. Er wurde hin und her gezerrt, und der Druckabfall beanspruchte die Sicherheitsgurte, mit denen er an die Stange gefesselt war, bis aufs äußerste.

Das Gefühl beschwor Erinnerungen an den freien Fall bei einem Fallschirmabsprung herauf, aber es mußte sich um einen Sprung durch einen Hindernisparcours handeln, denn McCracken wurde von allen Seiten von fliegenden Gepäckstücken getroffen. Ein Koffer prallte gegen seinen Rücken. Er riß noch gerade rechtzeitig die Arme hoch, um einen ledernen Aktenkoffer abzuwehren, und bückte sich dann, um einer Reisetasche auszuweichen, die genau auf sein Gesicht zuhielt. Er erhaschte ein paar Blicke auf größere Gepäckstücke, die durch das Loch hinausgesogen wurden. Er wußte, daß der Riß, den er geschaffen hatte, sich ausbreiten und bald über die gesamte Hüllenlänge erstrecken würde, wenn das fliegende Gepäck nicht bald das Loch stopfen und damit für einen Druckausgleich sorgen würde.

Weiterhin flog Gepäck herum. Stücke der unterschiedlichsten Form und Größe klemmten kurz in dem Loch fest, wurden dann aber hinausgerissen. Der Druckabfall zerrte McCracken wild hin und her, während er versuchte, sich etwas einfallen zu lassen, wie er das Loch stopfen konnte, bevor es zu spät war. Direkt unter ihm wirbelten Gepäckstücke herum, glitten dann in den strudelähnlichen Luftstrom und schossen hinaus. Es war, als würde Wasser durch einen Abfluß strömen, ohne die geringste Hoffnung, das Leck abdichten zu können.

Blaine fühlte, wie die Nase des Airbus noch tiefer glitt; ihnen blieb viel weniger Zeit, als er gehofft hatte. Diese Erkenntnis brachte ihn dazu, die Arme und Beine von den Fesseln der Sicherheitsgurte zu befreien. Nun nur noch an der Hüfte gesichert, schob McCracken Gepäckstücke vor und stapelte sie auf dem Riß auf, um das Loch zu verschließen. Bei jeder Bewegung rang er nach Luft. Ihm war ganz leicht im Kopf, und er mußte sich zwingen, bei Bewußtsein zu bleiben. Die Schicht der Koffer, die er errichtet hatte, wurde genauso schnell dünner, wie er sie aufbaute, und er schob einfach ein Gepäckstück nach dem anderen ins Zentrum des Mahlstroms. Doch sie hatten eine Chance, solange er dieses Tempo beibehalten und verhindern konnte, daß der Riß größer wurde.

Er bemerkte, daß das Flugzeug sich kurz aufrichtete und dann zu einer unruhigen Notlandung auf dem National Airport ansetzte. Blaine machte verzweifelt mit den Koffern weiter, bis er das Schwirren hörte, mit dem das Landegestell des Airbus ausgefahren wurde. Ihm blieb kaum noch die Zeit, sich behelfsmäßig an die Stange zu binden, dann setzte die Maschine schon zur Landung an. McCracken erwartete, hart durchgeschüttelt zu werden, und konnte es kaum fassen, als Hollis den Airbus sanft und gleitend aufsetzte. Das Flugzeug wurde abgebremst und rollte aus, und im Passagierabteil über ihm erklang Jubel und Applaus.

Der Airbus rollte noch immer, als Blaine die Koffer beiseite zerrte, die er über das Loch geschoben hatte. Ein zerklüfteter Riß erstreckte sich fast zwei Meter in beide Richtungen, und die Öffnung war nun doppelt so groß wie die, die er geschaffen hatte. McCracken glitt durch den Riß hinaus und sah, daß die Notrutschen ausgefahren wurden. Er lief hinüber und half den ersten Passagieren, die auf ihnen hinabglitten, wieder auf die Füße.

Captain Hollis rutschte als letzter hinab.

»Ich würde jederzeit wieder mit Ihnen fliegen«, sagte Blaine, als er ihm aufhalf.

Hollis packte Blaine an den Schultern. »Sie haben sich Ihre Flüge redlich verdient, Mr. McCracken.«

Weitere Rettungsfahrzeuge trafen ein; Sirenen und Blaulichter kündigten ihre Ankunft an. Die Rettungsmannschaften hatten kaum mehr zu tun, als die Passagiere aufzusammeln und zu den wartenden Bussen zu führen.

»Dann tun Sie mir einen Gefallen, Captain«, sagte Blaine, »und erwähnen Sie niemandem gegenüber, daß ich an Bord war.«

Hollis warf einen Blick auf das Loch, durch das Blaine die Bombe geworfen hatte, um sein Flugzeug zu retten. »Das war keine leichte Sache, nicht unter diesen Umständen.«

»Und halten Sie sie hin.«

Hollis betrachtete ausführlich die Prellungen auf Blaines Gesicht, die ihm das Fluggepäck zugefügt hatte. »Ich habe das Gefühl, daß so eine Situation nicht unbedingt neu für Sie ist.«

»Das könnte man sagen.«

»Ich werde tun, was in meiner Macht steht.«

»Captain!« erklang eine neue Stimme.

Hollis drehte sich kurz um, um den Boß der Rettungsmannschaft zu begrüßen. »Jedenfalls werde ich . . .« begann er, als er sich wieder zu Blaine umdrehte. Er brachte den Satz jedoch nicht zu Ende.

McCracken war verschwunden.

Vierzehntes Kapitel

Ben Samuelsons Anruf erreichte den Präsidenten, als er sich für einen Staatsempfang mit Repräsentanten sowohl der israelischen als auch der arabischen Verhandlungskommission ankleidete. Der Friedensprozeß im Mittleren Osten war zu einem Morast geworden, der seine Amtszeit von mittlerweile achtzehn Monaten stark belastete. Der heutige Empfang stellte einen konzentrierten Versuch seinerseits da, den Prozeß wieder in Gang zu bringen. Doch sobald der Präsident den Hörer aufgelegt hatte, summte er seine Sekretärin über die Gegensprechanlage an und befahl ihr, den Empfang um eine Stunde zu verschieben, auch auf das Risiko, seine Gäste vor den Kopf zu stoßen.

Der FBI-Chef wurde zwanzig Minuten später in sein Privatbüro geleitet. Unter seinem Arm steckte eine Aktentasche ohne Griff. Er hatte gebeten, den Präsidenten allein sprechen zu dürfen; nicht einmal Charlie Byrne sollte anwesend sein.

»Nur Sie können die Entscheidung treffen, wer Kenntnis von den Informationen haben darf, die ich Ihnen bringe, Sir«, hatte Samuelson erklärt.

»Am Telefon waren Sie ziemlich verschlossen, Ben«, begann der Präsident, nachdem die Tür seines Privatbüros hinter ihnen geschlossen worden war.

Der Chef des FBI stand starr vor ihm. »Gehen wir der Reihe nach vor, Sir. Zuerst einmal konnte Langley aufgrund der Besuchsunterlagen bestätigen, daß Tom Daniels sich in den vergangenen zehn Tagen dreimal mit dem Direktor getroffen hat. Die letzte Begegnung fand am vergangenen Donnerstag statt, dem Abend vor den Morden.«

»Ist das ungewöhnlich?«

»An und für sich ja, weil Daniels nach allem, was ich in Erfahrung bringen konnte, die üblichen Kanäle übersprang und sich direkt an Jardine gewandt hat. Ich könnte akzeptieren, daß er einmal so vorgegangen ist. Aber dreimal kann nur bedeuten, daß Daniels Jardines Segen hatte, mit seinem Plan fortzufahren, worum auch immer es sich handeln mochte.«

»Ich nehme nicht an, daß diese Unterlagen auch Zusammenfassungen ihrer Gespräche enthalten.«

»Nein, Sir, natürlich nicht. In dieser Hinsicht bin ich in einer Sackgasse gelandet. Aber ich wurde das Gefühl nicht los, daß die beiden Morde in einem Zusammenhang damit stehen.«

»Mittlerweile haben Sie bestimmt mehr als nur Ihr Gefühl?«

»Darf ich, Sir?«

»Bitte.« Samuelson ging zu dem Schreibtisch aus dem frühen achtzehnten Jahrhundert an der rechten Wand. Er legte seine Aktentasche darauf und bemühte sich, dabei die Stapel mit der Privatkorrespondenz des Präsidenten nicht durcheinanderzubringen.

»Vor zwei Stunden habe ich einen Anruf vom russischen Botschafter bekommen. Er bestand darauf, Sie augenblicklich in einer Angelegenheit zu sprechen, die für die nationale Sicherheit von größter Bedeutung ist.«

»Für unsere Sicherheit, vermute ich.«

»Allerdings«, bestätigte Samuelson und holte die Tonband-Kassette hervor, die der ehemalige KGB-Sektionsleiter Sergej Amorow Wasili Konschenko ihm gegeben hatte. »Anscheinend bestand eine der letzten herausragenden Leistungen des KGB darin, in Jardines Büro eine Wanze anzubringen.«

»Und sie wurde *nicht entdeckt?«*

»Alles deutet darauf hin, Sir. Sie befand sich einige Jahre dort.«

»Jahre? Dann . . .«

»Ja, Mr. President. Die Wanze blieb aktiv, nachdem der KGB zurückgezogen wurde. Botschafter Konschenko hat mir versichert, er hätte keine üblen Absichten gehegt. Wie dem auch sei, das Anbringen der Wanze hat sich als überaus glücklicher Zufall erwiesen.« Samuelsons Blick fiel auf die Kassette. »Dank dieser Wanze und dank unseres Freundes, Botschafter Konschenko, haben wir nun eine Kopie dieses Bandes, das Donnerstagabend aufgenommen wurde.«

»Großer Gott«, begriff der Präsident. »Jardines letztes Treffen mit Daniels.«

Samuelson holte einen schmalen Kassettenrecorder aus seiner Aktentasche und legte die Kassette ein. Er drückte auf den Abspielknopf, und Clifton Jardines Stimme füllte den Raum aus.

»Wie viele Kopien gibt es davon, Mr. Daniels?«

McCracken benutzte das Chaos, das auf dem gesamten National Airport herrschte, als Gelegenheit zur Flucht. Ein Taxi brachte ihn zum Flughafen Dulles, wo er gerade noch die letzte Maschine des Abends nach Miami erreichte. Eine halbe Stunde nach Landung der Maschine – der Flug war glücklicherweise völlig ereignislos verlaufen – war Blaine wieder im Strumpet's, einem höchst privaten Club im Kellergeschoß eines anderen Gebäudes in South Beach. Der Mangel an Fenstern trug nur zum Ambiente bei. Der Club war so schummrig, daß er einen idealen Unterschlupf bot. Der Barraum war in Pfirsich- und Malvenfarben gehalten und wurde mit elektrifizierten Nachbauten viktorianischer Gaslampen erhellt. Die große Bar war leicht geschwungen und mit einem dunklen Holz getäfelt, das zu den Wänden des Raums paßte. Der Mann, der Blaine auf Ventanna angesetzt hatte, trank in derselben Ecknische, in der er auch am Donnerstagabend gesessen hatte. Er war völlig schwarz gekleidet. Sein Haar hatte er mit Pomade eingerieben und glatt zurückgekämmt; es fiel nicht mehr in Wellen. Die Goldketten an seinem Hals glitzerten schwach im gedämpften Licht. Er tat so, als würde er den sich ihm nähernden Blaine nicht sehen.

»Hallo, Rafael«, sagte McCracken, als er neben ihm stand.

Rafael sah nicht auf. »Sie haben mich reingelegt.«

»Ach ja?«

»Sie haben Alvarez auffliegen lassen. Wenn die herausfinden, daß ich Ihnen geholfen habe, bin ich tot.«

»Ich hatte nichts mit dem Hit im Coconut Grove zu tun. Und ich bin nach Miami zurückgekommen, um mir die wahren Übeltäter vorzuknöpfen, Raffy.«

Rafael trank sein Glas aus; es schien sich Wodka auf Eis darin befunden zu haben. »Kann ich Ihnen einen ausgeben?«

»Ich würde mich mit weiteren Informationen begnügen.«

»Tut mir leid. Auf dem Ohr bin ich taub.«

Blaine blieb neben ihm stehen. »Alvarez hat an Arlo Cleese verkauft. Klingelt bei dem Namen was?«

»Kann ich nicht sagen.«

»Ein Revolutionär aus den Sechzigern, der anscheinend noch immer für seine Sache kämpft. Vielleicht will er mit Hilfe von Waffen, die Alvarez ihm liefert, die Revolution, die er vor einer Generation angezettelt hat, endlich zu Ende bringen.«

»Und er und sein Junge wurden deshalb erledigt. Wollen Sie das damit sagen?«

McCracken nickte. »Weil Cleese mittlerweile hat, was er braucht. Das heißt, was auch immer er vorhat, es wird bald geschehen.«

»Und hinter ihm sind Sie her?«

»Und ich kann ihn finden, indem ich die Spur der Waffen verfolge, die Alvarez in Miami abgeholt hat.«

Eine Kellnerin kam und stellte einen neuen Wodka mit Eis auf die Serviette vor Rafael.

»Ich könnte mich mal hinter das Telefon klemmen«, bot er an, als sie wieder gegangen war.

»Sagen Sie ihnen, ich sei hinter dem her, der ihren Boß und seinen Jungen umgebracht hat. Sagen Sie ihnen, normalerweise bekomme ich, was ich will.«

Zwei Stunden später begleitete McCracken Rafael zu einem Privatdock an der Biscayne Bay.

»Das müssen sie sein«, sagte Rafael, als ein schlanker Kabinenkreuzer der Marke Gulfstar mit einer Länge von etwa zehn Metern sich näherte. Lediglich ein Scheinwerfer war erhellt.

Der Kabinenkreuzer glitt neben das Dock. Ein großer Mann in greller Kleidung sprang hinüber und hielt sich und das Boot an einem Mast fest, während Blaine an Bord ging. Augenblicklich nahmen zwei Bewaffnete ihn in die Mitte. McCracken sah zu Rafael zurück.

Rafael war an Land geblieben und winkte. »Viel Spaß, *amigo!*«

McCracken wußte nicht genau, welche Absichten die Männer auf dem Kreuzer hatten. Er zählte insgesamt fünf: die beiden, die ihn flankierten, derjenige, der das Boot an Ort und Stelle gehalten hatte, den Steuermann und einen weiteren, der auf einer offenen Brücke stand und eine Mac-10-Maschinenpistole in der Hand hielt.

»Ihre Waffe, bitte«, sagte der Mann rechts von ihm.

Blaine gab ihm seine SIG-Sauer, und der Mann steckte sie in seinen Gürtel. Der Gulfstar legte ab.

Seine Gastgeber ließen nichts über das Ziel verlauten, und McCracken stellte keine Fragen. Er blieb einfach in der warmen Nachtluft an der Reling stehen und versuchte sich zu entspannen.

Der Kreuzer machte gute Fahrt durch die ruhigen Gewässer. Nach einer Stunde konnte Blaine die Silhouette einer großen Jacht ausmachen, die sich vor dem vom Mondlicht erhellten Horizont abhob. Als sie deutlich in Sicht gekommen war, erkannte er sie als eine Dreißig-Meter-Motorjacht der Marke Hatteras mit einem Detroit-Doppelmotor mit achthundertfünfundsiebzig Pferdestärken. Ein absolutes Spitzenmodell, für das man vielleicht zwei Millionen Dollar auf den Tisch legen mußte. Der Kapitän lenkte das Schiff auf einer hohen, geschlossenen Brücke. Selbst aus dieser Entfernung konnte Blaine eine großgewachsene Gestalt ausmachen, die auf dem großen Oberdeck stand und die Annäherung des Gulfstar beobachtete.

Als McCracken versuchte, trotz der Dunkelheit einen besseren Blick auf die Gestalt zu bekommen, rasten zwei Schnellboote um die Seiten der Hatteras und hielten auf den Gulfstar zu. Sie bezogen auf beiden Seiten des Kabinenkreuzers Position und begleiteten ihn das letzte Stück des Weges.

Vom Heck der Dreißig-Meter-Jacht wurde eine Stahlleiter hinabgelassen, und zwei Männer hielten sie fest, damit McCracken hinaufsteigen konnte.

»Hier entlang«, begrüßte ihn einer der beiden, nachdem er sich auf das Deck gezogen hatte. McCracken fiel auf, daß der Mann nicht bewaffnet war.

Er führte ihn auf das Oberdeck, wo die Gestalt stand, die McCracken schon zuvor ausgemacht hatte, und nach Backbord auf das Meer hinausschaute. Die Gestalt drehte sich langsam um, und das Mondlicht erhellte ihr Gesicht.

»Manuel Alvarez«, begrüßte McCracken den Mann, der als tot galt. Er hatte ihn aufgrund der Fotos erkannt, die Captain Martinez ihm am Tag zuvor gezeigt hatte.

»Wie ich sehe, kann man Sie nur schwer überraschen, Mr. McCracken.«

»Nicht immer. Es überrascht mich, daß Sie mich hierher geholt haben.«

»Aber nicht, daß ich noch lebe.«

»Ich habe Ihre Akte studiert«, erwiderte Blaine. »Sie haben

zugelassen, daß sie die *kleinere* Ihrer beiden Jachten in die Luft jagen.«

Alvarez lächelte verkniffen. »Die Eitelkeit, fürchte ich.« Das Lächeln verschwand wieder. »Sie haben damit gerechnet, zu mir gebracht zu werden.«

»Zumindest gehofft. Ich habe gewußt, daß der Köder Sie interessieren würde.«

»Ich war schon interessiert, bevor Sie ihn ausgeworfen haben. Hätte ich gewußt, wie, hätte ich vielleicht schon vorher mit Ihnen Kontakt aufgenommen. Es kam mir vor wie ein Geschenk Gottes, als ich hörte, daß Sie nach Miami zurückgekehrt sind.«

Blaine trat einen Schritt auf ihn zu. »Wieso?«

»Ich habe in der Polizei von Miami ein paar gutunterrichtete Kontaktleute. Sie haben mich informiert, wer Sie sind und was Sie im Grove zustandegebracht haben. Anscheinend haben Sie vielen Menschen das Leben gerettet.«

»Aber nicht das Ihres Sohnes, Mr. Alvarez.«

»Sie hätten auch ihn gerettet. Das weiß ich.«

»Wenn es mir möglich gewesen wäre.«

Blaine ging zu Alvarez, der auf halber Höhe des Oberdecks stand. Alvarez stützte die Ellbogen auf der Reling ab und sah wieder auf das Meer hinaus. Seelenqual verzerrte sein Gesicht zu einer angespannten Grimasse. Seine eigentlich dunkle Haut wirkte gelblich-fahl. Der Wind hatte sein ordentlich geschnittenes Haar durcheinandergebracht, und sein dünner Schnurrbart schien hinabzuhängen.

»Deshalb habe ich auf diese Gelegenheit gehofft, Mr. McCracken.« Er drehte sich wieder zu Blaine um. »Ich brauche Sie, um meinen Sohn zu rächen.«

»Das heißt, wir müssen Arlo Cleese finden, Mr. Alvarez.«

Alvarez' Hände verkrampften sich um die Reling. »Es waren seine Leute, nicht wahr?«

»Wenn Sie die Frage schon stellen, brauchen Sie mich nicht, um sie zu beantworten.«

»Ich habe meinen Sohn gewarnt. Er sollte sich zurückhalten. Ich habe ihn *gewarnt!* Er war der Ansicht, keine Gefahr könne ihm etwas anhaben.« Alvarez seufzte. »Die Torheit der Jugend.«

»Dann müssen Sie etwas geahnt haben. Deshalb haben Sie Ihren Tod vorgetäuscht und zugelassen, daß Cleese die andere Jacht in die Luft sprengt.«

»Die Anzeichen waren kaum wahrnehmbar, aber vorhanden. Der Kontakt war abgerissen. Mein Mann, der die Verbindung zu Cleese aufrecht hielt, ist letzte Woche verschwunden.«

»Wodurch Sie und Ihr Sohn auf einmal die einzig sicheren Bindeglieder zu ihm waren.«

»Ich habe ihm gesagt, was er zu tun hatte. Ich habe ihn vor der Gefahr gewarnt. Ich habe gedacht, er würde auf mich hören.«

»Er war zu gierig, Mr. Alvarez. Das hat er vielleicht von Ihnen gelernt.«

Alvarez nickte gequält und gestand den Vorwurf ein. »Sie können mir nicht mehr zusetzen, als mir schon zugesetzt worden ist. Ich weiß, daß ich die Verantwortung für den Tod meines Sohnes trage.« Er seufzte schwer.

»Vielleicht sind Sie bald für noch viel mehr Todesfälle verantwortlich.«

»Wegen Cleese . . .«

»Sie haben ihn nie gefragt, was er mit Ihrer Ware vorhat.«

»Er war ein Kunde wie jeder andere auch, Mr. McCracken. Er hat seine Bestellung aufgegeben, und ich habe geliefert.« Alvarez schluckte schwer. »Die Waffen, die im Grove benutzt wurden . . . ich habe sie überprüft. Ich . . . ich mußte es wissen.« Seine Augen funkelten. »Sie waren Teil meiner Lieferung an Cleese.« Resigniert sah er zu McCracken hinüber. »Meine eigenen Waffen wurden dazu benutzt, meinen Sohn zu töten. Dafür muß ich Vergeltung üben, und Sie müssen mir dabei helfen.«

»Es wäre schon ein guter Anfang, Cleese daran zu hindern, noch jemanden zu töten.«

»Was auch immer dazu nötig ist. Ich kann Ihnen die Adresse des Lagerhauses geben, zu dem wir unsere Lieferungen geschickt haben.« Noch tieferer Schmerz legte sich auf Alvarez' Gesicht. »Ich hätte die Waffen, die ich ihm geliefert habe, zerstören können, aber das entspricht nicht meiner Vorstellung von Gerechtigkeit. Cleese selbst muß dafür bezahlen. Aber zuerst müssen wir ihn einmal finden.«

»Und dafür brauchen Sie mich.«

Alvarez wandte den leeren Blick wieder aufs Meer. »Nachdem Sie ihn gefunden haben, Mr. McCracken, werde ich Ihnen alle Hilfe zur Verfügung stellen, die Sie benötigen, um zu tun, was getan werden muß.« Er sah wieder zu Blaine. »Für meinen Sohn.«

»Für das Land, *amigo.*«

Fünfzehntes Kapitel

Kristen Kurcell hatte Senatorin Jordan aus Duncan Farlowes Büro angerufen, bevor sie Grand Mesa verließ.

»Du hättest mir vor deinem Aufbruch sagen sollen, was hier vor sich geht«, sagte die Jordan sanft. »Ich habe mir solche Sorgen gemacht. Mein Gott, ich hätte dir doch geholfen.«

»Es tut mir leid. Ich bin einfach in Panik geraten. Ich . . . ich habe nicht gewußt, daß es so schlimm werden würde.«

»*Mir* tut es leid, Kris. Aber ich werde auf dem Flughafen auf dich warten, wenn du landest. Wir werden die Sache gemeinsam verfechten. Du hast keine Ahnung, wie wütend eine Senatorin werden kann, die in einem wichtigen Ausschuß sitzt.«

Als Kristen am Samstag abend das Terminalgebäude verließ, stand der Fahrer der Senatorin Jordan neben der hinteren Tür auf der Beifahrerseite des Lincoln. Der Mann sah sie und öffnete die Tür. Kristen eilte zu ihm und drückte ihm ihre kleine Reisetasche in die ausgestreckte Hand. Dann ließ sie sich auf den Rücksitz fallen.

Im Wagen wartete Senatorin Jordan. Sie umarmten sich, und Kristen spürte, daß die Lippen der Jordan die ihren berühren wollten, und wandte sich im letzten Augenblick ab.

»Schon gut«, sagte die Jordan beruhigend und küßte sie stattdessen auf die Wange. »Du bist jetzt zu Hause.«

Und während der Fahrer den Motor des Lincoln anließ, nahm Samantha Jordan Kristen ganz fest in den Arm.

Samantha Jordan hatte Kristen erstmals an einem Abend vor anderthalb Jahren Avancen gemacht, an dem sie ihre Beförderung zur Bürovorsteherin gefeiert hatten. Nach einem wunderbaren Abendessen folgte eine Flasche Sekt im Stadthaus der Senatorin. Als sie nebeneinander auf dem Sofa saßen und schon einige Gläser geleert hatten, wurde Kristen sich unbehaglich bewußt, daß die Jordan immer näher an sie herangerutscht war. Eine Hand der Senatorin streichelte ihr Knie und glitt dann langsam die Innenseite ihres Schenkels hinauf.

Kristen wich zurück. Ihre Blicke trafen sich, und in diesem Augenblick der stummen Verlegenheit wußte sie es. Es lag in Samantha Jordans Augenausdruck, wenn auch nicht in ihren Worten. Kristen hatte das Stadthaus verlassen und war wie benommen nach Hause gegangen.

Vielleicht hätte sie am nächsten Tag kündigen sollen. Sie konnte sich nicht erinnern, wann sie sich in ihren siebenundzwanzig Jahren unbehaglicher und befangener gefühlt hatte. Aber das hätte bedeutet, die Freundschaft mit einer Person aufzugeben, die für Kristen in der schwierigsten Zeit ihres Lebens, im Sommer vor den Wahlen im Jahr 1992, immer für sie dagewesen war. Samantha Jordan hatte ihren Wahlkampf zwei Tage lang unterbrochen, um bei der Beerdigung von Kristens Eltern anwesend sein zu können. Sie hatte bei den Vorbereitungen geholfen. Kristen hätte nicht gewußt, was sie ohne sie hätte anfangen sollen, und war froh, den Gefallen erwidern zu können, als lediglich zwei Monate später eine unangenehme Scheidung damit endete, daß die Jordan das Sorgerecht für ihre beiden Kinder verlor.

Kristen hatte sich, nachdem das endgültige Urteil ergangen war, die ganze Nacht hindurch mit der Senatorin unterhalten und Samantha Jordans Stadthaus erst wieder an dem Abend im

November gesehen, an dem sie ihre Beförderung gefeiert hatten. Sie wußte, daß die Jordan einsam war und seit der Scheidung häufig unter Depressionen litt. Sie nahm die versuchte Verführung als Ergebnis ihrer stürmischen Gefühlslage hin.

Aber in den darauffolgenden achtzehn Monaten war es zu weiteren Versuchen gekommen, jeweils immer dann, wenn es der Jordan besonders schlecht ging. Sie hatten immer auf dieselbe unschuldige Art und Weise geendet: Kristen hatte der Senatorin in ihr Schlafzimmer hinauf geholfen und sich dann im Wohnzimmer schlafen gelegt, falls die Senatorin aufwachen und noch immer so furchtbar depressiv sein sollte.

Washington liebte Gerüchte geradezu, und die um die angebliche Liebschaft der beiden Frauen war eine Zeitlang das heißeste gewesen. Es köchelte weiterhin auf kleiner Flamme, weil Kristen sich nicht die Mühe machte, es zurückzuweisen, aus Furcht, sie könne damit nur noch mehr Aufmerksamkeit auf die Situation lenken, Samantha Jordans gefühlsmäßige Instabilität ans Licht bringen und damit die brillante Karriere zerstören, die die Senatorin einzig und allein zusammenhielt. Darüber hinaus gab es keinen Mann in ihrem Leben, den Kristen hätte anführen können, um den Gerüchten den Nährboden zu nehmen. Es hatte schon seit geraumer Weile keinen mehr gegeben. Der Tod ihrer Eltern hatte ihr jedes Verlangen nach einer Beziehung genommen und ihren Drang nach körperlichem Vergnügen stark eingedämmt. Wann immer sie sich besser fühlte, setzten unwillkürlich Schuldgefühle ein. Sie konzentrierte sich voll auf ihre Karriere, denn die Arbeit war das einzige, was sie von allem anderen ablenkte.

Kristen sehnte sich schließlich nach den langen Nächten allein im Wohnzimmer des Stadthauses der Senatorin, denn sie war froh, nicht die einzige zu sein, deren Gefühle in eine so tiefe Grube gestürzt waren. Sie konnte sich nur vorstellen, sich je wieder mit einem Mann einzulassen, wenn sie einen fand, der ihr die Kraft gab, die sie Samantha Jordan während ihrer schlimmsten depressiven Phasen gab. Es mußte anfangs lediglich ein Freund sein, der nicht mehr verlangte, als sie geben konnte, und der sie nicht im Stich lassen würde.

Nach Kristens verzweifeltem Anruf aus Colorado hatte Samantha Jordan sie nicht im Stich gelassen. Als Kristen drauf und dran war, nach dem grausamen Tod ihres Bruders in einen Abgrund der Hoffnungslosigkeit zu stürzen, hatte sie hinabgegriffen und sie wieder hochgezogen.

»Ich habe morgen früh im Pentagon eine Verabredung mit dem Ordonnanzoffizier für alle in den Staaten befindlichen Militärbasen«, sagte die Senatorin, als ihr Fahrer sich in den Verkehr einfädelte.

»An einem Sonntag?«

»Das Pentagon weiß, wem es seine Büros öffnen muß, Baby.«

»Hast du etwas über Paul Gathers herausgefunden?« fragte Kristen sie.

»Nach allem, was ich zusammensetzen konnte, hat er einen strikten Routineauftrag gehabt.«

»Aber hast du mit ihm gesprochen?«

»Es ist noch nicht an der Zeit, auf dieses Thema zu sprechen zu kommen, Kris. Aber wenn es an der Zeit ist, gibt es keine Bessere, die sich nachdrücklich ins Zeug legen könnte.«

Am Sonntag morgen mußte Kristen sich im Pentagon bemühen, mit der Senatorin Schritt zu halten, als sie durch die Korridore stürmte. Die Frau war der reinste Dynamo. Nichts und niemand kam ihr in den Weg. Sie hatte sich durch einen Unterausschuß nach dem anderen hochgearbeitet, bis ihr schließlich die Finanzausschüsse offenstanden. Die Parteihierarchie fürchtete sich schlicht und einfach davor, wozu sie imstande wäre, wenn man sie nicht hineinwählte. Samantha bekam den Sitz im gewünschten Ausschuß.

Die Jordan überprüfte die Ziffern auf der Bürotür, vor der sie stehengeblieben waren, und ging dann hinein, ohne anzuklopfen oder die Vorzimmerdame zu bitten, sie anzumelden.

»Senatorin Samantha Jordan, Colonel«, stellte sie sich, nachdem sie die Tür hinter sich wieder geschlossen hatte, einer uniformierten Gestalt hinter dem Schreibtisch vor. »Und das ist meine Bürochefin, Kristen Kurcell.«

Colonel Haynes erhob sich und sah auf seine Uhr. »Es tut mir leid, Frau Senator, aber ich dachte, unsere Verabredung wäre erst . . .«

»Ich bin etwas zu früh dran. Jetzt lassen wir den Quatsch und kommen direkt zur Sache, wenn Ihnen das recht ist, Colonel Haynes.«

»Natürlich«, sagte Haynes und hätte sich dabei fast verschluckt. »Natürlich, Frau Senator.« Er blieb stehen.

»Ich möchte mit Ihnen über die Air-Force-Basis Miravo in Colorado sprechen.«

»Über Miravo?«

Die Senatorin drehte sich zu Kristen um und nickte.

»Mein Bruder hat Donnerstag abend dort etwas beobachtet«, begann Kristen und erzählte dann die Geschichte, wobei sie die Tränen unterdrücken mußte, als sie berichtete, wie sie Davids Leiche identifiziert hatte.

Colonel Haynes lauschte aufmerksam, und sein Gesichtsausdruck wurde dabei immer verblüffter. Als Kristen geendet hatte, trat er nachdenklich hinter seinem Schreibtisch hervor und schloß die Tür zum Vorzimmer.

»Senator Jordan«, sagte er, während er stocksteif dastand, »wie sieht Ihre Sicherheitsfreigabe aus?«

»Ich bin Mitglied zweier Unterausschüsse des Streitkräfteausschusses des Senats, Colonel. Meine Freigabe ist G-5, und eine höhere gibt es wohl nicht.«

»Dann will ich für den Augenblick davon ausgehen, daß Miss Kurcell dieselbe Freigabe hat. Ich glaube, Sie beide sollten sich setzen.«

»Wir stehen lieber.«

»Wie Sie wünschen. Frau Senator, Ihre Assistentin . . .«

»Bürochefin.«

». . . Ihre Bürochefin behauptet, daß Miravo aufgegeben wurde und menschenleer ist.«

»Ja«, warf Kristen ein. »Gestern war es jedenfalls so.«

»Das ist unmöglich. Die Basis wurde vor einem halben Jahr wieder eröffnet und ist seitdem wieder normal in Betrieb.«

»Nicht den Logbüchern zufolge, über die mein Unterausschuß verfügt, Colonel«, sagte die Jordan mit ziemlich scharfer Stimme.

Haynes zögerte. »Vielleicht sollten meine Vorgesetzten sich in dieser Angelegenheit mit Ihnen besprechen.«

»Sie sind direkt den Kommandierenden der Streitkräfte verantwortlich, Colonel. Das wissen wir beide. Sie sind dieser schwierigen Aufgabe doch bestimmt gewachsen.«

Haynes nickte langsam. »Die Wiedereröffnung Miravos erfolgte gemäß den Blankovorschriften, die Ihr Ausschuß gebilligt hat, Frau Senator.«

»Moment mal. Haben Sie *Wiedereröffnung* gesagt?«

»Ja. Miravo wurde eingemottet, wie zahlreiche andere Basen an strategischen Punkten im ganzen Land ebenfalls.«

»Warum? Und was genau hat mein Ausschuß angeblich gebilligt?«

»Die Demontage und Zerstörung nuklearer Sprengköpfe in Übereinstimmung mit den jüngsten Abrüstungsverträgen. Miravo und andere ähnlich isolierte Basen wurden wiedereröffnet und dementsprechend ausgestattet.«

»Ich sage Ihnen, die Basis war verlassen«, beharrte Kristen.

»Dann waren Sie nicht in Miravo.«

»Ich bin sicher, daß es Miravo war. Mein Gott, ich bin in den benachbarten Hügeln fast umgebracht worden!«

»Ich habe die Basis erst vor einem Monat persönlich besucht, Madam.«

»Mein Bruder wurde getötet, weil er gesehen hat, was dort vor sich ging. Ich wurde beinahe getötet, weil ich seiner Spur zur Basis gefolgt bin!«

»Ich bedaure, daß Ihr Bruder tot ist, aber er kann nicht in Miravo gewesen sein.«

»Sie behaupten, die Basis sei *Donnerstag abend* aktiv gewesen«, setzte Kristen ihm zu.

»Ja.«

»Und gestern ebenfalls?«

»Ja, Madam.« Haynes entspannte sich etwas. »Frau Senator, ich werde eine ausführliche Untersuchung anordnen. Ich werde . . .«

»Nein«, unterbrach Samantha Jordan. »Keine Untersuchung. Ich fliege persönlich hin, um mich zu überzeugen, und ich würde es zu schätzen wissen, wenn Sie das Personal der Basis nicht vorab von meiner Ankunft unterrichten würden.«

»Das ist höchst ungewöhnlich, Frau Senator.«

»Das ist Miss Kurcells Geschichte ebenfalls.«

»Die Sie anscheinend glauben.«

»Ja«, sagte die Jordan, den Blick auf Kristen gerichtet. »Ja, ich glaube sie.«

Auf dem Weg von Gainesville zum Staatsgefängnis Huntsville in Texas versuchte Johnny Wareagle sich einzureden, daß Häuptling Silver Cloud sich geirrt hatte. Wenn Traggeo im Gefängnis war, konnte er weder für Will Shortfeathers Verschwinden verantwortlich sein, noch konnte die Vision des alten Häuptlings von einem anderen, erst kürzlich erfolgten Mord stimmen. Johnny wollte glauben, daß der Mörder hinter Gittern war, wie der Hilfssheriff in Gainesville ihm versichert hatte; daß die Jahre Silver Clouds Augen schließlich doch getrübt hatten. Doch die Entschlossenheit, die im Blick des alten Häuptlings gebrannt hatte, schloß jeden Fehler seinerseits aus, eine Tatsache, die am Sonntagmorgen vom Direktor des Staatsgefängnisses Huntsville bestätigt wurde.

»Traggeo wurde vor fünf Monaten Bewährung zugestanden, nachdem er sieben Monate seiner fünfjährigen Haftstrafe abgesessen hatte«, erklärte der Mann. Auf seinem Schreibtisch lag eine geöffnete Jiffytasche. Der Direktor war ein aufgeschwemmter, frühzeitig kahl gewordener Mann, der durch Brillengläser von der Dicke des Bodens einer Colaflasche zu Johnny hochlugte.

»Wer hat sie gewährt?«

»Der Gouverneur, steht hier. Ich habe hier ein Formular mit seiner Unterschrift.«

»Ich habe nicht gewußt, daß Texas brutalen Mördern vorzeitig Bewährung bietet.«

»Ich mache die Gesetze nicht, Mr. Wareagle.«

»Kennen Sie wenigstens seine Adresse?«

»Natürlich. Warten Sie, ich sehe mal nach . . . komisch.« Der Direktor sah durch seine dicke Brille wieder zu Wareagle hoch. »Das Formular scheint nicht vollständig ausgefüllt worden zu sein . . .«

»Gibt es jemanden, der mir helfen könnte, es auszufüllen?«

»Wenn Sie damit die hier fehlenden Angaben meinen, nein. Außer . . .« Der Direktor blätterte die Akte noch einmal durch. »Anscheinend ist Traggeos Zellengenosse noch bei uns. Elwin Coombs, zwanzig Jahre bis lebenslang wegen Mordes. Aber ich bezweifle, daß er sich als kooperativ erweisen wird.«

»Wo finde ich ihn?«

»Sie haben mich nicht aussprechen lassen. Coombs mußte mehrmals gemaßregelt werden, weil er Wächter bedroht hat. Einem Gefängniskaplan hat er die Nase gebrochen, und einen Psychiater hat er bei einer jährlichen Routineuntersuchung krankenhausreif geschlagen. Er beantwortet Fragen nicht gern.«

»Wo finde ich ihn?« wiederholte Johnny.

Der Direktor zuckte gleichmütig mit den Schultern. »Er müßte auf dem Hof sein und bei den Vorbereitungen für das jährliche Rodeo helfen.«

»Rodeo?«

Der Direktor erklärte, daß die Insassen der Strafanstalt Huntsville jedes Jahr ein Rodeo veranstalteten. Man errichtete auf dem riesigen Hof unüberdachte Tribünen für die Zuschauer, und die Eintrittsgelder flossen in einen Fonds, über dessen Verwendung ein Häftlings-Komitee entscheiden konnte. Das Rodeo begann jeweils freitags und endete sonntags.

»Da drüben ist er«, sagte der Wächter, der Johnny auf den Hof geführt hatte, und deutete auf einen Corral. »Viel Glück.«

Wareagle ging hinüber.

Der massige, breitschultrige Coombs schüttete gerade Futter in einen Trog vor dem Pferch eines der bockenden Wildpferde, die die Hauptattraktion des Rodeos darstellten. Als er sich vorbeugte, um den Rest des Sackes auszukippen, stieß Johnny ihn durch die Gitterstangen in den Pferch.

»He!« schrie er, als der Hengst schnaubte und nach ihm trat. »He!«

Coombs rappelte sich auf und wich vor dem wiehernden Ungetüm zurück. Das Pferd holte erneut mit den Vorderläufen aus, und Coombs prallte gegen das Gatter. *»He!«*

Kaum war der Schrei über seine Lippen gekommen, als Coombs einen riesigen Indianer sah, der die Zügel des Wildpferdes packte und das Tier – so unglaublich es auch erschien – festhielt.

»Was soll der Unsinn, Mann?«

»Wir werden uns über Traggeo unterhalten«, erwiderte Johnny.

Wareagle ließ dem Wildpferd gerade so viel Zügelfreiheit, daß es wieder nach Coombs treten konnte. Die Hufe pfiffen an dessen Gesicht vorbei und streiften seine Schulter.

Coombs winkte hektisch. »Schon gut, schon gut! Ich rede! Aber laß mich hier raus!«

»Zuerst redest du«, sagte Johnny und nahm das Wildpferd wieder an die Zügel.

»Das perverseste Arschloch, das ich je getroffen habe, drinnen oder draußen, und du kannst mir glauben, ich hab 'ne Menge von denen kennengelernt. Ich hab' keine Ahnung, warum sie uns zusammen in eine Zelle gesteckt haben. Er war nicht 'n Bruder oder so.« Coombs betrachtete Wareagle skeptisch. »Jedenfalls nicht meiner.«

»Meiner auch nicht. Wieso war er pervers?«

»Weil er nur von den Leuten sprach, die er abgemurkst hat. Das macht ihn an, hat er gesagt. Dafür lebt er.«

Wareagle schluckte heftig. Seine Finger zogen sich um die Zügel des Wildpferds zusammen.

»Ich weiß noch, wie er mir mal gesagt hat, jetzt hätte er alles kapiert. Danach hat er sich den Kopf kahlscheren lassen.«

»Was hatte er kapiert?«

»Daraus wurde ich nicht ganz schlau. Irgendwas in der Art, die Kraft der Leute in sich aufzunehmen, nachdem er sie abgemurkst hat.« Coombs erschauderte sichtlich. »Er hat gesagt, er wolle die *Skalps* seiner Opfer tragen.«

Es bedurfte Johnnys gesamter Entschlossenheit, um keine Reaktion zu zeigen. Er dachte an Will Shortfeathers blondes Haar auf Traggeos rasiertem Schädel.

»Vor ein paar Monaten, ich weiß nicht mehr genau, vor 'nem halben Jahr vielleicht, mußte er dann zum Direktor, und danach hab' ich ihn nicht mehr gesehen. Sie haben ihn einfach mitgenommen.« Coombs versuchte zu schlucken. »Irgendein hohes Tier muß sich für ihn eingesetzt haben. Mehr weiß ich nicht.«

»Wer hat ihn abgeholt?«

»Keine Ahnung. Verdammt, das ist die Wahrheit. Warum fragst du nicht den Direktor?«

»Er weiß es auch nicht. Aber du hast doch irgendeine Vermutung?«

»Ich hab' gar nix ... aber ich hab' was flüstern hören. Über die Wagen der Leute, die ihn abgeholt haben.«

»Ich höre.«

»Sie hatten Nummernschilder der Regierung.«

Sechzehntes Kapitel

Der Privatjet landete fünf Stunden nach dem Start vom Flughafen Dulles in Denver. Kristen Kurcell und Senatorin Samantha Jordan waren die einzigen Passagiere. Auf das ausdrückliche Verlangen der Senatorin war niemand über ihr Ziel und ihre Absicht informiert worden. Sie hatten vor, mit einem Mietwagen zur Air-Force-Basis Miravo weiterzufahren.

Kristen kam die Entwicklung der Dinge unglaublich rasant vor. Sie hatte den Tod ihres Bruders noch nicht einmal richtig begriffen; der betäubende Schock ließ noch nicht zu, daß sie ihn verarbeitete. Und doch kehrte sie nun, keine vierundzwanzig Stunden nachdem sie seine Leiche identifiziert hatte, zu dem Ort zurück, an dem er etwas beobachtet hatte, das zu seiner Ermordung geführt hatte.

»Da vorn ist die Basis schon«, sagte Kristen zu der Senatorin, die das seltene Vergnügen, selbst zu fahren, so sehr genoß, daß sie darauf bestanden hatte, die gesamte Strecke hinter dem Steuer zu sitzen.

Die Fahrt hatte sich bis in den frühen Sonntagabend erstreckt, und nur aufgrund der beiden Stunden, die sie beim Überqueren der Zeitzonen gewonnen hatten, erreichten sie die Basis, die hinter der nächsten Kurve der Old Canyon Road lag, noch vor Sonnenuntergang. Kristen bereitete sich darauf vor, ähnliche Gefühle zu empfinden wie vor gut einem Tag, als sie und Farlowe sich der Basis genähert hatten.

Doch als Miravo in Sicht kam, verspürte sie lediglich einen unglaublichen Schock.

Die Air-Force-Basis wimmelte vor Aktivitäten. Wo erst gestern kein einziger Mensch gewesen war, fuhren nun Lastwagen hin und her oder wurden eingeparkt. Und überall waren Soldaten zu sehen, angefangen mit denen, die in zwei Allrad-Jeeps saßen, die quer vor dem Haupttor standen und die erste Verteidigungslinie bildeten.

»Ich muß ihren Passierschein sehen, Madam«, sagte einer der bewaffneten Soldaten zu Senatorin Jordan.

»Reicht Ihnen das?« fragte sie und zückte Ihren Paß, der sie als Senatorin auswies.

Der Soldat schaute zweimal hin, um sich zu vergewissern, daß sie tatsächlich die auf dem Foto abgebildete Person war. Er stand stramm, salutierte kurz und sagte, er würde den Kommandanten der Basis benachrichtigen.

»Ich bin Colonel Riddick«, begrüßte ein anderer Mann die beiden Frauen keine fünf Minuten später. Riddick war ein stämmiger, grobknochiger Mann mit einem Bauch, der über seinen Gürtel hinabhing. »Was kann ich für Sie tun, Frau Senator . . . äh . . .?«

Sie stieg aus und gab ihm die Hand. »Jordan, Colonel.«

»Es tut mir leid, daß Sie warten mußten, Frau Senator.«

»Macht doch nichts.«

»Ich fürchte, Ihr Besuch kommt etwas überraschend.«

»Das lag in meiner Absicht, Colonel.«

Kristen war mittlerweile ebenfalls ausgestiegen, blieb aber auf der Beifahrerseite des Wagens.

»Ich sehe mich vor ein gewisses Problem gestellt, Madam«, führte Riddick aus. »Miravo und weitere Basen dieser Art werden aus nicht zweckgebundenen Fonds finanziert. Sie sollten eigentlich gar nicht wissen, daß es unsere Einrichtung gibt. Niemand von Ihrem Ausschuß sollte es wissen. So hat der Präsident es gewünscht, und so sollte es gehandhabt werden.«

»Ich wette, nicht einmal die Bewohner der Städte in der näheren Umgebung wissen davon, nicht wahr, Colonel? Wenn Ihre zivilen Nachbarn herausfinden, was hier vor sich geht, werden sie schreiend nach Washington laufen.« Senatorin Jordan legte eine kleine rhetorische Pause ein. »Hören Sie, die nicht zweckgebundenen Fonds können Sie vergessen. Bevor ich genehmige, daß Milliarden Dollar ausgegeben werden, will ich, verdammt noch mal, wissen, wohin das Geld geht. In diesem Fall glaube ich zufällig an das, was Sie hier machen. Bei anderen Ausschußmitgliedern wird das nicht der Fall sein, sobald die Wahrheit erst einmal herausgekommen ist, und sie kommt immer heraus. Wenn der Aufruhr losgeht, will ich mit ein paar Argumenten gewappnet sein. Deshalb bin ich hier, Colonel.«

Riddick dachte eine Weile darüber nach. Dann nickte er, anscheinend zufriedengestellt.

»Dann erlauben Sie mir, Sie persönlich herumzuführen. Wir haben zahlreiche Kontrollteams in der Basis, und jede Phase des Demontageprozesses wird ein halbes Dutzend Male überprüft. All unsere Systeme haben redundante Sicherheitsvorkehrungen. Sie können sich darauf verlassen, wir gehen nicht das geringste Risiko ein.«

»Sie sprechen von der Demontage«, wandte die Jordan ein. »Was ist mit der Zerstörung der Sprengköpfe?«

»Das fällt nicht in unseren Aufgabenbereich, Frau Senator. Miravo wurde zu einem Zwischenlager für die in den Bundesstaaten stationierten Atomraketen umgebaut. Die Waffen, die hierher gebracht werden, sind weder jemals in Übersee stationiert noch einsatzbereit gemacht worden.«

»Einsatzbereit?«

»Zum Öffnen der Zündmechanismen der Sprengköpfe sind spezielle Kodes nötig, die nur der Präsident freigeben kann. Jedes Übersee-Bataillon hat seinen eigenen Freigabe-Kode.«

»Sie wollen damit doch nicht sagen, daß hier *offene* Sprengköpfe auseinandergebaut werden?«

»Keineswegs, Madam. Sie werden gesichert angeliefert, und wir bekommen die Kodes, mit denen man sie öffnen kann. Unmittelbar darauf werden die Sprengköpfe aus den Flugkörpern entfernt. Wir zerlegen jede Einheit in ihre Bestandteile und leiten diese Bestandteile dann an Basen weiter, die eigens dafür ausgestattet wurden, sich mit ihnen zu befassen.« Riddick hielt inne. »Sie werden alles verstehen, sobald Sie das Innere der Basis gesehen haben, Frau Senator.«

»Worauf warten wir dann?«

Riddick ging voran, und Kristen und Samantha Jordan schritten neben ihm aus. Er erwiderte den militärischen Gruß der Wachtposten und führte sie in die Anlage.

»Seit wann ist die Basis wieder in Betrieb?« fragte die Senatorin, nachdem sie durch das Tor getreten waren.

»Seit einem halben Jahr«, erwiderte Riddick und bestätigte damit, was Colonel Haynes im Pentagon ebenfalls behauptet hatte.

»Und Sie haben seitdem immer gut zu tun?«

»Nun ja, manchmal kommt es zwischen eintreffenden Lieferungen zu gewissen Unterbrechungen.«

»Wie lange dauern diese Unterbrechungen normalerweise?«

»Die bislang längste knapp eine Woche.«

»Und das Personal bleibt dann in der Basis?«

»Nur der unbedingt nötige Stammkader.«

Frag ihn, ob es in dieser Woche so eine Unterbrechung gegeben hat, bat Kristen sie mit den Blicken. *Frag ihn, ob Donnerstag abend jemand hier war, als David umgebracht wurde.*

Doch die Senatorin ignorierte sie.

»Wachen?« fragte sie statt dessen.

»Natürlich rund um die Uhr. Sie werden unsere Sicherheitsvorkehrungen gleich selbst kennenlernen.« Riddick ging weiter. »Wie vertraut sind Sie mit der Entsorgung von Atomwaffen, Frau Senator?«

»Ich weiß nur, daß wir beträchtliche Anstrengungen unternommen haben, um sie herbeizuführen.«

»Und mit der eigentlichen Prozedur?«

»Darüber weiß ich kaum etwas.«

»Dann möchte ich Ihnen ein paar Hintergrundinformationen geben, Madam. Zuerst eine Frage: Was glauben Sie wohl, welche Atomwaffen zuerst in Anlagen wie diesen entsorgt wurden?«

»Die großen?«

»Strategische Marschflugkörper?«

»Ja.«

»Nein, Frau Senator«, berichtigte Riddick sie. »Die großen Raketen mit extremer Reichweite und enormer Sprengkraft, die Rhode Island in Sekundenschnelle vernichten könnten, stellen gemäß unseres neuen Weltfriedens nicht die größte Bedrohung dar. Wir nehmen hier die kleineren taktischen Einheiten auseinander, weil sie praktisch wartungsfrei und leicht zu transportieren sind.«

»Wie werden Sie hierhergebracht?« warf Kristen plötzlich ein.

Riddick bedachte sie mit einem schiefen Blick, und als er antwortete, klang seine Stimme leicht verärgert. »In der Regel werden sie eingeflogen.«

»In der Regel«, echote sie. »Was ist mit Lastwagen? Werden Sprengköpfe auch mit Lastwagen antransportiert?« fragte sie und dachte dabei an die von der Old Canyon Road zur Basis führenden Spuren, die Sheriff Duncan Farlowe entdeckt hatte.

»Gelegentlich, Madam.«

»Unter strengen Sicherheitsvorkehrungen?«

»Natürlich.«

»Normalerweise des Nachts, nicht wahr?«

Riddick setzte zu einer barschen Antwort an, doch Samantha Jordan kam ihm zuvor und bedeutete Kristen gleichzeitig mit den Blicken, von diesem Thema abzulassen.

»Ich glaube, Miss Kurcell versucht, sich einen Überblick zu verschaffen, wie diese Anlage arbeitet.«

Riddick schien die Erklärung zu akzeptieren. »Das möchte ich Ihnen ja gerade zeigen.«

Sie gingen zu einem Flugzeughangar, der von außen recht bescheiden aussah, einmal abgesehen von den bewaffneten Wachen, die ihn in einem Abstand von jeweils drei Metern zueinander umgaben. Des weiteren fiel Kristen auf – wie auch schon beiläufig am Vortag –, daß alle Fenster mit glänzenden Stahlverschalungen bedeckt waren.

Als sie sich dem Hangar näherten, stellte sie überrascht fest, daß er nur über eine ganz normale Tür verfügte. Rechts und links von ihr war je ein Soldat postiert. Sie salutierten, und Riddick erwiderte den Gruß und holte dann einen ganz gewöhnlichen Schlüssel aus seiner Hosentasche. Er öffnete die Tür und bedeutete der Senatorin und Kristen, ihm hineinzufolgen.

Sie traten in einen engen Vorraum mit weißgetünchten Wänden. Direkt vor ihnen befand sich eine Stahltür, die ebenfalls von zwei Soldaten bewacht wurde. Hinter ihnen waren auf Hüfthöhe zwei mit Schlitzen versehene Stahlkästen in die Wand eingelassen. Erst jetzt bemerkte Kristen, daß in den Ecken des Raums zwei mit Maschinenpistolen bewaffnete und bedrohlich dreinschauende Wachen standen.

»Guten Tag, Colonel«, grüßte der Posten, der rechts neben der Tür stand.

»Wer ist der wachhabende Offizier, Sergeant?«

»Ich, Sir.« Der Mann sah zu Kristen und Senatorin Jordan hinüber, stellte ihre Anwesenheit aber nicht in Frage.

»Dann mal los.«

»Zuerst der heutige Kode, Sir.«

Riddick trat zu einer Tastatur hinter der Schulter des Postens und tippte die entsprechende Ziffernfolge ein. Eine grüne Lampe leuchtete auf. Sowohl der Colonel als auch der Sergeant zogen dünne Kettchen über ihre Köpfe, an denen je ein flacher, rechteckiger Schlüssel baumelte. Kristen beobachtete, wie der

Sergeant zu dem Schlitz links von der Tür ging, während der Colonel sich zu dem rechten begab. Sie schoben die Schlüssel fast gleichzeitig hinein.

»Auf mein Kommando«, befahl Riddick. »Eins, zwei, *drei.*«

Sie drehten die Schlüssel gleichzeitig nach rechts. Ein Läuten erklang, und dann glitt die Tür langsam auf. Kristen wollte schon hindurchgehen, als Colonel Riddick die Hand ausstreckte und sie festhielt.

»Das wäre keine gute Idee, Madam.«

Und sie sah auf und stellte fest, daß sich in einem viel größerem Vorraum ein gutes Dutzend Soldaten aufhielten und ihre Maschinenpistolen auf sie richteten. Riddick drehte sich zu Senatorin Jordan um.

»Die übliche Drei-Zonen-Sicherheitsvorkehrung, Frau Senator«, erklärte er. »In unseren Basen in Europa verwenden wir Stacheldraht. In Miravo haben wir uns entschieden, die bereits vorhandenen und sehr geräumigen Hangars zu nutzen.«

»Sie schießen ohne Warnung auf jeden, der den Raum betritt«, schloß die Jordan. »Habe ich recht?«

»Es ist viel komplizierter als das, Madam. Wir haben mehrere Zonen geschaffen, die durchdrungen werden müssen, bevor man Zugang zu den Sprengköpfen bekommt. Das Team in diesem Raum hat die Aufgabe, die Situation einzuschätzen und dann zu entscheiden, ob die Selbstzerstörung angeraten ist.«

»Und wenn sie es ist, Colonel?«

»Das will ich Ihnen gern zeigen.«

In einem Raum, der den Rest des Hangars beanspruchte, waren Dutzende rechteckiger Container aus grünem Fiberglas gelagert. Die Sicherheitsvorkehrungen in diesem Raum waren, verglichen mit denen in der vorausgehenden Zone, überraschend leicht.

»Neun Mann«, erklärte Riddick, während Kristen zählte. »Wäre ein Feind so weit vorgedrungen, wäre der Befehl zur Selbstvernichtung bereits erteilt worden. Drei der neun ständig

Wachhabenden verfügen über den Kode, mit dem sie den Prozeß in einem mit Transistoren versehenen Kontrollpult aktivieren können. Diese drei Männer werden täglich ausgewechselt. Keiner der hier Diensttuenden weiß, um wen es sich handelt. Ein jeder kennt nur seine eigenen Befehle.«

»Ich bin beeindruckt, Colonel«, lobte Senatorin Jordan.

»Diese letzte, narrensichere Maßnahme ist eigentlich überflüssig, Madam, denn selbst wenn es jemandem gelänge, die taktischen Sprengkörper hinauszuschaffen – sie befinden sich übrigens in diesen grünen Containern –, bräuchte er trotzdem noch den Kode, mit dem er sie schärfen kann.«

»Der wohl ebenfalls täglich gewechselt wird, vermute ich.«

»Jawohl, Madam. Aber Sie müssen noch etwas in Betracht ziehen: Da diese Sprengköpfe niemals nach Übersee gebracht worden sind, verfügen sie auch nicht über die Zünder, die man zum Schärfen benötigt. Selbst *mit* dem richtigen Kode könnte man sie also nicht abfeuern.«

Kristen verschränkte die Arme vor der Brust; plötzlich fröstelte sie.

»Die Temperatur in diesem Raum wird ständig auf zwanzig Grad gehalten, mit null Prozent Luftfeuchtigkeit, Madam«, erklärte Colonel Riddick. »Um das, was sich in diesen grünen Kisten befindet, stabil zu halten. Verstehen Sie, dieses Gebäude wurde eigens nach unseren Vorgaben und Erfordernissen umgebaut und ausgestattet. Die Wände wurden verstärkt und halten nun selbst einem Tornado stand, und es wurden für den unwahrscheinlichen Fall, daß die Basis angegriffen wird, selbstschließende sprengsichere Schotten eingebaut.«

»Aber selbst im Falle eines Falles besteht keine Möglichkeit, die Sprengköpfe explodieren zu lassen«, grübelte Senatorin Jordan.

»Nicht die geringste, Frau Senator.«

»Wie schwierig wäre es, sie zu schärfen?« fragte Kristen.

Riddick schaute verwirrt drein, beantwortete die Frage aber trotzdem. »Einmal vorausgesetzt, man hätte die Zünder, benötigte man trotzdem noch die Öffnungs-Kodes für beide Ladungen, um sie einzubauen und die Sprengköpfe zu aktivieren.«

»Das ist alles?«

»Das ist ein ganze Menge, Madam. Wie ich schon sagte, auf dieser Basis gibt es gar keine Zünder.«

»Welche Sprengkraft haben diese Waffen, Colonel?« fragte die Senatorin und berührte mit der Hand den nächsten grünen Container.

»Eine jede hat die zwei- oder dreifache Sprengkraft der Bomben, die gegen Hiroshima und Nagasaki eingesetzt wurden, Frau Senator. Was einen möglichen Schaden betrifft, sind zu viele Variablen im Spiel, als daß ich Ihnen eine genaue Beschreibung geben könnte. Zum Beispiel hat . . .«

Kristen hörte weiterhin zu, obwohl Riddicks Erklärungen immer technischer wurden. Alles, was er gesagt hatte, war völlig logisch und ergab Sinn – abgesehen davon, daß er einfach nicht erklären konnte, wieso diese Basis noch gestern völlig verlassen gewesen war. Und die einzige Erklärung dafür lag darin, daß er an dem üblen Spiel, das hier getrieben wurde, beteiligt war.

Und damit auch an dem, was zur Ermordung ihres Bruders geführt hatte.

Siebzehntes Kapitel

»Riddick lügt«, sagte Kristen, nachdem der Colonel sie zu ihrem Wagen zurückgebracht hatte und sie hinter das Steuer gerutscht war. »Gestern war hier keine Menschenseele, Sam.«

»Und das bedeutet . . .«

»Daß sie schnell ein paar Leute herbeordert haben, nachdem sie herausgefunden haben, daß wir kommen!«

»Sie?«

»Ja.«

»Wer?«

»Das weiß ich nicht!«

Die Senatorin berührte sanft Kristens Arm. »Gestern hätte

eine dieser Ruhepausen herrschen können, die Riddick erwähnt hat.«

»Riddick hat auch von einem Stammkader und Sicherheit rund um die Uhr gesprochen. Aber es war überhaupt niemand hier.«

»Weil du niemanden gesehen hast.«

»Genau.«

»Aber in der Nähe der Hangars bist du nicht gewesen?«

»Nein.«

»Und abgesehen von deren Inhalt sieht diese Basis doch ganz normal aus. Richtig?«

»Ja.«

Die Senatorin atmete tief ein. »Dann waren die Wachen vielleicht *doch* da, Kris.«

Kristen warf ihr einen fragenden Blick zu.

»Du hast doch gesagt, man hätte dir und diesem Sheriff eine Warnung zugerufen.«

»Man hat auf uns geschossen, uns fast getötet.«

»Nachdem ihr in die Basis eingebrochen seid.«

»Nun ja . . .«

»Ja oder nein?«

»Ja.«

»Ist es vorstellbar, Kris, ist es irgendwie denkbar, daß es sich bei den Leuten, die auf euch geschossen haben, um Wachen handelte?«

Anstatt diese Möglichkeit vehement auszuschließen, wie sie es vorgehabt hatte, hielt Kristen inne und dachte nach. Die Senatorin wollte wahrscheinlich auf etwas hinaus, das sie nicht in Betracht gezogen hatte.

»Sie haben ohne Warnung auf uns geschossen, Sam.«

»Du hast gesagt, der Wind habe aufgefrischt. Vielleicht hast du sie nicht gehört. Vielleicht waren diese ersten Schüsse Warnschüsse. Hör zu, Kris, ich will nur sichergehen.«

»Sie trugen keine Uniformen und patrouillierten auch nicht um die Basis, als wir uns ihr näherten.«

»Ich behaupte ja nicht, daß du die alleinige Schuld für das Geschehen trägst. Ich will nur herausfinden, wer in welchem

Grad eine gewisse Mitschuld trägt. Es *hat* eine Lücke in den Sicherheitsvorkehrungen gegeben, einen gewaltigen Patzer. Und vielleicht bist du mitten hinein geraten. Und jetzt versucht jemand, seinen Arsch zu retten. Vielleicht Riddick. Vielleicht ein viel höheres Tier, als Riddick es jemals sein wird.«

Kristen schluckte heftig. Ihr Hals fühlte sich rauh an. Sie wollte schon einlenken, doch dann mußte sie wieder an Davids Schicksal denken. »Nein, Sam, es ist mehr als das. Es ist mehr als das, und mein Bruder hat es gesehen. Er hat es *gefilmt.«*

»Wenn wir doch nur die Kassette hätten . . .«

»Sie müssen sie ihm abgenommen haben, als sie ihn umbrachten. Und als Duncan Farlowe und ich gestern dort herumgeschnüffelt haben, wollten sie uns auch umbringen.«

»Kris . . .«

»Nein, Frau Senator, laß mich aussprechen. Hier stimmt etwas nicht. Ich gestehe ein, Riddick war sehr überzeugend, aber er kann zu vieles einfach nicht erklären. Da gibt es eine Basis, von der niemand weiß, einschließlich des Ausschusses, der die Geldmittel für ihre Wiedereröffnung bewilligt hat. Vielleicht kennen sie die Prozeduren aus dem Effeff, aber irgend etwas ist schiefgegangen. Mein Gott, kannst du dir vorstellen, was passiert, wenn einer dieser Sprengköpfe in die falschen Hände fällt?«

»Und du glaubst, genau das ist passiert?«

Kristen verzog gequält das Gesicht. »Ich weiß es nicht, aber mein Bruder hat es geglaubt. Und deshalb mußte er sterben.«

Riddick tätigte den Anruf über seine abhörsichere Privatleitung, kaum daß er in sein Büro zurückgekehrt war. Er ließ es zweimal klingeln, legte den Hörer wieder auf und wartete. Keine Minute später klingelte sein Telefon.

»Delphi«, verkündete eine Stimme.

Und Riddick erstattete Bericht.

Der Mann am anderen Ende der Leitung legte auf, nachdem Colonel Riddick geendet hatte. Er schloß die untere rechte Schublade seines Schreibtisches auf und öffnete sie; darin befand sich ein eingebautes Telefon. Der Mann hob den Hörer ab und tippte eine lange Ziffernfolge ein. Ein Piepton erklang, und er drückte eine weitere Ziffer. Dann zwei Pieptöne, gefolgt von einer letzten Ziffernfolge.

Die Sekunden verstrichen und dehnten sich fast zu einer Minute aus, bevor ein Klicken ertönte.

»System aktiviert«, dröhnte eine computergenerierte Stimme.

»Delphi«, sagte der Mann.

»Bezeichnung?«

»Ein-vier-null-zwo-neun. Mamas kleiner Liebling.«

Eine kurze Pause.

»Stimmerkennung positiv. Zutritt gestattet. Bitte warten Sie die Signaltöne ab und sprechen Sie dann Ihre Nachricht. Drücken Sie die Taste mit dem Sternchen, um die Nachricht zu beenden und abzuschicken.«

Der Mann wartete, bis insgesamt drei Pieptöne erklungen waren, und fuhr dann fort: »Telefonkonferenz heute abend um zweiundzwanzig Uhr Washingtoner Zeit. Anwesenheit aller Mitglieder unbedingt erforderlich. Angelegenheit hat höchste Priorität.«

Der Mann drückte auf die Taste mit dem Sternchen.

»Nachricht abgeschickt«, sagte die synthetische Stimme.

»Du hörst mir nicht zu, Sam«, wiederholte Kristen, nachdem sie zehn Minuten unterwegs waren.

»Halt an«, befahl die Senatorin. »Halt da drüben auf dem Schotterplatz an.«

Kristen bremste. Als der Wagen stand, schaltete sie den Motor aus.

»Du hörst nicht zu, Kris. Aber du wirst jetzt damit anfangen. Ich werde dieser seltsamen Angelegenheit auf den Grund gehen, aber du mußt mir Zeit lassen.«

»Meinem Bruder hat auch niemand Zeit gelassen, Sam.«

»Das ist nicht fair!«

»Nein, ist es nicht. Aber es ist auch nicht fair, daß er sterben mußte, weil er etwas gesehen hat, das er auf dieser Basis nicht sehen sollte.«

»Wir wissen nicht, was er gesehen hat, und wir können nicht einmal mit Bestimmtheit sagen, daß das, was ihm zugestoßen ist, irgend etwas mit Miravo zu tun hat.«

»Er war dort!«

»Das bezweifle ich ja nicht. Aber wir wissen nicht, ob er wirklich unmittelbar vor seinem Tod dort war. Vielleicht hatte es mit einer ganz anderen Sache zu tun. Wahrscheinlich sogar.«

»Nein!«

»Kris, sei vernünftig. Bitte.« Samantha Jordan seufzte ungeduldig. »Ich habe alles stehen und liegen lassen und bin mit dir hierhergefahren. Ich habe das ganze Pentagon gegen mich aufgebracht und meine Position im Senat kompromittiert. Ich habe mich bloßgestellt und werde nicht locker lassen, bis wir die Wahrheit kennen. Aber du darfst nicht durchdrehen und mußt mich gewähren lassen.« Die Jordan hielt inne und fuhr dann wesentlich leiser fort. »Hör zu, Kris, ich weiß, wie du dich fühlst.«

»Nein, das weißt du nicht!« Ihr Mund zitterte. »David war alles, was ich hatte, Sam, alles, was mir noch geblieben ist.«

Die Senatorin streckte die Hand aus und streichelte liebevoll Kristens Haar. »Du hast mich«, sagte sie sanft.

Kristen versteifte sich, griff nach der Hand der älteren Frau und schob sie von ihrem Kopf zurück. »Ich habe von meinem Bruder gesprochen, von meiner Familie.«

»Du bist das Beste, das mir je zugestoßen ist, Kris. Was ich für dich getan habe – du weißt gar nicht, was ich für dich getan habe.«

Etwas im Tonfall der Jordan störte Kris, und sie wandte sich zum Fenster ab.

»Sag mir, daß du es auf sich beruhen lassen kannst, Kris. Sag mir, daß du dich nicht in diese Sache verrennst.«

»Du weißt, daß ich dir das nicht sagen kann, Sam. Du weißt es.«

Der flehende Blick der Senatorin füllte sich mit Trauer und Resignation. »Ich wünschte, du hättet dich zuerst an mich gewandt. Nicht an Gathers, nicht hierher. Dann hätte es noch Hoffnung gegeben. Eine Chance.«

»Wovon sprichst du, Sam?«

»Ich habe ihnen gesagt, ich würde es auf meine Weise erledigen. Ich habe ihnen gesagt, du wärest mir zu wichtig.«

»*Wem* hast du das gesagt? Sam, was wird hier gespielt?«

»Es tut mir so leid, Kris. Mein Gott, es tut mir so leid.«

»Was tut dir leid, Sam?« erwiderte Kristen.

»Das hier«, sagte die Jordan mit bebenden Lippen.

Kristen schaute hinab und sah eine kleine, stahlblaue halbautomatische Pistole in ihrer Hand.

Die Pistole zitterte leicht.

»Es hätte nicht so kommen müssen, Kris.«

»Sam, was soll das? *Sam!*«

»Aber du bist einfach nicht bereit, dich überzeugen zu lassen. Ich hatte gehofft, nach dem heutigen Tag würde . . . würde . . .«

Kristen spürte, wie ihr Schock von einem allesumfassenden Zorn verdrängt wurde. »Du gehörst dazu! Du bist Teil dieser . . . dieser Verschwörung, wegen der mein Bruder sterben mußte!«

»Du gehörst auch dazu, Kris, denn du *glaubst* daran. Ich weiß es. Gib mir die Chance, es dir zu erklären. Ich kann dich noch immer an Bord holen. Ich kann sie überzeugen, dich mitmachen zu lassen.«

»*Wen* überzeugen?«

Die Pistole lag nun ganz ruhig in Samantha Jordans Hand. »Hör mir zu, Kris. Die Sache mit deinem Bruder tut mir leid. Sie tut mir wirklich leid. Es war einfach ein schrecklicher Zufall, eine Tragödie, daß er dort war, daß er es gesehen hat.«

»Was hat er gesehen, Sam? Sag mir, was er gesehen hat!«

»Mach bei uns mit, und ich werde es dir sagen. Ich verspreche dir, ich werde es wiedergutmachen. Wir können zusammensein. Wir können immer zusammensein.«

Kristen zog die Schultern hoch. »Du hast meinen Bruder umgebracht.«

»Ich hätte es verhindert. Hätte ich es gewußt, hätte ich es verhindert. Für dich, Kris. Ich würde alles für dich tun. Aber zwinge mich nicht dazu, das zu tun!« bat Samantha Jordan. »Zwinge mich nicht, dich zu töten! Ich *liebe* dich. *Bitte* hör mir zu. Hör mich an.«

Kristen sah ihr in die Augen. »Erschieße mich, Sam. Sonst werde ich aussteigen und davongehen.«

Senatorin Samantha Jordan nahm die Pistole in beide Hände. »Kris . . . Ach, Kris . . .«

In diesem Augenblick des Jammerns und der Unentschlossenheit der Senatorin handelte Kristen. Sie griff nach der Waffe, und es gelang ihr, die Mündung nach oben zu drücken. Als der Knall des Schusses im Wageninneren aufhallte, fuhren die beiden Frauen zusammen. Kristen warf sich auf die ältere und versuchte, den Lauf von ihrem Körper wegzudrehen. Wütende Entschlossenheit verzerrte Samantha Jordans Gesicht. Der Ausdruck des Bedauerns, der noch vor ein paar Sekunden auf ihren Zügen gelegen hatte, war verschwunden. Augen, die sich gerade noch bemüht hatten, Liebe zu zeigen, zeigten jetzt nur noch Haß.

Kristen umklammerte die Hand der Senatorin, die die Pistole hielt, um zu verhindern, daß sie die Waffe senken konnte. Die andere Faust schob sie unter das Kinn der Senatorin. Sie drückte mit aller Kraft, und der Kopf der Jordan prallte gegen das Fenster auf der Beifahrerseite. Das Glas splitterte, und die Jordan stöhnte auf. Ihr Blick trübte sich leicht.

Kristen versuchte in diesem Augenblick, ihr die Waffe aus der Hand zu reißen, doch Samantha Jordan zog ihr mit einem lauten Kreischen die Fingernägel über das Gesicht. Kristen wimmerte vor Schmerz und spürte, daß ihr Griff um die Hand der Senatorin sich löste. Die Jordan zerrte die Pistole hinab, und Kristen warf sich auf sie und versuchte erneut, den Lauf von ihrem Körper wegzudrehen.

Der Schuß ging los. Kristen zuckte bei dem Geräusch zusammen, und der harte Stoß gegen ihren Magen konnte nur bedeuten, daß die Kugel ihr Ziel gefunden hatte.

»Sam«, stöhnte sie, »Sam . . .«

Sie sah zur Jordan hinab. Die Augen der Senatorin quollen hervor, und ihr Blick war starr. Kristen drückte sich hoch und sah den puterroten Fleck, der auf der Bluse der Jordan schnell größer wurde. Die Kugel hatte statt dessen die ältere Frau getroffen.

Kristen konnte nicht mehr vernünftig denken. Alles war benebelt und trüb. Die Pistole hatte sie vergessen. Das Wageninnere roch, als hätte man ein Feuerwerk darin abgeschossen.

Und ihre eigene Bluse war naß von Samantha Jordans Blut.

Zitternd gelang es Kristen, zurück hinter das Lenkrad zu rutschen. Noch immer wie in Trance fuhr sie los und wirbelte hinter sich Erde und Schotter auf. Als Kristen wieder auf die Straße fuhr, prallte der Kopf der Senatorin gegen die Fensterscheibe.

»Du gehörst auch dazu, Kris, denn du glaubst *daran. Ich weiß es . . .«*

Woran glaubte sie?

»Gib mir die Chance, es dir zu erklären. Ich kann dich noch immer an Bord holen. Ich kann sie überzeugen, dich mitmachen zu lassen.«

Samantha Jordan war eindeutig nur eine Untergebene, Teil eines viel größeren und entsetzlicheren Ganzen, das in irgendeinem Zusammenhang mit dem stand, was David in der Air-Force-Basis Miravo beobachtet hatte.

Es wurde dunkel. Kristen schaltete die Scheinwerfer ein und fuhr weiter. Sie würde nach Grand Mesa fahren, zu Sheriff Duncan Farlowe. Farlowe würde ihr helfen. Es gab keinen anderen.

Kristen war froh, daß es dunkel wurde, denn sie legte keinen besonders großen Wert darauf, Samantha Jordans Leiche auf dem Beifahrersitz zu betrachten. Sie bedauerte, daß sie mit anhören mußte, wie der Kopf bei jedem Schlagloch gegen die Tür prallte. Der Geruch des Blutes erregte Übelkeit in ihr. Doch sie würde erst anhalten, wenn sie Grand Mesa erreicht hatte.

Plötzlich tauchte hinter dem Kamm einer Erhebung der Old Canyon Road eine Straßensperre auf. Kristen hatte gar nicht gemerkt, wie schnell sie fuhr, und schaffte es gerade noch, den Wagen vor dem unausweichlich erscheinenden Zusammenstoß schlitternd zum Stehen zu bringen. Allerdings kam sie von der Straße ab und rutschte die Böschung hinab. Kalte Furcht erfaßte sie, als sie begriff, was passiert war, und sie legte den Rückwärtsgang ein, preschte zurück auf die Straße und wendete.

Zu allem Überfluß tauchten in dieser Richtung plötzlich zwei Scheinwerferpaare auf. Eine Kugel zerschmetterte die Windschutzscheibe und zwang Kristen, sich zu ducken. Sie hörte, wie zwei weitere Schüsse die Vorderreifen der Limousine durchschlugen. Sie richtete sich auf und sah, wie Bewaffnete durch das Gleißen der Scheinwerfer auf sie zugelaufen kamen, angeführt von einem Ungetüm von Mann, dessen Gesicht erschreckend häßlich war und der aussah wie ...

Sein Haar! O mein Gott, sein Haar ...!

Ein Bild von Davids verstümmelter Leiche blitzte durch Kristens Hirn. Duncan Farlowe hatte gesagt, ihr Bruder sei skalpiert worden.

Und dieses Ungeheuer von Mensch trug sein Haar ...

Sie rutschte tiefer in ihren Sitz, wie gelähmt von dem Anblick des Mannes, und tastete verzweifelt nach der Pistole, die sie nicht mehr beachtet hatte, seit sie Samantha Jordan getötet hatte. Aber ihr Verstand schien zu erstarren, bevor sie sie gefunden hatte, und sie konnte nur mit vor Entsetzen weit aufgerissenem Mund zusehen, wie das Ungeheuer von Mensch, das Davids Haar trug, nach der Tür griff.

Achtzehntes Kapitel

Der Präsident betrachtete den Kassettenrecorder, der auf dem Schreibtisch in seinem Privatbüro stand. Es war zu einer Sucht für ihn geworden, sich das Band anzuhören, das FBI-Direktor Ben Samuelson ihm gebracht hatte. Eine größtenteils schlaflose

Samstagnacht hatte er damit verbracht, es immer wieder abzuspielen, ein Unterfangen, das sich lange bis in den Sonntag hingezogen hatte. Diesmal ließ der Präsident das Band mit dem Schnelldurchlauf bis zu einer bestimmten Stelle auf der Anzeige weiterlaufen und drückte dann auf den Wiedergabeknopf.

»Es hat nie aufgehört, Sir. Es wurde neu definiert, und die Ziele wurden im Untergrund weiter verfolgt.«

»Und plötzlich wird es wieder sichtbar. Warum jetzt, Mr. Daniels?«

»Dodd, Sir. Er war das fehlende Glied in der Gleichung, und das wichtigste. Dodd ist derjenige, der es ihnen letztlich ermöglichen wird, die Sache in Gang zu setzen.«

»Was genau *in Gang setzen? Ihr Bericht scheint diese Frage zu vermeiden?«*

»Den Umsturz der Regierung der Vereinigten Staaten.«

Der Präsident drückte auf die Stopptaste. Die Worte ließen ihn noch genauso stark frösteln wie bisher jedesmal, als er sie gehört hatte. Es war undenkbar. Doch nicht hier, nicht in den Vereinigten Staaten. Von den demokratischen Schutzmaßnahmen einmal abgesehen, war die Staatsmacht viel zu dezentralisiert. Kein Kader, keine Zelle war imstande, über die Ebenen und Ränge hinwegzugreifen. Die Verfassung und das Grundgesetz waren eigens geschaffen worden, um einen ordnungsmäßigen Übergang der Macht und die freie Meinungsäußerung aller Opponenten zu gewährleisten.

Der Präsident schlug die Hände vors Gesicht. Die Opposition hatte all das umgangen, eine Opposition, die von einem Mann geführt wurde, dessen Popularität lediglich dem Umfang seiner Macht gleichkam: Samuel Jackson Dodd. Bislang waren Tom Daniels und Clifton Jardine die einzigen außerhalb seines unheilvollen Kaders gewesen, die einen Blick auf das Kommende erhascht hatten, und beide waren wegen ihres Wissens gestorben.

Der Präsident spulte das Band wieder vor und behielt die Skala genau im Auge, bis er die gewünschte Stelle erreicht hatte. Er drückte auf die Stopp- und dann auf die Wiedergabetaste.

»Je begrenzter wir den Einsatz gestalten, desto eher können wir herausfinden, wie die in meinem Bericht erwähnten Subjekte ihr Ziel zu erreichen versuchen.«

»Wie begrenzt, Mr. Daniels?«

»Ein Mann.«

Der Präsident hielt die Wiedergabe an und betrachtete das Foto, das der FBI-Direktor ihm gestern abend mit dem Tonband gebracht hatte. Es handelte sich um eine körnige Aufnahme in verschwommenem Schwarzweiß. Aber trotzdem strahlte das Gesicht eine eindeutige Intensität aus und wirkte einschüchternd. Der Präsident hatte den Eindruck, daß der Blick der Augen auf dem Foto den seinen traf. Er mußte das Gefühl abschütteln, daß Blaine McCracken ihn genauso eindringlich betrachtete, wie er das Foto betrachtete. Der Dateikarte zufolge, die an dem Foto befestigt war, waren diese Augen schwarz. Ein kurzgeschorener Bart verbarg zum Teil eine anscheinend gesunde Gesichtsfarbe. Über McCrackens linke Braue verlief eine häßliche Narbe. Sein Haar war dicht und wellig und so dunkel wie die Augen. Die Dateikarte gab Blaine McCrackens Größe mit einsvierundachtzig und sein Gewicht mit 91 Kilogramm an. Angesichts des Halses und der Teile der Schultern, die auf dem Foto zu sehen waren, vermutete der Präsident, daß es sich dabei hauptsächlich um Muskeln handelte. Etwas an diesem Mann löste in ihm den Drang aus, sich schnell abzuwenden. Etwas anderes bewirkte, daß er durch das glänzende Papier greifen und Blaine McCracken in diesen Raum holen wollte.

»Wer genau ist dieser McCracken, Ben?« hatte er gefragt.

»War bei den Special Forces, bei Projekt Phoenix, bei der Company – wohl so ziemlich überall. Ist jetzt freiberuflich tätig, außerhalb des Systems, und niemand wagt es, ihm in die Quere zu kommen.«

»Und warum nicht?«

»Weil sie wissen, was mit denen passiert ist, die sich mit ihm angelegt haben. McCracken hat der Statue Churchills auf dem Parliament Square mal eine strategisch bedeutsame Stelle zwischen den Beinen weggepustet, weil er der Ansicht war, genau daran mangele es den Engländern, nachdem sie seinen Warnungen keine Beachtung geschenkt hatten und als Folge ein Flugzeug voller Geiseln gesprengt wurde. So hat er auch seinen Spitznamen bekommen.«

»Seinen Spitznamen?«

»McCrackensack.«

»Daniels war der Ansicht, er sei der richtige Mann für diesen Job.«

»Dem will ich nicht widersprechen.«

»Sie begreifen nicht, worauf ich hinaus will, Ben. Daniels spricht darüber, mit McCracken ein Treffen zu vereinbaren, und erscheint dann am nächsten Abend im Rock Creek Park, wo er umgebracht wird. Ich habe den Autopsiebericht gelesen, den Sie mir geschickt haben. Er ist nicht sofort gestorben, nicht wahr?«

»Nein, Sir, ist er nicht.«

»Vielleicht wollte er sich dort mit McCracken treffen. Vielleicht hat er lange genug gelebt, um Informationen weiterzugeben, die sich nicht auf dem Tonband befinden. Das würde bedeuten, daß McCracken die Antworten hat, die uns noch fehlen. Und er ist damit nicht zu uns gekommen, weil er nicht weiß, wem er vertrauen kann.«

»Genau wie wir.«

»Finden Sie Blaine McCracken, Ben. Finden Sie ihn schnell.«

Samuelson hatte schon gehen wollen, als der Präsident plötzlich noch einmal das Wort ergriff. »Noch etwas, Ben.«

»Sir?«

»Was halten Sie von meiner Amtsführung? Eine ehrliche Antwort, bitte.«

»Ich möchte nicht auf Ihrem Stuhl sitzen, Mr. President.«

»Das habe ich Sie nicht gefragt.«

Samuelson schluckte heftig. »Ich bin enttäuscht.«

Der Präsident lächelte. »Danke, Ben. Ich auch. Und jetzt sagen Sie mir, warum.«

»Ich glaube, Sie haben zu unpassenden Zeiten die falschen Schlachten geschlagen.«

»Ich habe einige gewonnen, aber noch mehr verloren.«

Samuelson zuckte bestätigend mit den Achseln.

»Aber jetzt stehen wir vor einer Schlacht, die wir gewinnen müssen, nicht wahr? Samuel Jackson Dodd wird nicht bis zum Wahljahr 1996 warten, um den Stuhl zu bekommen, auf dem Sie nicht sitzen möchten.« Im Blick des Präsidenten lag eine Entschlossenheit, die man seit seinem Wahlkampf und den ersten Wochen im Amt nicht mehr gesehen hatte. »Aber ich werde ihm diesen Stuhl nicht überlassen. Wenn er einen Kampf haben will, wird er einen bekommen. Wenn diese Regierung gestürzt wird, fällt das Land mit ihr. Aber nicht während meiner Amtszeit, Ben. Was auch immer es kostet, wir werden ihn aufhalten.«

Und nun, einen Tag später, hielt der Präsident das Foto von Blaine McCracken auf Armeslänge von sich und drückte wieder auf den Abspielknopf. Als die Sätze, auf die er wartete, kamen, drehte er die Lautstärke höher und beugte sich näher an das Gerät heran.

»Sie haben etwas vor, das all das ermöglichen wird, Sir. Etwas das wir nicht in Betracht ziehen, weil wir es nicht können. Und wenn wir nicht herausfinden, was das ist und wie sie es durchziehen wollen, werden wir sie niemals aufhalten können.«

»Aber McCracken kann es . . .«

»Es fällt genau in seinen Bereich, Sir.«

»Um Gottes willen, das hoffe ich auch«, sagte der Präsident laut.

Neunzehntes Kapitel

Der große Truck schwankte leicht, als McCracken ihn am späten Sonntagmittag auf den Hof fuhr. Es kam ihm seltsam angemessen vor, daß Arlo Cleese sich ausgerechnet einen Schlachthof als Versteck für seine Waffen ausgesucht hatte.

Blaine hatte den Lastwagen an einem knapp hundert Kilometer entfernten Schnellimbiß abgefangen. Der ursprüngliche Fahrer würde sich bis zum Anbruch der Dunkelheit von seinen Fesseln befreit haben, doch bis dahin würde Blaine schon längst über alle Berge sein.

Manuel Alvarez hatte die Waffen, die er Arlo Cleese geliefert hatte, zu diesem Ort mitten in Oklahoma zurückverfolgen können, und McCracken hatte sich in der Hoffnung herbegeben, hier einen Hinweis auf Cleeses Aufenthaltsort finden zu können. Seine Midnight Riders waren die militanteste aller radikalen Zellen der sechziger Jahre gewesen. Sie hatten auf die üblichen Entführungen, Banküberfälle und kleinen Sprengstoffattentate verzichtet und sich direkt einer Zerstörung im großen Maßstab zugewandt. Zu diesen Zielen hatten unter anderem ein Gerichtsgebäude gehört, ein Bürogebäude, für das man zahlreiche Mietshäuser hatte abreißen müssen, und eine Kirche, die regelmäßig von führenden Mitgliedern des Washingtoner Establishments besucht wurde. Allein diese drei Bombenattentate hatten ein Dutzend Opfer gefordert. Weitere zehn Menschen waren bei mehreren Schußwechseln mit FBI-Agenten gestorben, nachdem diese die Schlupfwinkel der Midnight Riders entdeckt hatten; Cleese selbst hatte bei solch einem Feuergefecht einen Treffer in den Oberschenkel abbekommen und humpelte seitdem.

Cleese war auch immer zuvor wieder mal untergetaucht, doch Anfang der siebziger Jahre war er dann – gemeinsam mit zahlreichen Randfiguren seiner Szene – endgültig verschwunden. Es gelang ihm, sich der Festnahme zu entziehen, obwohl er Anfang der Siebziger drei Jahre hintereinander auf der Liste der meistgesuchten Verbrecher des FBI stand und auch danach noch intensiv nach ihm gefahndet wurde. McCracken wußte, daß Cleese und andere Fanatiker seiner Couleur in einer ureigenen Schicht unter der amerikanischen Gesellschaft operierten. Dieser Untergrund war eine Welt für sich und bot Cleese den idealen Nährboden, die revolutionäre Raserei weiterzuentwickeln, die er in den sechziger Jahren mitbegründet hatte.

Vor McCrackens Truck waren noch drei andere an der Reihe, mit frischen Rinderhälften aus dem Schlachthaus beladen zu werden. Blaine stellte seinen Laster auf dem ihm zugewiesenen Platz ab und stieg aus. Den Motor schaltete er nicht ab, um die Kühlung des Ladesraums nicht zu unterbrechen. Die Schlachthausarbeiter trugen lange weiße Mäntel und Handschuhe. Ein paar Arbeiter hatten ihre Atemschutzmasken auch auf dem Ladehof anbehalten; im Schlachthaus selbst würde zweifellos jeder eine tragen, um den unerträglichen Gestank abzuhalten. Wenn Blaine sich so eine Montur besorgen konnte, würde er das gesamte Gelände durchsuchen und auch das Hauptbüro betreten können, um vielleicht dort einen Hinweis auf Arlo Cleeses derzeitigen Aufenthaltsort zu finden.

Blaine schlenderte gemächlich zum Gebäude, drückte sich um die Ecke und lief zur Rückseite. Dort bemerkte er eine Tür mit der Aufschrift PERSONALEINGANG. Sie war von innen verschlossen, doch eine halbe Minute später hatte er sie geöffnet und war in einen dunklen Gang geschlüpft, in den zahlreiche Türen eingelassen waren. Hinter der vierten hingen mehrere weiße Overalls an Haken an den Wänden.

McCracken brauchte keine Minute, um eine der Schlachthaus-Monturen überzustreifen. Er fand eine Maske, die den Großteil seines Gesichts bedeckte, und befestigte sie vor Mund und Nase. Die beiden Handschuhe kamen zuletzt, nachdem er die SIG-Sauer in dem weißen Overall verstaut hatte.

Der Gang führte direkt in den Schlachthof weiter. Die Maske hielt den Gestank kaum ab, und gegen die Geräusche half sie natürlich überhaupt nicht. Blaine kämpfte gegen die Übelkeit an, die durch das Geschehen ausgelöst wurde, das nötig war, wollte man im ganzen Land Fleisch auf den Tellern haben. Er hielt sich so nahe wie möglich an der Wand und blieb den Pferchen mit den verängstigten Tieren und den anderen Arbeitern fern. Als er eine Tür mit der Aufschrift AUSGANG sah, öffnete er sie und fand sich auf einer Plattform wieder, von der aus er den gesamten Schlachthof-Komplex überblicken konnte.

Bis zum Horizont dehnten sich große Verschläge mit Tieren aus. Dahinter erhoben sich einige Gebäude und kleine Häuser, die den Rand des Schlachthofs wie eine kleine, altmodische

Vorstadt aussehen ließen. Dieser Eindruck wurde von Feldern verstärkt, die sich so weit erstreckten, wie er sehen konnte.

In nahegelegenen Pferchen waren Arbeiter, die ähnlich wie er gekleidet waren, damit beschäftigt, Futter in lange, schmale Tröge zu schütten. Die zum Tode verurteilten Tiere keilten sich um ihre wahrscheinlich letzte Mahlzeit und spitzten die Ohren, wenn besonders laute Geräusche aus dem Hauptgebäude drangen.

Blaines Blick fiel auf einen Pferch direkt neben dem Schlachthaus, vor dem ein Mann, der über seiner weißen Montur eine hüftlange Jeansjacke trug, Futter schaufelte. Der Mann hatte sein braunes Haar zu einem Pferdeschwanz zurückgebunden, der allerdings einzelne grauen Strähnen nicht verbergen konnte. Seine Gesichtshaut hatte das dunkle, faltige Aussehen von jemandem, der einen Großteil seines Lebens an der frischen Luft verbracht hatte. Seine Schultern waren schmal, aber sogar unter der Jacke waren feste Muskelschichten auszumachen. Er ging zu einigen aufgestapelten Futtersäcken, und Blaine bemerkte, daß er humpelte. Es war zwar unglaublich, aber sowohl das Alter des Mannes als auch die Beinverletzung deuteten darauf hin, daß es sich um Arlo Cleese handelte!

Das war wirklich ein Glückstreffer, aber er hatte Cleese zwar gefunden, doch wie sollte nun sein nächster Schritt aussehen? Blaine hatte noch nie jemanden einfach so getötet, und wenn er Clesse jetzt exekutierte, hätte sich ihm sowieso kein vernünftiger Fluchtweg geboten. Außerdem bestand die Frage, wie weit das alles über Cleese hinausging. Wenn der Plan auch ohne den Anführer der Midnight Riders ausgeführt werden konnte, war es sinnlos, ihn auszuschalten. Nein, jetzt war ein gründliches Verhör vonnöten, und dann konnte er Cleese an Manuel Alvarez ausliefern, der schon dafür sorgen würde, daß er seinen gerechten Lohn bekam.

McCracken stieg von der Plattform hinab und ging auf den Pferch zu, wobei er in das Blickfeld von zwei mit Gewehren bewaffneten Wächtern geriet, die auf dem Gelände patrouillierten. Er ging weiter, als würde er einfach eine ihm angewiesene Aufgabe ausführen. Er hatte bemerkt, daß hier draußen niemand eine Atemmaske trug, und so hatte er seine heruntergezogen, bevor er die Plattform verlassen hatte.

Als er sich dem Pferch näherte, wurde der strenge Geruch der Tiere stärker. Der Boden unter seinen Füßen war naß und mit Schlamm und Kuhscheiße bedeckt. Blaine stellte fest, daß der Dung Arlo Cleeses hohe Gummistiefel bis zu den Knöcheln bedeckte. Auf einem Brett vor dem Pferch stand ein zweites Stiefelpaar. Die Wachen verstohlen aus den Augenwinkeln beobachtend, stützte Blaine sich an dem Zaun ab und zog die Gummistiefel über seine Schuhe. Er fühlte sich zwar in seinen Bewegungen verhindert, konnte nun aber wenigstens durch den Schlamm gehen, ohne Aufsehen zu erregen.

Blaine zog das Tor auf und trieb die Rinder in dessen Nähe auseinander. Er ging durch die Masse der schnaubenden Tiere direkt auf Cleese zu, der ihn gar nicht zu beachten schien und weiterhin mit regelmäßigen Bewegungen Futter in einen Trog schaufelte. Am anderen Ende des Pferches war ein Gatter geöffnet worden, und mehrere Tiere zwängten sich hindurch, um ihren letzten Gang anzutreten. Um noch unauffälliger zu wirken, griff McCracken sich eine einsam herumstehende Schaufel. Er war bis auf zwei Meter an Cleese herangekommen, als der sich endlich umdrehte.

»Fang du auf der anderen Seite an. Ich mache die Tröge hier fertig und ...« Cleese musterte McCracken genau und hielt inne. »He, ich kenne Sie gar nicht.«

»Nein, Sie kennen mich nicht.«

Cleeses Blick senkte sich auf die Pistole, die Blaine in Hüfthöhe verborgen hielt. »Wenn Sie mich töten wollen ... ich bin bereits tot.«

»Wir werden jetzt einen kleinen Spaziergang machen.«

»Meinen Leibwächtern würde das gar nicht gefallen.«

McCracken folgte Cleeses Blick zu den beiden bewaffneten Posten, die gut fünfzig Meter entfernt waren. »Sie müssen nichts davon mitbekommen.«

»Ich habe jemanden wie Sie erwartet.«

»Wirklich?«

»Es überrascht mich nur, daß es so lange gedauert hat«, fuhr

Cleese fort, zog einen Futtersack zu sich heran und riß ihn auf. »Das bedeutet wohl, daß ihr Arschlöcher so langsam auf den Trichter gekommen seid.« Er richtete sich auf und blieb starr stehen. »Wenn Sie ein Tänzchen machen wollen, können wir es hier und jetzt hinter uns bringen. Ich gehe nirgendwo hin.«

Die SIG fühlte sich in Blaines Hand plötzlich ganz schwer an. Hier stimmte irgend etwas nicht. Zwei Meter vor ihm stand ein militanter Terroristenführer, von dem er angenommen hatte, er wollte eine Revolution anzetteln, bis zu den Knien im Dreck und klang eher so, als wäre er ein Opfer.

Die Unentschlossenheit mußte sich auf Blaines Gesicht gezeigt haben.

»Augenblick mal«, murmelte Cleese, »warten Sie mal ... Verdammte Scheiße! Sie gehören gar nicht zu denen!« Nun wirkte er argwöhnisch, nicht mehr resigniert, sondern mißtrauisch. »Was, zum Teufel, haben Sie dann hier zu suchen?«

»Ich dachte, ich rette unser Land mal eben vor einem alten Arschloch, das nicht weiß, wann es aufhören muß.«

Cleese beförderte die erste Schaufel Futter aus dem neuen Sack in den Trog. Die Tiere, die sich davor zusammengedrängt hatten, liefen auseinander, um sich daran gütlich zu tun.

»Sie liegen völlig falsch, Mann.«

»Nicht unbedingt. Zumindest weiß ich, daß Manuel Alvarez Ihr Waffenlieferant war. Und daß Sie so gut ausgerüstet sind, daß Sie jetzt zu Ende bringen können, was Sie vor fünfundzwanzig Jahren mit den Midnight Riders und dem Rest dieser verrückten Randszene angefangen haben.«

Cleese lächelte. »Sie glauben, ich hätte die beiden Alvarez umgebracht?«

»Würde doch Sinn ergeben.«

»Ja, für jemanden, der mir diese Sache in die Schuhe schieben will, diese und noch jede Menge andere. He, ich hätte die nötigen Leute und die Ausrüstung, aber was soll die Scheiße? Ich und all die anderen alten Arschlöcher ... wir haben uns gewissermaßen zur Ruhe gesetzt. Die verrückte Randszene ist noch immer eine Randszene, klar, aber wir sind nicht mehr besonders verrückt.«

»Zwei davon doch. In Miami. Coconut Grove.«

»Wenn die beiden in meinem Auftrag gehandelt hätten, hätte ich dafür gesorgt, daß keine Spuren zu mir zurückführen. Genau wie Sie, oder?« Cleese musterte McCracken eindringlich; die Schaufel hielt er wie einen Speer in der ausgestreckten Hand. »Und jetzt behaupten Sie ja nicht, die Waffen, die im Grove benutzt wurden, hätten zu einer meiner Lieferungen gehört.«

Blaine machte sich nicht die Mühe, Cleeses Vermutung zu bestätigen.

»Haben Sie einen Namen?« fragte Cleese ihn.

»McCracken.«

Cleese rammte die Schaufel in den Futtersack, ließ sie aber nicht los. »Wir haben im ganzen Land ein paar hübsche kleine Gemeinden wie diese errichtet. Ich ziehe ständig zwischen ihnen hin und her. Ich würde Sie ja einladen, mal bei uns zu wohnen, habe aber das Gefühl, daß Sie nicht der Typ dafür sind.«

»Und in jeder haben Sie einen Teil Ihrer Lieferungen von Alvarez gelagert?«

»Ganz genau.«

»Für die Revolution, die sowieso nicht mehr kommt?«

»Jetzt nur noch, um am Leben zu bleiben.«

»Daddy!«

Der fröhliche Ruf eines Kindes hinderte Cleese daran, diesen Satz näher zu erklären. Hinter McCracken lief ein Junge von vielleicht sechs Jahren durch den Schlamm; die Stiefel von Erwachsenengröße reichten ihm fast bis an die Taille. Er glitt an Blaine vorbei und sprang in Arlo Cleeses Arme.

»Du hast gesagt, du bist in zehn Minuten fertig, Daddy. Du hast gesagt, du kommst nach Hause.«

Cleese setzte den Jungen ab. »Ich habe Besuch.«

Der Kleine sah Blaine an. »Bleibt er bei uns?«

»Nein.«

»Eine Menge Leute bleiben nämlich bei uns«, sagte der Junge zu McCracken.

»Lauf zurück. Warte auf der Veranda auf mich«, sagte Cleese

zu seinem Sohn, und der Junge war genauso schnell wieder weg, wie er gekommen war.

»Seine Mutter hat uns vor drei Jahren verlassen«, fuhr Cleese fort. »Ich habe noch mehr Kinder, aber er ist der einzige, der noch bei mir ist.«

»Sie scheinen sich ja wirklich zur Ruhe gesetzt zu haben.«

»Und das gefällt mir bislang gar nicht schlecht. Ich habe mein Leben lang Schwierigkeiten gehabt. Hielt es für eine gute Idee, ihnen mal eine Weile aus dem Weg zu gehen.«

»Und wieso brauchen Sie dann so viele Waffen?«

»Wir müssen bereit sein, deshalb. Sie sind hier, weil Ihnen jemand gequirlte Scheiße erzählt hat, Mac. Leute, die wollen, daß Sie und alle anderen glauben, ich würde hinter dem stecken, was demnächst geschehen wird. Ich habe gedacht, einer dieser Leute hätte Sie geschickt. Das gehört alles zum Plan.«

»Zu welchem Plan?«

»Da Sie vor mir stehen, müssen Sie das doch wissen.«

»Warum erzählen Sie mir nicht Ihre Version, wenn ich schon einmal hier bin?«

Cleese zog die Schaufel aus dem Futtersack und stützte sich auf ihr ab. Um ihn herum drängten die Tiere sich ungeduldig zusammen.

»Ich habe den Eindruck, in den sechziger Jahren waren Sie nicht oft zu Hause, Mac. Zwei Dienstzeiten in Vietnam?«

»So ungefähr.«

»Und keinerlei Akten, die Auskunft darüber geben?«

»Könnte schon sein.«

Cleese stieß die Schaufel wieder in das Futter. »Sie und ich, Mac, wir beide sind in den Krieg gezogen, und wir beide haben ihn überlebt. Aber damals in den sechziger Jahren kam einem das Überleben gar nicht so wichtig vor. Wichtig war nur der Krieg, und ich meine damit nicht den in dem Land, in das man Sie geschickt hat. Ich spreche von der Heimat. Während Sie für die Freiheit gekämpft haben, habe ich miterlebt, wie sie in den guten alten USA selbst bedroht wurde. Subtile, aber konzertierte Bemühungen, daß alle schön im Gleichschritt marschieren. Das hat mir ganz schön Angst eingejagt, und wir haben getan, was wir konnten, um dagegen anzukämpfen, bis sie dann Druck machten und wir weggepustet wurden. Wir waren nicht so verrückt, die Sache bis zum bitteren Ende durchzuziehen. Aber die wirklich verderbten Leute waren es. Sie haben nie aufgehört. Und sie werden nicht aufhören, bis sie bekommen haben, was sie wollen.«

»Und das wäre?«

»Sie werden sich erst zufriedengeben, wenn ihnen das Land selbst gehört. Daran arbeiten sie. Deshalb wollten sie uns schon damals aus dem Weg schaffen.«

McCracken wurde ganz schummrig. Es war durchaus denkbar, daß der im Sterben liegende Tom Daniels mit der Erwähnung der Operation Gelbe Rose ihn gar nicht auf die Midnight Riders aufmerksam machen wollte, sondern auf die Macht *hinter* der Gelben Rose: William Carlisles geheimnisvollen Unterausschuß der Trilateralen Kommission. Carlisle hatte angedeutet, daß es erst aufgrund des Versagens dieses Unterausschusses, Leute wie Cleese zu eliminieren, als sich die Gelegenheit dazu geboten hatte, zu der derzeitigen Krise gekommen war. Aber was, wenn dieses Scheitern zu einer ganz anderen Entwicklung geführt hatte, zu einem wesentlich vielschichtigeren Plan, die Kontrolle zu erlangen, nach der sie es gelüstete? In diesem Fall wären die ehemaligen Mitglieder der verrückten Randszene hereingelegt worden, und man wollte ihnen die Schuld an der Verschwörung in die Schuhe schieben, deren wahre Urheber Daniels entlarvt hatte.

»Operation Gelbe Rose«, murmelte Blaine.

Cleese runzelte überrascht die Stirn. »Wie ich schon sagte, wenn Sie mich gefunden haben, müssen Sie ja einiges wissen.«

»Fahren Sie fort.«

»Die Arschlöcher der Trilateralen Kommission hatten nicht den Mumm, die Gelbe Rose durchzuziehen. Also ließ man erst mal Gras über die Sache wachsen, bis ein neuer Boß kam. Ein wirklich guter. Hat eine Tagesordnung, gegen die die alte wie eine Einkaufsliste wirkt. Weiß ganz genau, wie er bekommt, was er will, ohne daß jemand schnallt, daß er es ihm gegeben hat.«

»Zum Beispiel . . .?«

»Sehen Sie sich mal die Kongreß-Resolution 4079 an. Lassen Sie sich von dem ganzen Drumherum nicht blenden und finden Sie heraus, was sie wirklich besagt und wofür sie den Weg ebnet.«

»Wie wäre es mit einem kleinen Hinweis?«

»Sehen Sie sich die Resolution lieber selbst an.«

McCracken fiel ein weiterer rätselhafter Hinweis ein, den Tom Daniels ihm gegeben hatte. »Sagt Ihnen das Wort ›Prometheus‹ etwas?« fragte er.

»Sollte es das?«

»Wenn Ihnen die Operation Gelbe Rose etwas sagt, ja. Die beiden Begriffe stehen im Zusammenhang.«

»Wie?«

»Das weiß ich nicht. Noch nicht.« Blaine dachte kurz nach. »Was ist mit ›Delphi‹?«

Cleese schüttelte den Kopf. »Sagt mir nichts, Mann. Am besten halten Sie sich daran, was Sie wissen und was ich Ihnen gesagt habe. Wenn Sie wissen wollen, wer den Zug fährt, müssen sie damit anfangen, was sie im Dienstwagen verstecken.«

»Diese Kongreß-Resolution . . .«

Cleeses nächste Schaufel mit Futter landete hinter dem Trog. Das Vieh zerstreute sich schnell und fiel darüber her.

»Sie wird beweisen, daß ich Ihnen die Wahrheit gesagt habe, denn . . .«

Cleeses Satz endete in einem gequälten Schrei. Er brach zusammen und faßte sich an die Schulter. McCracken ließ sich blitzschnell fallen und entsicherte die SIG, während er zwei weitere schallgedämpfte Schüsse hörte. Er sah zu den beiden Wachmännern hinüber, die sie die ganze Zeit über beobachtet hatten. Einer war außer Sicht verschwunden, der andere lag reglos im Schlamm. »Scheiße!« schrie Cleese, rollte sich herum und suchte hinter den Tieren Deckung.

»Bleiben Sie unten.«

»Wenn das Ihre Leute sind, Sie Arschloch, kommen Sie lebend hier nicht raus!«

»Das sind nicht meine Leute, Cleese.«

Weitere Schüsse erklangen. Der Rhythmus, die Abstände, die Kadenz ... Blaine ging ein Licht auf. All diese Wachen, sowohl sichtbar als auch unsichtbar, und trotzdem waren Cleeses Sicherheitsmaßnahmen durchdrungen worden, ohne daß es Alarm gegeben hatte.

»Sondern Ihre«, sagte Blaine.

»Sie haben sie nicht mehr alle ...«

»Zumindest ein paar. Sie haben die Angreifer auf das Gelände gelassen.«

McCracken war ein Stück von ihm weggerobbt und hielt nach den Schützen Ausschau. Zumindest hatte die Illusion sich deutlich von der Realität getrennt; seine wahren Gegner hatten sich enthüllt.

Bill Carlisle hatte völlig falsch gelegen. Es war nicht zu diesen Ereignissen gekommen, weil sein Unterausschuß sein Mandat nicht erfüllt hatte; ganz im Gegenteil, der noch immer gedeihende Ableger der Trilateralen Kommission verfolgte ein *anderes* Mandat.

Blaine vermutete, daß sie Cleese jederzeit hätten töten können, aber bis jetzt gewartet hatten. Nachdem die Bombe an Bord des Flugzeugs mit dem Ziel Miami ihre Aufgabe nicht erfüllt hatte, hatten sie ihm eine neue Falle gestellt. Sie hatten ganz genau gewußt, wohin die Spur McCracken letztlich führen würde.

»Kommen Sie allein hier raus?« fragte Blaine.

»Ich bin nicht all die Jahre lang auf freiem Fuß geblieben, um jetzt so zu sterben«, erwiderte der Anführer der Midnight Riders mit schmerzverzerrtem Gesicht. »Ich habe noch ein paar Asse im Ärmel.«

»Dann benutzten Sie sie. Hauen Sie ab.«

»Ich laufe nicht einfach davon«, sagte Cleese starrköpfig. Der Atem kondensierte vor seinem Gesicht.

»Denken Sie an Ihren Sohn.« Blaine wußte, daß er ihn damit am Wickel hatte. »Robben Sie schon los. Bleiben Sie unten, zwischen dem Vieh.«

Cleese nickte. »Ich gebe Ihnen eine Telefonnummer. Merken Sie sie sich. Abhörsichere Leitung. Für den Fall, daß Sie mich eines Tages erreichen müssen. Ich bin Ihnen jetzt was schuldig.«

Cleese sagte die Nummer auf. Blaine prägte sie sich ein.

»Und jetzt verschwinden Sie von hier«, befahl er dann.

Zwanzigstes Kapitel

Blaine sah Cleese nach, bis der Mann zwischen den Rindern verschwand, die sich am anderen Ende des Pferches zusammendrängten, und kroch durch den Schlamm weiter. Dreckklümpchen spritzten hinter ihm in die Luft. Die sich nähernden Schützen bekamen ihn immer besser ins Visier. Aus den Einschlagwinkeln ihrer Kugeln konnte Blaine Rückschlüsse auf ihre Standorte ziehen. Wenn die Rinder gelegentlich auseinanderstoben, konnte er den einen oder anderen von ihnen sogar ausmachen. Blaine hielt die SIG-Sauer in der Hand, hatte sie aber noch nicht abgefeuert. Als er die Waffe schließlich hob und zielen wollte, knallte das Bein eines jungen Ochsen gegen seinen Arm.

Die Pistole flog davon, und eine Kugel schoß weit am Ziel vorbei in den Himmel. McCracken tastete im Schlamm nach der Waffe. Rinder umgaben ihn auf allen Seiten, und ihre Hufe näherten sich bedenklich seinen Fingern. Die Suche war die reinste Zeitverschwendung. Nicht nur, daß er jetzt keine Waffe mehr hatte; der Fehlschuß hatte den Angreifern auch seine Position verraten. Ihm blieb nur noch ein möglicher Fluchtweg: das Schlachthaus selbst.

Das riesige Gebäude war dreißig Meter entfernt und durch den Pferch zu erreichen, wenn er an den verängstigten, brüllenden Tieren vorbeikam. Die Türen, die vom Pferch ins Schlachthaus führten, waren geöffnet worden, und die Rinder hielten auf sie zu.

Blaine drückte sich tief in den ranzigen Schlamm. Die Tiere, die sich nicht um das Futter scharten, das Cleese aus dem Sack geschaufelt hatte, drängten sich weiterhin zum Schlachthauseingang. Die Masse der sich langsam und unbeholfen bewegenden braunen Rinder bot ihm einen gewissen Schutz.

Hinter dem Pferch hörte er Schreie, Schüsse und das schwere Stampfen von Schritten. Zwei Gewehrschüsse hallten auf, und das leise Spucken der schallgedämpften Pistolen antwortete ihnen. Einige der Cleese noch treu ergebenen Wachen mußten herbeigeeilt sein und Widerstand leisten, womit sie Blaine zumindest etwas Zeit verschafften. Er schleppte sich weiterhin auf den Ellbogen durch den Schlamm. Über ihm drohten die Hufe der schnaubenden Tiere mit jedem Schritt ein Unglück an.

Die Doppeltür schwang langsam wieder zu. McCracken kroch schneller voran und drängte und zwängte sich zwischen den Tieren durch. Er machte einen Satz, und unmittelbar hinter ihm knallte die Tür zu. Blaine richtete sich in die Hocke auf, wobei die sich ständig im Kreis bewegenden Rinder ihm noch immer Deckung boten. Zum Schutz gegen den widerwärtigen Gestank zog er die nun schlammverdreckte Maske wieder vor das Gesicht. Sie schränkte zwar sein Sichtfeld ein, doch das spielte im Augenblick keine Rolle. Die Herde bewegte sich langsam durch das große Gebäude und geriet dann an drei verschiedene Laufgatter, die zu den Förderbändern führten, auf denen ihre Rümpfe dann der weiteren Verarbeitung zugeführt werden würden.

Die Decke des Gebäudes war hoch, die Beleuchtung ziemlich schwach. Der Lärm der Maschinen hatte die Schüsse vor den Personen verborgen, die sich darin aufhielten. Daher wußten sie nichts von der Schießerei draußen. Während Blaine den Rindern auswich, erhaschte er Blicke auf verschmutzte weiße Monturen.

Die Tiere drängten weiter, von Arbeitern angetrieben, die McCracken noch nicht entdeckt hatten. Sein Plan war loszuspurten, sobald er den Anfang der Laufgatter erreicht hatte, durch die man das Vieh schickte. Das Förderband würde ihn dann irgendwann zu den Türen bringen, durch die man die Rinderhälften hinausschaffte, um sie in Lastwagen wie den seinen zu verladen.

Blaine entschied sich für das mittlere der drei Laufgatter. Als er noch fünfzehn Meter davon entfernt war, schnitt plötzlich Licht schmale Splitter in die frostige Dunkelheit. Der Feind hatte ihn hierher verfolgt und die Türen aufgerissen, um ihn besser zur Strecke bringen zu können. Aufgrund des Schnaubens der Tiere konnte Blaine nichts von der Annäherung der Männer hören, und die ungeschlachteten Leiber der Rinder nahmen ihm die Sicht. Ihm blieb nur übrig, sich vom Schwung der vorwärtsdrängenden Tiere mitreißen zu lassen.

Blaine war der erhöhten Zentralöffnung nahe genug, um einen Arbeiter auf einer niedrigen Plattform sehen zu können, der den Strom der Tiere zum Ort ihres Todes kontrollierte. Als das Licht, das durch die geöffneten Türen fiel, den Mann erreichte, drehte er den mit einer Maske bedeckten Kopf und erstarrte. Er war unbewaffnet und versuchte, nach etwas zu greifen, das an seinem Gürtel hing, wurde vorher jedoch gegen die Wand zurückgeworfen. Wo sich zuvor nur eingetrocknetes Blut befunden hatte, klafften nun drei große, scharlachrote Risse. Der Mann brach zusammen. Das Gesicht eines anderen Mannes rechts von ihm verschwand in einer Explosion aus Blut und Knochen.

Der Feind kam näher. McCracken konnte die Stelle, wo die Tiere getötet wurden, nicht erreichen, ohne gesehen zu werden. Er steckte in der Falle.

Außer . . .

Blaine verharrte. Hinter ihm drängten die Tiere sich kurz zusammen und glitten dann an ihm vorbei. Er senkte die Schultern und spähte durch ein endloses Meer von Hufen.

Da! Zehn Meter rechts hinter ihm konnte er ein Stiefelpaar ausmachen. Blaine rutschte nach links. Er bekam immer wieder Tritte von den nervösen Rindern ab. Nachdem er auf diese Weise sechs Meter zurückgelegt hatte, schwenkte er herum und näherte sich dem Killer. Er schätzte, daß er den Mann bei dem Tempo, das die Rinder ihm zugestanden, knapp vor der letzten Rampe erreichen würde, die zu dem Förderband hinaufführte.

Blaine nutzte für seinen Angriff eine schmale Lücke zwischen zwei Tieren, die wie erstarrt dastanden. Er warf sich auf seinen

Verfolger, prallte gegen dessen Knie und riß ihn zu Boden. Die Tiere wichen zurück, und die beiden Männer wälzten sich auf dem schmutzigen Boden.

Der Killer war mit einem Kalaschnikow-Sturmgewehr bewaffnet, einer Waffe, die bei einem Nahkampf nutzlos war. Dennoch umklammerte Blaine sie mit einer Hand und drückte sie gegen seinen Körper, bevor er mit der anderen ausholte. Er hatte so viel Schlamm und Fäkalien ergriffen, wie er nur halten konnte, und drückte die stinkende Mischung seinem Widersacher auf Nase und Mund. Der Mann würgte; die Augen drohten ihm aus den Höhlen zu quellen. In diesem Moment ließ Blaine das Gewehr los und schlug zu. Beim dritten Schlag knirschte es heftig, und als er die Hand zurückzog, war sie blutverschmiert. Der Mann stöhnte noch einmal und lag dann reglos da. Blaine versuchte, ihm die Kalaschnikow aus den Fingern zu zerren.

Eine plötzliche nervöse Bewegung der Tiere über ihm warnte ihn vor der schnellen Annäherung eines weiteren Gegners. McCracken ließ das Gewehr los und sprang auf. Er erwischte den zweiten Angreifer überraschend mit dem Ellbogen am Kinn. Der Mann taumelte kurz und holte dann mit seinem Gewehrkolben aus. Der Schlag traf Blaine am Kinn. Sein Kopf peitschte zur Seite, die Halsmuskeln schienen zu reißen. Blaine prallte gegen den steinharten Körper eines Rindes und wurde zu dem Angreifer zurückgeworfen.

Der Finger des Mannes hatten sich schon um den Abzug gelegt, doch Blaine gelang es, den Lauf zu ergreifen und zur Seite zu schieben. Die Kugeln aus der Kalischnikow trafen ein paar Rinder. Die sowieso schon verängstigte Herde brach in Panik aus. Die Tiere traten aufeinander ein, und ihr ordentlicher Vormarsch geriet durcheinander. Sie stoben in alle Richtungen davon, die sich ihnen boten.

Der Mann trat nach ihm, doch Blaine ließ den Gewehrlauf nicht los. McCrackens Gegner versuchte, wie zuvor mit dem Kolben nach ihm zu stoßen. Der Schwung der Bewegung trug die beiden Männer die Rampe hinauf, die zu den drei Zonen führte, in denen die Rinder getötet wurden.

Sie prallten gegen den Anfang des Förderbands, das die Kadaver dann zur Weiterverarbeitung durch das Schlachthaus trug. Blaine flog auf den Rücken und spürte das holpernde Band unter sich, während sein Gegner ihm den Gewehrkolben gegen die Kehle drückte und ihm die Luft abschnürte. Der Mann zwang die Waffe mit aller Kraft hinab. Ein triumphierendes Grinsen breitete sich auf seinem dreckverschmierten Gesicht aus.

McCracken hielt das Gewehr fest, konnte es aber nicht bewegen. Ihm blieben nur noch Sekunden bis zur Bewußlosigkeit, doch *was* sollte er tun?

Blaine warf einen Blick hinter sich und sah den mechanischen Ladestock, bei dem es sich um den einzigen vollautomatisierten Bestandteil des Förderbands handelte. Ein Laser führte den Ladestock zielsicher zum Kopf eines jeden Tieres und schickte ihn mit einem schnellen Schlag vorwärts, sobald die Sensorlinie überquert worden war. Das Ergebnis war der sofortige Tod, nach dem das Tier dann an den gefesselten Vorderbeinen hochgezogen und zu den jetzt verlassenen Einrichtungen befördert wurde, an denen es weiterverarbeitet wurde. Da der Ladestock jedoch vollautomatisiert war, müßte er auch jetzt noch funktionieren.

Während das Blut in seinem Kopf hämmerte, ließ McCracken das Gewehr abrupt los und griff nach dem Haar der Gestalt über ihm. Er bekam es zu fassen und zerrte den Mann so weit zurück, daß er in den Sensorbereich des Ladestocks geriet. Einem kurzen mechanischen Winseln folgte eine verschwommene Vorwärtsbewegung, die Blaine nur aus den Augenwinkeln wahrnehmen konnte. Der Ladestock prallte gegen die Stirn des Mannes, warf ihn heftig zurück und hinterließ einen seltsam blutleeren Riß in seinem Schädel.

Blaine sprang auf und spurtete den mittleren der drei blutverschmierten Laufstege zum hinteren Teil des Schlachthofs entlang. Die Oberfläche bestand aus schweren Latten, zwischen denen Lücken gelassen worden waren, damit das Blut abfließen konnte. Geschlossen war der Boden nur an den jeweiligen Stellen, an denen Arbeiter die Rinder nacheinander aufschnitten, häuteten und viertelten. Darüber erhob sich das Förderband, an dem die Tierkadaver hingen.

Blaine stürmte unter den Bügeln des Bandes einher, die aufgrund des plötzlichen Zusammenbruchs des Systems leer blieben. Er bückte sich und hob zwei blutverschmierte, machetenähnliche Messer auf, die ein um sein Leben laufender Arbeiter fallen gelassen hatte. Hinter sich hörte er, wie jemand einem anderen Mann etwas zurief, und fuhr herum. Er warf die Messer, bevor er richtig Ziel genommen hatte. Ein Wurf ging hoffnungslos daneben, doch das andere Messer streifte den Arm eines Schützen und wirbelte ihn in den Bereich des Ladestocks. Das stählernde Ende traf ihn in die Kehle und durchbohrte sie, und der Mann schlug wild um sich, während der Ladestock ihn aufspießte und zurückwarf.

Andere Killer drängten sich an der zuckenden Leiche vorbei und eröffneten das Feuer auf McCracken. Blaine lief weiter und holte den letzte Bügel des Förderbandes ein, an dem ein totes Rind hing. Während neben ihm Kugeln einschlugen, sprang er hoch und bekam einen Bügel zu fassen, an dem die Vorderläufe eines jungen Ochsen hingen, so daß dessen Kadaver ihm Deckung bot. Er zog die Beine hoch, damit sie nicht unter dem Tier hervorhingen, und mit knapper Not gelang es ihm, einer riesigen, scherenähnlichen Schneidevorkehrung auszuweichen, die die Rinder von der Decke aus durchtrennte.

Plötzlich hielt das Band an. Blaine ließ sich auf die Planken fallen und wäre fast in einem stinkenden Haufen aus Eingeweiden und abgetrennten Gliedern ausgerutscht.

»Da ist er!«

Der Ruf übertönte kaum eine weitere Kugelsalve. Blaine lief gebückt auf eine Öffnung zu, an der das Förderband normalerweise die fertig verarbeitete Ware in einen Lagerraum kippte. Wie es zu erwarten war, hatten Cleeses Arbeiter auch hier das Weite gesucht, und die sechs Kühlräume waren unbewacht. Um seine schnell näherkommenden Widersacher zu verwirren, riß McCracken die Türen zweier Kühlräume auf und stürmte in den dritten. Er zerrte die Tür hinter sich zu, und augenblicklich wurde sein Körper von der intensiven Kälte umhüllt. Geviertelte oder halbierte Ochsenleiber hingen überall an Stangen an der Decke. In der Luft schwebten Eiskristalle. Er würde es hier nicht lange aushalten, doch ihm lag nichts daran, ein Versteck zu finden – er suchte einen Fluchtweg.

Blaine hatte draußen genug von der Beladungsprozedur mitbekommen, um zu wissen, daß diese Kühlräume auf den Hinterseiten mit lukenähnlichen Türen versehen waren. Er lief weiter, riß die Luke auf und stand vor einer steilen Schräge, über die die Rinderhälften hinabgelassen wurden, damit sie dann unten problemlos verladen werden konnten. Zwanzig Meter hinter dieser Rutsche stand sein Lastwagen; der Motor schnurrte noch immer im Leerlauf vor sich hin.

Blaine hörte, daß die Tür des Kühlraums aufgerissen wurde, und warf sich kopfüber auf die Rutsche. Eine schleimige Schicht aus Öl und Blut verlieh ihm zusätzliche Geschwindigkeit. Als die Rutsche abflachte, richtete er sich auf. Seine Füße berührten Schotter, und er lief los und sprang hinter das Lenkrad seines Trucks.

Er achtete nicht auf die Kugeln, die bereits in die Seite und das Heck des Fahrzeugs einschlugen, sondern warf den Gang ein und preschte über den Parkplatz. Der Laster bockte und klapperte, und Blaine schaltete die Kühlung des Frachtraums aus, um mehr PS zur Verfügung zu haben. Als hätte der Motor einen Schub von einem Turbo bekommen, drängte der Truck dankbar der Zuflucht entgegen, die die offene Straße verhieß.

Diese Zuflucht war natürlich befristet; McCracken ließ den Kühlwagen zwanzig Kilometer von Arlo Cleeses Schlachthaus im Wald stehen. Er setzte seine Flucht zu Fuß fort, bis er zu einer kleinen Farm gelangte, auf deren Hof zwischen zwei Bäumen eine Wäscheleine aufgespannt war. Die Schlachthausmontur, die er bereits ausgezogen hatte, hatte zwar den Großteil des Schmutzes und Blutes von seiner eigenen Kleidung abgehalten, doch der Gestank schien sich darin auf ewig festgesetzt zu haben. Zum Glück hingen neben einigen anderen Kleidungsstücken auch eine Jeans und ein Hemd von seiner Größe an der

Leine. Nach einer stummen Entschuldigung an den Besitzer nahm er sie ab und hing statt dessen seine mitgenommene Kleidung auf.

Blaines nächste Aufgabe bestand darin, sich als Ersatz für den aufgegeben Truck ein anderes Fahrzeug zu besorgen. Eine lange Wanderung die Straße entlang führte ihn zu einer Tankstelle mit einem angeschlossenen Lebensmittelladen. Auf dem kleinen Parkplatz daneben wählte er den Wagen mit dem kältesten Motor aus, der wahrscheinlich jemandem gehörte, der hier arbeitete und das Auto in den nächsten Stunden wohl nicht vermissen würde. Der Besitzer hatte – ein unerwarteter Bonus für McCracken – den Schlüssel stecken lassen. Bei Anbruch der Dunkelheit erreichte Blaine ein Motel, nachdem er unterwegs ein Paar Nummerschilder gestohlen hatte und an dem Wagen befestigt hatte.

Zuerst rief er Sal Belamo an und bat ihn, alles über das Gesetz 4079 des Repräsentantenhauses auszugraben, jenes Gesetz, das Arlo Cleese unmittelbar vor dem Angriff gegen das Schlachthaus erwähnt hatte. Nach zwei Stunden rief der Ex-Boxer mit der platten Nase zurück.

»Das ist ein verrücktes Ding, Boß«, sagte Belamo. »Eine ganz verrückte Sache.«

»Du sprichst vom Gesetz vierzig-neunundsiebzig?«

»Mit der Juristensprache habe ich nicht viel am Hut, also erkläre ich dir das Gesetz mal, so wie ich es kapiere. Zuerst einmal beschäftigt es sich mit den Strafen für Verstöße gegen das Drogengesetz, besonders im Hinblick auf Händler. Es bevollmächtigt die Regierung, stell dir das mal vor, besondere Gefängnisse einzurichten, in denen lediglich solche Straftäter einsitzen. Wie kommt dir das vor?«

»Klingt für mich wie Konzentrationslager.«

»Ganz meine Meinung. In dem Gesetzentwurf werden sie als Internierungslager bezeichnet.«

»So hießen sie auch in Nazideutschland.«

»Auf jeden Fall wird eine solche Wortklauberei betrieben, daß ich mir nicht sicher bin, ob der Kongreß überhaupt mitbekommen hat, was er da verabschiedet hat. Aber wer auch immer hinter dem Gesetzentwurf steht, er hat ihn durchgebracht. Ich habe jemanden in der Verwaltung angerufen, der mir noch einen Gefallen schuldig war. Er hat mir verraten, daß der Bau sechs solcher Zentren unter der Budgetposition – große Überraschung! – ›Verschiedenes‹ genehmigt worden ist. Eine Haftanstalt steht bereits. In New Mexico, Boß. White Sands. Der Bursche, mit dem ich gesprochen habe, hat gesagt, in den Akten würde sie als Sandburg Eins geführt.«

Einundzwanzigstes Kapitel

Johnny Wareagle war keineswegs überrascht, daß die Regierung bei Traggeos vorzeitiger Entlassung aus der Haft die Finger im Spiel gehabt hatte. In gewissen Kreisen bestand immer Bedarf für die brutalen Fertigkeiten des Killers, und Johnny hatte eine ziemlich gute Vorstellung darüber, welcher dieser Kreise in die Sache verwickelt sein könnte.

Colonel Tyson Gash, Traggeos Kommandeur in Vietnam, hatte sich sein Lebenswerk nicht verderben lassen, als man ihn vor fünf Jahren unehrenhaft entlassen hatte. Der ehemalige Chef der Salvage Company hatte die Gelegenheit benutzt, um seine private und geheime Armee zu gründen, eine Survivalist-Gruppe, die aus ehemaligen Rangern und Mitgliedern der Special Forces bestand und in Arizona im Schatten der New River Mountains ein Ausbildungslager errichtet hatte. Wenn jemand einen Grund hatte, Traggeo aus dem Knast zu holen, dann Tyson Gash.

Wareagle mußte am späten Sonntagnachmittag am Tor des Lagers warten, während man Gash von seiner Anwesenheit unterrichtete. Die drei Wachen hielten noch immer ihre M16-Gewehre auf ihn gerichtet, als Gash in einem Jeep heranzog. Er sah noch aus wie vor über zwanzig Jahren, als sie sich zum letzten Mal gesehen hatten, bis hin zu der nicht angezündeten Zigarre in einem Mundwinkel. Colonel Tyson Gash war ein schmaler, knochiger, aber durchaus muskulöser Mann. Er war ziemlich groß und hatte vielleicht etwas zugenommen; ansonsten trug er denselben buschigen, schwarzen Schnurrbart und den kurzgeschorenen Haarschopf, an den Johnny sich noch von Vietnam erinnerte. Eine Pistole vom Kaliber .45 steckte in seinem Gürtelhalfter. Obwohl die Temperatur noch bei etwa 30 Grad lag, war er mit einer vollständigen Kampfmontur bekleidet.

»Rühren«, befahl er seinen Soldaten.

Die drei Waffen wurden gleichzeitig gesenkt.

Gash sprach zu seinen Männern, während er zu dem zwei Meter und zehn großen Wareagle aufsah. »Ihr wißt es noch nicht, Jungs, aber ihr habt gerade eine bessere Lektion erhalten, als ich sie euch je beibringen könnte. Ihr habt drei Gewehre auf einen Mann gerichtet, der nur mit einem Messer bewaffnet ist, und dennoch hätte er euch jederzeit ausschalten können, wenn er es nur gewollt hätte.« Er musterte sie streng, und die Soldaten standen wieder stramm. Er nahm die Zigarre aus dem Mund und richtete sie auf sie, während seine Stimme lauter wurde. »Jungs, ihr seht wahre Größe vor euch. Wenn ihr beim nächsten Mal einem Mann dieser Statur begegnet – falls es ein nächstes Mal gibt –, schätzt ihr ihn lieber richtig ein, oder ihr könnt euch eine andere Truppe suchen. Und jetzt wieder an die Arbeit.«

Die Soldaten salutierten und traten zurück. Gash ging zu Johnny und gab ihm die Hand.

»Es freut mich, Sie zu sehen, Lieutenant.«

Wareagle umschloß Gashs Hand mit seiner gewaltigen Pranke. »Ich bin Ihrer Worte nicht würdig, Colonel.«

»Wollen Sie damit sagen, Sie hätten diese drei Rotärsche nicht mit einem geschlossenen und einem zusammengekniffenen Auge ausschalten können?«

»Ich will damit sagen, daß sie keine wahre Größe vor sich gesehen haben. Und das gilt auch für Sie, Sir.«

Gash nickte; er lächelte noch immer. »Ich habe gewußt, daß Sie eines Tages hier aufkreuzen und mein Angebot akzeptieren würden. Sie haben nur Zeit gebraucht.«

Sie gingen zu dem Jeep. Gash sah noch immer zu Wareagle auf.

»Deshalb bin ich nicht hier, Colonel.«

»Aber Sie werden sich doch wenigstens das Camp ansehen? Vielleicht bleiben Sie zum Essen.«

»Wie Sie wünschen.«

»Ich wünsche, daß Sie sich entschließen, sich mit mir zusammenzutun. Wir brauchen Sie, Lieutenant. Und die Zeit wird kommen, da dieses Land uns brauchen wird.«

»Ich suche einen Ihrer Männer«, sagte Johnny, als sie den Jeep erreicht hatten.

»Sie sind alle hier. Unter meinem Kommando gibt es so etwas wie Urlaub nicht.«

»Keinen, der jetzt bei Ihnen ist, sondern einen aus der Vergangenheit.«

»Und wie weit liegt die zurück?«

»Die Salvage Company.«

Die nicht brennende Zigarre im Mund, ließ Gash den Motor an, ohne Wareagle zu antworten, und legte den Rückwärtsgang ein.

»Ein paar von denen sind bei mir«, gestand er ein, als der Jeep sich den Holzhäusern des Camps näherte. »Und wen genau meinen Sie?«

»Traggeo«, erwiderte Johnny.

»Verdammt, ich habe gedacht, der wäre tot.«

»Nein. Aber eine Reihe von Leuten, die ihm begegnet sind, leben nicht mehr.«

»Ich habe keine Listen geführt.«

»Er wurde zu einer fünfjährigen Haftstrafe verurteilt. Jemand hat ihn herausgeholt, noch bevor er ein Jahr abgesessen hatte. Jemand aus der Regierung.«

»Und Sie dachten, ich wäre es gewesen.«

»Das wäre nur logisch.«

»Sie müssen das Schild draußen am Tor übersehen haben, Lieutenant«, erwiderte Gash. »›Für Verrückte kein Zutritt‹.«

»Dann hätte man vielleicht auch uns beiden den Zutritt verweigern sollen, Colonel.«

Gash lachte. »Ein Punkt für Sie. Aber Traggeo ist ein ganz anderes Kaliber. Ich kann mit niemandem arbeiten, den ich nicht kontrollieren kann.«

»Im Höllenfeuer konnten Sie es.«

Gash trat auf die Bremse. Er nahm die Zigarre aus dem Mund und warf sie zu Boden. »Man hat nicht erwartet, daß sie überleben. Das macht einen gewaltigen Unterschied aus. Verdammt, in internen Schriftsätzen habe ich die Salvage Company immer ›Suicide Company‹ genannt – Selbstmordtruppe. Sie haben den verdammten Krieg zu schnell beendet. Hätten sie mir früh genug weitere zehntausend Leute wie Traggeo gegeben, hätte ich die verdammte Sache gewinnen können. Er mag ja ein verrücktes Arschloch gewesen sein, aber er war der treueste Soldat, der je unter mir gedient hat. Hat stets seine Pflicht erfüllt, ganz gleich, unter welchen Umständen, und ich muß ja kaum sagen, wie schwierig die manchmal waren.«

Wareagle wandte sich ab, damit Gash nicht die Verachtung in seinem Blick sehen konnte.

»Handelt es sich um eine persönliche Sache, Lieutenant?« fragte Gash.

»Traggeo behauptet, zu meinem Volk zu gehören, Colonel. Diese Behauptung ist eine Lüge. Er färbt seine Haut dunkel. Er hat unsere Sprache gelernt und weiß, wie wir andere zum Narren halten. Aber unser Blut fließt nicht in seinen Adern. Und man muß ihn aufhalten, bevor noch mehr Dunkelheit über den Geist meines Volkes ausgebreitet wird.«

»Und seinen Opfern zieht er noch immer . . .« Gash fuhr mit der Hand über seinen Kopf.

»Es ist schlimmer geworden«, sagte Johnny und gab wieder, was er von Elwin Coombs erfahren hatte – daß Traggeo jetzt die Skalps seiner Opfer trug.

»Großer Gott.« Gash dachte kurz nach. »Klingt ganz so, als hätten Sie jetzt ein größeres Problem. Wenn ich Traggeo nicht aus dem Knast geholt habe . . . wer dann?«

»Sie haben gesagt, Angehörige der Salvage Company wären hier.«

»Ein paar.«

»Neuankömmlinge?«
»Einige, im letzten Jahr.«
»Darf ich mit Ihnen sprechen?«
»Sie sprechen nicht gerade viel, Lieutenant.«
»Ich erwarte keine langen Antworten.«
Sekunden später erreichte der Jeep eine große freie Fläche mit Übungsplätzen und Schießständen. Dahinter befand sich die voll ausgestattete Basis mit ihren Gebäuden, Kasernen und Fahrzeugen. Sie stellte in vieler Hinsicht einen Nachbau des Trainingszentrums der Delta Force in Fort Bragg dar, in der der Colonel seine Laufbahn in alles andere als ehrenhafter Art und Weise beendet hatte.
»Dieses Lager wurde ausschließlich mit privaten Spenden errichtet, Lieutenant«, erklärte Gash. »Spenden von Personen, die wie ich der Meinung sind, daß man eines Tages eine Truppe brauchen wird, die dieses Land zu Hause verteidigen kann. Wir sind weich geworden, Johnny, nicht Sie, nicht ich, aber das Land insgesamt. Es ist schlaff und schwach geworden, und früher oder später wird es zusammenbrechen. Deshalb sind wir hier. Wenn es soweit ist, werden wir bereit sein.«
Gash wartete auf eine Antwort. Als keine kam, fuhr er fort: »Ich habe im Augenblick fünfzehnhundert Mann hier, und ich kann sie innerhalb von sechs Stunden an jeden Ort in unserem Land bringen. Wir haben sogar eigene Transportflugzeuge. Und Sie sollten unsere Ausrüstung sehen. Nur das Beste vom Besten. Bei der Operation Desert Storm wurden die meisten Stücke getestet, und alle haben mit wehenden Flaggen bestanden.« Gash hielt wieder inne, doch diesmal wartete er nicht auf Antwort. »Sie können uns Survivalist-Gruppe nennen, sie können uns Faschisten nennen, sie können uns nennen, wie sie wollen. Aber wir sind lediglich Leute, die dieses Land lieben und die Schrift an der Wand lesen können. Und uns gefällt nicht, was da steht. Wissen Sie, wie man uns zur Zeit nennt?«
Johnny wußte es, schwieg aber.
»Die Polizei-Brigade.« Gash lachte herzhaft. »Das ist die gottverdammte Wahrheit, und deshalb lasse ich es bei diesem Namen bewenden. Wenn der echte Notfall kommt, werden wir

zur Stelle sein, Johnny, und ich vermute, er kommt früher und nicht später. Bleiben Sie und verpflichten Sie sich, oder Sie werden die Gelegenheit verpassen.«

»Ich verhindere lieber, daß er überhaupt eintritt.«

»Genau«, sagte der Colonel wissend. »Sie und McCrackensack. Ich habe euch im Auge behalten. Wenn McCracken bereit ist, sagen Sie ihm, hier wartet auch auf ihn ein Bett.«

»Ich richte es ihm aus.«

»Das werden Sie zwar nicht tun, aber trotzdem vielen Dank, daß Sie auf mich eingehen. Wenn Sie doch nur einsehen würden, daß dieser Ort und das, was ich hier erreichen will, wie geschaffen für Sie beide ist. Sehen Sie sich genau um. Das ist der Alamo. Wir sind auf allen Seiten von Schwäche und Mittelmäßigkeit umgeben. Wir sind das letzte Bollwerk. Jeder bewaffnete Hanswurst könnte dieses Land einnehmen, und ich hoffe nur, daß wir rechtzeitig davon erfahren und ihn aufhalten können.«

Sie fuhren langsam die Hauptstraße der Basis entlang, und rechts und links von ihnen befahlen Offiziere den Soldaten, Haltung einzunehmen, wenn sie den Colonel erblickten. Die Salute schienen kein Ende zu nehmen. Tyson Gash legte größten Wert auf Disziplin.

»Mal sehen, was ich für Sie tun kann«, sagte Gash plötzlich.

»Vielen Dank, Colonel.«

Gash ließ den Jeep vor dem Haupteingang der Basis ausrollen und steckte sich eine neue Zigarre in den Mund. »Danken Sie mir nicht dafür, daß ich Ihnen helfen will, einen Mann wie Traggeo zu finden, Lieutenant. Ich hätte ihn eigenhändig umbringen sollen, damit er nach unserem Rückzug aus seinem Grab kriecht und den Charlies das Blut aussaugt. Er war davon überzeugt, unsterblich zu sein, und behauptete, durch seine Adern flöße die Macht seiner Ahnen.«

»In seinen Adern fließt Blut, Colonel, und wenn ich ihn gefunden habe, wird es vergossen werden.«

Der Mann namens Badger, wie Traggeo ein ehemaliges Mitglied der Salvage Company, wurde in Gashs Büro geführt und nahm augenblicklich Haltung an.

»Rühren, Soldat«, sagte der Colonel.

Doch Badger schien dazu nicht imstande zu sein. Sein Versuch, bequem zu stehen, brachte nur ein leichtes Senken seiner Schultern mit sich. Er war groß und schlank, und sein Haar war noch kürzer als das des Colonels. Sein Mund zuckte irrwitzig. Seine Augen waren unentwegt in Bewegung, und seine Blicke schossen hierhin und dorthin, als könne er sich einfach nicht konzentrieren.

»Das ist Lieutenant Wareagle, Soldat«, begann Gash. »Sie werden jede einzelne seiner Fragen wahrheitsgemäß und nach Ihrem besten Wissen beantworten. Verstanden?«

»Jawohl, Sir!« Badger stand wieder stramm. Das Zucken des Mundes ließ nach, aber seine Blicke blieben unstet.

»Bitte, Lieutenant.«

»Sie haben vor vielen Jahren in einem anderen Land mit einem Mann namens Traggeo gedient. Haben Sie im vergangenen Jahr etwas von ihm gehört?«

Badgers Blick blieb endlich auf Wareagle haften. »Nur einmal Sir, vor ein paar Monaten, bevor ich hierherkam. Ich kann mich nicht mehr genau erinnern.«

»Mir wird genügen, woran Sie sich erinnern können. Fahren Sie fort.«

»Ein Anruf, Sir. Er hat mich gefragt, ob ich mich ihm anschließen wolle.« Sein Blick schwankte wieder. »Ich weiß nicht, wie er mich gefunden hat.«

»In welcher Hinsicht anschließen?«

»Das hat er nicht gesagt, Sir. Oder wenn doch, erinnere ich mich nicht mehr daran. Es war . . . eine schwierige Zeit für mich.«

»Ich verstehe. Erinnern Sie sich an sonst noch etwas?«

»Nur an den Ort, von dem aus er angerufen hat. Das weiß ich noch, weil ich auch schon mal dort war. Carrizozo.«

»In New Mexico«, murmelte Johnny.

»Jawohl, Sir. Ganz in der Nähe von White Sands.«

Zweiundzwanzigstes Kapitel

Die Limousine fuhr schnell durch die Straßen Washingtons, und ihr Insasse konnte es kaum abwarten, die Stadt, über die sich die Dunkelheit senkte, hinter sich zu lassen.

»Alles klar, Sir«, informierte die Stimme des Fahrers den einzigen Passagier.

»Sie kennen die Strecke.«

»Natürlich, Sir«, erwiderte der Fahrer, der hinter der geschwärzten Abtrennung nur als verschwommener Umriß zu erkennen war.

Die letzten zwanzig Minuten hatte der Fahrer damit verbracht, sich zu überzeugen, daß sie nicht beschattet wurden. Es handelte sich bei ihm um einen Profi, der schon zahlreiche komplizierte Überwachungsoperationen ausgeführt hatte. Er kannte alle Tricks und wußte dementsprechend auch, wie er sie neutralisieren konnte.

Als der große Wagen auf den Beltway zuhielt, öffnete sein Passagier eine lederne Aktentasche, die zwischen seinen Beinen gestanden hatte. Darin befand sich ein modernes Kommunikationssystem von der Größe eines kleinen Fernsehapparats. Er hob es mit beiden Händen heraus und stellte es auf den im Rücksitz eingebauten Sockel. Dann rollte er ein Verbindungskabel zu einem ebenso eingebauten Computer aus und stöpselte es ein. Er schaltete den Computer ein und richtete seine Aufmerksamkeit wieder auf den Sockel

Das Kommunikationssystem darauf hatte eine schlichte, viereckige Oberfläche, die wie die eines üblichen, wenn auch hochmodernen Telefons aussah. Es gab keinen Hörer, nur die ovalen, punktierten Löcher eines Lautsprechers. Das Drucktastenfeld darunter verfügte über doppelt so viele Ziffern wie ein normaler Apparat; hinzu kam ein halbes Dutzend weiterer Tasten mit unterschiedlichen Symbolen darauf. Links davon vereinnahmten sieben elektronische Zeilen mit LED-Anzeige den Rest der Oberfläche. Der Mann beugte sich etwas vor und berührte eine kleine Taste, die das System aktivierte.

Augenblicklich blitzten vier der sieben LED-Anzeigen auf, ein Hinweis darauf, daß drei weitere schon aktiviert waren und darauf warteten, daß die Konferenz begann. Die roten Buchstaben – alles Versalien – nannten die bereits angeschlossenen Länder: England, Frankreich, Deutschland.

Auf der vierten Anzeige – der seinen – stand WASHINGTON.

Japan und Johannesburg hatten sich verzögert, während die siebte Anzeige, der einzige Sprecher, der unidentifiziert bleiben würde, sich erst dazuschalten würde, nachdem alle anderen ihre Bereitschaft signalisiert hatten.

Der Mann in der Limousine wartete ungeduldig.

Da moderne Verzerrer eine Stimmerkennung unmöglich machten, zeigten die oberen sechs LED-Anzeigen allen Gesprächsteilnehmern an, wer sich gerade zu Wort meldete. Wenn der unidentifizierte Vorsitzende sprach, blinkte einfach die siebente und unterste Anzeige auf.

Japan schaltete sich dazu. Ein paar Sekunden später leuchtete auch JOHANNESBURG rot auf, womit nur die unterste Anzeige noch nicht aktiviert war. Als die Stimme des Vorsitzenden die Konferenz dann eröffnete, färbten sich auch deren Flüssigkristalle.

»Kommunikations-Check«, sagte die synthetische Computerstimme, die mit denen der sechs anderen Sprechern identisch war. »England.«

»Hier.«

»Deutschland.«

»Anwesend.«

»Japan.«

»Ja.«

»Frankreich.«

»Anwesend.«

»Johannesburg.«

»Hier.«

»Und Washington.«

»Anwesend«, antwortete der Mann auf dem Rücksitz der Limousine.

Traditionsgemäß wurde derjenige, der eine außerordentliche Konferenz einberufen hatte, immer als letzter genannt. Die heutige Beratung stellte keine Ausnahme dar.

»Sprechen Sie, Washington«, befahl die unidentifizierte Stimme.

»Es haben sich Komplikationen ergeben.«

»Ernste?«

»Ist zu diesem Zeitpunkt noch nicht abzuschätzen.«

»Wurden die Delphi kompromittiert, Washington?«

»Noch nicht«, erwiderte der Mann und betonte dabei das erste Wort. »Aber die gebilligte Strategie, die sich mit McCracken befassen sollte, ist gescheitert.«

»Sie wollen also sagen, daß er seine erwartete Begegnung mit Cleese überlebt hat«, folgerte England.

»Und alles deutet darauf hin, daß Cleese ebenfalls entkommen ist.«

DEUTSCHLAND blitzte als nächster Sprecher auf. »Nachdem es Ihnen nicht gelungen ist, McCracken mit dem Sprengstoff an Bord dieses Flugzeugs zu töten, haben Sie doch gesagt, nun könnten wir zwei Fliegen mit einer Klappe schlagen. Und jetzt gestehen Sie ein, daß beide entwischt sind.«

»Ich übernehme die Verantwortung.«

JAPAN ersetzte WASHINGTON. »Wissen wir, wo McCracken ist?«

»Nein.«

FRANKREICH. »Haben wir eine Ahnung, wo er demnächst auftauchen wird?«

»Zu diesem Zeitpunkt lautet die Antwort ebenfalls nein.«

ENGLAND. »Wie sollen wir dann der Versicherung Glauben schenken können, daß die Delphi nicht kompromittiert wurden?«

»Und der, daß unsere derzeitige Operation steril bleibt«, fügte DEUTSCHLAND hinzu.

»Habe ich etwas verpaßt?« fragte JOHANNESBURG. »Sprechen wir hier von einem einzigen Mann?«

Der nicht identifizierte Gesprächsteilnehmer antwortete darauf. »Tun Sie doch nicht so naiv. Sie alle wurden darauf hingewiesen, daß McCracken dafür bekannt ist, sich mit solchen Situationen zu befassen.«

DEUTSCHLAND. »Ich hätte gedacht, unter diesen Umständen würde er es in Erwägung ziehen, sich uns anzuschließen.«

»Dann studieren Sie noch einmal seine Akte.«

FRANKREICH. »Die Frage bleibt bestehen, was wir mit ihm machen.«

»Ich bin vorerst damit zufrieden, daß McCracken bislang keine Informationen bekommen hat, die ihn entweder auf unsere Existenz oder aber auf das Ausmaß unserer Operation hinweisen könnten. Nun müssen wir uns damit befassen, wie wir in den letzten Tagen vor dem Beginn der Aktion beides geheimhalten können. Und mit dem im Sinn, Washington, sollten Sie uns nun erläutern, welche andere Komplikation Sie dazu gebracht hat, diese Konferenz einzuberufen.«

»Miravo ist kompromittiert worden«, sagte der Mann auf dem Rücksitz der Limousine. »Und als direkte Folge der Art und Weise, wie die Angelegenheit vor meiner Beteiligung gehandhabt worden ist, kam Senatorin Samantha Jordan heute ums Leben.«

»Ein weiteres Versagen Ihrerseits?«

»Nein, England, ein Versagen der Jordan. Sie hat versucht, eine Untergebene anzuwerben, statt die vorgeschriebene Handlungsweise zu befolgen. Wir haben diese Untergebene nun im Gewahrsam und müssen herausfinden, ob sie die Informationen, die sie besitzt, noch an andere Personen weitergeben konnte.«

»Darüber hinaus«, erklärte der Vorsitzende, »habe ich vorgeschlagen, unsere letzten Vorräte von Miravo wegzuschaffen.«

»Warum verschiffen wir das Material nicht einfach vor dem Zeitplan?« fragte JAPAN:

»Wir können nichts dergleichen versuchen, bis wir genau wissen, ob die Untergebene der Senatorin ihre Kenntnisse nicht doch weitergegeben hat. Ich versichere Ihnen, daß der Zeitplan der Operation dadurch nicht beeinträchtigt wird.«

»Es ist schwierig, solch eine Versicherung zu akzeptieren, solange Sie uns nicht über die Einzelheiten dieses Zeitplans aufgeklärt haben.«

»Dann werde ich dies jetzt nachholen«, erwiderte der unbekannte Vorsitzende. »Am Dienstag in einer Woche, am 26. April, wird der Präsident dem Kongreß seinen neuen Wirtschaftsplan erläutern. Zu diesem Zeitpunkt wird er vor den Augen der Öffentlichkeit mit dem Großteil jener Personen, die dieses Land regieren, ermordet werden.«

Der Vorsitzende wartete auf eine Reaktion. Als keine kam, fuhr er fort. »Das Militär wird gezwungen sein, gewisse Maßnahmen zur Aufrechterhaltung der Ordnung einzuleiten. Unsere Repräsentanten in der militärischen Führung werden dann die Verfassung außer Kraft setzen, damit eine außerordentliche Neuwahl des Präsidenten stattfinden kann. Und es wird nur einen würdigen Kandidaten geben, meine Herren, nur einen.«

Die Stimme des Vorsitzenden wurde wieder von Schweigen ersetzt, aber diesmal war es die Stille der Akzeptanz, der Ehrfurcht.

Und Zwangsläufigkeit.

Nach dem Ende der elektronischen Konferenz blieb Sam Jack Dodd hinter seinem Schreibtisch sitzen und betrachtete das Kommunikationssystem, das nach seinen genauen Anweisungen konstruiert worden war.

Der charismatische Milliardär, der Mann mit den Händen, unter deren Berührung alles zu Gold wurde und der das größte Kommunikations-Konglomerat der Welt beherrschte, war vor einem Jahrzehnt der Trilateralen Kommission beigetreten und schnell zu einem ihrer freimütigsten Unterstützer geworden. Aber noch schneller zu einem ihrer frustriertesten. Dodds erste Eindrücke hatten sich als genauso angenehm erwiesen wie seine späteren als frustrierend. Hier hatten sich die größten Köpfe der Nation zusammengetan, um die Marschrichtung der Weltpolitik festzulegen und sie zu einem würdigen und vereinten Ziel zu führen. Doch der Bereich ihrer greifbaren Erfolge war unendlich klein. Die Trilaterale Kommission war nicht imstande, schnell genug auf die sich stets verändernde Dynamik zu reagieren. Sie war nicht proaktiv, sondern reaktiv. Besprechungen führten zu nichts, gutbesuchte Konferenzen waren nur wegen der kategorischen Brillanz der Männer und Frauen beeindruckend, die sie anzogen.

Dodd stellte seine Aktivitäten ein.

Doch dann nahm eine andere Gruppe Kontakt mit ihm auf, eine Gruppe, die er für einen toten Ableger der Trilat hielt, deren Ansichten den seinen nahekamen. Sie nannten sich die Delphi, nach dem griechischen Orakel, dessen Ratschläge das Geschehen und damit die Geschichte bestimmten. Genauso sahen sich schließlich die Mitglieder der Organisation, die sich von einem Unterausschuß zu einer eigenständigen Wesenheit entwickelt hatte. Und sie waren nur einen Schritt davon entfernt, ihre große Vision zu verwirklichen.

Sam Jack Dodd wurde zu diesem letzten Schritt. Im Verlauf der nächsten paar Jahre ergriff er das Ruder und trug dazu bei, die Delphi in diese Richtung zu lenken. Jede Strategie, jeder Schachzug wurde mit einem bestimmten Tag im Sinn eingeleitet. Einem Tag, an dem sich das Land – und die Welt – für immer verändern würden.

Der Tag Delphi.

Die Expansion verlief stufenweise; man bildete eine Machtbasis und baute auf ihr auf. Die Delphi übernahmen die internationalen Ziele, die in der Charta der Kommission festgelegt worden waren, von der Trilat jedoch nur überaus bescheiden verwirklicht wurden. Die ursprünglichen Trilateristen hatten eine ähnliche Vision gehabt, waren jedoch nicht bereit gewesen, die Schritte zu unternehmen, die dazu nötig waren, um sie zu verwirklichen. Ihre Brillanz brachte Vorsicht und Dünkel mit sich. Sie waren der Ansicht, ihre Logik sei so vernünftig, daß jedermann sich ihr irgendwann freiwillig und unausweichlich anschließen würde. Die Delphi hingegen wußten, daß derselbe Einfluß erzwungen und aus der Notwendigkeit erzeugt werden mußte. Aus der Saat, die die Kommission gepflanzt hatte, waren auf der ganzen Welt Männer und Frauen hervorgegangen, die derselben Ansicht waren. Ein Geheimbund hatte sich gebildet, ein ungeduldiger Kader, der nur auf einen Mann wie Samuel Jackson Dodd wartete, der alles zusammenfügen konnte.

Doch letztlich hatte Verzweiflung den endgültigen Zeitplan diktiert. Dem Land und der Welt blieben keine Möglichkeiten mehr. Sie war immer tiefer in den Abgrund gerutscht, ins wirtschaftliche Chaos gestürzt. Niemand hatte auch nur versucht, den Trend umzukehren. Das überraschte Dodd nicht gerade. Man durfte nicht an den Symptomen herumdoktern, die einzige Hoffnung bestand in einer Radikalkur. Aber die Menschen mußten sie auch wollen. Die Menschen mußten *ihn* wollen.

Die Idee – die Gunst der Stunde zu nutzen, indem er mit seinen Ansichten an die Öffentlichkeit ging und eine Kampagne startete, die ihn an den Rand der Präsidentschaft brachte – erwies sich als genauso verlockend, wie sie brillant war. Dodd hatte mit großem Interesse den fehlgeschlagenen Wahlkampf von Ross Perot beobachtet und war von dessen gewaltigem, letztlich aber verschwendetem Potential fasziniert worden. Perots Versuch hatte zumindest bewiesen, daß es geschehen konnte, daß das Land bereit war, einen politischen Außenseiter zu wählen.

Den *richtigen* Außenseiter.

Dodd hatte Perots Fehler studiert, weil er sie bei seinem Versuch nicht wiederholen wollte. Dem Mann mangelte es an Charisma. Er sprach in Allgemeinplätzen und war bei den Medien nicht besonders gut gelitten. Dodd sorgte dafür, daß die Medien ihn mit offenen Armen willkommen hießen, und schwor sich, niemals einer Frage auszuweichen oder auf Ausflüchte zurückzugreifen. Und das Charisma war für ihn nie ein Problem gewesen. Er ging mit einem beträchtlichen Vorsprung an den Start; sowohl seine Anerkennung als auch sein Bekanntheitsgrad waren wesentlich höher, als es bei Perot am Anfang der Fall gewesen war.

Doch im Gegensatz zu Perot hatte er nicht die Absicht, auf die Präsidentenwahl zu warten, um seinen Eifer unter Beweis zu stellen. Selbst wenn er gewinnen sollte, wäre es einem gewöhnlichen Präsidenten, der von den derzeitigen Beschränkungen und Restriktionen des Amts eingeengt wurde, gar nicht möglich, die drastischen Veränderungen zu bewirken, die nötig waren, um die USA und die Welt zu retten.

Diese Maßnahmen waren jedoch nötig, um das einzudämmen, was laut allen Analysen nicht nur einen exponentiellen Verschleiß der nationalen Wirtschaft, sondern auch einen Zerfall ihrer Gesinnung darstellte. Jeder Monat, der verstrich, war gleichbedeutend mit einem weiteren irreparablen Schaden.

Gewissermaßen bestärkte die Erkenntnis, daß die Wirklichkeit zu einem Gottesgeschenk geworden war, seine Entschlossenheit und drängte ihn geradezu in die Rolle, sich dem Volk als jener Erlöser anzubieten, für den es ihn halten *mußte.* Da die nächste Wahl noch weit entfernt war – eine Wahl, die niemals stattfinden würde –, blieb ihm die Notwendigkeit erspart, einen Wahlkampfrummel zu veranstalten und sich gewissen politischen Zwängen zu unterwerfen. Und doch lernte die Öffentlichkeit sein Dogma zu schätzen und seine Botschaft der Hoffnung und Veränderung zu lieben. Wenn der Tag Delphi kam, würden sie sich um ihn scharen.

Dodd zögerte nicht, sich der Aufgabe zu stellen. Das Ausmaß dessen, was er versuchte, jagte ihm keine Angst ein. Es war lediglich der nächste logische Schritt in der Weiterentwicklung seines Lebens. Seine Existenz hatte keinen anderen Sinn, er hatte kein anderes Ziel. Die Pflicht war zu einer Besessenheit geworden. Sam Jack Dodd konnte sich nicht mehr mit weniger zufriedengeben. Alles, was er an diesem Land liebte, alles, was ihm sein Dasein ermöglicht hatte, lag im Sterben. Um es am Leben zu halten, mußte ein schrecklicher Preis bezahlt werden, aber es ging um das Überleben der Nation, und dafür war kein Preis zu hoch. Also würden nur wenige die Wahrheit einsehen, doch letztlich würden alle sie akzeptieren müssen.

Wie sie ihn würden akzeptieren müssen, wenn in kaum neun Tagen der Tag Delphi dämmerte.

DRITTER TEIL
WHITE SANDS

Das Weiße Haus:
Montag, 18. April 1994, 13 Uhr

Dreiundzwanzigstes Kapitel

Die Teilnehmer der an diesem Montagnachmittag im Weißen Haus stattfindenden Konferenz trafen in genau berechneten Abständen ein und benutzten verschiedene Eingänge, um kein Aufsehen zu erregen. Zwei weitere waren zu dem inneren Zirkel hinzugekommen, der bislang aus dem Präsidenten, Stabschef Charlie Byrne und FBI-Direktor Ben Samuelson bestanden hatte.

Steven Trevor Cantrell, der Vorsitzende der Stabschefs, war einer der wichtigsten Berater, die der Präsident nach einer langen und schwierigen Suche um sich geschart hatte. Der Präsident hatte ihn nicht persönlich gekannt, doch seine Reputation als Mann, der durchzugreifen verstand, gleichzeitig aber im Team arbeiten konnte, hatte ihn über andere Kandidaten hinausgehoben. Cantrell war von unterdurchschnittlicher Größe, aber gebaut wie eine Bulldogge. Er hatte praktisch keinen Hals, wenngleich die Tage, in denen seine Marine-Corps-Uniformen maßgeschneidert werden mußten, um seine Leibesfülle aufnehmen zu können, mittlerweile der Vergangenheit angehörten. Er hielt sich in Form, und nur die sanfte Überzeugungskraft des Präsidenten hatte bewirkt, daß er sein zuvor extrem kurz geschnittenes Haar nun etwas länger trug.

Die zweite neu hinzugekommene Teilnehmerin war Angela Taft, die Beraterin in Fragen der Nationalen Sicherheit. Die vielen Feinde des Präsidenten hatten ihre Ernennung als Konzessionsentscheidung abgetan. Schließlich war sie nicht nur eine Frau, sondern obendrein eine Farbige. In Wahrheit war sie für diesen Posten jedoch durchaus qualifiziert. Die Taft, eine ordentliche Professorin für Politologie der Universität Harvard, war während des Wahlkampfs zur Mannschaft des Präsidenten gestoßen und hatte in erster Linie für die Ausarbeitung seines außenpolitischen Programms verantwortlich gezeichnet. Sie war eine Pragmatikerin, die weder einer Partisanenpolitik noch den Medien verpflichtet war.

In der vergangenen Nacht hatte der Präsident auf ein paar Stunden Schlaf verzichtet und sich einige Videos über Samuel Jackson Dodd angesehen, die sein Stab für ihn zusammengetragen hatte. Er hatte dabei nicht versucht, Dodd mit den Augen eines Politikers, ja des amtierenden Präsidenten zu sehen, sondern so, wie ein ganz normaler, frustrierter Amerikaner ihn sehen würde. Zweifellos verfügte Dodd über eine gewisse primitive Logik, die die vielen Bürger ansprechen würde, die verarmt waren und sich keinen Illusionen mehr hingaben. Damit wurde er für jeden, der sich über die Folgen seiner Vorschläge im klaren war und begriff, was das Land aufgeben würde, wenn es seine schnellen Lösungen akzeptierte, zu einer noch erschreckenderen Gestalt. Hitler, Stalin und Mussolini hatten vor ihren jeweiligen Machtergreifungen ähnliche Argumente vorgebracht. Solange alles gut lief, würde niemand sich beschweren. Und wenn es nicht mehr gut lief und die Leute anfingen, sich zu beschweren, würde es keine Möglichkeit mehr geben, eine Kursänderung herbeizuführen.

»Na schön«, begann der Präsident. Charlie Byrne und den anderen kam er wie ein anderer Mensch vor. Plötzlich war er wieder voller Kraft und Entschlossenheit, nicht mehr am Boden zerstört. Als hätte er eine Wiedergeburt vollzogen. Vor vier Tagen hatte er noch aufgeben wollen. Jetzt lag ihm das fern. »Sie alle kennen den Inhalt des Tonbands, das in Direktor Samuelsons Besitz gelangte. Ben, warum fangen wir nicht mit Ihnen an? Das heißt, fangen wir mit dem Mann an, der anscheinend versucht, diese Regierung aus den Angeln zu heben.«

Samuelsons Gesichtsausdruck war ernst. »Sir, dreißig Agenten haben alle Daten gesammelt und untersucht, die es über Sam Jack Dodd gibt, und nichts, nicht der geringste Beweis, bringt ihn in einen Zusammenhang mit irgendeiner monströsen Gruppe von Verschwörern.«

»Sie sprechen natürlich von eindeutigen Beweisen«, vermutete Charlie Byrne.

»Eigentlich von allen Beweisen.«

»Wir haben das Tonband«, sagte Byrne. »Mir reicht das.«

»Wozu reicht dir das?« fragte der Präsident.

»Um das Arschloch zu verhaften!«

»Und wie soll die Anklage lauten?« fragte Ben Samuelson.

»Aufruhr oder Verrat. Suchen Sie sich etwas aus.«

»Ohne Beweise, Charlie, kommen wir damit nicht durch«, warf der Präsident ein. »Wir können ihm einfach nichts anhängen. Vergiß nicht, wir sprechen von einem der beliebtesten Männer unseres Landes. Was glaubst du, wie sich dein Vorwurf im Kongreß machen würde? Dort sind mir nicht mehr viele Freunde geblieben, und wenn wir Dodd verhaften würden, hätten meine Feinde endlich den Vorwand, den sie brauchen, um eine Amtsenthebung zu beantragen. Hinter vorgehaltener Hand sprechen schon zahlreiche Abgeordnete darüber. Außerdem dürfen wir nicht vergessen, daß er nicht allein hinter dieser Sache steckt.« Der Präsident sah Samuelson an. »Ben, Ihr Bericht über den Mord an Cliff Jardine läßt darauf schließen, daß er niemals auf die Art und Weise hätte durchgeführt werden können, auf die er durchgeführt wurde, wenn es nicht . . .«

». . . eine Lücke in unseren Sicherheitsvorkehrungen gäbe.«

»Und das bedeutet?«

»Mein Verdacht beschränkt sich auf eine Handvoll Agenten.«

»Aber wie viele andere in diesem Land sind, von der Company einmal ganz abgesehen, bereits zur anderen Seite übergelaufen? Im Militär, im Verteidigungs- und Innenministerium, im Kapitol. Wie viele Leute fressen Dodd schon aus der Hand?«

»Ich habe das Gefühl, Sir«, erwiderte Samuelson, »daß es genau andersherum sein könnte. Daniels' auf Tonband aufgenommene Aussagen lassen darauf schließen, daß Dodd nur das letzte Stück eines großen Puzzles ist, die ›fehlende Variable‹. Dieser Begriff fiel doch, wenn ich mich recht entsinne.«

»Und warum auch nicht?« warf der Präsident ein. »Das Volk liebt ihn. Mit seiner gottverdammten Bekanntheitsrate von neunzig Prozent hat er die Hand am Puls der Nation.«

»Warum müht er sich mit einem gewaltsamen Umsturz ab, wenn er die nächste Wahl gewinnen kann?« fragte Angela Taft.

»Weil eine Wahl ihm nicht die Machtbefugnisse geben wird, die er haben will, nach denen er sich geradezu sehnt. Es geht hier nicht darum, eine Wahl zu gewinnen oder zu verlieren; es geht darum, neu festzulegen, wie dieses Land geführt wird. Dodd und diejenigen, die hinter ihm stehen, sind davon überzeugt, daß das, was wir zustande bringen wollen, einfach nicht mehr funktioniert. Er hat es auf eine Veränderung abgesehen, die ihm die Verfassung niemals zugestehen würde.«

»Die Verfassung ist ein ziemlich großes Hindernis«, stellte Angela Taft fest.

»Genau deshalb hat sein Plan das Ziel, sie einfach aufzuheben und einen Grund dafür zu schaffen, daß Dodd auf dem weißen Pferd, das in seiner Scheune bereitsteht, herangeritten kommen kann, um den Karren aus dem Dreck zu ziehen.«

»Trotzdem, Mr. President«, hielt Angela Taft dagegen, »wir sind doch kein Land in der Dritten Welt, in dem ein Staatsstreich schon gelingt, wenn es vier Panzer bis zu den Palasttoren schaffen.«

»Herr General?«

Cantrell ergriff das Wort. »Wir mögen zwar nicht die Dritte Welt sein, Dr. Taft, doch bei einem zentralisierten Sitz der Macht sind wir zahlreichen ähnlichen Begrenzungen und Zwängen unterworfen. Das trifft besonders dann zu, wenn die Opposition zusätzlich über den Vorteil des Überraschungsmoments verfügt. Unter diesem Szenario wäre unsere Reaktionszeit das größte Problem. Wenn die Opposition über die richtigen Männer und Waffen verfügt, hat sie den Staatsstreich durchgeführt, bevor wir eine angemessene Abwehr gefunden haben.« Cantrell hielt inne. »Angesichts dieser Umstände möchte ich Ihnen einige Vorschläge machen.«

»Fahren Sie fort, Trev.«

»Spekulationen über unbekannte Variablen kommen mir unergiebig vor. Wir sollten uns auf die Aspekte konzentrieren, über die wir einigermaßen sichere Erkenntnisse vorliegen haben.«

»Ich bin mir nicht sicher, ob wir überhaupt welche davon haben.«

»Zumindest ist eins klar, Sir: Die Regierung kann nicht gestürzt werden, solange Präsident und Kongreß amtieren. Der Plan der Opposition wurde mit dieser Einsicht im Hinterkopf ausgearbeitet und nahm Gestalt an, als die Gegenseite Mittel und Wege fand, die Regierung auszuhebeln.«

»Worauf wollen Sie hinaus, Herr General?«

»Der militärische Fachbegriff lautet Evac – also eine Evakuierung. Ich schlage vor, daß wir die Mitglieder der amtierenden Regierung an bestimmte sichere Orte schaffen.«

Cantrell beschrieb kurz die drei Einrichtungen, die für diesen Zweck entstanden, bislang aber kein einziges Mal benutzt worden waren. Mount Weather, achtzig Kilometer nordwestlich von Washington, sollte im Fall eines Atomkriegs dem Präsidenten, Mitgliedern des Höchsten Gerichtshofs, Kabinettsmitgliedern und anderen ausgewählten Beamten Schutz bieten. All diesen Personen waren bereits Treffpunkte zugeteilt worden, von denen aus sie im Ernstfall mit Hubschraubern zu der angeblich uneinnehmbaren und unsichtbaren Festung geflogen werden sollten.

Die genauso geheime Site R, nur zehn Kilometer vom Camp David entfernt und an der Grenze von Maryland und Pennsylvania gelegen, war die größte der drei Einrichtungen. Ihre neunzigtausend Quadratmeter waren in den Raven Rock Mountain eingelassen. Site R sollte das behelfsmäßige Kommunikationszentrum beherbergen. Sie sollte im Kriegsfall die Aufgaben des Pentagon übernehmen.

Die letzte Einrichtung hatte keine eingängige Kodebezeichnung und war schlicht und einfach als Greenbrier bekannt. Im Gegensatz zu den beiden anderen wurde sie nicht von gewaltigen Bergen oder Felsmassen geschützt. Greenbrier war einfach eine große Höhle in der Nähe des luxuriösen Greenbrier Hotels in White Sulpher Springs, West Virginia, eine Höhle, die man vergrößert und gegen eventuelle Angriffe verstärkt hatte. In ihren Betonmauern sollten der Senat und das Repräsentantenhaus Unterschlupf finden. Dazu waren nicht nur weitläufige Räumlichkeiten erforderlich, sondern auch Säle, in denen die beiden Körperschaften tagen konnten. Einer davon, die Exhibit

Hall, war so groß, daß darin Vollversammlungen beider Häuser abgehalten werden konnten.

Nach der Auflösung der Sowjetunion glaubte in Washington natürlich niemand mehr daran, daß man jemals auf eine der drei Einrichtungen würde zurückgreifen müssen. General Cantrells Vorschlag, sie nun wegen einer Gefahr von *innen* ihrer vorbestimmten Nutzung zuzuführen, mutete wie die höchste Ironie an. Vielleicht würde sich nun eine der größten Verschwendungen von Steuergeldern in der Geschichte der Nation doch noch als sinnvoll erweisen.

»Das grundlegende Problem«, ergriff Angela Taft das Wort, nachdem Cantrell geendet hatte, »liegt im Timing, Herr General. Da wir im Augenblick nicht die geringste Ahnung haben, wie der Zeitplan des Feindes aussehen könnte, können wir auch nicht wissen, *wann* wir auf den Panikknopf drücken müssen.«

»Und selbst, wenn wir es wüßten«, warf Charlie Byrne ein, »käme ein Rückzug in diese Richtung einer Kapitulation gleich. Wir würden den Schwanz einziehen und davonrennen.«

»Sie glauben wirklich, daß es darauf hinauslaufen wird?« fragte der Präsident.

»Sir, ich bin der Ansicht, daß unsere Widersacher ein völliges Chaos schaffen müssen. Sie allein werden dann imstande sein, die Ordnung wiederherzustellen. Daraus folgt, daß sie versuchen müssen, die Kommando- und die Befehlskette zu unterbrechen.«

»Von diesem Unternehmen Evac einmal abgesehen, Herr General . . . können Sie noch weitere Abwehrmaßnahmen vorschlagen? Vielleicht militärische Präventivmaßnahmen?«

»Keine, die einigermaßen akzeptable Erfolgsaussichten haben, Sir. Darüber hinaus setzen solche Maßnahmen voraus, daß wir unsere Befürchtungen offen eingestehen.« Cantrell beugte sich über den Tisch vor. »Die Siebente Leichte Infanterie wurde für solch einen Fall ausgebildet. Wir könnten einige Einheiten nach Washington verlegen und sie mit einer oder zwei bewaffneten Divisionen verstärken.«

»Wenn wir Washington in ein bewaffnetes Feldlager verwandeln . . .«

»Ich würde den Ausdruck ›Verteidigungsring‹ vorziehen.«

»Ich bin nicht der Ansicht, daß die Öffentlichkeit die Errichtung eines Verteidigungsrings gegen eine Macht, deren Existenz wir nicht einmal beweisen können, einfach so hinnehmen wird. Außerdem ... wie lange können wir das Militär aufmarschieren lassen, während die Öffentlichkeit uns Paranoia und Unfähigkeit vorwirft? Wenn die Entwicklung genug Schwung bekommt, könnte sie uns genauso zu Fall bringen wie eine Kugel.«

»Na schön«, schlug Charlie Byrne vor, »dann habe ich eine andere Idee: Wir wenden uns an die Öffentlichkeit, *ohne* Namen zu nennen und die Kavallerie zu rufen.«

General Cantrell schüttelte demonstrativ den Kopf. »Mr. Byrne ...«

»Einen Augenblick, lassen Sie mich ausreden. Dodd und seine Hintermänner müssen unter allen Umständen vermeiden, bloßgestellt zu werden. Deshalb mußten sowohl Jardine als auch Daniels sterben. Deshalb haben wir die einzige Kopie von seinem Bericht nicht gefunden, und deshalb wurde sogar das Farbband seiner alten Olivetti ausgewechselt. Danach mußte die Opposition davon ausgehen, alle Spuren verwischt zu haben, und ohne unsere Freunde in der russischen Botschaft wäre dies auch der Fall gewesen.«

»Worauf willst du hinaus, Charlie?« fragte der Präsident.

»Darauf, daß die Furcht vor einer Bloßstellung diese Bastarde dazu bewegen könnte, ihren Plan aufzugeben. Sie haben niemals damit gerechnet, vorzeitig aufzufliegen.«

»Du schlägst also vor, das Tonband freizugeben.«

»Es ist alles, was wir haben«, gestand Byrne ein.

»Aber es ist nicht genug«, sagte der Präsident mit grimmiger Überzeugung. »Jedenfalls nicht, um Schaden und Spott von uns zu wenden. Sicher, wir könnten ihren Plan damit für eine Weile verzögern, aber wir würden dann so lachhaft schwach dastehen, daß sie nicht einmal die Hauptstadt erstürmen müssen, um über kurz oder lang die Macht zu übernehmen.«

»Diese Möglichkeit erscheint mir immerhin besser als die,

uns irgendwo zu verkriechen oder Panzer durch die Hauptstadt fahren zu lassen.«

»Versteh mich nicht falsch, Charlie«, schlichtete der Präsident, »ich glaube, du bist auf dem richtigen Weg. Aber um diesen Weg einzuschlagen, brauchen wir mehr Informationen, mehr Beweise. Und deshalb brauchen wir McCracken.« Er sah Samuelson an. »Aber Sie haben ihn wahrscheinlich noch nicht gefunden, Ben?«

»Wir konnten lediglich bestätigen, daß es McCracken war, der am Samstag abend die Bombe von diesem Airbus der American Airlines mit Zielflughafen Miami abgeworfen hat.«

»Die unsere Feinde natürlich dort versteckt hatten, um ihn zu beseitigen.«

»Sie sind auch seine Feinde, Sir. Aber nachdem er Miami erreicht hatte, hat er keine Spur hinterlassen, der wir folgen konnten. Wir haben in all seinen toten Briefkästen Nachrichten deponiert und erfolglos versucht, mit einem ehemaligen Geheimdienstagenten Kontakt aufzunehmen, der gelegentlich als sein Verbindungsmann fungiert. Wir haben sogar ein Team in die Wälder Maines geschickt, das nach einem Indianer suchen sollte, mit dem er in Vietnam gedient und anscheinend auch später zusammengearbeitet hat ... ebenfalls ohne den geringsten Erfolg.«

»Er ist ihnen auf der Spur«, sagte der Präsident, und in seiner Stimme lag plötzlich ein Fünkchen Hoffnung.

»Das wissen wir nicht genau.«

»Ich bin mir dessen sicher. Und jeder, der so viel über McCracken nachgelesen hat, wie ich es in den letzten paar Tagen getan habe, wäre sich genauso sicher. Wir werden ihn finden, und wir werden auch etwas finden, das uns hilft, diese Nation vor Dodd und seinen Hintermännern zu retten.«

Charlie Byrne verlagerte unbehaglich sein Gewicht.

»Außer, sie finden ihn zuerst, Sir.«

Vierundzwanzigstes Kapitel

»Danke, daß ich mitkommen darf, Boß.«

»Ich habe so ein Gefühl, als würde ich dich bei dieser Sache brauchen, Sal.«

McCracken war am Montagnachmittag kurz vor Sal Belamo auf dem Flughafen von Albuquerque eingetroffen. Er hatte seine Reise nur einmal unterbrochen, um sich neue Kleidung zu kaufen, die etwas unauffälliger war als die, die er dem Farmer in Oklahoma von der Wäscheleine gestohlen hatte. Belamo war mit einem einfachen Hemd und einem zerknitterten Leinenanzug bekleidet. Die Ausrüstung, die er für sie beide mitgebracht hatte, befand sich schon auf dem Weg zum Gepäckband.

Belamo war nicht viel größer als einsfünfundsechzig, und nachdem Carlos Monzon seine Karriere in ihrem zweiten Kampf beendet hatte, bestand sein Körper nicht mehr hauptsächlich aus Muskeln; er hatte eine ganz schöne Menge Fett angesetzt. Der Kontrast zu McCrackens v-förmiger, muskelbepackter Gestalt und Johnny Woreagles riesigem Leib täuschte darüber hinweg, daß Belamo unter Druck genausogut arbeiten konnte wie diese beiden, wenn auch auf seine ureigene Art.

»Wenn du mir jetzt erzählen willst, was hier gespielt wird, Boß, bin ich ganz Ohr.«

McCracken erklärte ihm während ihrer Fahrt auf der Route 27 in südlicher Richtung zur White-Sands-Wüste und der Sandburg Eins alles, so gut er es vermochte. Nicht Arlo Cleese und die Midnight Riders wollten die Regierung stürzen. Die wahren Täter, die aus den Überresten von Bill Carlisle geheimnisvoller Trilateraler Kommission bestanden, wollten dies das Land nur glauben machen.

Belamo akzeptierte die Geschichte mit einer Mischung aus Achselzucken und Nicken. Doch als Blaine geendet hatte, hatte sein Gesicht sich verzogen und brachte Mißfallen und Abscheu zum Ausdruck.

»Und diese Inhaftierungslager . . .«

»Sind wie dazu geschaffen, all jene unterzubringen, die sich ihren Plänen widersetzen«, schloß Blaine den Satz ab.

»Und das werden nicht gerade wenige sein, Boß. Das Land ist groß.«

Kristens Zelle war klein und fensterlos; das einzige Licht, das zwischen ihr und der völligen Dunkelheit stand, fiel durch eine schmale Dachluke. Sie lag auf einer harten Pritsche, die direkt gegenüber der stabilen Tür stand. Da man ihr die Armbanduhr abgenommen hatte, konnte sie kaum noch zwischen Tag und Nacht unterscheiden. Ihre Gedanken schweiften ab, obwohl sie sich bemühte, sich zu konzentrieren und zu rekapitulieren, was in dem verschwommenen Zeitraum seit ihrer Gefangenschaft geschehen war.

Ihre letzte deutliche Erinnerung bestand darin, von dem menschlichen Ungetüm, das das Haar ihres Bruders trug, aus dem Wagen gezerrt worden zu sein, in dem die tote Samantha Jordan lag. Sie schrie noch immer, als ein anderer Mann ihr eine Spritze in den Arm stieß.

Dann Dunkelheit.

Schließlich kehrte das Bewußtsein periodisch zurück, doch sie wußte nicht, ob eine Stunde oder ein Tag vergangen war. Sie erinnerte sich daran, in den Fesseln eines Sicherheitsgurts aufgewacht zu sein. Ihre Ohren schmerzten. Ein knirschendes, wirbelndes Geräusch füllte sie.

Ein Hubschrauber! Sie wurde mit einem Hubschrauber irgendwohin gebracht!

»Sie kommt zu sich«, sagte eine Stimme.

Dann senkte sich wieder Dunkelheit.

Kristens nächste deutliche Erinnerung bestand darin, in einem winzigen Zimmer aufgewacht zu sein, während ein Mann ihr mit monotoner Stimme Fragen stellte.

»Haben Sie mit ihrem Bruder unmittelbar vor dem Abend gesprochen, an dem er die Nachricht hinterließ?«

»Nein.«

Warum antwortete sie? Das runde, schwabbelige Gesicht

ihres Häschers schwebte über ihr und wurde vom Licht der einzigen Glühbirne in dem kleinen Raum erhellt. Schon bei der geringsten Bewegung entfernte sein Gesicht sich von der Birne und wurde dann nur noch von einem schwachen, tanzenden Flimmern erhellt. Als ihr Blick klarer wurde, machte Kirsten eine zweite Gestalt in dem Raum aus, hinten an der Tür, in Dunkelheit gehüllt.

»Hat er Ihnen irgendwann gesagt, was er in Colorado herausgefunden hat?«

»Nein.« Sie konnte nicht anders, sie mußte einfach antworten.

»Hat er Ihnen gesagt, was er in der Air-Force-Basis Miravo gesehen hat?«

»Nein.«

»Haben Sie überhaupt gewußt, daß er in Colorado war?«

»Erst, als ich herausfand, von wo aus der Anruf gekommen war.«

»Mit Hilfe des FBI-Agenten Paul Gathers.«

»Ja.«

»Haben Sie die Information an irgend jemanden weitergegeben, bevor Sie nach Colorado geflogen sind?«

»Nein.«

»Und nach Ihrer Ankunft in Colorado?«

»Farlowe. Der Sheriff von Grand Mesa.«

»Sie haben ihm alles erzählt?«

»Alles.«

»Hat er die Informationen Ihres Wissens an jemanden weitergegeben?«

»Nein.«

»An wen haben Sie nach Ihrer Rückkehr nach Washington die Information weitergegeben?«

»An Senatorin Jordan.«

»Sonst an niemanden?«

»Colonel Haynes im Pentagon.«

»Und außer Colonel Haynes?«

»Nein. An niemanden. Nur an die Senatorin.«

Als Kristen dies sagte, blitzte das Bild von Samantha Jordans toten Augen, die sie im Wagen anstarrten, durch ihren Kopf. Sie erschauderte.

»Sie kann nicht mehr viel verkraften.« Ihr Inquisitor hatte sich zu der Gestalt an der Tür umgedreht, die sie in der Dunkelheit nicht erkennen konnte.

»Sie wird so viel verkraften, wie nötig ist. Ich habe meine Befehle.«

Dann drehte sich das schwabbelige Gesicht des Fragestellers wieder zu Kristen um. *»Haben Sie mit jemandem darüber gesprochen, nachdem Sie mit der Senatorin nach Colorado gekommen sind?«*

»Nein.«

Kristen merkte, daß sie einschlief. Sie konnte sich einfach nicht mehr konzentrieren.«

»Die Situation ist unter Kontrolle«, hörte sie ihren Inquisitor zu der Gestalt an der Tür sagen. »Ich werde ihr ein leichtes Beruhigungsmittel geben lassen. Mehr braucht sie nicht. Wir werden sie bis zur nächsten Sitzung in einer Zelle unterbringen.«

»Gut. Gehen wir.«

Die Tür des kleinen Zimmers wurde geöffnet. Licht aus dem Korridor fiel hinein und auf den Mann, der zuvor in der Dunkelheit gestanden hatte.

Ein großer, riesiger Mann. Er schien die Türöffnung auszufüllen. Er trat vor dem Fragesteller hinaus, und das Licht fiel auf sein Gesicht, sein Haar.

O mein Gott . . .

Kristen erkannte das Gesicht, erinnerte sich von dem Augenblick ihrer Gefangenschaft auf dieser Straße daran. Es war eckig und vierschrötig, flach wie eine gepflasterte Straße und wurde noch immer vom Haar ihres Bruders umrahmt.

Kristen wollte schreien.

Die Tür wurde geschlossen. Etwas schepperte. Schritte hallten.

Kristen wollte sich zwingen, die Augen offenzuhalten, wach zu bleiben. Aber ihre Lider waren schwer wie Blei und fielen trotz all ihrer guten Vorsätze zu.

Seitdem war Kristen sporadisch erwacht, und jedesmal, wenn sie wieder zu Bewußtsein kam, blieb sie länger wach und beherrschte ihre Sinne besser. Sie war mittlerweile imstande, die Augen für eine Zeitspanne aufzuhalten, die sie für eine Stunde hielt, und um ihre Konzentration zu kämpfen.

Setze es zusammen! Was steckt dahinter?

Kristen erinnerte sich lebhaft an den eindrucksvollen Anblick der grünen Container, von denen jeder einzelne einen Atomsprengkopf enthielt. Sie standen aufgereiht in dem umgebauten Hangar der Air-Force-Basis Miravo. Zweifellos hatten sich schon zuvor Hunderte davon dort befunden, und zweifellos würden Hunderte weitere folgen.

Kristen fröstete erneut. Colonel Riddick war nur allzu bereitwillig gewesen, ihnen den Inhalt dieses Hangars zu zeigen. Aber sie hatte auf dem Gebiet der Basis nicht den geringsten Beweis gesehen, der davon kündete, daß die Atomsprengköpfe tatsächlich auseinandergenommen wurden. Jemand, der ein solches Arsenal besaß, würde einen unglaublichen Machtfaktor darstellen. Was, wenn David beobachtete hatte, daß einige dieser Container per Lastwagen oder Flugzeug von der Basis gebracht worden waren? Sein Tod war notwendig geworden, sollte das schreckliche Geheimnis, das er in Erfahrung gebracht hatte, gewahrt bleiben.

War es möglich, daß Atomwaffen gestohlen und an jeden verkauft wurden, der den verlangten Preis zahlen konnte? Die Zünder und die Kodes, die man benötigte, um die Sprengköpfe zu aktivieren, konnten von Colonel Riddick geliefert werden. Sie wußte, daß Riddick gelogen hatte, was den Status der Basis an jenem Samstag betraf, an dem sie und Duncan Farlowe in den benachbarten Hügeln fast umgekommen waren. Und das bedeutete, daß er auch in jeder anderen Hinsicht gelogen haben konnte.

Aber es ging um viel mehr als lediglich eine Schwarzmarkt-Operation, bei der Riddick mitmischte, um etwas viel Entsetzlicheres als lediglich das Verschachern von Atomraketen. Das bewies Samantha Jordans Beteiligung an der Sache.

»Gib mir die Chance, es dir zu erklären. Ich kann dich noch immer an Bord holen. Ich kann sie überzeugen, dich mitmachen zu lassen.«

Diese Worte zählten zu den letzten, die die Senatorin gesprochen hatte. *Was* wollte sie erklären? *Wen* wollte sie überzeugen? Worin auch immer die Jordan verwickelt gewesen war, es mußte um mehr gehen als nur die Absicht, die gestohlenen Sprengköpfe zu Geld zu machen. Hier ging es nicht nur um harte Dollars. Hier ging es um Macht.

Kristen schlang die Arme enger um ihren Körper und richtete sich auf, lehnte den Rücken gegen die Betonwand. Ihre Gedanken blieben träge, und mußte sie festhalten, bevor sie ihr wieder entglitten.

Hier war eine Verschwörung im Gange, die sich bis in die höchsten Ebenen der Macht erstreckten, sogar bis ins FBI. Paul Gathers mußte die Verbindung zwischen Grand Mesa und der Air-Force-Basis Miravo gezogen haben. Als er Nachforschungen anstellte, wurde er zum Schweigen gebracht. Dann sie und Duncan Farlowe ...

Duncan Farlowe! Sie hatte während des Verhörs seinen Namen genannt. Das bedeutete, daß der alte Sheriff in höchster Gefahr schwebte. Die Vorstellung, Farlowe nicht warnen zu können und damit für das, was ihm vielleicht zustoßen würde, verantwortlich zu sein, bewirkte, daß Kristen sich noch hilfloser vorkam.

Sie konzentrierte sich auf ein anderes Thema und dachte darüber nach, *was* sie wußte. Sie wurde in irgendeinem ultramodernen Hochsicherheitsgefängnis gefangengehalten. Man hatte sie nur am Leben gelassen, weil man herausfinden wollte, was sie wußte und wem sie es eventuell mitgeteilt hatte. Sobald man ihre Geschichte überprüft und vielleicht noch ein zweites Verhör durchgeführt hatte, hatte sie für ihre Häscher nicht mehr den geringsten Nutzen.

Und der Mann, der das Haar ihres Bruders trug, würde sie umbringen.

Johnny Wareagle saß vor dem dampfenden Kaffee, der seinen Magen übersäuerte. Er trank sonst nie Kaffee, trank nichts anderes als die Tees, die er selbst mischte und braute. Aber er wollte in der einzigen Imbißstube in Carrizozo, New Mexico, so normal wie möglich erscheinen. Er wollte, daß die Kellnerin ihn akzeptierte, damit er sie leichter ausfragen konnte.

»Kann ich Ihnen sonst noch etwas bringen, Schätzchen?« fragte die Frau. In der Hand hielt sie eine frische Kanne mit der schwarzen Säure.

»Nein, danke.«

»Ein Mann von Ihrer Größe sollte wirklich mehr essen. Wie wär's? Eier mit Speck? Vielleicht ein paar Pfannkuchen? Hören Sie, ich mache sie Ihnen sogar selbst.«

»Wirklich nicht. Tut mir leid.«

Die Imbißstube und Carrizozo befanden sich praktisch am Anfang der White Sands, der sich schier endlos ausdehnenden Einöde, die man von jedem Fenster aus sehen konnte. Nachdem er Tyson Gash und die Polizei-Brigade verlassen hatte, war er direkt hierher gefahren, in der Hoffnung, daß hier jemand wußte, was es in der Wüste geben konnte, das Traggeo in diese Gegend geführt hatte. Bislang hatte sich seine Hoffnung noch nicht erfüllt.«

»Sind Sie auf dem Weg zum Reservat?« Die Kellnerin schien in redseliger Stimmung zu sein.

»Verzeihung?«

»Ein paar hundert Kilometer westlich von hier gibt es einige davon. Jede Menge Leute wie Sie, Indianer, meine ich, machen auf dem Weg dorthin Halt.« Sie kicherte. »Ihnen bleibt ja auch keine andere Wahl. Wir sind das letzte Restaurant vor der Wüste.«

»Wer sonst kehrt hier ein?«

»Stammgäste, meinen Sie?«

»Falls es welche gibt.«

»Kaum welche. Meistens Touristen und die üblichen Lastwagenfahrer, die auf dem Weg nach Mexiko sind oder von dort kommen. Früher ging das Geschäft besser. Vor kurzem sogar noch. Als die Bauarbeiter hier in der Gegend waren, hatten wir tatsächlich wieder rund um die Uhr geöffnet.«

»Bauarbeiter«, wiederholte Johnny. Plötzlich prickelte seine Haut.

»Klar doch. Müssen Trupps von je hundert Mann gewesen sein, und soweit ich weiß, haben sie in drei Schichten gearbeitet.«

»Was haben sie denn gebaut?«

Die Kellnerin beugte sich vor und senkte ihre Stimme zu einem Flüstern. Die Kaffeekanne in ihrer Hand hatte sie vergessen. »Es hieß, es wäre eine neue Armee-Basis, aber in Wirklichkeit hat die Regierung eine neue Anlage gebraucht, in der sie all die Außerirdischen unterbringen kann, die sie seit Jahrzehnten festhält.«

»Haben Sie diese Basis je gesehen?«

Sie schüttelte den Kopf. »Nie, und ich kenne keinen, der sie je gesehen hat, abgesehen von den Arbeitern natürlich. Aber ich werde sie auch nie sehen, da sie sie nicht fertiggebaut haben. Ihnen ist das Geld ausgegangen, oder die Außerirdischen sind gestorben.«

»Ich kenne diese Gegend«, log Johnny, »aber mir ist so eine Anlage nie aufgefallen.«

»Das ist es ja gerade«, sagte die Kellnerin spöttisch. »Kapieren Sie denn nicht? Die Regierung macht nicht unbedingt Werbung für 'ne Anlage, in der sie Außerirdische unterbringen will. Sie haben sie ausgerechnet an der Straße nach Alamogordo gebaut, und man kann sie nur über unbeschilderte und verborgene Nebenwege erreichen. Sie würden sie noch nicht mal bemerken, wenn Sie sich verirren und zufällig in die Nähe kommen sollten, denn sie hat dieselbe Farbe wie der Sand. Es heißt, mit dem Anbruch der Dunkelheit würde sie einfach verschwinden.«

»Können Sie mir zeigen, wo sie ist?« fragte Johnny sie.

»Haben Sie 'ne Landkarte?«

McCracken und Sal Belamo sahen die Scheinwerfer, die sich ihnen näherten, erstmals, als sie zwanzig Kilometer auf einer einsamen Straße zurückgelegt hatten, die tief ins Herz der

White Sands führte. Belamo hatte eine Strecke zur Sandburg Eins ausgearbeitet, die sie auf der Route 54 aus Carrizozo und dann bei Tularosa in westliche Richtung in die Wüste führte.

Dieser Begriff war für White Sands nicht ganz zutreffend; genaugenommen handelte es sich nicht einmal um eine Einöde. In der Nähe von atemberaubenden Felsformationen gediehen durchaus Pflanzen. Das Land neigte und hob sich wieder und widerlegte die verbreitete Annahme, White Sands wäre ein lebloser Landstrich. Beifuß und Steppenläufer wurden vom Wind hin und her geweht.

»Wir haben Gesellschaft«, sagte Sal, als das Licht der Scheinwerfer genau auf sie fiel.

McCracken machte einen Jeep aus, der vor ihnen quer auf der schmalen Straße stand, und trat auf die Bremse. Die beiden Insassen hielten sich genau an die Vorschriften: Der eine näherte sich im gleißenden Lichtschein eines Scheinwerfers, während der andere beim Fahrzeug blieb. Beide trugen Uniformen der Army.

»Nur zwei«, bestätigte Belamo und legte eine .44er Magnum, die genauso lang zu sein schien wie seine kurzen Arme, auf seinen Schoß.

Auch McCracken hielt eine Waffe in der Hand, eine SIG-Sauer, die Belamo ihm mitgebracht hatte. Der Soldat trat ans offene Fenster, und Blaine bedachte ihn mit der besten Unschuldsmiene, die er zustande brachte. »Wir haben uns verfahren«, sagte er.

Der Soldat senkte seine M16 nicht, zielte aber auch nicht auf sie. »Sie befinden sich auf einem Regierungsgelände, zu dem der Zutritt verboten ist. Ich muß Sie bitten, das Gelände sofort wieder zu verlassen . . .«

»Erklären Sie mir nur, wie ich auf die Route 70 zurückkomme«, sagte Blaine und hob die Hand mit der nicht ausgefalteten Landkarte zum Fenster, um dem Soldaten die Sicht zu nehmen.

». . . ansonsten müßten wir Ihren Wagen beschlagnahmen und Sie verhaften.« Um seinen Befehl zu betonen, stieß der Soldat den Lauf der M16 gegen die Karte. Blaine packte die Waffe und zerrte den Mann zu sich heran. Bevor der Soldat reagieren konnte, durchbohrte Blaines SIG eine Falte der Karte und grub sich in dessen Rippen.

»Nehmen Sie den Finger vom Abzug.«

Der Soldat zögerte, obwohl der Lauf des Gewehrs auf den Rücksitz des Wagens gerichtet war. Er warf seinen schnellen Blick auf seinen Partner im Jeep und überlegte anscheinend, ob er eine Salve abfeuern sollte, um ihn zu warnen.

»Wenn Sie schießen, sind Sie beide tot«, sagte McCracken und deutete mit dem Kopf auf Sal Belamo, der seine .44er Magnum auf dem Armaturenbrett abgestützt hatte und auf den Soldaten richtete, der neben dem Jeep stand.

»Tun Sie, was ich sage, und Ihnen wird nichts geschehen«, fuhr Blaine fort.

Der Soldat nahm die Hand vom Abzug.

»Und jetzt rufen Sie Ihren Freund herbei. Sagen Sie, er soll sich beeilen.«

Die Kellnerin in der Imbißstube in Carrizozo hatte Wareagle gesagt, der Gebäudekomplex in der Wüste würde des Nachts verschwinden. Dementsprechend hatte Johnny bis zum Anbruch der Dunkelheit gewartet, um sich ihm zu nähern, und war dann der Wegbeschreibung gefolgt, die sie ihm gegeben hatte. Er ging von der Annahme aus, daß Traggeo Teil einer ungesetzlichen Verschwörung war, deren Hintermänner große Anstrengungen unternahmen, nicht entdeckt zu werden, einer Verschwörung, für die der Mörder auch den Mann namens Badger von Tyson Gashs Polizei-Brigade hatte gewinnen wollen. Also hatte man bestimmt Sicherheitsvorkehrungen getroffen, um die Anlage zu schützen, von der fälschlicherweise angenommen wurde, ihre Errichtung wäre niemals abgeschlossen worden.

Nach Anbruch der Dämmerung hatte Johnny den Pritschenwagen, den er gemietet hatte, fünf Kilometer von der Stelle in den White Sands, die die Kellnerin auf seiner Karte markiert hatte, am Straßenrand abgestellt. Er ließ die Motorhaube geöffnet und band ein weißes Taschentuch an die Antenne, um etwaigen Polizeistreifen einen Motorschaden zu signalisieren. Er achtete auch darauf, eine deutliche Spur zu hinterlassen, die in die entgegengesetzte Richtung seines eigentlichen Ziels führte, so daß niemand Grund zu der Annahme haben konnte, er wolle sich dem Komplex nähern.

Nach einer Weile machte er kehrt, verließ die Straße und drang tiefer in die White Sands ein. Aufgrund der Dunkelheit und der Beifußbüsche, die ihm gemeinsam wie ein Schleier die Sicht nahmen, hätte Johnny die Anlage tatsächlich fast übersehen. Nur der hohe Stahlzaun, der sie umgab, machte ihn auf sie aufmerksam. Als er aus kaum vierhundert Metern Entfernung durch den Zaun sah, konnte er die Form der riesigen Gebäude dahinter kaum ausmachen.

Der Komplex war nicht nur in derselben Farbe gestrichen, die auch die umgebende Wüste aufwies, die Außenwände schienen überdies dieselbe grobe Struktur wie der Sand zu haben. Die körnigen Oberflächen stellten sicher, daß sowohl das Licht als auch die Dunkelheit auf genau dieselbe Art und Weise auf das Gebäude fiel wie auf das sie umgebende Land.

Die Anlage erweckte den Eindruck ... nun ja ... einer massiven Sandburg, die man aus der Wüste selbst gemeißelt hatte.

Von seinem Standpunkt aus konnte Johnny lediglich ein vierstöckiges Gebäude ausmachen, das sich fast zweihundert Meter von Osten nach Westen erstreckte und ihn mit seinen immer kleiner werdenden Ebenen an eine Pyramide erinnerte. An beiden Enden schienen sich vergleichbare Flügel in südliche Richtung auszudehnen. Das bedeutete, daß der Komplex entweder u-förmig oder viereckig war; im letzten Fall würden die Mauern einen Hof umschließen. Da Johnny kein Fernglas mitgenommen hatte, konnte er es allerdings nicht genau sagen. Trotzdem erweckte der Grundriß in ihm die Frage, ob es sich tatsächlich um das Ausbildungslager handelte, das er erwartet hatte.

Statt dessen sah es eher wie ein Gefängnis aus.

War Traggeo einfach von einer Zelle in eine andere verlegt worden? Nein. Kein einziger Scheinwerfer sicherte das weitläufige Gelände. Zwei Wachtürme waren unbesetzt. Ein paar uniformierte Bewaffnete gingen am Zaun Streife, doch das war alles. Abgesehen von einem Jeep, der die Anlage verließ, nachdem Johnny sie eine Stunde lang beobachtet hatte, deutete nichts darauf hin, daß sie überhaupt in Betrieb war.

Was immer hier stattgefunden hatte, schien längst beendet worden zu sein. Andererseits konnte es sich auch um ein Gebäude handeln, das noch darauf wartete, benutzt zu werden, um einen derzeit leerstehenden Komplex, dem eine zukünftige Rolle zugedacht war. So oder so, die – wenn auch spärlichen – Sicherheitsvorkehrungen mußten den Zweck haben, die Geheimnisse des Gebäudes zu bewahren, zu denen, wie Johnny hoffte, auch Traggeos derzeitiger Verbleib gehörte.

Johnny hatte seine Aufmerksamkeit auf das Problem gerichtet, wie er sich am besten Zutritt zu dem Komplex verschaffen konnte, als in der Richtung, in die vor wenigen Minuten der Jeep gefahren war, eine Explosion erklang. Er konnte dort in der Ferne einen gelben Feuerschein ausmachen. Plötzlich erwachte der Komplex zum Leben. Eine durchdringende Sirene heulte auf, und unter einer plötzlichen Lichtflut strömte Personal in alle Richtungen. Zwei weitere Jeeps brausten aus dem Tor der Anlage, gefolgt von einem Lastwagen, auf dem Soldaten saßen. Beide Jeeps waren mit je einem Maschinengewehr vom Kaliber .50 ausgestattet.

Das grelle Licht ermöglichte Johnny den ersten deutlichen Blick auf den Komplex. Blitzschnell überlegte er, wie er das Gebäude am besten erreichen konnte, suchte mit den Blicken das Gebäude ab, hielt nach potentiellen Hindernissen, aber auch natürlichen Deckungsmöglichkeiten auf dem Weg zum Zaun Ausschau.

Johnny ergriff die günstige Gelegenheit, die die Ablenkung ihm bot, und setzte sich in Bewegung.

»Absolut pünktlich«, sagte Sal Belamo, der mit dem Fernglas die Explosion im Auge hielt, während Blaine dem Konvoi beobachtete, der Sandburg Eins verlassen hatte und auf den brennenden Jeep zuhielt.

Sal hatte eine Sprengladung an dem Fahrzeug angebracht, um zu gewährleisten, daß der Lichtschein in der dunklen Wüste auch deutlich sichtbar war. Sowohl er als auch McCracken hatten schon vor langer Zeit gelernt, daß man sich am besten unbemerkt Zutritt zu einer gesicherten Basis verschaffen konnte, indem man eine Ablenkung schuf, die das Sicherheitspersonal hinauslockte. Wie sich herausstellte, lag Sandburg Eins keine drei Kilometer von der Stelle entfernt, an der der Jeep sie aufgehalten hatte. Nachdem sie die beiden Wachen in sicherer Entfernung von der bevorstehenden Explosion gefesselt hatten, legten sie den größten Teil dieser Strecke mit ihrem Fahrzeug zurück, dessen Scheinwerfer sie ausgeschaltet hatten, und liefen das letzte Stück. Knapp zwei Minuten bevor der Zeitzünder die Explosion herbeiführen würde, bezogen sie Position hinter der Deckung einer Felsenformation vierhundert Meter von der Sandburg Eins. Die Nacht lag undurchdringlich über ihnen, bis die Explosion das erwartete Durcheinander von Männern und Fahrzeugen brachte, die im Licht der Scheinwerfer das Tor verließen. Das letzte Fahrzeug war kaum außer Sicht, als McCracken das Fernglas senkte und nach seinem Rucksack griff.

»Gehen wir«, sagte er zu Belamo.

Fünfundzwanzigstes Kapitel

In der Sandburg Eins hüpfte das zerlumpte Haar, das nicht das seine war, auf Traggeos Kopf auf und ab, als er den Korridor entlanglief, der aus dem Zellenblock B führte. Obwohl die doppelten Betonwände alle Geräusche dämpften, hatte jeder, der das Geräusch kannte, sofort gewußt, daß es draußen eine Explosion gegeben haben mußte.

Er hatte das Kontrollsystem fast erreicht, als die Sirenen aufheulten.

»Scheiße!« murmelte er. »Verdammte Scheiße!«

Er riß sich das Haar des Jungen, den er in dem Motel umgebracht hatte, vom Kopf und schmiß es gegen eine Wand. Teile des Klebstoffs und der verfaulten Kopfhaut des Jungen blieben an seiner Haut kleben und hinterließen ein Flickwerk dunkler, schmieriger Stellen. Er hatte keine Zeit gehabt, seine Kopfhaut chemisch zu behandeln, wie es eigentlich notwendig gewesen wäre, und freute sich auf das neue Haar, das ihn bald schmücken würde. Natürlich würde er die Locken der Frau nicht in ihrer vollen Pracht tragen. Er würde sie zu den Zöpfen seines Volkes flechten – gleichzeitig ein Kopfschmuck und eine Trophäe.

Der erste Skalp, den Traggeo getragen hatte, war das strohfarbige Haar des Indianers gewesen, der ihn nach Miravo verfolgt hatte. Traggeo würde niemals in Erfahrung bringen, wie dem Indianer dies gelungen war. Er kannte auch nicht die genaue Natur der Operation, an der er seit seiner Befreiung aus dem Gefängnis beteiligt war. Es war ihm gelungen, mehrere andere Mitglieder der Salvage Company zu rekrutieren, wobei er allerdings sorgfältig darauf geachtet hatte, daß er der einzige Offizier unter ihnen war. An dem Tag, an dem er die drei Vietcong-Kollaborateure skalpiert hatte, um ein Exempel zu statuieren, war er Sergeant und damit Zugführer gewesen. Solche Nachrichten verbreiteten sich in den Dörfern des Deltas schnell. Er hatte lediglich etwas verdeutlichen wollen.

Der Segen daran war, daß die Salvage Company ihm ermöglicht hatte, seine wahre Natur zu erkunden und einen Einklang mit ihr zu finden. Die normale Army bestand hauptsächlich aus Protokollen und Vorschriften. Die Salvage Company erfüllte ihre Aufgaben. Brutal. Wirksam. So, wie Traggeo es gefiel.

Er wußte, daß in seinen Adern kein indianisches Blut floß; das war eine spirituelle Sache. Er spürte, daß der Geist eines großen Kriegers in ihm wiedergeboren war und ihn führte. Er hatte den Krieger in einer Traumvision gesehen und sein Äußeres seinem Aussehen angeglichen, so gut es ihm möglich gewesen war.

Aber das war nicht genug gewesen. Der Krieger aus seiner Traumvision konnte die Größe, nach der er sich sehnte, nicht erreichen, solange ein anderer in seinem Weg stand:

Johnny Wareagle.

Das riesige Echtblut, das mit Traggeo im Krieg gedient hatte, war eher ein Mythos denn ein Mensch. Eine Legende, die Traggeo würde überwinden müssen, wenn er erreichen wollte, was der Krieger seiner Vision ihm vorgeschrieben hatte. Indem er die Skalps seiner Opfer trug, wollte er ihre Energie aufnehmen, ihre Aura absorbieren, so daß er der Aufgabe gewachsen sein würde, wenn der Tag kam, an dem er Wareagle entgegentreten mußte.

Doch jetzt mußte er eine Aufgabe erledigen. Traggeo war sehr stolz darauf, daß man ihm dieses Vertrauen entgegenbrachte. Er wollte denjenigen beweisen, die ihn befreit und seinem Schicksal zugeführt hatten, daß sie eine gute Wahl getroffen hatten; er wollte sich als würdig erweisen. Wer auch immer seine Freilassung arrangiert hatte, mußte gewußt haben, daß er bei der Salvage Company gewesen war. Doch während diese Jahre dazu beigetragen hatten, seine körperlichen Fertigkeiten feinzuschleifen, würde diese Aufgabe dazu beitragen, daß Traggeo seinen Geist weiterentwickeln und nach dem gewünschten Bild formen konnte.

Er erreichte die Kontrollzentrale und tippte die richtige Kombination in die Tastatur. Die Tür glitt auf. Er stürmte hindurch und wandte sich direkt an den Sicherheitschef.

»Was ist los?«

Der Sicherheitschef drückte einen Stöpsel seines Kopfhörers gegen sein Ohr. »Wir haben den Kontakt mit dem Jeep verloren.«

»Die Explosion, Sie Idiot.«

»Unsere Männer sind bereits unterwegs.«

Traggeo packte den Mann am Hemd. Ein Namensschild, auf dem CAROSI stand, flog durch die Luft. »Sie haben sie *rausgeschickt?«*

»Ich ... ich konnte nicht anders!«

»Verdammt!«

Carosis Kopfhörer war hinabgerutscht, und Traggeo hörte einen verstümmelten Bericht, der aus der Hörmuschel kam. Das Kontrollzentrum befand sich hoch oben in dem als Sandburg Eins bekannten Komplex, und er sah weit hinter dem Hof den tageshellen Feuerschein.

»Schalten Sie die Scheinwerfer aus!« befahl Traggeo.

»Aber . . .«

Traggeo hob Carosi hoch und warf ihn gegen eine Wand, die vollständig aus Fernsehmonitoren bestand. »Begreifen Sie nicht, was hier passiert? Wir werden angegriffen! Schalten Sie die verdammten Lichter aus!«

Johnny Wareagle hatte gerade den Zaun im Osten des Komplexes erreicht, als die Scheinwerfer wieder erloschen. Sein Gerber-M-2-Messer durchschnitt die Stahlglieder wie Kitt, und innerhalb von ein paar Sekunden war er auf dem Gelände. Bevor er weiterging, befestigte er die durchschnittenen Zaunteile, so gut es ihm möglich war, um vor jemandem, der die Augen offenhielt, die Tatsache zu verbergen, daß hier jemand eingedrungen war.

Als Johnny sich zu der dunklen Wüste umdrehte, sah er, daß die restlichen Sicherheitskräfte eine gründliche Durchsuchung des Geländes begannen. Er erkannte die schwarzen, grobschlächtig aussehenden Geräte, die sie vor ihre Gesichter geschnallt hatten, als Nachtsichtbrillen der Marke AN/PVS-7. Aber die Männer hielten nicht nach ihm Ausschau.

Sie suchten nach demjenigen, der ein Stück die Straße entlang die Explosion ausgelöst hatte. Eine andere Gruppe – vielleicht sogar eine von beträchtlicher Größe – versuchte, sich Zutritt zu dem Komplex zu verschaffen. In Johnny war die Hoffnung, Traggeo zu erwischen, zu solch einer Besessenheit geworden, daß er bislang gar nicht darüber nachgedacht hatte, in was für eine Verschwörung der Killer verwickelt sein mochte. Auf jeden Fall war eine Machtgruppierung daran beteiligt, die die Mittel hatte, eine Anlage von dieser Größe entweder zu erbauen oder zu übernehmen. Und die Feinde dieser Gruppierung waren zur selben Zeit wie Johnny eingetroffen, ein Umstand, der sich zu seinen Gunsten auswirken konnte.

Wareagle legte sich flach auf den Boden und rieb seine Haut und Kleidung mit Wüstensand ein. Als er sich wieder erhob, konnte man ihn kaum von der Umgebung unterscheiden. Wie der Gebäudekomplex war auch Johnny mit der Wüste verschmolzen. Nach ein paar Metern ließ er sich wieder auf Knie und Ellbogen hinab, verlor sich zwischen Beifuß und Steppenläufern und konnte noch nicht einmal von denen ausgemacht werden, die direkt in seine Richtung sahen.

Belamo und McCracken benutzten Drahtscheren, um durch den Zaun zu kommen. Kaum befanden sie sich auf dem Gelände, erloschen die Scheinwerfer wieder, und Blaine winkte Sal zurück.

»Jemand weiß, daß wir hier sind.«

»Was?«

»Deshalb haben sie die Scheinwerfer wieder ausgeschaltet.«

»Ihre erste intelligente Tat, wenn du mich fragst.«

»Ganz genau. Angreifer würden das Licht nutzen, um einen Wachtposten nach dem anderen auszuschalten. In der Dunkelheit sind die Chancen gleichmäßig verteilt.«

»Oder liegen auf ihrer Seite, wenn sie diesen Nachtsicht-Scheiß haben.«

»Genau.«

»Und was machen wir jetzt?«

»Wir ändern die Spielregeln.«

»Boß?«

»Sie erwarten einen Angriff, also eine beträchtliche Truppe, Sal. Aber nicht uns.«

»Ich habe unseren Status gemeldet«, sagte Carosi, der den Kopfhörer wieder zurechtgerückt hatte. »Nur zur Vorsicht ist Verstärkung unterwegs, aber es wird eine Weile dauern, bis . . . Sir?«

Traggeo machte sich nicht einmal die Mühe, sich zu dem Mann umzudrehen. Statt dessen hielt er den Blick durch das

Fenster des Kontrollzentrums auf den Boden draußen gerichtet. Das Glas war von außen völlig undurchsichtig, so daß niemand ihn sehen konnte. Die Nacht gab nichts preis, abgesehen von dem einen oder anderen Wachtposten, der nach Eindringlingen Ausschau hielt.

»Es war der Jeep«, fuhr Carosi fort, nachdem er den Bericht der Gruppe erhalten hatte, die er zum Schauplatz der Explosion geschickt hatte.

Diesmal drehte Traggeo sich zu ihm um. »Beordern Sie die Männer zurück.«

»Zwei unserer Leute werden noch vermißt.«

»Entweder sind sie tot, oder sie sind in Gefangenschaft geraten. Beordern Sie die Männer zurück. Sofort.«

Carosi schluckte schwer, tat dann aber wie geheißen.

Traggeo drehte sich wieder zum Fenster um.

»Sind Ihre Männer auf dem Gelände mit Walkie-talkies ausgerüstet?« fragte er.

»Natürlich.«

»Dann sollen sie Bericht erstatten. Alle sollen Bericht erstatten.«

»Warum?«

Traggeos Augen blitzten kalt. »Weil ich sie nicht mehr sehen kann.«

McCracken und Sal Belamo hatten sich getrennt, um besser mit der unmittelbaren Bedrohung fertig werden zu können, die die patroullierenden Wachen darstellten. Obwohl die AN/PVS-7-Nachtsichtgeräte ihnen ermöglichten, auch die dunkelste Wüstennacht zu durchdringen, brachten sie doch schwerwiegende Behinderungen mit sich. Zum einen gestatteten die massigen Geräte keine schnellen Bewegungen und Kopfdrehungen. Zum anderen begrenzten sie das periphere Blickfeld fast auf null. Wer davon wußte, konnte diese beiden Nachteile problemlos ausnutzen.

Während Blaine versuchte, eine Möglichkeit zu finden, in die Sandburg Eins einzudringen, war er insgesamt vier mit den

Brillen ausgerüsteten Wachen begegnet. Alle vier hatte er problemlos ausschalten können, ohne daß der Einsatz von Waffen nötig geworden war. McCracken vermutete, daß es bei jenen, die Sal Belamo über den Weg liefen, anders sein würde. Der ehemalige Boxer hatte sein Durchsetzungsvermögen auf der Straße gelernt und sich danach stets an diese tödlichen Spielregeln gehalten. Er hatte nicht die geringsten Skrupel, eine mit Schalldämpfer versehene Halbautomatik zu benutzen, wenn sie ihm die Aufgabe erleichterte und ihm ein paar Sekunden Zeitersparnis brachte.

Dementsprechend war Blaine überrascht, als er auf zwei Wachen stieß, die bewußtlos – und nicht tot – im Unterholz verborgen lagen. Er hätte vielleicht sogar vermutet, daß Belamo endlich gelernt hatte, etwas subtiler vorzugehen, wenn nicht die Tatsache dagegen gesprochen hätte, daß Sal eigentlich auf der *entgegengesetzten* Seite der Anlage vorstoßen sollte. Er tat den seltsamen Umstand mit einem Achselzucken ab und schlich weiter, während die Scheinwerfer des zurückkehrenden Konvois das letzte Stück der Straße erhellten, die zur Sandburg Eins führte.

»Ich kann keinen der patrouillierenden Posten erreichen«, sagte Carosi kopfschüttelnd, nachdem er sie noch einmal aufgefordert hatte, sich zu melden.

»Weil sie aus dem Spiel genommen wurden, Sie Trottel!« brüllte Traggeo.

Eine rote Lampe blitzte auf der Hauptsicherheitskonsole auf, und ein grelles Jaulen setzte ein. Auf dem Status-Monitor erhellten sich im Rhythmus mit dem Alarmton zwei Worte:

UNBERECHTIGTES EINDRINGEN

»Jemand hat die Anlage betreten!«

»Wo?«

»Ein Fenster im Erdgeschoß. Südöstlicher Quadrant, Sektor Eins-eins . . .«

»Wo, zum Teufel, ist das?«

Bevor Carosi die Frage beantworten konnte, flammte ein zweites Licht auf und setzte ein zweiter Alarm ein. Die Status-Anzeige veränderte sich nur unwesentlich:

UNBERECHTIGTES EINDRINGEN
UNBERECHTIGTES EINDRINGEN

»Eine zweite Meldung!« brachte Carosi zustande. Fast wäre ihm die Luft weggeblieben. »Eine Tür im Erdgeschoß. Nordwestlicher Quadrant, Sektor . . .«

»Sagen Sie mir einfach, wo das ist, verdammt!« brüllte Traggeo.

Bevor der Sicherheitschef der Aufforderung Folge leisten konnte, näherten sich die Scheinwerfer des Konvois dem Haupttor.

»Die Männer sollen auf dem Gelände ausschwärmen!« befahl Traggeo. »Sie sollen auf alles schießen, was sich bewegt!«

Das Tor wurde elektronisch geöffnet, und der erste Jeep war kaum hindurchgefahren, als die Explosion erklang. Das Fahrzeug verwandelte sich in einen Flammenball und wurde in die Luft geschleudert. Es prallte gegen den zweiten Jeep, der sich unmittelbar dahinter befand. Der Lastwagen mit den Soldaten, der die Nachhut bildete, zog zur Seite, um der tödlichen Explosion auszuweichen, und löste dabei eine zweite Detonation aus, die ihn wie ein Spielzeug hochwirbelte und umstürzen ließ. Eine dritte Sprengung jagte die Benzintanks aller drei Fahrzeug in die Luft, und ein riesiger Feuerball erhellte die Sandburg Eins.

Da Traggeo neben dem Fenster stand, wurde seine Haut orange getönt. Sein Gesichtsausdruck hatte sich während des Chaos, das die anderen Insassen der Kontrollzentrale hinter ihm durcheinanderscheuchte, nicht verändert. Er konnte jeden Atemzug davon fühlen und schmecken. Die Ruhe der Schlacht hatte übernommen. Seine Gedanken waren ganz klar.

Sandburg Eins war an zwei Stellen von einer unbestimmten Anzahl von Feinden, die auch den Umkreis gesichert hatten, betreten worden. Seine erste Aufgabe bestand darin, den Schaden für den Gesamtplan zu begrenzen. Die Computersysteme von Sandburg Eins enthielten nicht den geringsten Hinweis auf die bevorstehende Aktion. Aber hier wurde eine Gefangene festgehalten, die viel mehr als nur einen Hinweis verraten konnte.

Traggeo wußte, was er zu tun hatte.

Er ging zur Tür der Kontrollzentrale und tippte über die Tastatur den erforderlichen Kode ein. Nichts tat sich.

»Im Fall eines Eindringens werden die Türen automatisch versiegelt«, erklärte der Sicherheitschef.

»Öffnen Sie sie.«

Caroso drehte sich zu seinem Terminal um. Die Tür glitt zischend auf.

Johnny Wareagle schlich durch einen Gang im Erdgeschoß des Komplexes, als die Explosionen erklangen. Normalerweise hätte er angenommen, daß die andere Streitmacht, die hier eingedrungen war, einen umfassenden Angriff begonnen hatte, aber sein Gefühl sagte ihm etwas anderes. Seine Gedanken waren durcheinander, verwirrt. Er war lediglich wegen Traggeo hierher gekommen. Diese andere Streitmacht war offensichtlich aus einem ganz anderen Grund hier.

Blainey . . .

Wareagle schüttelte das Gefühl so schnell ab, wie es ihm in den Sinn gekommen war. Eine Ablenkung war das letzte, was er jetzt brauchen konnte, ganz zu schweigen von einer, in die der Mann verwickelt war, mit dem er so oft gemeinsam gekämpft hatte, daß er in keinen Kampf mehr ziehen konnte, ohne zu warten, McCracken an seiner Seite zu sehen. Aber heute abend war er allein. Ganz gleich, welches Ziel die geheimnisvolle Macht oder sogar der Bundesgenosse hatte, er war allein, und er hatte nur ein Ziel:

Traggeo.

Johnny ging um eine Ecke und trat in ein Tuch aus Dunkelheit, das ihn zwang, sich den Weg zu ertasten. Die Gänge, durch die er sich bis hierher vorgearbeitet hatte, waren vom schwachen Licht einer indirekten Deckenbeleuchtung erhellt worden. Die Wände und Türen waren weiß, wie auch die Fußbodenfliesen. Obwohl er keine Gitter oder Schlösser sah, hatten Johnnys Vermutungen sich bestätigt: Bei diesem Ort handelte es sich um ein Gefängnis, dessen Zellen derzeit leer, aber darauf vorbereitet waren, jederzeit Insassen aufzunehmen.

Und doch, irgend etwas stimmte hier nicht. Wareagle hatte an genug Rettungsmissionen in Gefangenenlagern der Vietkong teilgenommen, um das Gefühl der Sinnlosigkeit zu kennen, das in ihnen herrschte. Er kannte die Hoffnungslosigkeit, die Verzweiflung, die für sie typisch war. Hier herrschte ein anderes, wenn auch genauso unheilvolles und bedrohliches Gefühl. Und hier war ein mächtiger Feind am Werk. Johnny konnte diesen Feind in den Mauern spüren, in dem fürchterlichen Zweck wahrnehmen, für den diese Anlage konstruiert worden war.

Der Komplex war Teil eines schrecklichen Plans. Die Geister flüsterten Johnny etwas zu, und er hörte auf sie. Plötzlich wußte er, wieso seine Suche nach Traggeo so wichtig gewesen war. Die Geister hatten ihn hierher geführt, um ihn auf einen viel größeren Feind aufmerksam zu machen, mit dem Traggeo sich zusammengetan hatte.

Wareagle verharrte so abrupt, als wäre er gegen eine unsichtbare Wand gelaufen.

Traggeo war *hier!* Traggeo *näherte* sich ihm!

Seine Sinne schärften sich. Vor ihm sah er an der nächsten Biegung des Ganges Licht.

Wareagle zog sein Messer aus der Scheide.

Die schnelle Folge der Explosionen hatten Kristen zur Tür ihrer Zelle gelockt. Sie drückte ein Ohr dagegen, um mehr Hinweise darauf zu bekommen, was draußen vor sich ging, nahm jedoch nur das dumpfe Geräusch sich nähernder Schritte wahr. Kristen sprang zurück.

Das Ungeheuer kam, um sie zu töten.

Ihr wurde klar, was David gesehen hatte. Was er gewußt

hatte, wußte nun auch sie. Und dieses Wissen durfte nicht mit ihr sterben.

Eine Waffe! Sie brauchte eine Waffe!

Ihr Blick fiel auf das Bettgestell. Wenn sie eine der Stahlstangen abreißen konnte, könnte sie sich wenigstens verteidigen. Kristen zerrte die Matratze herunter und kippte das Bett um. Es prallte schwer auf den Boden.

Das Bettgestell bestand aus stabilem Holz.

Draußen waren die Schritte verhallt.

Klick!

Die Tür war elektronisch geöffnet worden. Die Klinke wurde hinabgedrückt.

»Nein!«

Das Wort hatte als Schrei begonnen und endete als Krächzen. Die Tür wurde vollständig geöffnet.

Kristen drückte sich gegen die Wand und ließ den Mann, der die Zelle betrat, nicht aus den Augen. Aber es handelte sich nicht um das Ungeheuer in Menschengestalt. Vor ihr stand ein riesiger Indianer, der mit dem Kopf fast an den Türbalken stieß.

Kristen war nicht imstande, den Blick von den zwingenden Augen des Indianers abzuwenden.

»Sie haben ihn gesehen«, sagte der Mann ohne jede weitere Erklärung und sah wieder auf den Gang hinaus. »Wir müssen weg von hier. Schnell.«

Da Kristen wußte, daß sie keine andere Wahl hatte, trat sie durch die Zellentür zu ihm hinaus. Sie hatte sich gerade in Bewegung gesetzt, als am Kopf des Ganges, dreißig Meter von ihnen entfernt, eine Gestalt um die Ecke bog.

»Da ist . . .«

Kristen kam nicht mehr dazu, die Identifizierung des menschlichen Ungeheuers abzuschließen, das ihren Bruder getötet hatte, denn der Indianer packte sie und zerrte sie in die andere Richtung. Sie liefen einem Tuch aus Dunkelheit entgegen, und hinter ihnen hallte eine abgehackte Kugelsalve im Gang. Aus den Wänden wurden Splitter gegraben. Einige

Kugeln jubelten mit metallischem Kreischen als Querschläger durch die Luft.

Kristen wurde von dem Indianer um die Ecke gerissen und in die wartende Dunkelheit geführt.

Traggeo hatte nicht gezögert. Noch während sein Gehirn versuchte, den unmöglichen Anblick direkt vor ihm zu verarbeiten, hatte er die Waffe gehoben und geschossen.

Johnny Wareagle!

Doch sein größter Feind, der Mann, dessen Skalp er unbedingt erbeuten wollte, hatte sich einen Sekundenbruchteil vorher bewegt. Die Geister, die sich schon so lange weigerten, Traggeo als wahres Blut zu akzeptieren, hatten Wareagle gerade noch rechtzeitig gewarnt. Doch dieselben Geister mußten den legendären Indianer aus einem bestimmten Grund hierher geführt haben.

Ja!

Das war Traggeos Chance, seine Prüfung. Wenn er sie bestand, indem er Waregale tötete, würden die Geister, die ihn so lange verschmäht hatten, ihn endlich akzeptieren. Wareagle war alles, was Traggeo sein wollte. Eine Legende. Ein Held. Eher ein Mythos denn ein Mensch.

Wareagle floh vor seiner ersten Salve in die Dunkelheit des nächsten Ganges. Traggeo spurtete den Korridor entlang, ohne den Finger vom Abzug zu nehmen.

Klick.

Sein Magazin war leer, als Wareagle und die Frau um die Ecke bogen. In diesem noch nicht vollendeten Flügel gab es noch keinen Strom. Wenn er Waregale verfolgen wollte, mußte er sich in die Dunkelheit begeben und dem legendären Indianer damit nach *dessen* Bedingungen gegenübertreten. Traggeo blieb stehen. Die Geister wollten ihn in Versuchung führen, doch er war nicht so töricht, um nach diesem Köder zu schnappen. Er wußte, daß Wareagle jetzt sein Spiel aufziehen konnte, wie es ihm beliebte. Traggeo wußte ebenfalls, daß er die Spielregeln festlegen mußte, wollte er die lebende

Legende besiegen. Er würde Wareagle nicht leichtsinnig in die Dunkelheit folgen.

Er drehte sich um und lief zum Kontrollzentrum zurück.

»Warten Sie hier«, befahl Johnny in der Dunkelheit, nachdem er mitbekommen hatte, daß Traggeo sie nicht verfolgte.

Als er hinter der Zellentür der Frau ein dumpfes Geräusch gehört hatte, war er stehengeblieben. Die Schlüsseltaste war noch nicht eingebaut worden; statt dessen hingen dort zwei Drähte hinab. Er hatte sie einfach aneinandergehalten, und die Tür war elektronisch aufgesprungen.

»Wohin wollen Sie?« fragte sie ihn.

»Ich hole Sie später hier ab.«

»Sie wollen ihn verfolgen, nicht wahr?«

Johnny hielt das Messer in der Hand. Er fragte sich, ob die Frau es trotz der Dunkelheit irgendwie sehen konnte.

»Ich begleite Sie«, beharrte die Frau. »Er hat meinen Bruder getötet.«

»Er hat viele getötet.«

»Worauf warten wir dann?« fragte die Frau, und Johnny spürte, daß sie wieder an seinem Arm zerrte.

McCracken bewegte sich langsam durch den leeren Gang und versuchte, geistig zu verarbeiten, was er hier sah. Er hatte die Sandburg Eins an der Stelle betreten, an der der südliche Flügel in den östlichen überging. Aber er vermutete, daß sich ihm hier überall derselbe Blick bieten würde.

Sandburg Eins war ein ultramodernes Hochsicherheitsgefängnis. Es gab keine Gitter, keine Zellen. Statt dessen war, wie in einem Schlafsaal, eine Tür neben der anderen in die Wände eingelassen. Sie waren keine zweieinhalb Meter voneinander entfernt, was bedeutete, daß die Räume dahinter sehr klein waren. Jede Tür war mit einer computerisierten Schlüsseltaste mit eingebautem Mikrofon ausgestattet.

Diese Anlage war nach präzisen und kostspieligen Vorgaben

errichtet worden. Sie wies eine gewisse zivilisierte Eleganz auf, die kaum zu der Klasse der Kriminellen paßte, die sie eigentlich hatte beherbergen sollen. Dabei würde es sich wohl kaum um Drogenhändler oder Lieferanten handeln. Nein, die Zellen dieses Komplexes warteten auf eine ganz andere Klasse von Insassen.

Auf politische Gefangene, die den Kräften, die dem Land eine neue Ordnung aufzwingen wollten, gefährlich werden konnten.

Die Trilaterale Kommission hatte durch einen Unterausschuß, dessen Vorsitzender Bill Carlisle gewesen war, ursprünglich versucht, dasselbe Ziel mit der Operation Gelbe Rose zu verwirklichen. Nun, fast zwanzig Jahre später, standen die militanten Nachfolger der Trilat kurz davor, den Plan zu verwirklichen.

Blaine sah auf seine Uhr. Die Tatsache, daß Sandburg Eins noch nicht in Betrieb war, erklärte, wieso der Komplex nur von einer Rumpfmannschaft bewacht wurde. Aber er hoffte noch immer, irgendwo Hinweise zu finden, die ihn auf die Spur derjenigen bringen würden, die hinter dem bevorstehenden Umsturz steckten.

McCracken ging weiter, erstaunt darüber, wie groß die Anlage war. Der Zahl der Zellen zufolge, die sich allein in diesem Flügel befanden, schätzte er, daß die gesamte Anlage über etwa siebenhundertfünfzig Räume zur Unterbringung von Gefangenen verfügte. Und wenn man davon ausging, daß überall im Land weitere derartige Anlagen errichtet werden sollten, von denen fünf sich bereits im Bau befanden und die bis an die Grenzen ihrer Kapazität mit Insassen gefüllt wurden ...

Blaine hatte gerade einen anderen Gang betreten, als er das Geräusch von Schüssen aus einer Maschinenpistole hörte. Im dritten Stock war eine Salve abgefeuert worden. McCracken packte seine Uzi fester und lief los.

»Hier in der Nähe bin ich verhört worden«, flüsterte Kristen dem Indianer zu. »Irgendwo am nächsten Gang, glaube ich.«

Sie wollte noch etwas hinzufügen, doch der Indianer riß sie zurück.

»Runter!« befahl er, und bevor Johnny sie mit sich zu Boden riß, konnte sie aus den Augenwinkeln gerade noch das Ungeheuer in Menschengestalt ausmachen.

Sie prallten auf die harten Fliesen, und die Kugeln pfiffen über sie hinweg. Bevor Kristen wieder zu Atem kam, war es dem Indianer irgendwie gelungen, das Messer zu werfen, das er in der Hand gehalten hatte.

Fünfzehn Meter entfernt grub die Klinge sich in Traggeos Unterarm. Die Hand des Mannes wurde hochgerissen. Eine weitere Salve riß Splitter aus der Decke. Traggeo schrie vor Schmerz auf, warf sich herum und prallte neben dem Schlüsselschalter des Kontrollzentrums gegen die Wand. Mit derselben behenden Bewegung zog er das Messer aus dem Unterarm und wechselte seine Waffe in die linke Hand.

Da Johnny glaubte, im Vorteil zu sein, war er wieder aufgesprungen und losgelaufen. Doch dabei hatte er nicht die Schnelligkeit von Traggeos Reaktion in Betracht gezogen. Er hatte kaum die halbe Strecke zu seinem Widersacher zurückgelegt, als Traggeo die Waffe schon wieder auf ihn richtete. Johnny sah, wie der Lauf sich in seine Richtung senkte, und begriff im gleichen Augenblick, daß er seinen eigenen Tod sah.

Doch die Todesvision war falsch gewesen und wurde von einer wirbelnden Gestalt außer Kraft gesetzt, die um die Ecke sprang und sich auf Traggeo warf.

Blaine hatte die dröhnende Stimme Johnny Wareagles einen Augenblick erkannt, bevor erneut eine Salve aufpeitschte. Als er um die Ecke bog, sah er zuerst Johnny und warf sich dann auch schon auf die fast genauso große und verschwommen vertraute Gestalt, die die Maschinenpistole direkt auf den riesigen Indianer richtete. Der Schütze drehte sich im letzten Augenblick um, holte mit einem blutigen Arm aus und versetzte Blaine einen Hieb auf die Nase. Der Schlag machte McCracken benommen, und er kam nicht mehr dazu, seine Uzi zu benutzen. Der große Schütze tippte auf einem Keypad an der Wand neben ihm zwei Ziffern ein.

Eine Tür mit der Aufschrift MONITOR-KONTROLLE glitt auf, und Traggeo warf sich durch die Öffnung. Als Wareagle ihm zur Tür folgte, begrüßte ihn aus dem Raum dahinter ein Kugelhagel. McCracken gelang es, eine Salve in den Raum zu schießen, dann glitt die Tür wieder zu. Blaine sprang auf und drückte auf dieselben beiden Tasten.

Nichts passierte. Die Tür bewegte sich nicht. Johnny Wareagle legte die Handflächen darauf, als wolle er sich hindurchgraben.

»Schön, dich hier zu treffen, Indianer«, sagte Blaine schwer atmend.

Er wollte fortfahren, als ein vertrautes Stakkatogeräusch an seine Ohren drang. Obwohl es aufgrund der schweren Mauern der Sandburg Eins kaum auszumachen war, erkannten er und Johnny es sofort.

»Hubschrauber, Indianer.«

»Sie kommen schnell näher.«

Ihre Blicke kehrten gleichzeitig zu der Tür mit der Aufschrift MONITOR-KONTROLLE zurück.

»Hier können wir nichts mehr tun«, sagte McCracken.

»Im Augenblick jedenfalls nicht, Blainey.«

Blaine bemerkte erst jetzt die Frau, deren Augen von einem Schock und Unsicherheit kündeten.

»Sieht so aus, als hättest du die einzige Gefangene der Sandburg Eins befreit, Indianer«, sagte er und sah wieder zu Kristen. »Ich möchte nur allzugern erfahren, weshalb man Sie hier eingesperrt hat.«

»Was führt dich in die White Sands, Indianer?« fragte Blaine, als sie zum Haupteingang im Erdgeschoß stürmten. Die Frau, die sie befreit hatten, konnte kaum mit ihnen Schritt halten.

»Traggeo, Blainey.«

»Ich wußte doch, daß ich diesen Burschen von irgendwoher kenne.«

»Das Höllenfeuer.«

»Es führt uns wieder zusammen.«

»Aber nicht für lange, wenn uns nicht die Flucht gelingt.«

»Keine Bange, Indianer. Ich bin sicher, Sal hat draußen alles unter Kontrolle.«

Sechsundzwanzigstes Kapitel

»Na, wen haben wir denn da«, begrüßte Sal Belamo sie, als sie die Sandburg Eins verließen. Dann sah er wieder zu den Helikoptern hinüber, die sich über die Wüste näherten. »Willkommen auf der Party, Großer. Kein Wunder, daß ich dich nicht aufspüren konnte.«

Er wartete mit zwei Maschinenpistolen in den Händen neben einem Humvee, den er in der unterirdischen Garage erbeutet hatte, die von der westlichen Seite des Komplexes zugänglich war. Derselben Garage, aus der der noch immer brennende Konvoi gekommen war.

»Sieht so aus, als hättet ihr eine Gefangene befreit«, fügte Sal mit einem Blick auf Kristen hinzu, während er hinter das Steuer des geländegängigen Fahrzeugs rutschte. »Wenn ihr mich fragt, es geht nichts über einen altmodischen Gefängnisausbruch.«

McCracken gesellte sich zu Belamo auf den Vordersitz, Wareagle und Kristen Kurcell sprangen in den Fond. Mit jeder Sekunde rissen die Scheinwerfer der sich nähernden Hubschrauber der Dunkelheit immer größere Stücke weg.

»Wie viele, Johnny?« fragte McCracken.

»Drei, Blainey. Bell Jet Rangers.«

Sal gab Gas. »Keine Angst, Boß. Diese Dinger wurden eigens für so einen Mist konstruiert. Wir werden verschwunden sein, bevor die Idioten auch nur nach uns suchen können.«

Bevor McCracken Belamo fragen konnte, wie er fahren wollte, ohne die Scheinwerfer einzuschalten, was die Hubschrauber ja sofort auf sie aufmerksam gemacht hätte, zog Sal eine Nachtsichtbrille aus der Jacke und befestigte sie vor den Augen.

Sal hielt die Geschwindigkeit anfangs niedrig, um leichter durch das Feld der noch immer qualmenden Trümmer der Jeeps und des Lastwagens zu kommen, die sie in die Luft gesprengt hatten. Vor dem Tor im Zaun lagen sie so dicht, daß Sal keine andere Wahl hatte, als über sie hinwegzufahren. Der Humvee bockte etwas und schüttelte seine Passagiere kräftig durch, bewältigte die Hindernisse aber problemlos und zwängte sich schließlich behend an den Trümmern des Lastwagens vorbei.

Belamos Lob war nicht übertrieben gewesen. Der Humvee mochte zwar eckig und seltsam aussehen, doch das Nachfolgemodell des vertrauenswürdigen Jeeps war stark und flink und konnte sich auch im unwirtlichsten Gelände bewegen. Nachdem es im Golfkrieg seine Feuerprobe überstanden hatte, würde es sie nun aus den White Sands bringen. Da keine Trümmer mehr vor ihnen standen, gab Sal etwas mehr Gas und preschte in die Wüste.

»Wer sind Sie?« fragte die Frau plötzlich, als der Humvee über eine Unebenheit im Gelände polterte.

»Die drei Musketiere«, erwiderte Sal Belamo grinsend, den Blick auf den Rückspiegel gerichtet.

»Die bessere Frage wäre, Miss«, sagte Blaine und sprach für sie alle, »wer sind *Sie?*«

»Ich habe zuerst gefragt.«

»Es tut mir leid, aber die Regeln des Anstandes gelten hier nicht.«

Kristen zuckte mit den Achseln. »Das habe ich gesehen.«

»Wir haben Ihnen das Leben gerettet«, erinnerte McCracken sie. »Das sollte Ihnen doch etwas wert sein.«

»Nicht so viel, wie es mir wert wäre, die Mörder meines Bruders zu finden.«

»Die *was?*«

Kristen seufzte. »Ich will es einmal anders ausdrücken: Haben Sie schon mal von der Air-Force-Basis Miravo gehört?«

»Sal?«

»SAC. Ist eingemottet worden. Seit ein paar Jahren ist dort in keine Toilettenschüssel mehr gepinkelt worden.«

»Tja«, erwiderte Kristen, »jemand hat dort stinksauer reagiert, als mein Bruder auftauchte und ihm die Überraschung verdarb.«

»Die Überraschung?« fragte McCracken.

»Das könnte eine Weile dauern. Zum Glück haben wir ja die ganze Nacht.«

Obwohl Kristen nichts ausließ, benötigte sie nicht die ganze Nacht, um ihre Geschichte zu erzählen. Sie fing mit der Tonbandaufzeichnung ihres Bruders und der Kontaktaufnahme mit Paul Gathers an und fuhr dann damit fort, wie sie selbst nach Colorado geflogen war, nachdem der FBI-Mann verschwunden war. Mit einem Kloß im Hals berichtete sie von Duncan Farlowe und ihrer Suche in den Hügeln vor Miravo. Der Kloß wurde noch größer, als sie schilderte, wie sie die Leiche ihres Bruders gefunden hatten und in welchem Zustand sie gewesen war.

»Das hat dieser Mann getan, dieses Ungeheuer in dem Gebäude.«

»Traggeo«, sagte Wareagle zu McCracken. »Er behauptet noch immer, zu meinem Volk zu gehören, und beschmutzt damit unseren kollektiven Geist.«

»Und du hast ihn bis hierher verfolgt.«

»Ein Köder, der uns zusammenführen sollte, damit wir einer viel schlimmeren Angelegenheit nachgehen können.«

»Das können Sie laut sagen«, warf Kristen ein und setzte ihre Geschichte mit ihrer Rückkehr nach Washington und dem Besuch im Pentagon in Begleitung von Senatorin Jordan fort. Dann erzählte sie, wie sie mit der Senatorin zum zweitenmal nach Miravo gefahren war und die Basis voll funktionsfähig aufgefunden hatte.

»Aber nicht für das SAC«, erklärte sie. »Sie haben sie umgebaut und zerlegen dort jetzt angeblich Atomsprengköpfe.«

»Angeblich?«

Kristen schluckte schwer. Der Kloß wollte sich nicht auflösen. »Ich bin davon überzeugt, daß mein Bruder sterben mußte, weil er herausgefunden hat, daß die Sprengköpfe gar nicht auseinandergenommen werden. Ich glaube, er hat gesehen, wie sie mit dem Lastwagen oder Flugzeug von der Basis weggeschafft wurden.«

McCracken wechselte einen Blick mit Sal Belamo. »Aber als Sie mit Senatorin Jordan nach Colorado zurückgekehrt sind, herrschte auf der Basis ganz normaler Betrieb. Alles entsprach dem Status quo.«

»Natürlich«, gestand Kristen verbittert ein. »Sie haben genug Zeit gehabt, um ihre Spuren zu verwischen. Die Senatorin hat sie rechtzeitig gewarnt.«

»Ich dachte, Sie hätten gesagt, die Senatorin . . .«

»Ich habe sie getötet, nachdem wir Miravo verlassen hatten. Nicht weit von der Stelle entfernt, an der man meinen Bruder umgebracht hat. Ich *mußte* sie töten, sonst hätte sie mich umgebracht.«

»Also hat sie zur anderen Seite gehört.«

»Nach allem, was ich weiß, trifft das auch auf Sie zu.«

»Nein, das müßten Sie eigentlich besser wissen.«

»Ach ja?«

»Gehörten wir zur anderen Seite, wären Sie jetzt tot«, sagte Blaine und musterte sie genauer.

Die Hoffnungslosigkeit, die ihren Tonfall so unerklärlich gleichmäßig hielt, konnte ihrer Schönheit allerdings kaum etwas anhaben. Obwohl ihr langes, welliges Haar zerzaust und verfilzt war, blieb das Gesicht, das es umgab, strahlend und lebendig. Ihre braunen Augen weigerten sich, ihre Furcht zum Ausdruck zu bringen, und kündeten statt dessen von Entschlossenheit. Ihre Wangen waren gerötet und strahlten vielleicht den Glanz innerer Stärke und Beharrlichkeit aus. Blaine schätzte sie als eine jener Personen ein, die bis zum Ende kämpfen und niemals aufgeben würden; davon zeugte auch alles, was sie bereits durchgemacht und verkraftet hatte.

»Hat die Senatorin Ihnen sonst noch etwas gesagt? Etwas über die Verschwörung, der sie angehört hat?«

»Warum sagen Sie mir nicht, worum es sich dabei handelt? Ich meine, diese Verschwörung hat Sie doch nach . . . wie haben sie es genannt? . . . Sandburg Eins geführt.«

»Ich habe herausbekommen, daß Sandburg Eins ein Gefängnis ist.«

»Aber ich war die einzige Gefangene.«

»Zur Zeit, ja.«

»*Wessen* Gefängnis, Mr. McCracken? Ich glaube, ich habe Ihnen genug erzählt. Jetzt möchte ich etwas von Ihnen erfahren. Ich bin in Washington ein paarmal Leuten wie Ihnen begegnet. Zweifelhafte Gestalten, die nach dem Ende des Kalten Krieges nichts mehr zu tun haben.«

»Ich bin schon lange vor dem Ende des Kalten Krieges ausgestiegen, Kris.«

Sal Belamo fuhr zu schnell über eine holprige Stelle, und der Humvee machte einen Satz und prallte unsanft wieder auf den Boden.

»CIA?« fragte sie.

Früher mal.«

»Und jetzt?«

»Selbständig. Ich habe aber genug zu tun.«

»Und einer dieser Aufträge hat Sie zu diesem Gefängnis geführt.«

Blaine mußte den Kopf verrenken, um ihr in die Augen sehen zu können. »Diesmal hat es jemand auf die Regierung abgesehen. Man will sie stürzen.«

»Ein Putsch?«

»Alles deutet darauf hin. Und uns bleibt bis zu dem Umsturzversuch nur noch eine Woche.«

Kristens Gesichtsausdruck wurde etwas weicher. »Gerade habe ich zum erstenmal gehört, daß Ihre Stimme zittert.«

»Weil die Aussichten mir angst machen.«

»Ich kann mir nicht vorstellen, daß Sie vor irgend etwas Angst haben.«

»Der Anschein kann trügen. Nur die Angst treibt mich an.«

»Und jetzt haben Sie Angst?«

»Vielleicht mehr denn je.«

»Und würden Sie mir vielleicht auch sagen, wieso?«

»Weil ich diesmal nicht sicher bin, daß ich es verhindern kann.«

»*Diesmal?* Es hat andere solcher Zwischenfälle gegeben?«

»Mehr, als ich zählen kann. Alle haben mit Macht und Kontrolle zu tun. Jeder hat eine Vision, und manchmal kommen die Leute, die über die Mittel verfügen, die ihre zu verwirklichen, zum Schluß, daß sie am besten wissen, was für alle anderen Menschen gut ist. Das Unheimliche daran ist, daß sie von dem, was sie tun, überzeugt sind. Deshalb kann man sie nur schwer aufhalten.«

»Und doch versuchen Sie es immer wieder?«

»Ich bin noch mehr von dem überzeugt, was *ich* tue.«

»Aber diesmal ist es anders«, schloß Kristen Kurcell.

»Allerdings. Und wegen Ihnen verstehe ich allmählich, wieso.«

»Wegen mir?«

»Die Atomwaffen, deren Abtransport auf Miravo Ihr Bruder Ihres Erachtens beobachtet hat. Wenn ich recht habe, sollen sie eingesetzt werden, und zwar bald.«

»Und wie finden wir heraus, wann?«

McCracken zögerte nicht. »Wir kehren nach Washington zurück und suchen denjenigen, der es vielleicht weiß.«

VIERTER TEIL
DIE DELPHI

Grand Mesa:

Dienstag, 19. April 1994, 15 Uhr

Siebenundzwanzigstes Kapitel

Hundemüde kehrte Sheriff Duncan Farlowe am Dienstagnachmittag in das Rathaus von Grand Mesa zurück. Alle Knochen taten ihm weh. Seit Kristen Kurcell am Samstagabend abgereist war, hatte er kaum geschlafen; die letzten drei Nächte hatte er, mit schwarzem Kaffee im Magen und einem Gewehr in der Hand, auf einem alten Schaukelstuhl verbracht, den er gegenüber der Tür so postiert hatte, daß er auf beiden Seiten des Hauses aus den Fenstern sehen konnte.

Er hatte den Sonntag und Montag damit verbracht, die Spur von Kristens Bruder David zurückzuverfolgen. Farlowe hatte in dem Laden in dem einhundertfünfzig Kilometer entfernten Alfona angefangen, in dem der Junge den Camcorder erstanden hatte. Der Verkäufer erinnerte sich daran, daß er es eilig gehabt und aus dem Stegreif Fragen über alle in der Nähe gelegenen Militärbasen gestellt hatte. Der Verkäufer hatte Miravo erwähnt, aber betont, daß die Anlage vor zwei Jahren geschlossen worden war.

Farlowe vermutete, daß der Junge ein paar Lastwagen gesehen haben mußte, die zu der Anlage fuhren, und dann auf einen gewartet hatte, dem er folgen konnte. Der nächste Konvoi mußte am Donnerstagabend durchgefahren sein und David nach Miravo geführt haben. Danach konnte Farlowe nur noch mit Sicherheit sagen, daß der Junge im letzten Motel gelandet war, das in Grand Mesa noch geöffnet hatte. Er hatte das Zimmer und den Jeep des Jungen noch einmal gründlich durchsucht, in der Hoffnung, David könne das Videoband, das er aufgenommen hatte, dort versteckt haben, aber die Suche war ergebnislos verlaufen. Am Montag hatte er die Telefongesellschaft AT & T angerufen und erfahren, daß in der Woche vor Davids Tod das einzige Telefongespräch, das über die Kreditkarte des Jungen abgebucht worden war, das mit seiner Schwester gewesen war. Eine weitere Sackgasse.

Nun blieb Duncan Farlowe nur noch übrig, dem nachzugehen, was David Kurcell in der Air-Force-Basis Miravo gesehen hatte. Der Sheriff war am vergangenen Nachmittag noch einmal dorthin zurückgekehrt und hatte eine wiedereröffnete Basis vorgefunden, in der man das Spinngewebe weggewischt hatte und es vor Aktivitäten nur so wimmelte.

Farlowe hatte seinen Wagen auf der Old Canyon Road gewendet, bevor – so hoffte er zumindest – die Wachen vor dem Tor ihn bemerkt hatten. Wer auch immer sich nun in der Basis aufhielt, er war an dem Mordversuch gegen ihn und Kristen Kurcell am vergangenen Samstag beteiligt gewesen. Dank der alten Minen und des Peacemakers hatte der Feind vielleicht sechs Leute verloren, und Duncan wollte ihm nicht die Gelegenheit geben, die Punktzahl wieder auszugleichen.

Nachdem Farlowe in die Stadt zurückgekehrt war, hatte er versucht, Kristen Kurcell unter der Nummer zu erreichen, die sie ihm gegeben hatte, doch es hatte sich niemand gemeldet. Die Nacht hatte Farlowe wieder auf seinem Schaukelstuhl verbracht, erneut mit einer Kanne schwarzen Kaffees neben sich und dem Peacemaker in seinem Gürtel, falls er mit der Büchse allein nicht auskommen sollte.

Am Dienstagmorgen war er wieder zu Miravo zurückgekehrt und hatte in denselben Hügeln wie David Kurcell einen Beobachtungsposten bezogen. Allerdings hatte er keine Kamera dabei, sondern mußte sich lediglich auf seine Augen verlassen. Er konnte nicht genau sagen, was in der Anlage vor sich ging, wußte aber mit einiger Sicherheit, daß es nichts mit der SAC zu tun hatte. Zum einen gehörten die Truppen in dem Gebäudekomplex zur Army und nicht zur Luftwaffe; zumindest sahen sie so aus. Er war in die Stadt zurückgekehrt, um in Ruhe über die Sache nachdenken zu können, entschlossen, seine Entdeckung *irgend jemandem* mitzuteilen. Dem FBI vielleicht oder der Staatspolizei. Er wollte sich an seinen Schreibtisch setzen, sich ein paar Notizen machen und dann einige Anrufe tätigen.

Die Explosion, die kaum eine Minute erfolgte, nachdem er das Gebäude betreten hatte, verschlang die gesamte Stadtverwaltung mit einem gewaltigen Feuerball. Die Druckwelle der

Detonation zerstörte die meisten Fenster an der Main Street. Die Holzwände der benachbarten Häuser wurden mit schwarz verkohlten Flecken überzogen, von denen Rauch in die Luft quoll. Die Straße wurde mit Trümmern überschüttet, die die Explosion hochgeschleudert hatte, darunter auch das Schild mit der Aufschrift STADTVERWALTUNG, das irgendwie erhalten geblieben war. Eine altmodische Sirene jaulte auf, um die Freiwillige Feuerwehr herbeizurufen.

In der Deckung einiger Häuser, die sich ein gutes Stück von seinem ehemaligen Büro entfernt befanden, beobachtete Sheriff Duncan Farlowe, wie der zwanzig Jahre alte Feuerwehrwagen herangerast kam und mit kreischenden Reifen stehenblieb. Er war eher wütend denn verängstigt und mußte sich im Zaum halten, um nicht zu den beiden Männern zu gehen, die er zuvor in einem an der Main Street geparkten Leihwagen gesehen hatte, und ihnen mit dem Peacemaker das Lebenslicht auszupusten. Er hatte das Rathaus betreten und war dann sofort zum Hintereingang hinausgestürmt, in der Hoffnung, daß sein Instinkt ihn trog.

Er hatte ihn natürlich nicht getrogen, und nun war es an der Zeit, sich in die Hügel zu begeben. Buchstäblich. Ihm gehörte eine Hütte in den Bergen, in der Nähe eines Wintersportzentrums, das zu dieser Jahreszeit geschlossen hatte. Dort konnte er über einen Kurzwellensender und ein Telefon Verbindung mit der Außenwelt halten. Er würde sich eine Weile verkriechen und überlegen, was er tun und wen er anrufen konnte und was, zum Teufel, überhaupt gespielt wurde.

Achtundzwanzigstes Kapitel

»Bist du sicher, daß wir hier richtig sind, Sal?« fragte McCracken, als Belamo am Ende einer schmalen Gasse anhielt.

»Absolut verdammt sicher, Boß«, erwiderte Belamo. »Habe es selbst überprüft, bevor ich mich mit dir getroffen habe. Ich bin Bill Carlisles Spur bis hierher gefolgt und in einer Sackgasse gelandet. Buchstäblich.«

Die Gasse zweigte von der Good Hope Street ab, einer Durchgangsstraße im heruntergekommenen Washingtoner Viertel Anacostia, direkt hinter der Brücke, über die die 11th Street führte. Sie gingen das letzte Stück des Weges zu Fuß durch die Nacht und kamen an einigen dunklen Gestalten vorbei, die in Grüppchen zusammenstanden. Normale Außenstehende wären augenblicklich angemacht worden. Doch Johnny Wareagle, der die Nachhut der kleinen Gruppe bildete, hielt die Penner davon ab, mehr als nur einige Blicke und drohende Bemerkungen zu riskieren.

McCracken ging voran zum schmalen Ende der Sackgasse. Belamo war es gelungen, den letzten bekannten Wohnort von William Carlisle aufzuspüren, des ehemaligen Mitglieds der Trilateralen Kommission und Vorsitzenden seines geheimnisvollen Unterausschusses. Der Mann hatte in einem Verschlag aus Holzkisten am Ende der Gasse gehaust. McCracken vermutete, daß Carlisle vielleicht der einzige Mensch auf Erden war, der ihnen die noch fehlenden Puzzleteile der Verschwörung, die er aufgedeckt hatte, enthüllen konnte.

Sie waren direkt von New Mexico hierher gefahren, ständig in der Besorgnis, daß die Mächte, die hinter der Sandburg Eins steckten, versuchen würden, sie aufzuspüren. Sie hatten mehrere Umwege gemacht, häufig die Fahrzeuge gewechselt und ihre Verpflegung in großen Supermärkten gekauft. Sie waren am Dienstagabend um kurz nach zehn im Washingtoner Stadtteil Anacostia eingetroffen und hatten den Wagen auf einem Schrottplatz an der Good Hope Street abgestellt, drei Häuserblocks von der Gasse entfernt, damit er nicht vorzeitig gefunden werden konnte.

»Er ist nicht da«, sagte Sal, als McCracken den Kopf in eine der Kisten steckte, während Kristen Kurcell über seine Schulter spähte.

»Damit habe ich auch nicht gerechnet«, erwiderte Blaine. »Ich vermute sogar, daß er kaum jemals hier war.«

»Sprich Klartext, Boß.«

»Erst, wenn ich mir ganz sicher bin. Entschuldigen Sie mich«, sagte Blaine zu Kristen und trat von der Kiste zurück.

Er schaute kurz zum Kopf der Gasse hinüber, wo Johnny Wareagle Wache hielt. Dann steckte er Kopf und Schulter durch die Öffnung von Carlisles zweiter Kiste, stöberte in den zerknitterten Zeitungen herum, die als Schlafunterlage dienten, und tastete den Boden ab.

»Vielleicht habe ich mich auch geirrt«, sagte Blaine und kam wieder heraus.

»Wenn du mich fragst, hier verschwenden wir nur unsere Zeit«, sagte Sal.

»Augenblick mal.« McCracken ging zu einem uralten Toilettenhäuschen, das neben einem abbruchreifen Gebäude stand. Er griff nach der verrosteten Klinke.

»Wenn ich du wäre, würde ich da nicht reingehen, Boß . . . Scheiße«, fügte Belamo hinzu, als er sah, daß Blaine die Tür trotz seiner Proteste öffnete.

»Ganz genau«, sagte McCracken, als ihm der Gestank in die Nase stieg.

Blaine drückte gegen die Wände, um festzustellen, ob sie vielleicht nachgaben. Er wollte schon Johnny herbeirufen, damit er ihm half, das verrostete Toilettenhäuschen zur Seite zu schieben, als er spürte, daß der Boden sich unter seiner Berührung leicht bewegte.

»Hilf mir mal, Sal.«

»Es gibt für alles Grenzen, Boß.«

»Keine Angst, du machst dir schon nicht die Hände schmutzig. Halt nur mal den Rahmen hier fest. Ja, genau so.«

Unter Kristen Kurcells aufmerksamen Blicken zerrte McCracken den Boden des Toilettenhäuschens ein Stück hoch und schob eine Hand darunter. Ein kräftiger Ruck, und der Boden löste sich. Er schob die Platte zurück.

»Verdammte Scheiße!« sagte Sal erstaunt.

»Du hast schon wieder den Nagel auf den Kopf getroffen«, sagte Blaine, während er in ein dunkles Loch hinabsah, das in die Kanalisation von Washington führte.

Als Blaine von der letzten Sprosse der Leiter hinabsprang, wurde ihm klar, daß er sich wohl eher in einem aufgegebenen Abschnitt der Metro befand, des U-Bahn-Systems der Stadt. Kristen Kurcell folgte ihm langsam, aber dennoch entschlossen, ihn zu begleiten. Sal Belamo freute sich, mit Johnny Wareagle oben bleiben und Wache halten zu können.

Kristens Fuß berührte den finsteren Boden. »Danke, daß ich mitkommen durfte. Ich meine es ernst. Ich weiß, Ihnen allen wäre es lieber gewesen, mich unterwegs irgendwo abzusetzen.«

»Dann gäbe es jetzt niemanden, der diesen köstlichen Geruch mit mir teilt.«

»Ich meine es wirklich ernst.«

»Ich habe es auch ernst gemeint, als ich Sie gefragt habe, ob sie mich begleiten wollen.«

»Ich dachte, Sie würden Sal mitnehmen, und war schon bereit, Ihnen ordentlich einzuheizen.«

»Diese Sache hat nichts mit Sal zu tun, also habe ich Ihnen die Mühe erspart. Es geht um Sie, Kris. Sie kamen ins Spiel, als Ihr Bruder umgebracht wurde. Damals hatten Sie keine Wahl. Jetzt haben Sie eine verdient.«

Bevor sie antworten konnte, hatte Blaine sich umgedreht und in Bewegung gesetzt.

Der Gang, in dem sie sich befanden, änderte immer wieder die Richtung; Blaine kam sich fast wie in einem Labyrinth vor. An manchen Stellen stand das Wasser so hoch, daß es ihre Schuhe bedeckte. An anderen war der Betonboden knochentrocken, und das Klicken ihrer Absätze warf laute Echos. Ihr Weg wurde von Glühbirnen erhellt, die an einer Schnur an der Decke baumelten. Seltsamerweise war keine einzige der Birnen durchgebrannt. Gelegentlich ließ ein lautes Rumpeln die Wände erzittern, ein Indiz dafür, daß ein regulärer U-Bahn-Tunnel nicht weit entfernt sein konnte.

Je tiefer sie in den Tunnel vordrangen, desto schwächer wurde der scheußliche Gestank der Kanalisation, und schließlich verschwand er ganz. Das Poltern ließ ebenfalls nach, wodurch es ihnen plötzlich möglich war, ein schwaches Summen von Stimmen zu vernehmen. Kristen erstarrte. McCracken nicht. Sie sah ihn an.

»Die Stimmen. Sie haben Sie erkannt«, sagte sie, obwohl sie ursprünglich eine Frage hatte stellen wollen.

»Hören Sie zu, und Sie werden sie auch erkennen.«

McCracken war bereits weitergegangen, und Kristen beeilte sich, zu ihm aufzuschließen. Nach weiteren zwanzig Metern wurde die Luft plötzlich kühl, fast frisch, als hätte man ihr die überschüssige Feuchtigkeit entzogen.

»Eine Klimaanlage und Luftfilter«, erklärte Blaine.

»Sie haben damit gerechnet.«

»Wir sind fast da«, sagte er.

»*Wo* sind wir fast?«

Nach weiteren zehn Metern veränderte sich die Beleuchtung auf dramatische Art und Weise. Unmittelbar vor ihnen tauchte wie ein Leuchtfeuer ein heller Fleck in der Dunkelheit auf: zuerst ein schwacher Schimmer, aus dem aber schnell ein vielschichtiges Strahlen anscheinend am Ende des Tunnels wurde.

Dort befand sich eine schmale Türöffnung. Die gedämpften Stimmen, die sie gehört hatten, kamen aus dem dahinterliegenden Raum. Kristen folgte McCracken durch die Türöffnung, und als sie sah, was vor ihnen lag, klaffte ihr Mund in ungläubigem Erstaunen auf.

Eine gewaltige Höhle, bei der es sich vielleicht um ein Sammelbecken der Kanalisation gehandelt haben mochte, bevor sie dann wegen der U-Bahn-Schächte aufgegeben werden mußte, war zu einem luxuriösen Wohnraum umgebaut worden. Er bestand aus zwei gleichermaßen vorzüglich eingerichteten Ebenen, die von einer Wendeltreppe verbunden wurden. In der unteren Ebene standen zwei identische Chesterfield-Sofas auf einem üppigen Perserteppich. Ein antiker Régence-Stuhl stand vor einem eleganten Sekretär, der ebenfalls auf einem Orientteppich ruhte. Hinter dem Schreibtisch brannte in einem Kamin ein gasbetriebenes Feuer, das in dem klimaregulierten Raum allerdings eher für Atmosphäre denn für Wärme sorgen sollte. Die Wände waren von Regalreihen mit unzähligen Büchern bedeckt, die verhinderten, daß man den nackten Beton sehen konnte, und Türen führten – so vermuteten Blaine und Kristen zumindest – zu weiteren Räumen. Eine unbezahlbare Standuhr aus der Epoche George III beherrschte die Wand gegenüber vom Kamin, und auf einem offenen Sims konnte man eine Sammlung von Waterford-Kristall bewundern.

Die obere Etage, bei der es sich eigentlich eher um eine offene Galerie handelte, wurde von schweren Pfosten und Balken getragen. Ein Teil eines großen Himmelbetts war zu sehen, und in weiteren Regalen standen Bücher dicht an dicht, viele davon in Leder eingebunden. Ihr angenehmer Geruch trieb durch die gesamte Höhle. An einigen leeren Stellen an den Wänden hingen Gemälde von französische Impressionisten, zu denen sich Statuen und weitere Kunstobjekte in einem orientalischen Stil gesellten.

»Hier ist CNN.«

Die bekannte Stimme und danach einsetzende Erkennungsmelodie lockte Kristens Aufmerksamkeit zu einer Nische links von den Chesterfield-Sofas. Sie bemerkte, daß auch McCracken in diese Richtung sah, in der sie das leicht zu identifizierende Leuchten eines Fernsehschirms mit überdimensional großem Bildschirm ausmachte.

Dem plötzlichen Geräusch einer Wasserspülung auf der Galerie folgte in Klicken, mit dem eine Tür zugezogen wurde, und dann erschien ein Mann in dem großen Schlafzimmer. »Ah, Gäste«, stellte H. William Carlisle fest, als er, eine Zeitung unter den Arm geklemmt, zum Kopf der Wendeltreppe trat. »Hätte ich gewußt, daß Sie kommen, hätte ich mich noch schnell umgezogen.«

Statt der zerfetzten Lumpen, die das ehemalige Mitglied der Trilateralen Kommission am Samstag im Lafayette Park getragen hatte, war Carlisle nun mit einer altmodischen Smokingjacke und plissierten Hosen bekleidet. Seine Hausschuhe waren weich und gepolstert. Er war glattrasiert und absolut sauber.

»Sie sehen viel besser aus als bei unserer letzten Begegnung«, stellt McCracken fest.

»Die Verkleidung ermöglicht es mir, mich oben ungezwungen zu bewegen und unter die Leute zu mischen. Einfach unbezahlbar.«

»Ich habe das Gefühl, daß Sie seit dem Gespräch mit mir nicht mehr draußen gewesen sind.«

»Wenn Sie mich finden konnten, ist das auch anderen möglich. Nicht die beste Zeit, um sich sehen zu lassen, meinen Sie nicht auch?«

Blaine trat langsam vor und sah sich in dem Raum um, der ihm wie eine Mischung aus dem Schlupfwinkel des Phantoms der Oper und Kapitän Nemos Räumlichkeiten an Bord des U-Boots *Nautilus* vorkam. »Ich gratuliere Ihnen zu diesem beeindruckenden Versteck.«

»Ich ziehe den Ausdruck Alterssitz vor. Aber wie dem auch sei, glauben Sie mir, es war keine leichte Aufgabe.«

»Wie ist es Ihnen gelungen, diese Einrichtung herzuschaffen?«

»Mit Hilfe zweier fingierter Einbrüche in mein Haus, einer vor meinem Verschwinden und einer danach. Aber leider stand ich vor demselben Problem, mit dem sich alle neuen Hausbesitzer auseinandersetzen müssen: viel zu viele leere Räume.«

Auf halbem Weg die Wendeltreppe hinab schien Charlisle zum erstenmal Kristen zu bemerken. »Ich hatte noch nicht das Vergnügen, Ihre Bekanntschaft zu machen, Miss. H. William Carlisle«, sagte er und verbeugte sich leicht.

»Sie sind Billy the Kid«, erwiderte Kristen, anstatt sich vorzustellen.

»Wie ich sehe, haben Sie von mir gehört.«

»Ich habe Sie *studiert*.«

Carlisle erreichte den Fuß der Treppe und blieb stehen. »Und genau darauf, mein liebes Fräulein, bin ich reduziert worden: auf Unterrichtsstoff an der Universität.«

»Nicht unbedingt«, widersprach Blaine.

»Ich habe Ihnen ein Stück Geschichte geboten, Mr. McCracken.«

»*Zeitgeschichte*, Mr. Carlisle, denn Ihr Unterausschuß ist immer noch aktiv.«

»Ich habe mich auf die Operation Gelbe Rose bezogen.«

»Ich auch. Sie haben behauptet, Ihr Unterausschuß wäre bei Ihrem Ausstieg im Jahr 1978 aufgelöst worden. Aber die Akten in dem Schließfach in dem Busbahnhof gingen bis zum Jahre 1980 weiter.«

Carlisle stand steif und ausdruckslos vor Blaine.

»Sie haben gewußt, daß der Unterausschuß noch aktiv ist«, fuhr McCracken fort. »Sie haben gewußt, daß er damals noch aktiv war, und Sie wissen, daß er bis zum heutigen Tag aktiv ist. Ich gehe jede Wette ein, daß Sie von Anfang an wußten, was seine Mitglieder beabsichtigten. Und obwohl Sie nicht mehr dazugehörten, haben Sie mich in die falsche Richtung geschickt.«

Ein ironisches Lächeln legte sich auf Carlisles Gesicht. »Weil ein Teil von mir sehen wollte, ob Sie einen so großen und ruhmreichen Plan tatsächlich durchziehen können. Ein primitiver und kindlicher Plan, das will ich gern eingestehen, aber ich war am Anfang dabei, als unsere Diskussionen das Schicksal ausbrüteten, das nun wahrscheinlich über dieses Land kommen wird.«

»Warum haben Sie mir dann überhaupt etwas gesagt?«

»Weil derselbe kindliche Teil von mir ehrlich glaubt, daß ihr Plan die einzige Hoffnung ist, die diesem Land noch bleibt. Unser Gespräch im Lafayette Park hat die ganze Aufregung wieder aufleben lassen und in mir die Sehnsucht erweckt, wieder dazuzugehören. Bis zu diesem Augenblick war mir nicht klar gewesen, wie nah Sie ihrem Ziel gekommen sind. Ich hatte natürlich so meine Vermutungen, aber Sie haben sie bestätigt.«

»Sie scheinen sehr stolz zu sein«, warf Kristen verbittert ein.

»Vielleicht bereue ich, daß ich damals ausgestiegen bin.«

»Sie müssen Ihre Gründe dafür gehabt haben«, fuhr Blaine fort. »Und es müssen sehr gute Gründe gewesen sein.«

Carlisle wandte sich sowohl von Blaine als auch von der Frage ab und ging steifen Schrittes zum Kamin. McCracken trat neben ihn, und die beiden sahen in die ohne das geringste Flackern brennenden Flammen. Carlisle rieb seine Hände aneinander, als sei ihm plötzlich kalt.

»Ich bin ausgestiegen, Mr. McCracken, weil ich nicht mehr ertragen konnte, was nach dem Hinscheiden der Gelben Rose aus unserem Unterausschuß geworden war. Die Trilateristen selbst hielten die Operation nämlich für eine überflüssige Ablenkung. 1976 hatten sie schließlich schon erreicht, was sie erreichen wollten.«

»Die Präsidentschaft«, begriff Blaine. »Jimmy Carter gehörte zu ihnen.«

»Und er hat viele von ihnen in die Regierung geholt. Konservativen Schätzungen zufolge mindestens fünfundzwanzig Ernennungen. Können Sie sich ein besseres, günstigeres Szenario für die Kommission vorstellen? Endlich waren die Trilateristen in der Lage, Theorie in Politik umzuwandeln.«

»Und sie sind damit fürchterlich gescheitert.«

»Natürlich, weil die Geschichte sich gegen sie verschworen hatte.«

»Die Geiselkrise?« fragte Kristen.

Carlisle schüttelte den Kopf. »Da war es schon längst vorbei, Miss. Die Aufgabe, tatsächlich regieren zu müssen, hat sie überfordert. Sie waren nicht bereit, weit genug zu gehen; nachdem sie nun bloßgestellt waren und für ihre Taten zur Verantwortung gezogen werden konnten, schreckten sie vor dem Risiko zurück.«

»Also wurde die Last einer Gruppe aufgebürdet, die nicht so sehr im Licht stand und damit auch nicht so schnell zur Verantwortung gezogen werden konnte – Ihrem Unterausschuß«, fuhr McCracken fort.

Carlisle wandte den Blick vom Feuer ab und sah Blaine an. »Das Ziel bestand darin, größere Kontrolle über die Regierung zu erlangen. Man kam zum Schluß, daß die Kommission ihre Ziele und Prioritäten niemals auf traditionelle Art und Weise erreichen würde.«

»Womit Sie das bestehende politische System meinen.«

»Ja. Das Carter-Fiasko hat dies eindeutig unter Beweis gestellt. Die vorherrschende Meinung lautete, daß eine andere Art von Regierung nötig geworden war, eine, die es uns ermöglichen würde, unser Mandat für die Weltordnung leichter anzustreben.«

»Und Sie waren anderer Meinung?«

»Nicht, was das Ziel betraf, oh, nein. An diesen Zweck

glaubte ich mit tiefster Überzeugung. Aber damals war ich nicht mit den Mitteln zum Zweck einverstanden.« Carlisles strahlende Augen wirkten nervös. »Deren Entdeckung, wie ich vermute, Sie zu mir zurückgeführt hat. Erzählen Sie mir, was Sie wissen, Mr. McCracken. Lassen Sie hören, wie weit meine alten Gefährten gekommen sind.«

»Weiter, als Sie ahnen, Mr. Carlisle«, sagte Blaine und faßte die hervorstechenden Punkte so knapp und bündig zusammen, wie es ihm möglich war.

Er begann mit dem, was der sterbende Daniels ihm im Rock Creek Park verraten hatte, und schilderte, wie er in Miami hinter die Verbindung zwischen Arlo Cleese und Alvarez gekommen war. Er fuhr mit den Enthüllungen fort, die er bei dem beinahe tödlich verlaufenen Treffen mit Cleese erfahren hatte, und berichtete dann über die Fahrt nach New Mexico und Sandburg Eins. Als er fertig war, nickte er Kristen zu. Sie erzählte ihre Geschichte und schloß mit der Vermutung, daß eine unbekannte Partei anscheinend in größerem Umfang Atomwaffen stahl.

Während Carlisle zuhörte, schien er immer aufgewühlter und nervöser zu werden. Er wirkte abwechselnd aufgeregt und schockiert und lauschte den Geschichten, wie man solche über einen alten Freund vernimmt. Als Kristen endete, war sein Blick entrückt und in die Ferne gerichtet, voller Nostalgie und Sehnsucht.

»Besser, als ich dachte«, äußerte er sich. »Viel besser.«

»Auf welcher Seite stehen Sie, Mr. Carlisle?« fragte Blaine.

»Warum muß man immer auf irgendeiner Seite stehen? Ich habe die meine sowieso schon vor fast zwanzig Jahren gewählt.«

»Weil Sie die Mittel zum Zweck nicht billigen. Was hat sich daran geändert?«

»Immerhin besteht jetzt die sehr reale Möglichkeit, daß sie Erfolg haben werden.«

»Offensichtlich konnten Sie vor zwanzig Jahren damit nicht leben.«

»Heute ist es etwas anderes.«

»Wieso?«

»Weil die Situation heute viel verzweifelter ist.«

»Nein«, hielt Blaine entgegen, »weil Sie ein Teilnehmer und kein Zuschauer waren. Und als Sie von innen nach außen sahen, wurde Ihnen klar, daß die Ziele des Unterausschusses falsch waren. Doch nun schauen Sie von außen nach innen. Die Ziele jagen Ihnen keine Angst mehr ein, weil sie Ihre private Welt hier unter der Stadt, die die Verschwörer einnehmen wollen, nicht gefährden können.«

»Diese Nation braucht, was wir anzubieten haben, Mr. McCracken.«

»Es heißt nicht mehr ›wir‹, Mr. Carlisle, sondern ›sie‹. Sie haben sich von ihnen abgewandt, weil Sie ihre Methoden nicht ertragen konnten. Sie haben erkannt, daß die Kosten höher sein würden als der Nutzen. Das Land würde mehr verlieren als gewinnen. Diese Kosten-Nutzen-Rechnung hat sich nicht geändert. Wenn überhaupt, sind die Kosten noch höher geworden.«

»Und wenn wir sie jetzt nicht zahlen, bekommen wir vielleicht nie wieder die Gelegenheit, uns zu retten.«

»Uns zu retten, indem wir die einkerkern, die anderer Meinung sind und diese Meinung auch äußern? Sollen wir uns retten, indem wir die wenigen Freiheiten beschränken, die unsere Nation definieren?«

»Das sind notwendige Opfer!« beharrte Carlisle. »Das sehe ich jetzt ein. Wäre ich nur so klug gewesen, es auch damals zu begreifen . . .« Er hielt abrupt inne.

Blaine trat einen Schritt zu ihm heran. Plötzlich begriff er. »Vor fünfzehn Jahren sind Sie geopfert worden, nicht wahr? Sie sind nicht freiwillig gegangen, sondern wurden dazu gezwungen.«

Carlisles Lippen zitterten, und die Unsicherheit verzerrte sein Antlitz. »Wir hätten es so oder so haben können. Sie wollten nicht auf mich hören. Sie waren schließlich die Delphi. Ihnen gehörte die Zukunft.«

»Die Delphi«, wiederholte Blaine. Er entsann sich, daß Daniels diesen Begriff erwähnte, Carlisle hingegen am vergangenen Samstag abgestritten hatte, je davon gehört zu haben.

»Sie haben sich nach dem Orakel der griechischen Mythologie genannt, das vor jeder folgenreichen Handlung von den Machthabern befragt wurde«, führte Carlisle nun aus. »Seine Ratschläge haben die Zukunft also in großem Ausmaß *bestimmt*. Unser Unterausschuß entschied sich für diesen Namen, weil er seine Rolle im Prinzip genauso sah. Als die Kommission uns auflöste, trafen wir uns insgeheim weiter. Die Trilat-Mitglieder glaubten, es würde ausreichen, das Weiße Haus zu kontrollieren.«

»Carter hat ihnen das Gegenteil bewiesen.«

»Sie waren am Boden zerstört. Sie hatten die Macht, und sie ist ihnen wieder aus den Händen geglitten.«

»Und direkt in die Ihren.«

»Wenn Sie damit die günstige Gelegenheit meinen, die sich uns bot, ja. Wir haben gewußt, daß wir die Vision der Kommission nur verwirklichen können, wenn unser Mann genau zum richtigen Zeitpunkt an die Macht kommt, zu einem Zeitpunkt, da das Volk so entmutigt und entrüstet über den Zustand ist, in dem sich das Land befindet, daß es bereit ist, alles zu akzeptieren, was eine Veränderung herbeiführen kann. Ich habe den anderen gesagt, daß wir stets bereit sein und zuschlagen müssen, wenn dieser Augenblick kommt.«

»Aber die anderen wollten nicht warten, nicht wahr? Sie wollten den Augenblick, in dem sie Geschichte machen konnten, herbeiführen, anstatt einfach auf ihn zu reagieren.«

Carlisle nickte langsam. »Es war überflüssig. Hätten wir lange genug gewartet, wäre der Aufschrei der Nation, der die Veränderung verlangt, die wir bewirken wollten, von allein gekommen.«

»Und deshalb haben Sie sich von ihnen getrennt.«

»Ich riet zur Vorsicht, zur Vernunft. Das war alles. Sie dachten, ich würde mich gegen sie stellen. Es war kein Kompromiß möglich, mir blieb keine andere Wahl«, sagte er bedauernd.

»Sie haben weiterhin versucht, den richtigen Augenblick herbeizuführen.«

»Sie wollten die Illusion einer Revolution schaffen, um alles in die Wege zu leiten«, gestand Carlisle ein. Als er fortfuhr, zitterten seine Lippen noch stärker als zuvor. »Der Plan sah vor, daß sie Washington erstürmten und den Präsidenten mit dem Großteil des Kongresses in einem offenen Angriff umbrachten. Die Folge würde Chaos sein, sogar Anarchie, die Befehlskette hätte keine Geltung mehr, und damit wäre eine vorgezogene Wahl möglich, bei der der Kandidat der Delphi den Sieg davontragen würde. Nach meiner . . . Entlassung behielt ich sie genau im Auge. Ich war der Ansicht, daß es ihnen nie gelingen würde, das eine Element zu finden, das sie brauchten, um ihren Plan durchzuführen.«

»Einen würdigen Kandidaten«, schloß Blaine.

»Aber dann haben sie einen gefunden«, erwiderte Carlisle. »Sogar einen aus ihren Reihen.«

»Samuel Jackson Dodd«, sagte Kristen gerade so laut, daß man sie hören konnte.

»Ein Mann, der die Zustimmung eines Großteils der Bevölkerung hat und sogar schon ein ausgearbeitetes Programm vorlegen konnte«, fügte McCracken hinzu. »Gewählt mit einem Mandat, das ihm ermöglichte, alles zu tun, was er – und die Delphi – geplant hatten.«

»Mit der Aufgabe, ein Land wieder aufzubauen, das von dem Staatsstreich erschüttert worden war, den man Ihren Midnight Riders in die Schuhe schieben wird. Das hatte ich schon vermutet, als Sie mir gegenüber die Operation Gelbe Rose erwähnten.« Carlisles Blick verlor seine Sicherheit. »Dodd bekommt Blankovollmachten, um die Veränderungen herbeizuführen, auf die die Delphi schon seit Jahrzehnten hinarbeiten. Aber selbst das wird ihnen nicht genügen.«

»Wie bitte?« fragten McCracken und Kristen gleichzeitig.

Carlisle sah McCracken an. »Sie dürfen nicht vergessen, daß der Trilaterismus aus der Auffassung entstand, daß die USA die Ziele, die die Kommission im Sinn hatte, niemals verwirklichen kann, solange sie auf sich allein gestellt bleibt. Um eine langfristige Hegemonie zu erreichen, mußte man eine konzertierte, vereinigte Anstrengung auf einer internationalen Front zustande bringen. Die Kommission hat in zahlreichen Ländern auf der ganzen Welt Repräsentanten eingeschleust, wobei sie sich hauptsächlich auf jene Nationen konzentrierte, die über beträchtliche Rohstoffvorkommen und leistungsstarke Wirtschaften verfügen. Die Delphi haben dann versucht, diesen Repräsentanten zu einer ähnlichen Machtfülle zu verhelfen, die sie auch hier in den Vereinigten Staaten erlangen wollen. Sie – wir – wollten ausländische Vertreter, die mehr als nur bereit waren, Delphis Hilfe zu akzeptieren, ihre jeweiligen Nationen zu destabilisieren und letztlich ebenfalls die Macht zu ergreifen. Die Wirtschaft dieser Länder würde damit unter die zentralisierte Kontrolle der Delphi geraten.«

»Aufgrund einer komplizierten internationalen Verschwörung«, faßte Blaine zusammen.

»Deren Mitglieder nicht nur skrupellos sind, sondern zu einem Großteil die Ansichten der Delphi vertreten«, fuhr Carlisle fort. »Gruppen, die schon ihre Bereitschaft bewiesen haben, alles Nötige zu tun, um an die Macht zu kommen.«

»Terroristen?« fragte Kristen.

»Nein«, sagte Blaine, bevor Carlisle antworten konnte. »Die Trilaterale Kommission und die Delphi waren von Anfang an konservativ eingestellt, und nach dem ersten Fehlschlag ist ihre Einstellung höchstens noch konservativer geworden. Also werden sie sich im Ausland an diejenigen gewandt haben, deren Richtung der ihren am nächsten kommt: an die äußerste Rechte.«

Carlisle nickte beeindruckt. »Ganz genau, Mr. McCracken. Die Delphi benötigten solche Gruppen, um ihre Ziele durchzusetzen, und diese Gruppen konnten lediglich an die Macht kommen, indem sie die Hilfe der Delphi in Anspruch nahmen.«

»Inwiefern?« fragte Kristen.

»Das haben Sie doch gerade selbst erklärt, Miss.«

»Ach ja?«

Er sah sie streng an. »Die Atomwaffen aus Miravo.«

McCrackens Rückgrat versteifte sich. »Sie wollen sie an Führer der Ultrarechten liefern, die mit Hilfe dieser Waffen dann die Macht in ihren jeweiligen Ländern an sich reißen oder zumindest die derzeitigen Regierungen destabilisieren wollen.«

»Jede einzelne dieser Atomwaffen aus Miravo ist zwei- oder

dreimal stärker als diejenigen, die man am Ende des Zweiten Weltkriegs auf Japan abgeworfen hat«, stellte Kristen benommen fest.

»Und ich versichere Ihnen, sie werden sie einsetzen«, fuhr Carlisle fort.

»Aber das haben Sie bislang nicht gewußt«, sagte Blaine. »Das konnten Sie nicht wissen.«

»Nein, aber ich habe gewußt, in welcher Leute Hände diese Waffen fallen werden. Schon in meiner Zeit bei Delphi war vorgesehen, einen internationalen Kader der äußersten Rechten aufzubauen. Eine meiner letzten Aufgaben bestand darin, als Verbindungsmann für den südafrikanischen Repräsentanten zu dienen. Ein Mann namens Dreyer.«

»*Travis* Dreyer? Der Chef der AWB?«

»Nein, ich hielt Kontakt mit seinem Vater, Boothe. Aber der junge Travis war bei all unseren Treffen anwesend. Er übernahm die AWB nach dem Tod seines Vaters.«

McCracken dachte über die Konsequenzen nach. Die AWB – ein Kürzel der Afrikaner Weerstand Beweging, also Afrikaner-Widerstands-Bewegung – war eine gutbewaffnete, neofaschistische Organisation, die sich auf die Fahne geschrieben hatte, die Apartheid beizubehalten und die Schwarzen irgendwann vollständig auszumerzen. Ihre Mitglieder waren die reaktionären Nachkommen der holländischen Afrikaans, die das System der Apartheid ursprünglich eingeführt hatten. Sie waren bereit, im Namen der rassischen Reinheit und ihres Verständnisses von Nationalismus jede Schandtat zu begehen, und hatten auch schon unzählige davon begangen. In ruhigeren Augenblicken hielten sie Paraden ab, bei denen sie auf dem Rücken ihrer Pferde stolz eben jene Fahnen mit ihren Insignien schwenkten, die eine seltsame Ähnlichkeit mit Hakenkreuzen hatten.

»Wollen Sie damit sagen, daß die Atomwaffen, deren Abtransport aus Miravo mein Bruder beobachtet hat, Menschen wie *Dreyer* zur Verfügung gestellt werden sollen?« fragte Kristen ungläubig.

Das ehemalige Mitglied der Trilateralen Kommission

betrachtete sie einen Augenblick lang. »Und danach wird ein langgezogener Dritter Weltkrieg über uns hereinbrechen. Überall auf der Welt werden Bürgerkriege und hoffnungslose Aufstände ausbrechen. Gruppen der radikalen Rechten, die wegen ihrer Skrupellosigkeit ausgewählt wurden, die es ermöglichen, sie zu manipulieren, werden auf der ganzen Welt Regierungen ins völlige Chaos stürzen und das Gleichgewicht grundlegend verändern. Sollte es wirklich dazu kommen, könnte sich die Welt auf Dauer und unumkehrbar verändern, an einem einzigen Tag. Dem Tag Delphi«, schloß er.

»Und obwohl Sie das wissen, sitzen Sie hier und unternehmen *nichts*?« sagte Kristen wütend.

»Weil ich einfach eingestehen muß, daß die Pläne der Delphi es den Trilateristen diesmal ermöglichen könnten, die Macht in einer reineren und direkteren Form zu ergreifen, als sie es sich je vorgestellt haben, ohne ihre ursprüngliche Vision dabei aufgeben zu müssen. Deshalb konnte ihr Ihnen letzte Woche nicht helfen, sie aufzuhalten. Deshalb mußte ich Sie auf eine falsche Fährte setzen. Weil ein Teil von mir noch an die Heiligkeit der Vision glaubt, daß der Trilaterismus die einzige Möglichkeit darstellt, wie unsere Lebensweise überleben kann.«

»Aber ein anderer Teil von Ihnen erinnert sich daran, daß die Delphi Sie rausgeworfen haben, weil Sie Ihren Standpunkt kundgetan und es gewagt haben, eine abweichende Meinung zu äußern«, forderte Blaine ihn heraus. »Das hat nichts mehr mit einer verantwortungsvollen Führung zu tun. Oder wenn doch, dann nur für den Preis einer wild wuchernden atomaren Verseuchung in großem Maßstab. Das war nicht Ihre Vision. Wenn Sie diese Vision gehabt hätten, wären Sie noch dabei.«

Carlisle schwieg.

»Sie haben sich nicht nur von ihnen abgesondert«, fuhr Blaine fort, »sondern auch von der Gesellschaft. Ihnen blieb nichts anderes übrig, oder? Sie mußten so handeln, weil Sie wußten, daß die anderen sich niemals damit abgefunden hätten, Sie einfach nur auszuschließen. Sie stellten ein zu großes Risiko dar. Ihre einzige Chance bestand darin, spurlos zu verschwinden.«

»Ich konnte nichts mehr tun, Mr. McCracken.«

»Aber jetzt können Sie etwas tun«, sagte Blaine und sah Carlisle an, bis der seinen Blick erwiderte. »Sie wissen genau, sie hätten Sie getötet. Sie würden Sie auch jetzt noch töten, wenn sie wüßten, daß Sie ihre Aktionen genau beobachten. Aber Sie könnten die letzte Trumpfkarte ausspielen.«

»Wie?«

»Die Delphi, Mr. Carlisle. Sie wissen, daß sie damals falsch gehandelt haben, und Sie wissen, daß sie heute falsch handeln. Es ist zwar schon lange her, aber die meisten werden der Organisation noch angehören. Genügend jedenfalls. Sie können mir sagen, wer sie sind. Helfen sie mir zu verhindern, daß ihr Tag jemals kommen wird.«

Einen schier endlosen Augenblick lang stand Carlisle starr und ausdruckslos da, während er in Gedanken die verlorenen Jahre durchstreifte. Dann nickte er langsam, ganz langsam.

Auf der Good Hope Street hielt ein Mann, der sich in den Schatten zweier ausgebrannter Gebäude verbarg, ein Walkie-talkie an Ohr und Mund.

»Wir greifen jetzt ein«, erklang eine Stimme aus dem Gerät.

Der Mann sah zum Kopf der Gasse hinüber, wo er gerade noch den riesigen Indianer hatte ausmachen können. »Bringt eine Armee mit«, sagte er.

Sal Belamo wartet noch immer an Ort und Stelle, als Blaine und Kristen aus dem Kanalisationsschacht auf die Straße kletterten.

»Du siehst aus, als hättest du einen Geist gesehen, Boß.«

»Da liegst du gar nicht mal so falsch. Ist irgend etwas passiert?«

»Nada.«

»Johnny?«

»Ich kann ihn nicht sehen, aber . . .«

»Wir müssen hier weg, Blainey«, sagte Wareagle, der unvermittelt aus den Schatten auftauchte.

»Indianer?«

»Schnell.«

McCracken stellte keine weiteren Fragen. Johnny drehte sich um und ging zum Kopf der Gasse zurück, und die anderen folgten ihm. Sie erreichten die Good Hope Street, und McCracken fiel augenblicklich auf, daß die bedrohlich wirkenden jungen Männer, an denen sie auf dem Hinweg vorbeigekommen waren, verschwunden waren. Die Nacht schien noch dunkler geworden zu sein.

Wareagle erstarrte. McCracken schob Kristen hinter ihn. Sie gingen im Gänsemarsch den Bürgersteig entlang. Plötzlich flammten am rechten Ende des Häuserblocks drei große Scheinwerfer auf.

»Gottverdammte Scheiße«, keuchte Belamo auf.

»Kehrt um und flieht in die andere Richtung«, flüsterte Wareagle ihnen zu. »Ich halte sie hier auf.«

Doch bevor sie kehrtmachen konnten, leuchteten auch auf der linken Seite des Häuserblocks Scheinwerfer auf. Sie vernahmen deutlich die Geräusche, mit denen Gewehre an Schultern gedrückt und entsichert wurden. Dann durchschnitten im Norden und Süden zwei Hubschrauber die Dunkelheit über den Dächern.

»Lassen Sie die Waffen fallen und heben Sie die Hände!« befahl eine Stimme über das Lautsprechersystem eines der Hubschrauber.

McCracken, der mitten im gleißenden Lichtschein eines Scheinwerfers stand, ließ die Pistole zu Boden fallen. Belamo und Wareagle folgten mit ihren Gewehren seinem Beispiel. Sie alle hoben die Arme.

»Bewegen Sie sich nicht! Bleiben Sie, wo Sie sind!«

»Sollen wir abhauen, Boß?« flüsterte Belamo Blaine zu.

»Einer von uns muß mit dem kleinen Geschenk, das Carlisle mir gegeben hat, hier herauskommen.«

»Sechs Scharfschützen mit Nachtsichtvisieren auf den Dächern, Blainey«, erklärte Wareagle. »Hinter starker Dekkung.«

»Kristen«, flüsterte Blaine.

»Ich bin bereit. Sagen Sie mir, was ich tun soll.«

Sie war ihre einzige Chance. Da die meisten Gewehre fraglos auf sie drei gerichtet waren, würde sie es vielleicht schaffen, wenn die Männer für ausreichende Ablenkung sorgten.

»Johnny«, murmelte McCracken. »Sal.«

Wareagle nickte und spannte die Schultern.

»Verdammt«, murmelte Sal.

McCracken wollte die Hand zu der Tasche senken, in der die Diskette steckte, die Carlisle ihm gegeben hatte, Kristen zitterte; ihre Finger befanden sich auf Schulterhöhe.

»Warte, Blainey«, sagte Wareagle plötzlich.

McCracken sah in die Richtung, in die auch der große Indianer schaute. Während die Hubschrauber über ihnen kreisten, näherte sich vom östlichen Ende der Good Hope Street eine Phalanx von Soldaten, deren Stiefelschritte auf dem Straßenbelag dröhnten. Der Mann, der sie anführte, war unbewaffnet. Die Soldaten hinter ihm hatten ihre Gewehre geschultert. Der Anführer blieb zwei Meter vor dem angespannten McCracken stehen und salutierte.

»Tut mir leid, wenn wir Ihnen Unannehmlichkeiten bereiten Captain. Aber das schien uns das sicherste Vorgehen zu sein, Mißverständnisse zu vermeiden. Ich bin Colonel Ben Prower.«

Blaine erwiderte seinen militärischen Gruß. »Ist schon lange her, seit jemand mich mit Captain angesprochen hat, Colonel.«

»Dann freut es mich, der erste zu sein, der Sie wieder in der Truppe begrüßen darf. Aber genug des Geplänkels, Captain. Sie kommen bereits zu spät zu einer Verabredung, zu der ich Sie eskortieren soll.«

»Zu einer Verabredung?«

»Mit dem Präsidenten. Gehen wir.«

Neunundzwanzigstes Kapitel

»Ich hielt es für das beste, wenn wir zuerst unter vier Augen sprechen«, sagte der Präsident zu Blaine McCracken.

Die Nachricht, daß McCracken von einem der Teams, die nach ihm suchen sollten, entdeckt worden war, hatte den Präsidenten erreicht, als er gerade – ohne Erfolg – einzuschlafen versuchte. Er zog sich schnell an, ließ sich darüber informieren, was auf der Good Hope Street in Anacostia geschehen war, und hatte gerade sein Büro betreten, als Colonel Ben Power McCracken auch schon persönlich hineinbegleitete.

»Bitte, machen Sie es sich bequem«, sagte der Präsident und deutete auf einen Sessel in seinem Privatbüro.

»Das fällt mir etwas schwer.«

»Unter diesen Umständen verstehe ich dies durchaus.«

»Nicht nur wegen der Umstände, Sir.« Blaine suchte nach den richtigen Worten. »Es ist schon lange her, daß ich mich in diesen heiligen Hallen befand.« Sein Blick streifte durch den Raum. »Besonders so tief in ihnen.«

»Das habe ich Ihrer Akte entnommen.«

»Wie haben Ihre Leute mich gefunden, Mr. President?«

»Alles fing mit einem Tonband an ...«

Der Präsident erklärte, wie er in den Besitz einer Tonbandaufnahme vom letzten Gespräch zwischen Tom Daniels und Clifton Jardine gekommen war, weil ein ehemaliger KGB-Chef das Büro des CIA-Direktors abgehört hatte. Das Gespräch hatte damit geendet, daß der Direktor die stillschweigende Einwilligung gegeben hatte, Blaine zu benutzen. Dementsprechend waren sie davon ausgegangen, daß Daniels zum Rock Creek Park gekommen war, um sich dort mit ihm zu treffen.

»Zu diesem Zeitpunkt«, führte der Präsident aus, »haben wir gehofft, daß Sie uns mit den Einzelheiten vertraut machen könnten, die bei dem Gespräch nicht erwähnt worden sind.«

»Zu diesem Zeitpunkt habe ich nicht mehr gewußt als Sie. Eigentlich sogar weniger.«

»Wir haben von Ihrem ›Auftritt‹ im Coconut Grove erfahren,

und daß Daniels Ihre Freilassung aus dem Polizeigewahrsam angeordnet hat. Später erfuhren wir von Ihrem Flug nach Miami, der beinahe so katastrophal verlaufen wäre. Jemand will Sie tot sehen, wahrscheinlich dieselbe Partei, die hinter den Morden von Daniels und Jardine steckt.«

»Zwei von dreien haben sie erwischt.«

»Und Sie sind spurlos verschwunden. Es hat uns nicht überrascht, daß wir Sie nicht finden konnten. Doch wir gingen davon aus, daß die Suche, auf der Sie sich befanden, Sie nur zur Hauptstadt zurückführen konnte, und haben in der ganzen Stadt ein Heer von Leuten verteilt, das mit Ihrem Foto bewaffnet war.«

»Sie werden ein Heer brauchen, das mit viel mehr bewaffnet ist, um zu verhindern, daß diese Regierung gestürzt wird, Sir.«

Der Präsident stand auf und umklammerte die Sessellehne. »Wer steckt dahinter? Verraten Sie mir nur das.«

»Mr. President, was wissen Sie über die Trilaterale Kommission?«

Als Blaine seine Geschichte beendet hatte, wobei er allerdings verschwiegen hatte, daß die Delphi über Atomwaffen verfügte, war der Präsident wieder tief in seinen Sessel gesunken. Sein Gesicht war blaß, und seine Unterlippe zitterte.

»Sie behaupten, Carlisle habe Ihnen die Namen derjenigen genannt, die Delphi bildeten, als er dort ausstieg«, sagte er, als McCracken schließlich fertig war.

Blaine zog die Dreizolldiskette aus seiner Tasche. »Einige von ihnen werden die Organisation später ebenfalls verlassen haben. Da seine Informationen nur bis ins Jahr 1980 reichen, müssen wir davon ausgehen, daß einige der hier genannten Leute schon tot sind. Und zweifellos werden eine ganze Reihe von Namen fehlen.«

»Wie der von Samuel Jackson Dodd. Was ist mit dem Wie und Wann? Konnte Carlisle darüber etwas sagen?«

»Nein, aber Tom Daniels«, erwiderte Blaine, dem Daniels' letzte Bitte an ihn im Rock Creek Park wieder eingefallen war. »In sechs oder sieben Tagen.«

Das Gesicht des Präsidenten wurde noch blasser. »Natürlich.«

»Sir?«

»In einer Woche werde ich vor den Vertretern beider Häuser eine Rede über meine neue Strategie für die Wiederbelebung der Wirtschaft halten.«

»Die gesamte Führung der Nation gleichzeitig an einem Ort ... Lämmer, die zur Schlachtbank geführt werden, Sir.«

Der Präsident umklammerte die Sessellehnen. »Und statt der wirklichen Verantwortlichen wird man den Midnight Riders die Schuld geben.«

»Die anscheinend eine Revolution anzetteln«, fuhr Blaine fort, »die dem Militär keine andere Möglichkeit läßt, als die Kontrolle zu übernehmen.«

»Nur so ist es möglich, die Verfassung zu umgehen und vorzeitige Präsidentschaftswahlen anzuberaumen.«

»Die Dodd zweifellos gewinnen wird. Aber er wird nicht zum Präsidenten gewählt werden, sondern zum Erlöser. Und die Leute werden alles akzeptieren, was er und die Delphi ihnen aufzwingen.«

Das Gesicht des Präsidenten bekam allmählich wieder Farbe. Er schüttelte entschlossen den Kopf. »Nein, trotz allem kaufe ich Ihnen das nicht ab. Ganz gleich, wie tief Delphi die Regierung infiltriert hat, die Drahtzieher haben die Reaktion des Landes völlig falsch eingeschätzt. Damit werden sie niemals durchkommen.«

McCracken fiel plötzlich etwas ein, das er vergessen hatte, eins von Tom Daniels' letzten Worten.

»Mr. President, was ist Prometheus?«

Die Farbe, die ins Gesicht des Präsidenten zurückgekehrt war, verschwand augenblicklich wieder. In seinen Augen lag plötzlich ein verängstigter Blick. Er stand auf und ging steifbeinig zu der Hausbar. Er wollte sich ein Glas Wasser aus einem Krug einschenken, überlegte es sich dann aber anders, und sprach, ohne McCracken anzusehen.

»Prometheus ist die nationale Version des Rundfunknetzes für den Notfall. Ein Kommunikations-Netzwerk, das selbst den schwersten elektromagnetischen Impuls im All übersteht und im Falle des Undenkbaren eine zuverlässige Kommunikation ermöglicht.«

»Kommt mir zur heutigen Zeit wie eine unnötige Verschwendung vor.«

»Aber wir haben keine Ahnung, was die Zukunft bringen wird, nicht wahr? Als ich mein Amt antrat, stand das System kurz vor der Vollendung. Aber ich habe dafür gesorgt, daß die Öffentlichkeit und der Kongreß annahmen, es sei aufgegeben worden, ein weiterer Multi-Milliarden-Dollar-Albatros, der nie vom Boden hochgekommen ist.« Der Präsident drehte sich um und sah Blaine an. »In Wirklichkeit hätte es nicht besser funktionieren können. Ich habe es in Prometheus umgetauft. Außer Ihnen gibt es in diesem Land nur fünf Personen, die es unter diesem Namen kennen.«

»Tom Daniels kannte es.«

»Und daher auch die Delphi. Aber . . .«

»Wie genau funktioniert Prometheus?« unterbrach Blaine ihn.

»Satellitenrelais mit Dutzenden von redundanten Systemen und dazu die modernste Software und Hardware, die je in eine Erdumlaufbahn geschickt wurde«, erwiderte der Präsident und stellte fest, daß Blaine nickte. »Das scheint Sie nicht besonders zu überraschen. Wieso nicht?«

»Dodd Industries, Sir. Überprüfen Sie die Firmen, die das System konstruiert und gebaut haben. Dorthin läuft alles zurück.«

»Dennoch«, hielt der Präsident dagegen. »Prometheus würde im Ernstfall nur die strategische Kommunikation erleichtern. Wie könnte Delphi daraus Nutzen ziehen?«

»Schauen Sie, Sir«, antwortete Blaine und ging zu ihm, »ich kann ein Down-link nicht von einem Up-link unterscheiden. Aber ich weiß, daß die gesamte Kommunikation heutzutage auf Satellitenrelais zurückzuführen ist. Große Maschinen sprechen miteinander. Von einem elektromagnetischen Impuls einmal ganz abgesehen . . . Dodd verbindet Prometheus mit ganz normalen Fernsehsatelliten im Orbit und ersetzt deren Signale.

Wie durch Zauberhand übernimmt Delphi die Satelliten und kann damit dazu aufrufen, daß man dem Militär freie Hand lassen soll. Und damit Dodd.«

»Und das Land hat keine andere Wahl, es muß einfach zuhören.« Der Präsident betrachtete McCracken nachdenklich. »Warten Sie, Sie haben mir nicht alles gesagt. Irgend etwas halten Sie zurück.«

»Ich war mir bis zu diesem Augenblick nicht hundertprozentig sicher. Aber jetzt kommt mir der Rest des Plans völlig logisch vor.«

»Der *Rest* des Plans? Großer Gott, was haben sie denn *noch* in der Hinterhand?«

»Kurz gesagt, Sir, ist Delphi derzeit eine der größten Atommächte auf dem Antlitz dieses Planeten.«

Der Mund des Präsidenten klaffte auf, und er kehrte langsam zu seinem Sessel zurück.

»Die Air-Force-Basis Miravo«, fuhr Blaine fort.

»Sie wurde umgerüstet. Dort werden jetzt atomare Kurzstreckenraketen zerlegt.«

»Nein. Die Sprengköpfe bleiben intakt, werden von der Basis gebracht und irgendwo eingelagert.«

Der Präsident setzte sich. »Fünf andere Basen sind ebenfalls umgerüstet worden. Können wir davon ausgehen, daß sie ebenfalls ... zweckentfremdet worden sind?«

»Ich vermute, der Feind, mit dem wir es zu tun haben, bekommt von Miravo alles, was er braucht. Aber die Atomraketen sollen nicht innerhalb unserer Grenzen eingesetzt werden.«

»Ach? Und wo?«

Blaine atmete tief durch. »Anfangs habe ich eine völlig falsche Spur verfolgt, Sir. Nicht die radikale Linke steckt hinter dieser Verschwörung, sondern die andere Seite ...«

»Ein internationaler Kader von Verrückten von der radikalen Rechten«, faßte der Präsident zusammen, nachdem Blaine ihm erklärt hatte, was er von Carlisle erfahren hatte.

»Den Delphi an die Macht bringen und dann benutzen will, um die gesamte Welt zu beherrschen und zu führen. Die Trilaterale Kommission wurde aufgrund einer Doktrin gegründet, die sich kaum davon unterscheidet.«

»Aber die Charta der Trilateralen Kommission besagt doch wohl kaum, daß ein Rat von Wahnsinnigen die Zivilisation führen soll.«

»Ein Mittel zum Zweck, nichts weiter. Selbst wenn der Plan scheitern sollte, läßt das nachfolgende Chaos Delphi zum Gewinner werden, weil die anderen Nationen nicht imstande sein werden, auf die Katastrophe zu reagieren, die die Vereinigten Staaten während der Übergangsphase überkommt.«

»Die Frage lautet ... können wir das alles noch irgendwie aufhalten?«

»Bill Carlisle hat mir den Namen des einzigen internationalen Repräsentanten von Delphi genannt, den er kannte: Travis Dreyer.«

»Auch bekannt als der südafrikanische Hitler.«

»Dreyer wird uns die noch unbekannten Einzelheiten verraten und vielleicht sogar die Namen der anderen Delphi-Repräsentanten in Übersee nennen können.«

»Sie haben vor, nach Südafrika zu fliegen und ihn zum Sprechen zu bringen?«

»Im Idealfall kann ich die Informationen beschaffen, ohne daß er überhaupt mitbekommt, daß ich dort bin.«

Der Präsident dachte kurz darüber nach. »Bis zu meiner Rede vor den beiden Häusern bleibt uns noch eine Woche. Mehr Zeit kann ich Ihnen nicht geben.«

»Nutzen Sie diese Zeit hier im Hause, Sir, während ich in Südafrika bin«, sagte Blaine, während er die Diskette hochhielt, die Bill Carlisle ihm gegeben hatte.

»Die Mitglieder von Delphi.«

»Kassieren Sie sie ein, Sir. Verhaften Sie sie aufgrund jeder beliebigen Anklage, die Ihnen in den Sinn kommt. Sie können nichts von meinem Gespräch mit Carlisle wissen. Der Vorteil liegt auf unserer Seite. Überraschen Sie sie, und vielleicht können wir den Tag Delphi auf diese Weise vermeiden.«

Der Präsident schaute alles andere als optimistisch drein. »Wenn es uns nicht gelingt, bleibt uns wohl nur noch eine Möglichkeit. Dann müssen wir die gesamte Regierung in die entsprechenden Schutzunterkünfte umsiedeln. Delphi kann nicht töten, an wen die Organisation nicht herankommt.«

»Nein, aber Sie werden eine nationale Panik auslösen, und diejenigen, die Sie vor Delphi retten wollen, werden Ihre geistige Vernunft in Frage stellen.«

»Das spielt keine Rolle, wenn ich damit vermeiden kann, daß Washington von Truppen überrannt wird, die den Befehl haben, die gewählten und ernannten Führer dieses Landes zu ermorden. Soll der Kongreß doch ein Verfahren zur Amtsenthebung einleiten. Zumindest wäre das Land gerettet.«

»Aber für wie lange? Dodd wäre noch immer dort draußen und würde eine Möglichkeit finden, seine vorgezogene Präsidentschaftswahl durchzusetzen. Die große Gefahr liegt darin, daß Delphi auf alle Eventualitäten eingerichtet ist, auf jede Strategie, für die wir uns entscheiden. Nein, wir müssen Delphi völlig ausmerzen.«

»Wir werden nicht aufgeben, Mr. McCracken.«

»Keineswegs, Sir. Wir haben gerade erst angefangen.«

Zwanzig Minuten nach Beendigung seines Gesprächs mit dem Präsidenten traf Blaine sich mit Johnny Wareagle in einem leeren Büro im Weißen Haus. »Ich wollte vermeiden, daß Ihr beide, Indianer, du und Sal, das Gefühl bekommt, außen vor zu bleiben«, begann McCracken, »vor allem, da ich dringend eure Hilfe brauche. Wie ich es sehe, hat Delphi unter keinen Umständen seinen gesamten Vorrat an Atomwaffen an seine internationalen Repräsentanten weitergegeben. Die Organisation wird einen Großteil der Waffen in Reserve halten, sowohl als Handelsgut für die Zukunft wie auch als Druckmittel.«

»Ich verstehe.«

»Der Großteil der Waffen muß noch in den Vereinigten Staaten sein, und wir müssen herausbekommen, wo sie versteckt werden. Ansonsten könnte Delphi sie bei einem späteren Versuch einsetzen.«

»Überlaß das Sal Belamo und mir, Blainey.«

»Übrigens mit dem Segen des Präsidenten.« McCracken hielt inne. »Es ist schon komisch, Indianer«, fuhr er dann fort, »jetzt arbeiten wir mit der Billigung von innen, so tief aus dem Inneren, wie man nur hineinkommen kann, mit allen Hilfsmitteln, die die Nation uns zur Verfügung stellen kann, und trotzdem sind wir allein.«

»Das muß nicht unbedingt von Nachteil sein, Blainey.«

»Und wieso nicht?«

»›Innen‹ ist ein Geisteszustand, kein Daseinszustand. Schon zu unseren Anfängen im Höllenfeuer haben wir immer außerhalb des Systems gearbeitet, aber nur, um besser erreichen zu können, was das System braucht. Ich habe Traggeo bis in die Sandburg Eins verfolgt. Aber als ich sah, daß er Teil eines viel größeren Ganzen war, wurde mit klar, daß er nur ein Köder war, den die Geister ausgelegt hatten, um mich dorthin zu locken.« Wareagle hielt inne und musterte McCracken bedächtig. »Zu dir und zu dem, womit wir es jetzt zu tun haben. Was wir retten müssen.«

»*Sie*, nicht wahr? Diejenigen, die uns denunziert und ausgestoßen haben, die nicht einmal unsere Existenz zur Kenntnis nehmen wollten. Wir haben uns durchgesetzt, obwohl sie alles darangesetzt haben, es zu verhindern.«

»Wer sind dann die wahren Außenseiter? Wir sehen uns als Teil eines Landes und einer Welt, die man manchmal vor sich selbst und ihren eigenen Exzessen retten muß. Die Machthaber sind für diese Exzesse verantwortlich oder lassen sie zumindest zu. Sie steuern und führen eine Wesenheit, über der sie stehen – wenn nicht sogar außerhalb von ihr –, und beobachten lediglich, wie sie sich entwickelt. Aber sie sehen nicht, was diese Entwicklung im Inneren bewirkt.«

»Und wir doch.«

»Jetzt verstehst du.«

»Ich glaube schon. Und demnächst werden die Geister versuchen, auch mir etwas ins Ohr zu flüstern.«

Wareagle ließ eins seiner seltenen Lächeln aufblitzen. »Vielleicht haben sie schon damit angefangen, und du mußt ihnen nur zuhören.«

Johnny hatte das Büro kaum verlassen, als auch schon Kristen Kurcell hereinplatze, sehr zum Unbehagen des FBI-Agenten, der auf sie aufpassen sollte. Sie warf dem Mann im grauen Anzug die Tür vor der Nase zu.

»Sie wollten sich wohl auf französisch verabschieden, was, McCracken?«

»Lassen Sie mich tun, was ich am besten kann, Kris.«

»Und was wird aus mir?«

»Sie bleiben am Leben.«

»Das genügt mir nicht«, sagte sie entschlossen.

»Hören Sie, Kris . . .«

»Erzählen Sie mir doch keinen Quatsch, McCracken. Falls Sie es vergessen haben sollten, ich stecke in dieser Sache drin. Ich habe alles aufgegeben, um herauszufinden, warum mein Bruder sterben mußte.« Sie zögerte, doch ihre Augen verloren kein Quentchen ihres Feuers. »Wissen Sie, Samantha Jordan hat mich geliebt . . .«

»Das habe ich schon mitbekommen.«

». . . und ich habe sie getötet.«

»Das tut mir leid.«

»Mir nicht. Sie gehörte der Verschwörung an, die meinen Bruder getötet hat, und war voller Lug und Trug. Sogar, als sie mich verführen wollte, was sie mehr als nur einmal versucht hat, war die Täuschung vorhanden. Ich hätte kündigen können, habe es aber nicht getan, weil ich sie in erster Linie für meine Freundin hielt. Noch eine Lüge.«

»Vielleicht auch nicht. Sie haben eingestanden, daß sie Sie schon viel früher hätte töten können, es aber nicht getan hat.«

»Was nur in ihrem eigenen Interesse lag.«

»Handelt nicht jeder nach seinem eigenen Interesse?«

Ihr Blick wurde plötzlich unsicher. »Sie nicht.«

»Ich bin anders.«

»Ich weiß«, sagte Kristen.

Sie trat schnell einen Schritt vor, zog Blaines Kopf hinab und küßte ihn mit all der Leidenschaft, die sich in ihr aufgestaut hatte. Blaine spürte jeden Fetzen ihrer Gefühle und ihrer Furcht. Er schlang die Arme um sie und erwiderte den Kuß instinktiv. Der Augenblick zog sich dahin, bis sie die Hände auf seine Brust legte und ihn gegen die Wand zurückstieß.

»Nimm mich mit nach Südafrika«, sagte sie, nachdem sie sich schließlich von ihm gelöst hatte. Ihr Blick forderte die Antwort, die sie hören wollte.

Er hob die Hände und ergriff ihre Schultern. »Sei einfach hier, wenn ich zurückkomme, wenn das alles vorbei ist.«

»Es wird nie vorbei sein, für mich jedenfalls nicht. Mein Leben wurde in die Gosse hinabgespült.«

»Versuche zu schwimmen. Ich war auch schon da unten. Damit überlebt man, bis der richtige Augenblick kommt, wieder hinauszuklettern.«

»Und wenn ich gar nicht hinausklettern will?«

»Wirst du ertrinken.«

»Du bist ein Knallkopf, McCracken. Du bist . . .«

Bevor das nächste Wort über Kristens Lippen kommen konnte, hatte Blaine sie schon geküßt. Sie versuchte kurz, ihn zurückzustoßen, und gab dann nach und erwiderte seinen Kuß mit einer Leidenschaft, die nach dem ersten Kuß in nichts zurückstand.

Diesmal war es McCracken, der sich zuerst löste.

»Jetzt sind wir quitt«, sagte er.

Der Inhalt der Diskette, die McCracken von Wild Bill Carlisle erhalten hatte, war auf Festplatte geladen, ausgedruckt und an Ben Samuelson, Charlie Byrne, General Trevor Cantrell und Angela Taft verteilt worden, die sich schon ganz früh am Mittwochmorgen in einem Konferenzraum im Weißen Haus zusammengefunden hatten. Ihre Reaktionen reichten von Erschütterung über Unglauben und Fassungslosigkeit, während sie die achtzehnseitigen Ausdrucke des Dokuments durchlasen, das Akten über die einundzwanzig Männer und Frauen enthielt, die gemeinsam mit Carlisle der Organisation angehört hatten, die später zu Delphi geworden war. Vier der einundzwanzig waren gestorben, wegen Krankheit ausgeschieden, womit noch fünfzehn übrigblieben. Der Präsident betonte die Tatsache, daß einige der fünfzehn wahrscheinlich aus der Organisation ausgeschlossen worden waren oder sie – wie Bill Carlisle – freiwillig verlassen hatten. Der Rest war geblieben und bildete nun den Kern der Drohung, mit der die Regierung sich jetzt auseinandersetzen mußte.

Noch vor Beginn des Treffens hatten Eliteeinheiten unter dem Kommando General Cantrells begonnen, Miravo und alle anderen Basen, in denen Atomraketen zerlegt oder vernichtet wurden, in ihre Gewalt zu bringen. Damit war zumindest sichergestellt, daß Delphis Atomwaffenarsenal nicht noch weiter anwachsen würde.

Doch unter den gegebenen Umständen war dies keine große Beruhigung für die Mitglieder des Inneren Zirkels. Nachdem sie Carlisles Liste mit den Mitgliedern Delphis durchgelesen hatten, lehnte Charlie Byrne sich zurück und pochte mit den Knöcheln auf den Tisch. Cantrell blätterte die Seiten noch einmal durch. Samuelson schob das Dokument zurück und starrte es an, als befürchtete er, es würde ihn jeden Moment anspringen. Die Taft schüttelte den Kopf.

»Wie sicher können wir sein, daß diese Informationen tatsächlich zutreffen?« eröffnete General Cantrell das Gespräch.

»*Absolut* sicher«, erwiderte der Präsident. »Jeder Streit darüber wäre Zeitverschwendung und käme der alten Vogel-Strauß-Politik gleich, einfach den Kopf in den Sand zu stecken.«

»Es stehen drei Senatoren auf dieser Liste«, stellte Byrne fest.

»Und drei Militärs«, fügte Cantrell hinzu. »Ein Admiral und zwei Generäle. Alle drei Hauptbestandteile der Streitkräfte sind hier vertreten.«

»Mir bereiten die Repräsentanten aus der Privatwirtschaft größere Sorgen«, sagte Angela Taft. »Drei dieser Männer sind zu politischen Legenden geworden, ohne sich jemals für ein Amt beworben oder auch nur ein einzige Interview gegeben zu haben. Berater, die sich im Hintergrund gehalten, aber für mindestens drei Regierungen die Kastanien aus dem Feuer geholt haben, einschließlich dieser. Männer, die das Phänomen Macht verstehen und damit umzugehen wissen.«

»Wie gut kennst du die Repräsentanten aus der Wirtschaft, Charlie?« fragte der Präsident.

»Ihre Namen kennt jeder, der schon einmal das *Wall Street Journal* gelesen hat, soviel steht fest, Sir. Aber es geht weit darüber hinaus. Drei dieser Männer kontrollieren Firmen, die zu den größten in diesem Land ansässigen multinationalen Konzernen gehören. Und die beiden anderen sind mehrfache Milliardäre.«

»Da muß man keine großen Vermutungen mehr anstellen, woher die Mittel kamen, mit denen Delphi seine rechtsradikalen Bundesgenossen in aller Welt finanziert, nicht wahr?« fuhr der Präsident fort und wandte sich dann an Samuelson. »Also Ben, wie können wir sie uns schnappen?«

Samuelson blätterte noch immer nachdenklich die Seiten durch. »Ein koordinierter, gleichzeitig beginnender Schlag, um die Möglichkeit zu verhindern, daß einige der Repräsentanten gewarnt werden«, sagte der FBI-Boß ohne das geringste Zögern; er sah nicht einmal von dem Bericht auf. »Da wir nicht wissen, ob und welche der fünfzehn mittlerweile ausgeschieden sind, müssen wir natürlich alle festnehmen.«

»Da müssen wir in ziemlich vielen Bundesstaaten aktiv werden«, warnte der Präsident. »Ich habe mindestens zehn gezählt.«

»Wir sind darauf vorbereitet, Sir.«

»Wann kann die Aktion beginnen?«

»Wir müssen ziemlich viele Männer postieren und uns überdies noch mit der Schwierigkeit befassen, eine narrensichere Kommunikation zu errichten. Sagen wir, morgen, Donnerstag, zwischen Mitternacht und Tagesanbruch. Es würde die Sache beträchtlich vereinfachen, wenn wir die Repräsentanten alle zu Hause erwischen könnten. Natürlich gibt es noch einige Faktoren, mit denen wir uns vorher befassen müssen . . .«

»Machen Sie sich an die Arbeit.«

»Sollen wir die örtlichen Behörden informieren und einbeziehen?«

Der Präsident schüttelte den Kopf. »Die Leute auf Carlisles Liste haben die örtlichen Behörden wahrscheinlich in der Tasche. Auf keinen Fall. Sonst noch etwas?«

»Welche Anklage sollen wir gegen sie erheben?«

»Um Rhett Buttler zu zitieren: ›Ehrlich gesagt, mein lieber Ben, das schert mich einen Dreck.‹ Aber wie wäre es mit Landesverrat?«

Samuelson nickte; die Antwort hatte ihn zufriedengestellt.

»Kommen wir damit auch durch?« fragte Angela Taft.

»Ich glaube schon«, erwiderte Samuelson, »solange wir uns genau an die Vorschriften halten.«

»Was ist mit Dodd?«

»Er hält sich zur Zeit auf *Olympus* auf«, erwiderte Samuelson und bezog sich damit auf die Raumstation, die Dodd gemeinsam mit der NASA finanziert und konstruiert hatte.

»Ein gutes Timing.«

»Irgendwann muß er wieder runterkommen«, sagte Charlie Byrne.

»Und dann, Ben«, sagte der Präsident zum FBI-Direktor, »möchte ich, daß Sie dem Arschloch einen Strick um die Eier festziehen und ihn daran zum Weißen Haus schleifen.«

Dreißigstes Kapitel

Clive Barnstable, ein Angehöriger des Südafrikanischen Innenministeriums, erwartete McCracken im internationalen Terminal des Flughafens Jan Smuts und führte ihn von der Schlange, die sich vor der Paß- und Zollkontrolle gebildet hatte, zu einem Diplomateneingang.

»Ich wünschte, meine Instruktionen hätten es mir ermöglicht, Verstärkung anzufordern«, beschwerte er sich.

»Das waren *meine* Instruktionen«, erwiderte Blaine. »Ich will nicht mehr Aufmerksamkeit als absolut notwendig auf meine Ankunft lenken.«

Barnstable, ein gertenschlanker Mann, der einen beigefarbenen, von Schweißflecken verunstalteten Leinenanzug trug, wischte sich mit einem Taschentuch die Stirn ab. »Wie Sie wünschen.«

Die Linienmaschine aus Washington war am Donnerstag kurz vor Anbruch der Morgendämmerung gelandet. Der Flug hatte siebzehn Stunden gedauert, und gemeinsam mit der Zeitverschiebung von fünf Stunden hatte McCracken im Prinzip einen kompletten Tag verloren, der ihm nun eventuell fehlen würde. Sein Gesuch, von einem Experten über Travis Dreyer und die AWB abgeholt und assistiert zu werden, war über die entsprechenden Kanäle weitergeleitet worden, wenngleich man dabei alles vermieden hatte, was zu einem Stirnrunzeln der falschen Stellen führen würde.

»Draußen wartet ein Wagen«, sagte Barnstable.

»Wir nehmen ein Taxi.«

»Der Wagen steht im *Halteverbot*.«

»Dann muß er Diplomaten-Nummernschilder haben.«

Barnstables Schultern sackten hinab, als er McCrackens Gedanken nachvollzog. »Sie haben natürlich recht«, lautete seine Antwort.

»Was ist mit den Informationen, die ich angefordert habe?« fragte Blaine Barnstable, als sie sich dem Abfertigungsschalter im Diplomatenbereich näherten.

Barnstables dürres Gestell hüpfte auf und ab. »Die warten an einem sicheren Ort auf Sie.« Sein Tonfall wurde barsch. »Hoffentlich ist die Sache wirklich so wichtig. Man legt sich nicht einfach so mit Whiteland an.«

»Whiteland?«

»Das ist der Name, den Dreyer dem Privatstaat im östlichen Transvaal gegeben habt, den die AWB gebildet hat.«

»Wissen Sie was? Suchen wir uns ein Taxi, und Sie können mich unterwegs ins Licht setzen.«

Der Präsident nahm die Nachrichten, die Samuelson ihm um sechs Uhr am Donnerstagmorgen brachte, eher frustriert als wütend hin. Er hatte die Nacht über erneut kein Auge zugemacht und auf die Bestätigung gewartet, daß die gleichzeitige Festnahme der bekannten Mitglieder Delphis erfolgreich abgeschlossen worden war. Als der diensthabende Offizier ihn informiert hatte, daß Samuelson eingetroffen war, wußte er, daß etwas schiefgegangen war.

Der Präsident hatte seinen Bademantel so nachlässig übergestreift, daß man einen Großteil seiner nackten Brust sehen konnte. Während der FBI-Direktor Bericht erstattete, schritt er am Erkerfenster seines Büros auf und ab.

»Wie viele haben wir geschnappt, Ben?« fragte er mit seltsam ruhiger Stimme, bevor Samuelson enden konnte.

»Vier von fünfzehn, Sir. Damit bleiben elf übrig.«

Der Präsident blieb stehen. »Ich kann auch rechnen, Ben. Ich bin auch ganz gut darin, etwas zusammenzusetzen, und spontan würde ich sagen, daß die vier, die wir erwischt haben, Delphi zur selben Zeit wie Bill Carlisle verlassen haben.«

»Ihre ersten Aussagen lassen darauf schließen, Sir.«

»Und was ist mit den anderen?«

»Keiner meiner Leute kann genau sagen, wieso sie uns durch die Lappen gingen. Keine zwei Fälle scheinen gleich zu sein. Anscheinend sind sie einfach verschwunden.«

»Also eine koordinierte Aktion.«

»Genau, wie die Festnahme eine gewesen wäre.«

»Also müssen sie gewußt haben, daß wir kommen.«

Der FBI-Chef stand ganz starr da. »Sir, ich weiß, daß die Verantwortung sowohl für das Scheitern der Aktion als auch für das offensichtliche Leck bei mir liegt, denn nur meine Leute waren involviert. Ich kann nur sagen, daß ich bei dieser Operation alle erdenklichen Eventualitäten in Betracht gezogen habe. Noch eine halbe Stunde vor Beginn der Operation hat kein einziger meiner Einsatzleiter gewußt, worum es sich handelte. In einigen Fällen war ihnen sogar nicht einmal der Einsatzort bekannt. Ja, es ist vorstellbar, daß ein paar der elf Wind von der Sache bekommen haben oder gewarnt worden sind. Aber *alle* elf? Nein, das können sie nicht von meinen Leuten erfahren haben.«

»Wollen Sie damit andeuten, daß einer aus unserem Inneren Zirkel der Informant ist?«

»Nicht unbedingt, Sir. Wir wissen, daß der Countdown bereits läuft. Es ist vorstellbar, daß der Rückzug der Delphi-Mitglieder bereits geplant war und sie uns nur durch einen glücklichen Zufall entkommen sind.«

»Und wenn nicht, Ben?«

Samuelson zögerte, bevor er antwortete, und wich dabei dem Blick des Präsidenten aus. »Dann müssen wir davon ausgehen, daß Delphi bereits über die Aktion informiert war, *bevor* meine Leute den Marschbefehl bekamen.«

»Und wenn dies der Fall ist, wissen Sie auch, daß wir Ihren Zeitplan mittlerweile kennen.«

»Ja, Sir, aller Wahrscheinlichkeit nach.«

»Dann bleibt ihnen vielleicht keine andere Möglichkeit mehr, als die Dinge zu beschleunigen und nicht mehr bis zum nächsten Dienstagabend zu warten.«

Der FBI-Chef sagte nichts.

»Na schön, Ben, unter diesen Umständen können wir auf weitere Täuschungsmanöver verzichten. Ich will, daß diese Männer gefunden werden. Und wenn wir sie nicht finden können, will ich, daß sie von allen Möglichkeiten abgeschnitten werden.« Der Präsident hielt gerade lange genug inne, um seine Gedanken zu sammeln. »Das bedeutet, wir frieren nicht nur ihre persönlichen, sondern auch ihre Geschäftskonten ein. Und ich will, daß die Telefonleitungen aller beteiligten Regierungsmitglieder angezapft werden.«

»Soll ich mir dafür einen Gerichtsbeschluß besorgen?«

»Eine Anordnung des Präsidenten müßte genügen.«

»Natürlich«, sagte Samuelson, zögerte dann aber. »Sir?«

»Ja, Ben?«

»Haben Sie in Erwägung gezogen, damit an die Öffentlichkeit zu gehen. Stellen Sie diese Arschlöcher als das bloß, was sie sind, bevor sie ihren Plan in die Wirklichkeit umsetzen können.«

»Ich habe diese und hundert andere Möglichkeiten in Betracht gezogen. Doch selbst im günstigsten Fall – einmal vorausgesetzt, daß das Volk mir glaubt – wird es zu einer Panik kommen. Dieses Vorgehen könnte des weiteren dazu führen, daß Delphi in Verzweiflung gerät und seine Atomwaffen einsetzt. Das ist sein Trumpf, Ben, die große Unbekannte in dieser Gleichung.«

Der Präsident fügte allerdings nicht hinzu, daß die beiden Männer, für die McCracken sich verbürgt hatte, derzeit auf der Suche nach diesem Atomwaffenarsenal waren. Außerdem war er McCrackens Ratschlag gefolgt und hatte nicht einmal die Mitglieder seines Inneren Zirkels darüber informiert, daß Blaine ebenfalls unterwegs war; er hatte noch nicht einmal die internationalen Repräsentanten Delphis erwähnt. Es sei vorstellbar, so hatte McCracken ihn gewarnt, daß die Reichweite des Feindes sich sogar bis zu diesem Zirkel erstreckte, und nun hatte es den Anschein, als wären diese Befürchtungen nicht unbegründet gewesen.

Auf jeden Fall war jeder Vorteil, den McCracken ihm kurzfristig verschafft hatte, mittlerweile wieder verspielt, und mit ihm auch jedes Vertrauen. Unter diesen Umständen konnte der Präsident sich nur auf einen ehemaligen Agenten, der sich derzeit in Südafrika aufhielt und bis zum gestrigen Tag als Ausgestoßener gegolten hatte, und zwei von dessen Freunden verlassen. Nun blieb ihm nur noch eine Möglichkeit.

Der Präsident würde General Cantrell befehlen, morgen früh den Plan Evac, also die Evakuierung, in Kraft zu setzen. Wenn sich im Verlauf der nächsten vierundzwanzig Stunden nichts änderte, würde er die Regierung an einen sicheren Ort bringen lassen.

Hinaus aus Washington.

Barnstable brachte McCracken in das verschwenderische Carlton Hotel im Carlton-Center von Johannesburg, in dem Blaine den Rest des Morgens damit verbrachte, sich mit der Karte von Whiteland vertraut zu machen. Ein Laptop und mehrere zusammengerollte Landkarten erwarteten sie, als sie den Raum betraten.

»Wofür ist der Computer gedacht?« fragte Blaine.

»Fast alles, was wir über Dreyer, die AWB und Whiteland wissen, ist im Großrechner des Innenministeriums gespeichert. Ich hätte zu viele Dateien kopieren müssen, also habe ich diesen Laptop mitgebracht, damit Sie sich in das System einschalten können.«

McCracken breitete die Karten auf dem Bett aus, während Barnstable das Modem aktivierte und die Verbindung mit den Datenbänken des Innenministeriums herstellte. Whiteland war so groß, daß acht Karten nötig waren, um das gesamte Gebiet abzudecken. Barnstabel zufolge hatte die AWB vor drei Jahren ihren Anspruch auf die etwa zwanzigtausend Morgen Land kundgetan, um damit praktisch eine eigene Nation zu etablieren. Die südafrikanische Regierung hatte die Geste ignoriert, zum Teil, um die Konfrontation zu vermeiden, die Dreyer suchte, zum Teil in der Hoffnung, daß das Problem sich einfach von allein lösen würde. Das war natürlich nicht der Fall; ganz im Gegenteil, es verschlimmerte sich, je deutlicher die Regierung de Klerk ihre Bereitschaft andeutete, die weiße Herrschaft zu beenden. Es ließ sich absehen, daß bald die ersten freien Wahlen stattfinden und eine aus mehreren Rassen bestehende Übergangsregierung antreten würde. Dementsprechend kochten die Emotionen immer stärker über, während die Extreme sich immer weiter außerhalb der Mitte polarisierten. Das hatte zu einem dramatischen Zulauf für die AWB geführt. Barnstable zufolge wurden fast täglich neue Rekruten aufgenommen, und in Whiteland wurde wie verrückt gebaut, um die neuen Mitglieder auch unterbringen zu können.

Dieser Trend wurde von den einen Monat alten Plänen bestätigt, die Barnstable organisiert hatte. Mit wenigen Ausnahmen unterschied Whiteland sich kaum von anderen Städten oder Siedlungen. Einige Gebiete waren noch nicht mit fließendem Wasser und Innentoiletten ausgestattet und muteten etwas provinzieller an. Allem Anschein nach hatte Dreyer Schwierigkeiten, mit dem Bedarf an neuen Häusern Schritt zu halten.

Das Stadtzentrum von Whiteland war genau das, ein Viertel sich schneidender Straßen in der Mitte des Territoriums, das die

AWB einfach für sich beansprucht hatte. Nur ein kleiner Teil davon befand sich im Besitz der Familie Dreyer. Der Rest war Staatsgebiet gewesen, bis Travis Dreyer seinen dreisten Schachzug durchgeführt und die Regierung herausgefordert hatte, ihn doch daran zu hindern. Anscheinend war die Parzelle von fünf Morgen Land im südöstlichen Teil von Whiteland, die rechtmäßig der Familie Dreyer gehörte, zum Kommandozentrum der AWB umgebaut worden. Blaine richtete seine Aufmerksamkeit auf die Karte, auf der dieser Komplex abgebildet war.

Der hintere Teil des Kommandozentrums grenzte an den Wald, der den gesamten Besitz umschloß. Es verfügte über drei oberirdische und vier unterirdische Stockwerke; die letzteren bestanden im Prinzip aus Betonbunkern, die von der Außenwelt völlig abgeschottet werden konnten. Ein drei Meter hoher elektrischer Zaun schloß praktisch jede Möglichkeit aus, von hinten unbemerkt auf das Gelände einzudringen. Weitere Absperrungen oder andere ausgeklügelte Sicherheitsmaßnahmen waren nicht vorhanden, und Blaine hatte auch mit keinen gerechnet. Denn was für einen Eindruck würden die Bewohner von Whiteland bekommen, wenn ihre Hauptstadt wie eine Festung oder ein Gefängnis aussah? Trotzdem vermutete Blaine, daß regelmäßig Wachen um den Komplex patrouillieren würden.

»Was ist mit diesen offenen Linien hier?« fragte Blaine und deutete auf eine Ecke des Lageplans.

»Luftschächte für die Klimaanlage«, erklärte Barnstable und beugte sich über Blaines Schulter. »Zu dem Zeitpunkt, da wir den Plan bekommen haben, waren die Geräte selbst noch nicht installiert.«

»Ich nehme an, Sie haben sie von einem Verbindungsmann in Whiteland bekommen.«

»Ja.«

»Und er befindet sich noch vor Ort?«

Barnstable runzelte die Stirn. »Derjenige, der uns diese Pläne zuspielte, ist spurlos verschwunden. Der Verbindungsmann, den wir zuvor eingeschleust hatten, hat bei einem Unfall eine Hand verloren. Wir haben noch ein paar auf dem Gelände, setzen sie aber nicht mehr großartig ein. Es wäre doch sinnlos, sie in Gefahr zu bringen, solange wir nicht aufgrund der Informationen, die sie uns beschaffen, gegen Whiteland vorgehen wollen.«

»Würden sie mir zur Verfügung stehen?«

»*Ihnen*? Einige habe Familie und wollen so schnell wie möglich da raus. Ich glaube nicht, daß sie einem Mann helfen werden, der solche Absichten wie Sie hegt.« Barnstable hielt inne und beugte sich über den Tisch. »Absichten, bei denen Witwen und Waisen zurückbleiben.«

»Sobald ich also in Whiteland bin, bin ich auf mich allein gestellt.«

»*Falls* Sie hineinkommen, meinen Sie.«

»Das dürfte nicht allzu schwierig sein, Barnstable. Sie haben gesagt, dort würden jeden Tag neue Rekruten eintreffen. Ich melde mich einfach freiwillig.«

McCracken studierte weiterhin die Lagepläne und die relevanten Geheimdienst-Informationen, während Barnstable ins Innenministerium fuhr, um die falschen Papiere zu besorgen, die Blaine benötigen würde, um sich Zutritt zu Whiteland zu verschaffen. Am späten Mittag kehrte er ins Hotel zurück.

»Ich habe Ihnen einen Background verschafft, der Dreyer sehr gefallen wird«, sagte er und nahm einen Jiffyumschlag aus seiner Aktentasche. »Ein arbeitsloser frustrierter Ehemann und Vater.« Er gab Blaine den Umschlag und zog den Hemdsärmel hoch, um auf die Uhr zu sehen. »Darin befinden sich alle Ausweise, die Sie benötigen, um aufgenommen zu werden. In vierzig Minuten fährt ein Bus nach Whiteland ab.«

»Und ich muß nur einsteigen?«

»Whiteland pflegt eine Politik der offenen Tür. Das einzige Problem liegt darin, daß es keinen Kontakt zur Außenwelt mehr gibt, sobald Sie den Komplex betreten haben. Solche Kontakte sind nicht nur streng verboten; es gibt auch keine Telefone und keine Postzustellung. Alle Lieferwagen werden auf einem dafür bestimmten Platz am Stadtrand entladen, und ihr Inhalt wird von ausgewähltem Personal verteilt.«

»Er macht mir die Sache nicht einfach, nicht wahr?«

Barnstable zuckte grimmig mit den Achseln. »Selbst wenn Sie finden sollten, was Sie suchen, wird es verdammt schwierig sein, das Gelände wieder zu verlassen. Und ich bin nicht befugt, Ihnen in dieser Hinsicht zu helfen.«

»Darüber werde ich mir den Kopf zerbrechen, wenn es soweit ist.«

Der Treffpunkt für die neuen Rekruten der AWB war der große Flohmarkt von Johannesburg, der in der Nähe eines alten Lagerhauses abgehalten wurde, das zum Market Theater umgebaut worden war. Der Bus wartete bereits, als Barnstable Blaine einen Häuserblock entfernt aussteigen ließ, und fünfzehn Sitzplätze waren bereits mit Männern besetzt, die sich aus den verschiedensten Landesteilen hier eingefunden hatten. Männer, die ihren Haß und ihre Hoffnungslosigkeit offen auf den Gesichtern zur Schau trugen. Die jemanden brauchten, den sie für ihre schlechte Situation verantwortlich machen konnten, die *zurückschlagen* wollten.

Der Bus fuhr im Punkt ein Uhr los, und McCracken verbrachte die fast vierstündige Fahrt zur neuesten Township Südafrikas in der vierten Reihe von hinten. Whiteland lag auf halber Strecke zwischen Johannesburg und dem Krüger-Nationalpark, und auf dem letzten Stück des Weges konnte er gelegentlich Blicke auf den Olifants River werfen. Der Bus bog fünfzehn Kilometer hinter Marble Hall von der Autobahn ab und fuhr über eine holprige, unbefestigte Schotterstraße weiter. Sie passierten einige Wachtposten und Schilder, die unwillkommene Besucher eindringlich zur Umkehr aufforderten. Drei Kilometer später fuhr der Bus durch ein befestigtes Tor und hielt dann vor drei schlichten weiße Gebäuden.

Blaine fühlte sich augenblicklich an das Ausbildungslager erinnert, in das er eingezogen worden war, nachdem er sich 1968 freiwillig zur Army gemeldet hatte. Männer in den üblichen Khaki-Uniformen und staubüberzogenen braunen Stiefeln der AWB begrüßten die aussteigenden Passagiere mit Handschlag. Drei berittene Soldaten hielten Wache. Die Männer des Begrüßungskomitees lächelten, die Berittenen sahen stur geradeaus. Aber ihre Augen waren alle gleich, schroff und unversöhnlich. Blaine kannte solche Augen nur allzu gut. Es waren die von Männern, die von Haß und Intoleranz lebten. Und er wußte genausogut, daß sich die Niederlage in den Blicken derjenigen, die ihn im Bus hierher begleitet hatte, bald ebenfalls in Haß verwandeln würde.

Ein kahlköpfiger Mann mit einem gewaltigen Schnurrbart, der sich als Colonel Smeed vorstellte, hielt eine kurze Rede, nach der die Neuankömmlinge dann zu einer ersten Befragung abkommandiert wurden. Blaine wurde dem Colonel selbst zugeteilt. Als er an die Reihe kam und an einem Tisch in einem der drei Gebäude Platz nahm, sagte er die genau einstudierten biographischen Daten der Identität auf, die Barnstable und das Innenministerium für ihn geschaffen hatten. Der Colonel nahm alles nüchtern zu Kenntnis und trug die Daten in einige Formulare ein.

Nachdem alle Gespräche beendet waren, mußten die neuen Rekruten draußen Aufstellung nehmen. Als ein Jeep herangefahren kam, salutierten Smeed, und die anderen AWB-Soldaten und schlugen die Haken zusammen. Blaine machte einen Mann aus, den er als Travis Dreyer erkannte; er stand in dem Jeep und hielt sich am Rahmen der Windschutzscheibe fest. Der Jeep rollte aus, und Dreyer sprang hinab. Seine blankgeputzten schwarzen Stiefel knirschen auf dem Schotter, als er steifbeinig näher kam, die Arme mechanisch an den Seiten schwingend und die Brust übertrieben herausgestreckt. Er war glattrasiert und hatte ganz kurz geschnittenes, blondes Haar. Seine Augen leuchteten in einem kristallinen Blau.

In dem üblichen Sam Browne-Halfter der AWB steckte eine Neun-Millimeter-Browning mit Elfenbeingriff. Die Waffe hing viel zu tief und schlug gegen sein Bein, als er die Reihe seiner Soldaten abschritt, die noch immer Haltung angenommen hatten.

»Steht bequem«, sagte er und ging weiter.

Nun wandte er sich den neuen Rekruten zu und musterte

einen jeden mit strengem Blick. Blaine befürchtete schon, er würde zu lange vor ihm stehen, doch Dreyer schenkte ihm nicht mehr Beachtung als den anderen. Der Mann bedachte die Gruppe mit einem letzten Nicken, ging zu dem Jeep zurück und nahm wieder seinen Platz hinter der Windschutzscheibe ein.

Der Jeep fuhr davon, und Colonel Smeerd befahl den sechzehn neuen Rekruten, ihn wieder an Bord des Busses zu begleiten, der langsam durch Whiteland fuhr, während der Colonel seine Antrittsrede fortsetzen. Blaine prägte sich die Örtlichkeiten ein und stellte sie in einen Zusammenhang mit den Details, an die er sich von seinem sorgfältigen Studium der Pläne am heutigen Vormittag erinnerte. Die Karten und Informationen, die er über den Computer bekommen hatte, ließen Whiteland keine Gerechtigkeit angedeihen. Hier wurde überall gebaut, und eine ganze Reihe von Arbeitern schuftete unermüdlich an den einfachen Fertighäusern, die aus dem Boden gestampft wurden. Rasenflächen und Gärten wurden angelegt, überall blühten Blumen.

Während der Bus durch Whiteland kroch, stellte Blaine fest, daß die Schule schon mit einem Flügel erweitert worden war und ein zweiter sich derzeit in Bau befand. Kinder spielten in Khaki-Shorts und -Hemden Fußball. Frauen schleppten sich an Segeltuchtaschen mit Lebensmitteln ab. Ein paar Leute fuhren mit Fahrrädern über die frisch gepflasterten Straßen.

Im Geschäftsbezirk wurde McCracken klar, daß Barnstables Informationen bereits überholt waren; er zählte mindestens drei Läden, die weder in den Geheimdienstberichten erwähnt wurden noch auf den Plänen abgebildet waren. Hätte er nicht genau gewußt, wo er hier war, hätte er vermutet, es handele sich um irgendeine Kleinstadt auf dem Lande. Die einzigen Geräusche, die diese Illusion zunichte machten, waren die der schweren Baumaschinen, die versuchten, mit den Anforderungen nach neuen Häusern und anderen Gebäuden Schritt zu halten.

Einige Leute auf der Straße lächelten und winkten. Die Gesten wirkten einladend, aber die Gesichter der Menschen waren verschlossen.

Blaine konzentrierte sich so stark darauf, sich die Örtlichkeiten einzuprägen, daß er die Ausführungen des Colonels kaum beachtete. Bevor er es richtig mitbekam, hielt der Bus schon vor einem Drahtzaun, der den Exerzierplatz von Whiteland umgab. Die Ausbildungsmethoden, die Blaine beobachten konnte, waren weder besonders einfallsreich noch beeindruckend. Männer wurden in kleinen Gruppen im Nahkampf unterwiesen. Eine andere Gruppe marschierte im Gleichschritt. Eine dritte arbeitete mit Gewehren, denen Bajonette aufgesetzt waren.

Die Puppen, die sie aufspießten, waren schwarz bemalt.

McCracken lauschte geistesabwesend den Prahlereien des Colonels über die strengen Sicherheitsvorkehrungen, die hier in Whiteland getroffen worden waren. Er betonte die Tatsache, daß jeder Mann und jede Frau, die hier aufgenommen wurde, bereit sein mußte, seine oder ihre Prinzipien unter allen Umständen zu verteidigen. Sie befänden sich mitten in einem Krieg, erklärte der Colonel, und sie stellten das letzte Bollwerk und die letzte Hoffnung der Nation dar – und der weißen Rasse.

Blaine hörte das Donnern von Gewehrschüssen und das Klicken, mit dem die Waffen neu geladen wurden. Die Ziele verstreuten weiße Baumwolle und Stroh in die Luft, doch die Treffer schienen kaum im Verhältnis zu der Zahl der abgegebenen Schüsse zu stehen. Er stellte sich vor, daß sich überall auf der Welt ähnliche Szenen abspielten. Der Haß wurde sanktioniert und unter einem Schleier der Legitimität mit Waffen ausgerüstet. Wenn nichts dagegen unternommen würde, würde der Plan der Delphi überall Gewalt und Intoleranz erzeugen und es den Repräsentanten der Organisation dadurch ermöglichen, die Herrschaft an sich zu reißen.

Aber man konnte den Tag Delphi noch aufhalten. Hier.

Und heute.

Einunddreißigstes Kapitel

Die Nacht senkte sich über Whiteland. McCrackens langer Tag der Indoktrination in seiner neuen Heimat war beendet, und die Belohnung stellte eine harte Pritsche in einem Schlafsaal mit sechsunddreißig Betten dar. Er lag unter einem offenen Fenster, durch das das harte Licht von Scheinwerfern fiel. Blaine hatte diese Sicherheitsvorkehrungen schon längst zuvor bemerkt, und auch einige andere, die er überwinden mußte.

Obwohl die Mitglieder der AWB bei ihren Paraden zumeist auf Pferderücken zu sehen waren, benutzten sie Jeeps, um des Nachts Streife zu fahren. Jedes Fahrzeug war mit zwei Mann besetzt. Außerdem gab es auf dem Gelände eine Reihe von Überwachungskameras; den Bewohnern hatte man zweifellos gesagt, sie wären zu deren eigenem Schutz angebracht worden.

Es würde kein Problem sein, sich aus dem Schlafsaal zu schleichen. Danach jedoch mußte er bis zur Kommandozentrale fast zwei Kilometer zurücklegen. Die Überwachungsmonitore waren auf die Türen gerichtet, also kletterte Blaine leise aus einem Fenster, wobei er darauf achtete, seine ›Kameraden‹ nicht zu wecken. Der feine Nebel, der vor den Lampen hing, würde das seine dazu beitragen, ihn vor den Insassen der vorbeifahrenden Jeeps zu verbergen. Kurze, dunkle Strecken legte er mit schnellen Sprints zurück, während er gut beleuchtete Abschnitte kriechend überwand. Als einmal ein Jeep bedrohlich nahe kam, konnte er sich hinter einem gerade gepflanzten Busch verstecken.

Er erreichte den Rand des Kommandozentrums, ohne daß es zu einem Zwischenfall gekommen war, und streckte sich in der Dunkelheit auf dem Gras aus. Die Kommandozentrale wurde lediglich hinten von einem Zaun gesichert, doch die auf dem Gebäude angebrachten Scheinwerfer verbreiteten eine solche Helligkeit, daß er gezwungen war, einen großen Umweg einzulegen. Blaine blieb in den Schatten und benutzte den Schutz von Büschen, um eine Entdeckung durch die zehn oder zwölf Wachen zu vermeiden, die darauf trainiert waren, den Angriff einer Eliteeinheit abzuwehren, aber nicht mit einer Erkundungsmission durch einen einzelnen Mann rechneten.

McCracken erreichte unbeschadet die Rückseite der Kommandozentrale. Er schlich an mehreren Pferden vorbei, die an einem Pfosten an der rechten Ecke des Gebäudes angebunden waren, und streichelte ein unruhig gewordenes Tier, um es zu beruhigen, als er das lange Seil bemerkte, das an seinem Sattel befestigt war. Er löste das Tau und nahm es mit.

Vier Meter trennten ihn von dem Zaun, der die hintere Seite des Gebäudes sicherte. Dort waren keine Fenster in die Wände eingelassen, und nur eine einzige Tür, die aber verschlossen war. Aus genau diesem Grund hatte McCracken das Seil mitgenommen. Nach dem Studium der Pläne an diesem Morgen wußte er genau, wie das Dach des Gebäudes beschaffen war. Der Schornstein befand sich genau dort, wo er es erwartet hatte, auch wenn er in der Dunkelheit nur undeutlich auszumachen war. Blaine verknüpfte ein Ende des Taus zu einem Lasso und trat so weit zurück, wie der Zaun es ihm ermöglichte. Dann warf er das Lasso.

Es prallte gegen das Dach der Kommandozentrale und fiel wieder zurück.

Beim zweiten Versuch blieb das Lasso auf dem Dach liegen, und beim dritten streifte es den Schornstein. Beim vierten senkte es sich darüber. Blaine zog das Seil stramm, und als er überzeugt war, daß es halten würde, umklammerte er es mit beiden Händen und kletterte an der Wand der Kommandozentrale hinauf.

Samuel Jackson Dodd stand unbehaglich vor der kleinen Sichtluke, die sich direkt hinter dem schieferschwarzen Schreibtisch in seinen Privatgemächern an Bord der Raumstation *Olympus* befand. Eine etwas größere Luke befand sich in dem winzigen Beobachtungsdeck der Station, und eine dritte, die kleinste von allen, in der Hauptzentrale. Ursprünglich hatte er vorgesehen, eine gesamte Wand dieses Quartiers, das einzig und allein ihm und seinen persönlichen Gästen vorbehalten war, aus einem durchsichtigen Material erbauen zu lassen, doch die Ingenieure hatten nur darüber gelacht und das Vorhaben als technisch undurchführbar bezeichnet. Doch was wußten sie schon? Glaubten sie etwa, indem sie seinen Ausblick auf eine kleine Luke beschränkten, könnten sie auch seine große Vision beschränken?

Dodd drehte sich wieder zu seinem Schreibtisch um, auf dem die computerisierte Signalweiche mit dem eingebauten Stimmregler ruhte, die die sichere Kommunikation zwischen den internationalen Repräsentanten Delphis ermöglichte. Sämtliche LED-Anzeigen bis auf die von Johannesburg blitzten auf. Dodd verspürte eine zunehmende Ungeduld. Er hatte lange darüber gegrübelt, wie er die nötig gewordene drastische Veränderung ihrer Strategie am besten erklären konnte. Obwohl er nicht auf diese Männer verzichten konnte, wollte Delphi seine Pläne verwirklichen, ließen sie manchmal nur schwer mit sich reden und verhielten sich überaus störrisch.

Das Gerät auf dem Schreibtisch zeigte an, daß Johannesburg sich noch immer nicht gemeldet hatte.

Der Bau der Raumstation *Olympus* war das riskanteste Unternehmen gewesen, an das Dodd sich in seiner Karriere jemals gewagt hatte. Auch wenn man die Garantieleistungen der NASA einrechnete, würden die Kosten sich auf über vierzig Milliarden Dollar belaufen. Hinzu kamen noch weitere geschätzte einhundert Milliarden, um den Betrieb der Station auf ihre berechnete Lebensdauer von dreißig Jahren zu gewährleisten. Sollte etwas schiefgehen – was zahlreiche Gutachter vorausgesagt hatten –, würde der finanzielle Verlust vielleicht sogar ihn ruinieren.

Doch Sam Jackson Dodd hatte schon vor langer Zeit gelernt, nicht auf andere zu hören.

Olympus verkörperte seinen Glauben an die Ehe zwischen Geschäftswelt und Regierung, aber noch mehr seine Fähigkeit zu schaffen, was er sich in den Kopf gesetzt hatte. Bei den derzeitigen Budgetbeschränkungen hätte die NASA das Projekt niemals allein bewältigen können. Genausogut verfügte die Privatwirtschaft nicht über die finanziellen oder technischen Möglichkeiten, das Unternehmen allein durchzuführen. Die Antwort darauf lag – wie bei allem – in einer gemeinsamen Anstrengung. Als Vergütung für ihre Unterstützung würden in den ersten drei Jahren ausschließlich Wissenschaftler und Astronauten der NASA die Raumstation nutzen können. Danach würde eine Unterabteilung der Dodd Industries damit beginnen, Privatleuten zu – natürlich – exorbitanten Preisen Reisen ins All anzubieten. Sam Jack Dodd machte sich keine Sorgen; seine Marktuntersuchungen hatten ergeben, daß sich schnell eine Warteliste von fünf Jahren bilden und dieses Projekt innerhalb von zehn Jahren in den schwarzen Zahlen sein würde. Die Versicherungskosten, die das Projekt ursprünglich zum Scheitern gebracht hätten, waren nun zu vernachlässigen, da die NASA sie in ihr Budget aufgenommen hatte.

Dodd drehte sich wieder zu der kleinen Luke um und blickte in den beschränkten Teil des Alls hinaus, den er einsehen konnte. Von diesem Standort aus war nur ein kleiner Teil der Station selbst zu sehen. Doch selbst in der Totalen bot *Olympus* alles andere als einen atemberaubenden Anblick. Bei einer Raumstation konnte die Form nur einen elenden zweiten Platz hinter der Funktion einnehmen. Demzufolge war die Station gedrungen und röhrenförmig und sah fast aus wie eine übergewichtige Spinne. Der Hauptteil von *Olympus* bestand lediglich aus einem massiven Gestell aus Stahlträgern, an denen die fünf kugelförmigen Module befestigt waren, die das Herz der Station darstellten. Das mittlere und größte Modul beherbergte die Laboratorien, die Cafeteria und den Tagungsraum sowie Dodds Privatquartiere. Drei der kleineren Module enthielten die Unterkünfte für die Mannschaft und Gäste, während im vierten die Kommandozentrale untergebracht war.

Die symmetrischen Tragbalken und ordentlich angebrachten gerüstähnlichen Träger wurden von etwas verunstaltet, das wie hartnäckiger Raummüll aussah; dabei handelte es sich allerdings um Wärmeumwandler, Sonnenzellen und wichtige Maschinenteile. *Olympus* war in der Tat kaum mehr als ein kompliziertes und klobiges Raumschiff, das gleichzeitig als großes Orbitallabor diente. Dicke, röhrenförmige Verbindungsgänge führten von drei verschiedenen Andockstationen, von denen derzeit nur eine Betrieb war, zum Zentralmodul. Später würden alle drei Docks den Shuttles zur Verfügung stehen, und die Passagiere würden ihren ersten Eindruck von *Olympus* bekommen, indem sie sich schwerelos durch die Röhren zum Zentralmodul begaben, in dem die Schwerkraft ausgeglichen war.

Die Station selbst rotierte um ihre Achse und befand sich in einer geosynchronen Umlaufbahn etwas fünfunddreißigtausend Kilometer über dem Mittelpunkt der Vereinigten Staaten. Die Luft wurde von solarbetriebenen Maschinen gefiltert und auf angenehme fünfundzwanzig Grad erhitzt. Dodd mußte sich bei diesem seinem ersten Besuch ständig daran erinnern, daß er sich tatsächlich im Weltall aufhielt und nicht in einem High-Tech-Büro oder Luxushotel. Er hatte sich mit einem einwöchigen Intensivkurs auf die Reise vorbereitet. Zukünftige Besucher würden zweiwöchige Kurse absolvieren müssen, wodurch die hohen Kosten ferner gerechtfertigt wurden und die Gewinnspanne der Station zusätzlich stieg. Die ersten zahlenden Weltraumreisenden konnten das gesamte Paket zum Einführungspreis von fünfundzwanzigtausend Dollar erwerben, doch schon im ersten Jahr würde der Preis auf fünfzigtausend erhöht werden. Es war noch nicht entschieden, ob in dem fünftägigen Aufenthalt ein Weltraumspaziergang eingeschlossen oder nur gegen einen Aufpreis erhältlich war.

Dodd kniff die Augen zusammen und schaute durch das kleine Acrylportal. Fünfunddreißigtausend Kilometer unter ihm konnte er den kleinen Fleck ausmachen, bei dem es sich um die USA handelte.

Wie hatten die Dinge nur so schiefgehen können? Wie war es einem einzelnen Mann nur gelungen, sein gesamtes Werk in Gefahr zu bringen?

Wegen Blaine McCracken waren die ursprünglichen Mitglieder von Delphi auf der Flucht. Da sie rechtzeitig gewarnt worden waren, hatten sich alle ungefährdet absetzen können, doch nun waren sie nicht mehr besonders nützlich für ihn. Einige Mitglieder waren in Panik geraten. Sie hatten ihr eigentliches

Leben in den Schatten verbracht und konnten es nicht ertragen, daß sie plötzlich im Licht standen. Ein paar hatten ihm geraten, die Operation abzubrechen oder wenigstens zu verschieben. Dodd wußte, daß sowohl das eine als auch das andere den ängstlichen Mitgliedern lediglich mehr Zeit verschaffen würde, ihre gemeinsame Sache zu verraten. Einige würden sich entschließen, sich zu stellen und gegen die Zusicherung von Straffreiheit auszupacken. Die Loyalität schwand.

Sam Jack Dodd war klar, daß er eine Möglichkeit finden mußte, diese Situation zu seinem Vorteil zu nutzen und gleichzeitig Delphi und die internationalen Repräsentanten der Gruppe zu beschwichtigen. Es kam lediglich darauf an umzusetzen, was die Umstände bereitstellten, und das war in diesem Fall nicht wenig. Die Umformung der Strategie brachte sogar einige beträchtliche Vorteile mit sich. Die Probleme, die es zu bewältigen galt, fielen in den Bereich der Logistik und des Timings. Doch das Delphi-Mitglied im Inneren Zirkel des Präsidenten hatte ihm versichert, man könne es schaffen. Dodd hatte keine andere Wahl, als darauf zu hören und zu hoffen, daß die internationalen Repräsentanten, die für seinen Plan so wichtig waren, ebenfalls darauf hören würden.

Auf dem Kommunikationssystem auf seinem Schreibtisch flammte endlich das Flämmchen von Johannesbourg auf.

McCracken hatte an diesem Morgen in seinem Zimmer im Carlton ausführlich das System der Luftschächte im Kommandozentrum von Whiteland studiert. Da sowohl die vier unter- wie auch die drei überirdischen Stockwerke mit Frischluft versorgt werden mußten, konnte er davon ausgehen, daß das System über große Kondensatoren, Ventilatoren und Rohre verfügte, durch die ausreichende Mengen bewegt werden konnten. Den Plänen zufolge befanden die riesigen Kondensatoren sich auf dem Dach, und entsprechend mußte man dort auch eine Einstiegsmöglichkeit in das labyrinthähnliche Netzwerk der Rohre finden können. Die Pläne hatten Blaine verraten, wo sich Travis Dreyers Büro befand. Der Inhalt von dessen Aktenschränken hatte Blaine hierher gelockt. Nun wollte er sich Zugang zu diesem Büro im obersten Stock verschaffen, indem er sich durch die Luftschächte hinabließ.

Das Problem dabei war, daß man in der Kommandozentrale bald ein Versagen der Klimaanlage bemerken würde. Doch die Zeit arbeitete für ihn; es würde eine Weile dauern, bis man Techniker herbeirufen konnte, die dann seine Manipulationen auf dem Dach bemerken würden.

McCracken huschte zu dem großen Kondensator. Da er keinen Hebel fand, mit dem er das Gerät ausschalten konnte, zerrte er schnell alle freiliegenden Drähte heraus, bis das Ding erzitterte und seine Funktion einstellte. Dann folgte er Rohren zu einem Gebilde, das er zuerst für eine große Dachluke gehalten hatte, stellte dort aber fest, daß es sich um die Ansaugöffnung für die Frischluft handelte. Auf den Plänen war die Größe dieses Schachts viel zu klein wiedergegeben worden. Das rechteckige Abdeckblech war einen Meter mal einen Meter und zwanzig groß und leichter zu handhaben, als er gehofft hatte. Innerhalb von dreißig Sekunden hatte er es gelöst. Er atmete auf, als er sah, daß der darunterliegende Schacht knieförmig gebogen war und er sich nicht senkrecht hinablassen mußte.

Er glitt mit den Füßen zuerst in das Rohr aus galvanisiertem Stahl und machte sich unverzüglich auf den Weg zum Büro von Travis Dreyer.

»Meine Herren«, eröffnete Samuel Jackson Dodd die Konferenz, nachdem die Überprüfung der Verbindung zufriedenstellend verlaufen war, »dieses Gespräch wurde einberufen, um Sie zu informieren, daß die Umstände uns zu einer ziemlich drastischen Änderung unserer Pläne zwingen. Der Zeitplan wird vorgezogen. Wir schlagen nicht am nächsten Dienstag zu, sondern in achtundvierzig Stunden. Am Samstag um neunzehn Uhr, nach Washingtoner Zeit.«

»Was?« schienen einige Stimmen gleichzeitig zu brüllen.

»Das ist doch absurd!« protestierte Deutschland.

»Unsere Leute befinden sich bereits vor Ort«, wandte Japan ein. »Es ist unmöglich, sie so kurzfristig zurückzurufen.«

»Und wir«, erklärte Johannesburg, »können erst eingreifen, wenn wir unsere Sprengköpfe erhalten haben.«

»Beruhigen Sie sich, meine Herren. Sie werden erst aktiv werden müssen, sobald Sie unsere Lieferungen unbeschadet erhalten haben. Wir werden den Zeitplan lediglich in den Vereinigten Staaten vorziehen.«

FRANKREICH. »Aber wir haben uns nicht ohne Grund auf einen gleichzeitigen Einsatz aller Parteien geeinigt. Ohne ein gleichzeitiges Vorgehen ist der Erfolg unserer Aktionen stark gefährdet.«

»Meine Herren«, sagte der Repräsentant aus Washington ruhig, »unser Plan ist bereits gefährdet. Unsere einzige Chance, unsere Ziele noch zu erreichen, besteht darin, hier in den Vereinigten Staaten früher als geplant zuzuschlagen. Dieses Vorgehen findet meine Zustimmung.«

»Sie werden nur eine Woche, höchstens zehn Tage hinter uns herhinken«, fuhr Dodd augenblicklich fort. »Und wenn Ihr Tag kommt, werden die Ergebnisse Ihre ursprünglichen Erwartungen vielleicht sogar noch übertreffen, da sich in den Vereinigten Staaten dann ganz neue Möglichkeiten ergeben werden.«

Auf dem Beobachtungsdeck von *Olympus* herrschte Stille. Keine einzige Leuchtanzeige blinkte auf.

»Wann kann ich meine Sprengköpfe also erwarten?« fragte Johannesburg schließlich. »Sie bleiben in ihrem sicheren Versteck und werden an Sie geliefert, sobald wir die Lage in den Vereinigten Staaten stabilisiert haben.«

»Und wem oder was verdanken wir die Änderung der Pläne?« fragte Deutschland.

»Bei unserem letzten Gespräch habe ich Sie informiert, daß Blaine McCracken uns auf der Spur ist. Er hat die Regierung der Vereinigten Staaten mittlerweile über seine Erkenntnisse informiert. Der Präsident weiß, daß er mit dem Rücken an der Wand steht.« Dodd hielt inne. »Es besteht die Möglichkeit, daß McCracken mittlerweile weiß, daß Delphi international vertreten ist.«

»Und unsere Identitäten?« fragte England.

»Es ist vorstellbar, daß er sie kennt. Daher werde ich Ihnen nach Beendigung dieses Gesprächs das neueste Foto von ihm faxen, das wir in der Akte über ihn haben. Seien Sie auf der Hut.«

»Auf der Hut? Die ganze Operation ist in Gefahr, und das ist alles, was Sie dazu zu sagen haben?«

»Unsere Operation, Japan, ist keineswegs in Gefahr. Wir müssen uns lediglich den Gegebenheiten anpassen und auf eine Ausweichstrategie zurückgreifen, die wir bereits vor geraumer Zeit entwickelt haben. McCrackens Beteiligung hat Washington nur noch einen Ausweg offengelassen, und wenn der Präsident diesen Weg einschlägt, werden wir bereit sein.«

»Was meinen Sie damit?« fragte Frankreich.

Samuel Jackson Dodd erklärte ihnen den revidierten Plan Schritt für Schritt.

»Wir müssen uns lediglich den Gegebenheiten anpassen und auf eine Ausweichstrategie zurückgreifen, die wir bereits vor geraumer Zeit entwickelt haben. McCrackens Beteiligung hat Washington nur noch einen Ausweg offengelassen, und wenn der Präsident diesen Weg einschlägt, werden wir bereit sein . . .«

Blaine McCracken hörte aufmerksam zu, während die mechanisch synthetisierte Stimme, wahrscheinlich die von Sam Jack Dodd, den revidierten Plan erklärte, der zum Sturz der amerikanischen Regierung führen sollte. Schon während er durch das Rohr gekrochen war, das durch die Decke des vierten Stockwerks des Gebäudes verlief, hatte er einige Fetzen des Gesprächs verstehen können. Doch erst als er sich genau über Dreyers Büro befand, konnte er alle Sätze ganz deutlich hören.

Er lag bäuchlings in der Röhre und drückte das Ohr gegen den Stahl. Während er lauschte, bildete sich kalter Schweiß auf seiner Haut, und sein Schrecken wurde mit jedem Satz größer.

Der Präsident spielte Delphi glatt in die Hände. Die Regierung der Vereinigten Staaten würde gestürzt werden.

Samstag um neunzehn Uhr . . .

In nicht einmal zwei Tagen.

Und falls Blaine Washington nicht innerhalb von ein paar Stunden warnen konnte, würde niemand mehr etwas daran ändern können.

Dreyer erhob sich gelöst von seinem Sessel. Seine größten Träume standen unmittelbar vor der Verwirklichung. In achtundvierzig Stunden würden die Vereinigten Staaten ins totale Chaos stürzen. Danach würde ungehindert der Prozeß in die Wege geleitet werden können, der die AWB in Südafrika an die Macht bringen würde.

Der Führer der AWB hörte das Summen des in das Kommunikationssystem eingebauten Faxgerätes und legte die Hand vor den Schlitz. Die Seite, die zum Vorschein kam, war nur leicht gerollt und praktisch so klar wie das Original. Dreyer betrachtete das Foto von Blaine McCracken.

Er riß die Augen auf.

Er kannte diesen Mann, hatte ihn erst vor kurzem gesehen, erst ... *Heute!*

McCracken war einer der neuen Rekruten, die an diesem Nachmittag eingetroffen waren! McCracken befand sich in diesem Augenblick auf dem Gelände!

Dreyer rieb sich den Schweiß von der Stirn und ging von seinem Schreibtisch zur Tür des Büros. Er mußte Colonel Smeed informieren. Bei einem Mann mit McCrackens Qualitäten mußten sie sowohl vorsichtig als auch gründlich vorgehen. Wenn er die Sache richtig anfaßte, würde er unter den Delphi zum Held werden, zu dem Mann, der Blaine McCracken ausgeschaltet hatte. Sein Herz schlug unwillkürlich schneller.

Als Dreyer die Hand auf die Klinke legte, fiel ihm auf, daß die Luft im Zimmer schwer und feucht war und viel wärmer, als es eigentlich der Fall sein sollte. Bestürzt hob er den Arm und legte die Hand auf eine Klappe der Klimaanlage; sie arbeitete nicht.

Dreyer ging ein Licht auf. »Mein Gott«, keuchte er, »mein Gott ...«

McCracken kroch durch das Rohr zurück; nun war er nicht mehr darauf bedacht, alle Geräusche zu vermeiden. Er erreichte das Dach und schob den Deckel auf den Luftschacht zurück. Es blieb ihm nicht die Zeit, die Schläuche wieder anzubringen, die er abgerissen hatte, oder den Kondensator zu reparieren. Er griff nach dem Seil, das er aufgerollt und neben den Luftschacht gelegt hatte, und band auch das andere Ende zu einer Schlaufe zusammen. Er hatte vor, das Seil um den Ast eines Baums auf der anderen Seite des elektrische Zauns zu werfen und sich dann in die Freiheit zu hangeln.

Als Blaine das Tau gerade werfen wollte, hörte er Schritte, die die auf das Dach führende Treppe hinaufpolterten. Eine Gefangennahme war unvermeidlich. Falls Dreyer annahm, daß er das gerade beendete Gespräch der Delphi belauscht hatte, würde er ihn augenblicklich umbringen lassen. Seine einzige Überlebenschance – und damit auch Hoffnung auf Flucht – lag darin, die Illusion zu schaffen, er wolle sich gerade erst Zugang zur Kommandozentrale verschaffen.

McCracken lief zu dem Schacht zurück, aus dem er gerade geklettert war, und tat so, als wolle er den Deckel entfernen, als die Tür zum Dach aufgestoßen wurde. Er achtete darauf, daß die Soldaten sahen, wie er den Deckel zur Seite schob. Dann standen sie schon vor ihm, angeführt von Colonel Smeed.

»Wir sollten uns noch einmal unterhalten, Mr. McDowell«, sagte Smeed, die Hand fest um eine Pistole geschlossen.

Zweiunddreißigstes Kapitel

»Danke, daß Sie mich empfangen, Mr. Matabu«, begrüßte Kristen Kurcell den Mann, der sie von seinem Stuhl hinter dem Schreibtisch aus eindringlich musterte.

Bota Matabu beugte seinen großen, schlanken Körper vor, und der Stuhl knarrte leise. »Nach der Hilfe, die Sie meiner Delegation während unseres Besuchs in Ihrem Land geleistet haben, ist dies das mindeste, was ich für Sie tun kann, Miss Kurcell.«

»Das hoffe ich, Sir, denn ich möchte Sie noch um einen viel größeren Gefallen bitten.«

Matabus große, tiefliegende Augen blieben auf sie gerichtet. Er verschränkte die Finger und lehnte das Kinn auf die Daumen. Sein Seidenanzug schien von einem führenden Designer zu stammen, wahrscheinlich von einem Italiener, vermutete Kristen. Die gemusterte Krawatte paßte hervorragend zu dem grauen Anzug und zu dem mächtigen und kontroversen Führer, zu dem Matabu geworden war. Als dritthöchstes Mitglied des African National Congress, also des Afrikanischen National-Kongresses, war er Nelson Mandelas wichtigster Troubleshooter, der die Streiks, Arbeitsniederlegungen und den bewaffneten Widerstand gegenüber weißen Reaktionären und der Polizeibrutalität in den Townships zu überwachen hatte.

»Ich höre, Miss Kurcell«, sagte er, doch Kristen mußte erst ihre Gedanken ordnen.

Da das FBI Männer zu ihrem Schutz und nicht zu ihrer Überwachung abgestellt hatte, war es ihr mühelos gelungen, das Hotel in Washington zu verlassen, ohne daß die Agenten es bemerkten. Sie hatte ihre Flucht zeitlich so abgestimmt, daß sie eine Maschine nach Johannesburg erwischte, wo sie unbedingt Blaine McCracken finden wollte. Vor seinem Abschied hatte er ihr seinen Plan kurz umrissen, und in den nachfolgenden Stunden hatte sie erkannt, wie töricht er war. Zu viele Dinge konnten schiefgehen, und falls tatsächlich irgend etwas schiefging, stand McCracken ganz auf sich allein gestellt.

Anstatt tatenlos herumzusitzen, entschloß Kristen sich, alles in ihrer Macht Stehende zu tun, um Blaine zu helfen. Das Gefühl der Hilflosigkeit über den Tod ihres Bruders, das sie noch immer empfand, war schon Qual genug. Sie konnte nicht untätig darauf warten, daß noch ein Mensch starb, an dem ihr etwas lag.

Kristen hatte noch von Washington aus Kontakt mit Matabu aufgenommen, und einer seiner Wagen wartete auf sie, als sie

Johannesburg in der Dunkelheit der frühen Morgenstunden des Freitags erreichte.

»Ihr Anruf aus den Staaten war sehr beunruhigend«, fuhr Matabu fort, als Kristen nichts sagte. »Und vage. Sie haben gesagt, unsere Bewegung sei in großer Gefahr. Darf ich davon ausgehen, daß dies etwas mit der Politik zu tun hat, die Ihre Regierung in Erwägung zieht?«

»Nein«, erwiderte Kristen. »Überhaupt nicht. Die Gefahr für den ANC kommt aus meinem Land, hat aber nichts mit der Regierung zu tun.«

Matabu kniff die Augen zusammen. »Ich bin etwas verwirrt, Miss Kurcell.«

»Mister Matabu, es besteht Grund zu der Annahme, daß amerikanische Atomwaffen in die Hände der AWB gefallen sind.«

Matabus Brauen flatterten. Darüber hinaus zeigte er nicht die geringste Reaktion. »Ich hätte gedacht, so eine bedeutsame und gefährliche Enthüllung wäre über ganz andere Kanäle gekommen.«

»Das wäre bestimmt auch der Fall gewesen, würde die Macht, die dafür verantwortlich zeichnet, nicht auch versuchen, die Regierung meines Landes zu stürzen.«

Matabu hob den Kopf langsam von den Händen. »Kann ich davon ausgehen, daß es einen Zusammenhang zwischen diesen beiden Vorfällen gibt?«

»Die Macht, von der ich spreche, ist entschlossen, in zahlreichen Ländern die radikale Rechte an die Herrschaft zu bringen und einen weltweiten Geheimbund zu schmieden, der aus Männern wie Dreyer besteht.«

Matabus steinerne Gemütsruhe schien etwas zu schwanken. »Und wie sind Sie an diese Informationen gelangt, Miss Kurcell?«

»Durch einen Mann, der mir das Leben gerettet hat, nachdem ich von der Gruppe gefangengenommen worden bin, die hinter dieser Bedrohung für unsere beiden Nationen steckt.« Kristen hielt inne. »Der einzige Mensch, der diese Entwicklung noch aufhalten könnte.«

»Und dennoch sind Sie zu mir gekommen.«

»Weil dieser Mann nach Südafrika geflogen ist, um Whiteland zu infiltrieren, Mr. Matabu. Und ich glaube, er steckt in Schwierigkeiten.«

Nachdem Kristen die Aufmerksamkeit des ANC-Führers erlangt hatte, erzählte sie ihre Geschichte von Anfang an. Als sie fertig war, lag eine glänzende Schweißschicht auf Bota Matabus hagerem Gesicht. Seine tiefliegenden Augen hatten ihre Schroffheit und Selbstsicherheit verloren. Als er schließlich das Wort ergriff, klang seine Stimme sanfter, fast gedämpft.

»Dann hat dieser Mann, dieser ...«

»Blaine McCracken.«

»... versucht, sich Zutritt zu Whiteland zu verschaffen, um Informationen über den Plan der ... Wie haben Sie sie genannt?«

»Die Delphi.«

»... der Delphi zu bekommen, um ihn aufhalten zu können.«

»Hier und in den Vereinigten Staaten, Mister Matabu. Und wenn er scheitert, werden unsere beiden Nationen den Preis dafür zahlen müssen.«

»Und was genau erwarten Sie von mir, Miss Kurcell?«

»Finden Sie heraus, ob er dort ist. Helfen Sie ihm, wenn er Schwierigkeiten hat.«

»Sie trauen mir ja einiges zu.«

Kristen versuchte, so entschlossen dreinzublicken, wie sie sich fühlte. »Ich weiß, Mister Matabu, daß Sie zahlreiche Gespräche mit Mitgliedern der ECC geführt haben«, sagte sie und bezog sich dabei auf die *End Conscription Campaign*, einer Organisation von Wehrpflichtgegner, die von jungen Weißen gegründet worden war, die nicht mehr zur Armee eingezogen werden wollten, um eine Politik der Apartheid durchzusetzen, die sie nicht unterstützten. Diese Weißen, die gelegentlich auch die ›alternativen Afrikaner‹ genannt wurden, gehörten einer Volksbewegung an, die die Rassen friedlich zusammenbringen wollten.

»Mehrere dieser Treffen«, fuhr sie fort, »dienten dem Zweck, EEC-Mitglieder in Whiteland einzuschleusen, damit sie anschließend Berichte über die Pläne der AWB liefern können.«

Matabu nickte; er war offensichtlich beeindruckt. »Nehmen wir einmal an, es wäre mir gelungen, eine kleine Anzahl weißer Sympathisanten in Whiteland einzuschleusen. Nehmen wir einmal an, diese Sympathisanten hätten Funkgeräte, mit denen sie uns vor geplanten Überfällen auf die Townships warnen.«

Kristen faßte wieder Mut. »Dann müssen Sie imstande sein, Kontakt mit ihnen aufzunehmen.«

»Leider können nur sie mit mir Kontakt aufnehmen. Der nächste Bericht aus Whiteland ist morgen früh fällig. Wir werden uns bis dahin gedulden müssen.«

Matabu bestellte Kristen am Freitagmorgen wieder in sein Büro, nachdem einer seiner Whiteland-Infiltratoren Bericht erstattet hatte.

»Bitte beschreiben Sie diesen McCracken«, sagte er. Er stand starr vor seinem Schreibtisch.

»Groß und breit, mit schwarzem, welligem Haar«, sagte Kristen und rief sich Blaine McCrackens Aussehen in Erinnerung zurück. »Er hat einen gepflegten Bart, und eine Narbe verläuft . . .«

»Dann ist er es«, bestätigte Matabu. »Anscheinend wurde er letzte Nacht gefaßt, als er versuchte, sich Zutritt zur Kommandozentrale der AWB zu verschaffen.«

»Lebt er noch?«

»Aber nicht mehr lange, fürchte ich.«

Die ersten Strahlen der Morgensonne verwandelten das Loch, in das man Blaine gesteckt hatte, in einen Backofen. Bei der bloßen Berührung der Eisenwände verbrannte er sich schon, und er mußte seine gesamte Selbstbeherrschung aufbringen, um gleichmäßig durchzuatmen. Sie hatten ihn gestern abend bis auf die Shorts ausgezogen, bevor sie ihn in diese winzige

Kammer gesteckt hatten, in der die Hitze den Sauerstoff aus der Luft zu saugen schien. Die Feuchtigkeit war erstickend, und mit jeder Minute im Sonnenlicht wurde es schlimmer.

Die Sonne stellte ein gewaltiges Problem dar, doch die kistenähnliche Zelle war ein noch viel größeres. Wenn er sich setzte, befand sein Kopf sich nah an dem oben eingelassenen Gitter, durch das das grelle Sonnenlicht fiel. Die Zelle war zu klein, als daß er die Beine hätte ausstrecken können, ohne daß seine nackten Schultern die glühendheißen Wände berührten. Also blieb Blaine keine andere Wahl, als die Beine vor die Brust zu ziehen, was fast augenblicklich zu Krämpfen in seinen sowieso schon müden Muskeln geführt hatte.

Er streckte die Beine aus, so gut es ihm möglich war, denn er wußte, er mußte stark und einsatzfähig bleiben. Sollte sich eine Möglichkeit zur Flucht ergeben, mußte er sie ergreifen. Wenn er den Präsidenten nicht warnen konnte, würden er und die gesamten Vereinigten Staaten in eine tödliche Falle laufen.

Der Schatten einer seiner Wächter fiel auf das Gitter über ihm. Blaine hielt in seinen Gedanken inne, als wären es Worte. Die Logistik des Schauplatzes verbot einen verzweifelten Sprint in die Freiheit, selbst wenn es ihm irgendwie gelungen wäre, das Gitter aufzustemmen. Ununterbrochen waren Waffen auf ihn gerichtet. Nachdem man McCracken in der gestrigen Nacht vom Dach geführt hatte, war er zu Dreyer gebracht worden. Da der Führer der AWB davon ausging, daß es Blaine nicht gelungen war, irgend etwas von Wert zu erfahren, hatte er sich entschlossen, ihm einen höchst dramatischen Abgang zu verschaffen:

Blaine sollte von einem Exekutionskommando erschossen werden, und zwar genau zur Mittagsstunde, zu eben jenem Zeitpunkt, an dem der Präsident einen Weg einschlagen würde, der unabänderlich zum Sturz seiner Regierung führen mußte.

Im Konferenzraum des Weißen Hauses galt die ungeteilte Aufmerksamkeit General Trevor Cantrell. Er stand vor einer farbigen Karte von Washington und deutete auf die verschiedenen

Treffpunkte, von denen aus die Regierung in drei sichere Verstecke gebracht werden sollte.

»Wie lange wird die Evakuierung dauern?« fragte der Präsident.

»Für diejenigen, die sich zur Zeit in der Hauptstadt aufhalten, acht bis zehn Stunden, und das ist großzügig berechnet, Sir.«

»Bitte erklären Sie mir die Prozedur noch einmal«, verlangte die Sicherheitsberaterin Angela Taft.

»Alle Rundfunksender in Washington werden viertelstündlich eine bestimmte Nachricht ausstrahlen. CNN und alle anderen Nachrichtenkanäle werden alle zehn Minuten einen bestimmten Werbespot senden. Eine Reihe ausgewählter Gruppenführer werden Anrufe erhalten und ihrerseits alle Mitglieder ihrer jeweiligen Gruppen anrufen. Darüber hinaus hat die Emergency Communications, abgekürzt die EMER-COM, alle Nummern der Mitglieder auf der Evac-Liste gespeichert, die Pieper mit sich führen, und das sind etwa siebzig Prozent. Damit ist sichergestellt, daß wir niemanden übersehen.«

»Haben Sie schon herausgefunden, wie viele genau in der Stadt weilen?« fragte Charlie Byrne.

Bevor Cantrell antwortete, sah er Ben Samuelson vom FBI an. »Mit Mister Samuelsons Hilfe habe ich eruieren können, daß ihre Zahl zwischen neunzig und zweiundneunzig Prozent liegen wird. Bei unseren strategischen Planspielen sind wir immer von etwa fünfundsiebzig Prozent ausgegangen, so daß wir eine überdurchschnittliche Quote erzielen werden.«

»Ich vermute, Sie haben gar nicht erst versucht, Kontakt mit jenen aufzunehmen, die nicht sofort zur Verfügung stehen«, sagte der Präsident.

»Nein, Sir, und zwar aus gutem Grund. Wir müssen unter allen Umständen vermeiden, daß etwas durchsickert. Diejenigen, die nicht von der Evakuierung erfaßt werden, müssen akzeptieren, von der Regierung ausgeschlossen zu sein, bis die Ordnung wiederhergestellt worden ist.«

»Angenommen, es gelingt uns nicht, die Ordnung wiederherzustellen«, sagte Charlie Byrne.

»Und wie wollen wir verhindern, daß die Stadt mitbekommt, daß alle Mitglieder der Regierung gleichzeitig verschwinden?« wollte der Präsident wissen.

»Die Treffpunkte sind der Öffentlichkeit nicht zugänglich. Alle Personen werden von Armeehubschraubern abgeholt, die in dieser Stadt ja ein alltäglicher Anblick sind.«

»Was ist mit den Fahrern und Piloten?« fragte Angela Taft.

»Sie wurden in Alarmbereitschaft versetzt, Madam. Wir führen ständig Übungen durch, so daß keiner weiß, worum es geht. Wegen ihnen werden wir keine Zeit verlieren.«

»Aber wenn wir versuchen, das alles in acht bis zehn Stunden durchzuführen«, wandte der Präsident ein, »werden einige Leute auf jeden Fall Wind davon bekommen, darunter auch die Medien. Wir sollten die Aktion ausdehnen, wenn nötig vielleicht über den gesamten morgigen Tag.«

»Morgen ist Samstag«, erinnerte Ben Samuelson ihn. »Die Leute, die wir evakuieren müssen, werden dann nicht arbeiten. Ich würde auch zu diesem Vorgehen raten.«

»Einverstanden, aber ich bin trotzdem der Meinung, daß diejenigen, die zum Mount Weather evakuiert werden, aufbrechen, sobald wir Alarmbereitschaft gegeben haben«, sagte Cantrell. Er bezog sich auf die Mitglieder des Obersten Gerichts, des Kabinetts und einiger Ausschüsse. »Das würde auch Sie einschließen, Sir.«

»Und ich bin damit einverstanden, solange gewährleistet ist, daß wir in Mount Weather den Überblick behalten. Ich war nur einmal dort und habe von den technischen Gegebenheiten nicht viel mitbekommen.«

»Sie können das Land im Mount Weather genauso problemlos regieren wie im Weißen Haus, Sir. Das Oval Office und der Raum, in dem die Pressekonferenzen abgehalten werden, wurden dort nachgebaut, so daß die Öffentlichkeit glauben wird, Sie wären noch in Washington, falls Sie dies vorziehen, Sir.«

»Mir wäre es noch lieber, wenn ich das Land von hier aus regieren könnte«, sagte der Präsident zögernd.

»Da wir gerade von Washington sprechen«, warf Ben Samuelson ein, »jemand muß für den Belagerungsfall die Sicherheitsmaßnahmen für die Stadt koordinieren. Das ist die Aufgabe des FBI.« Er sah Cantrell an. »Der General und ich haben bereits darüber gesprochen.«

»Truppen der Siebenten Leichten Infanterie wurden in Alarmbereitschaft versetzt und können jederzeit einmarschieren, Sir«, erklärte Cantrell. »Sobald sie sich in der Stadt befinden, können sie direkt Mr. Samuelson unterstellt werden.«

»Nicht so schnell, Herr General«, sagte der Präsident. »Wie können wir die Siebente einmarschieren lassen, ohne genau jenes Aufsehen zu erregen, das wir unbedingt vermeiden wollen?«

»Ich würde vorschlagen«, warf Angela Taft ein, »daß wir keinerlei Erklärungen abgeben, bis die Belagerung beginnt . . . falls sie überhaupt beginnt. Danach, Sir, informieren Sie die Medien – und die Nation – von Mount Weather aus.«

Der Präsident nickte; für den Augenblick war er zufrieden. »Na schön, Leute. Wir haben jetzt genau vier Uhr. Ich möchte, daß bei Anbruch der Dämmerung alle Vorbereitungen getroffen sind.«

»Ich fürchte, mehr kann ich wirklich nicht tun«, sagte Matabu mit grimmiger Entschlossenheit, als er Kristen die letzten Elemente seines Plans erklärt hatte. Nachdem er erfahren hatte, daß McCracken von einem Exekutionskommando hingerichtet werden sollte, hatte er den Plan mit der zögernden Unterstützung der ECC-Spitzel in Whiteland schnell ausgearbeitet.

»Das wird reichen«, erwiderte sie.

»Leider teile ich Ihre Zuversicht nicht.«

»Weil Sie Blaine McCracken nicht kennen.«

Matabu sah auf seine Uhr. »Aber wir sollten lieber aufbrechen, damit wir ihn nicht verpassen, falls er es schaffen sollte.«

Die Sonne nahm McCracken jede Kraft und auch jede Hoffnung. Kurze Phasen der Bewußtlosigkeit hatten sein Zeitgefühl durcheinander gebracht. Wenn er wieder zu sich kam, beschwor er sich jedesmal, wach zu bleiben, konnte jedoch nicht verhindern, daß er wieder einnickte. Er konnte kaum schlucken. Sein Atem ging schwer und unregelmäßig. Da er völlig ausgetrocknet war, schwitzte er kaum noch.

McCracken drohte wieder das Bewußtsein zu verlieren und hieß die kühle Behaglichkeit willkommen, die sein Geist in diesem Zustand heraufbeschwören konnte. Ein Geräusch holte ihn zurück, ein vertrautes zwar, aber hier war es völlig unpassend.

Zu dem *Rat-tat-tat* des ersten Hubschraubers gesellte sich kurz darauf das eines zweiten. Als Blaine versuchte, sich aufzurichten, um durch das Gitter zu sehen, hörte er das metallische Geräusch von schwerem Automatikfeuer.

Whiteland wurde angegriffen!

Er gab sich der Hoffnung hin, daß es sich um Barnstable und seine Leute aus dem Innenministerium handelte und sie einen Rettungsversuch starteten. Doch seine Hoffnung legte sich so schnell, wie sie aufgekommen war. Hundert Kampfhubschraubern waren nichts im Vergleich zu der einen gut gezielten Kugel, die sein Leben beenden würde. Selbst Johnny Wareagle würde Probleme haben, ihn unter diesen Umständen hier herauszuholen.

Doch das Feuer aus der Luft hielt an und wurde von den mit Maschinenpistolen bewaffneten AWB-Soldaten erwidert. Die Erde um sein Loch erzitterte, als die Männer in alle Richtungen auseinanderliefen. Blaine hörte, daß zahlreiche Befehle gerufen wurden, und konnte sich gut vorstellen, welch ein Durcheinander sich über seinem Kopf abspielte.

Plötzlich fiel ein Schatten auf das Gitter. Blaine hörte, daß im Schloß ein Schlüssel gedreht wurde. Anscheinend hatte die AWB den Mittag einfach vorgezogen.

Das Gitter wurde hochgehoben. »Schnell, Kumpel!« rief eine Stimme. »Wir wollen Sie hier rausholen!«

»Nein«, sagte Blaine heiser.

»Was?« Die Stimme klang jetzt wütend, und das Gesicht, zu dem sie gehörte, senkte sich.

»Wir würden es auf keinen Fall schaffen. Nicht auf diese Weise.«

»Aber . . .«

»Hören Sie zu.«

Der Mann tat wie geheißen, rief dann ein paar Kameraden herbei und rannte davon. Die Minuten schleppten sich dahin, während der Kampf anhielt. Dann würde das Gitter wieder angehoben, und jemand warf ein kleines Päckchen in das Loch.

»Hoffentlich wissen Sie, was Sie tun, Kumpel.«

»Hoffentlich wissen wir beide das.«

»Verdammte Kaffern!« schrie Dreyer; die Browning mit dem Elfenbeingriff hielt er entsichert in der Hand. Er sah den beiden Hubschraubern nach, die in nördliche Richtung flohen; aus dem einen quoll eine schwarze Rauchwolke, und er verlor Öl. Offensichtlich war die Schlacht vorbei. Neben ihm hielt Colonel Smeeds Jeep an.

»Verluste?« fragte Dreyer.

»Vielleicht ein Dutzend Verwundete. Keine Toten. Sie wollten uns lediglich etwas einheizen.«

»Matabu hat Whiteland gerade zum erstenmal angegriffen, Colonel. Das gefällt mir nicht. Und mir gefällt noch weniger, daß die Kaffern jetzt über Hubschrauber verfügen.« Dreyer kam plötzlich ein ganz anderer Gedanke. »Was ist mit unseren Gefangenen?«

»Der steht unter sicherer Bewachung.«

»Davon will ich mich selbst überzeugen«, sagte Travis Dreyer und stieg in den Jeep. »Wir haben bald Mittag.«

Smeed schob den Schlüssel ins Schloß und öffnete das Gitter, während Dreyer hinter ihm wartete. Eine Wache zog das Gitter hoch, damit Smeerd in das Loch schauen konnte.

Dreyer sah, daß Smeerds Rücken sich versteifte.

»Was ist los!« fragte Dreyer. »*Was ist los?*«

Er schob Smeer beiseite und sah ebenfalls in das Loch. »Verdammte Scheiße!« brüllte er dann.

Die verkrümmte Gestalt in der Khaki-Uniform im Loch war die eines AWB-Soldaten.

»Finden Sie McCracken!« schrie er Smeed an. »Legen Sie ihn in Eisen, und zwar sofort!«

Das Chaos, das auf den Angriff der Hubschrauber folgte, war nichts im Vergleich zu dem, das sich nun entwickelte. Auf dem gesamten Komplex strömten AWB-Soldaten aus und durchsuchten das Unterholz nach dem geflohenen Gefangenen. Dreyer verfluchte sich, weil er sich für die dramatische Variante entschieden hatte, anstatt seinen Gefangenen einfach in der vergangenen Nacht hinrichten zu lassen, als sich die Gelegenheit geboten hatte. Nun sehnte er sich nach einer zweiten Chance, McCracken ins Visier zu bekommen. In seinem geschwächten Zustand konnte der Mann nicht weit gekommen sein. Dreyers Leute würden ihn finden.

Auf McCrackens Anweisung hin hatten die drei ECC-Spitzel, die zu seiner Bewachung abgestellt waren, ihm eine Khaki-Uniform der AWB und einen Sam-Browne-Halfter besorgt und waren dann zurückgekehrt, als die anderen Soldaten in alle Richtungen ausströmten, um nach ihm zu suchen. Jeder, der sie beobachten sollte, würde vermuten, daß sie lediglich einen bewußtlosen Kameraden aus dem Loch holten, der dem entflohenen Gefangenen zum Opfer gefallen war. Einer legte eine Trage auf den Boden. Ein anderer tat so, als würde er McCracken aus dem Loch ziehen.

»Machen sie es sich bequem«, sagte er und wollte Blaine auf die Trage legen.

»Nicht ich – Sie.«

»Wie bitte?«

»Wir tauschen die Plätze. Jetzt komme ich allein klar.«

Der Inhalt einer vollen Wasserflasche, die mit der Uniform in das Loch geworfen worden war, hatte auf McCracken eine wundersame Wirkung gehabt. Er fühlte sich munter und stark, und die verlorene Körperflüssigkeit war wenigstens teilweise ersetzt worden.

»An der Straße, die nach Whiteland führt, wartet ein Wagen auf Sie«, erklärte die vertraute Stimme seines Retters. »Ein schwarzer Mercedes.«

»Wer sind Sie?«

»Freunde.«

Blaine zog den Gürtel enger. »Sie werden dahinterkommen.«

Zwei der Männer hoben die Trage mit dem dritten darauf hoch.

»Wir werden Ihnen bald folgen.«

Sie liefen los, und McCracken wandte sich in die entgegengesetzte Richtung. Bei hellem Tageslicht war es selbst in diesem Chaos nur eine Frage der Zeit, bis ihn jemand erkennen würde, was durch den Umstand erleichtert wurde, daß kaum ein Soldat einen Bart trug, er hingegen doch. Je schneller er aus Whiteland herauskam, desto besser. Er würde versuchen müssen, die Tatsache auszunutzen, daß die Soldaten sich auf der Suche nach ihm schon beträchtlich über das Gelände verteilt hatten.

Blaine folgte ein paar Männern durch ein offenes Tor in das dahintergelegene Buschland. Um ihn herum hackten Männer auf das Unterholz ein. McCracken achtete darauf, einen gewissen Abstand zu ihnen zu halten und dabei die allgemeine Richtung einzuschlagen, in der er die Straße wähnte. Seine beste Chance lag darin, so lange wie möglich im Wald zu bleiben. Er schritt schneller aus und bemühte sich, die Orientierung nicht zu verlieren.

Sein Weg führte ihn zu einer Gruppe, die das Unterholz in der Richtung durchsuchte, aus der er gekommen war. Er wollte eine Entdeckung vermeiden, indem er ihre hackenden Bewegungen nachahmte und damit sein Gesicht und den Bart bedeckt hielt. Doch er konnte der vertrauten Gestalt nicht ausweichen, die plötzlich vor ihm auftauchte.

»Da ist er!« brüllte Colonel Smeed.

Er riß die Pistole hoch, und McCracken sprang ihn an. Es gelang ihm, die Hand zur den Seite zu schlagen, doch ein Schuß löste sich und hallte in der Luft. Blaine holte zu einem Handkantenschlag aus, der Smeeds Nase zertrümmerte und den Mann zusammenbrechen ließ, doch der Schaden war schon angerichtet. Der Schuß würde die Soldaten der AWB anlocken. Blaine sprang über den leblosen Körper des Colonels und lief los.

Schritte näherten sich von hinten und Seiten. Blaine konnte sich keine Tricks oder Täuschungsmanöver mehr leisten. Seine einzige Chance bestand darin, die Straße und den schwarzen Mercedes zu erreichen, obwohl er noch nicht einmal wußte, wer darin wartete oder was mit ihm geschehen würde, sobald er ihn erreicht hatte.

McCrackens Mund war wieder staubtrocken geworden. Er zwang seinen müden, mitgenommenen Körper durch das Unterholz. Adrenalin durchströmte ihn. Er wurde mit jedem Schritt stärker.

Er konnte die Straße ausmachen, und Blaine lief an den letzten Bäumen vorbei auf sie zu. Wenn ihn nicht alles trog, hatte er in den Wäldern um Whiteland fast einen Kilometer zurückgelegt, und das bedeutete, daß er dieselbe Entfernung noch einmal auf offener Strecke überwinden mußte, um den Mercedes zu erreichen. McCracken setzte zu einem Sprint an und hatte schon ein gutes Stück zurückgelegt, als er hinter sich schnell lauter werdende Lastwagenmotoren hörte. Er wurde nicht langsamer, hielt sich aber für den Fall, daß er wieder Zuflucht im Unterholz suchen mußte, am Straßenrand und lief weiter, die Pistole in der Hand.

Nun kam der Anfang der Straße in Sicht und ein schwarzer Mercedes, der in die Büsche zurückgesetzt hatte; McCracken konnte nur seine Schnauze ausmachen. Er warf schnell einen Blick über die Schulter zurück und stellte fest, daß die Lastwagen noch hundert Meter hinter ihm waren. Als er wieder zum Mercedes sah, sprangen zwei Schwarze mit Automatikgewehren von den Vordersitzen, während vom Rücksitz eine vertraute Gestalt glitt.

»Schnell!« rief Kristen Kurcell.

McCracken war noch fünfundzwanzig Meter entfernt, als der schwarze Schütze das Feuer auf den vordersten Lastwagen eröffnete, dessen Fahrer McCracken gerade entdeckt hatte. Die Windschutzscheibe zersplitterte, und der LKW geriet ins Schleudern. Ein zweiter Wagen rammte ihn. Der Schütze feuerte weiter und ging rückwärts zu dem Mercedes, während Blaine zu Kristen lief. Sie umarmte ihn und zerrte ihn auf den Rücksitz, während die beiden Schützen vorn in den Wagen sprangen.

»Gott sei Dank«, stöhnte sie. »Gott sei Dank.«

Auf dem Rücksitz saß ein anderer Mann, der Blaine mit einem verkniffenen Grinsen bedachte.

»Wir scheinen dieselben Feinde zu haben, Mr. McCracken«, sagte Bota Matabu.

Dreiunddreißigstes Kapitel

Der Mercedes fuhr mit kreischenden Reifen an. Einer der Schützen hatte sich umgedreht und sah nach hinten, während der andere fuhr.

»Wir werden nicht verfolgt«, meldete er, und die Erleichterung war deutlich aus seiner Stimme herauszuhören.

Kristen sah, daß Blaines Blick durch das Wageninnere glitt. »Ein Telefon! Haben Sie ein Autotelefon?« fragte er Matabu.

»Nein.«

»Dann bringen Sie mich sofort zu einem Telefon!«

»Wir haben eine kleine Station, eine halbe Autostunde von hier entfernt«, sagte Matabu. »Dort befindet sich das nächste Telefon.«

McCracken rutschte nervös hin und her. Ihm war klar, daß dieser Mann offensichtlich die Vorkehrungen zu seiner Befreiung getroffen hatte. Doch der Dank würde noch warten müssen. Blaine sah wieder zu Kristen.

»Wieviel weiß er?« fragte er sie.

»Alles, was ich weiß«, erwiderte sie. »Aber da müssen anscheinend noch einige Lücken ausgefüllt werden.«

»Das würde ich auch sagen!« gestand McCracken ein.

»Sir, der Hubschrauber ist startbereit«, kündigte General Cantrell am Freitagmorgen pünktlich um sechs Uhr an. »Eine identische Maschine wird fünf Minuten vor der Ihren starten und eine weitere fünf Minuten danach. Alle drei werden von Kampfhubschraubern begleitet.«

»Was ist mit dem Rest der Leute, die nach Mount Weather gebracht werden sollen?«

»Sie werden den Marschbefehl bekommen haben, bevor wir starten. An den vereinbarten Treffpunkten warten bereits die entsprechenden Fahrzeuge auf sie, zumeist Hubschrauber.«

»Sie haben gute Arbeit geleistet, Herr General«, beglückwünschte der Präsident ihn.

»Wir sind schon seit Generationen auf ein viel schlimmeres Szenario vorbereitet«, erwiderte Cantrell.

»Alles ist relativ, vermute ich«, sagte der Präsident und erhob sich. »Dann wollen wir mal.«

Der Helikopter des Präsidenten, der von zwei Kampfhubschraubern flankiert wurde, schwebte über dem Hubschrauberlandeplatz des Mount Weather, der nur direkt aus der Luft zu sehen war. Die Landeerlaubnis war zwar erteilt worden, doch die Wetterbedingungen waren ungünstig. Aufgrund des starken Windes mußte der Pilot kreisen, bis sich ihm ein Landefenster öffnete.

Der Präsident saß mit Cantrell, Charlie Byrne, Angela Taft und einigen von ihm persönlich ausgesuchten Agenten des Secret Service im Passagierraum. Schließlich spürten sie, wie die Landekufen den Boden berührten, und aus dem Mount Weather näherte sich im Laufschritt ein Trupp Soldaten und bezog um die Landefläche neben jenen Stellung, die schon die sie umgebenden Blue Ridge Mountains im Auge behielten. Cantrell verließ den Hubschrauber als erster und vergewisserte sich, daß alles in Ordnung war. Erst dann winkte er den Präsidenten hinaus.

»Schneller!« befahl Marabu, als sie die Nebenstraße erreichten, die zu seiner Station führte.

Der Fahrer bog auf den unbefestigten Weg ab, drückte rücksichtslos auf das Gas und schüttelte seine Passagiere durcheinander. Die Straße führte zu einer abgelegenen Farm, und Blaine war hinausgesprungen, bevor der Wagen richtig angehalten hatte. Zwei Schwarze mit Gewehren liefen aus dem Haus und legte ihre Waffen auf den Weißen in der AWB-Uniform an.

»Nicht!« befahl Matabu, der ebenfalls ausgestiegen war. »Laßt ihn hinein!«

Matabu half Kristen hinaus und folgte Blaine zum Haus.

McCracken riß die Tür auf und lief ins Wohnzimmer. Er sah sich um und entdeckte auf einem Ecktisch ein Telefon. Ein paar Sekunden, nachdem er den Hörer abgehoben hatte, meldete sich die internationale Vermittlung. Nach ein paar weiteren Sekunden hörte er unter der Nummer, die der Präsident ihm gegeben hatte, den Klingelton.

»Emergency Communications«, sagte eine Stimme.

»Was?«

»Sie sind mit der Emergency Communications oder EMER-COM verbunden«, fuhr die Stimme fort. »Nennen Sie Ihren Namen und Ihre Kodenummer.«

McCracken hatte nie von EMER-COM gehört. »Mein Name ist McCracken, und ich habe keine Kodenummer.«

»Bitte unterbrechen Sie die Verbindung. Andernfalls werden wir . . .«

»Hören Sie, der Präsident hat mir diese Nummer gegeben. Ich muß ihn erreichen.«

»Sie verstoßen mit diesem Anruf gegen die Bestimmungen und verletzen die Nationale Sicherheit.«

»Verdammt! Überprüfen Sie, von welchem Amt dieser Anruf umgeleitet wurde. Sie werden feststellen, daß es sich um die Privatnummer des Präsidenten handelt. Er hat sie mir gegeben, damit ich eine wichtige Information direkt an ihn weitergeben kann. Ich habe diese Information nun und muß sie weitergeben, und das heißt, Sie müssen mich zu ihm durchstellen, verdammt noch mal, ganz gleich, wo er gerade ist.«

Der Mann zögerte. Blaine war sicher, daß er seine Angaben überprüfte und die ursprüngliche Nummer feststellte, hielt aber trotzdem die Daumen gedrückt.

»Bestätigung. Ich stelle Sie jetzt durch.«

McCracken hörte am anderen Ende der Leitung ein Klicken, bei dem es sich um das einer Computertastatur zu handeln schien, und wartete ungeduldig ab.

Das Gespräch kam über den Kopfhörer der Hubschrauberpiloten, als das Sicherheitskommando, das den Präsidenten durch die steife Brise geleitete, auf halbem Weg zu dem in den Berg eingelassenen Fahrstuhl führte.

»EMER-COM für den Präsidenten.«

»Wir sind gerade vor dem Mount Weather gelandet. Er ist auf dem Weg in die Einrichtung.«

»Holen Sie ihn bitte zurück.«

Der Pilot sprang hinab, bildeten mit den Händen einen Trichter vor dem Mund und rief etwas. Der starke Wind verschluckte seine Worte, und niemand hörte ihn. Der Trupp des Präsidenten bestieg den Fahrstuhl, und die schwarze Stahltür schloß sich hinter ihm.

»Tut mir leid«, sagte er in sein Mikrofon, nachdem er in den Hubschrauber zurückgekehrt war. »Er hat die Anlage schon betreten.«

»Der Präsident ist im Augenblick nicht zu sprechen«, informierte EMER-COM McCracken.

»Mein Gott . . . er befindet sich bereits im Mount Weather, nicht wahr? Nein, antworten Sie mir nicht. Stellen Sie mich zu ihm durch. Verbinden Sie mich mit *irgend jemandem* im Berg.«

Der Fahrstuhl senkte sich etwa dreißig Meter tief in die Blue Ridge Mountains. Seine Türen öffneten sich und enthüllten einen langen Gang, auf dessen beiden Seiten Soldaten strammstanden.

»Sehr beeindruckend, Herr General«, sagte der Präsident zu Cantrell.

»Das sind Einsatzstruppen, die erst gestern hierher versetzt worden sind, um die üblichen Sicherheitskräfte zu verstärken. Sie befinden sich nur für den Fall hier, daß die Opposition sich in einer letzten Verzweiflungstat entschließt, Mount Weather selbst anzugreifen.«

»Ich fühle mich bereits sicherer.«

»Kommunikationszentrale Mount Weather.«

»Sprechen Sie«, wies EMER-COM McCracken an.

»Bitte verbinden Sie mich mit dem Präsidenten.«

»Er ist gerade erst hier eingetroffen.«

»Holen Sie ihn. Sagen Sie ihm, daß der Sack wieder mal gekracht hat.«

»Was?«

»Sie haben schon richtig verstanden. Richten Sie ihm genau das aus!«

Der Präsident schritt, flankiert von Charlie Byrne und General Cantrell, den Gang entlang, der zum Nervenzentrum von Mount Weather führte. Angela Taft bildete einen Schritt vor den vier Agenten des Secret Service die Nachhut. Plötzlich trat ein Uniformierter vor sie und salutierte.

»Sir«, wandte er sich an den Präsidenten, »gerade kam über Notfall-Verbindung ein Anruf für Sie. Der Teilnehmer möchte mit Ihnen sprechen.«

»Um wen handelt es sich?«

»Der Anrufer hat gesagt, ich solle Ihnen ausrichten ... daß der Sack wieder mal gekracht hat.«

»McCracken!« begriff der Präsident und sah General Cantrell an. »Wo kann ich den Anruf entgegennehmen?«

»Hier unten, Sir.«

Der Präsident wollte dem Mann folgen, als Cantrell fast unmerklich nickte. Die Soldaten, die die Gruppe umgaben, hoben ihre Waffen und richteten sie auf den Präsidenten, Charlie Byrne und Angela Taft. Die Agenten vom Secret-Service, die die Gruppe begleitet hatten, bildete augenblicklich einen Schutzschild um den Präsidenten. Man sah ihnen an, daß es ihnen in den Fingern juckte, ihre Waffen zu ziehen.

»Tun Sie es lieber nicht, meine Herren«, sagte Cantrell und zog seine eigene Waffe. »Meine Männer haben den Befehl, sofort zu schießen, sobald sie eine Pistole sehen.«

Die Hände der Agenten erstarrten und sanken dann langsam tiefer.

»Und jetzt treten Sie zurück«, befahl Cantrell, »und heben Sie die Hände.« Nachdem sie die Anweisung befolgt hatten, wandte er sich an die Soldaten im Gang. »Setzten Sie das Personal der Basis fest und sichern Sie die Funkzentrale!«

Ein Teil der Soldaten lief im Laufschritt los, um die ihnen im voraus zugeteilte Aufgabe auszuführen.

»Sie sind ein Arschloch, General Cantrell«, sagte der Präsident dem Delphi-Verräter ins Gesicht, der seinen Inneren Zirkel infiltriert hatte.

Der General richtete die Pistole auf ihn, während einige der verbliebenen Soldaten die Secret Service-Agenten gegen die Wand drückten und sie nach zusätzliche Waffen abtasteten. »Und Sie stehen unter Arrest, Sir.«

Einige Minuten verstrichen, dann meldete sich aus Mount Weather eine andere Stimme. »Der Präsident ist zur Zeit unabkömmlich.«

»Haben Sie ihm meine Nachricht ausgerichtet?« fragte Blaine. »Wer spricht da überhaupt?«

»Wenn sie uns Ihre Nummer geben, wird er Sie zurückrufen, sobald es ihm möglich ist.«

McCracken legte auf.

»Was ist los?« fragte Kristen von der Schwelle; Bota Matabu stand neben ihr.

»Sie haben ihn geschnappt«, sagte Blaine. »Wir haben es nicht mehr rechtzeitig geschafft.«

Kristen wechselte einen Blick mit Matabu; beiden war klar, was das bedeutete,

»Das nennt man die Loch-Therapie«, erklärte Blaine ihnen im Wagen, nachdem er geschildert hatte, was er am Vorabend über Dreyers Büro belauscht hatte.

»Die was?« fragte Kristen.

»Hat damit zu tun, jemanden mit einer falschen Drohung zu bewegen, sich an einen vermeintlich sicheren Ort zurückzuziehen, sozusagen in ein Loch. Aber das Loch ist in Wirklichkeit ein Gefängnis, und die betreffende Person geht in eine Falle.«

Die Delphi hatten es fertiggebracht, die Tatsache, daß das Weiße Haus hinter ihren ursprünglichen Plan gekommen war, zu ihrem Vorteil auszunutzen. Die gesamte Regierung war evakuiert und an sichere Orte gebracht worden, an denen sie angeblich die bevorstehende Schlacht abwarten sollte. Aber diese sicheren Orte waren nun in Internierungslager umgewandelt worden, die sich kaum von Sandburg Eins unterschieden; diejenigen, die eigentlich das Land führen sollten, waren in die Falle gelockt worden, um entweder dort festgehalten oder umgebracht zu werden.

Kristen beobachtete McCracken, der sich über das Telefon beugte. »Und was passiert jetzt?«

»Die Delphi führen die Zerstörung Washingtons herbei, schieben die Schuld anderen in die Schuhe und erheben sich als effektiv einzige regierungsfähige Körperschaft aus den Trümmern. Das Land wird gezwungen sein, sie zu akzeptieren – ja, es wird sogar *froh* sein, die Delphi zu haben. Und natürlich auch Dodd, denn für ihn gibt es keine Alternative. Unsere Nation kann sich an niemanden sonst wenden.«

»Genau wie wir . . .«

Blaines Augen schienen aus den Höhlen zu quellen. Seine Gedanken rasten. »Vielleicht nicht.«

Er nahm den Hörer wieder ab und wählte eine andere lange Nummer, drückte so schnell er konnte auf die Tasten.

»Wen rufen Sie an?« fragte Kristen verblüfft.

»Unsere eigene Armee.«

»Sie haben Clifton Jardine umgebracht«, fauchte der Präsident Trevor Cantrell an.

»Er hat nicht begriffen, wie knapp sein Mitarbeiter Daniels davorstand, uns zu entlarven. Vor dem Treffen, das er mit Ihnen vereinbart hatte, bat er mich um Rat.«

»Und jetzt . . .«

»Sie kennen unser Vorgehen genausogut wie ich, Mr. President. Und jetzt werden wir Washington verwüsten. Morgen um diese Zeit werden die Insassen von Greenbrier und Site R wie auch ein weiterer ausgewählter Personenkreis unter Haft stehen. Die Regierung wird ihres Amtes enthoben worden sein.«

»Damit Sam Jack Dodd einspringen kann, nachdem Sie Ihr Feuerwerk abgezogen haben.« Der Präsident drohte seine Beherrschung zu verlieren. »Wie viele unschuldige Menschen wollen Sie töten? Wie viele Opfer sind nötig, damit das Land eine solche Angst bekommt, daß es akzeptiert, was Sie anzubieten haben?«

»So viele, Sir, daß niemand es bedauern wird, wenn die Ordnung schließlich wiederhergestellt wird.«

»Sagen Sie nicht ›Sir‹ zu mir. Sie können Ihren vorgetäuschten Respekt jetzt aufgeben.«

Cantrell schaute ehrlich verletzt drein. »Daran ist nichts vorgetäuscht, Sir. Mein Respekt für Sie gilt dem Amt, das Sie innehaben, und der Nation selbst. Was ich getan habe, was *wir* getan haben, dient in langer Sicht dem Wohl dieser Nation.«

»Sicher«, pflichtete der Präsident ihm zynisch bei, »denn die Delphi sehen sich selbst als die einzigen, die imstande sind, die ganze Welt zu führen.«

»Genau darum geht es, Sir: Nur indem wir die Welt führen, können wir dieses Land erfolgreich führen. Vereinigung, Zentralisation – Feinde werden in Abhängigkeit gebracht und dadurch beherrscht.«

»Womit Sie diese Faschisten meinen, mit denen die Delphi sich zusammengetan haben.«

Cantrell kniff argwöhnisch die Augen zusammen und öffnete sie dann erstaunt wieder. »Offensichtlich hat McCracken mehr herausgefunden, als Sie uns mitgeteilt haben.«

»Er hat mir geraten, einige Informationen zurückzuhalten.«

»Wir führen sowieso eine rein akademische Diskussion. Sie können sie nennen, wie Sie wollen, aber wir akzeptieren alle Bundesgenossen, die uns helfen, dieses Land wieder stark zu machen. Und was Sie betrifft, Sir, war der Zeitpunkt einfach ungünstig. Es hätte jeden treffen können.«

»Aber es hat nicht jeden getroffen, sondern *mich*. Und ich versichere Ihnen, Sie werden gewaltig auf die Schnauze fallen. Glauben Sie etwa, Sie könnten Washington einfach so einnehmen?«

»Keineswegs, Sir«, sagte Cantrell zuversichtlich und ging rückwärts zur Tür, »denn wir befinden uns bereits in Washington, und es ist niemand mehr da, der uns aufhalten könnte.«

»Vergessen Sie da nicht jemanden?«

Der General erstarrte. Seine Hand verharrte kurz vor der Türklinke. »McCracken? Um den kümmern wir uns, wenn er Sie befreien will.«

»Ich glaube nicht, daß er mich befreien wird, Herr General. Ich vermute, er wird eher Sie aufhalten. In Washington.«

Cantrell versuchte, zuversichtlich dreinzuschauen. »Dann wird er dort sterben, genau wie alle anderen auch, die uns Widerstand leisten.«

»Das werden wir ja sehen, General.«

»Ja, Sir, das werden wir, denn Mr. Dodd hat für eine Satellitenschaltung gesorgt, die es uns ermöglicht, die Ereignisse des morgigen Tages zu beobachten. Ich habe Ihnen einen Platz in der ersten Reihe reserviert.«

FÜNFTER TEIL

DIE SCHLACHT UM WASHINGTON

Washington:

Samstag, 23. April 1994, 12 Uhr

Vierunddreißigstes Kapitel

»Willst du damit sagen, das sind die einzigen Leute, die du auftreiben konntest?« Kristen Kurcell schüttelte den Kopf. »Bei all deinen Kontakten hast du nichts Besseres aufzubieten?«

McCracken lehnte sich in seinem Sitz im Erste-Klasse-Abteil des Metroliners nach Washington zurück. Jetzt, wo sie die Union Station in ein paar Minuten erreichen würden, hatte er Kristen endlich verraten, wer sie, wie er hoffte, in der Hauptstadt erwarten würde. Ihre Reaktion hatte ihn nicht sehr überrascht.

»Wir müssen erst einmal abwarten, ob ich überhaupt etwas erreicht habe«, sagte er ehrlich.

Kristens Gesicht nahm erneut einen schockierten Ausdruck an. »Willst du damit sagen, du bist dir nicht einmal sicher, ob sie wirklich kommen?«

»Ich fürchte, nein.«

Blaine mußte wieder an den zweiten Telefonanruf denken, den er am gestrigen Tag von Bota Matabus kleiner ANC-Station dreißig Autominuten von Whiteland entfernt getätigt hatte.

»Sie sind wohl völlig bescheuert, Mann!« hatte die Stimme am anderen Ende der Leitung auf Blaines Bitte hin erwidert.

»Das ändert nichts an der Tatsache, daß Sie vielleicht die letzte Hoffnung dieses Landes sind.«

Auf die kurze Stille war ein herzhaftes Lachen gefolgt. »Die letzte Hoffnung des Landes? Das wäre ja ein Ding... Verdammt, vielleicht sollte ich mich einfach auf die Ersatzbank setzen und das Spiel als Zuschauer genießen.«

»Es wird Ihnen nicht gefallen, wenn es vorbei ist, weil dann nicht mehr viel übrig ist. Nur noch ein Alptraum, das Ende all dessen, an das Sie jemals geglaubt haben. Muß ich Sie daran erinnern, daß Sie mir noch einen Gefallen schulden?«

»Das mußte ja kommen!«

»Ihr habt eure Gelegenheit vor fünfundzwanzig Jahren verpaßt. Heute ist euer großer Tag, denn ihr bekommt eine neue Chance – indem ihr dabei helft, eine Gruppe aufzuhalten, die das genaue Gegenteil beabsichtigt.«

»Hat Ihnen schon mal jemand gesagt, daß das Zeitalter des Wassermanns vorbei ist, Mac?«

»Es wird mehr als nur das vorbei sein, wenn ich keine Hilfe organisieren kann.«

Sofort nach dem Anruf hatte McCracken begonnen, einen Plan auszuarbeiten, wie es ihm und Kristen möglich sein würde, in die Vereinigten Staaten zurückzukehren. Da er davon ausging, daß Delphi nach ihm suchte, hatte er Matabus Angebot abgelehnt, ihn heimlich mit einem Diplomatenflug ins Land einzuschleusen. Blaine hatte sich statt dessen für eine umständlichere Reiseroute entschieden. Danach sollten Kristen und er sich in London einer Reisegruppe nach New York anschließen, von wo aus sie mit diesem Metroliner in die Hauptstadt gelangen konnten. Insgesamt hatte die Reise nervenaufreibende siebenundzwanzig Stunden gedauert, woran nicht zuletzt Kristens mangelnde Geduld verantwortlich war.

»Was ist mit der verdammten Armee?« bohrte sie weiter. »Mit all deinen alten Freunden? Wäre das nicht eher eine Aufgabe für sie?«

»Vielleicht, aber ich weiß nicht, wem ich vertrauen kann«, erklärte Blaine. »Du vergißt, daß höchste Militärkreise in diese Sache verwickelt sind. Und du kannst darauf wetten, daß jeder in der Umgebung von Washington, der uns helfen könnte und nicht zu Delphi gehört, weit weg zu einer Übung oder auf Manöver geschickt wurde.«

Kristen lehnte sich zurück und seufzte. »Sie haben offenbar an alles gedacht.«

»Nicht ganz«, schränkte McCracken ein.

McCracken hatte den Fahrer gebeten, sie auf der Constitution Avenue in der Nähe des Lincoln Memorial abzusetzen. Der schöne frühlingshafte Samstag morgen hatte die Touristen in Scharen angelockt, doch keinem von ihnen war klar, was in ein paar Stunden auf die Stadt zukommen würde. Die Mall selbst war mit Spaziergängern übersät. Ein paar junge Männer spielten Frisbee. Am Washington Monument führte die Schlange der Wartenden, die zur Spitze aufsteigen wollten, dreimal um das Gebäude herum.

Als Kristen an Blaines Seite daran vorbeiging, glitt ihr Blick die Mall hinab bis zum Kapitol. Zuerst dachte sie, daß die Gruppe, mit der sich McCracken in Verbindung gesetzt hatte, nicht gekommen war. Doch dann bemerkte sie die große Traube lässig gekleideter Männer und Frauen, die hinter der 14th Street vor den Gebäuden des Smithsonian-Instituts eine Art Ausstellung vorbereiteten. Sie drehte sich zu McCracken um und sah, wie sich ein Lächeln über seine Gesichtszüge ausbreitete.

»Das sind sie, nicht wahr?« sagte sie.

Seine Antwort bestand darin, seine Schritte zu beschleunigen, als er auf die Gruppe zuging. Ein dünner Mann mit einem Pferdeschwanz und einem gebatikten Top über abgeschnittenen Jeans sah sie kommen und löste sich von der Gruppe, um sie zu begrüßen. Er ging mit einem leichten Humpeln.

»Nicht schlecht«, begrüßte Blaine ihn.

»Hey, Mann! Bittet, so wird euch gegeben«, gab Arlo Cleese zurück.

Blaine wandte sich an Kristen. »Ich vermute, daß ich euch nicht vorstellen muß.«

Sie bedachte Cleese mit einem langen Blick und sah dann wieder McCracken an. »Aber du könntest mir erklären, warum ein Mann, der vor einer Generation Amerika den Krieg erklärt hat, jetzt versucht, das Land zu retten.«

»Die Sache ist so«, antwortete der Anführer der Midnight Riders. »Der Feind, gegen den ich damals gekämpft habe, ist so ziemlich derselbe wie heute. Es hat sich nicht viel geändert.«

Hinter Cleese entluden die Midnight Riders, die mit ihm nach Washington gekommen waren, die bunt bemalten VW-Busse.

Sie brachten Gemälde und andere Kunstgegenstände zu den Ausstellungstischen. Viele von ihnen trugen altmodische Peace-Symbole um den Hals. Lederne Mokassins und Jerry-Garcia-Brillen gehörten zu den populärsten Accessoires.

Die meisten der Leute, die die Busse entluden, waren jedoch völlig unscheinbar gekleidet. Sie bewegten sich vorsichtig, bedächtig und ohne auf die Ankunft der zwei Fremden zu achten, aber keiner wandte ihnen den Rücken zu. Kristen gelang es, ein paarmal in ihre Augen zu sehen, und dieser Anblick ließ sie frösteln. Dies waren eindeutig die letzten Überlebenden der wahnsinnigen Randszene, die während des größten Teils ihres Lebens am Rand der Gesellschaft vegetiert hatten. Die eklektischen Verse der Weathermen, Black Panthers und der Studenten für eine Demokratische Gesellschaft hallten noch immer in ihrem Geist wider. Es war, als wären sie einer Zeitkapsel entstiegen, um sich gemeinsam mit den Midnight Riders für den Kampf bereitzumachen, der so lange verzögert worden war. Der Unterschied war nur der, daß sie jetzt die Regierung retten wollten, die sie einst zu stürzen entschlossen gewesen waren.

»Wie viele?« wollte Blaine von Cleese wissen.

»Ein paar hundert, mehr konnte ich nicht auftreiben.«

»Ich hatte auf mehr gehofft«, sagte er.

»Seien Sie froh, daß es überhaupt so viele sind, Mann!«

»Bewaffnung?«

»Keine großen Sachen. Viel Sprengstoff, Granaten, ein paar Raketen. Alles aus der Rumpelkammer der Rebellion. Die Busse sind mit Geheimfächern ausgerüstet. Genügend Platz, um jede Menge Krempel zu verstauen.«

»Habt Ihr das Zeug von den Alvarez gekauft?«

»Zumindest, was wir tragen konnten. Sie haben mir ja nicht besonders viel Zeit gelassen.«

»Ich glaube das einfach nicht«, murmelte Kristen.

»Nörgelt sie immer so viel rum?« sagte Cleese zu McCracken.

»Ich glaube, ihr gefällt nicht, in welchen Kreisen ich verkehre.«

Cleese starrte Kristen erneut an. »Vielleicht nimmt sie an, daß wir lieber zusehen würden, wie das Land in Flammen aufgeht.«

»Dieser Gedanke erscheint mir nicht ganz abwegig«, entgegnete Kristen.

»Das hängt ganz davon ab, wer das Streichholz an die Lunte hält, Schwester. Wenn wir die wahnsinnige Randszene sind ... wie würdest du dann die Typen bezeichnen, die die Stadt abfackeln wollen? Alles ist relativ, und wir sind jetzt nicht mehr die eigentlichen Verrückten. Verdammt, das waren wir nie, jedenfalls nicht in diesem Ausmaß. Wir wollten niemals die Kontrolle übernehmen. Wir wollten nur sicherstellen, daß die Leute, die das Land bereits unter Kontrolle hatten, unseren Standpunkt zur Kenntnis nehmen. Vielleicht lagen wir falsch, und vielleicht waren wir Idioten, aber wir haben an das geglaubt, was wir taten. Wir hatten einfach genug davon zuzusehen, wie das Land sich selbst ruiniert, und heute hatte es den Anschein, als hätten wir die ganze Zeit über recht gehabt.«

Cleese schob die Haare an der rechten Seite seines Kopfes zurück, wo eine häßliche Narbe zum Vorschein kam. »Das ist mein Andenken an die 68er Konferenz in Chicago. Von einem Bullen mit Schlagstock. Damals bin ich in die Knie gegangen. Und er hat nur gegrinst. Das genau ist die Mentalität, die die Dinge so lange beim Alten läßt, bis sie sich von selbst erledigen. Es ist wahrscheinlich das Höchste, was wir jemals erreichen werden, das Land vor diesem Bullen mit dem Schlagstock zu retten. Aber was soll's? Das ist schon genug.«

»Was soll das heißen, Häuptling?« fragte Sal Belamo, nachdem sich bei dem Anschluß, an den er und Johnny Wareagle den Bericht über ihre Fortschritte weiterleiten sollten, niemand meldete.

Sie hatten jetzt schon seit fast zwei Tagen daran gearbeitet und den Miravo-Luftwaffenstützpunkt in einem immer größeren Umkreis auf der Suche nach dem nuklearen Waffenlager von Delphi durchkämmt. Mit dem Hubschrauber, den man ihnen zur Verfügung gestellt hatte, konnten sie ein sehr großes Terrain absuchen, bis jetzt jedoch ohne Erfolg. Als Johnny an diesem frühen und klaren Samstagmorgen zu dem kleinen Landeplatz zurückkehren mußte, um die Maschine wieder auftanken zu lassen, hatte er die Gelegenheit genutzt, den Stand der Dinge an die Nummer zu übermitteln, die man ihnen gegeben hatte. Daß am anderen Ende der Leitung niemand antwortete, ließ vermuten, daß der schlimmste Fall eingetreten war oder bald eintreten würde.

»Meinst du, wir sollten die Sache abblasen und nach Hause gehen, Häuptling?«

»Nein, Sal Belamo. Unsere Aufgabe ist nach wie vor, die Atomwaffen zu finden. Um das übrige kümmert sich Blainey.«

Sie liefen über das Rollfeld und bestiegen wieder den Hubschrauber.

»Schlechte Neuigkeiten«, berichtete Tom Wainwright, der Pilot, und blickte von seinen Instrumenten auf. »Da braust ein ziemlich heftiger Sturm durch die Rockies heran. Innerhalb einer Stunde wird genau über unserem Zielgebiet ein Blizzard toben.«

»Der nächste Flugplatz ist vierzig Minuten entfernt«, sagte Wareagle. »Bringen Sie uns dorthin.«

Der Sturm hatte bereits eine dünne Schneedecke über das Landefeld geweht, als sie dort eintrafen. Ein paar Minuten später, so sagte Wainwright, hätte der Wind eine Landung unmöglich gemacht.

»Wenn sie nichts dagegen haben, würde ich mich jetzt gern wieder auf die Socken machen.«

»Ihr Job ist noch nicht beendet«, sagte Johnny zu dem Piloten, während Sal aus dem Hubschrauber stieg, um nach dem Fahrzeug zu sehen, das hier auf sie warten sollte. »Sie müssen für mich eine Nachricht überbringen.«

Tom Wainwright sah Johnny an. »Nach Washington?«

»Nein«, sagte Wareagle und gab ihm einen Zettel. »Arizona.«

Wainwright studierte die Koordinaten, die auf dem Zettel standen. »Ich werde eine Ewigkeit brauchen, bis ich mit dem Hubschrauber dort bin.«

Johnny zeigte auf die drei Learjets, die direkt neben dem Rollfeld standen. »Man hat uns eine dieser Maschinen zur Verfügung gestellt. Wenn Sie die Koordinaten erreicht haben, geben Sie dem Verantwortlichen das hier.« Damit reichte er Wainwright einen Umschlag, in dem sich zwei Seiten befanden, die er mit der bestmöglichen Handschrift beschrieben hatte, die er während des unruhigen Fluges bewerkstelligen konnte.

»Sind Sie sicher, daß man mich dort landen läßt?«

»Geben Sie die Kennzeichnung durch, die unter den Koordinaten steht.«

Wainwright riß die Augen auf. »Was zum . . .« Er sah Wareagle an. »Ich war schon mal dort. Diese Kennzeichnung ist fünfundzwanzig Jahre alt!«

»Genau deshalb wird man Sie auch landen lassen.«

Als Sal Belamo in einem GMC Jimmy mit Vierradantrieb auf das Rollfeld gefahren kam, war Wainwright bereits auf dem Weg zu den Learjets.

»Was jetzt?« fragte Sal durch das Fenster.

Der feine Schnee auf Johnnys Schultern und Haar brachte die kupferfarbene Farbe seiner Haut noch mehr zur Geltung. »Wir machen uns in südwestlicher Richtung auf den Weg in die Berge, die wir noch nicht gecheckt haben.«

Belamo seufzte, als er sich umdrehte und feststellte, daß der Blizzard den Himmel in dieser Richtung beherrschte, soweit er sehen konnte. »Ich hatte befürchte, daß du das sagen würdest.«

Das Colorado-Pfadfinderfähnlein 116 befand sich gerade auf Exkursion in der Wildnis der Rocky Mountains, als der Sturm einsetzte. Der plötzliche Temperatursturz um zehn Grad hatte einige von ihnen in ihren Schlafsäcken geweckt. Als die ersten Schneeflocken fielen, waren alle wach.

Zuerst war dieser überraschende Frühlingsschneesturm ein großer Spaß. Schneeballschlachten im Zwielicht eine Stunde vor Sonnenaufgang waren der Stoff, aus dem großartige Geschichten entstanden. Doch es dauerte nicht lange, bis das Lachen der Jungen von fröstelndem Wimmern abgelöst wurde. Der eiskalte Wind gefror die dünne Schweißschicht, die sich auf ihren Gesichtern und Händen gebildet hatte. Nur wenige hatten Handschuhe dabei, und die anderen vergruben ihre Finger tief in den Jackentaschen, doch es nutzte nicht viel.

Der Fähnleinführer, ein Marineveteran namens Frank Richter, versuchte die Situation möglichst sachlich einzuschätzen. Er erkannte an den ersten Windböen, daß sich ein schwerer Sturm zusammenbraute. Er erkannte auch, daß einige seiner jungen Schützlinge den Rückweg nicht lebend überstehen würden, wenn er nicht schnell etwas unternahm. Richter probierte sein Funkgerät aus, das er auf jeder Wildnisexkursion bei sich trug. Wie er erwartet hatte, war durch den Sturm jede Hoffnung auf Kontaktaufnahme vereitelt worden. Also mußte er sein unmittelbares Ziel darin bestehen, wieder in Funkreichweite zu gelangen, während er gleichzeitig nach einem Unterschlupf für die Pfadfinder suchte.

Als Richter sein Funkgerät wieder sicher verstaute, brach die volle Gewalt des Sturmes über sie herein. Er befahl den Jungen, sich die Schlafsäcke um die Schultern zu legen und alles zurückzulassen, was nicht unmittelbar für ihr Überleben wichtig war. Die Ausführung seiner Befehle half den Jungen, die Ruhe zu bewahren, aber Richter erkannte bereits die Furcht, die in ihren Augen aufzublitzen begann, während er sie inspizierte.

Die Pfadfinder des Fähnleins 116 waren zwölf bis fünfzehn Jahre alt. Wenn sie losmarschierten, war Richters Platz an der Spitze der Gruppe. Dadurch wäre das Ende ungeschützt, so daß einige seiner Schützlinge unbemerkt im Sturm zurückbleiben konnten. Die letzten Befehle, die er durch den heulenden Wind brüllte, bestanden darin, daß die Jungen die Kordeln aus ihren Schlafsäcken ziehen sollten. Richter sammelte sie ein und band sie zusammen. Dann führte er die so entstandene Leine durch die Gürtelschlaufen aller Pfadfinder, bevor sie aufbrachen.

Die schnellste Route in die Sicherheit führte nach Südwesten. Doch ein Marsch in Richtung des Sturms war unter den gegebenen Umständen undenkbar. Richter war klar, daß die einzige Hoffnung des Fähnleins 116 darin bestand, sich mit dem Wind im Rücken in nordöstliche Richtung zu halten.

Dem Sturm schien es gleichgültig zu sein, in welche Richtung sie sich wandten. Der heftige Wind zerrte unaufhörlich an den Pfadfindern. Nach einem halben Kilometer kam Richter sich wie ein Ochse vor, der eine tote Last hinter sich herzog. Er kämpfte sich einen Weg hinab, der kaum noch von der riesigen weißen Decke zu unterscheiden war, die die Rockies überzogen hatte. Er konnte nur noch ein paar Meter weit sehen, und seine Hände und Füße wurden allmählich taub.

Richter knirschte mit den Zähnen und zwang sich zum Weitergehen, um das Blut in seine erschöpften, steifen Muskeln zurückzutreiben. Als er ein paar Minuten später nach oben sah, stellte er fest, daß er die Berggipfel schon nicht mehr ausmachen konnte. Unter ihm hatte sich der Weg jedoch verbreitert und sah wieder einigermaßen vertraut aus.

So vertraut, daß Richter plötzlich stehenblieb.

Einen knappen Meter vor ihm zeichnete sich der Rand einer steilen Klippe ab. Wenn er noch zwei Schritte weitergegangen wäre, hätte er sämtliche Jungen in einen weißen Tod gerissen. Der Abgrund war von seiner Position aus kaum zu erkennen.

Sie waren auf einer Straße! Auf einer breiten, gewundenen Straße, die sich durch die Berge hinabschlängelte!

Wenn sie ihr folgten, würden sie irgendwann sicheren Unterschlupf finden. Er rief den Jungen ermutigende Worte zu und sagte den ersten in der Reihe, daß sie die Neuigkeit nach hinten weitergeben sollten.

Schon kurz darauf entdeckte er etwas, das wie ein riesiges schwarzes Loch in einer Bergflanke rechts von der Straße aussah. Wenn Richters Orientierungssinn ihn nicht täuschte, war dies der Eingang zu einer verlassene Silbermine, und zwar eine von den größeren, bei denen es sich eher um eine von Menschen geschaffene Höhle handelte.

Frank Richter führte das Fähnlein 116 in die Höhle und befahl den Jungen, mit den Dingen, die sie hatten mitnehmen können, so gut es ging ein Lager aufzuschlagen. Zwei der älteren Jungen schickte er mit Taschenlampen los, um die Mine zu erkunden. Richter schaltete sein Funkgerät ein.

»Hier ist Zwo-Neun-Bingo«, sprach er in das Mikrophon.

»Kann mich jemand hören? ... Hier ist Zwo-Neun-Bingo. Ist jemand auf Empfang? ... Dies ist ein Notruf. Kann mich jemand hören? Ende.«

Richter ließ das Mikrofon sinken und betete, daß im statischen Rauschen eine Stimme hörbar wurde.

Nichts.

»Hier ist Zwo-Neun-Bingo«, wiederholte er. »Ich bin mit einem Pfadfinderfähnlein vom Sturm überrascht worden. Falls mich jemand hören kann, bitte bestätigen! Ende.«

Wieder nur statisches Rauschen.

»Frank«, rief einer der älteren Jungen, die er auf Erkundung geschickt hatte.

Richter blickte halbherzig von seinem Funkgerät auf.

»Da ist etwas, das Sie sich lieber ansehen sollten!«

»Glauben Sie, daß wir damit rausfahren können?« fragte einer der Jungen, als Richter vor den zwei schweren Transportlastern stand.

Die Jungen hatten sie im hinteren Teil der Mine unter schwarzen Planen entdeckt, die sie weggezurrt hatten, so daß die Zugmaschinen jetzt freilagen. Richter hatte seine letzten Jahre bei den Marines auf einem Stützpunkt in Deutschland verbracht, wo er in der Frachtabteilung beschäftigt gewesen war. Dadurch kannte er solche Laster und war um so mehr über ihre Anwesenheit verblüfft.

Was zum Teufel hatte das zu bedeuten?

»Frank«, rief ein anderer Junge, doch Richter ging bereits zwischen die Laster hindurch und zwängte sich hinter den linken.

»Bleib zurück«, sagte Richter zu ihm und zog die Plane weg, die die Ladetür bedeckte. Die Tür war unverriegelt, so daß Richter keine Probleme hatte, sie nach oben zu schieben. Dann richtete er seine Taschenlampe in den Laderaum.

»O mein Gott!« stöhnte er und riß die Augen auf. Der Lichtstrahl erhellte mindestens ein Dutzend olivgrüner Container aus Fiberglas, die 1,5 mal 1,2 Meter groß waren. Richter mußte gar nicht die Aufschrift lesen, um zu wissen, was sich darin befand.

»Frank, was ist los? Frank?« rief ihm einer der Jungen nach, als er an ihnen vorbeihetzte.

Sie folgten ihm zurück zum vorderen Teil der Höhle, wo Richter sich wieder zum Funkgerät begab. Mit zitternder Hand hob er das Mikrophon auf.

»Hier ist Zwo-Neun-Bingo«, sagte er hektischer als beim ersten Mal. »Bitte melden! Bitte unbedingt melden! Dies ist ein Notfall! Ich wiederhole: ein Notfall! Ende.«

Er ließ die Sprechtaste los, und das statische Rauschen setzte wieder ein. Er sah wieder zum Hintergrund der Mine.

»Zwo-Neun-Bingo«, meldete sich eine schwache Stimme im Rauschen.

»Ich höre! Wer ist da? Ende.«

Diesmal wurde die Antwort von Störgeräuschen überlagert.

»Bitte wiederholen! Mein Empfang ist sehr schlecht. Ende.«

Wieder war die Antwort unverständlich. Er wartete, bis nur noch Rauschen zu hören war, bevor er das Mikrophon wieder aufnahm.

»Okay. Ich gehe davon aus, daß Sie mich besser empfangen als ich Sie. Ich stecke mit einer Pfadfindergruppe in einer verlassenen Silbermine irgendwo in den Bergen zwischen Weaver und Kendall Gap fest. Wir brauchen jemanden, der uns hier rausholt.« Richter sah verstohlen zu seinen Schützlingen, die sich hoffnungsvoll um ihn geschart hatten, dann sprach er mit gesenkter Stimme weiter. »Und da ist noch etwas. Wir haben in der Mine etwas gefunden.«

Obwohl Richter es noch immer nicht richtig glauben konnte, schaffte er es, eine Mitteilung über die zwei versteckten Laster zu machen, die mit nuklearen Sprengköpfen beladen waren, als ein plötzlicher Schrei ihn herumfahren ließ. Er sah nur noch etwas Dunkles und Glänzendes, das auf ihn zuschoß, bevor ein Schlag gegen seinen Schädel ihm das Bewußtsein nahm.

Nachdem die Stimme ihren Standort durchgegeben hatte, wurde sie immer schwächer, und Duncan Farlowe drückte sein Ohr gegen den Lautsprecher des Kurzwellenempfängers, um sie besser zu verstehen. Ein plötzlicher Schrei, gefolgt von einem dumpfen Knall, beendete die Übertragung und versetzte ihm einen solchen Schreck, daß er den Kopf zurückriß. Während der Sheriff von Grand Mesa mit einer Hand seinen gezerrten Nacken massierte, dachte er gar nicht über den Schrei nach. Ihn beschäftigte nur das, was der Sprecher angeblich in den zwei Transportlastern entdeckt hatte.

Hatte er richtig gehört?

Wenn Kristen Kurcell und der Miravo-Luftwaffenstützpunkt nicht gewesen wären, hätte Duncan Farlowe es niemals geglaubt. Farlowe hatte jetzt eine ziemlich gute Vorstellung davon, was Kristens Bruder gesehen und was ihm das Leben gekostet hatte. Und in Anbetracht der Tatsache, wie die Nachricht des Pfadfinderführers unterbrochen worden war, bestand eine hohe Wahrscheinlichkeit, daß die Gruppe bald dasselbe Schicksal wie David Kurcell erleiden würde.

Farlowe ging zum Fenster und öffnete es, um in den Sturm hinauszusehen. Der Schnee, der sich auf dem Fenstersims angesammelt hatte, wehte in den Raum. Diese Hütte, die in der Nähe eines ehemaligen Skigebiets lag, hatte ihm seit Dienstag, als das Rathaus von Grand Mesa in die Luft gesprengt worden war, sichere Zuflucht gewährt. Er hatte damit gerechnet, daß ihn die Ereignisse der Außenwelt irgendwann wieder einholen würden, aber nicht damit, daß es auf diese Weise geschehen würde. Die Ironie der Situation entlockte ihm ein Lächeln.

Doch nach einem Blick aus dem Fenster setzte er ein Stirnrunzeln auf. Inzwischen würde es keine freie Straße mehr geben, über die ein Rettungsteam zu diesen Pfadfindern gelangen konnte. Vielleicht war er sogar der einzige, der ihren Notruf empfangen hatte. Nicht viele Leute ließen dieser Tage ihre Funkgeräte eingeschaltet.

Somit war Farlowe die einzige Hoffnung des Pfadfinder-Fähnleins. Er brauchte zehn Minuten, um sich die geeignete Kleidung anzuziehen, und weitere zehn Minuten, um zur

Garage hinüberzustapfen. Die Schneekatze, die vor der Reihe übriger Fahrzeuge stand und wie ein kleiner Panzer mit einer Fahrerkabine statt eines Geschützturmes aussah, würde für seine Zwecke genügen. Er würde das Gefährt mit so vielen Vorräten beladen, wie er auftreiben konnte, und dann losfahren.

»Und da ist noch etwas. Wir haben in der Mine etwas gefunden.«

»Heute scheint mein Glückstag zu sein«, murmelte Duncan Farlowe.

Die Stimme kam über das Funkgerät des Hubschraubers, als Tom Wainwrights Learjet noch fünfundzwanzig Kilometer von den Koordinaten in Zentralarizona entfernt war, die er von Johnny Wareagle erhalten hatte.

»Identifiziertes Luftfahrzeug, Sie sind in gesperrten Luftraum eingedrungen. Bitte kehren Sie unverzüglich um!«

»Tower, ich habe eine Nachricht an Ihren kommandierenden Offizier abzuliefern. Erbitte Landegenehmigung!«

»Ihre Kennzeichnung, bitte!«

Wainwright gab ihm durch, was Johnny Wareagle ihm aufgetragen hatte, in der Hoffnung, daß es für den Mann am anderen Ende der Leitung mehr Sinn ergab als für ihn. Es folgte eine kurze Pause, und als die Stimme sich wieder meldete, klang sie wesentlich freundlicher als zuvor.

»Genehmigung erteilt. Halten Sie weiter auf Zwo-Fünf-Null zu! Wir liegen genau auf Ihrem Kurs.«

Wainwright setzte zum Landeanflug an und überflog einen dichten Nadelwald. Als er sah, was sich einen halben Kilometer dahinter befand, riß er ungläubig die Augen auf.

»Verdammte Scheiße!« stöhnte er.

Worauf er hinuntersah und zuflog, war ... einfach unmöglich.

»Der kommandierende Offizier erwartet Sie auf dem Rollfeld«, dröhnte die Stimme in seinen Kopfhörern. »Sie haben Landeerlaubnis.«

Fünfunddreißigstes Kapitel

Sie saßen im Kreis auf der Grasfläche der Mall, so daß jeder von ihnen einen freien Blick entweder auf das Kapitol oder das Washington Monument hatte. Neben Cleese, Kristen und McCracken waren es noch vier Midnight Riders, zwei Männer und zwei Frauen.

»Ich möchte euch mein Aufklärungsteam vorstellen«, begann Cleese. »Das sind Luke, Sally, Freedom und Bird Man.«

Die Riders nickten kurz, als sie vorgestellt wurden. Das Gros der übrigen Mitglieder hatte bereits damit begonnen, sich unauffällig in kleinen Gruppen über die Stadt zu verteilen. Sie standen mit Cleese in Sprechfunkkontakt.

»Diese vier waren von Anfang an dabei«, erzählte er. »Mein Gott, wie viele Nächte haben wir damit verbracht, uns vorzustellen, wie es auf der anderen Seite ist ... Wie dem auch sei, ich habe jedem von ihnen einen Bezirk der Stadt zugewiesen, so daß wir uns ein Bild davon machen können, was uns bevorsteht. Vielleicht fängst du einfach mal an, Bird Man.«

Bird Man hatte helles, gelocktes Haar und eine nach unten gebogene, schnabelförmige Nase, der er seinen Spitznamen verdankte. »Wir haben viele Fahrzeuge ausgemacht, die nach Müllabfuhr oder Stadtreinigung aussehen. Viele Leute halten sich in ihrer Nähe auf, aber keiner von ihnen scheint zu arbeiten.«

»Kleidung?« wollte Blaine wissen.

»Nichts Besonderes, ganz normale Straßenkleidung. Sie geben sich größte Mühe, unauffällig zu wirken. Deshalb sind sie mir aufgefallen.«

»Wie viele?«

»Das spielt keine Rolle, weil sie sowieso nur die Vorhut darstellen«, mischte Luke sich ein. Er nahm die Sonnenbrille ab und enthüllte dunkle, stahlblaue Augen und ein Gesicht, das Blaine von Steckbriefen wiedererkannte, die nach den radikalsten Mitgliedern der Black Panthers fahndeten. »Sie halten quasi nur die Umgebung im Auge. Die spätere Verstärkung hält sich allem Anschein nach versteckt, um abzuwarten, bis es so weit ist.«

»Wo?«

»Im Turm des alten Postamts«, sagte Luke. »Sämtliche Geschäfte sind gerammelt voll, aber niemand kauft was. Die Restaurants sind überfüllt, aber viele Leute hängen dort einfach nur rum. Mist, ich hätte es höchstwahrscheinlich genauso gemacht.«

»Der Uhrturm«, sagte Blaine.

»Wie bitte?« fragte Cleese. »Die beiden höchsten Gebäude im Stadtzentrum sind die Aussichtsplattform auf dem Turm des alten Postamts und die Spitze des Washington Monuments. Wer die Stadt übernehmen will, wird diese Stellen zuerst besetzen.«

»Scharfschützen?«

»Man muß nur zwei Trupps dort positionieren, und der Rest ist einfacher als ein Übungsschießen.«

»Vor allem kann man von dort aus genau feststellen, wo sich noch Widerstand regt«, sagte die Frau namens Freedom. Sie hatte ihr blondes Haar zu Zöpfen geflochten und schob einen Kinderwagen neben sich vor und zurück. »Sie werden uns entdecken und schon auf der Pennsylvania Avenue aufhalten.«

Cleese sah McCracken an. »Raketen? Sollen wir sie ganz schnell ausschalten?«

Blaine schüttelte den Kopf. »Sie denken noch immer wie ein Revolutionär.«

»Eine sehr alte Angewohnheit.«

»Legen Sie sich neue zu: Denken Sie wie ein Soldat!«

»Geben Sie mir ein Beispiel.«

»Was für sie wichtig ist, ist für uns genauso wichtig. Aus denselben Gründen.«

»Da komme ich nicht ganz mit, Mac.«

»Das wird schon.« McCracken überlegte. »Wie gut sind Ihre Schützen, Arlo?«

»Gut genug. Aber diese Waffe stand nicht auf meinen Einkaufszettel, als wir bei Alvarez waren.«

»Darum werde ich mich kümmern. Erzählt mir mehr über diese Fahrzeuge.«

Freedom beugte sich vor. Sie hörte kurzzeitig auf, den Kinderwagen zu bewegen, worauf das Baby zu wimmern begann.

»Raindance und ich haben uns bei den Sehenswürdigkeiten Washingtons herumgetrieben«, sagte sie und bewegte den Kinderwagen wieder. »Wir haben diese Lieferwagen in der Umgebung des Weißen Hauses, des Kapitols und des Obersten Gerichtshofs gesehen. Ich denke, Sie verstehen.«

»Darin dürften sich die Waffen von Delphi befinden«, erklärte McCracken. »Die Männer, die Bird Man um die Lieferwagen postiert gesehen hat, sind Wachen für den Fall, daß sich ein Passant zu nahe herantraut. Aber es gibt noch viel mehr Leute, als er gesehen hat. Wenn die Show beginnt, werden sie alle zu den Lieferwagen kommen und sich ihre Waffen holen.«

»Sie müssen sich gar nicht in unmittelbarer Nähe aufhalten«, führte Luke den Gedanken weiter. »Sie brauchen sich nur ins Getümmel zu stürzen und sich auf den Weg zur Hardware machen.«

»Das bedeutet, daß wir die Möglichkeit haben, sie davon abzuschneiden«, schloß die Frau namens Raindance, deren Haut so blaß war, daß McCracken sich fragte, ob sie in ihrem Leben schon einmal die Sonne gesehen hatte.

»Unterschätzt auf keinen Fall ihre Wachen«, warnte er sie. »Auch wenn nur wenige auf den Straßen postiert sind, könnt ihr sicher sein, daß sich in der Nähe jedes dieser Fahrzeuge noch viele weitere versteckt halten. Um mit ihnen fertig zu werden, brauchen wir selbst gute Deckung.« Er sah Cleese an. »Wie sieht es mit euren Sprengstoffvorräten aus?«

»Sie dürften ausreichen.« Sein Gesicht war fast genauso weiß wie das von Raindance geworden, aber es zeigte kalte Entschlossenheit. »Und sie wollten diese verdammte Revolution uns anhängen!«

»Alle Anzeichen hätten in eure Richtung gewiesen«, stimmte Blaine zu. »Nachdem die Verwaltung außer Gefecht gesetzt ist, wird Dodd vermutlich persönlich die Nachforschungen leiten.«

»Außer, daß ich jetzt tot wäre, wenn Sie nicht gewesen wären.«

»Aber die Fährte, die von Ihnen zu Alvarez und den Waffen führte, die Washington in Schutt und Asche legen werden, wären noch sehr frisch gewesen. Sie sind nur ein Symbol, ein Scheingegner, den Delphi braucht, um die Gelegenheit beim Schopf zu packen.«

»Und das Land dazu.«

»Genau darum geht es.«

Cleese nickte. »Wenn wir früh genug hart zuschlagen, werden wir ihnen die Gelegenheit vermasseln. Die Sache ist nur, wie stellen wir es an?«

McCracken sah kurz in Kristen Kurcells Augen, bevor er mit seiner Erklärung begann. »Wir fangen mit dem alten Postamt an . . .«

Frank Richter kam allmählich wieder zu Bewußtsein. Die Welt um ihm herum war verschwommen und klärte sich langsamer als das Bild eines billigen Fernsehers. Sein Kopf dröhnte, und er spürte, wie etwas Weiches gegen seinen Schädel gedrückt wurde.

»Was ist passiert?« fragte er mit heiserer Stimme.

Über ihm nahm ein Junge eine blutgetränkte Jacke von seinem Kopf und faltete sie neu, um eine noch unbeschmutzte Stelle zu finden.

»Man hat uns hierher gebracht«, sagte einer der älteren Jungen. »Nachdem man Sie niedergeschlagen hat.«

»Wer?«

»Die Männer«, meldete sich ein anderer. »Sie hatten Waffen.«

»Wie viele Männer?«

»Ich glaube, fünf. Ja, fünf.«

»Einer war ziemlich groß«, fügte ein anderer hinzu. »Und häßlich.«

Richter sah sich in der Dunkelheit um, die nur von den Strahlen einiger Taschenlampen durchschnitten wurde. »Wo sind wir?«

»In einem anderen Teil der Mine«, antwortete ein Vierter.

Richter stellte fest, daß die Temperatur hier zumindest ein paar Grad höher als im vorderen Teil der Mine war. Aber es war immer noch verdammt kalt, und die Männer, wer immer sie sein mochten, hatten den Jungen nicht erlaubt, ihre Schlafsäcke mitzunehmen. Er sah, daß sie in ihren dünnen Jacken zitterten.

Es war klar, daß der Inhalt der Laster mit ihrer Gefangennahme zu tun hatte. Und die Tatsache, daß die Leute sie mit dieser Information nicht lebend aus der Mine lassen würden, war ebenso klar.

Richter nahm die blutige Jacke vom Kopf und bemühte sich, wieder auf die Beine zu kommen. Es hatte keine Zweck, sich um den vorderen Teil der Mine zu kümmern. Selbst wenn der Rückweg unbewacht wäre, würden die Männer sie früh genug hören, um zu reagieren.

»Hat irgend jemand nachgesehen, ob es noch einen weiteren Ausgang aus dieser Kammer gibt?« fragte er.

»Ein paar von uns haben danach gesucht«, sagte ein älterer Junge, »aber keiner hat etwas gefunden.«

»Wir müssen weitersuchen«, sagte Richter zu ihnen. »Ich kenne diese Minen, und ich sage euch, daß es immer noch einen zweiten Ausgang gibt. Wir müssen nur danach suchen.«

Johnny Wareagle und Sal Belamo wußten genau, daß ihre Reise vorzeitig zu Ende gehen würde. Mit grimmig entschlossenen Gesichtern hockten auf den Vordersitzen des Jimmys und starrten hinaus in den Sturm, der nicht nachlassen wollte. Vor fünf Kilometern hatte Johnny das Steuer übernommen, und seitdem hatte er es irgendwie geschafft, des Jimmy durch die Schneewehen auf der Straße zu bugsieren, die immer höher wurden. Inzwischen war der Schnee an vielen Stellen bereits höher als die Achsen, so daß sie nur noch stockend vorwärtskamen. Beide wußten, daß sie in ein paar Minuten überhaupt nicht mehr weiterkommen würden. Der Jimmy würde sich einfach mit durchdrehenden Rädern eingraben.

»Werden wir den Rest des Weges in diesem Teil der Rockies zu Fuß zurücklegen, Häuptling?« fragte Belamo, dem die Stille im Fahrzeug unheimlich wurde.

Er drehte sich zu Johnny um und bemerkte, daß der große Indianer etwas am rechten Straßenrand entdeckt hatte, der zu einer Schlucht abfiel. Wareagle lenkte den Wagen auf den nicht mehr zu erkennenden Seitenstreifen und brachte ihn vor einer Schneewehe zum Stehen, die genauso hoch wie die Motorhaube war.

»Was gibt's, Häuptling?«

»Sieh selbst, Sal Belamo!«

Sal folgte Johnnys Blickrichtung und sah einen orangefarbenen Schimmer, der sich über der weißen Schneedecke ausbreitete.

»Sieht aus wie . . .«

Wareagle war durch die offene Tür nach draußen geklettert, bevor Sal den Gedanken zu Ende bringen konnte. Belamo gesellte sich im knietiefen Schnee am Straßenrand zu ihm. Genau vor ihnen in der Schlucht stand etwas, das wie ein Bulldozer ohne Schaufel aussah.

»Eine Schneekatze«, rief Wareagle durch den Schnee, der ihm ins Gesicht wehte.

»Ohne Krallen, wenn du mich fragst.«

Der vordere Teil der Raupenkette steckte zur Gänze im Schnee, der hintere war halb bedeckt. Sal und Johnny kämpften sich den ziemlich steilen Weg in die Schlucht hinab. Johnny erreichte als ersten die Fahrerkabine und riß die Tür auf. Ein alter, bärtiger Mann war im Fahrersitz zusammengesackt. Eine Spur geronnenen Blutes zog sich von der Stirn die rechte Seite seines bleichen Gesichts hinab.

»Er lebt noch«, stellte Wareagle fest, nachdem er dem Mann am Hals den Puls gefühlt hatte.

»Ich hole den Kaffee und den Erste-Hilfe-Koffer«, sagte Belamo und machte sich auf den Rückweg zur Straße.

Der alte Mann rührte sich. Der kalte Wind schien ihn wiederzubeleben. Er drehte sich ein Stück, und Johnny entdeckte einen alten Peacemaker-Colt in seinem Hüftgurt. Am Aufschlag seiner schweren Jacke, die seine magere Gestalt einhüllte, war ein angelaufenes silbernes Abzeichen befestigt. Der alte Mann öffnete langsam die Augen und richtete seinen Blick auf Wareagle.

»Falls ich tot bin, sag mir nur, wo ich gelandet bin.«

»Immer noch auf der Erde«, sagte Johnny zu ihm. »Allerdings an einem ziemlich ungemütlichen Plätzchen.«

»Das ist die ehrliche Wahrheit Gottes.«

Der alte Mann musterte ihn noch einmal. »Hast du dich im Sturm auf dem Rückweg ins Reservat verlaufen, Rothaut?«

»Nicht direkt.«

»Was führt dich dann mitten in diesen Sturm, der jeden umzubringen versucht, den er zu fassen bekommt?«

»Ich habe zumindest einen Menschen gefunden, bei dem er das noch nicht geschafft hat.«

»Ein guter Grund.« Der alte Mann berührte die Beule an seiner Stirn, von der die Blutspur ihren Ausgang nahm.

»Schätze, ich kann diese Dinger nicht mehr so gut fahren wie früher. Ich konnte überhaupt nichts mehr sehen. Eben war die Straße noch da, und im nächsten Augenblick . . .«

Wareagles Blick wanderte zum überfüllten Stauraum hinter den zwei Sitzen in der Fahrerkabine. Auf verschiedenen Vorräten lag ein Gewehr.

»Eine Gruppe Pfadfinder steckt in einer alten Silbermine fünfundzwanzig Kilometer weiter fest«, erklärte der alte Mann, als er Johnnys Blick bemerkte. »Mit dem Zeug da hinten sollen sie wieder auf die Beine kommen, wenn ich noch rechtzeitig eintreffe.«

»Und die Flinte?«

Der alte Mann sah sich noch einmal danach um, bevor er antwortete. »Sie sind nicht allein.«

»In diesem Wetter bekommen wir die Laster nicht von der Stelle«, sagte der Mann, der rechts neben Traggeo stand. Sein Name war Boggs, und auch er war ein Überlebender der Salvage Company, einer der vier, die Traggeo persönlich rekrutiert hatte.

»Wir haben keine Wahl«, entgegnete der große Mann.

Die betäubende Kälte hatte wenig dazu beigetragen, den Schmerz in seinem rechten Oberarm zu lindern, wo Johnny

Wareagles Messer ihn vor fünf Tagen verletzt hatte. Traggeo konnte den Schmerz nur so lange verdrängen, bis eine schnelle Bewegung oder eine leichte Berührung des empfindlichen Fleischs ihn zurückbrachte. Jeder Schmerzanfall erfüllte ihn von neuem mit Haß. Er hatte damals die Gelegenheit verpaßt, den legendären Indianer in Sandburg Eins zu töten, und konnte nur darauf hoffen, daß das Schicksal ihm eine weitere Gelegenheit verschaffte, sich den Geistern würdig zu erweisen.

»Der Funkruf wurde beantwortet«, sagte Traggeo. »Jemand hat ihn gehört und wird sich auf den Weg machen.«

»Der Sturm wird auch ihn aufhalten«, erwiderte Boggs.

»Nicht, wenn Kinder in Gefahr sind. Man wird einen Weg finden. Wir müssen die Laster hier rausbringen.«

Boggs zog sich wieder in den Unterschlupf hinter dem Eingang zur Mine zurück. Die fünf ehemaligen Mitglieder von Tyson Gashs berüchtigter Salvage Company hatten sich in ihrem sicheren und warmen Lager aufgehalten, das sie in einem anderen Teil der Mine aufgeschlagen hatten, als der Tumult begann. Traggeo hatte sich erst dann zum Eingreifen entschlossen, als ein paar der Kinder die Laster entdeckt hatten und der einzige Erwachsene unter ihnen über Kurzwelle zu funken begonnen hatte.

»Wenn wir die Laster rausbringen«, sagte Boggs, »wissen die Kinder trotzdem noch, was sie geladen haben.«

»Dann müssen wir dafür sorgen«, sagte Traggeo zu ihm, »daß die Rettungsmannschaft zu spät eintrifft, um ihnen noch helfen zu können.«

Erst nachdem Sheriff Duncan Farlowe seinen Bericht beendet hatte, versuchten sie, die Schneekatze wieder in Bewegung zu setzen.

»Sieht so auf, als hätten wir gefunden, wonach wir suchen«, sagte Sal Belamo schließlich.

»Suchen?« fragte Farlowe, bevor Wareagle antworten konnte. »Was, zum Teufel, habt ihr vor? Moment mal, es hat bestimmt mit Kristen zu tun. Kristen hat euch auf die Spur gebracht!«

»Ja«, bestätigte Johnny ohne weitere Erklärung.

»Wie geht es ihr? Sagt mir nur, wie es ihr geht.«

»Vorläufig noch ganz gut. Genauso wie uns allen.«

Farlowe verstand, was Wareagle nicht ausgesprochen hatte. »So schlimm?«

»Schlimmer«, sagte Belamo.

»Wir müssen unbedingt zu dieser Mine«, fügte Wareagle hinzu.

Er übernahm das Steuer, als sie aufbrachen, während Sal Belamo neben ihm saß und Sheriff Duncan Farlowe sich zwischen die Vorräte gezwängt und die Flinte in den Schoß genommen hatte. Zuerst rührte sich die Schneekatze im Sturm nicht von der Stelle, doch dann lenkte Johnny sie statt dessen bergab, um sie in Bewegung zu bringen. Es funktionierte. Die Panzerketten begannen sich zu drehen. Große Schneewolken wirbelten auf, als das Fahrzeug sich mit einem Ruck aus der Schneewehe befreite. Johnny richtete es zunächst waagerecht aus, bevor er die allmähliche Steigung in Angriff nahm. Dann trugen die Ketten es über den Abhang und zurück auf die Straße.

Ihr Jubel währte jedoch nur so lange, bis die Straße plötzlich steiler wurde. Die Berge erhoben sich wie bedrohliche Riesen, die sich hinter dem Schleier aus wirbelnden Schneeflocken abzeichneten. Jeder Meter, den die Schneekatze schaffte, war ein Erfolg. Die wühlenden Ketten kämpften sich zentimeterweise durch den Sturm.

»Ist das hier der einzige Weg, auf dem sie die Höhle verlassen können?« wollte Johnny von Sheriff Farlowe wissen.

»Sie werden sich nicht den Weg machen, bevor wir . . .« Farlowe verstummte plötzlich. »Ach, du redest gar nicht von den Kindern!«

»Nein.«

»Aber du machst dir trotzdem Sorgen um sie, das ist mir klar. Und mir ist auch klar, daß du Ihnen helfen wirst, heil aus dieser Sache rauszukommen.«

»Und weiter?« fragte Johnny.

»Du glaubst doch nicht, daß ich die Absicht hatte, direkt vor die Mine zu fahren und einfach an die Tür zu klopfen, oder?«

Johnny drehte sich zu ihm um.

»Es ist nämlich so. Ich denke, daß ich uns in die Mine bringen kann, ohne daß die Leute, die diese Laster bewachen, etwas davon mitkriegen.«

»Da ist der Rettungstrupp«, verkündete Traggeo, als die Schneekatze, die sich durch den Sturm über den Bergpaß näherte, deutlich zu erkennen war.

Traggeo trat in den Schutz des Mineneingangs zurück. Er hatte die Aufbruchzeit für sein Team und die Fracht auf vier Uhr festgesetzt. Dieser Zeitplan bedeutete, daß sie zum Höhepunkt des Sturms losfahren würden, und er wußte, wie prekär das werden konnte. Doch der Sturm war ein geringeres Risiko als eine mögliche Entdeckung durch ein Rettungsteam. Da es noch keine vier Uhr war, wollte er gerade in den rückwärtigen Teil der Höhle gehen, um das Problem des Pfadfinderfähnleins zu lösen, als das Geräusch des Motors plötzlich seine Prioritäten änderte.

»Ihr beiden«, sagte er und zeigt auf Boggs und einen anderen Ehemaligen der Salvage Company namens Kreller, »werdet mit mir kommen.«

Bevor sie nach draußen gingen, verschlossen Boggs und Kreller ihre Jacken und zogen sich Skimasken über die Gesichter. Traggeo ließ sein Gesicht unbedeckt, weil er die Eiseskälte des Turms auf der bloßen Haut in Kauf nehmen wollte, um bessere Sicht zu haben. Da er keine Gelegenheit gehabt hatte, sich den Kopf zu rasieren, war sein Haar in Form von schwarzen Stoppeln nachgewachsen, die sofort von dicken weißen Schneeflocken überzogen wurden, als der den Schutz der Mine verließ. Er hatte nicht nur das Bedürfnis, sich seiner Stoppeln zu entledigen, sondern auch, sie durch den frischen Skalp eines Opfers zu ersetzen.

Die Beseitigung der Gefahr, die die sich nähernde Schneekatze darstellte, war nur ein Teil des Problems. Sobald sich das

Wetter gebessert hatte, würden weitere Rettungsvorstöße unternommen werden, und Traggeo durfte auf keinen Fall das Risiko eingehen, auf ihre Ankunft zu warten. Er mußte seine Laster und ihre wertvolle Fracht von hier wegschaffen, bevor jemand den Spuren der Schneekatze folgte.

Zweihundert Meter von der Mine entfernt fand er die ideale Stelle für einen Hinterhalt, wo die Straße nach einer leichten Kurve in eine gerade Strecke überging. Er befahl Boggs und Kreller, an dieser Position auf die Schneekatze zu warten. Dann zog Traggeo seine Pistole und klopfte mit der Hand auf sein Skalpiermesser, das auf der anderen Seite seiner Hüfte in der Scheide steckte.

»Hörst du es?« fragte Farlowe den Indianer, als der Tunnel in der alten Silbermine schließlich nach oben zu führen begann.

»Stimmen«, antwortete Johnny.

»Genau vor uns. Gewöhnlich wird es auf dem letzten Stück ziemlich steil, wenn es nacheinander durch mehrere Kammern geht . . .«

Die beiden hatten die Schneekatze vor zwanzig Minuten verlassen. Farlowe schätzte, daß es mindestens ebenso lange dauern würde, einen Hintereingang zur Silbermine zu finden und sich bis zur Hauptkammer vorzuarbeiten. Sie hatten abgemacht, daß Sal Belamo die Schneekatze erst fünfzehn Minuten nach ihrem Aufbruch wieder in Bewegung setzen sollte, um einige der Delphi-Wachen nach draußen zu locken, wenn er sich näherte.

Im Innern des Schachts, in den sie eingestiegen waren, herrschte bereits nach der ersten Biegung absolute Finsternis. Nachdem sie ihre Taschenlampen eingeschaltet hatten, war Farlowe dem Gang gefolgt, als wäre er schon hundertmal hiergewesen. Tatsächlich war er noch nie in dieser Mine gewesen, aber er kannte hundert andere, die allesamt ähnlich angelegt waren.

Die Steigung auf dem letzten Stück war wesentlich größer gewesen, als Johnny aufgrund Farlowes Beschreibung angenommen hatte. Der große Indianer blieb hinter dem Sheriff und half ihm, sich zum Hauptteil der Mine und in Richtung der Stimmen hinaufzuziehen.

Wareagle war sehr vorsichtig, als er sich auf ihren Ursprung zubewegte, bis er deutlich hören konnte, daß es die Stimmen von Kindern waren. Der Boden verlief ein paar Meter weit waagerecht, bevor er noch einmal ziemlich steil zu einer Holzluke hinaufführte. Als Johnny sie aufstieß, rieselte Erde über ihn und Farlowe. Er stieg hoch und reichte dem Sheriff seine Hand. Dann ließ er Farlowe wieder den Vortritt, der ihn zu einer Stelle führte, wo zwanzig Meter weiter die Lichtkegel von ein Dutzend Taschenlampen auf engstem Raum zu sehen waren.

»Ihr Jungs solltet eigentlich wissen, daß das Betreten dieser Mine verboten ist«, erklärte Farlowe leise, worauf sich die Lichtstrahlen auf sie richteten. »Ich fürchte, ich muß euch verhaften.«

Im Widerschein der Lampen sah er die dankbaren Augen der Pfadfinder. Ein einzelner Erwachsener kam mühsam auf die Beine, wobei er sich auf die Schulter eines älteren Jungen stützte.

»Gott sei Dank«, stöhnte Frank Richter. »Gott sei Dank, daß Sie uns gefunden haben.«

»Sie können Gott danken, wenn Sie möchten, aber Sie sollten meinen Freund hier nicht vergessen«, sagte Farlowe, als Johnny Wareagle neben ihn trat.

Das Kommunikationszentrum von Mount Weather war in Form eines Miniatur-Amphitheaters angelegt. Der Boden war so geneigt, daß jeder, der auf einem der circa fünfzig Sitze saß, gut sehen konnte, auch wenn an diesem Abend nur drei der Sitze benötigt wurden.

Als die Zeit immer näher auf neunzehn Uhr zurückte, wurden der Präsident, Charlie Byrne und Angela Taft von einem halben Dutzend bewaffneter Wachen zu Stühlen in der ersten Reihe geführt. General Trevor Cantrell war bereits anwesend und stand direkt vor dem riesigen Bildschirm, der den größten Teil der Vorderwand einnahm. Der hochauflösende Monitor war wesentlich breiter als hoch und glich somit in seinem Format eher einer Kinoleinwand als einem normalen Fernsehbild.

»Es wird Sie freuen zu hören, daß die Operation Evac noch reibungsloser als geplant ablief«, sagte Cantrell zum Präsidenten. »Vierundneunzig Prozent der Personen auf der Liste sind gegenwärtig entweder in Greenbrier, Site R oder hier interniert.«

Cantrell trat zur Seite, um ihnen freie Sicht auf den Bildschirm zu geben.

»Eine beeindruckende Verwendung von Steuergeldern«, bemerkte der Präsident.

»Und außerdem müssen wir den Dodd Industries für das danken, was wir in Kürze zu sehen bekommen«, erklärte der General und benutzte eine hochkompliziert aussehende Fernbedienung, um den Monitor einzuschalten.

Die Mattscheibe erhellte sich sofort mit einem kristallklaren Blick auf Washington, von der L'Enfant Plaza im Süden bis zur D- und K-Street im Norden. Die westliche und östliche Begrenzung lag an der 23rd Street auf der Rückseite des Außenministeriums und der 2nd Street hinter dem Obersten Gerichtshof und den Kongreßgebäuden.

»Das hier ist eine Übertragung von einem Satelliten in geosynchronem Orbit über Washington«, setzte Cantrell seinen Vortrag fort. »Hier sehen Sie einen Gesamtüberblick, doch per Knopfdruck können wir praktisch jedes Detail heranzoomen.«

Zur Demonstration schaltete Cantrell an der Fernbedienung, um eins von fünf verschieden großen Rechtecken auf der Bildfläche zu verschieben. Als es sich genau über dem Washington Monument befand, schaltete er auf Vergrößerung. Sofort darauf wurde die Menschenschlange sichtbar, die noch immer draußen wartete. Das Bild war unglaublich scharf, wie der Präsident bemerkte, fast wie von einer Fernsehkamera, die einen Schwenk über die Tribüne bei einem Baseballspiel machte.

»Ich könnte es Ihnen so nahe heranholen, daß Sie den Gesichtsausdruck eines dieser Touristen studieren könnten«, erklärte Cantrell. »Außerdem kann ich den Bildschirm in maximal sechzehn Segmente aufteilen, damit uns nichts entgeht.« Mit einem stolzen Lächeln führte er die Funktionen vor. »Ich habe mir gedacht, Sie würden vielleicht gern persönlich die Ereignisse des Tags Delphi verfolgen«, sagte der General, als er die Vorführung abgeschlossen hatte.

Die Digitaluhr über der Tür zeigte 6:47:35 in hellen roten Ziffern an. Auf der übrigen Fläche der großen Wand befanden sich Landkarten verschiedener Regionen, auf denen der Fluß von Daten und Informationen als Gitternetz dargestellt war. Jede Netzlinie war erleuchtet – oder ›heiß‹, wie es im geläufigen Jargon hieß. Ein paar sporadische Lichtblitze zeigten Strom- oder Systemausfälle an, die schnellstens korrigiert wurden. Männer und Frauen auf Drehstühlen tippten Informationen in Tastaturen ein, die mit hochentwickelten Monitoren verbunden waren, die sich seitlich versetzt zwischen der Vorderwand und der Galerie befanden, wo der Präsident saß. Dies war der Routinebetrieb in Mount Weather, wo die Kommunikationen und Datenübermittlungen des Landes ständig überwacht wurden. Nur in einem vom Präsidenten verkündeten Ernstfall übernahm ein Notsystem, das als Prometheus bezeichnet wurde, die Priorität über dieses Netzwerk. Ansonsten blieb Mount Weather auf diese Weise über alle Vorgänge auf dem laufenden und sorgte sofort für Ausgleich, wenn sich irgendein Fehler im System zeigte.

Cantrell trat hinter ein speziell trainiertes Überwachungsteam von Delphi, das die üblichen Angestellten ersetzt hatte und aufmerksam die Uhrzeit verfolgte. Kurz vor 6:50 ging er hinter die Wand zu einem schwarzen Kästchen, das in der Nähe der stählernen Zugangstür angebracht war. Als Vorsitzender der Stabschefs trug er jederzeit einen Originalschlüssel bei sich, der in den Schlitz paßte, durch den eine Reihe von Notstandsoperationen eingeleitet wurden. Er zog ihn aus der Tasche und hob das flache Ende hoch, so daß der Präsident es sehen konnte. Dann ließ er es in den dafür vorgesehenen Schlitz gleiten. Eine rote Lampe über dem Kästchen wechselte seine Farbe zu Grün. Cantrell drehte den Schlüssel herum.

Ein roter Schalter kam mit einem Klicken zum Vorschein, als die Sicherheitsabdeckung zurückglitt. Die Uhr zeigte 6 Uhr 49 und 45 Sekunden an

»Ich stehe kurz davor, Ihre Amtszeit offiziell zu beenden«, teilte Cantrell dem Präsidenten mit.

Um Punkt 6 Uhr 50 drückte er den Schalter in die Aus-Stellung. Eine Alarmsirene ertönte dreimal. Die Farben aller Netzlinien an der Vorderwand wechselten von Grün zu Rot. Der Alarm ertönte noch dreimal.

Erschrocken sah der Präsident zu, wie das leuchtende Gitternetz, das wie ein Straßenplan für das gesamte Land aussah, von Ost nach West erlosch. Im selben Augenblick wurden die Satellitenkanäle, die für die Übertragung von Fernseh- und Radiosendungen verantwortlich waren, abgeschaltet. Menschen, die gerade ein Telefongespräche geführt hatten, wurden mitten im Satz oder Wort abgeschnitten. Jegliche Datenübertragung wurde unvermittelt eingestellt. Die Technik war unerbittlich, sie machte keine Ausnahmen. Prometheus hatte übernommen.

Die Schlacht von Washington hatte offiziell begonnen.

Sechsunddreißigstes Kapitel

McCracken und die Gruppe aus fünf Midnight Riders näherten sich dem Turm des alten Postamts aus verschiedenen Richtungen. Das ehemalige Hauptpostamt der Vereinigten Staaten und die spätere Verrechnungsstelle für Regierungsüberschüsse war zu einem großzügigen Einkaufszentrum namens Pavillon umgebaut worden. Das riesige Gelände im Innenhof bot jede Menge Raum zum Einkaufsbummel, viele Tische im Restaurantbereich des Pavillon luden zum Imbiß oder zur Mahlzeit ein, während durch das restaurierte Glasdach neun Stockwerke höher Tageslicht hereinströmte.

Gleichzeitig hatte man sich mit der Aussichtsplattform auf dem zwölften Stockwerk und den berühmten Kongreßglocken um eine historisch gerechte Restaurierung bemüht. Das melodische Geläut war in der ganzen Stadt zu hören, wenn der Anlaß es verlangte. McCracken fragte sich unwillkürlich, ob die Glocken um neunzehn Uhr als Signal für den Beginn des Angriffs von Delphi eingesetzt wurden.

Doch bevor es dazu kam, hatte er noch eine Überraschung für seine Gegner parat.

Die große Fläche des Pavillon machte das Zentrum zu einem idealen Versammlungsort für eine beträchtliche Delphi-Truppe. McCracken war sich ebenfalls sicher, daß die Aussichtsplattform bereits besetzt worden war; von dort aus konnten alle strategisch wichtigen Punkte der Hauptstadt durch Scharfschützen überwacht werden. Auf diese Weise ließ sich jeder Polizist oder Marinesoldat der achten Kompanie oder Leichten Infanterie in Schach halten, der Widerstand zu leisten versuchte. Dementsprechend durfte die Bedeutung dieses Gebäudes nicht unterschätzt werden.

Es war 6 Uhr 50, als Blaine und die fünf von Arlo Cleese handverlesenen Midnight Riders das Pavillon betraten. Für McCracken war es kinderleicht, die Angehörigen der Delphi-Truppen aus der Menge herauszupicken. Ihre Alltagskleidung konnte nicht ihre entschlossenen Blicke verbergen. Ebenso sprachen ihre nicht vorhandenen Einkaufstaschen oder die leeren Teller auf den Tischen vor ihnen Bände. Besonders jetzt, wo die Aktion in wenigen Minuten starten würde, waren sie so leicht zu erkennen, daß Blaine sie genauso gut hatte bitten können, sich durch Handzeichen zu identifizieren.

Sein Problem bestand darin, daß sie nur die Hälfte der Anwesenden im Pavillon ausmachten.

McCracken und die fünf Midnight Riders trafen sich auf verschiedenen Wegen in einer Nische, wo die Touren zur Aussichtsplattform und den Kongreßglocken begannen. Alle sechs zwängten sich in den Lift, der sie zum neunten Stock brachte, wo sich die Kontrollen der Glocken befanden. Dort stieg einer der Midnight Riders aus. McCracken und die übrigen blieben in der Kabine und fuhren zur Aussichtsplattform auf dem zwölften Stockwerk weiter, wo sich fünf Männer in grünen US-Ranger-Uniformen überrascht zu ihnen umdrehten, als die Türen zur Seite glitten.

»Ich muß Ihnen sagen, daß der Turm heute leider geschlossen ist«, sagte einer von ihnen bedauernd.

»Ach, das versaut mir den ganzen Tag.«

McCracken und die vier Riders zogen ihre schallgedämpften halbautomatischen Pistolen und eröffneten das Feuer. Die fünf Delphi-Männer gingen zu Boden. Die Riders hatten gerade begonnen, die Toten wegzuschaffen, als der Feueralarm ertönte, der drei Stockwerke tiefer vom fünften Midnight Rider ausgelöst worden war.

Blaines Uhr zeigte 6 Uhr 54 an.

Das bedeutete, daß die Zivilisten im Pavillon noch sechs Minuten hatten, um das Gebäude zu verlassen. Er konnte nur noch hoffen, daß diese Zeitspanne ausreichte.

Blaine eilte zur westlichen Seite der Aussichtsplattform, von wo aus man auf das schräge Glasdach des eigentlichen Turms hinunterblicken konnte. Er nahm seine harmlos aussehende Umhängetasche von der Schulter und holte die vier C-4-Plastiksprengstoffkapseln mit Detonationszünder heraus.

In der Kommandozentrale von Mount Weather waren die Leute an den Computern zwischen der Vorderwand und der Galerie mit der Überwachung verschiedener Sektoren von Washington beschäftigt. Einer von ihnen drehte sich in seinem Stuhl zu General Cantrell um, wobei er seine Hand gegen seinen Kopfhörer gedrückt hielt.

»Sir, im Turm des alten Postamts wurde Feueralarm ausgelöst. Die Zivilisten verlassen das Gebäude.«

Cantrell warf einen Blick auf die Uhr an der Wand, die 6:55:30 anzeigte, und drückte ein paar Tasten auf seiner Fernbedienung. Auf dem großen Wandbildschirm war nun ein Luftbild des Gebäudes zu sehen, in dem die meisten ihrer Truppen konzentriert waren.

»Sir«, meldete sich wieder der Mann, der für den entsprechenden Sektor zuständig war, »die Verbindung mit der Aussichtsplattform ist abgebrochen.«

»Was, zum Teufel . . .?«

Cantrell trat näher an den Bildschirm heran.

»Die Evakuierung der Zivilisten ist im Gange, Sir. Es werden Truppen zur Plattform geschickt.«

»Stellen Sie mir eine Verbindung mit jemanden dort her«, befahl Cantrell.

Das geneigte Glasdach des Turms war so konstruiert, daß es im Zentrum in einer Spitze auslief. Die zerschmetterten Glasscherben des zwei Tonnen schweren, siebeneinhalb Zentimeter dicken Dachs würden zwar wirksame und tödliche Waffen abgeben, aber nur, wenn sie nach unten fielen. Um mit der Explosion eine solche Wirkung zu erzielen, mußte Blaine dafür sorgen, daß der Sprengstoff an den tragenden Stützen der vier Ecken detonierte. Pünktlich um 6 Uhr 59 warf er die Kapseln mit äußerster Präzision. Zwei fanden genau ihr Ziel, die anderen beiden trafen in unmittelbarer Nähe auf.

»Runter!« schrie er den Riders zu.

Auf seinen Befehl hin warfen sich alle auf der östlichen Seite der Plattform zu Boden, wobei sie das erhöhte Podest mit dem Wachhäuschen der Ranger als Deckung benutzten.

Die Explosion erfolgte wenige Sekunden vor sieben Uhr.

Obwohl sich Blaine die Arme über den Kopf hielt, war das durchdringende Kreischen von zwei Tonnen zerberstendem Glas ohrenbetäubend. Das Sicherheitsnetz vor der Aussichtsplattform, das die Vögel abhalten sollte, konnte nicht verhindern, daß ein Sturm aus tödlichen Scherben hereinwehte. McCracken und seine Leute blieben in Deckung, bis sie sicher waren, daß der Scherbenregen vorbei war.

Blaine hörte die Todesschreie und das Jammern der Verletzten aus dem Pavillon. Er schüttelte die Trümmerschicht von seinem Rücken und sprang auf. Der Blick vom Turm nach unten war schockierend. Das Glasdach war zum größten Teil weggesprengt, so daß er einen deutlichen Einblick in den Pavillon und die Folgen seiner Tat hatte. Die Scherben hatten ihre tödliche Aufgabe besser erledigt, als er erwartet hatte.

Überall langen Leichen verstreut. Verletzte rührten sich und riefen um Hilfe. Die meisten waren jedoch stumm. Der kupferne Geruch des vielen Blutes stieg in die Luft auf und vermischte sich mit dem Gestank des C-4-Plastiksprengstoffs. McCracken versuchte nicht daran zu denken, wie viele der Toten Zivilisten sein mochten, die das Gebäude nicht rechtzeitig hatten verlassen können. Er hoffte, daß es nicht allzu viele waren, aber er mußte sich jetzt um andere Dinge kümmern.

Er machte zehn M21-Waffen für Scharfschützen aus, die aus modifizierten M-14-Gewehren bestanden, die mit Zeupold-Zielfernrohren ausgestattet worden waren. Delphi hatte sich mit dem besten vorhandenen System ausgerüstet. Es lag eine gewisse Ironie darin, daß es nun gegen sie eingesetzt wurde.

»Ihr wißt, wie unsere Feinde aussehen«, sagte Blaine zu den Riders. Drei von ihnen hatten sich Cleese angeschlossen, nachdem sie desillusioniert aus Vietnam zurückgekehrt waren, und zwei von ihnen waren Scharfschützen. Die beiden übrigen kannten sich durch ihre Arbeit im Weather-Underground mit Waffen und Zieleinrichtungen aus. »Wenn es soweit ist, tötet sie alle und überlaßt es Gott, sie nach gut und böse zu sortieren.«

Mit diesen Werten verschwand McCracken im Treppenhaus.

Die Menschen in der Kommandozentrale von Mount Weather registrierten schockiert die Explosion. Die Satellitenübertragung lief ohne Ton, aber die Vorstellungskraft konnte diesen Mangel problemlos ausgleichen, als das Glasdach des Turms mit einem hellen Blitz explodierte und nach unten verschwand. Cantrell wich unwillkürlich von dem Bildschirm zurück. Der Präsident sprang erschrocken und mit neu erwecktem Interesse auf.

»McCracken«, murmelte er. »McCracken . . .«

Cantrell ging aufgeregt die Reihe der Monitore entlang und brüllte seine Befehle. Es überraschte ihn nicht, daß man den Kontakt mit dem Gebäude verloren hatte. Inzwischen versuchte das Personal, Verbindung mit anderen Leuten in der

Nähe zu bekommen. Verzweifelte Stimmen schrien in seinem Kopfhörer durcheinander, bis er ihn herunterriß.

In der allgemeinen Aufregung vergaß der General, auf die Digitaluhr an der Wand zu sehen, und als er schließlich wieder einen Blick darauf warf, war es bereits zwei Minuten nach sieben.

»Anweisung für den Beginn der Aktion in allen Sektoren«, brüllte er in Richtung der Monitore, die mit den Delphi-Truppen in Washington in Verbindung standen. »Sofort!«

»Ist etwas Unerwartetes eingetreten?« spöttelte der Präsident.

Cantrell hatte sich gerade zum Oberbefehlshaber umgedreht, als die Stimme von Samuel Jackson Dodd durch den Raum dröhnte.

»Was ist los, General?« fragte Dodd in einem merkwürdig tiefen Tonfall, obwohl ihm die gleichen Bilder in seine Raumstation übertragen wurden.

Cantrell blickte zur Kamera hoch, die Dodd auch auf *Olympus* einen Blick in die Kommandozentrale ermöglichte.

»Ich . . . weiß es nicht, Sir.«

»Aber ich. McCracken! Es ist McCracken.« Dodds Stimme klang immer noch ungewöhnlich tief. Seit er von McCrackens verfrühter Flucht aus Whiteland gehört hatte, hatte er mit etwas Ähnlichem gerechnet.

»Sir, wir haben keinerlei Möglichkeit . . .«

»General, ich will von Ihnen keine Erklärungen oder Entschuldigungen hören. Instruieren Sie alle Delphi-Truppen, auf jeden zu achten, auf den seine Beschreibung paßt.« Dodd machte eine Pause, während über den unsichtbaren Lautsprecher seine Atemzüge zu hören waren. »Wir haben noch nicht gewonnen.«

Die nächsten Augenblicke veranlaßten den Präsidenten, Dodds letzten Ausspruch zu bezweifeln. Cantrell hatte den Bildschirm in acht Ausschnitte unterteilt, auf denen Delphi-Truppen zu sehen waren, die sich auf den Weg zu den in der Nähe ihres Einsatzortes geparkten Lieferwagen machten.

Da die Fahrzeuge unauffällig postiert worden waren, hatten die Wachen nur wenig auf Passanten geachtet. Weder die Wachen noch die Männer an den Satellitenkameras hatten die Frau mit dem Kinderwagen bemerkt, die ein Paket mit Plastiksprengstoff an einem der Lieferwagen befestigt hatte. Oder das Pärchen, das Hand in Hand ging und quasi im Vorbeigehen ihre Bomben an zwei weiteren Lieferwagen deponieren konnte. Insgesamt waren sieben der feindlichen, mit Waffen beladenen Fahrzeuge aufgespürt und von den Midnight Riders sabotiert worden.

Die Logistik der Aktion erforderte es, ferngesteuerte Zünder statt Zeitschalter zu verwenden. Um einer möglichen Durchsuchung vorzubeugen, trug jeweils ein Rider, der nicht mit dem Bombenleger identisch war, den Fernzünder bei sich. Die Saboteure waren mit der Durchführung solcher Aktion bestens vertraut, nachdem sie ihr tödliches Geschäft bereits in den sechziger Jahren bei den Weathermen, den Studenten für eine Demokratische Gesellschaft oder den Black Panthers praktiziert hatten. Unglücklicherweise waren die Leute, die für die Zündung der Bomben verantwortlich waren, nicht so gut ausgebildet. So drückten sechs von den sieben vorzeitig auf die roten Knöpfe ihrer Zünder, nämlich beim ersten Anzeichen einer Annäherung der Delphi-Truppen. Die heftigen Explosionen zerstörten die Lieferwagen und die Waffen darin vollständig. Doch nur in einem Fall, wie der Satellit nach Mount Weather übermittelte, vernichtete die Explosion gleichzeitig die sich nähernden Delphi-Truppen.

Dennoch wechselte der Präsident hoffnungsvolle Blicke mit Charlie Byrne und Angela Taft aus.

»Weiter so, Bruder!« murmelte die Nationale Sicherheitsberaterin. Sie meinte Blaine McCracken.

Cantrell schaltete auf eine Gesamtübersicht des Washingtoner Stadtzentrums zurück, um den angerichteten Schaden besser einschätzen zu können. Deutlich waren sieben schwarze Rauchwolken zu erkennen, die je einen verlorenen Lieferwagen anzeigten. Im Kopfhörer, den er sich gerade wieder übergestreift hatte, ging es erneut hektisch zu, als seine Verbindungsoffiziere in der Hauptstadt ihre Einsatztruppen neu formierten.

»Sie verlieren, General«, sagte der Präsident zuversichtlich.

»Dann wollen wir uns etwas anderes ansehen«, entgegnete Cantrell.

Mit der Fernbedienung zoomte er einen Ausschnitt heran, der von der modernen M-Street in Georgetown dominiert wurde. Bei diesem Anblick verlor der Präsident den Mut. Eine Formation Bewaffneter in Zivilkleidung mit Automatikgewehren fächerte aus und nahm alles unter Beschuß, was sich bewegte. Windschutzscheiben und Reifen parkender Autos explodierten, Schaufenster lösten sich in Glassplitter auf. Viele unschuldige Menschen wurden niedergestreckt, während sie zu fliehen versuchten. Es war ein entsetzliches Gemetzel. Überall lagen Tote. Die Überlebenden des ersten Ansturms sprangen durch die zertrümmerten Fenster teurer Boutiquen und Restaurants, um Deckung zu suchen. Das Schnellfeuer war gnadenlos, und trotz der Lautlosigkeit konnte der Präsident die Szene kaum noch ertragen.

Cantrell schaltete wieder an seiner Fernbedienung. »Und das ist noch nicht alles . . .«

Er hatte die große Bildfläche in der Mitte geteilt. Auf der linken Seite war ein Sturmangriff auf das Polizeipräsidium in der Nähe des Gerichtsgebäudes zu sehen. Das Innere des Präsidiums war nicht zu erkennen, aber das war auch nicht nötig. Kein einziges Fenster war noch heil. Vier Einsatzwagen lagen zertrümmert auf der Seite, nachdem sie entweder von kleinen Raketen oder Granaten getroffen worden waren. Dort, wo einmal der Haupteingang gewesen war, befand sich nur noch ein riesiges gähnendes Loch mit gezackten Rändern. Rauch quoll durch die Fensteröffnungen heraus. Uniformierte Tote lagen auf dem Rasen vor dem Gebäude und auf den Treppen. Die Räder eines umgestürzten Motorrads, das seinen Fahrer unter sich begraben hatten, drehten sich noch immer. Obwohl nur das Polizeigebäude gezeigt wurde, war klar, daß sich ähnliche Szenen an allen strategisch wichtigen Stellen der Stadt abspielten.

Der Präsident rang um Atem. Die rechte Hälfte des Bildschirms sah genauso schlimm aus. Die 8. Marinekompanie, die als Bewachung des Weißen Hauses, des Kapitols, der Botschaften und hoher Beamter eingesetzt war, marschierte ebenfalls in voller Ausrüstung auf. Obwohl sie auf den ersten Blick nur mit dem Protokoll beschäftigt schienen, waren sie dennoch kompetente Kämpfer und eine Bedrohung, die Delphi nicht ignorieren durfte. Dementsprechend beobachtete der Präsident voller Schrecken, wie eine fünfzig Mann starke Schwadron Delphi-Truppen durch das Eingangstor in den Hof vor den Kasernen vorstieß, wo gerade der Aufmarsch stattfand. Vereinzeltes Gewehrfeuer streckte die Teilnehmer nieder, deren Paradewaffen zur Verteidigung ungeeignet waren. Die Schützen wandten sich auch den aufgeschreckten Zuschauern zu und mähten sie reihenweise nieder, während sie von der Tribüne zu fliehen versuchten. Dann wurden die Kasernen, die den Hof umgaben, von einer Reihe heftiger Explosionen erschüttert. Gebäude und Fahrzeuge gingen in Flammen auf. Ein paar Soldaten der 8. Kompanie, die schnell genug reagiert hatten, um sich zu bewaffnen, wurden mühelos niedergemetzelt.

General Cantrell schaltete den Bildschirm um, so daß nun vier Ansichten von Delphi-Fahrzeugen zu sehen waren, die den Kundschaftern der Midnight Riders entgangen waren. Die Fahrzeuge kreuzten auf den Straßen zwischen Georgetown, der L'Enfant Plaza, der Union Station und dem Gebäude des Außenministeriums. An ausgesuchten Punkten wurden Delphi-Einheiten abgesetzt, um sich zu verteilen und die Straßen zu sichern.

»Es sieht ganz so aus«, sagte Cantrell zum Präsidenten, »als hätte sich das Glück der Schlacht bereits gewendet.«

Von seinem verdunkelten Büro aus hatte Ben Samuelson, der Direktor des FBI, seit Beginn der Schlacht mit jedem verfügbaren Kommunikationsmittel versucht, die Außenwelt zu erreichen. Die auf dem Dach stationierten Kundschafter übermittelten ihm genügend Vorgänge, um zu erkennen, daß die Siebente Leichte Infanteriedivision, mit der er angeblich den ganzen Nachmittag lang in Verbindung gestanden hatte, nicht mehr als eine Stimme am anderen Ende der Leitung gewesen war. Er war übertölpelt worden – das ganze Land war übertölpelt worden. Die Siebente war gar nicht in Washington und auch nicht unterwegs in die Stadt. Der Feind hatte freie Hand in Washington.

Zum ersten Mal, seit das J.-Edgar-Hoover-Building eröffnet worden war, hatte Samuelson eine hermetische Abriegelung befohlen. Hoover, der für seine Paranoia bekannt war, hatte seinerzeit veranlaßt, daß ein paar ungewöhnliche Details in den Bauplänen berücksichtigt wurden. Dazu gehörten sprengstoffsichere Fensterläden aus Stahl, die Raketenbeschuß standhielten und über alle Eingänge und die Fenster der leitenden Büros heruntergelassen werden konnten. Hinzu kamen getarnte Schießscharten, die sich an allen vier Seiten des Gebäudes befanden, vier auf jeder Seite, also insgesamt sechzehn. Nachdem die Wahrheit über den Betrug bekanntgeworden war, hatte Samuelsons erster Befehl darin bestanden, Mitglieder der Geiselrettungseinheit des FBI an diesen Schießscharten zu stationieren. Samuelson hatte diese Truppen wegen ihrer Treffsicherheit den SWAT- und Antiterroreinheiten vorgezogen. Wenn das Gebäude angegriffen wurde, brauchte er auf jeden Fall Leute, die auf hundert Meter Entfernung die Spitze eines Kugelschreibers treffen konnten.

Nachdem sie stationiert war, leistete die Einheit den Delphi-Fahrzeugen, die durch die Straßen kreuzten, den ersten direkten Widerstand. Hinter den gut befestigten Schießscharten leerten die Scharfschützen eine Patronenhülse nach der anderen und hielten so zunächst das wahllose Gewehrfeuer auf, bis sie selbst zum Zentrum der Aufmerksamkeit und des Beschusses wurden. Zwei Minuten nach dem Beginn der Vergeltung mußten die übermäßigen Sicherheitsvorkehrungen des Hoover-Gebäudes ihre erste Feuerprobe bestehen. Granaten und leichtes Feuer schlugen Kerben in die schwere Betonkonstruktion. Das Personal duckte sich und ging in Deckung, als sich die Stahlfensterläden unter dem Feuer von M40-Granaten eindellten. Es war klar, daß die Stahlmäntel keinem schweren Raketenbeschuß standhalten konnten, zum Beispiel von Stinger-Raketen. Die wenigen Leute, die mit Samuelson im Gebäude geblieben waren, waren sich dessen zähneknirschend bewußt. Doch sie wußten auch, daß ihr Widerstand im Stadtzentrum, der letztlich zum Scheitern verurteilt war, einen entscheidenden Zeitgewinn für eintreffende Verstärkung bedeuten konnte.

Natürlich wußten zu diesem Zeitpunkt nicht alle von ihren, daß sämtliche Kommunikationskanäle des Landes lahmgelegt waren.

Ein Spezialagent hastete geduckt in Samuelsons Büro und hielt etwas in den Armen, das in eine Decke gewickelt war. »Hab' es heil rübergeschafft«, sagte er atemlos und legte das Bündel auf den Teppich.

Samuelson riß die Decke zur Seite und betrachtete das altertümliche MARS, das Militärische Amateur-Radio-System. Der Direktor kniete sich hin und schaltete es ein. Dann hob er das klobige Standmikrophon an die Lippen.

»FBI an alle einsatzbereiten Militärstützpunkte!« begann er, ohne zu warten, bis die Röhren warm geworden waren. »FBI an alle einsatzbereiten Militärstützpunkte! Ende.«

Samuelson wußte, daß alle Stützpunkte bei einem Kommunikationsausfall automatisch auf dieses System zurückgreifen würden. Er konnte jedoch nicht wissen, daß die Stützpunkte die sich im Umkreis von hundert Kilometern um die Hauptstadt befanden, einschließlich der SEALS in Virginia, durch eine von General Cantrell kurzfristig angeordnete Übung so gut wie kein Personal mehr hatten. Der erste, der innerhalb von Sekunden auf Samuelsons Anruf reagierte, war ein Stützpunkt in North Carolina.

»Achtung, Anrufer, hier ist das Zentralkommando von Fort Bragg«, erklärte eine ernste Stimme. »Sie benutzen einen Kanal, der nur für militärische Zwecke vorbehalten ist. Bitte machen Sie den Kanal sofort frei! Sie verletzen bundesstaatliche Kommunikationsrestriktionen, die von der Federal Communications Commission festgelegt wurden. Ende.«

»Bragg«, antwortete Samuelson, »hier spricht Direktor Ben Samuelson vom FBI. Kennzeichnung Vier-Null-Box-Neun. Ich melde einen Angriff auf die Innenstadt von Washington. Wir fordern sofortige Unterstützung an. Ende.«

»Sagten Sie Angriff, Sir? Bitte wiederholen Sie! Ende.«

»Sie haben völlig richtig gehört.« Samuelson nahm einfach den Finger von der Ruftaste und ließ bewußt die übliche Ansage für das Ende der Übertragung aus.

»FBI, bitte wiederholen Sie noch einmal zur Bestätigung. Wir haben ›Meldung eines Angriffs auf die Innenstadt von Washington‹. Ende.«

»Verdammt noch mal, hier sterben *Menschen*!« brüllte Samuelson, während draußen weiterhin das Feuer gegen das J.-Edgar-Hoover-Building schlug. »Bewegt eure Ärsche und schickt uns Hilfe!«

Kaum eine Minute später hatte Lester Kerwin, der kommandierende General von Fort Bragg, über das MARS einen offenen Kanal zu Ben Samuelson eingerichtet. Samuelson berichtete ihm hastig, in welcher Form der Angriff stattfand, und auch, daß der Präsident und sämtliche hohen Regierungsmitglieder aus der Stadt evakuiert worden waren. Samuelson konnte nicht sagen, ob sie in Sicherheit waren.

Für den Anfang konzentrierte General Kerwin seine Bemühungen auf Washington. Er konnte entweder Kommandos der Delta Force einsetzen oder einen aufwendigeren Gegenschlag in Form der 82. Luftlandetruppen riskieren. Der Nachteil der letzteren Möglichkeit lag darin, daß die 82. ausschließlich eine Angriffstruppe war. »Wenn es sich bewegt, tötet es!« war das Credo der 82., und auf dem Konfliktschauplatz Washington waren höchstwahrscheinlich jede Menge friedlicher Zivilisten unterwegs. Die Delta Force hingegen ging wesentlich rücksichtsvoller vor; allerdings war ihre Truppenstärke erheblich geringer als die der 82. Hinzu kam, daß die Delta Force darauf trainiert war, umfangreiche Aufklärungen und geheimdienstliche Ermittlungen durchzuführen, um ihre Vorgehensweise zu bestimmen, wofür heute jedoch keine Zeit blieb. Und da sie auf schnelle Angriffe spezialisiert war, hatte sie keine Erfahrung mit bewaffneter Rückendeckung, und die Art der Belagerung der Hauptstadt deutete darauf hin, daß auch schwere Einheiten benötigt wurden.

Schließlich entschied sich Kerwin für die einzige realistische Möglichkeit. Er würde die 82. nach Washington schicken und die Delta Force darauf ansetzen, falls nötig Greenbrier, Site R und Mount Weather zurückzuerobern.

»Direktor Samuelson, die 82. Luftlandetruppen machen sich bereit. Ende.«

»Wie lange brauchen Sie? Ende.«

»Geschätzte Ankunft an Ihrem Standort in vier Stunden. Ende.«

»*Vier Stunden*? In vier Stunden ist hier vielleicht niemand mehr am Leben. Ende.«

»Sir, wir haben das Optimum bereits um zwei Stunden reduziert. Ende.«

»General, hier geht es um die Hauptstadt des Landes! Ende.«

»Es ist auch mein Land, Direktor. Wir werden so schnell wie möglich eintreffen. Ende der Durchsage.«

Als Samuelson das Mikrophon sinken ließ, erschütterte ein Raketenhagel das Hoover-Gebäude. Die Beleuchtung setzte aus, doch die Notstromaggregate schalteten sich sofort ein und tauchten sein Büro in ein trübes Licht.

»Ich gehe nach oben zu den Scharfschützen«, sagte er zu seinem Krisenstab, der sich gemeinschaftlich auf den Boden gekauert hatte, so weit wie möglich von den Fenstern entfernt. »Ich will mir selbst ansehen, was da draußen vor sich geht.«

Die Heftigkeit des Angriffs der Opposition überraschte sogar McCracken. Er mischte sich unbemerkt unter die Verwundeten im Pavillon, und um sich eine Tarnung zu verschaffen, half er mit, ein paar blutende Verletzte durch den fußtiefen Scherbenhaufen zu tragen.

Das Geräusch mehrerer kleiner Explosionen aus der Stadt versicherte ihm, daß Arlo Cleeses Midnight Riders seinen Instruktionen Folge geleistet hatten. Die kleinen Gruppen der Riders würden jetzt auf Cleeses Signal zum Ausrücken warten. Diese Gruppen wurden von den Männern und Frauen angeführt, denen Gewalttaten in den Sechzigern nicht schwergefallen waren und auch heute nicht schwerfallen würden. In Anbetracht der zahlenmäßigen Überlegenheit der Delphi-Truppen würden sie die Guerillataktik anwenden, um den Feind so lange hinzuhalten, bis von irgendwo Hilfe eintraf. Selbst wenn Delphi alle Vorsichtsmaßnahmen getroffen hatte, wußte Blaine, daß sie höchstens auf eine Verzögerung von fünf Stunden hoffen konnten, und sein Plan fußte darauf, daß sie die Stadt zumindest so lange hielten.

McCracken erreichte die Mall über die 12th Street, wo er feststellte, daß bis zum Lincoln Memorial Chaos herrschte. Bewaffnete, die von Delphi-Lastern hergebracht worden waren, jagten die vielen tausend Passanten, die sich vom Lincoln Memorial und dem Washington Monument entfernten. Etliche landeten im veralgten Wasser des Spiegelteichs, nachdem ihnen der Fluchtweg in andere Richtungen abgeschnitten war. Blaine trug nur seine SIG-Sauer und mußte sich zusammenreißen, sie nicht zu benutzen. Wenn er sich bloßstellte, würde ihm das nur ins Zentrum des Gewehrfeuers bringen. Er hielt sich im Hintergrund und hob sein Funkgerät.

»McCracken an Turm. Bitte kommen!«

»Hier Turm«, antwortete einer der Midnight Riders, die er auf der Aussichtsplattform des alten Postamts zurückgelassen hatte.

»Sehe hier unten auf der Mall viele feindselige Truppen. Schafft sie mir vom Hals!«

Sekunden später fielen die angreifenden Truppen seinen Scharfschützen zum Opfer. Das gezielte Feuer war so behutsam, daß die Delphi-Leute vor Blaines Augen zusammenbrachen, während die übrigen Truppen verzweifelt nach dem Ursprung des unsichtbaren Widerstands suchten.

»Heh, Mac!« krächzte Arlo Cleeses Stimme über Blaines Funkgerät. Der Midnight Rider stand mit Kristen Kurcell hinter einem VW-Bus, der an der Pennsylvania Avenue geparkt war.

»Hier bin ich.«

»Die Brüder und Schwestern haben Stellung bezogen.«

»Dann schicken Sie sie ins Rennen!«

Siebenunddreißigstes Kapitel

»Bist du sicher, daß du mich dabei nicht brauchst?« fragte Duncan Farlowe noch einmal.

Johnny Wareagle blickte zur hinteren Kammer der verlassenen Silbermine zurück, wo sich immer noch das Pfadfinderfähnlein 116 aufhielt. »Es ist das beste, wenn du auf die Jungs aufpaßt.«

Farlowe runzelte die Stirn. »Ein leichter Job für mich, ein schwerer für dich. Eine Waffe könnte dir helfen.«

»Sal Belamo hat sie dringender nötig.«

»Nimm solange meine!« sagte Farlowe und reichte ihm seinen Peacemaker-Colt. Damit hatte er noch seine Flinte, die er seit dem Aufbruch von der Schneekatze über der Schulter getragen hatte.

Johnny nahm den Revolver mit einem stummen Nicken an und machte sich auf den Weg durch den Gang, der zum vorderen Teil der Mine führte. Die Dunkelheit hielt ihn nur wenig auf, und wie er erwartet hatte, befand sich am anderen Ende keine Wache. Zwei Männer hielten sich noch im Innern der Mine auf, fünf Meter voneinander entfernt, und sahen in den Sturm hinaus. Sie beobachteten die anderen, die nach draußen gegangen waren, um die Schneekatze zu erwarten.

Der Mann, der weiter hinten stand, wußte nicht, daß sich jemand hinter ihm befand, bis Wareagle ihm seine große Hand über den Mund legte und mit der anderen den Kopf packte. Eine schnelle, heftige Bewegung brach dem Mann das Genick, worauf er in Johnnys Armen erschlaffte. Der zweite Mann hörte das dumpfe Knacken und fuhr rasch herum. Wareagle jagte ihm mit dem Gewehr des Toten zwei Kugeln in den Kopf.

Dann wandte er seine Aufmerksamkeit den beiden Lastern zu, die in einem dunklen Winkel der Mine standen. Sie waren teilweise noch von schwarzen Planen verhüllt. Johnny zerrte eine ganz herunter und erkannte, daß es schwere Transportfahrzeuge waren, lange Anhänger, die mit einer Kupplung an den Zugmaschinen befestigt waren. Er mußte gar nicht hineinsehen, um sich zu vergewissern, daß beide Fahrzeuge je mit gut einem Dutzend nuklearer Sprengköpfe beladen waren. Er wußte auch, daß er und Sal vor einer entmutigenden Aufgabe standen, wenn sie auch nur einen der Laster die Bergstraße hinunterfahren wollten, von zweien ganz zu schweigen. Sie einfach in die Schlucht stürzen zu lassen, war völlig undenkbar in Anbetracht des Schadens, der dadurch angerichtet werden konnte, wenn das radioaktive Material in dem Atomsprengköpfen irgendwie nach außen gelangte. Nein, beide Laster mußten von hier weggefahren werden.

Sogar für Wareagle schien das eine sehr gefährliche Aufgabe zu sein. Er brauchte einen Plan, mit dem sich die gewaltigen Risiken minimieren ließen, die ihn erwarteten. Eine Möglichkeit kam ihm sofort in den Sinn, obwohl ein ernsthafter Mangel an den Mitteln zur Ausführung bestand.

Doch vielleicht ließ sich auch dieses Problem lösen.

Johnny musterte noch einmal die Laster und erkannte, daß es doch eine Möglichkeit gab, wie Duncan Farlowe und die Pfadfinder ihm dabei helfen konnten.

Traggeo blieb zwischen Boggs und Kreller in Stellung, als die Schneekatze langsamer wurde und stehenblieb, bevor sie die Kurve erreichte, hinter der sie sich versteckt hatten.

»Seht mal nach!« befahl er ihnen. »Ihr braucht nicht zimperlich zu sein.«

Ohne Schutzbrillen war es für Boggs und Kreller unmöglich, viel weiter als zwei Meter zu sehen. Der Sturm hatte die Richtung gewechselt und blies ihnen den blendend weißen Schnee genau in die Gesichter, als sie sich der Kurve näherten. Ihnen blieb keine andere Wahl, als sich mit einer Hand vor dem Schneetreiben zu schützen, während sie mit der anderen ihre M16-Gewehre hielten.

Die stehende Schneekatze kam in ihr Blickfeld, als sie die leichte Kurve um den Bergrücken erreichten. Boggs und Kreller wichen an den eisüberkrusteten Fels zurück und sahen sich noch einmal an, bevor sie ihren Angriff starteten. Ihre Waffen spuckten Feuer, als sie die Kurve umrundeten. Die Windschutzscheibe der Schneekatze zersplitterte, und der Sturm drang in die Kabine ein.

Die Männer stellten das Feuer ein. Boggs näherte sich vorsichtig der Schneekatze, während sich Kreller im Hintergrund hielt. Die rechten Raupenketten standen gefährlich nah am Abgrund, und Boggs war darauf bedacht, keine Erschütterungen zu verursachen, als er hinaufkletterte, um in die Überreste der Fahrerkabine zu blicken. Mit einer Hand riß er die Tür auf, während er das Gewehr in der andern bereit hielt.

Die Kabine war leer. Auf dem Fahrersitz befanden sich nur Glasscherben und hineingewehter Schnee. Boggs sprang wieder von der Schneekatze, drehte sich um und wollte Kreller etwas zurufen, als ihm eine Garbe den Bauch zerfetzte und ihn gegen die Schneekatze warf. Während Boggs' Leiche in den Schnee sackte, wurde Kreller durch eine zweite Garbe zurück an den eisigen Fels gejagt, wo sich eine Hand auf seine Schulter legte.

»Er hat uns festgenagelt«, sagte Traggeo zu ihm. Sein Blick wanderte über die Spalten und Felsvorsprünge und suchte nach dem Schützen.

Eine merkwürdig gleichmäßige Schneeschicht bedeckte seinen stoppelhaarigen Schädel. Seine funkelnden Augen suchten noch einmal den Berg ab.

»Ich werde mich um ihn kümmern«, sagte Traggeo. »Du kehrst zur Mine zurück.«

»Zur Mine?« fragte Kreller ungläubig.

»Wir sind in eine Falle gelaufen, die uns davon weglocken sollte. Der Schütze ist auf keinen Fall allein.«

»Die Sprengköpfe . . .«

Traggeo nickte und bewegte sich so weit zur Seite, daß er den Berg beim Klettern als Deckung benutzten konnte. Kreller beobachtete Traggeos unmöglich erscheinenden Aufstieg durch Schnee und Eis, bevor er sich vorsichtig auf den Rückweg zur Mine machte.

Kreller hatte gerade die Kurve umrundet, die Schultern gegen die Eisschicht auf dem Fels gepreßt, als er ein Poltern hörte.

Behutsam löste er sich von der steilen Felswand, um nach der Quelle des Geräuschs zu sehen.

Er riß die Augen auf.

Einer der Laster mit den Atomraketen schob sich durch den Schnee. Die Scheinwerfer strahlten, und der Motor brummte in einem niedrigen Gang. Der Laster ging in die Kurve, die zur geraden Strecke führte, und Kreller sah ungläubig, daß die Zugmaschine *beide* Anhänger zog. Das Fahrzeug rutschte zur Seite, als die Reifen im Schnee durchdrehten. Der zweite Anhänger scherte unkontrolliert aus und schlug Funken, als er gegen die Felswand schrammte.

Kreller wich nicht von der Stelle und richtete sein Gewehr auf die Fahrerkabine, als der Laster auf ihn zuhielt.

Johnny Wareagle duckte sich im letzten Augenblick, bevor die Windschutzscheibe zersplitterte. Glasscherben flogen durch die Fahrerkabine, und dann schlug der Sturm hinein. Er klammerte sich ans Lenkrad und spürte den Stoß, als der große Laster gegen den Schützen prallte und ihn zur Seite schleuderte.

Das Pfadfinderfähnlein 116 war sofort davon begeistert gewesen, Johnny bei seinem Plan zu unterstützen. Doch auch mit ihrer Hilfe hatten die Vorbereitungen gefährlich lange gedauert, so daß Sal Belamo gezwungen war, die Feinde länger als erwartet allein in Schach zu halten.

Die Anhänger hinter Wareagle peitschten nun wie verrückt hin und her, und eine gefährliche Kurve kam schnell näher. Johnny wußte, daß es ihn von der Straße werfen würde, wenn er jetzt bremste. Also schaltete er in den niedrigsten Gang, um die Kontrolle zurückzuerlangen. Er ließ die schwerbewaffneten Anhänger gegen die Bergflanke rutschen und daran entlang um den Berg herumschlittern. Funken sprühten, erloschen jedoch harmlos im Schnee.

Als Johnny den großen Laster weitersteuerte, streifte der letzte Anhänger die Schneekatze und schob sie noch weiter an den Abgrund. Hinter der Kurve begradigte sich die Straße, und Johnny nahm das Gaspedal zurück, um den Laster im Leerlauf rollen zu lassen. Er probierte gerade die Bremsen aus, als er Sal Belamo am Straßenrand winken sah. Johnny konnte es nicht riskieren, den Laster vollständig zum Stillstand zu bringen, so daß Belamo nebenherlaufen mußte, bis er mit einem großen Sprung auf der Türleiste landete. Er schaffte es, sich am Spiegel festzuhalten und die Beine hochzuziehen.

Wareagle beugte sich hinüber, um die Tür aufzustoßen. Die Beifahrertür schlug fast gegen die Felswand, als Sal Belamo sich hineinzog und sie hinter sich schloß.

»Danke fürs Mitnehmen«, schnaufte Sal. »Wenn du mich fragst, sollte man dir den Führerschein abnehmen.«

Johnny wischte sich den schmelzenden Schnee von der Stirn und steuerte den großen Laster durch den Sturm.

Traggeo unterbrach seinen Aufstieg, als er das Motorgeräusch des Lasters hörte. Es folgte ein kurzes Gewehrfeuer, dann schob sich die Zugmaschine mit zerschmetterter Windschutzscheibe und zwei Anhängern auf ihn zu. Er hatte zwar damit gerechnet, daß ein unbekannter Gegner versuchen würde, die Waffenladung an sich zu bringen. Aber der Gedanke, einen zweispännigen Zug durch *diesen* Sturm zu fahren, war so unglaublich, daß er ihn nicht weiter in Betracht gezogen hatte. Wer würde schon so etwas versuchen?

Selbst wenn Traggeo in günstiger Position für einen Schuß auf den verrückten Fahrer gewesen wäre, hätte ein direkter Treffer ziemlich sicher zur Folge gehabt, daß die wertvolle Fracht den Berg hinabstürzte. Nein, er mußte den Lastzug einholen und irgendwie in seine Gewalt bringen.

Zu diesem Zweck kletterte er hastig von dem eisüberkrusteten Berg hinab. Er hatte die Strecke zur Hälfte zurückgelegt, als der Laster sich vorbeischob und er einen Blick auf den Fahrer werfen konnte. In diesem Moment erkannte er die Situation mit eisiger Klarheit.

Johnny Wareagle!

Der Sieger dieses Kampfes würde den Inhalt der Anhänger als Beute erhalten. Doch für Traggeo war es viel wichtiger, daß er eine zweite Chance bekam, sich an der lebenden Legende zu rächen. Wenn er diesen Kampf gewann, würde Johnny Wareagles Skalp ihm gehören. Damit würde die Macht dieser Legende auf ihn übergehen, und Traggeo war überzeugt, daß die Geister ihn dann endlich erhören würden.

Der Lastzug war bereits außer Sicht, als Traggeo die Straße erreichte und zur Schneekatze eilte.

Die Satellitenübertragung zu Mount Weather und Samuel Jackson Dodds Raumstation diente einem wesentlich wichtigeren Zweck als nur dem der Unterhaltung. Sie war das Auge, das die Gesamtentwicklung der Schlacht überwachte. Cantrell hatte von Anfang an mit begrenzten Widerstandsnestern gerechnet. Doch erst durch den Satelliten hatte er die Möglichkeit, auf diesen unberechenbaren und gut organisierten Gegner der Delphi-Truppen zu reagieren. Die Explosion im Turm des alten Postamts hatte ihm eine empfindliche Niederlage zugefügt, durch die seine Truppenstärke um ein Drittel reduziert worden war. Die äußerst entscheidende Zeitplanung der Operation würde dadurch erheblich gestört. Cantrell bemühte sich angestrengt, diesen Verlust auszugleichen und seine Truppen umzudirigieren.

Er hatte den Bildschirm in acht Sektoren aufgeteilt, von denen einer ein Luftbild der Mall zeigte, wo seine Männer durch Scharfschützen wahllos niedergestreckt wurden.

»Die Aussichtsplattform«, erkannte der General und drückte auf seiner Fernbedienung herum, bis eins der acht Bilder von einer Aufnahme der Trümmer des alten Postamts ersetzt wurde. Das Aufblitzen von Gewehrmündungen auf dem Turm bestätigte seinen Verdacht. »Bodenkontrolle, die Scharfschützen sitzen auf dem Turm des alten Postamts. Neutralisieren!«

Sekunden nach der Ausgabe des Befehls wandten sich die Delphi-Scharfschützen von den fliehenden Passanten ab und konzentrierten sich auf die Plattform des Turms. Sie eröffneten ihr Automatiksperrfeuer auf die menschlichen Gestalten, die sie bislang nicht für Feinde gehalten hatten. Die Gestalten verschwanden sofort. Doch das Feuer von der Aussichtsplattform nach Osten in Richtung Kapitol wurde nicht eingestellt, da die Scharfschützen auf dem Monument sie von ihrem Standort aus nicht erreichen konnten.

»Zerstörung des Turms!« befahl Cantrell. »Wiederhole: Zerstörung des Turms!«

»Wir haben Schwierigkeiten am Kapitol, Mac«, wurde Blaine von Arlo Cleese über Funk informiert.

»Schon unterwegs«, antwortete McCracken und macht kehrt, um die Mall entlangzuhetzen.

Das Geräusch mehrerer Explosionen ließ ihn stehenbleiben und sich umdrehen. Raketen aus tragbaren Werfern hatten das oberste und noch ein paar darunterliegende Stockwerke des Postamt-Turms weggesprengt. Flammen schlugen aus klaffenden Rissen in der Konstruktion. Melodische, fast geisterhafte Töne der Kongreßglocken hallten durch die Luft, als Trümmer auf sie herabregneten. Fünf gute Männer und eine ausgezeichnete Stellung waren verloren.

Blaine knirschte mit den Zähnen und lief weiter. Es wurde allmählich dunkel, und er hoffte, daß dadurch die Guerillataktik der Midnight Riders begünstigt wurde. Sie hatten sich in ein Dutzend Gruppen aufgeteilt, die sich ausschließlich auf die Constitution, Independence und Pennsylvania Avenue konzentrierten. McCracken traf auf das erste Team, das sich in der Menge versteckte, die hinter dem Mahnmal für für Veteranen des Vietnamkrieges in Deckung gegangen war.

»Kommt mir ziemlich seltsam vor, daß uns das hier am Leben erhält«, sagte ein Mann mit schütterem Haar, der die Jahre miterlebt haben mußte, denen die anklagenden Namen auf der Gedenktafel zum Opfer gefallen waren.

McCracken legte eine Hand auf die Liste eines Jahres, als er die merkwürdige Ironie der Situation empfand. »Es erfüllt diesen Zweck ganz gut.«

Delphi-Truppen fächerten sich auf dem Rückweg aus der Umgebung des Lincoln Memorial auf. Die Riders wandten sich ihnen zu und eröffneten mit ihren Schnellfeuergewehren das Feuer, wodurch sie sie völlig überrumpelten. Ein geschlossener Lieferwagen kam mit quietschenden Reifen auf der Constitution Avenue zum Stehen und legte den Rückwärtsgang ein. An der Hinterseite hingen Delphi-Verstärkungstruppen, die bereit waren, sich in die Schlacht zu werfen. McCracken sprintete auf den Wagen zu und zog im Laufen den Stift aus einer von Cleeses Granaten. Im nächsten Augenblick flog sie durch die Luft, unmittelbar dahinter eine zweite. Die erste landete auf der Straße und rollte unter das Fahrgestell, als der Lieferwagen stehenblieb. Die zweite rollte in Richtung der offenen Ladeklappe.

Die Explosionen erfolgten kurz nacheinander. Das Fahrzeug wirbelte bei der ersten zur Seite und ging in Flammen auf. Die zweite Explosion erfaßte die Männer, die es bereits geschafft hatten, von der Ladefläche zu springen.

McCracken drehte sich um und sah eine weitere Horde feindlicher Truppen, die von Südwesten auf ihn zugestürmt kam. Die Aufklärung von Delphi war unglaublich wirksam. Ihre Fähigkeit, jede Explosion, jeden Hinterhalt und jeden Angriff zu lokalisieren, beschränkte ernsthaft die Wirksamkeit der eigentlich brillanten Guerillataktik.

Wie schaffte Delphi es, die Gegenschläge so präzise durchzuführen?

Blaine warf einen Blick zum Himmel hinauf, der sich langsam verdunkelte. Die Effizienz von Delphi beruhte zu einem großen Teil auf Prometheus und auf den Satelliten, die Tausende von Kilometern hoch im Orbit standen. Könnte vielleicht einer von Dodds . . .?

Natürlich! Das war es!

McCracken ließ die Rider-Gruppe allein und machte sich auf den Weg über die Constitution Avenue. Er ging so schnell, wie er es wagen konnte, ohne sich zu verraten. Er lief geduckt auf dem Bürgersteig und benutzte die geparkten und verlassenen Autos als Deckung. Ein paar Minuten später erreichte er ohne Zwischenfall die drei Gebäude, die als Federal Triangle bezeichnet wurden, und eilte zu einem bekannten Monolithen mit einem eingravierten ›M‹ an der Spitze. Es gab keinen besseren

Weg durch die Stadt als durch den Untergrund, wo ihn die Augen von Sam Jack Dodd niemals entdecken konnten.

Blaine rannte die letzten Meter zur Federal Triangle U-Bahnstation und sprang die Stufen der erstorbenen Rolltreppe hinab.

Die sechzehnköpfige FBI-Einheit im obersten Stockwerk des Hoover-Gebäudes hatte bereits sechs Leute verloren, als Direktor Ben Samuelson dort eintraf. Der Feind benutzte Raketen und Granaten, um das Gebäude anzugreifen. Die stählernen Läden waren zerbeult und stellenweise sogar durchschlagen worden, so daß das Abendlicht und feindliches Feuer eindringen konnten.

Samuelson half dabei, ein paar Verletzten Preßverbände anzulegen, dann bewaffnete er sich selbst mit einem M16-Gewehr mit Zielvorrichtung und nahm den Platz eines getöteten Mannes hinter einer leeren Schießscharte ein. Die übriggebliebenen Mitglieder der Einheit verteilten sich über das Stockwerk.

»Das sollen Sie sich mal ansehen«, rief einer von ihnen an einer Schießscharte, die die Pennsylvania Avenue überblickte.

Samuelson kroch hinüber und lugte nach unten. Er sah etwa ein Dutzend Gestalten, die in der Schlacht ihre Seite ergriffen hatten. Sie überraschten die Delphi-Truppen, die das Hoover-Gebäude belagerten. Es war keine Polizei und definitiv kein Militär. Ihr Hinterhalt war zunächst sehr erfolgversprechend, doch dann wendete sich das Blatt, als der Feind auf die Anwesenheit der neuen Kämpfer aufmerksam wurde. Da sie versäumt hatten, sich eine sichere Rückzugsroute offenzuhalten, sahen sich die Gestalten plötzlich eingekesselt und waren nun ihrerseits in der Defensive. Samuelson nutzte die Gelegenheit, um seinen Scharfschützen den Befehl zu geben, die Gegenseite ins Kreuzfeuer zu nehmen. Die unbekannten Verbündeten waren jedoch bereits im Geschoßhagel der Delphi-Truppen gefangen. Die wenigen, die zu fliehen versuchten, wurden sogar noch schneller niedergemäht als die anderen, die verzweifelt in ihrer Deckung blieben.

»Was sind das für Leute?« fragte Samuelson. »Wer, zum Teufel, sind sie?«

»Schlechte Neuigkeiten«, sagte Arlo Cleese zu Kristen und ließ das Funkgerät sinken.

»Was?«

»Die Gruppe, die es geschafft hat, das Weiße Haus unbemerkt von diesen Bastarden zu besetzen, ist in Bedrängnis. Nicht genug Munition. Verdammter Mist!«

»Was hast du jetzt vor?«

»Da bleibt nur noch eine Möglichkeit, Schwester.«

Cleese schob sich durch den Vorhang auf den Fahrersitz des Lieferwagens. Zu seiner Überraschung wagten sich trotz der Schlacht noch etliche Zivilfahrzeuge auf die Straße, um zu fliehen oder sich zumindest in Sicherheit zu bringen. Cleese warf seinen Pferdeschwanz nach hinten, startete den Motor des Wagens und lenkte ihn mit einer Kehrtwendung zum anderen Ende der Pennsylvania Avenue.

Es dauerte nicht lange, und das Weiße Haus kam in Sicht. Ganz zu Anfang hatten ein paar Gruppen der Midnight Rider die vorstoßenden Delphi-Truppen in einem Überraschungsangriff von hinten überwältigt. Eine Weile hatten sie die Vorderfront des Gebäudes halten können, bis zahlreiche Verstärkungen hinzustießen. Sie hatten praktisch ihre gesamte Munition und alle Granaten zur Verteidigung gegen die Opposition verbraucht, so daß sie sich nur halten konnten, wenn Cleese eine Möglichkeit fand, ihnen Nachschub zu verschaffen.

Als er die Pennsylvania Avenue zum Weißen Haus entlangraste, erkannte er nur eine einzige Möglichkeit.

»Halt dich fest!« sagte er zu Kristen.

Sie sah, wie er grinste und dann kicherte. Schließlich lachte er hysterisch, als der Lieferwagen auf eine Lücke im Eisenzaun zuraste, der das Grundstück umgab, und an den Leichen vieler Marinesoldaten vorbei, die bei der Verteidigung des ersten Ansturms von Delphi gestorben waren.

Ein Kugelhagel verfolgte den Wagen, als er auf den Rasen vor dem Weißen Haus holperte. Das Geräusch mehrerer Geschosse, die die Panzerstahlhülle des Fahrzeugs streiften, erinnerte Kristen an das Knallen von Popcorn, während sie weiter nach hinten kroch, um auf die unverzügliche Verteilung der Ausrüstung vorbereitet zu sein. Sie spürte einen Schlag gegen ihr Bein, wie von einem heftigen Fußtritt. Als sie nach unten blickte, sah sie Blut durch ihre Jeans sickern. Instinktiv faßte sie nach der Wunde und betastete das verletzte Fleisch.

»*Hiiee-jaahhh!*« Arlo Cleeses Schrei übertönte das Geschützfeuer, als er den Lieferwagen auf zerplatzten Reifen die Stufen des Weißen Hauses hinaufrasen ließ. Dann riß er das Lenkrad herum, damit zumindest die Beifahrertür parallel zum Eingang stand. Der Nachschub an Waffen konnte nun unter einer fragwürdigen Deckung verteilt werden. Kristen verdrängte den Schock über ihre Verwundung und begann damit, die schweren Maschinengewehre und Raketenwerfer nach vorn zu Cleese durchzugeben. Sie sah Blut an seinem linken Arm, als er die Waffen weiterreichte.

Sie war kaum zu ihm in die Fahrerkabine vorgekrochen, als die Hände, die die neuen Waffen abgenommen hatten, nach ihnen beiden griffen. Kristen nahm die Umgebung nur noch undeutlich wahr, während sie in den vorderen Teil des Weißen Hauses getragen wurde. Acht oder zehn überlebende Riders beeilten sich, die Dreifüße aufzubauen und die beiden Maschinengewehre vom Kaliber 0,5 darauf zu montieren. Sie verfügten außerdem über sechs tragbare Raketenwerfer und eine halbe Kiste mit Granaten, die unter der kleinen Widerstandsgruppe verteilt wurden.

Als Kristen abgesetzt wurde, hatte sie kein Gefühl mehr im Bein. Sie schaffte es gerade noch, zum Fenster zu kriechen, um die draußen tobende Schlacht zu beobachten. Sie roch beißenden Rauch und erkannte, daß ein Teil des Weißen Hauses brannte. Dumpf registrierte sie einen hartnäckigen Feueralarm, der ohne Unterlaß auf einem der oberen Stockwerke ertönte.

Kristen nahm kaum wahr, wie die übriggebliebenen Riders verzweifelt einen weiteren Vorstoß der Delphi-Truppen zurückzuschlagen versuchten. Ihre neuen Maschinengewehre ratterten fast ohne Pause, und regelmäßig ertönten die dumpfen Explosionen ihrer Granaten. Drei fehlgeleitete Delphi-Raketen schlugen ins zweite Stockwerk des Weißen Hauses ein und ließen die Reste der Decke auf sie hinabrieseln.

Ein Rider mit einem Kopfverband zerrte den widerstrebenden Arlo Cleese ins Foyer und legte ihn neben Kristen.

»Das ist doch nicht zu fassen!« stöhnte er und hielt sich die rechte Schulter, die noch schlimmer als ihr Bein aussah. »Ich kann nicht mal eins von den verdammten MGs halten, die ich selbst hergebracht habe.«

»Wir werden sterben«, sagte sie tonlos.

Cleese zog mit seiner gesunden Hand eine halb gerauchte Marihuana-Zigarette aus der Jackentasche und zündete sie mit einem Feuerzeug an.

»Nicht, wenn unser Freund Mac in dieser Angelegenheit noch etwas zu melden hat.« Er inhalierte tief und reichte ihr dann den Joint. »Auch 'nen Zug, Schwester?«

Durch die Betätigung eines Schalters in Mount Weather war die berühmte U-Bahn der Stadt stillgelegt worden. Die großen Tunnels dienten nur noch als sichere Zufluchtsorte für die Menschen, die es geschafft hatten, der Schlacht zu entfliehen. McCracken hetzte unter der schwachen Notbeleuchtung an Hunderten ängstlichen Gesichtern vorbei. Die Lufterneuerung funktionierte ebensowenig wie die Stromversorgung, so daß eine stickige Hitze herrschte.

Blaine hatte darauf geachtet, die Linie zu suchen, die ihn in die Richtung Kapitol bringen würde. Er folgte dem zementierten Gehsteig, solange er konnte, und sprang dann auf die toten Gleise hinab. Dann verfiel er wieder in Dauerlauf, so daß seine Schritte auf den Bahnschwellen laut im Tunnel hallten. Die beste Chance der Midnight Riders bestand jetzt darin, hartnäckig die strategisch wichtigen Punkte zu halten, die wie auch das Kapitol auf Delphis Wunschzettel standen, bis Hilfe eintraf.

Die Strecke vom Federal Triangle zum Kapitol machte an der Stelle einen Knick, wo der Bahnhof L'Enfant Plaza lag.

McCracken hastete weiter, nachdem er dort lange genug verschnauft hatte, um wieder zu Atem zu kommen. Als er die Capitol South Station erreichte, war sie bis auf ein paar Dutzend Flüchtlinge leer. Er lief die Stufen einer ebenfalls ausgefallenen Rolltreppe hinauf und gelangte völlig außer Atem zum Ausgang. In der Abenddämmerung hörte Blaine die Geräusche von Raketen und leichtem Geschützfeuer und sah die ständigen Lichtblitze aus der Richtung des Kapitols. Einen Block weiter gaben seine Knie beim Anblick des Gebäudes fast nach. Die Marmorkuppel des Kapitols war von Raketen durchlöchert, der obere Teil eingestürzt. Der Rest der Kuppel sah wie der Rand eins zerbrochen Glases aus. Zusätzliche Lücken waren in die imposanten Fassaden von Repräsentantenhaus und Senat gerissen worden, genauso in die der dazwischen befindlichen Rundhalle. Die weiten Treppen, die zu allen drei Gebäuden hinaufführten, waren mit Leichen übersät, allem Anschein nach sowohl von Riders wie auch von Delphi-Leuten. Die Riders verteidigten das Gebäude jedoch mit äußerster Hartnäckigkeit. Obwohl sie in der Minderzahl waren und fraglos nur noch wenig Munition hatten, waren sie fest entschlossen, jeden Ansturm zurückzuwerfen, der zur totalen Zerstörung des Gebäudes führen würde.

Aber die massive Konzentration der Delphi-Truppen entlang der 1st Street und dem Union Square würde zu einem ernsthaften Problem werden, wenn Blaine keinen Weg fand, ihre Übermacht aufzuhalten. Jetzt stand ihm die erste Dunkelheit der Nacht zur Verfügung, um sich unbemerkt zu nähern. Aber *womit* sollte er sich nähern? Welche Mittel sollte er einsetzen, um ...

McCrackens Blick fiel auf einen Tankwagen, der verlassen mitten auf der Canal Street stand. Er sprintete los und schwang sich in den Fahrersitz. Die Schlüssel fehlten, aber kaum eine Minute später hatte er den Motor vorgewärmt und gestartet. Dann sprang er noch einmal hinaus und öffnete das Hauptventil des Tanks, das über eine Schwerkraftkontrolle bedient wurde. Als er den Tanklaster anfahren ließ, lief das Benzin bereits aus dem offenen Ventil.

Blaine schlich sich mit dem Laster die Canal Street entlang, wobei er immer wieder den stehengelassenen Fahrzeugen ausweichen mußte. Glücklicherweise war die 1st Street völlig frei, so daß er einen Gang höher schaltete, um mehr Geschwindigkeit zu erzielen. Er verließ sich darauf, daß der Schlachtlärm vom Kapitol das Motorgeräusch des Tanklasters übertönte. Wenn er im Schutz der Dunkelheit lange genug unentdeckt blieb, bis er die Constitution Avenue gekreuzt hatte, hatte sein Plan eine ausgezeichnete Erfolgschance.

Er bog in die 1st Street ein und gab Gas. Als er dreißig Stundenkilometer erreicht hatte, öffnete er die Fahrertür und streckte seinen Körper so, daß er bis zum letzten Moment das Gaspedal hinunterdrücken konnte.

McCracken sprang ab, als der Tanklaster gerade zwischen die doppelt gestaffelte Formation der Delphi-Truppen fuhr, die das Kapitol belagerten. Ihr Maschinengewehrfeuer traf den Motor und riß eine Reihe von Einschußlöchern in den großen Tank. Jetzt lief auch das übrige Benzin aus.

Die Explosion erfolgte, als der Tanklaster sich am Garfield Monument vorbeischob und mit einem Lastwagen zusammenstieß, der quer auf der Straße stand. Die Flammen breiteten sich in alle Richtungen aus und erhellten die Nacht. Feuer eilte die Spur entlang, die der Tanklaster auf seinem Weg gelegt hatte.

Der eigentlichen Explosion fiel die Hälfte der vor dem Kapitol stationierten Delphi-Truppen zum Opfer. Weitere waren von den Flammen oder nur der Hitze versengt worden. Und das Feuer war noch nicht erloschen. Es breitete sich noch immer entlang der Benzinspur aus und bildete eine Flammenwand, die jeden direkten Vorstoß zum Kapitol unmöglich machte. Delphi zog sich zurück und verzichtete darauf, einen großen Teil der Ausrüstung mitzunehmen, die nun Blaine zur Verfügung stand.

McCracken wagte sich in unmittelbare Nähe der Flammen und sprang schnell auf einen Laster, der gerade Feuer gefangen hatte. Er blickte auf die Ladefläche und schnappte sich eine Maschinenpistole vom Typ Squad Automatik Weapon oder kurz SAW. Die SAW verschoß sechs Schüsse des Magazinstreifens pro Sekunde. Da es sich um leichte Munition handelte, würde Blaine keine Probleme haben, den Gurt für tausend Schuß mit sich herumzutragen. Damit war die SAW die perfekte Waffe für seine Zwecke. Er kontrollierte, ob der Gurt geladen und richtig befestigt war, und lief von den Flammen fort hinaus in die Nacht.

In Mount Weather vergrößerte General Trevor Cantrell die Szene der gewaltigen Explosion, so daß sie eine Hälfte des Bildschirms ausfüllte. Während er sie betrachtete, verzog sich sein Gesicht zu einer maskenhaften Grimasse. Für einen Beobachter mußte es aussehen, als hielte er den Atem an.

Hinter ihm hatte der Präsident zuversichtlich die Hände auf das Geländer vor der ersten Sitzreihe der Galerie gelegt. Der furchtbare Schaden, der am Weißen Haus und dem Kapitol angerichtet worden war, ganz zu schweigen vom Obersten Gerichtshof, dem Außenministerium, dem Hoover-Gebäude und zahlreichen anderen, erschien ihm nicht so tragisch, solange der Widerstand aktiv blieb und die Gebäude davor bewahrte, gänzlich in Schutt und Asche gelegt zu werden. Er wußte genausogut wie Cantrell, daß die eigentliche Hilfe noch stundenlang auf sich warten lassen würde. Aber er erkannte auch, daß die Strategie für den Tag Delphi auf der Überraschung durch schnelle Aktionen beruhen mußte, wenn sie Erfolg haben sollte. Alles mußte so schnell geschehen, daß niemand richtig verstand, was eigentlich geschah. Diese Strategie war jetzt unmöglich geworden. Und je länger die Delphi-Truppen sich mit den Widerstandskämpfern herumschlagen mußten, desto größer wurde die Chance, daß ihre wahre Absicht und Identität irgendwann bekannt wurde.

»General Cantrell«, sagte der Präsident mit Nachdruck, um die Aufmerksamkeit auf sich zu lenken. Als der General ihn ansah, fuhr er fort. »Ich bin dazu bereit, Ihre bedingungslose Kapitulation anzunehmen.«

Cantrells Unterlippe zitterte, und seine Augen funkelten. »Ich habe langsam genug davon«, sagte er, wobei nicht ganz klar wurde, wen er damit ansprach.

Er rückte den Kopfhörer zurecht, bevor er seine nächsten Befehle gab. »Bodenkontrolle, hier ist Bergführer.« Cantrell erwiderte den Blick des Präsidenten ohne jede Regung. »Schicken Sie die schweren Einheiten in die Schlacht!«

»Bitte kommen, Arlo!« sprach Blaine in sein Funkgerät.

»Schon da, Mac«, kam die gekeuchte Antwort.

»Sie haben sich schon mal besser angehört.«

»Den Westflügel habe ich noch nie gemocht.«

»Sie sind im *Weißen Haus*?«

»So lange, bis sie es mir unter dem Arsch wegsprengen.«

McCracken konnte die betäubenden Explosionen jetzt deutlicher hören. »Gehört's uns oder ihnen?«

»Beiden.«

»Kristen?«

»An meiner Seite. Würde sich auch nicht besser anhören.«

»Wie schlimm?«

»Es ging ihr schon mal besser.«

»Was ist mit den Riders, die sich noch in der Stadt herumtreiben?«

»Halten sich bis zum letzten Tropfen, Mac, und uns geht's hier genauso. Vielleicht noch fünfzig, die kämpfen können. Mehr nicht.«

Blaine spürte, wie die momentane Euphorie über seinen Erfolg am Kapitol zunichte gemacht wurde.

»Bleibt, wo ihr seid!« sagte Blaine und begann, die Mall entlangszulaufen. »Ich bin schon unterwegs.«

»Vielleicht sind wir nicht mehr da, wenn Sie eintreffen. Vielleicht . . .«

Eine weitere Explosion verschluckte Cleeses Worte. Dann war nur noch statisches Rauschen im Lautsprecher.

»Arlo?« rief Blaine, obwohl er wußte, daß er keine Antwort erhalten würde. »Kristen!«

Er begann zu rennen und ging bereitwillig das Risiko ein, einer der ständigen Patrouillen zu begegnen, um schneller am Weißen Haus zu sein. Er war gerade in die Pennsylvania Avenue eingebogen und überlegte sich, ob er sich ein Fahrzeug besorgen sollte, als er ein allzu vertrautes kreischendes Geräusch hörte.

Zwei nebeneinander fahrende M-1-Panzer kamen mitten auf der Straße genau auf ihn zu. Die Autos, die ihnen im Weg standen, wurden mühelos beiseite geschoben. Hinter ihnen sah Blaine ein zweites Paar Panzer, das in die entgegengesetzte Richtung zum Weißen Haus rollte. Er versteckte sich im Schatten des Gebäudes der Federal Trade Commission und geriet kurzzeitig in den Lichtschein, der aus einem Bradley-Truppentransporter auf der Constitution Avenue drang und dessen tödliche 14-Millimeter-Kanone einsatzbereit war.

Delphi hatte die schweren Einheiten ins Spiel gebracht, die sie seit einiger Zeit irgendwo in der Stadt bereitgehalten hatte, vielleicht in geschlossenen Bereichen von Tiefgaragen. Wenn jetzt kein Wunder geschah, war die Schlacht bald vorbei. McCracken überlegte sich, daß er sich auch einen aufsehenerregenden Abschied verschaffen konnte, wenn man ihn schon aus dem Spiel nahm. Vielleicht schaffte er es, mit dem, was er bei sich trug, ein oder zwei Panzer mitzunehmen.

Er wartete, bis die beiden Panzer mit ihm auf gleicher Höhe waren, und wollte bereits lospreschen, als ein fernes, wummerndes Geräusch ihm zum Himmel aufblicken ließ.

Und er sah das Wunder, das er so dringend brauchte.

»*Was*?« brüllte General Cantrell und schaltete per Fernbedienung ein einziges Bild auf den Monitor. »Das ist doch unmöglich ... *Das ist einfach unmöglich!*«

Die Augen des Präsidenten glänzten feucht vor verständnisloser Dankbarkeit. Charlie Byrne war in seinem Sitz zusammengesunken und fiel beinahe in Ohnmacht. Angela Tafts Grinsen breitete sich über ihr ganzes Gesicht aus.

Der große Bildschirm zeigte Fallschirmlandetruppen, die aus dem Bauch eines Transportflugzeugs durch die Nacht fielen. Auf der Maschine stand in roten Lettern die Aufschrift

›POLIZEIBRIGADE‹. Die Fallschirme öffneten sich mit einer anmutigen und eleganten Bewegung und schwebten auf die offene Fläche des West Potomac Parks hinter dem Lincoln Memorial zu.

Achtunddreißigstes Kapitel

Auf die Puppen, die zuerst abgeworfen worden waren, wurde nur von der Spitze des Washington Monuments aus geschossen. Colonel Tyson Gash von der Polizeibrigade nahm die nicht angezündete Zigarre aus dem Mund und sprach mit der ihnen folgenden C-130.

»Heiland Zwei, feindliche Stellung auf der Spitze des Monuments. Unter Beschuß nehmen!«

»Das Monument unter Beschuß nehmen, Sir?«

»Das ist ein Befehl, Mann! Wir müssen unsere Leute sicher runterbringen.«

»Roger, Sir.«

Als Heiland Zwei unter dem Flaggschiff der Polizeibrigade abdrehte, nahm der Bordschütze die Spitze des Washington Monument mit den beiden auf den Flügeln befestigten 20-Millimeter-Vulcan-Minikanonen der C-130 unter Feuer. Mit beiden Daumen drückte er die roten Feuerknöpfe. Dreihundert Metallgeschosse verließen die zwei mal sechs rotierenden Mündungen, während der Schütze die Augen geschlossen hielt. Er öffnete sie erst wieder, als die C-130 ihr Ziel überflogen hatten.

Die Vulcan-Geschütze hatten den oberen Teil des Denkmals glatt abrasiert. Die zulaufende Spitze des Obelisken war verschwunden, so daß der Stein mit einem gezackten Rand aufhörte. Die drei Stockwerke darunter waren von dem 20-Millimeter-Feuer geschwärzt worden und sahen aus, als würden sie beim nächsten Windstoß zusammenbrechen.

»Einsatzleiter, hier ist Heiland Zwei«, sprach der Pilot in sein Helmmikrophon. »Die Luft ist rein.«

Gash gab das Signal zur Landung, und die vier Transporter hinter ihm spuckten die kampfbereiten Soldaten aus. Ursprünglich hatte er beabsichtigt, die Schlacht über der Stadt vom Flaggschiff aus zu leiten. Aber ein Blick auf das Inferno, das sich in der ramponierten Hauptstadt der Vereinigten Staaten ausbreitete, hatte ihm den Magen umgedreht. Dies war der Augenblick, für den er fünf Jahre lang seine Männer trainiert hatte. Dies war die Schlacht, in der seine Polizeibrigade früher oder später kämpfen mußte. Er hatte die Nachricht, die vor sieben Stunden von Johnny Wareagles Pilot überbracht worden war, mit Begeisterung und Genugtuung aufgenommen. Das Land brauchte ihn also doch. Aber seine Begeisterung schwand beim Anblick der brennenden Hauptstadt und ließ nur Haß und Abscheu zurück.

Gash warf die Zigarre weg und ging nach hinten zu seinen Männern, die mit dem nächsten Schub das Flaggschiff verlassen würden.

»Wir werden diese Arschlöcher am lebendigen Leibe braten«, brummte er einem seiner Sergeanten zu. »Und wir werden jede einzelne Sekunde genießen.«

McCracken sah noch immer zu einem Schwarm von schwarzen Fallschirmen hoch, die sich in gerader Linie über dem West Potomac Park öffneten. Ein zweiter Transporter mit der roten Aufschrift ›POLIZEIBRIGADE‹ flog über ihn hinweg.

Es war Tyson Gash, der zweifellos von Johnny Wareagle über die Vorgänge informiert worden war!

Gashs Fallschirmtruppen gingen in geordneter Formation herunter, wie im schwachen Feuerschein des Washington Monument zu sehen war. Die Landung konzentrierte sich südlich des Lincoln Memorial an der Independence Avenue. Blaine überlegte, daß Gash und die Brigade jetzt unbedingt eine schnelle Aufklärung über die Lage brauchten. Also machte er sich über die Mall auf den Weg zu den Einheiten, die sich vermutlich bereits zu Vorstoßtrupps formiert hatten.

Er lief mit neuer Hoffnung. Die Midnight Riders hatten es

geschafft! Sie hatten die Delphi-Truppen so lange in Schach gehalten, bis Unterstützung eintraf, wenn auch nicht aus der erhofften Richtung.

McCracken sprintete die Mall entlang zur Ruine des Washington Monuments.

In der Kommandozentrale von Mount Weather zeigte eine Hälfte des Bildschirms die Fallschirmspringer, die sich schnell formierten, während eine zweite Flotte über dem Potomac kreiste, um Ausrüstung abzuwerfen. Der zweite Bildausschnitt zoomte auf eine einsame Gestalt, die über die Mall in Richtung der Fallschirmtruppe lief.

Blaine McCracken.

»Töten Sie ihn, General!« befahl die Stimme Samuel Jackson Dodds, die im ganzen Saal zu hören war. »Ich will seinen Tod! Um jeden Preis!«

»Sir, die Männer, die wir dazu . . .«

»Ich will McCrackens Tod!«

»Wenn du mich fragst«, brummte Sal Belamo, »sollten wir anhalten und ein Taxi rufen.«

Johnny Wareagle wandte den Blick nicht von der Straße und konzentrierte sich auf die Aufgabe, das zweispännige Gefährt den Bergpaß hinunterzubringen. Sie näherten sich dem steilsten und gefährlichsten Abschnitt der Straße, und das Wetter meinte es auch nicht sonderlich gut mit ihnen. Der Schnee, der sich in den Rissen der geborstenen Windschutzscheibe angesammelt hatte, beeinträchtigte Johnnys Sicht zusätzlich. Er hämmerte mit der bloßen Faust gegen die Eisstücke, um sie zu lösen, schaffte es allerdings nur, noch mehr Risse im Glas zu produzieren. Er konnte nur soviel Glas wie möglich herausschlagen, bevor Eis und Schnee ihn völlig blind machten.

Johnny hatte sich bemüht, sich während der Herfahrt mit der Schneekatze den Verlauf des Bergpasses einzuprägen. Doch im Schnee sah es überall gleich aus, und wenn er sich auch nur leicht verschätzte, gerieten die zwei Anhänger gefährlich ins Schlingern. Er stellte sich vor, wie die Reifen immer wieder über dem leeren Abgrund hingen. Konnte er bereits durch die Länge seines Gespanns nicht erkennen, ob ihm jemand folgte, wurde dies durch den Sturm völlig unmöglich gemacht. Vor ihm vereitelte der Blizzard immer öfter die Sicht, die ohnehin schon schlecht genug war. Sal Belamo hatte versucht, sich als Lotse nützlich zu machen, aber das hatte nicht funktioniert, so daß Johnny allein auf seine Augen angewiesen war.

Und auf die Geister.

Er konnte ihre Hände über seinen spüren. Er konnte ihre Worte in seinen Ohren hören, die ihn anwiesen, in diese oder jene Richtung zu steuern, um den Lastzug vor dem Sturz in den Abgrund zu bewahren. Zeitweise konnte Johnny nicht weiter als drei Meter sehen, so daß er die Fahrt in Etappen eben dieser Länge aufteilte.

»Weck mich, wenn wir vom Berg runter sind«, sagte Sal Belamo und täuschte ein Gähnen vor.

Traggeo lenkte die Schneekatze durch den Sturm. Ihre gefährliche Lage am Abhang des Berges hatte ihn zunächst befürchten lassen, daß es nicht nur unmöglich, sondern auch gefährlich werden konnte, sie wieder in Bewegung zu setzen. Er hatte die Aufgabe gelöst, jedoch nur um den Preis einer beträchtlichen Zeitverzögerung, wodurch der Lastzug mit der nuklearen Ladung einen großen Vorsprung gewonnen hatte. Doch die Atomwaffen spielten für Traggeo nur noch eine Nebenrolle, seit er das Gesicht des Fahrers gesehen hatte.

Das Schicksal hatte sie beide auf diesem Berg zusammengeführt, denn wenn er Wareagle tötete und seinen Skalp nahm, hatte er alles erreicht, wonach er jemals gestrebt hatte. Traggeo würde die Macht des großen Indianers übernehmen und endlich von denen akzeptiert werden, die ihn abgewiesen hatten. Er würde für immer das Haar von Wareagle tragen, es würde niemals einen Grund geben, es zu wechseln. Seine zukünftigen Opfer würden lediglich seinen Geist stärken. Er brauchte ihre

Macht nicht mehr dadurch aufzunehmen, daß er ihre Skalps trug.

Der Schnee wirbelte durch die zerschossene Kabine zu Traggeo hinein. Das Innere der Schneekatze sah nicht anders aus als die Umgebung draußen. Doch immerhin bewegte sie sich, und nach zermürbenden zehn Minuten konnte er endlich einen kurzen Blick auf den großen Lastzug zweihundert Meter vor ihm werfen.

Traggeo zwang die Schneekatze zu noch höherer Geschwindigkeit, und die Raupenketten gehorchten. Die Entfernung verringerte sich auf hundert Meter, dann auf fünfzig, und der hintere Anhänger war nun durch den Sturm immer deutlicher auszumachen.

Als er auf zwanzig Meter heran war, schlängelte sich der zweite Anhänger über den glitschigen Boden. Traggeo kam mit der Schneekatze immer näher. Dann berührte sie mit der Nase die hintere Stoßstange des Gefährts. Der Anhänger rüttelte kurz und beruhigte sich wieder. Traggeo trat das Gaspedal durch.

Die Schneekatze machte einen Satz nach vorn und blieb an der Anhängerkupplung hängen. Traggeo überprüfte seine Pistole vom Kaliber 0,45 und das Messer, dann zog er sich durch das zerfetzte Dach der Schneekatze hoch. Er stieg auf die Motorhaube und sprang zum Dach des Anhängers hinauf. Seine Handschuhe hätten die Kante fast verfehlt, doch er schaffte es, sich daran hochzuziehen. Johnny Wareagle war jetzt nur noch knappe dreißig Meter entfernt, und Traggeo machte sich auf den Weg über das Dach des schneebedeckten Lastzugs.

McCracken hatte auf der Mall gerade die Hälfte der Strecke zwischen dem Kapitol und dem Washington Monument erreicht, als die ersten Delphi-Truppen von der Constitution Avenue aus in seine Richtung vorstießen. Er suchte hastig die Umgebung nach einer Deckung ab. Die Hinterseite des Smithsonian-Museums für Luft- und Raumfahrt war dreißig Meter entfernt, und er lief darauf zu, wobei er eine Garbe aus der SAW benutzte, um die Fensterfront zu zerschießen und sich einen Weg nach innen freizumachen.

Der Aufbau des Museums gab ihm wieder einen leichten Hoffnungsschimmer. Es bot viele Möglichkeiten, sich zu verstecken, und würde ihm eine ähnliche Guerillataktik erlauben, wie sie die Midnight Riders in der ganzen Stadt angewandt hatten. Er suchte zwischen den verschiedenen Ausstellungsstücken zur Geschichte der Luftfahrt nach einer Stelle, an der er seinen ersten Hinterhalt legen konnte.

Ein großes Poster lenkte seine Aufmerksamkeit in eine Abteilung des Museums, die dem Vertikalflug vorbehalten war. Es warb für eine Sondervorführung, die täglich veranstaltet wurde. Blaine betrachtete interessiert das Foto. Er ging näher heran und erkannte, daß seine beste Überlebenschance vielleicht darin bestand, eine unangekündigte Flugdemonstration durchzuführen.

Colonel Tyson Gash landete im West Potomac Park und warf den Fallschirm zwischen der letzten seiner schwarzgekleideten Kommandoeinheiten ab. Trotz der logistischen Einschränkungen hatte er es bewerkstelligt, ein fünfhundert Mann starkes Kontingent auf den Konfliktschauplatz zu bringen, was etwa ein Drittel der Gesamtstärke der Polizeibrigade war. Dieselben Einschränkungen hatten eine massive Luftunterstützung verhindert. Die Brigade verfügte über eine eigene Flotte von Apache-Angriffshubschraubern, die für eine solche Aktion wie maßgeschneidert waren. Doch der Einsatz der Apaches erforderte umfangreiche Startvorbereitungen, die in der kurzen Zeit und unter den gegebenen Umständen nicht durchzuführen waren.

Trotz dieses Nachteils verfügte die Brigade über andere schwere Waffen, und zwar dank LAPES. LAPES stand für Low Altitude Parachute Equipment Setup und war der wichtigste Bestandteil für die Durchführung eines Gegenschlags, wie ihn die Polizeibrigade trainiert hatte. In den Jahren des Zweiten

Weltkriegs, als Gash noch ein kleiner Junge gewesen war, erreichte die Todesrate bei Fallschirmlandungen oftmals besorgniserregende achtzig Prozent. Der Grund dafür bestand nicht etwa darin, daß sie bereits in der Luft unter Beschuß gerieten, sondern daß sie der Ausrüstung, mit der der Feind sie am Boden erwartete, hoffnungslos unterlegen waren. Dementsprechend hatten die Militärplaner einige Projekte entwickelt, die diesen Nachteil ausgleichen sollten und letztlich in LAPES einflossen.

Gash sah zu, wie eine neue C-130-Staffel über dem Potomac beidrehte. Das erste Flugzeug hätte beinahe die Spitze des Lincoln Memorial geschrammt und ging dann bis auf zwei Meter über der Grasfläche des West Potomac Park hinab. Damit begann die Aufgabe eines Offiziers an Bord, der den Titel Lademeister trug. Der Lademeister hatte kurz vorher die Heckklappe der C-130 geöffnet. Als die Maschine jetzt zwei Meter über dem Boden flog, löste er einen Fallschirm aus, der sich fünfundzwanzig Meter hinter der C-130 öffnete. Dieser zog einen zweiten, wesentlich größeren Fallschirm aus der Ladeluke, der sich ebenfalls öffnete. Der wiederum war an einem M-551-Sheridan-Panzer befestigt, den er durch seine Bremskraft aus dem Frachtraum zog. Der aus Aluminium bestehende Panzer für Blitzangriffe schlug auf dem Boden auf und blieb stehen. Er war sofort einsatzbereit und mit einem 110-mm-Hochgeschwindigkeitsgeschütz und Shillelagh-Raketen bestückt. Das Team, das seine Besatzung bilden sollten, war bereits eine Minute später an Bord und startete den Sheridan.

Drei weitere C-130-Maschinen warfen ebenfalls Sheridan-Panzer ab, gefolgt von zusätzlichen LAPES-Anflügen, die ein halbes Dutzend Humvees im Park verteilten, die mit panzerbrechenden TOW-Raketen ausgerüstet waren. Nach dem Abwurf standen die Piloten vor dem Problem, die Nasen ihrer Maschinen schnell genug hochzuziehen, um den Bäumen am Parkrand auszuweichen. Jeder von ihnen löste diese wagemutige Aufgabe und kehrte zu einem Versammlungspunkt in der Luft zurück, um auf weitere Befehle zu warten.

Colonel Tyson Gash sah auf die Uhr. Die Polizeibrigade hatte die gesamte Landeaktion in knapp neun Minuten geschafft – das waren sogar drei Minuten weniger als ihre bislang beste Übungszeit. Ohne weitere Verzögerung folgten die Besatzungen der Fahrzeuge den Anweisungen, die sie bereits auf dem Herflug vom Stützpunkt erhalten hatten, und machten sich auf den Weg zu ihren Einsatzgebieten. Die übrigen Truppen begannen ebenfalls auszuschwärmen. Gash übernahm persönlich das Kommando über die Einheit, die die Mall besetzen sollte.

Er verzog das Gesicht, als er seine Männer in Richtung des zerstörten Washington Monument führte. Er überlegte, daß man das Monument vielleicht gar nicht restaurieren sollte, wenn die Sache vorbei war, sondern es in dem jetzigen Zustand belassen müßte, als Mahnmal für die Schlacht von Washington.

Und für die Soldaten, die sich bereitmachten, sie zu gewinnen.

Traggeo kroch weiter über das rutschige Dach des zweiten Anhängers. Der Sturm zerrte erbarmungslos an ihm, und mehr als einmal befürchtete er, der Wind würde ihn auf die Straße oder gar in den Abgrund werfen. Mit Kraft und Willensstärke schaffte er es, sich auf dem eisüberkrusteten Dach festzuhalten.

Die gefährlichste Aktion würde der Sprung über fast zwei Meter auf den ersten Anhänger werden. Nachdem Traggeo es ohne größere Probleme geschafft hatte, machte er sich mit neuer Zuversicht auf den Weg über das Dach des vorderen Anhängers. Das Geräusch seiner Schritte wurde durch die Schneedecke geschluckt. Schnell kam die Zugmaschine in Sicht, und er machte sich zum letzten Angriff bereit.

Der Bergpaß schien aus einem einzigen glitschigen S zu bestehen. Wareagle hielt die Geschwindigkeit des Lastzugs möglichst konstant und versuchte, die Kraft des Sturms auszugleichen. Er schien einen Waffenstillstand mit Wind und Schnee geschlossen zu haben, der es ihm erlaubte, sich auf die vielen Kurven der

Straße zu konzentrieren. Jede Bewegung des Lenkrads war zu einem aufreibenden Abenteuer geworden, wenn er darauf wartete, ob die Reifen auf der Straße blieben.

Die Überreste der Windschutzscheibe hatten sich durch den warmen Atem von Sal und Johnny beschlagen. Johnny beugte sich in regelmäßigen Abständen immer wieder vor, um die Feuchtigkeit abzuwischen, bevor sie sich in eine undurchsichtige Schicht auf dem Glas verwandelte.

Er fuhr gerade mit dem Ärmel über ein Stück der Scheibe, als ein Handschuh das Glas unmittelbar daneben durchschlug und seinen Unterarm packte. Ein schneller Ruck riß seinen Oberkörper durch das Fenster auf die Motorhaube der Zugmaschine.

»Verdammt!« brüllte Sal Belamo, zog seine Waffe und suchte nach einem Ziel.

»Das Steuer!« schrie Johnny Sal zu, als das Gespann ins Trudeln geriet. »Übernimm das Steuer!«

Johnny drehte sich um und sah Traggeo, der ihn mit einem bösen Grinsen von oben anstarrte. Der Killer hielt ihn immer noch mit dem linken Arm fest, während sein rechter mit einem großen Messer herabfuhr. Wareagle erinnerte sich an die Wunde, die sein eigenes Messer vor fünf Tagen an diesem Arm verursacht hatte, und konterte mit einem Schlag auf genau dieselbe Stelle. Traggeo heulte vor Schmerz auf und riß das Messer wieder nach oben.

Johnny kam hoch und packte den Killer an der Jacke, um ihn vom Dach zu zerren. Doch in diesem Augenblick begann das Gespann wie verrückt zu schlingern und kollidierte mit der Bergwand. Die zwei Männer wurden getrennt und vorwärts geschleudert.

Sal Belamos Finger hatten das Lenkrad erst Sekunden vorher in den Griff bekommen, aber er konnte kaum etwas sehen, weil der große Indianer ihm die Sicht versperrte, so daß er das Fahrzeug nicht mehr unter Kontrolle bringen konnte. Daher sah er ihre einzige Chance darin, es vom Abgrund wegzusteuern. Sal wußte, daß die Bremsen nicht greifen würden, und ihm war klar, was kommen würde, bevor er spürte, wie die Räder blockierten.

Der Lastzug schlitterte seitwärts über die weiße Straße. Die Beifahrerseite nahm die größte Wucht des Schlags auf, während Sal in der Kabine durchgeschüttelt wurde. Belamo versuchte, an seine Waffe zu gelangen, als der Lastzug vom Berg zurückprallte und umkippte. Die zwei Anhänger schwankten, kurz bevor auch sie auf die Seite fielen und eine dichte Schneewolke aufwirbeln ließen. Sal versuchte sich zu erheben, um zu sehen, was aus Johnny geworden war. Aber sein Bein war unter dem Sitz eingeklemmt, so daß er sich nicht von der Stelle rühren konnte und seine Waffe somit nutzlos war.

»Verdammt!« brüllte er.

Johnny Wareagle sprang unterdessen aus der Schneewehe auf, in der er gelandet war. Er entdeckte Traggeo, der nicht weit vom Straßenrand entfernt auf die Beine zu kommen versuchte, und bewegte eine Hand zum Gürtel, um Duncan Farlowes Peacemaker-Colt zu ziehen. Aber er griff ins Leere. Er hatte die Pistole beim Sturz in den Schnee verloren.

Fünf Meter entfernt zog Traggeo eine 0,45er-Pistole, die den Sturz in seiner Jacke gut überstanden hatte, und Johnny warf sich nach vorn. Ein Tunnel schien sich vor ihm zu öffnen und ihn einzusaugen, denn der Abstand verringerte sich schneller, als es eigentlich hätte möglich sein dürfen. Johnny gelangte nicht zu Traggeo, aber er erreichte die Pistole und trat sie dem Killer aus der Hand. Dann verspürte er einen Stich an seinem rechten Handgelenk, als Traggeo es schaffte, mit seinem fünfundvierzig Zentimeter langen Messer auszuholen.

Wenn Johnny versucht hätte, auf seinen Fußtritt einen zweiten folgen zu lassen, hätte die Messerklinge ihn getroffen. Aber die Geister, die im Sturm zu ihm sprachen, hatten ihm einen guten Rat gegeben, so daß er bereits wieder zurückwich, um sein eigenes Messer zu ziehen.

Der wahnsinnige Killer grinste, und seine Zähne schienen weißer als der Sturm. Die beiden Riesen standen knietief im Schnee und umkreisten sich langsam mit vorsichtigen Bewegungen. Der umgestürzte Lastzug blockierte die Straße in Fahrtrichtung, und die Anhänger versperrten den Weg nach hinten. Somit hatten sie nur eine kleine Schneefläche als

Kampfplatz, die kaum größer als hundertfünfzig Meter im Quadrat war.

Johnny hätte wissen müssen, daß seine Reise ihn irgendwann wieder mit dem Killer zusammenbringen würde, nach dem er suchte, um den Namen seines Volkes reinzuwaschen. Der Kreis schloß sich immer wieder von neuem. Die Verfolgung Traggeos hatte ihn auf die Spur von Delphi gebracht. Und die Verfolgung Delphis hatte ihn wieder zu Traggeo geführt.

Traggeo hielt das Messer hoch. Er machte lange und vorsichtige Schritte. Wareagle hielt sein Messer auf Bauchhöhle, während sich seine Füße im Schnee mit kurzen, gleitenden Bewegungen überkreuzten. Traggeo sah als erster die Chance zu einem Angriff und machte einen Satz, wobei er sein Messer von oben herabfahren ließ.

Johnny wich dem Vorstoß aus, der nur als Ablenkung für Traggeos eigentlichen Angriff dienen sollte. Er sah den kommenden Tritt voraus und stoppte ihm mit einem Schlag auf das Knie. Der wahnsinnige Killer knurrte vor Schmerz.

Traggeo trat vorsichtig mit dem verletzten Bein auf und verzog das Gesicht, während er zurückwich. Er hatte Schwierigkeiten, wenn er das Bein belastete, und verlagerte sein Gewicht, um diese Körperseite zu schützen. Johnny wußte, daß er jetzt im Vorteil war, aber er mußte die Chance nutzen, bevor Traggeo den Schmerz unterdrückt hatte.

Er griff an und blockierte Traggeos Verteidigungsschlag mühelos mit seiner Rechten. Traggeo schaffte es, sich im letzten Augenblick wegzudrehen, so daß die Klinge nur seine Schulter streifte. Er kämpfte den Schmerz nieder und schlug Johnny mit dem Handrücken ins Gesicht. Wareagle geriet ins Taumeln und war so lange geblendet, daß Traggeo einen Messerhieb nach oben anbringen konnte, der genau auf Johnny Kehle zielte. Johnny konnte dem Hieb mit einem Sprung nach hinten ausweichen, worauf er schwankend mit den Fersen am Abgrund stand.

Traggeo erkannte sofort die gefährliche Lage, in die Wareagle sich selbst gebracht hatte, setzte aber nicht sofort nach, wie die meisten es getan hätten. Statt dessen schob er sich langsam vor, wobei er damit rechnete, daß Johnny auf der Kante irgendwann das Gleichgewicht verlieren würde. Da er sich nicht nach hinten bewegen konnte, mußte Wareagle seitlich durch den trügerischen Schnee ausweichen, der jeden Augenblick unter ihm nachgeben konnte. Traggeo sah, wie Johnnys Füße sich unsicher vortasteten, und wartete mit seinem nächsten Angriff, bis der unvermeidliche Ausrutscher kam.

Die leichte Beugung, die er in einem von Wareagles Knie entdeckte, war das Signal zum Losspringen.

Wareagle sah Traggeos Messer auf sich zukommen und versuchte, sich aus der Zielrichtung zu winden. Der Abgrund erlaubte ihm jedoch nicht die Freiheit, die er für diese Bewegung gebraucht hätte, so daß ihm die Klinge in die rechte Seite fuhr. Traggeo riß sie zurück, und Blut spritzte auf den weißen Schnee.

Das Grinsen des wahnsinnigen Killer wurde immer breiter. Er setzte zum tödlichen Angriff an.

Johnny vollführte auf der Kante eine Drehung, und diesmal sauste das Messer an ihm vorbei, ohne ihn zu berühren. Traggeo versuchte es zurückzuziehen, doch Johnny hatte bereits sein Handgelenk gepackt. Seine Hoffnung bestand darin, daß der Killer sich um jeden Preis losreißen wollte. Johnny mußte sich nur festhalten, um auf festen und sicheren Boden zurückgezogen zu werden. Doch statt dessen richtete Traggeo seinen Schwung weiter nach vorn. Johnny ließ das Handgelenk des Killers los. Sein ohnehin unsicherer Stand geriet immer mehr aus dem Gleichgewicht, bis sein linker Fuß von der Felskante rutschte.

Als Traggeo diese Wendung bemerkte, versuchte er einen hinterhältigen Hieb nach dem Skalp, den er so verzweifelt für sich haben wollte. Als Johnny sich darunter wegduckte, rutschte auch sein rechter Fuß ab, und der Indianer stürzte die Bergwand hinunter ins weiße Nichts.

Letztlich hatte die Opposition Samuel Jackson Dodds letzten Schachzug bestimmt. Dodd konnte es nicht ertragen, die Fallschirmtruppen in der Stadt mit ihren Panzern und Humvees zu beobachten, noch bevor die ersten Gefechte sich für die Delphi-Truppen als vernichtend erwiesen. Die Neuankömmlinge waren wilde und hervorragende Soldaten, die kaum ihre Begeisterung verbergen konnten, endlich ihre tödliche Aufgabe erledigen zu können.

Die Satellitenübertragung zeigte, wie einer seiner Panzer von einer TOW-Rakete zerfetzt wurde, die von einem der Humvees abgeschossen worden war, während die übrigen M-1-Panzer noch mit Erfolg wichtige Ziele in der Stadt beschossen. Doch irgendwann würden alle seine Panzer das Schicksal des ersten teilen. Und den größeren Konzentrationen von Delphi-Truppen erging es kaum besser, da die schnellen Sheridans die mühelos aufrieben und sie immer wieder zum Rückzug zwangen.

Seltsamerweise schienen sich diese geisterhaften Rettungstruppen kaum mehr um die Unversehrtheit der Stadt zu kümmern als seine eigenen Truppen. Ihre Sheridans schossen Löcher in jedes Gebäude, das Delphi-Angehörige als Deckung benutzten. Und die Shillelagh-Raketen waren ebenso rücksichtslos wie ihre 110-Millimeter-Geschütze.

Die Schlacht war so gut wie entschieden. Mit jeder weiteren Ausbreitung der Geistertruppen über die Stadt wurde es für sie zu einer simplen Aufräumaktion. Die Delphi-Truppen waren durch ihre Auseinandersetzung mit McCrackens Guerillas viel zu sehr geschwächt.

Somit hatte Dodd keine andere Wahl, als das elektronische Satellitensignal auszulösen, durch das die letzte Möglichkeit aktiviert wurde, die ihm noch blieb, seine letzte Chance, den beabsichtigten Erfolg des Tags Delphi zu sichern. Rot erleuchtete Ziffern über dem Monitor begannen von zwanzig Minuten an rückwärts zu zählen.

Sam Jack Dodd beobachtete, wie die Sekunden vergingen, und wartete.

Die Ausrüstung und das Training der Polizeibrigade war auf einen ganz anderen Feind ausgerichtet als den, mit dem sie es jetzt zu tun hatte. Alle Einsatzpläne sahen ausgeklügelte Terroristenanschläge und sogar vom Feind angezettelte Aufstände vor, bei denen auch mit dem Einsatz nuklearer Waffen gerechnet werden mußte. Somit waren drei der Humvees der Brigade mit den neuesten Spürgeräten für Atomwaffen ausgerüstet, um mögliche Bomben in der Stadt zu lokalisieren.

Die Systeme waren so ausgelegt, daß bei einer Meldung alle drei Humvees die Ortung anzeigten. Da er überhaupt nicht damit rechnete, bemerkte der Fahrer des vordersten Humvees das rote Blinken auf der Anzeige seines Armaturenbretts erst nach einer ganzen Minute.

»Was, zum Teufel . . .?«

Er klopfte mit einem Finger gegen die Anzeige, dann mit zweien, in der Hoffnung, sie würde dadurch erlöschen. Als sie weiterblinkte, griff er nach seinem Funkgerät.

»Tracker Eins an Einsatzleitung«, rief er. »Bitte kommen, Einsatzleitung!«

Nach einer kurzen Neuformation der Truppen stürmten über hundert Delphi-Soldaten das Museum für Luft- und Raumfahrt auf der Jagd nach McCracken. Diesmal sollte nichts dem Zufall überlassen werden. Da sie damit rechneten, das McCracken auf die größte Gruppe wartete, um sie im Schußhagel seiner Waffe niederzumachen, waren sie an mehreren Stellen in kleinen Gruppen eingedrungen. Die Truppen rückten in langgestreckter Formation durch das Erdgeschoß des Museums vor. Ein paar von ihnen würden vielleicht erschossen werden, aber dadurch würde ihr Opfer letztlich seine Position verraten. Sekunden später würde der Rest ihn eingekesselt haben.

Ein Drittel der Delphi-Truppen stieg zum ersten Stock hinauf, falls McCracken dort eine strategisch günstige Stellung bezogen hatte. Aber das schnelle und tödliche Feuer, mit dem sie rechneten, kam nicht. Das machte sie immer nervöser. Sie wußten, daß McCracken im Gebäude war. Sie mußten nur nach ihm suchen.

Die Truppen zogen sich weiter auseinander, um Nischen,

Winkel, Toiletten und Souvenirläden in die Suche einzubeziehen. Ein Gruppe durchkämmte sogar den Kinosaal, während sie fast damit rechnete, McCracken würde sie durch die große Leinwand anspringen.

Aber nichts dergleichen geschah.

Die Truppen im oberen Stockwerk hörten als erste das Summen. Als sie endlich die Quelle des Geräuschs ausgemacht hatten, hatte eine wirbelnde Gestalt über ihnen mit einer Maschinenpistole das Feuer eröffnet. Sie mähte Dutzende von ihnen nieder und zeichnete eine orangefarbene Spur durch die oberen Räume des Museums.

McCracken hatte sich auf dem Rumpf einer alten Douglas DC-3 versteckt, während die Truppen im Museum ausschwärmten. Als er sich endlich in die Dunkelheit erhob, streifte er fast die Decke des Museums. Er achtete darauf, daß der Gurt mit tausend Schuß sicher über seinem linken Arm lag, und drückte dann mit der linken Hand auf den Kontrollknopf des Hoppi-Copters. Der Rotor des Einmannhubschraubers begann sich zu drehen, und Blaine neigte sich, um seinen Angriff zu starten.

Der Hoppi-Copter war 1945 von Pentecost entwickelt worden, um Fußsoldaten über ansonsten undurchdringliches Terrain zu bringen. Nur zwanzig Stück waren gebaut worden, und das Militär gab den Hoppi bald auf, weil er zu schwerfällig und kostspielig war. Ein Prototyp war hier im Museum gelandet, wo das Poster, das Blaine vor wenigen Minuten gesehen hatte, verkündete, daß er vollständig restauriert war und für tägliche Vorführungen genutzt wurde.

Ohne das Vehikel voll auszutesten, war McCracken in die Ausstellung über den Vertikalflug gehastet und hatte es sich umgeschnallt.

Der Hoppi-Copter war in der Tat recht schwerfällig. Im Prinzip bestand er lediglich aus einem Stahlkäfig, an dem ein einziger Rotorflügel mit einer stolzen Länge von hundertdreißig Zentimetern angebracht war. Der relativ kleine Motor war an der Hinterseite des Käfigs befestigt und drückte Blaine in den

Rücken, nachdem er sich hineingezwängt und die Riemen festgeschnallt hatte. Der Hoppi war klobig und schwer, was mit dazu beigetragen hatte, ihn von jeder weiteren Verwendung auszuschließen. McCracken konnte sich nicht vorstellen, daß er für schwieriges Gelände geeignet war, aber in den großen Hallen des Museums für Luft- und Raumfahrt würde er seine Zwecke erfüllen.

Der Hoppi besaß einen einzigen Kontrollknopf, der in den Griff eingebaut war, den Blaine in der linken Hand hielt. Der Druck auf den Knopf regulierte die Geschwindigkeit des Rotors und damit die Flughöhe der Maschine. Die Richtung wurde dadurch bestimmt, wie der Pilot seinen Körper und insbesondere seine Beine neigte.

Er war nicht komplizierter als andere Maschinen, mit denen Blaine bereits zurechtgekommen war, und er hatte alles Notwendige darüber gelernt, während er schnell auf die DC-3 geklettert war. Er ließ den Motor laufen und hoffte, das das tiefe Summen keine Aufmerksamkeit erregte. Als sich dann der Feind in der weiten Formation näherte, die er erwartet hatte, drückte er den Knopf und hob ab. Er begann sofort zu feuern, als er über der ersten Reihe der Delphi-Truppen schwebte.

Die Ausstellungsstücke des Museums rauschten verschwommen an ihm vorbei, während er seine SAW rotieren ließ, um sämtliche Truppen im Regen seiner Geschosse zu vernichten. Dann stieß er fast mit der Spitze einer Trägerrakete zusammen und mußte seinen Körper heftig hin und her bewegen, um nicht gegen ein Modell des Space Shuttles und dann den Prototyp des X-15-Flugkörpers der NASA zu stoßen.

Er feuerte praktisch ohne jede Pause, weil er den Männern unter sich keine Gelegenheit geben wollte, sich neu zu formieren oder ihre Waffen auf ihn zu richten. Der Patronengurt glitt über seinen linken Unterarm und schürfte seine Haut durch den Ärmel auf. Die SAW war leicht genug, um diese Aktion mühelos durchzuführen, und nach seinen ersten Beinahezusammenstößen entwickelte er ein gewisses Geschick, den Hoppi mit der linken Hand zu steuern und mit der rechten gleichzeitig die SAW zu bedienen.

Die restlichen Feindtruppen waren völlig verwirrt, als er höher stieg und die Stahlträger streifte, die das Glasdach des Museums stützten. Sein folgender Angriff war ein klassisches Abtauchmanöver, das ihn unter die Galerie des ersten Stock brachte. Das letzte Aufgebot der Delphi-Truppen wandte sich mit einem ungezielten Rückzugsfeuer zur Flucht. McCracken erwiderte es mit einer Salve, die das Glas auf der Seite zur Independence Avenue zersplittern ließ und ein weiteres Dutzend Tote über den Boden verstreute.

Die wenigen Truppen im ersten Stock starteten einen neuen Angriff auf ihn. McCracken zog sofort nach oben über ihre Köpfe und schaffte es, eine letzte Salve aus der SAW abzufeuern, als der Motor des Hoppi plötzlich wegen Treibstoffmangels zu stottern begann. Er erreichte noch rechtzeitig den Boden, bevor er völlig den Geist aufgab. Dann löste er schnell die Riemen, um sich vom Gewicht des Hoppis zu befreien.

McCracken drehte sich um, als auf der Rückseite des Museums erneut das Geräusch zersplitternden Glases zu hören war. Ein weiterer Trupp stieß vor, der ganz in Schwarz gekleidet und bis an die Zähne bewaffnet war. McCracken ließ die SAW sinken und lächelte.

»Nicht schießen!« befahl eine altbekannte Stimme, und die Truppen, die zur Polizeibrigade gehören mußten, blieben stehen. »Wir sind Verbündete.«

Im Licht der Scheinwerfer an den M16-Gewehren tauchte eine unförmige Gestalt auf, die auf einer nicht angezündeten Zigarre kaute.

»Niemand außer Ihnen hätte das hier fertigbringen können, McCrackensack«, grinste Colonel Tyson Gash und schob die Zigarre vom linken in den rechten Mundwinkel.

»Sieht so aus, als hätten wir endlich einmal die Gelegenheit zur Zusammenarbeit, Colonel.«

»So wie ich es sehe«, sagte Gash, während er immer noch näherkam, »ist es an der Zeit, daß ihr beide euch der Polizeibrigade anschließt.«

»Ich dachte mir schon, daß Johnny euch besucht hat«, gab Blaine zurück und gestattete sich ebenfalls ein Lächeln.

»Noch ist es zu früh für die Siegesfeier, Captain«, warnte Gash. »Wir haben immer noch einen ziemlichen Haufen Probleme vor uns.«

Neununddreißigstes Kapitel

McCracken und Gash liefen an der Spitze der Truppe, wobei sie den verstreuten Toten auswichen, die Blaine im Museum für Luft- und Raumfahrt zurückgelassen hatte. Eine Humvee stand mit laufenden Motor direkt vor dem Eingang des Museums an der Independence Avenue.

»Wir haben eine positive Ortung, Sir«, sagte ein Soldat, der ihnen entgegengelaufen kam, zu Gash.

»Wo?« fragte der Colonel, der noch immer auf seiner Zigarre kaute.

»Im Lincoln Memorial, Sir.«

»Mist.«

»Was für eine Ortung?« wollte Blaine wissen.

»Eine Atombombe, Captain. Wir sollten uns besser auf den Weg machen.«

Ben Samuelson wurde immer verzweifelter, während er wahllos in die Gegend schoß. Nur noch drei Mitglieder der Geiselrettungseinheit waren auf Posten, die übrigen waren verwundet oder tot. Die Schlacht hatte auch das Leben einiger Spezialagenten gekostet, die ihre Plätze eingenommen hatten. Und unter ihnen brannte das Hoover-Gebäude. Die Sprinkleranlage bekämpfte ein Feuer, das durch den ständigen Beschuß von einem M-1-Panzer, der am FDR Memorial Drive stationiert war, immer wieder neue Nahrung erhielt. Jede Granate erschütterte das Gebäude und ließ Betonstaub herabrieseln. Die

Sicherheitstüren waren zertrümmert, und in jedem Augenblick würden die Truppen auf der Straße mit dem Sturmangriff beginnen. Samuelson hatte entschieden, daß ihm nur noch die Möglichkeit blieb, sich bis zum Ende zu verteidigen. Die Stadt war eingenommen worden, und das FBI-Präsidium würde mit ihr fallen.

Weiteres Geschützfeuer schlug in das Gebäude. Eine Granate traf das oberste Stockwerk, auf dem er sich befand, und dann eine zweite. Samuelson sah, daß weitere seiner Männer mit schweren Verletzungen, von denen einige tödlich sein würden, zu Boden gingen.

»Verdammter Mist!« stöhnte er.

Er ließ ein neues Magazin in seine M16 einrasten, richtete sie auf den Panzer auf der Straße und eröffnete das Feuer.

Der Geschützturm des M-1 explodierte mit einem grellen Lichtblitz, und der Panzer neigte sich zur Seite.

Samuelson stellte das Feuer ein und sah verwundert auf seine M16.

Eine zweite Explosion erklang auf der anderen Seite des M-1 und hob den brennenden Panzer ein Stück an, bevor er umkippte.

Was, zum Teu . . . ?

Schwarzgekleidete Truppen schwärmten auf den Platz und eröffneten das Feuer auf die Deckung der Delphi-Truppen, die durch Feuerkraft und Geschick überwältigt wurden. Einen Augenblick lang dachte Samuelson an die andere Gruppe Verbündeter, die vor einiger Zeit bei einer ähnlichen Aktion umgekommen war. Aber diese Truppen waren anders. Er konnte es an der selbstsicheren und koordinierten Art erkennen, wie sie sich bewegten. Die Verbitterung auf den Gesichtern der übriggebliebenen Verteidiger um ihn herum verwandelte sich in Fassungslosigkeit und dann in Freude. Jubel löste das unheimliche Getöse der Waffen ab, als der Feind unter ihnen in einer großangelegten Aktion niedergemacht wurde.

Samuelson verzichtete darauf, in den Jubel einzustimmen, denn er wurde von einer bohrenden Frage geplagt.

Wer, zum Teufel, waren diese Leute?

Nicht einer der Midnight Riders im Weißen Haus hatte die Schlacht unbeschadet überstanden. Bis auf ein paar einzelne Patronen in ihren Pistolen war ihnen vor ein paar Minuten die Munition ausgegangen. Diejenigen, die sich noch bewegen konnten, hatten sich zu Kristen Kurcell und Arlo Cleese im Hintergrund des Foyers gesellt. Cleese hatte einen neuen Joint angezündet und reichte ihn herum.

Die meisten nahmen einen Zug.

Die Delphi-Truppen würden jeden Moment das Weiße Haus stürmen. Wenn sie hier ruhig und entspannt sitzen blieben, konnten sie vielleicht noch ein paar von ihnen überraschen.

Plötzlich waren draußen von neuem Schüsse zu hören. Die Riders blickten sich verwundert aus rauchgetrübten Augen an und überlegten, ob sie jemanden vermißten. Doch selbst wenn es so gewesen wäre, zeigte die Heftigkeit der Schießerei an, das keinesfalls nur eine einzige Person und auch keine kleine Gruppe dafür verantwortlich sein konnte. Das hier war etwas ganz anderes, eine ganz neue Schlacht. Kein einziger der Rider hatte noch genügend Kraft oder Entschlossenheit, um nachzusehen, was vor sich ging.

»Was ist da los?« brummte einer.

Ein paar Sekunden später hörten und spürten sie, wie die verbarrikadierte Vorderseite aufgesprengt wurde. Exakte und professionelle Befehle wurden gerufen. Schwere Schritte dröhnten durch den Korridor, bis ein Stiefelpaar sich dem Eingang näherte, der in das hintere Foyer führte. Dann schob sich der Lauf einer M16 durch die Tür.

»Was ist denn hier los?« fragte ein Mann, der vollständig in Schwarz gekleidet war, von den Schuhen bis zum verdreckten Gesicht.

»Eine Party, Soldat«, sagte Cleese, der allmählich begriff, was wirklich geschah. »Und du bist unser Ehrengast.«

Traggeo blieb einen Augenblick lang an der Klippe stehen, nachdem Johnny abgestürzt war, und suchte im Abgrund nach ihm. Als er durch den Sturm nichts erkennen konnte, wußte er, daß er die Legende besiegt hatte. Ohne die Trophäe in Form von Wareagles Skalp war der Triumph zwar unvollständig, aber es wartete noch eine andere Beute auf ihn.

Traggeo schlitterte den Bergpaß entlang zum hinteren der beiden umgestürzten Anhänger, um den Zustand der tödlichen Fracht zu überprüfen. Es blieb nur ein knapper Meter Platz bis zum Abhang, so daß er sich sehr vorsichtig bewegte. Mit seinem Messer konnte er den Verschlußmechanismus der hinteren Ladetür aufbrechen. Die Führungsschienen mußten sich beim Sturz leicht verzogen haben, denn es war ziemlich schwierig, die Tür hochzuschieben. Als Traggeo es schließlich geschafft hatte, blickte er in den Laderaum.

Er war leer. Die grünen Container waren verschwunden.

Traggeo blinzelte, weil er seinen Augen nicht traute. Ein unbestimmtes Gefühl veranlaßte ihn, vom Anhänger zurückzutreten und in den Sturm hinauszublicken. Er zitterte.

Dort stand eine Erscheinung, der Geist von Johnny Wareagle, so weiß wie der Sturm. Aber dieser Geist hielt einen Revolver aus einem anderen Jahrhundert in der Hand. Sein Gesicht war zerkratzt und blutig. Der Arm, der nicht die Waffe trug, hing tiefer als der andere. Eine gefrorene rote Stelle glänzte an der Seite, wo Traggeos Messer ihn getroffen hatte.

Traggeo erstarrte und griff mit der Hand zum gleichen Messer, das an seiner Hüfte in der Messerscheide steckte, aber so, daß der Geist es nicht sehen konnte.

»Du!«

Als Wareagle über die Kante gestürzt war, hatte er drei Meter tiefer einen schmalen Felssims entdeckt. Er war mit beiden Beiden darauf gelandet und wieder abgerutscht, hatte es aber geschafft, sich mit der linken Hand an dem Vorsprung festzuhalten. Dabei hatte er sich die Schulter verrenkt, wodurch es außerordentlich schwierig geworden war, auf den Sims und dann zur Straße hinaufzuklettern. Diese Aufgabe wurde noch dadurch erschwert, daß er sich so lange am Felsvorsprung festhalten mußte, bis er sicher war, daß Traggeo nicht mehr nach ihm suchte.

Traggeo befand sich hinter dem zweiten Anhänger, als

Johnny wieder den Schauplatz betrat. Da er keinen weiteren Nahkampf riskieren wollte, suchte er im Schnee hektisch nach Duncan Farlowes Revolver und fand ihn nicht weit von der umgestürzten Karosserie der Zugmaschine. Er hatte den Peacemaker gerade erhoben, als der Mann, den er gejagt hatte, vom Anhänger zurückgetreten war und ihn erblickt hatte.

Traggeo täuschte einen kurzen Blick nach hinten vor, damit er sein Messer aus der Scheide ziehen konnte.

»Die Pfadfinder!« brummte er, um Zeit zu gewinnen.

»Sie haben mir geholfen, beide Anhänger zu entladen, bevor ich losgefahren bin.«

»Dann sind die Sprengköpfe . . .« Das Messer lag jetzt in seiner Hand, und er machte sich zum Wurf bereit.

»Ja«, führte Wareagle den Gedanken für ihn zu Ende.

Sie befanden sich noch immer in der Mine und wurden von Duncan Farlowe und den Pfadfindern vom Fähnlein 116 bewacht.

»Dann muß ich mich wieder auf den Rückweg machen«, sagte Traggeo.

Er dreht sich um und warf im nächsten Augenblick das Messer. Johnny Wareagle rührte sich überhaupt nicht. Duncan Farlowes Peacemaker bellte zweimal neben seiner Hüfte auf, und beide Kugeln trafen Traggeo in die Brust. Der Killer traute seinen Augen nicht. Aber er starrte gar nicht seine Wunden an. Nein, er sah geradeaus und fragte sich, wieso sein Messer das Ziel verfehlt hatte. Sein Wurf war gut gezielt gewesen, da war er sich ganz sicher. Dann war das Messer plötzlich verschwunden, als hätte der Sturm es verschluckt, bevor er Wareagle erreichte.

Traggeo schwankte, während seine sterbenden Augen auf Wareagle gerichtete waren.

»Geist«, sagte er und stürzte rückwärts über die Felskante.

»Noch nicht«, sagte Johnny zu seiner Leiche.

Das Bombenräumkommando der Polizeibrigade wartete auf den Stufen zum Lincoln Memorial, als Colonel Tyson Gashs

Humvee mit bereits geöffneten Türen angefahren kam. Gash lief auf die Männer zu, dicht gefolgt von McCracken.

»Sie befindet sich hier, Sir, das ist richtig«, meldete der Vorgesetzte der Einheit, ein Corporal namens Revens.

»Wo?«

»Wir haben bereits das Gebäude durchsucht, Sir, und nichts gefunden«, fuhr Revens fort, »was bedeutet, daß sie sich unter der Erde befinden muß.«

»Unter der Erde, Soldat?«

»In den Katakomben«, sagte Blaine.

Gash und die Mitglieder des Bombenräumkommandos, das für jede Art von Sprengkörpern einschließlich Atomwaffen ausgebildet war, wandten sich ihm zu.

»Das hier war früher einmal Sumpfland, Colonel«, erklärte Blaine. »Als das Denkmal gebaut wurde, mußten tiefe Tunnels und Höhlen gegraben werden, um das Gewicht zu tragen.«

»Wissen Sie auch, wie man hineingelangt, Sir?« fragte Revens ihn.

»Sobald ich einen Blick ins Innere geworfen habe.«

In der Kommandozentrale von Mount Weather hatte General Cantrell etwas getan, was ihm noch vor wenigen Stunden lächerlich vorgekommen wäre. Er hatte dem Präsidenten seine bedingungslose Kapitulation angeboten. Das reguläre Wachpersonal der Zentrale war bereits dabei, Cantrells Elitetruppe zu entwaffnen und festzunehmen. Die Geheimdiensteinheit des Präsidenten war bereits in die Kommandozentrale gebracht worden, wo sie den General in Gewahrsam genommen hatte.

»Ich möchte zurück nach Washington«, sagte der Präsident besorgt zu Charlie Byrne. »Jetzt, wo es vorbei ist, haben wir jede Menge . . .«

»Einen Augenblick«, unterbrach ihn Angela Taft, die immer noch auf den großen Bildschirm blickte. »Was geht denn da unten vor, wenn es wirklich vorbei ist?«

Ein Viertel der Bildfläche wurde von einer Horde Männer

und Fahrzeuge eingenommen, die sich um das Lincoln Memorial zusammengezogen hatten.

Samuel Jackson Dodd beobachtete die Uhr, die gerade die Acht-Minuten-Marke überschritten hatte, und wandte seine Aufmerksamkeit dann wieder dem Bildschirm zu. Die Truppen, die ihn zu dieser Kriegslist gezwungen hatten, stürmten gerade ins Innere des Lincoln Memorial. Dodd verspürte eine leichte Unsicherheit. Wenn sie von den Katakomben wußten, hatten sie noch genügend Zeit, um die Bombe zu finden. Sie zu entschärfen, war allerdings eine andere Sache. Er hatte noch eine kleine Überraschung auf Lager, um dementsprechende Bemühungen mit ziemlicher Sicherheit scheitern zu lassen.

Die Bombe würde nämlich schon bei der Zwei-Minuten-Marke detonieren statt bei der traditionellen Anzeige 0:00. Das Stadtzentrum von Washington würde in Schutt und Asche gelegt werden, wodurch es sogar noch einfacher war, das Verschwinden der führenden Politiker des Landes zu erklären. Greenbrier und Site R würden unter ihrer Kontrolle bleiben. Die Wiedererlangung der Kontrolle über Mount Weather würde im Anschluß an die Explosion erfolgen.

Sobald Dodd die Macht übernahm, mußte er die Hauptstadt natürlich völlig neu aufbauen. Die Herausforderung reizte ihn. Seine erste Handlung als Oberbefehlshaber des Landes würde ein unauslöschliches Zeichen in der Geschichte hinterlassen, während es gleichzeitig dazu diente, die Macht Delphis zu festigen und zu bestätigen.

Dodd widerstand der Versuchung, den verblüfften Insassen von Mount Weather anzukündigen, was geschehen würde. Es wäre viel wirksamer, sie damit zu überraschen und den Schock auf ihren Gesichtern zu beobachten, wenn die Explosion in weniger als sechs Minuten Washington verdampfen ließ.

Er holte einen Gesamtüberblick über das Stadtzentrum von Washington auf seinen Bildschirm an Bord der *Olympus* und lehnte sich zurück.

Die unterirdischen Katakomben des Lincoln Memorial waren mit Gehsteigen versehen, die durch hölzerne Geländer gesichert waren. Früher waren hier regelmäßige Führungen veranstaltet worden, bis Untersuchungen einen gefährlich hohen Asbestanteil nachgewiesen hatten. Da es zu aufwendig war, das Material auszutauschen, waren die Katakomben einfach geschlossen worden.

McCracken hatte den Eingang im Erdgeschoß des Denkmals entdeckt. Gashs Männer schossen die verriegelte Stahltür auf und drangen ein.

Die Dunkelheit der Katakomben wurde von einer Reihe schwacher Glühbirnen unterbrochen. Blaine hatte den Lichtschalter gleich rechts neben der zerstörten Tür gefunden. Trotz des warmen Frühlings waren die Wände unter seiner Berührung eiskalt. Je tiefer sich die Truppe vorwagte, desto zahlreicher waren die Eiszapfen und Stalaktiten, die durch hereinsickerndes und gefrierendes Wasser gebildet wurden. Sie traten durch Wasserpfützen, und angesichts der feuchten Kälte fragte sich Blaine, warum sie nicht ebenfalls gefroren waren. Er sah, wie der Atem vor seinem Gesicht zu Nebelwolken kondensierte. Revens' tragbarer Nukleardetektor blinkte und piepte jetzt gleichzeitig, und McCracken wußte, daß sie sich dem Ursprung der Signale näherten.

»Es ist gleich da vorn«, gab Revens bekannt. »Nein, Moment mal. Halt!«

»Nun?« fragte Colonel Gash.

»Jetzt nach rechts«, gestikulierte Revens. »Dort im Graben, würde ich sagen.«

Gash ging langsam voraus, bis er den angezeigten Graben erreicht hatte. In seinem Mundwinkel klemmte noch immer die nicht angezündete Zigarre.

Der Atomsprengkopf lag etwa einen Meter tief in einer Bodensenke. Man hatte sich nicht die Mühe gemacht, ihn zu tarnen, da das hundert Jahre alte Bauwerk bereits Tarnung genug war. Eine Digitalanzeige auf der schwarzen Hülle ging gerade auf die 7-Minuten-Marke zu.

»Umgebauter Artilleriesprengkopf von geringer Durchschlagkraft«, erkannte Revens und sah sich zu Blaine um. »Zweifellos einer von denen, die gestohlen wurden, wie Sie uns gesagt haben.«

»Ganz gleich, wie gering die Durchschlagskraft sein mag, sie wird ausreichen, um die Regierung für eine lange Zeit funktionsunfähig zu machen, wenn das Ding hochgeht«, erwiderte Blaine.

»Er wird nicht hochgehen, Sir«, versicherte Revens ihm, als sein Team sich mit schnellen, routinierten Bewegungen an die Arbeit machte. Werkzeuge wurden ausgepackt und Kisten entladen, die verschiedene Vergrößerungsgläser und Linsen enthielten. Es gab auch ein Gerät, das wie ein Stethoskop funktionierte, nur daß es an eine Einheit mit Digitalanzeigen und Lautsprecher angeschlossen war. Ein weiteres Gerät identifizierte er als Röntgendetektor.

McCracken wurde unruhig, weil ihm die ganze Sache viel zu einfach vorkam. Dodd hätte niemals solche Anstrengungen unternommen, wenn er nicht am Ende noch eine Überraschung parat halten würde. Irgend etwas mußte Blaine übersehen haben. Aber was?

Vielleicht eine zweite Bombe, die hochgehen würde, nachdem sie diese gefunden hatten?

Nein. Der Detektor hätte in diesem Fall zwei Anzeigen gemeldet.

»Ich kenne mich mit diesem Baby gut aus«, erklärte Revens. Er hockte jetzt im Graben und sah sich den Sprengkopf zuversichtlich an. »Wir brauchen nicht mal die gesamte Ausrüstung, um es ruhigzustellen.«

Revens drehte die hüfthohe Bombe auf die Seite und befestigte zwei Saugnäpfe am Verschlußmechanismus auf der Unterseite. Die Saugnäpfe waren an ein empfindliches Gerät angeschlossen, das wie ein Laptop-Computer aussah. Doch es handelte sich dabei um ein hochkompliziertes Entschärfungsgerät, mit dem Offiziere ihre Sprengköpfe im Notfall manuell deaktivieren konnten. Eine letzte Notsicherung in der Befehlskette.

Während Blaine zusah, huschten Ziffern über den kleinen

Bildschirm des Geräts. Dann blieben vier stehen und begannen zu blinken.

»Die Hälfte der Arbeit ist schon erledigt«, sagte Revens zu McCracken und Colonel Gash.

Die Uhr auf der nach oben gekippten Seite des Sprengkopfs sprang auf 3 Uhr 59.

Auf dem Bildschirm gesellte sich eine fünfte Ziffer zu den anderen und blinkte ebenfalls. Die nächsten zwei folgten in Abständen von fünfzehn Sekunden. Als das Gerät auch die achte und letzte Ziffer identifiziert hatte, wurde der Bildschirm bis auf die acht Zahlen leer. Revens drückte die Befehlstaste auf der Tastatur.

Die Uhr hatte 3 Uhr 20 erreicht.

Die beiden Männer links und rechts von Revens brachten ihm den Röntgen-Detektor und das elektronische Stethoskop.

»Jetzt suchen wir noch nach zusätzlichen Sicherungen, und dann öffne ich den Verschluß.«

»Nein!« sagte Blaine und sprang in den Graben. »Dieser Sprengkopf hat doch sicher eine interne Uhr, oder?«

»Ja, aber . . .«

»Das heißt also, die an der Außenseite ist völlig irrelevant!« Er drehte sich zu Gash um. »Sie soll uns zum Narren halten. Auch wenn sie zwei Minuten und fünfundvierzig Sekunden anzeigt, haben wir vielleicht nicht mehr soviel Zeit.«

»Was schlagen Sie vor, Captain?« fragte Gash.

Blaine drehte sich zu Revens um. »Öffnen Sie jetzt das Schoß.«

»Sir, wenn ich das mache und es noch eine weitere Sicherung gibt . . .«

»Diese Mühe hätten sie sich nicht gemacht. Eine zweite Uhr würde völlig ausreichen.«

Revens sah Gash an. Der Colonel nickte.

Die Uhr zeigte 2 Uhr 30 an.

Zögernd legte Revens seine Hand auf das Gehäuse, in dem der komplizierte Verschlußmechanismus untergebracht war, der die Explosion des Sprengkopfes steuerte. Nachdem er den korrekten Öffnungscode eingegeben hatte, drehte er es nach rechts. Als die Anzeige auf 2 Uhr 19 sprang, rastete es mit einem Klicken ein, und er drehte es wieder zurück nach links.

Wieder ein Klicken.

2 Uhr 13 . . .

Revens hob die Linke, um mit beiden Händen nach dem geriffelten Rand des Verschlußmechanismus zu greifen. Wenn der Sprengkopf über eine zusätzliche Sicherung verfügte, würden sie es sehr schnell erfahren.

2 Uhr 08 . . .

Revens hielt den Atem an und zog den Mechanismus zu sich heran. Er hielt ihn wie ein Baby in den Armen, als die Digitalanzeige auf 2 Uhr sprang.

EPILOG

»Dieses Land ist Ihnen zu höchstem Dank verpflichtet«, sagte der Präsident zum wiederholten Male. »Es steht tief in Ihrer Schuld.«

Drei Tage waren seit dem Ende der Schlacht von Washington vergangen, und dies war das erste Mal seit dieser Zeit, daß Blaine unter vier Augen mit den Präsidenten sprach. Der Oberbefehlshaber hatte darauf bestanden, ins Weiße Haus zurückzukehren, nachdem er nur eine Nacht in Camp David verbracht hatte. Tyson Gashs Polizeibrigade war aus Washington abgezogen worden und hatte die Aufräumarbeiten den zweiundachtzigsten Luftlandtruppen überlassen, die vier Stunden nach dem Beginn der Schlacht eingetroffen waren.

Wenn die Brigade so lange geblieben wäre, bis die Medien nach der Abschaltung von Prometheus wieder arbeiten konnten, hätte man sie als Helden gefeiert. Gash hätte die Bedingungen für seine Rückkehr in den Dienst diktieren können, nachdem man ihn verschmäht hatte. Doch die Männer der Polizeibrigade wurden vor Morgengrauen in den Andrews-Luftwaffenstützpunkt zurückgefahren, wo ihre Transportflugzeuge darauf warteten, die Truppen und ihre Ausrüstung zu ihrer Basis in Arizona zurückzubringen. Die einzigen, die den Transport nicht mitmachten, waren die wenigen Verletzten. Doch alles deutete darauf hin, daß ihr Krankenhausaufenthalt nicht von langer Dauer sein würde.

Die zweiundachtzigste diente außerdem als Rückendeckung für die Delta Force bei der Zurückeroberung von Greenbrier und Site R. Keiner der zeitweise dort Beschäftigten verstand genau, was geschehen war. Es gab zahlreiche Gerüchte, doch nur wenige Tatsachen, so daß die Wahrheit unklar blieb. Nur der Präsident, Charlie Byrne, Angela Taft und Ben Samuelson kannten die ganze Geschichte, und sie hatten nicht die Absicht, sie weiterzuerzählen.

Niemand hatte damit gerechnet, aber am Montag arbeitete die Regierung bereits wieder reibungslos. Da im Innern des Kapitols nur wenig Schaden angerichtet worden war, hielt der Kongreß bereits eine fast normale Sitzung ab, während gleichzeitig draußen die Bautrupps mit den umfangreichen Reparaturarbeiten begannen. Die Repräsentanten des Landes begannen, sich mit erneuerter Energie und Zuversicht zu streiten. In dieser Hinsicht hatte sich die Grundvoraussetzung für den Tag Delphi als falsch erwiesen. Die Regierung war stärker denn je zuvor aus dieser Krise hervorgegangen.

»Es ist noch nicht zu Ende. Es ist noch nicht vorbei«, sagte Blaine zum Präsidenten, während sie durch den Rosengarten spazierten.

»Sie spielen sicherlich auf Dodd an.«

»Was geschieht mit ihm, wenn er von seiner Raumstation zurückkehrt, Mr. Präsident?«

»Was sollte Ihrer Meinung nach geschehen, Mr. McCracken?«

»Ich würde ihn gerne persönlich empfangen, um ihm die Handschellen anzulegen und ihn wegen Hochverrats zu verhaften.«

»Worauf nach meinen Informationen immer noch die Todesstrafe steht.«

»Unter bestimmten Voraussetzungen, ja.«

Der Präsident blieb stehen. »Kann das Land einen solchen Anklageprozeß verkraften, Blaine?«

»Ich denke, das Land würde es *nicht* verkraften, wenn eine solche Anklage nicht erhoben würde.«

»In dieser Angelegenheit stimme ich nicht mit Ihnen überein, Blaine. Ich frage mich sogar, mit welchem McCracken ich gerade spreche. Mit dem, der die letzten zehn Jahre draußen verbracht hat, oder mit dem, der die letzten paar Wochen drinnen verbracht hat? Ersterer würde für Dodds Verhaftung und den größten Prozeß plädieren, den dieses Land jemals erlebt hat. Letzterer würde erkennen, daß es dieses Land zerreißen könnte, wenn das ganze Ausmaß von Dodds Plänen bekannt würde.«

»Sie machen denselben Fehler wie Dodd, Sir. Sie haben einen zu schwachen Glauben an dieses Land.«

»Vielleicht. Aber ein Prozeß würde Dodd eine Forum für

seine Ideen verschaffen, und wenn es seinen Anwälten gelingen sollte, ihn herauszuschlagen, könnte seine Position am Schluß sogar gestärkt werden. Richtig oder falsch?«

»Richtig«, stimmte Blaine zu.

»Und wir müßten uns irgendwann vielleicht noch einmal damit auseinandersetzen, wenn nicht durch Dodd, dann durch jemand anderen. Richtig oder falsch?«

McCrackens Blick war Antwort genug.

Der Präsident sah ihn nachdenklich an. »Nachdem diese Sache vorbei und erledigt ist, möchte ich, daß Sie drinnen bleiben, und die einzige Möglichkeit, wie Sie hierbleiben können, ist, genau in diesen Bahnen zu denken. Es muß eine andere Lösung für das Problem Samuel Jackson Dodd geben.«

Der Spaceshuttle *Atlantis* drückte sich gegen den Andockring der Raumstation *Olympus*. Die Insassen spürten einen heftigen Ruck, als die Verriegelung einrastete.

»Andockmanöver abgeschlossen«, gab der Pilot bekannt.

»Treten Sie ein, wenn Sie bereit sind«, begrüßte sie der Kommandant der Station.

Sam Jack Dodd hatte die Annäherung des Spaceshuttles aufmerksam verfolgt und sich gefragt, wer oder was ihn an Bord erwarten würde.

»Mr. Dodd?« rief ihn eine Stimme von der *Atlantis* über seinen Privatkanal an.

»Das klingt wie die Stimme Blaine McCrackens«, antwortete er. »Ich fühle mich geehrt, daß Sie diese Reise persönlich unternommen haben.«

»Es tut mir leid, Sie enttäuschen zu müssen, aber ich spreche von der Erde aus zu ihnen. Ich habe erst einmal genug von Weltraumabenteuern.«

»Natürlich, diese unangenehme Omega-Sache!«

»Wie ich sehe, eilt mein Ruf mir weit voraus.«

»Dann werden Sie mich bei der Landung erwarten, vermute ich.«

»Nein.«

»Dann Ihre Helfer.«

»Ebenfalls nein. Ihre Limousine wird Sie dort erwarten, wie geplant.«

Dodd grinste süffisant. »Unter diesen Umständen nehme ich an, daß Sie ein Geschäft mit mir abschließen wollen, im Namen des . . .«

»Wieder falsch. Sie scheinen heute einen schlechten Tag zu haben, Mr. Dodd.«

»Auf welcher Seite stehen Sie eigentlich, Mr. McCracken?«

»Auf der Seite all derer, die bereit sind, sich gegen Menschen wie Sie zu wehren.«

»Menschen wie *mich*? Ich sollte Sie darauf hinweisen, daß Sie sich problemlos unter meinesgleichen einreihen ließen. Schließlich wollen wir beide doch nur das Beste für unser Land.«

»Ich glaube, ich will wesentlich mehr. Zum Beispiel sicherstellen, daß die Selbstbestimmung erhalten bleibt. Das Land soll seinen Kurs selbst festlegen, Mr. Dodd. Es steht einzelnen Menschen oder Gruppen nicht zu, allen anderen ihre Vorstellungen über die Zukunft aufzudrängen. Ich habe Samstag nacht die Folgen einer solchen Politik erlebt, und ich kenne sie auch von früher. Viele Menschen sind hier völlig sinnlos gestorben, und noch viel mehr wurden verletzt. Und alle haben Angst.«

»Genau das ist es ja! Sie haben nichts verstanden.«

»Und Sie verstehen schon seit langem nichts mehr. Ein Land ist kein Geschäftsunternehmen, keine simple Versorgungseinrichtung. Es ist ein lebendes und atmendes Wesen. Wir wachsen, und wir verändern uns. Wäre der Tag Delphi erfolgreich gewesen, würde es kein Wachstum und keine Veränderung mehr geben. Es würde nur Vorschriften geben, die auf Ihren Diagnosen beruhen und kritiklos befolgt werden müßten. Tut mir leid, Mr. Dodd. Das Land mag im Augenblick durchaus sehr krank sein, aber es kann die Art von Medizin, die Sie ihm verschreiben wollen, nicht brauchen.«

Dodd schob sich zum kleinen Aussichtsfenster hinüber, bevor er antwortete.

»Für einen einfachen Killer können Sie sehr gut reden. Ich freue mich schon darauf, nach der Landung Ihre Bekanntschaft zu machen.«

»Wie ich schon sagte, ich werde nicht dort sein.«

»Sie lassen mich laufen?«

»Das habe ich damit nicht gesagt.«

»Ach, dem Land soll eine peinliche Vorführung erspart werden, stimmt's?« Dodd grinste und faßte neue Hoffnung. »Natürlich, ich hätte eher daran denken sollen.« Erneut hatte die Schwäche der Regierung ihm in die Hände gespielt. »Erwarten Sie nicht, Ihnen zu versprechen, daß ich es nicht wieder versuchen werde«, fügte er trotzig hinzu.

»Erwarten Sie nicht, daß ich Ihnen irgend etwas verspreche!«

»Nein.«

»Wir werden uns irgendwann begegnen, Mr. McCracken.«

»Nein, Mr. Dodd, das glaube ich nicht.«

McCracken besuchte gerade Kristen Kurcell im Krankenhaus, als der Spaceshuttle *Atlantis* mit Samuel Jackson Dodd an Bord landete und nur von der üblichen Wachtruppe erwartet wurde. Erstaunt, aber dennoch vorsichtig bestieg Dodd seine Limousine und wurde weggebracht. Er wußte, daß McCracken es auf ihn abgesehen hatte, und wollte darauf vorbereitet sein.

Die Kugel, die Kristen in Arlo Cleeses Lieferwagen getroffen hatte, hatte ihr Bein schwer verletzt. Am frühen Sonntag morgen war sie operiert worden, und sie hatte gerade ihre erste Therapiestunde absolviert, als Blaine am Mittwoch nachmittag zu Besuch kam. Die Schmerzen waren grausam gewesen, und die kleinste Bewegung hatte ihr plötzlich große Mühe gemacht.

»Ich habe mir schon immer einen eigenen Trainer gewünscht«, sagte sie zu Blaine. Die Falten, die die Schmerzen während der Therapie in ihr Gesicht gegraben hatten, waren immer noch sichtbar. »Du bist nicht zufällig frei, oder?«

Er setzte sich neben ihr aufs Bett und nahm ihre Hand. »Das kommt auf den Preis an.«

»Immerhin bist du ein Profi. Samstag nacht war doch nur eine Routineübung für dich.«

»Solche Aktionen sind niemals Routine. Manche sind nur einfach etwas schwieriger als andere.«

»Und diese?«

»Rangiert eindeutig unter den drei schwierigsten.« Blaine rutschte näher an Kristen heran und strich ihr übers Haar. »Aber vielleicht wird die nächste noch eine Weile auf sich warten lassen, zumindest so lange, bis ich ihr geholfen habe, dein Bein wieder in Ordnung zu bringen.«

»Das Geld wird ein Problem sein. Ich bin im Augenblick arbeitslos, falls du das vergessen hast.«

»Ich habe jetzt gute Freunde in Washington. Ich will mal sehen, was ich für dich tun kann.«

»Stelle ich mir komisch vor.«

»Freunde zu haben?«

»Zumindest in Washington. Hast du vor, hierzubleiben?«

»Kommt drauf an wie man mich behandelt«, sagte Blaine zu ihr. »Ich war hier schon mal Gast. Die Gesellschaft hat mir nicht gepaßt. Und die Company auch nicht.«

»Die Zeiten ändern sich.«

»Eigentlich nicht. Aber Menschen ändern sich, und vielleicht hat sich der Kreis wieder einmal geschlossen. Es kommt nicht darauf an, mit wem man auf die Tanzparty geht, Kris, sondern mit wem man anschließend nach Hause geht.«

Sie sah auf ihr bandagiertes Bein hinab. »Ich werde in nächster Zeit auf keine Tanzparty gehen können.«

»Dann müssen wir uns für die Zwischenzeit eine andere Freizeitbeschäftigung suchen.«

Er zog ihren Kopf zu sich heran und küßte sie.

»Suchst du etwas, Indianer?«

McCracken blieb einen Meter hinter Johnny Wareagle stehen, der eine der schwarzen Gedenktafeln am Mahnmal für die Vietnamveteranen studierte.

»Die fehlenden Namen der Männer, die mit uns gedient haben«, sagte Johnny, ohne sich umzudrehen. Eine Schlinge, die er schon gar nicht mehr benutzte, hing von seiner verletzten rechten Schulter. »Ich stand hier und habe mir vorgestellt, daß ihre Namen zusammen mit den anderen eingraviert wären, Blainey.« Schließlich drehte er sich ein Stück um. »Die Vorstellung hat mir gefallen.«

»Auch du hast noch einige Gefälligkeiten zu erwarten, Indianer.«

Wareagle sah wieder auf das Mahnmal. »Werde ich damit erreichen können, daß sie die Namen hinzufügen, Blainey?«

»Vielleicht. Die Leute hier in der Hauptstadt sind zur Zeit gerade in recht großmütiger Stimmung. Seit Samstag nacht sehen sie verschiedene Dinge etwas anders.«

Die Atomsprengköpfe, die Wareagle vor Traggeos Zugriff geschützt hatte, befanden sich immer noch unter schwerer Bewachung in der verlassenen Mine in Colorado. Es gab keine Möglichkeit, die grünen Container zu bergen, die das Pfadfinderfähnlein zusammen mit ihm ausgeladen hatte, bis ein erneuter Frühlingseinbruch den Schnee abtauen ließ und den Bergpaß für Transportlaster sicher machte. Vielleicht morgen oder übermorgen.

Wareagle sah McCracken skeptisch an. »Blicken diese Leute durch deine Augen, Blainey, oder blickst du durch ihre?« Er verstummte und trat einen Schritt vom Mahnmal zurück. »Vor Jahren haben wir uns gleichzeitig, aber unabhängig voneinander von ihnen getrennt, weil wir zu der Überzeugung gelangten, daß wir Außenseiter sind. Aber wir haben uns getäuscht, weil wir zu nahe am Mittelpunkt standen, um unsere wahre Stellung zu denen zu erkennen, die uns verachteten. *Sie* waren die eigentlichen Außenseiter. Doch das erkennen sie nicht, weil sich aus ihrer Perspektive gesehen alles um sie dreht.«

»Die Schlacht von Washington könnte ihre Perspektive erweitert haben.«

»Nur für kurze Zeit, Blainey. Nutze sie, solange sie anhält.«

»Das habe ich vor, Indianer.«

Es begann mit einem Kurssturz um neunzehn Punkte an einem einzigen Tag an der Wall Street, der durch Gerüchte über eine bevorstehende Ermittlung von Betrugsversuchen bei Regierungsverträgen ausgelöst wurde. Das Finanzamt gab eine Stellungnahme heraus. Das Justizministerium hatte ein Großes Geschworenengericht einberufen. Innerhalb von nur achtundvierzig Stunden befanden sich die Dodd Industries und ihre vielen Unterabteilungen am Rand des Bankrotts, als Panikverkäufe die Märkte auf der ganzen Welt erschütterten.

An den Docks des Landes weigerten sich die Hafenarbeiter, irgendeinen Dodd-Frachter zu be- oder entladen. Das internationale Frachtgeschäft der Dodd Industries stockte, als ihre Jets keine Starterlaubnis für Flüge nach Sydney, Tokio oder London mehr erhielten. Ein Streik legte die Industrie- und Produktionsanlagen der Firmengruppe lahm. Gleichzeitig erschienen auf den Titelseiten aller wichtigen Zeitungen des Landes lange Listen mit den Bestechungsgeldern, die Sam Jack Dodd gezahlt hatte, um sein Imperium ausbauen zu können. Anklage war erhoben worden.

Das war nur der Anfang. Und das Ende.

Samuel Jackson Dodd würde niemals wegen Hochverrats vor Gericht kommen. Die sorgfältig dosierten Gerüchte über seine Beteiligung an der geplanten Zerstörung Washingtons genügten bereits, auch wenn die Wahrheit über seine Vergangenheit nicht plötzlich ans Licht gekommen wäre.

Mit Genehmigung und Unterstützung des Weißen Hauses hatte Blaine McCracken seinen Plan in die Wege geleitet, indem er stille Besuche bei verschiedenen Angehörigen der richtigen Gewerkschaften, Börsenhändler und Regierungsbehörden machte. Niemand erfuhr die ganze Wahrheit, aber alle wußten anschließend genug, um Samuel Jackson Dodd auf jeden Fall das Handwerk legen zu wollen. Dodd würde vielleicht dem Gefängnis entgehen, aber nicht dem Skandal, der seine gewaltige Macht zerstören und für immer verhindern würde, daß der Tag Delphi erneut anbrach.

ENDE

Band 13 344

Jon Land

Das Walhalla-Testament

Deutsche Erstveröffentlichung

Nicaragua ist bloß das Vorspiel; der grauenhafte Tod von ein paar Unschuldigen ist nichts gegen die geplante Ermordung von Millionen. Das Ziel ist einfach: die totale Herrschaft über die Welt – oder was von ihr übrigbleibt.

Der einzige Mann, der diese bestialischen Pläne noch durchkreuzen könnte, wird in New York ermordet. Doch er hat es geschafft, sein tödliches Wissen an die schöne Chimera weiterzugeben – in Wirklichkeit die gefährlichste Spezialagentin in den USA. Ihr bleibt kaum noch Zeit, um die Katastrophe aufzuhalten, und ihr einziger Helfer ist der vollkommen ahnungslose Football-Star Jamie Skylar. Wenn nicht beide über sich hinauswachsen, hat die Welt keine Chance mehr . . .

BASTEI LÜBBE

Sie erhalten diesen Band im Buchhandel, bei Ihrem Zeitschriftenhändler sowie im Bahnhofsbuchhandel.

Band 13 576

Ann Rule

Alles, was sie sich erträumte

Deutsche Erstveröffentlichung

Von Kindheit an beanspruchte Patricia die uneingeschränkte Aufmerksamkeit ihrer ganzen Umgebung. Beging ihr Bruder deswegen einen nie restlos aufgeklärten Selbstmord? Später heiratete die hübsche ›Pat‹, wie sie allerorten genannt wurde, einen Militäroffizier. Er schenkte ihr drei Kinder – blieb ihr aber das erhoffte Eintrittsbillett zur gesellschaftlichen Elite schuldig.
Nach der Scheidung verliebte die Südstaaten-Schönheit sich in den sechs Jahre jüngeren Tom Allanson – und feierte die Hochzeit im Stil einer modernen Scarlett O'Hara. Doch dem rauschenden Fest folgte bitterer Katzenjammer. Mit den Schwiegereltern verstand Pat sich überhaupt nicht. Als diese ermordet aufgefunden wurden, richtete sich der Verdacht aber seltsamerweise auf Tom. Pat wollte sich unbedingt selbst um seine Verteidigung kümmern – mit dem Ergebnis, daß er lebenslänglich erhält.
Nach Toms Verhaftung reißt die Unglückswelle in der Allanson-Familie nicht ab. Im Gegenteil: Wen immer Pat mit ihrer Fürsorge belagert – er oder sie darf sicher sein, bald einen bösen Schicksalsschlag zu erleiden.

BASTEI LÜBBE

Sie erhalten diesen Band im Buchhandel, bei Ihrem Zeitschriftenhändler sowie im Bahnhofsbuchhandel.